SIMON M.

Né en 1948, Simon Mawer, diplômé en zoologie de
l'université d'Oxford, enseigne la biologie.
Il est l'auteur de huit romans, dont *Le Palais de
verre* (Le Cherche Midi, 2012), finaliste du Booker
Prize et élu meilleur livre de l'année par *The Observer* et *The Financial Times*.

LE PALAIS DE VERRE

SIMON MAWER

LE PALAIS DE VERRE

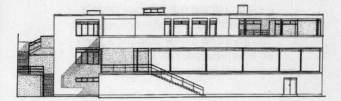

*Traduit de l'anglais
par Céline Leroy*

CHERCHE MIDI

Titre original :
THE GLASS ROOM

Tous les dessins architecturaux présents dans l'ouvrage sont d'origine inconnue. Malgré nos efforts, nous n'avons pu identifier les ayants droit de ces dessins.

© Simon Mawer, 2009
Éditeur original : Little Brown
© le cherche midi, 2012

ISBN : 978-2-266-23491-7

À Matthew et Julia

Retour

Oh ! oui, nous y sommes.

Elle en était sûre, même après toutes ces années. Quelque chose dans la déclivité de la route, la trajectoire prise par la voiture qui s'était engagée dans un virage en pente, une impression de forme et de mouvement qui, bien qu'endormie depuis trente ans, était encore gravée dans sa mémoire, et venait d'être ranimée par la conjonction subtile du déplacement et de l'inclinaison.

« Nous y sommes », dit-elle tout haut. Elle attrapa la main de sa fille et la serra. À l'arrière, leur accompagnateur remua sur le siège en plastique brillant, peut-être soulagé à l'idée de pouvoir bientôt s'esquiver. Elle sentait son odeur. Les vêtements humides (il pleuvait), l'après-rasage bon marché et la sueur rance.

La voiture – une Tatra, lui avait-on dit – se rangea le long du trottoir. Quelqu'un ouvrit sa portière. Elle l'entendit, perçut le changement dans l'atmosphère. Des gouttelettes d'eau portées par le vent et quelqu'un qui ouvrait un parapluie – telle la voile d'un bateau hissée dans la brise. Elle pensa à Viktor sur le Zürichsee, au petit dériveur qui partait à l'assaut des vagues, aux arbres noirs dressés au-dessus des eaux plus noires encore au-delà de leur frêle esquif.

« C'est comme le vélo, avait-il crié en ramenant le dériveur dans le vent, laissant l'embarcation gîter délibérément à un angle impossible. Il faut trouver son équilibre.

— Ça n'a strictement rien à voir avec le vélo », avait-elle rétorqué, le cœur au bord des lèvres.

Viktor devrait être là. Elle voulait dire, en personne, car bien sûr, d'une certaine façon, il était présent. Ce lieu conservait la mémoire de son goût, sa vision. Elle glissa sur le siège vers la tache lumineuse qu'encadrait la portière ouverte. Une main lui prit le bras et l'aida à descendre de voiture. Des gouttes de pluie lui effleurèrent le visage avant de marteler le parapluie au-dessus de sa tête. Elle se redressa, détectant la lumière autour d'elle, l'espace, le bloc relativement bas de la maison au fond de la cour, tout près. Viktor devrait être là. Mais Ottilie l'était, elle, et s'approchait par la gauche.

« Tout va bien, ma chérie. Je vais me débrouiller seule. »

Une main inconnue lui prit le coude et elle se dégagea. « Vous croyez que je ne connais pas ma propre maison ? » Elle avait parlé sur un ton cinglant et regretta d'emblée la brusquerie de sa remarque autant que son inexactitude factuelle. Ce n'était pas sa maison, du moins plus maintenant et pas d'un point de vue juridique, quoi qu'en dise

Martin. Elle leur avait été volée deux fois par deux autorités différentes avec toute la solennité de procédures légales. Mais, en termes beaucoup plus flous, cette maison *avait été* la sienne. La sienne et celle de Viktor. Leur vision. D'ailleurs, ne portait-elle pas encore leur nom ? Le vol, à n'importe quel niveau, n'était pas parvenu à l'effacer : *Das Landauer Haus*. Demeure Landauer. *Villa Landauer*. Appelez-la comme bon vous semble. Et bien sûr, c'était aussi la maison de Rainer.

Tapotant le sol de sa canne, elle s'avança dans l'espace, traversa la cour tandis que, avec tact, d'autres bruits de pas se calaient sur son rythme, comme le cortège funèbre d'un enterrement qui escorterait la veuve courageuse.

« Le dallage n'a pas changé, déclara-t-elle.

— C'est incroyable qu'il ait si bien résisté. »

La voix qui venait de lui répondre était celle de l'employé qui travaillait à la direction de l'urbanisme de la ville. « Il faut dire que c'est une œuvre d'art », ajouta-t-il comme si les œuvres d'art se conservaient par nécessité alors que c'est bien souvent le contraire. Ici un incendie, là une infiltration dans un mur, un bombardement hasardeux, pure négligence.

« Voyez un peu la façon dont von Abt a encadré la vue sur le château, lança-t-il avant de se taire, embarrassé par son propre manque de délicatesse.

— Je m'en souviens parfaitement », le rassura-t-elle.

Et c'était vrai, elle se rappelait parfaitement les lieux : l'espace entre le bâtiment principal et l'appartement des domestiques, celui de Laník, d'où l'on voyait la colline à l'autre bout de la ville. «Le futur encadre le passé», avait déclaré Rainer. Elle la voyait encore, en imagination si ce n'est de ses yeux, cette image projetée à l'intérieur de la gelée complexe de son cerveau pour lui offrir une représentation presque aussi vraie que la réalité : la colline boisée – la forteresse de Špilas – et la cathédrale, avec ses épaules voûtées et ses flèches noires pareilles à des aiguilles hypodermiques, avait dit Rainer.

Elle poursuivit son exploration. Le volume de la maison trancha dans la lumière autour d'elle. À cet endroit, un unique pilier soutenait le toit en surplomb. Elle se souvenait que les enfants s'y balançaient, et que Liba leur répétait d'arrêter. Elle donna un petit coup de canne au pilier, simplement pour être sûre, pour se repérer dans l'étendue ouverte de la cour, simplement pour se délecter du petit halètement surpris de l'homme à sa droite qui lui dit combien il était fasciné par la façon dont elle était capable de s'orienter. Mais cela n'avait pourtant rien d'étonnant. Elle connaissait cet endroit comme… les méandres de son propre esprit. Elle savait exactement comment contourner le mur en verre arrondi et y trouver, nichée derrière, la porte d'entrée.

«Une photo», lança une voix. La petite procession fit une halte. Il y eut des bruits de pas, de l'agitation autour d'elle, le contact d'imposantes silhouettes masculines.

«Ottilie, où es-tu ?

— Je suis là, Maminko.

— Souriez, s'il vous plaît », dit la voix qui fut suivie d'une lumière vive, comme si un éclair s'était abattu brièvement derrière la consistance laiteuse du nuage qui l'enveloppait.

Puis le groupe se dispersa et des mains la guidèrent de nouveau vers la maison pendant que quelqu'un ouvrait la porte, et l'invitait à pénétrer – « Par ici, venez » – dans le doux silence familier de l'entrée. Un banc de brouillard stagnant tout autour d'elle, elle ne verrait désormais plus que cette lumière opalescente qui était devenue sa vision universelle. « La lumière, avait expliqué Rainer en lui montrant les panneaux de verre d'un blanc laiteux, la lumière tamisée du détachement et de la raison. L'avenir. La sensation à l'état pur. » Elle la sentait sur sa peau.

Elle avait conscience des autres – leur forme, leur présence – qui se pressaient derrière elle. La porte fermée. Chez elle. Elle était chez elle. Trente ans. Une génération. Elle connaissait les murs qui l'entouraient, les panneaux en bois de rose qui lui faisaient face, les escaliers qui descendaient en colimaçon dans le salon à sa gauche. Les sons, un simple murmure parvenant à son oreille, lui indiquaient les dimensions de l'espace. Elle tendit la main gauche et trouva la balustrade qui gardait l'escalier. Les gens parlaient – l'expert de la ville s'exclamait, enthousiaste – mais elle refusa d'écouter. Sans l'aide de personne, elle parvint au sommet de l'escalier qu'elle descendit avec précaution, connaissant les gestes mais obligée en premier lieu de les extirper de sa mémoire, comme un pianiste capable de jouer sans regarder le clavier, se remémorant une mélodie qu'elle avait jouée bien des années plus tôt. Douze marches jusqu'au virage puis neuf autres en colimaçon jusqu'à ce que la pièce s'ouvre devant elle, visible y compris par ses yeux aveugles. Le niveau inférieur de la maison. La Pièce de verre, *der Glasraum*.

« Ah ! » Un léger soupir, organique, presque sexuel, remonta du plus profond de son être. Elle percevait le volume comme s'il était doué d'une substance physique, comme si elle avait plongé le visage dedans. L'espace devenu manifeste. Elle sentait la lumière provenant de la baie vitrée qui servait de mur sud, humait le parfum du bois de Macassar, devinait les gens qui se tenaient entre la vitre et le mur d'onyx, entre le simple plafond blanc et le sol couleur ivoire, les gens qu'elle connaissait et les étrangers. Les enfants, bien sûr, qui se jetaient sur elle en courant sur les tapis, Viktor qui levait les yeux, assis dans son fauteuil où il lisait le journal, là son frère, même s'il n'avait jamais pu voir la maison, ses amis, ses parents, tous étaient là réunis.

« Vous vous sentez bien, Frau Landauer ?

— Très bien, je vous remercie. Ce sont juste les… – elle se tourna pour trouver le bon mot – … les images.

— Les images, Frau Landauer ? »

Il n'y avait aucun tableau aux murs. Il n'y en avait jamais eu, pas dans cette pièce. Elle le savait.

« Dans ma tête.

— Bien sûr, bien sûr. Vous devez avoir beaucoup de souvenirs. »

Oui, beaucoup. Par exemple, il y avait les fois où, la nuit tombée, Viktor laissait les rideaux ouverts si bien que les baies devenaient des miroirs reflétant la pièce, les fauteuils, la table, le mur d'onyx, le tout se dédoublant dans l'obscurité. Et l'image dupliquée de son mari faisant les cent pas, suspendu au-dessus de la pelouse qui, dissoute dans le reflet, était devenue fantomatique. La réfraction de la journée devenue reflet de la nuit. C'était ainsi que le décrivait Rainer. Il avait même employé les mots anglais, *refraction* et *reflection*, pour leur ressemblance. Il aimait les euphonies. *Der Wohlklang.*

La neige. Pourquoi pensait-elle à la neige ? Ce bain de lumière particulier, la lumière du ciel reflétée vers le haut par la pelouse enneigée pour éclairer le plafond avec autant d'éclat que le soleil caché par les nuages, éclairait le sol. La lumière devenait une substance, comme du lait translucide et onctueux. Les oiseaux picoraient la glace avec espoir, et Viktor pressait le bouton pour ouvrir les vitres qui disparaissaient dans le sous-sol comme s'étiolent les souvenirs.

« On va mourir de froid !

— Ne dis pas de bêtises, voyons. »

Les panneaux de verre qui s'abaissaient lentement semblaient faire tomber la barrière qui sépare fiction et réalité, le monde inventé du salon de celui, concret, de la neige et de la végétation. Il y a un instant durant lequel les deux courants d'air, fragiles, ne se mélangent pas, la chaleur de l'intérieur vibrant comme de la gelée contre le mur de froid de l'extérieur. Puis cet équilibre précaire s'envole, laissant l'hiver faire intrusion dans un soupir glacial, dispersant dans le monde l'air de leur intérieur construit et chauffé avec attention.

Quelqu'un venait vers elle. Elle devinait la silhouette comme si elle la voyait, percevait le noyau d'ombre se détachant sur la lumière. Elle savait. Comment ? La perception d'un mouvement, cette démarche particulière, le balancement des hanches quand elle se déplaçait. Ou était-ce même la perception de son odeur ? le bruit de sa respiration ? D'une façon ou d'une autre, elle savait. Elle prononça le nom avant que quiconque ait eu le temps d'ouvrir la bouche, le prononça à l'affirmative plus qu'à l'interrogative :

« Hana.

— Liesi ! Grands dieux, tu m'as reconnue. Par quel miracle ?

— Il y a des choses que l'on n'oublie pas, répondit-elle. De ces choses que l'on garde en soi. »

Elle sentit des bras qui l'entouraient, une joue lisse contre la sienne. Des larmes ? Peut-être y eut-il des larmes.

1

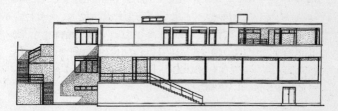

Lune de miel

Ils quittèrent la ville aussitôt après le mariage et se rendirent à Vienne en automobile, à l'hôtel Sacher dont le gérant vint les accueillir à l'entrée. Des laquais se précipitèrent sur le coffre du véhicule pour en sortir les valises. Cet affairement fut accompagné de moult courbettes et d'une avalanche de compliments. On leur donnait du *gnädiger Herr*, *gnädige Frau*, et on insistait pour qu'ils se sentent comme chez eux. Pour la première fois, Liesel s'entendait appeler *gnädige Frau Landauer*, la liant pour toujours à l'homme qui se tenait à ses côtés, qui, à l'instant où il recevait ces mots de bienvenue, ne semblait plus être son Viktor adoré mais un étranger, un homme qu'elle venait de rencontrer et qui lui apparaissait non seulement calme et détaché, mais aussi admirable. Il devait être ainsi à l'usine, s'imagina-t-elle ; devant la délégation des ouvriers, avec le contremaître et les gérants. Il dégageait une sorte de bienveillance neutre, comme s'il avait affaire à un membre de la famille fatigant mais à qui l'on devait le respect.

On les conduisit jusqu'à une suite à la décoration recherchée, ornementée, aux murs tendus de
soie et aux moulures dorées à la feuille ; tout ce
que Viktor détestait. « C'est exactement le genre
d'absurdité dont il faut nous débarrasser, tout ce
romantisme, tout ce… ce besoin de toujours se
raccrocher au passé. Tout l'inverse de notre future
maison ! »

Liesel se moqua de lui. Dès qu'il abordait le sujet
de la nouvelle maison, il parlait avec des points
d'exclamation – c'est ainsi qu'elle se le représentait. Elle les voyait ponctuer l'air, de l'énergie
libérée par petites explosions. Grand sujet de discussion, cette nouvelle maison n'avait pourtant
ni volume ni forme. Elle n'existait que dans l'abstrait, écrite avec des capitales et suivie de points
d'exclamation : la Nouvelle Maison ! Les parents
de Liesel leur avaient donné un terrain sur lequel
construire ce qui serait le cadeau de mariage que
Wenzel réservait à sa fille et son gendre : une maison à eux. « Quelque chose de bien fait et de
solide », avait dit le vieil homme à son futur gendre
qui avait souri en retour. « De *bien fait*, certainement, mais *solide* ? Non ! Nous ne voulons pas
d'une maison qui aura l'air d'une forteresse, tout
en tourelles, flèches et fenêtres gothiques, et nous
ne voulons pas non plus d'une demeure qui ressemble à une église. Nous sommes au XXe siècle,
mon Dieu, pas au XIVe ! Le monde change. »

Et quand les porteurs et la femme de chambre les
laissèrent seuls dans leur suite de l'hôtel Sacher,
le monde changea sans aucun doute car Viktor

s'approcha de Liesel, lui retira ses lunettes avec précaution, puis la veste en soie qu'elle portait ainsi que la robe qu'elle avait en dessous. L'absence de lunettes avait transformé le monde en une brume de couleurs patinées, comme si Liesel avait plongé dans une journée de brouillard.

« Viktor, que fais-tu ? » demanda-t-elle, non sans une certaine nervosité. Perdue dans ce brouillard en sous-vêtements, elle se sentait vulnérable.

« Ma chère Eliška, que crois-tu que je fais ? » lui répondit Viktor.

À sa grande surprise, c'était donc cela – elle pensait qu'ils attendraient le soir –, ils firent l'amour pour la première fois à 4 heures de l'après-midi, sur un lit au style Biedermeier pesant, la lumière affluant par les hautes fenêtres et leurs vêtements jonchant le tapis. Curieusement, l'expérience fut déprimante, mais elle supposa que c'était une chose assez moderne à faire.

L'idée était de passer deux jours à Vienne avant de partir pour le sud. Ils traverseraient l'Autriche en voiture pour rejoindre le nord de l'Italie. Seuls. Viktor avait résisté à toutes les suppliques pour qu'ils prennent un chauffeur, ou qu'ils envoient une femme de chambre ou un valet par le train. « Qu'arrivera-t-il si vous tombez en panne ? » leur avait-on demandé. Ce qui ne pouvait que les faire rire. « Nous conduirons bien une Landauer, non ? Ces véhicules ne sont-ils pas les plus fiables d'Europe ? N'est-ce pas de cela que nous nous vantons dans toutes nos réclames ? Et par ailleurs – là venait le coup de grâce –, n'est-ce pas moi qui fabrique ces automobiles ? »

Ils firent donc le trajet seuls, dans un cabriolet Landauer 80, le dernier modèle produit par Landauerovy Závody (anciennement Landauer Autofabrik), un cabriolet de tourisme qui se présentait comme la monture des princes même si princes et Kaisers avaient été destitués avec la fin de la Grande Guerre. La voiture, de couleur crème, était propulsée par un moteur V8 d'une puissance de quatre-vingts chevaux, ainsi que Viktor l'expliquait avec fierté. Ils traversèrent la Carinthie et les montagnes jusqu'au village italien de Villach où Viktor avait été en poste durant la guerre. Il y eut beaucoup d'attente aux douanes et d'heures passées à débattre pour savoir s'il fallait payer une taxe d'importation sur le véhicule, et aussi beaucoup de frustration lorsqu'il dut se mettre à conduire à gauche. En quittant le monde teuton pour entrer dans celui des Latins, le soleil brilla d'un éclat plus vif, la brise se fit plus douce et la lumière se dota d'une qualité que Liesel n'avait jamais connue auparavant – à croire qu'elle était plus dense que celle que l'on trouvait au nord des Alpes. « *Kennst du das Land wo die Zitronen blühn ?* » cita Viktor. « Connais-tu le pays où fleurissent les citronniers ? » Liesel enchaîna et c'est en chœur qu'ils récitèrent la fin du poème, riant de plaisir face à une telle symbiose de corps et d'esprit.

Le seul instant qui vint ternir leur bonheur tout au long de ce voyage, ils se l'imposèrent à eux-mêmes : après Udine, ils firent un crochet par le cimetière de guerre sur la rivière Tagliamento, et, après avoir erré parmi les tombes, ils finirent par trouver une tablette en ciment avec le nom de Benno gravé dessus. Bien sûr, son corps n'était pas enterré là, mais perdu au milieu de ceux de ses camarades dans l'ossuaire non loin. En pensant à son bonheur, un bonheur que Benno n'avait jamais eu l'occasion de vivre, Liesel fondit en larmes. Viktor, qui, par une de ces coïncidences du destin, avait été la dernière personne de chez eux à voir son frère vivant, passa un bras autour des épaules de sa femme et la serra contre lui. « Il est avec toi par l'esprit, cela ne fait aucun doute », dit-il, ce qu'elle savait être une grande concession à la sensiblerie de sa part, pour lui qui ne croyait en rien qui ressemblât à l'esprit et encore moins à la survivance de l'esprit après la mort. Puis il l'embrassa sur la joue et lui dit qu'elle était la femme la plus merveilleuse du monde, ce qui la fit rire et elle répondit que ce n'était pas vrai. Mais l'idée qu'il puisse l'envisager lui plaisait néanmoins, et, au moment où ils montèrent en voiture pour reprendre la route, la joie et l'insouciance avaient été rétablies.

À Venise, ils séjournèrent au Royal Danieli. Pendant trois jours, ils furent seuls – visitant églises et palaces, explorant *calli* et canaux, Viktor prenant des photos de Liesel avec son Leica flambant neuf –, mais, le troisième soir, une connaissance de Viktor les invita à une soirée dans un ancien *palazzo* qui donnait sur le Grand Canal. Sous les fresques ternies peintes par les élèves de Tiepolo, l'antique noblesse vénitienne se mélangeait, non sans gêne, aux jeunes gens d'une beauté parfaite et menaçante. L'une de ces créatures piégea Liesel sur une banquette près d'une fenêtre et, dans un anglais aussi maladroit que celui qu'elle pratiquait, lui vanta les vertus du fascisme et les mérites de la modernité. « Un jour, tout cela sera nettoyé d'un coup de balai. » On aurait dit une parodie de Viktor quand il était d'humeur politique. Il faut faire place nette ! À bas l'ancien, vive le neuf ! Mais Liesel s'aperçut non sans étonnement que cet Italien parlait de toute la ville, et même plus encore : de tout le pays, en fait, de cette demeure abritant tant de trésors d'art et d'histoire. À vrai dire, il parlait de tout ce qui n'était pas un produit du XXᵉ siècle.

« C'est absurde. »

Il haussa les épaules comme si son opinion ne comptait pas.

« Par exemple, il faudrait drainer le Grand Canal et le transformer en route goudronnée. L'avenir est là.

— Dans ce cas, l'avenir est peuplé de barbares.

— Seriez-vous en train de suggérer que je suis un barbare, *signora* ?

— Je suggère que vos paroles le font penser. »

Ce fut à cet instant que quelqu'un les interrompit, une voix parlant anglais avec un accent allemand, mais avec une bien plus grande maîtrise que la sienne ou celle de l'Italien. « Cette personne vous assomme-t-elle d'idioties en vous expliquant à quel point Il Duce est formidable, et que grâce au fascisme italien les forces de la modernité peuvent enfin se déchaîner ? »

Elle tourna la tête. Il fumait, deux verres de champagne dans une main et sa cigarette dans l'autre. Il semblait plus vieux que l'Italien, ou du même âge que Viktor, mais il affichait l'air d'un boxeur en début de carrière, avant que son visage ait subi trop de dégâts – nez amoché, le sourcil lourd. Il porta sa cigarette à ses lèvres et tendit un verre à Liesel. « Buvez une gorgée de tradition française. Même les fascistes ne seront pas en mesure de l'améliorer. »

Il y eut un échange rapide de flûtes de champagne. Curieusement, l'Italien avait disparu. Le nouveau venu porta la main de Liesel à quelques millimètres de ses lèvres.

« Je m'appelle Rainer, j'en ai peur. Il faut bien qu'il y en ait un…

— Qu'il y en ait un ? Vous voulez dire un Rainer dans votre famille ? Est-ce une autre tradition ? »

L'homme arbora une expression déplaisante. Il avait les cheveux assez longs, avec une raie au milieu comme si, au-delà du costume bien taillé, il voulait se donner un petit air bohème.

« C'était une plaisanterie. À l'américaine.

— Mais vous n'êtes pas américain.

— Je m'entraîne à pratiquer leur humour. Un jour, ce sera la seule chose qui nous fera encore rire. »

Il but une gorgée et regarda Liesel pensivement. Il faisait six ou sept centimètres de moins qu'elle et son regard était d'une franchise non déguisée. Il examina Liesel assez ouvertement : sa bouche (rouge, bizarrement dessinée, elle le savait), sa poitrine (qu'elle craignait être assez plate), ses mains (plutôt longues et fortes pour une femme). S'il s'était tenu un peu plus en retrait, elle imaginait qu'il aurait observé la courbe de ses hanches (larges) et ses chevilles (dont elle tirait beaucoup de fierté). Peut-être l'avait-il déjà détaillée avant de l'aborder. Elle en ignorait la raison – pourquoi s'en préoccuper ? – mais elle regretta d'avoir gardé ses lunettes.

« Et à qui ai-je le plaisir de tenir compagnie ? demanda-t-il.

— Liesel Landauer. »

Il haussa les sourcils.

« Landauer ? Vous êtes donc juive ?

— Pas exactement.

— Apostate ?

— La famille de mon mari… »

Il tira sur sa cigarette et recracha un filet de fumée vers le plafond peint.

« Ah ! je vois. Vous êtes *Frau* Landauer et vous avez piégé un Israélite pour qu'il renonce à sa religion par amour. »

Elle n'était pas très sûre d'apprécier le ton de cette conversation, le mot « Israélite » prononcé avec cette pointe de mépris.

« La famille de mon mari est juive, mais pas pratiquante.

— Et la belle Frau Liesel Landauer et son mari chanceux nous arrivent de… ?

— Nous sommes tchèques. C'est notre… – elle hésita, le mot anglais lui échappant – notre *Flitterwochen* ?

— Lune de miel. Tchèque ? Vous n'êtes pas *cette* Landauer, si ? Les automobiles ?

— Eh bien, si… »

Le visage de l'homme s'illumina. Il y avait quelque chose de comique dans son expression, un brusque plaisir enfantin plaqué sur cet air faussement sérieux.

« Je *possédais* une Landauer autrefois. Un modèle 50 – comment l'appelait-on ?… Torpille. Malheureusement, j'ai pris un bus pour cible et ça a fini en un beau touché-coulé. »

Elle rit.

« Le bus ou la Torpille ?

— Les deux, à vrai dire. »

Il leva son verre.

« À toutes les Landauer, et à ceux qui les possèdent. » Ils burent, même si Liesel n'était pas sûre à quoi. Aux automobiles Landauer ou à la famille ? Par ailleurs, y avait-il quelque chose de vaguement suggestif dans le verbe « posséder » qui sous-entendait autre chose que la simple possession matérielle ? N'aurait-il pas dû dire « en possèdent » ? Sa piètre maîtrise de la langue anglaise (ils parlaient toujours anglais) ne lui permettait pas d'en être certaine, mais heureusement, à l'instant où elle sentait le rouge lui monter aux joues et l'inconfort insidieux d'une transpiration excessive, Viktor apparut à ses côtés et la conversation reprit en allemand. Il y eut des présentations formelles, une poignée de main ferme, une courbette et un claquement de talons discret.

« Herr Landauer, dit-il en affichant son sourire entendu, me permettrez-vous de vous féliciter pour vos superbes automobiles ? Et votre merveilleuse épouse ? »

Cela aurait pu ne déboucher sur rien, une simple curiosité, une rencontre passagère, à l'instar des conducteurs de Landauer qui, lorsqu'ils se croisent, se saluent d'un geste amical. Mais ils convinrent de se revoir. Rainer von Abt avait quelque chose à leur montrer. Il sourit mystérieusement face à leurs questions, mais refusa d'en dire davantage. « Un petit cadeau pensé spécialement pour deux amoureux en lune de miel. » Il les retrouverait à l'appontement devant leur hôtel à 9 heures le lendemain matin.

Le jour était du même argent martelé que les plats que l'on pouvait acheter dans les boutiques autour du Rialto – l'argent miroitant de l'eau partait en tous sens et accrochait la lumière qu'il réfractait en mille directions différentes. Au-dessus, il y avait le zinc luisant d'un banc de nuages d'altitude et, entre les deux, telle une couche d'émail décoratif, les bâtiments de la ville – roses, or, ocre et orange. À l'heure prévue, von Abt apparut à la poupe d'un bateau-taxi. Il était vêtu de blanc – pantalon de flanelle blanche, veste en lin blanc – et semblait prêt à disputer un match de tennis. « *Buongiorno !* » s'exclama-t-il. Il fit monter Liesel et Viktor dans l'embarcation tout en donnant des ordres au pilote dans ce qui semblait être un italien quasi parfait. Dans un concert de glouglous et de crachotements du moteur, le bateau – tout en bois et cuivre étincelant – s'écarta du ponton. « *Avanti !* » cria leur hôte. Ils firent demi-tour et se dirigèrent vers le bassin de Saint-Marc, la coque étroite glissant entre les poteaux d'amarrage et les gondoles ballottées, esquivant les *vaporetti* hésitants comme un chien de berger contournant son troupeau de vaches. La lumière donnait l'impression de flotter, d'être portée en douceur par la brise et la luminescence de l'eau. Liesel sentit l'air presser le tissu de sa robe contre son corps.

« Rien d'étonnant à ce que les grands coloristes soient originaires de cette ville, observa von Abt, remarquant son expression de plaisir. Imaginez que vous passiez toute votre vie dans une lumière telle que celle-ci. Si vous vous baigniez dans l'ultraviolet tout le temps, vous en sortiriez aussi noire qu'une négresse. Ici, on en sort blanc et pur, mais le cœur empli de couleurs. »

Viktor passa un bras autour de la taille de Liesel comme pour la protéger de pensées aussi poétiques.

« Où allons-nous, von Abt ? demanda-t-il par-dessus le bruit du moteur.

— C'est un secret ! Mais comme tous les secrets à Venise, il ne sera pas gardé bien longtemps. »

Le bateau suivit la grande courbe de la Riva degli Schiavoni, s'éloignant de la friandise rose du palais des Doges pour s'approcher des bâtiments en brique rouge de l'Arsenal. Von Abt ralentit et vint s'amarrer le long du jardin public, à l'entrée d'un petit canal. Von Abt sauta à terre et mena l'expédition dans les jardins comme s'il n'y avait pas de temps à perdre, talonné par Viktor et Liesel qui, main dans la main, riaient de cette aventure absurde et de l'enthousiasme pressé de cet homme étrange au faciès de boxeur qui possédait une vision de la ville digne de celle d'un poète.

« Un homosexuel », murmura Viktor à son oreille. Cette idée l'indignait.

« Certainement pas !

— Ça se voit. En tout cas, moi je le vois.

— Que voyez-vous ? » demanda von Abt par-dessus son épaule.

Viktor sourit à Liesel.

« Que vous êtes poète.

— Ah ! » L'homme leva un doigt impérieux. « Un poète, oui ; mais pas un poète des mots. Je suis un poète de la *forme*.

— Un danseur, donc ?

— Non.

— Un sculpteur ?

— Un poète de l'espace et des structures. C'est cela que je souhaite vous montrer. »

Leurs pas crissaient sur le gravier. Il y avait des bâtiments au milieu des arbres, un curieux mélange de styles, pas aussi ornés ou anciens que le reste de la ville, mais des pavillons tout neufs qui pourraient accueillir des cafés ou des restaurants, peut-être une orangerie ou une serre. Dans le coin le plus éloigné du jardin se trouvait un lourd bâtiment de style néoclassique. Von Abt en gravit les marches et les conduisit dans l'entrée pleine d'échos. Des gens faisaient le tour de la salle par petits groupes et parlaient à voix basse comme s'ils se trouvaient dans une église. Le bruit de leurs pas retentissait sous la haute voûte. Il y avait des dessins encadrés en exposition et des tables en verre montraient des maquettes en balsa et celluloïd. Les gens regardaient et pointaient du doigt, changeaient de point de vue comme des joueurs de billard préparant leur coup.

« Pourquoi tant de mystère, Herr von Abt ? demanda Liesel.

— Vous devez m'appeler Rainer, car je ne vais certainement pas vous appeler Frau Landauer. Et je ne fais pas de mystères. Je vous montre tout ce que je fais à la lumière pure et implacable du jour. » Il s'était arrêté devant une des présentations. L'étiquette était en italien et en anglais : *Progetto per un Padiglione austriaco ; Project for an Austrian Pavilion, Rainer von Abt, 1928.* « Voilà ! dit-il. *Ecco ! There ! Siehe da !* »

Viktor lâcha un petit cri – « Ah ! » – comme si quelque chose l'avait mordu. « C'est donc cela ! » s'exclama-t-il en se baissant pour être au niveau de la maquette. Au-delà d'une étendue de pelouse en feutre, derrière des arbres miniatures sculptés dans du liège, il voyait un parallélépipède bas doté de pignons transparents en celluloïd. À l'intérieur, on apercevait de petites chaises, comme les meubles de maisons de poupée, ainsi que de fins piliers en fil d'acier chromé, et, dehors, une piscine dont la surface était un petit miroir de poche comme ceux que les femmes – dont Liesel – gardaient dans leur sac à main. Les couleurs de la maquette étaient celles que von Abt avait portées aux nues durant le trajet depuis Saint-Marc : blanc éthéré, vert-de-gris, chrome luisant.

Viktor se redressa avec un sourire chaleureux.

« Vous êtes architecte !

— Je le répète, répondit Rainer von Abt, je suis un poète de l'espace et de la forme. De la lumière – de toute évidence, il n'y avait rien de plus simple que d'ajouter un autre aspect à son esthétique –, de la *lumière*, de l'espace et de la forme. Les architectes construisent des murs pris entre un sol et un plafond. Moi, je capture l'espace et le délimite. »

Pour le déjeuner – « Acceptez notre invitation », insista Viktor –, ils trouvèrent un restaurant qui avait l'avantage de posséder une cour où l'on pouvait manger sous les feuilles brillantes d'une vigne accrochée à une tonnelle. Ils commandèrent du *moleche*, des crabes à carapace molle ainsi qu'un vin blanc appelé Soave. Ils trinquèrent, les verres tintant au-dessus de la table et renvoyant les rayons du soleil. Ils discutèrent d'art et d'architecture, de peinture et de sculpture, du *nonsense* des dadaïstes et de l'absurde dans les objets de Duchamp, du cubisme et du fauvisme, et d'un groupe d'artistes hollandais peu connus que von Abt admirait. « Ils se font appeler De Stijl. Les connaissez-vous ? Van Doesburg, Mondrian ? Pureté de la ligne, attention donnée à la forme et aux proportions. » Les jeunes mariés ne connaissaient pas ce groupe. S'ils comprenaient bien ce que signifiait leur nom – *de stijl*,

« le style » –, l'idée d'un groupe de Hollandais incarnant style et modernité semblait contradictoire. Liesel dit à quel point elle appréciait le groupe Jugendstil, et les artistes de la Sécession viennoise. « Klimt a peint ma mère quand elle était jeune, expliqua-t-elle à von Abt. Le portrait est accroché dans la salle à manger de la maison de mes parents. »

Von Abt lui sourit.

« Si j'en juge par sa fille, votre mère doit être une très belle femme. Je suis sûr que Klimt lui a rendu justice.

— C'est un merveilleux tableau…

— Tout en dorure et en clinquant, sans doute. Mais… »

Il y avait toujours un « mais ». Von Abt semblait se déplacer dans le monde en intervenant sur les obstacles placés sur son chemin par d'autres, moins intelligents, moins doués, moins imaginatifs que lui.

« Mais en tant que *style*, qu'est-ce que la Sécession ? Wagner ? Olbrich ? Avez-vous vu leur bâtiment à Vienne ? J'imagine que oui.

— Je le trouve très bien. Des lignes audacieuses, une déclaration d'intention.

— Mais on dirait un mausolée ! Ou une gare ! Un bâtiment ne devrait pas ressembler à quelque chose ! Il devrait simplement *être*, une forme sans référence, qui ne serait définie que par le matériau dans lequel elle est construite et par la conception de l'architecte. Comme une peinture abstraite de De Stijl. »

Viktor acquiesçait avec approbation mais Liesel protesta : « Comment un bâtiment peut-il être abstrait ? Une construction abstraite ferait entrer la pluie. »

Le rire de von Abt était fort et franc, si bien que les gens aux tables les plus proches levèrent la tête pour voir d'où venait le bruit.

« Je suis, voyez-vous, un disciple du grand Adolf Loos. Le connaissez-vous ? Il est originaire de chez vous, si je ne me trompe.

— J'ai rencontré l'homme, dit Viktor. J'admire son travail. Il est bien dommage qu'il ait éprouvé le besoin de fuir Město. Mais les choses ont changé depuis. C'est un lieu tourné vers l'avenir. »

Cela sembla plaire à von Abt. Il fit l'éloge des vertus de son maître, de son intelligence, de son sens de la forme épurée, débarrassée du superflu. Il esquissa des espaces et des constructions sur la nappe pour illustrer ses idées ; il ébaucha des tours s'élançant dans le ciel et – ainsi que Viktor le formula plus tard – des châteaux dans les airs. Il chanta les vertus du verre, de l'acier et du béton, et dénigra ces boulets de briques et de pierre qui traînaient les peuples avec eux. « L'homme était à peine sorti de ses grottes qu'il s'est mis à en construire, s'écriat-il. Construire des *grottes* ! Mon souhait est de sortir l'homme de sa grotte et de le faire flotter dans les airs. Je souhaiterais pouvoir lui donner un espace en verre dans lequel vivre. »

Un espace en verre, *Glasraum*. C'était la première fois que Liesel entendait l'expression.

« Peut-être, dit Viktor en lançant un regard méditatif à sa femme avant de se tourner de nouveau vers l'architecte, peut-être pourriez-vous nous construire un espace de verre. »

Engagement

Ce soir-là, ils dînèrent à la bougie sur le balcon de leur chambre en regardant les bateaux étincelants, les gondoles et autres *sandalos* voguer en contrebas. Il y avait le clapotis de l'eau contre les pieux en bois, un bruit plus rapide que celui du ressac, comme un chat lapant du lait dans le noir.

« Que penses-tu de notre ami ? demanda Viktor.

— Une curiosité. Il déborde d'énergie.

— Presque trop. Tu le trouves attirant ?

— Il doit plaire à un certain type de femmes.

— Mais pas à ma Liesel ? »

Elle sourit.

« Ta Liesel n'est attirée que par toi », dit-elle d'un ton rassurant.

Il lui prit la main au-dessus de la table.

« Quand tu dis ce genre de choses, j'aurais envie de te prendre sur-le-champ, là, sur la table.

— C'est scandaleux. Les gens iraient se plaindre et de beaux *carabinieri* viendraient nous arrêter pour nous jeter dans cette horrible geôle que nous avons vue au palais des Doges. »

36

Ils s'étaient inventé ces conversations au cours de ces quelques jours passés ensemble. C'était une nouveauté, s'aventurer sur cette pente savonneuse, audacieuse. *Schlüpfrig*. Autrefois, ce type de bavardage visait des inconnus ; pour la première fois, le sujet de leur divertissement était une personne de leur connaissance, et si les plaisanteries précédentes étaient assez inoffensives, celle-ci semblait plus risquée.

« Que penses-tu de l'idée qu'il construise notre maison ?

— Tu crois qu'il est prudent de lui confier une tâche aussi importante ? Il nous faut d'abord voir son travail, tu n'es pas d'accord ? Nous renseigner sur lui, ce genre de chose. »

Ils avaient déjà rencontré des architectes au sujet de la nouvelle maison. Ils avaient discuté diverses propositions, rejeté pignons et tours d'un mouvement de tête, contesté les fenêtres ornées ou à meneaux, et avaient même fait le tour d'une maquette en balsa et celluloïd proposée par un studio. Mais rien n'avait semblé correspondre à la vision que Viktor avait de l'avenir, son désir de ne pas être défini par la race ou un credo, sa détermination à parler tchèque autant qu'allemand, son insistance à lire *Lidové Noviny*, ses propos concernant l'*inovace* et le *pokrok*, l'innovation et le progrès. « Que le monde continue sur sa lancée, disait-il. Nous autres – il parlait de cette toute nouvelle entité politique, les Tchécoslovaques – devons prendre une nouvelle direction, nous avons un nouveau monde à construire. Ni Allemands ni Slaves, nous pouvons choisir notre histoire, c'est notre force. Tout dépend de nous, tu ne vois pas ? Des gens comme nous. »

Et voilà qu'ils avaient rencontré par hasard ce jeune architecte à Venise, la ville amphibie de Venise, un homme dont les idéaux architecturaux ressemblaient à l'avenir plutôt qu'au passé.

« Je peux envoyer un télégramme à Adolf Loos. Von Abt prétend qu'il a été son étudiant.

— Prétend ? Tu doutes de sa parole ?

— Et toi ?

— Je ne sais pas.

— Eh bien, nous verrons. Il nous faut organiser une nouvelle rencontre. Nous entretenir avec lui. »

Le professionnel en lui venait de surgir, une attitude déconcertante qu'il pouvait adopter en une fraction de seconde. On s'attendait alors à ce qu'il réunisse les papiers sur la table, les mette dans un semblant d'ordre et les glisse dans un porte-documents en cuir avant de demander une voiture pour filer à un autre rendez-vous.

« Nous devons en apprendre davantage sur ses idées. Il m'a donné sa carte. Je vais l'appeler.

— Est-ce que cela ne peut pas attendre notre retour à la maison ?

— Pourquoi attendre ? Pourquoi ne pas battre le fer tant qu'il est chaud ? »

Le rendez-vous avec Rainer von Abt eut lieu le lendemain. Il fut convoqué dans leur suite à six heures du soir, sous prétexte de prendre un cocktail qui servirait surtout à le cuisiner sur la possibilité de construire leur maison. C'était une belle soirée, avec les fenêtres ouvertes et le clapotis de l'eau à l'extérieur qui évoquait la présence d'un gros félin. Liesel s'installa sur le balcon, fumant tout en sirotant sa boisson, le regard porté vers le bassin de Saint-Marc et l'île de San Giorgio Maggiore, tandis que les deux hommes restaient à l'intérieur pour parler. Elle était consciente des coups d'œil que von Abt lançait dans sa direction. Elle se dit que ses attentions ne la touchaient pas. Il était petit, mat, nerveux comme un boxeur effectuant de petits sauts, alors que celui qu'elle admirait était grand et anguleux, légèrement voûté qu'il soit assis ou debout, comme pour faire une concession aux gens de moindre taille que lui. Viktor. Un homme de qualité, un homme en tout point admirable.

« C'est une belle proposition, remarqua von Abt quand Viktor eut terminé. Une proposition plutôt *complexe*.

— Dans quel sens ? Il s'agit de construire une maison. » Viktor tendit les mains ouvertes comme pour montrer la simplicité de la chose. « C'est une affaire complexe à mes yeux, sans doute, mais elle ne devrait pas poser de problème à un architecte. Si vous me demandiez de construire une automobile…

— Ah, mais vous fabriquez des voitures en vue d'un marché, n'est-ce pas ? Vous pourriez souhaiter construire une auto conforme à vos propres goûts, mais, en fait, vous le faites pour un marché.

— C'est exact, lui accorda Viktor. Mais il en va de même pour une maison. Si ce n'est que je suis le marché. Avec ma femme.

— Voilà précisément où réside la difficulté d'une telle commande. Vous, votre femme.

— *Nous* sommes un problème ?

— La situation crée un problème. Vous voulez quelqu'un qui construise une maison, quatre murs…

— Peut-être un peu plus de quatre murs.

— … Un toit. Des portes, des fenêtres, un étage, un rez-de-chaussée, la rengaine habituelle. De quoi loger les domestiques, j'imagine…

— Il faut bien qu'ils vivent quelque part.

— Soit. Mais il me faudra donc suivre une commande.

— Des chambres pour les enfants », lança Liesel depuis le balcon.

Von Abt sourit et inclina la tête dans sa direction.

« Des chambres pour les enfants, en effet. Mais mon souhait est de réaliser des projets au-delà de la simple construction. J'aimerais créer une œuvre d'art. Une œuvre qui serait tout le contraire d'une sculpture : j'aimerais délimiter un espace. »

Il fit un geste des deux mains, l'espace entre elles aussi fluide et changeant que l'air avec lequel il le modelait.

« En résumé. Cela n'a rien à voir avec la demande d'un client ni avec l'artisan ou l'ouvrier d'usine qui s'exécute après avoir intégré ses exigences. Il s'agit au contraire que je concrétise ma vision de béton et de verre. »

Viktor lança un coup d'œil à Liesel et sourit. Elle ne savait pas quoi penser de lui lors de ce genre de rencontre. Elle apprenait à le connaître en tant qu'amant et compagnon, mais elle ne l'avait jamais vu en négociation avec un client, un représentant des ouvriers ou avec un fournisseur. Il souriait, assis confortablement pour réfléchir à la question, les coudes posés sur les bras de son fauteuil et les mains devant son visage, ses longs doigts joints comme les arêtes d'une voûte gothique et ses lèvres étirées en un sourire calme et confiant.

« Montrez-moi, dit-il.

— Vous faire une démonstration ?

— Oui. Préparez des dessins. De ce que vous aimeriez faire. Le genre de… – il fit une pause – … d'*espace* que vous aimeriez délimiter. De simples esquisses nous conviendront. » Presque après coup, il ajouta : « Le terrain est en pente, une pente assez forte. Avec une vue sur la ville. Vous connaissez Město ? Sans doute pas. Il y a un parc au pied de la colline – le parc Lužánky. Autrefois, on l'appelait Augarten mais bien sûr le nom a été changé. Dans nos contrées, tout a deux noms. Autrichien. Tchèque. Ainsi va le monde. Il vous faut donc imaginer une maison au sommet d'une colline assez raide, avec, en contrebas, un champ et, au-delà, la ville qui se déploie. Une vue sublime. Proposez-moi des ébauches. »

Von Abt leva les mains en signe de vulnérabilité.

« Mais quelle taille ? Je n'ai aucune information, aucune idée de ce que vous voulez.

— Une demeure pour ma famille. J'ai été clair sur ce point. Un foyer pour ma femme et moi, et nos futurs enfants. Disons – il sourit à Liesel – un maximum de trois. Quelle surface ? Disons trois cents mètres carrés. Faites un croquis.

— Je vous apporterai des photos de mon travail. Cela devrait suffire.

— Je voudrais voir des idées.

— Vous en verrez. Je ne travaille qu'avec des idées. »

Viktor éclata de rire. Liesel avait cru un instant qu'il serait en colère, mais il riait.

« Exposez-moi vos idées, dans ce cas. Prouvez-moi que vous êtes l'homme idéal pour cette maison. »

Deux jours plus tard, ils se retrouvèrent au Café Florian sur la place Saint-Marc. La basilique Saint-Marc s'élevait comme un fantasme de tentes arabes au fond du vaste espace et l'orchestre qui campait devant le café comme une bande de nomades jouait des extraits d'opéras de Verdi. Rainer von Abt arriva à leur table avec tout le panache d'un chanteur d'opéra faisant son entrée.

« *Ecco !* annonça-t-il en leur présentant un portfolio. J'ai travaillé jour et nuit, au détriment de mes activités actuelles. Mais les exigences du grand amour sont plus puissantes qu'un patronage artistique ordinaire. »

Les rubans furent défaits, le portfolio ouvert ; Viktor et Liesel s'avancèrent pour le feuilleter. Il y avait des photos, de grands clichés brillants portant les tampons d'un studio au verso : un bloc d'appartements avec des murs blancs nus ; une villa carrée en coupe au milieu d'un jardin anonyme ; un immeuble de bureaux, tout en plâtre et baies vitrées.

« Tout ceci est de vous ?

— Bien sûr. » Il se pencha en avant et tira une autre photo montrant un immeuble de logements long et bas qui se perdait dans la perspective d'une rue. « Weissenhofsiedlung à Stuttgart. L'avez-vous vu ? Le Corbusier, Mies van der Rohe, Behrens, Schneck. Connaissez-vous ces gens ?

— Évidemment, répondit Viktor. Le Corbusier, forcément. Et Behrens. »

Von Abt produisit un petit bruit qui pouvait passer pour de l'amusement. « *Et* von Abt, dit-il en mettant la photo de côté. C'est une partie de mes réalisations. Mais voici ce que j'ai imaginé. » Il étala des dessins. Il s'agissait essentiellement de plans d'architecte aux lignes claires et droites, dépourvus de tout embellissement. Il pointa un doigt épais d'artisan. « Voici ce sur quoi je travaille pour des clients à Berlin. Un industriel et sa troisième épouse. Ils voulaient des colonnes, des chapiteaux, des statues et je leur ai dit que s'ils cherchaient du décoratif, ils pouvaient aller voir ailleurs. Peut-être connaissez-vous l'essai de Loos : *Ornement et crime* ? »

Viktor sourit.

« Certainement.

— Il nous sert de manifeste. Les communistes ont le leur, les partisans du Mouvement moderne également. Vous me demandez de vous dessiner une maison ? Je le ferai. Mais je n'aurai à vous offrir qu'une forme sans ornement. »

Il se tourna pour regarder les longues colonnades de la place ainsi que deux enfants perdus dans un nuage agité de pigeons qui se faisaient tirer le portrait par un photographe itinérant à l'aide d'une énorme chambre en acajou.

Derrière eux s'élançaient les dômes travaillés de la basilique avec ses mosaïques et des chevaux caracolant. Il désigna la scène qui se jouait sous leurs yeux comme si elle avait été commandée pour servir ses propos. « Voici la ville la plus ornementale du monde, je vous offre l'exact opposé. »

Son geste déclencha une suite d'événements. Ce fut du moins l'impression de Liesel : l'orchestre du café se lança dans une interprétation lugubre du « Chœur des esclaves hébreux » ; le photographe passa la tête sous le tissu noir ; et les enfants, concentrés dans l'objectif de son appareil, hurlèrent de rire comme si le fait d'être enfermés dans cette boîte, renversés et rapetissés, leur faisait éprouver une sensation physique, entre terreur et chatouillement. Viktor but une gorgée de champagne et observa les dessins de von Abt.

« Tout cela semble assez froid.

— Froid ? »

Pour une fois, von Abt sembla à court d'arguments. « Froid ! Tout mon travail, tout mon art se base sur ces idées. » Il sortit un crayon de sa poche intérieure et se pencha pour tracer une ligne aussi fine qu'une lame de rasoir coupant une feuille de papier. « Voici la première œuvre d'art jamais réalisée : la femme allongée. » Il regarda Viktor, puis Liesel qu'il dévisagea un peu plus que ce qu'autorisait la politesse. Puis il revint à la feuille de papier et dessina une autre ligne qui vint croiser la première à angle droit. « Et voici l'homme qui la pénètre. Le résultat est le cruciforme qui vient étayer mon art. Que pourrait-il y avoir de plus chaleureux que cela ? »

Liesel sortit une cigarette et l'alluma, espérant que cela viendrait la distraire du regard de von Abt, espérant qu'elle ne rougirait pas. « Il est vrai que Herr von Abt semble être une personne des plus chaleureuses. Tu ne crois pas, Viktor ? »

Conception

À leur retour, le couple Landauer emménagea dans une villa meublée située dans le quartier Masaryk. Avec sa vue sur le fleuve Svratka et les collines boisées par-delà, c'était une monstruosité tout en créneaux et tourelles, l'antithèse parfaite de ce qu'ils projetaient de faire pour leur propre maison. « Comment m'épanouir dans un tel environnement ? » s'était exclamé Viktor lorsqu'ils avaient fait le tour du propriétaire pour la première fois. C'est pourtant dans cette forteresse en location, au milieu des lampes en similor et des tentures en velours, sous des plafonds à moulures et des chandeliers en verre de Murano, qu'ils avaient construit leur rêve d'une maison moderne adaptée à l'avenir plutôt qu'au passé, à un mode de vie moderne plutôt qu'à l'existence renfermée et déshumanisante du siècle précédent.

L'espace de verre.

Pour le moment, il n'avait ni forme ni consistance, mais il existait déjà, diffus, polymorphe, dans leur esprit et celui de Rainer von Abt. Il existait à la manière des idées et des idéaux, fluctuant et abstrait. Espace, lumière, verre ; peu de meubles ; fenêtres s'ouvrant sur le jardin ; un revêtement de sol étincelant, du travertin, pourquoi pas ; du blanc, de l'ivoire, le lustre du chrome. Ces éléments changeaient, évoluaient, se modifiaient, se métamorphosaient comme dans les rêves où les formes, bien que variables, gardent leurs caractéristiques essentielles pour le rêveur : *der Glasraum*, *der Glastraum*, une seule lettre qui suffisait à transformer l'espace de verre en un rêve de verre, un rêve qui s'accordait avec l'esprit du tout nouveau pays dans lequel ils vivaient, un État où il importait peu d'être tchèque, allemand ou juif, où triomphait la démocratie, et où l'art et la science s'associaient pour garantir le bonheur de tout un peuple.

Vers la fin de l'été, Rainer von Abt vint inspecter le terrain. Liesel se demanda comment il lui apparaîtrait hors de l'unique contexte dans lequel elle le connaissait, ce monde vénitien fantasmé du printemps dernier. Là-bas, son personnage avait semblé aussi irréel que la ville elle-même, une créature de l'imagination et de la fantaisie, capable de faire surgir de la brume de la lagune *palazzi* sublimes, églises surchargées ou places mélancoliques, comme s'il avait un don magique. À quoi ressemblerait-il à présent, en descendant du train de Vienne, dans le monde concret de Město ?

« Encore un Viennois suffisant, j'imagine, lança Viktor tandis qu'ils l'attendaient sur le quai, au milieu de la foule grouillante et des porteurs cherchant des clients.

— Pourquoi devrait-il être arrogant ?

— Tous les Viennois le sont. Parce qu'ils ont régné sur un empire pendant très longtemps. »

Elle fut indignée pour von Abt.

« Cette description ne lui convient absolument pas ! Comme tu es cynique, Viktor.

— Seulement réaliste. »

Le train de Vienne entra en gare au milieu de nuages de vapeur apocalyptiques. Les portes claquèrent en s'ouvrant et les passagers descendirent. Elle vit von Abt à la porte de son wagon qui les cherchait du regard. Coiffé d'un homburg gris et emmitouflé dans son manteau noir, il ressemblait effectivement à un homme d'affaires arrogant. « Le voilà ! » dit Liesel en lui faisant signe. Ainsi perché, von Abt observait les gens sur le quai avec une expression quasi dédaigneuse, comme s'il méprisait à la fois la foule bouillonnante en contrebas et le crépitement explosif de la langue tchèque qui l'entourait. Puis il vit Liesel et le soulagement se lut sur son visage. « Mes amis ! cria-t-il en descendant du wagon, les bras tendus. Mes amis ! » Pendant une fraction de seconde, il faillit bien les prendre dans ses bras, mais il se contenta de serrer la main de Viktor dans les siennes et approcha celle de Liesel de ses lèvres. Comme il était heureux de les revoir. *Enchanté* même, dit-il. Si c'était possible, ils semblaient même encore plus épanouis que durant leur séjour à Venise ; et Frau Liesel était encore plus belle.

Elle rit de cet absurde compliment. Il n'avait rien d'un homme d'affaires suffisant, c'était un acteur, un artiste plein de verve et de style. Elle lui prit le bras pour remonter le quai et lui donna du *du* plutôt que du *Sie*, préférant le familier au formel.

« Comment est Vienne ? demanda-t-elle. Venise vous manque-t-elle ? N'était-ce pas merveilleux ? N'aimez-vous pas cet endroit ? »

Von Abt fit une grimace méprisante.

« Comme toujours, Vienne est aussi stimulante qu'elle est déprimante. Lourde et pas assez cuite, comme sa cuisine.

— Et avez-vous fait bon voyage ?

— Excellent, surtout parce que j'étais impatient de vous revoir. Mais quelle absurdité, ces contrôles de passeports à la frontière. Je trouve ironique qu'au moment où le monde change, une frontière soit créée là où il n'y en avait pas autrefois.

— Je suppose que c'est le prix du changement. Ce n'est pas cher payé quand on voit toutes les autres libertés gagnées. »

Il la regarda, son sourire dérangeant plaqué sur le visage. « Et vous, Frau Liesel, êtes-vous libre ? »

Viktor était loin devant eux, après les panneaux *Ausgang/Vychod*. Elle essaya de comprendre ce que sous-entendait la question de von Abt. « Bien sûr que je suis libre. »

Ils arrivèrent dans la lumière approximative de la cour de la gare. La scène qui se déroulait dans la rue semblait incarner cette liberté – l'affairement des passants, les taxis qui avançaient difficilement, le fracas métallique des trams qui longeaient pesamment le Bahnring, l'énergie et l'enthou-siasme de la nouvelle république. Le petit attroupe-ment autour d'un kiosque où les journaux affichaient en une la dernière merveille technolo-gique, le premier vol du nouvel aérostat allemand, le Graf Zeppelin. Les photos montraient l'énorme bête flottant comme un gigantesque animal marin au-dessus du fond de la mer tandis que des créatures habitant plus bas filaient dans son ombre. « Un jour prochain, suggéra von Abt, on pourra traverser l'Atlantique par voie aérienne aussi facilement que nous prenons le train pour nous rendre à Paris. »

Cela est-il vraisemblable ? Liesel sentait toutes les possibilités que renfermait l'avenir. Combien ce siècle, qui avait commencé de manière si désas-treuse, pourrait se révéler remarquable.

Viktor les conduisit sur le trottoir d'en face. « Le Grand Hôtel ne vaut pas le Sacher, s'excusa-t-il, mais il est pratique. Peut-être pourrions-nous déjeu-ner avant d'aller voir le terrain ? »

Les voilà réunis à l'hôtel, dans le jardin d'hiver, au milieu des palmiers et des cactus. « Comme au bon vieux temps », remarqua von Abt, comme si ces quelques jours à Venise remontaient à plusieurs décennies et qu'ils avaient duré des années. Liesel aurait aimé lui faire plaisir, parler des canaux et des églises, du Titien et de Tiepolo, mais Viktor se montrait impatient, pressé qu'il était d'aborder le sujet de la maison.

« Ah ! la maison, acquiesça von Abt. Bien sûr, la maison. La maison Landauer. »

La maison Landauer ! Les serveurs se déplaçaient sous les frondaisons des palmiers. La pièce résonnait des clients attablés, du murmure de leurs conversations, du tintement des couverts sur la porcelaine, et Rainer von Abt regardait ses hôtes tour à tour avec cette expression amusée teintée de sérieux, comme s'il voulait évaluer l'impact de ces quelques mots : *das Landauer Haus !* C'était la première fois que Liesel entendait parler de la maison, la maison fictive, fantasmée, la maison du rêve et de l'imagination, en des termes si concrets.

« J'aimerais, leur disait-il, non pas seulement créer une maison mais créer tout un monde. Je veux m'occuper autant des fondations que de l'intérieur ; des fenêtres, des portes, de l'ameublement, de la texture de l'endroit autant que de sa structure. Je vais vous construire une vie. Pas une simple maison où vivre, mais un mode de vie. » Il ouvrit les mains comme si la vie était là, tout près. « Votre demeure sera une œuvre d'art qui suscitera l'émerveillement de tous. »

Il sortit de sa mallette un bloc de papier et des crayons. « Regardez. » Son crayon tira des lignes sur la page. « Vous avez dit cinq chambres et de quoi loger les domestiques ? J'ai pensé que les deux espaces devaient être séparés par le garage. Comme ceci, par exemple… » Une forme apparut sur son bloc, un rectangle argenté qui, rempli de piliers et d'un fronton triangulaire, aurait pu devenir la façade d'un temple classique, mais qui, hachuré et pourvu de portes ainsi que de fenêtres, devint, sous leurs yeux, une maison de banlieue d'une grande simplicité géométrique qui semblait émerger du brouillard blanc du papier.

Viktor fronça les sourcils.

« Un toit plat ? Cela convient-il à notre climat ?

— Matériaux modernes. Grâce aux avancées techniques, nous pouvons combattre les éléments. »

Le crayon s'activa de nouveau et ces simples lignes gagnèrent en substance, en solidité. Il porta une ombre au sol et l'intensifia en la frottant avec le pouce. Par ce geste, cette touche apportée par une main quasi divine, le soleil se mit à briller sur la feuille. Le crayon reprit son œuvre et la petite figure fine, elfique, d'un enfant se mit à courir le long de la terrasse devant la maison : l'avenir se déroulait sous leurs yeux. « Votre enfant, dit-il en levant la tête. Votre premier enfant. » Il remarqua que Liesel rougit. « Aurais-je deviné quelque chose ? »

Elle regarda tour à tour von Abt et son mari, se demanda si elle devait révéler ce secret dont même ses parents ignoraient tout. Viktor acquiesça légèrement. « En effet, confirma-t-elle. Peu de gens sont au courant – il n'y a que mon médecin, à vrai dire – mais nous allons avoir un enfant. La nouvelle est… toute nouvelle. Comment pourrait-il en être autrement ? Nous le savons depuis à peine quelques jours. Le bébé est prévu pour mars. »

Von Abt les observa tous les deux.

« Laissez-moi vous féliciter.

— La réussite revient entièrement à Liesel, dit Viktor avec un sourire sec, je n'ai joué qu'un rôle très bref. »

Tous trois se mirent à rire, un moment d'intimité partagée comme il en existe entre amis de longue date. C'était ce que ressentait Liesel. Une impression aussi intense qu'intime, comme si sa grossesse, ce fait organique, avait créé un petit cercle fermé d'un savoir particulier autour de ces deux hommes. Ne sachant pas exactement comment s'adresser à lui – Herr von Abt ? Herr Rainer ? –, elle sauta sur l'occasion. « Rainer, j'aimerais pouvoir décider de l'intérieur de la maison – les tissus, le sol, les meubles. »

Il tendit la main au-dessus de la table et posa une main rassurante sur la sienne. « Nous travaillerons ensemble. Je ne construirai rien que n'adorera Frau Liesel. Rien ! »

Après le déjeuner, ils roulèrent jusqu'à Černopolní, la colline du champ noir, pour voir le terrain. Viktor, qui conduisait, se gara sur une aire couverte de gravier qui surplombait toute la ville. C'était une journée de pluie et de vent, un avant-goût de l'automne, et la fumée d'un millier de cheminées encrassait l'air. Les toits s'étendaient comme une mer agitée vers le rivage lointain de la forteresse de Špilas.

« Nous y voilà, dit Viktor. C'est ici que vous devez travailler. C'est votre toile. »

De l'autre côté d'une grille, une prairie descendait, d'abord en pente douce, celle-ci devenant de plus en plus escarpée au fur et à mesure qu'elle se rapprochait des arbres au fond du terrain. En bas, derrière cet écran végétal, on devinait la forme imposante d'une maison ; au-delà s'étendaient Parkstrasse puis le parc Lužánky. Des gouttes d'eau roulèrent sur les lunettes de Liesel et lui brouillèrent la vue.

« Le terrain n'est-il pas bien situé ?

— Très bien, renchérit von Abt. Superbe. »

Elle enfila des caoutchoucs et suivit les deux hommes. Dans la prairie poussaient des pommiers ainsi qu'un bouleau argenté. Des fruits pourrissaient dans l'herbe. Elle avait beau essayer, elle n'arrivait pas à imaginer la moindre construction dans cet endroit. Il n'y avait que ce flanc de colline dépouillé et cette vue sur la ville à couper le souffle. Et le vent le lui coupa, littéralement.

« Autrefois, je venais souvent ici avec mon frère, dit-elle. Quand nous étions enfants. Le bouleau était notre dieu. On s'asseyait par terre, le visage baigné de soleil, et nous regardions l'arbre. La ville au loin était comme notre jouet, une ville miniature. » L'avaient-ils entendue ? Le vent la giflait et emportait ses paroles. « Benno me racontait qu'il y avait des prisonniers dans le château de Špilas enchaînés au mur de façon à ce qu'ils soient obligés de se tenir sur la pointe des pieds. Au moindre relâchement, les chaînes entamaient la chair de leurs poignets. Je n'ai jamais su si je devais le croire. »

La bruine ramenée par le vent lui éclaboussa le visage. Elle retira ses lunettes pour les essuyer. Von Abt devint une silhouette floue sous la pluie, examinant chaque détail du terrain, du sol à ses pieds à l'ensemble de la prairie en pente.

« Ici ? demanda-t-il en pointant du doigt. Juste ici ?

— Où bon vous semble, répondit Viktor. À l'emplacement qui vous paraît le plus approprié. J'aurais dit au sommet, non ? Mais tout le champ nous appartient, bien sûr. En bas – et il indiqua le pied de la colline –, se trouve la maison de famille de Liesel. Ces terres sont les leurs. » Von Abt sortit un appareil photo de la poche de son manteau, le même Leica que celui de Viktor. Il retira le cache de l'objectif et brandit l'appareil devant ses yeux, se tenant bien droit tandis qu'il prenait une série de photos de la route, du champ, de la pente.

« Avez-vous un plan des lieux ?

— Mes géomètres en ont réalisé un. »

L'architecte acquiesça. Il descendit dans l'herbe détrempée jusqu'au bouleau argenté et se retourna pour voir la colline.

« La pente va-t-elle poser problème ? demanda Viktor.

— Il nous faudra pratiquer une excavation. Creuser profondément et construire des fondations solides. La gravité est votre ennemie, mais la gravité est l'ennemie de n'importe quel bâtiment. Sans elle, nous pourrions construire des châteaux dans les airs. »

Il contempla Liesel au sommet de la pente, puis leva l'appareil photo, la cadra debout dans l'herbe haute, l'ourlet de son manteau taché par l'humidité. L'œil cyclopéen du petit appareil l'intimida, comme s'il voyait plus que ce qu'elle ne voulait bien montrer, ce grand corps légèrement maladroit, les vêtements soyeux et coûteux, le léger maquillage et l'arabesque écarlate de ses lèvres, les disques brillants de ses lunettes. Peut-être possédait-il le pouvoir mystérieux de deviner sa grossesse encore invisible.

« Votre bouleau argenté me plaît beaucoup, lança-t-il. Je l'*adore*. Ce sera l'axe central de votre jardin, l'élément autour duquel se déploiera toute la construction. La maison et le jardin comme unité. Cela conviendra-t-il à votre frère ? »

Il l'avait bien entendue. Elle en fut absurdement heureuse, comme si Benno lui-même venait de lui sourire.

« Je suis sûre qu'il serait ravi. Mais il est mort, malheureusement. Il est mort durant la guerre.

— Vous m'en voyez navré. »

Il remonta la pente jusqu'à elle.

« Savez-vous ce qu'ils ont fait ? lui dit-elle pendant qu'il approchait. Il avait dix-sept ans et était sur le point de s'engager dans l'armée, savez-vous ce qu'ils ont fait ?

— De qui parlez-vous ?

— Mes parents. Je n'avais que douze ans. J'ai attrapé la *spála*. C'est ainsi qu'on l'appelle. La scarlatine. Et quand les plaques sont apparues sur ma peau, ils m'ont envoyée dans la *chata* au fond du jardin.

— *Chata* ? Qu'est-ce donc ?

— Une petite maison de campagne, si vous voulez. Je crois que le terme vient de l'allemand. *Hütte* ? Celle-ci n'est qu'une cabane pour l'été mais c'est ainsi que nous l'appelions, la *chata*.

Elle est là, au milieu des arbres. » Elle la pointa du doigt. « Papi y avait fait installer une salle de bains – à la va-vite, vous imaginez bien – et j'ai dû vivre là avec la nourrice. Et pourquoi ont-ils fait cela ? Pour s'assurer que Benno n'attrape pas la scarlatine et qu'il ne développe une fièvre rhumatismale qui l'empêcherait de rejoindre son régiment. » Elle regarda von Abt. Soudain, sa vision n'était plus seulement troublée par ses lunettes : les larmes lui étaient montées d'un coup aux yeux. « Vous ne trouvez pas ça idiot ? Ils ne voulaient pas que Benno attrape la scarlatine au cas où cela l'empêcherait de s'enrôler. Ils auraient dû nous mettre ensemble en espérant le contraire, et peut-être que mon frère serait encore vivant aujourd'hui.

— Je suis désolé. »

Elle sourit comme pour le consoler. « Vous ne pouviez pas savoir. »

Pendant qu'ils remontaient vers la route, l'atmosphère changea, une conjonction de vent, de lumière et de vapeur qui déchira les nuages et laissa filtrer le soleil. Elle se tourna pour regarder. Les nuages gris étaient grignotés de rouge. L'orbe entier du soleil flottait bas à la droite de la forteresse de Špilas, sa lumière éclairant toute la ville de biais jusqu'à la colline où ils se tenaient pour les baigner dans ce rayonnement soudain d'un ambre chaud. À côté d'elle, von Abt brandit une fois de plus son appareil photo, et captura cet instant d'illumination d'un clic décisif et discret du rideau qui dura un millième de seconde. « Vous savez quoi ? » Son expression recelait une excitation étouffée, le frisson d'un secret que, pour le moment, il était seul à posséder. « Vous savez quoi ? »

Son enthousiasme lui rappelait Benno, tous ces projets qu'il avait. Viktor s'impatientait près de la voiture.

« Quoi donc ? Que devrais-je savoir ?

— Je vais vous construire une maison à l'envers.

— À l'envers ? Qu'entendez-vous par là ?

— Exactement ce que je viens de dire.

— Expliquez-vous. »

Mais il refusa d'en dire davantage. « Ce n'est qu'une idée, conclut-il en montant dans la voiture. Une simple idée. »

Ce soir-là, les parents de Liesel donnèrent un dîner en l'honneur de l'invité. Un aspirant architecte local avait été convié ainsi que le pianiste Miroslav Němec. La conversation oscilla entre tchèque et allemand. L'architecte regarda clairement von Abt comme un intrus et Viktor Landauer quasiment comme un traître en suggérant qu'il allait peut-être employer ce Viennois pour construire sa maison. Allemande jusqu'au bout des ongles et n'ayant jamais conscience de ce genre de tension, la mère de Liesel était assise en bout de table, le portrait de Klimt regardant par-dessus son épaule. Le visage représenté sur le tableau rappelait plus la fille que la femme qui avait posé pour le peintre deux décennies plus tôt : même visage ovale, même moue pensive, mêmes yeux sombres pleins d'égards, même nez aquilin. En revanche, personne, mère, fille ou qui que ce soit d'autre, n'aurait pu porter la robe que l'artiste avait créée pour son sujet, un vêtement pareil à un tourbillon de neige et de glace, de diamants et de plumes de paon.

« Très décoratif, dit von Abt en admirant le tableau.

— J'étais la coqueluche de Vienne, lui dit la mère de Liesel. C'était la grande époque, Herr von Abt. Du temps où la monarchie existait encore. »

Liesel connaissait désormais le code : le mot « décoratif » n'avait rien de positif. L'ornement était un crime.

« Mère, la monarchie était moribonde bien avant que Herr Klimt ne te peigne. Il lui a simplement fallu beaucoup de temps pour disparaître.

— C'est le socialisme qui l'a tuée, répliqua sa mère. Si les socialistes ne l'avaient pas supprimée, elle existerait encore. Et maintenant, nous vivons dans un État rêvé par des étrangers. »

Il y eut un silence gêné. À l'autre bout de la table, le père de Liesel afficha un sourire énigmatique sous sa moustache. « C'est la guerre qui a mis un terme à la monarchie, insista Liesel. La guerre a tué la monarchie comme elle a tué Benno. Des vieux imbéciles qui ont cru qu'ils pouvaient s'amuser avec des batailles comme ils l'avaient fait tout au long du siècle précédent. Et ils ont découvert que ce n'était pas possible, que la guerre tue des gens, ruine des vies et détruit des pays. Mais peut-être qu'aujourd'hui nous allons pouvoir en construire un nouveau, s'ils nous y autorisent. Le socialisme, lui, *bâtit* des choses. »

Le silence se fit plus profond, caverneux. Sa mère paraissait outrée. Le socialisme ? L'idée semblait scandaleuse. Non seulement scandaleuse, mais aussi dangereuse.

« Que pensez-vous de la Vienne socialiste, Herr von Abt ? demanda le père de Liesel. De toute évidence, elle fait l'admiration de ma fille. »

Même von Abt semblait chercher ses mots. Lui qui avait toujours réponse à tout ou un bon mot à offrir dut se creuser le cerveau pour trouver une réplique. « Les socialistes ont essayé de proposer autre chose. D'un point de vue architectural, leurs projets sont exceptionnels... La Karl-Marx-Hof... »

Ce fut la femme de Němec qui, sans le vouloir, sauva la situation. Elle savait très bien quoi penser de Vienne. Elle trouvait que Vienne regorgeait de boutiques et de cafés, une pléthore – elle utilisa le mot *Überfülle*, ses lèvres enveloppant les voyelles comme elles l'auraient fait avec une part de strudel – de choses qui ne semblaient pas le moins du monde socialistes. Le socialisme n'est-il pas synonyme de nivellement par le bas ? Eh bien, Vienne proposait un nivellement par ce qu'il y avait de plus haut. « Prague n'a rien à offrir de comparable, se plaignit-elle, si bien que je suis donc *obligée* d'aller à Vienne. Et après, ils veulent me faire payer une taxe à la douane. »

La minute d'inconfort, la fille faisant la leçon à sa mère, la mention de la mort de Benno et de ce maudit socialisme, semblait être passée. Mais elle laissait son empreinte sur le reste de la soirée, comme une rougeur embarrassante que tout le monde remarque mais que personne ne commente. Sauf Rainer von Abt. « Si vous décidez de prendre d'assaut les barricades, je vous suivrai sans hésiter », murmura-t-il à Liesel tandis qu'ils suivaient ses parents dans le salon pour écouter jouer Němec.

Elle dut se retenir de rire. « Vous allez laisser Viktor à la traîne, j'en ai peur. »

Les invités s'installèrent sur les chaises disposées en demi-cercle autour du Bösendorfer. Ils parlaient à voix basse comme s'ils étaient dans une église. Němec s'assit au piano et joua un morceau de son mentor, Leoš Janáček, une suite pour piano aux tonalités mélancoliques et dont les notes serpentaient dans la pièce, s'étirant jusqu'au silence ou martelant les oreilles des spectateurs surpris. La mère de Liesel écouta avec une concentration sévère telle qu'elle agissait comme un reproche sur quiconque était moins attentif qu'elle. Durant la pause entre deux mouvements, von Abt se pencha vers Liesel et souffla à son oreille :

« Pourquoi les Tchèques sont-ils toujours si mélancoliques ?

— Ils ont des raisons de l'être, murmura-t-elle.

— Ça ne m'étonne pas, avec une musique pareille. »

Il y eut un moment terrible où le rire menaça de devenir incontrôlé. Elle croisa le regard de Viktor qui fronçait les sourcils. Le pianiste se balançait d'avant en arrière, faisant rouler des arpèges tristes et profonds. Von Abt serra les lèvres pensivement et laissa son regard errer vers les moulures en plâtre du plafond tandis que des gloussements montaient dans la gorge de Liesel au point qu'elle craignit de s'étouffer.

« J'ai trouvé ton comportement honteux ce soir, dit Viktor alors qu'ils se déshabillaient avant de se coucher.

— Mais, mon Dieu, de quoi parles-tu ?

— Tu gloussais comme une écolière avec ce von Abt.

— N'exagère pas, Viktor. Nous riions. Nous avons le même sens de l'humour.

— Vous vous comportiez comme des enfants.

— Quel donneur de leçons tu fais ! »

La petite dispute éclata et retomba. Elle était déjà oubliée le lendemain matin car des événements plus importants leur accaparaient l'esprit : une réunion avec les avocats de l'entreprise durant laquelle un accord serait signé entre Landauer, Viktor et Landauerová, Liesel d'un côté, et Herr Doktor Architekt Abt, Rainer (« Vous pouvez laisser le "von" de côté ») de l'autre, pour la planification d'une maison de famille de deux étages avec sous-sol, d'une surface habitable d'environ cinq cents mètres carrés, adjointe d'un garage pouvant accueillir une berline ainsi que de dépendances pour les domestiques d'une surface de cent vingt mètres carrés, les plans préparatoires devant être remis dans un délai de deux mois et les plans définitifs pour le mois d'avril 1929. Détails de la construction à définir d'un commun accord, conception de l'ameublement et des installations électriques à décider dans les mois suivants, chaque proposition étant soumise à l'acceptation définitive de Landauer, Viktor et de Landauerová, Liesel.

On entendit gratter les stylos dans l'atmosphère calme du cabinet notarial. Le papier d'un retrait effectué à la Zivnostenská Banka fut remis. Il y eut une poignée de main, grave et professionnelle avec Viktor, chaleureuse et à deux mains avec Liesel ; la commande était officialisée. La maison Landauer, qui n'était encore que le fruit de l'imagination, allait se cristalliser en un fait concret.

« Curieux bonhomme, remarqua Viktor après avoir déposé von Abt à la gare. On ne sait jamais trop sur quel pied danser, avec lui. »

Hana

« Comment se porte le bébé ? demande Hana Hanáková.

— Bien, on dirait. D'après le médecin, tout se déroule normalement. »

Hana est la privilégiée, l'amie intime de Liesel. Bien qu'étant la plus jeune des deux, c'est elle qui montre à Liesel comment naviguer entre le tchèque et l'allemand, entre le monde des arts et celui des affaires, entre les différents cercles sociaux qui se croisent et se lient au sein de la bourgeoisie de la ville. Abandonnant leurs maris respectifs, les deux femmes se retrouvent tous les mercredis au café que Fuchs avait dessiné pour les jardins du Schramm-Ring – le Café Zeman –, où elles prennent place comme à l'accoutumée et presque de droit dans leur coin préféré de sorte à avoir une vue sur les tables voisines, voir qui est là et de qui il serait intéressant de parler. Hana boit un *turecká*, un café turc, accompagné d'une *Sachertorte* et laisse les gens l'observer. « Est-ce que je t'ai raconté ma dernière conquête ? » dit-elle. Elle s'essuie les lèvres pour en retirer les miettes de gâteau. Sa bouche, ce trait qui semble fasciner les hommes, retombe quand elle ne parle pas. Ce qui lui donne un petit air réprobateur, qui s'évanouit comme par enchantement à l'instant où elle se met à sourire. Et ce sourire, lorsqu'il vous frappe, vous fait entrevoir que, après tout, la vie a de la joie et du plaisir à offrir.

« Non, mais je sens que je ne vais pas tarder à tout savoir.

— Tu penses bien. » Elle se penche au-dessus de la table d'un air conspirateur, lançant des regards de biais dans l'espoir que leurs voisins puissent lire sur ses lèvres. « Miroslav Němec.

— Oh ! Hana, pas lui, je ne te crois pas.

— Pourquoi pas ? Sa femme est toujours fourrée à Vienne pour aller faire les boutiques si bien qu'il se retrouve seul et démuni sans autre occupation que de jouer.

— Pour toi, je suppose.

— Sur moi, ma chère. Crois-moi, rien ne vaut les mains d'un pianiste.

— Hana !

— Je te choque ? J'ai toujours cru que rien ne pouvait choquer une femme enceinte. Mais tu seras immunisée avec l'accouchement. Cet écartèlement, les efforts pour pousser, le tout pendant qu'une demi-douzaine d'hommes examinent ta *pochva*.

— Hana, tu me fais honte. »

Hana hausse les épaules.

« Je dis la vérité, c'est tout. Maintenant, parle-moi de Viktor et toi. Est-il terriblement frustré ?

— Au contraire, il est très satisfait. »

Hana regarde son amie de travers. « Chérie, tu ne le laisses pas *entrer*, au moins ? Il paraît que cela peut nuire au bébé, tu sais. »

Liesel rit.

« Je ne vais sûrement pas te dire ce que je lui laisse me faire. Certaines choses sont sacrées.

— Ma chérie, ces jours-ci il n'y a plus *rien* de sacré. Tu le sais aussi bien que moi. »

Cela semble particulièrement vrai pour ce qui est d'Hana. Elle a posé nue pour le photographe Drtikol, et l'artiste russe Tamara de Lempicka a peint un tableau d'elle nue durant l'année qu'elle a passée seule à Paris alors qu'elle était âgée d'à peine dix-neuf ans. Le tableau, tout en courbes et tubes anodisés, ses cheveux pareils à des fils de réglisse et une bouche de vampire, n'a été montré que récemment à Prague. La rumeur a couru – sans que jamais Hana la nie ni la confirme – qu'elle n'a pas été qu'un simple modèle pour Lempicka et que les deux femmes étaient en fait amantes.

« Pour moi, beaucoup de choses sont sacrées, renchérit Liesel. Mon mariage, par exemple. Mon bébé, aussi.

— Oh ! ma chérie, ne sois pas grotesque. Ton mariage avec Viktor n'est qu'un simple contrat.

— Mon mariage va bien au-delà d'un simple contrat. Il représente l'union de deux esprits. »

Hana rit.

« Que tu es sentimentale, ma chérie. Pour ce qui est de ton bébé, c'est différent. Peut-être s'agit-il vraiment de la dernière chose encore sacrée. En fait, je t'envie assez. J'ai beau me donner du mal, il ne semble jamais rien se passer pour moi.

— Tu penses sérieusement à avoir un enfant ? C'est merveilleux.

— Parfois, ma chérie, seulement parfois. Dans les moments où je me sens seule. »

Sous la table, Liesel se caresse le ventre. La veille, elle a eu l'impression de sentir un mouvement, et voilà qu'elle le sent de nouveau, une certitude aussi minuscule que fugace au plus profond de son être. « Il est là, s'écrie-t-elle. Je le sens. »

Hana tend la main.

« Laisse-moi voir.

— Pas au-dehors. À l'intérieur, je le sens à l'intérieur. Comme des bulles qui éclatent.

— Tu as peut-être des gaz. »

Leur éclat de rire attire l'attention de leurs voisins les plus proches.

« Je crois que j'ai raison, insiste Liesel. Je pense vraiment que c'est lui.

— Lui ?

— Ou elle. C'est peut-être une fille.

— Est-ce que tu t'es fait faire une prédiction ?

— Ne sois pas ridicule.

— Oh ! mais ça marche, si tu as les bons pouvoirs.

— C'est si peu scientifique.

— Toi et ta science. Tout ça parce que Viktor fabrique des automobiles. Il suffit de faire un pendule avec sa bague de mariage. Un fil de coton fait l'affaire. Tout le monde sait ça. » Elle se tait et regarde autour d'elle comme si on pouvait l'entendre. « Je pourrais te dire le sexe du bébé.

— Toi ?

— Bien sûr. Ce cher Viktor peut me détester tant qu'il veut, reste que je suis une femme aux nombreux talents. »

Elles finissent donc leur café et, tout en riant sottement, prennent un taxi jusqu'à l'appartement d'Hana en centre-ville où l'expérience est menée, Liesel allongée sur la chaise longue du salon, sans doute dans cette même chaise où le pianiste Němec conduit ses représentations privées. Hana attache l'alliance de Liesel à un bout de fil en coton et la suspend au-dessus du ventre de son amie.

« Je pense que tu devrais relever ta robe, ma chérie. Cela marche bien mieux s'il n'y a rien pour absorber l'aura du genre sexuel.

— Ma propre aura ne va-t-elle pas interférer, quoi qu'il arrive ? Comment est-ce que cela fonctionne ?

— Tu es devenue bien cynique. Tu as attrapé ça de Viktor.

— Viktor n'est pas cynique. Il est simplement réaliste. »

Ce qui n'empêche pas Liesel de s'exécuter en se déhanchant pour remonter sa jupe ainsi que son jupon et exposer le dôme luisant de son ventre. Son nombril est protubérant, et une ligne médiane est apparue avec les semaines, courant du nombril au pubis quasiment comme une ligne de symétrie. Hana l'observe avec une expression fascinée.

« Ma chérie, tu es *sublime*.

— Tu ne trouves pas que je ressemble à une baleine malhabile ? »

Les yeux de son amie brillent. Elle reste là, mince, élégante et stérile à contempler Liesel, fragile dans sa nudité.

« Bien sûr que non. Tu es comme un poisson aux lignes pures. Tamara aurait pu te peindre. Grands dieux, je suis…

— Quoi donc ? »

Pour une fois, Hana était bouche bée. « Bouleversée… Je n'aurais jamais rêvé… »

Liesel se sent aussi vulnérable que fière.

« Quoi donc ?

— Que cela puisse être aussi beau. Est-ce que je peux toucher ? Est-ce que ce n'est pas étrange de poser la question ? » Le pendule improvisé pend entre ses doigts. « Je peux ?

— Pourquoi voudrais-tu faire une chose pareille ?

— Je ne sais pas. J'en ai juste… envie. »

Elle s'agenouille alors à côté de la chaise longue, et caresse le ventre de Liesel, pareille à une aveugle essayant de découvrir la forme et la texture de quelque chose qu'elle ne peut pas voir. Puis un phénomène se produit, à ce point remarquable qu'elles n'en parleront jamais : Hana se penche en avant et presse les lèvres sur le renflement chaud. Le contact éveille chez Liesel un désir sexuel troublant qu'elle a du mal à définir, visant non pas Hana mais son propre corps qui lui est devenu si étranger et bizarre, si plein de l'avenir qu'il porte en lui. Elle pose une main sur la tête d'Hana comme pour lui donner la bénédiction, ou peut-être pour la consoler de ne pas être dans cet état béni qu'est la gestation. Hana glisse alors la main sous le tissu de sa culotte et recouvre le mont chaud de son pubis.

Il y a un instant de stupéfaction, quelques secondes d'un curieux tableau dans lequel les participants sont incertains du rôle que chacun est censé jouer, avant que Liesel fasse un mouvement de hanche. « Hana, dit-elle doucement, s'il te plaît. »

La main se retire. En évitant le regard de Liesel, Hana se lève. Elle cherche une diversion. « Le pendule. Nous avons oublié le pendule. » Elle le tend comme pour prouver son existence concrète, métallique, un objet qui peut être vu et touché, loin de ce que les deux femmes viennent de vivre, cette émotion éphémère et ineffable, différente pour chacune mais non moins puissante. *Schlüpfrig*. L'anneau tourbillonne, accroche la lumière en éclats dorés. Hana reste immobile pendant un moment, l'anneau flotte sans bouger au-dessus du nombril proéminent de Liesel. Puis, petit à petit, il se met à tourner. Un courant d'air ? Un frisson transmis par les doigts d'Hana ?

« Regarde !

— Chut !

— Il tourne. Un cercle ! Il décrit un cercle !

— C'est une fille. »

Le mouvement est indéniable, désormais, la formation d'un rond féminin parfait au-dessus du dôme lisse et splendide du ventre de Liesel.

« Une fille ! Oh ! Hana, nous lui donnerons ton nom. »

70

Elle se redresse et serre son amie dans ses bras comme si tout était réalisé, leur amour consommé, la gestation terminée, l'enfant né, la question déjà résolue.

Gestation

« Regarde ce que von Abt vient d'envoyer »,
annonce Viktor un matin tandis que Liesel, dans
sa chambre, est en train d'écrire du courrier. Son
ventre s'est beaucoup alourdi. Parfois, ce poids
la fait se sentir grosse et maladroite ; à d'autres
moments, elle se sent presque transparente,
comme si l'on pouvait voir à travers son abdomen
la créature qui se niche en elle, un poisson nageant
dans l'océan de son liquide amniotique, un
amphibien grimpant sur le rivage à la faveur de
la marée, un reptile qui relève son affreuse tête, un
mammifère à fourrure couché, un animal qui
rejoue l'évolution dans le monde primitif de son
utérus.

« Regarde ce qu'il propose. » Il déplie le plan
d'architecte par terre à côté du bureau de sa femme,
un imprimé diazoïque sur lequel ressortent des
lignes bleu foncé fantomatiques sur un fond bleu
clair. En haut à gauche de la feuille, il est écrit *Haus
Landauer*. Il y a deux dessins en perspective, deux
plans d'étage, une élévation frontale et une autre

sur la rue : des lignes tirées à la règle aussi coupantes que des rasoirs, une précision mathématique surnaturelle. La nature ne connaît pas les lignes droites. Même la lumière ne va pas tout droit, à ce qu'en dit cet homme, Einstein.

« Et maintenant, regarde ce qu'il suggère. La maison serait en quelque sorte suspendue au premier étage, ici. Tu vois ? Et descendrait jusqu'au jardin. Les chambres et les salles de bains à l'étage au niveau de l'entrée, le salon en dessous. Des fenêtres gigantesques. Des baies vitrées. En somme, notre bonhomme s'est passé des murs. Pour leur préférer le verre. »

Il parle avec émerveillement, excitation, comme s'il venait d'être témoin d'un phénomène naturel qu'on ne voit qu'une fois dans sa vie.

Liesel se tourne pour regarder et écarte les jambes afin de pouvoir se pencher en avant. Les plans sont d'une perfection euclidienne, aussi purs qu'une idée. Le projet ne contient pas une courbe. Son ventre à elle n'est qu'une courbe, quelque chose d'aquatique, d'océanique, mais rien de tel dans ce dessin. Pas une courbe en vue. Elle examine l'élévation côté jardin, un rectangle long et fin, un univers rectiligne qui aurait pu être le travail de ce nouveau peintre dont avait parlé Rainer, le Hollandais Mondrian. Les perspectives donnent l'impression que le bâtiment est un agencement de boîtes, les cubes en bois d'un jeu d'enfant. Reste un arbre, une vanité d'architecte ébauchée près de la maison et qui ajoute une petite touche de fluidité, éphémère. Et ainsi que Viktor l'a dit, l'entrée sur la rue constitue l'étage supérieur, au-dessus du salon. Elle observe.

« "Je vais vous construire une maison à l'envers", c'est ce qu'il a dit.

— Mais est-ce bien ce que nous voulons ?

— Pourquoi pas ? Et cette pièce, tout ce verre ! » Elle rit, change de position pour son ventre, puis se penche de nouveau. « Nous serons comme des plantes, des plantes sous serre.

— Chaleur accablante en été, et froid mordant l'hiver. »

Elle contemple le plan de l'étage principal – c'est un espace, rien de plus. Il n'y a aucune cloison, juste de l'espace.

« Que représente cette ligne ?

— Il propose une sorte de cloison pour diviser l'espace. Amovible, je crois. Et une autre pour délimiter la salle à manger. Tu vois ? Là où il a mis la table et les chaises. Le demi-cercle.

— Il y a donc au moins une courbe. »

Elle touche du doigt la surface lisse du plan comme si cela pouvait l'aider à mieux le comprendre, comme une aveugle lisant un texte en braille. Il y a une rangée de petites croix pareilles à des tombes sur la carte d'un cimetière.

« Et ça ?

— Ce sont les piliers.

— C'est-à-dire ?

— Il veut construire une charpente en acier. Apparemment, il n'y aura aucun mur porteur et la structure sera fixée à cette charpente. Il suggère de couvrir les montants de chrome. *Glänzend*, il

74

appelle ça. Brillant. De l'acier brut aussi translucide que de l'eau. » Viktor sort une lettre de sa poche et lit. « "L'acier sera aussi translucide que de l'eau. La lumière sera aussi concrète que des murs et les murs aussi transparents que l'air. J'ai l'idée d'une maison unique, un lieu de vie qui change en fonction des envies de ceux qui l'habitent, une maison qui se confonde sans heurt avec le jardin au-dehors, un lieu qui participe autant de la nature qu'il ne lui est extérieur…" C'est ce qu'il dit. Tu comprends ce qu'il raconte ?

— Je trouve ça très beau.

— C'est différent, c'est sûr. On dirait un grand magasin dans le genre de celui que Batá est en train de construire sur Jánská. Est-ce que nous voulons vivre dans un grand magasin ? Ici, les provisions, là les tissus d'ameublement, en bas les couverts et la vaisselle… »

Elle rit.

« Viktor, tu perds ton sang-froid. C'est toi qui voulais une maison pour l'avenir et voilà que, maintenant, on dirait que les bonnes vieilles idées du passé te font rêver. Bientôt, tu insisteras pour avoir une tourelle, des créneaux et des ogives. Regarde. » Elle lui montre l'étage, au niveau de la rue. « Là, nous avons la terrasse, un grand espace et, autour, les chambres comme une série de tentes. Notre famille qui campe sur la steppe. L'intérieur et l'extérieur sont une seule et même chose.

— Nous ne sommes pas des nomades.

— Tu entres par là… – elle suit le tracé des escaliers – une nouvelle courbe ! – Et plus bas, tu accèdes à cette… pièce. *Raum* », dit-elle, et soudain elle voit l'espace projeté dans son esprit, la pureté de la ligne, le frisson du vide. « Tu ne le vois pas ? Ce sera formidable.

— En théorie. L'objet concret me paraît encore très loin. Et effrayant.

— Tu prends bien des risques dans les affaires. Tu te fies à tes dessinateurs. Tu valides la construction du bâtiment qui abritera les nouvelles usines et les bureaux.

— Mais est-ce que je souhaite vivre dans une usine ? Ou dans un bureau ? »

Elle se redresse. Il fut un temps où c'était Viktor qui défendait l'idée de la modernité et, à présent, elle avait pris le relais.

« Mais moi, c'est là que j'ai envie de vivre. » Elle touche son ventre. « Avec ma fille et mon mari.

— Comment sais-tu qu'il s'agit d'une fille ?

— Hana a deviné le sexe. Je ne te l'ai pas dit ? Vraiment étonnant. Avec un pendule.

— C'est ridicule. Cette femme est une menace.

— Tu savais qu'elle avait une liaison avec Němec ? Elle dit qu'il joue du piano pour elle.

— Ils me dégoûtent. »

Il est indigné. Elle a remarqué que, depuis qu'elle est enceinte, il la traite avec une espèce de froideur lointaine, comme si elle s'était transformée en une sorte de mère virginale sur le point de donner naissance au Messie ou quelque chose d'approchant.

« Ne sois pas si prude, Viktor.

— Je ne suis pas prude. Tu sais que je ne le suis pas. Je refuse simplement que ma femme devienne aussi vulgaire qu'Hana Hanáková. »

L'hiver amena la neige, sous forme de blizzards ou de fragiles papillons blancs flottant dans l'air froid. Dans le jardin qui s'étendait derrière la propriété qu'ils louaient, elle s'amassait à l'ombre des plantes et persistait même quand la température dépassait le zéro en journée. L'herbe paraissait piquée, presque morte, tandis que les collines du côté de la rivière avaient l'air de cadavres couverts d'un linceul. La nature vivait au ralenti, prisonnière qu'elle était de cette saison de glace, mais parvenait encore à créer – l'enfant dans les entrailles de Liesel, la maison dans l'esprit de Rainer von Abt. L'un alambiqué, involuté, courbé et complexe – il n'y a pas de lignes droites dans la nature; l'autre simple et linéaire.

En mars, lorsque le sol se transforma en neige fondue et que le monde entier se fit boueux, on prépara le terrain de la nouvelle maison. Dans ce but, on loua un excavateur mécanique, une machine qui creusa et retourna la terre jusqu'à ce que le sommet de la colline ressemble au paysage scarifié et crevassé du Tagliamento durant la guerre. On trancha dans la terre au niveau de la lèvre formée par la rue pour atteindre la couche géologique inférieure, couleur rouille et dure comme la pierre. La rampe d'accès en terre était couverte de planches pour la stabiliser. « Tout ça pour la maison d'un particulier, marmonna le contremaître. N'importe qui croirait qu'on construit une usine. »

Puis ils coulèrent les fondations – les piles qui supporteraient la structure – ainsi qu'une chape de béton. Les terrassiers soufflaient et crachaient dans le froid humide. Les bétonneuses tournaient. Le terrain s'étalait comme une lésion sur le front de la colline. Une fois les fondations terminées, les piles montées sur la chape imperméable, on érigea la charpente de la maison. Les poutres d'acier, fabriquées par l'entreprise Gessen, venaient de Berlin. Il s'agissait de poutres en I, mais les supports verticaux étaient constitués de quatre poutres angulaires rivetées dos à dos pour créer des piliers cruciformes. Le martèlement dû à la pose des rivets et le fracas métallique de l'acier s'élevaient au milieu du calme de la rue. C'était sans doute la première fois au monde qu'une maison de particulier était construite de cette manière.

En avril, alors que la structure commençait à émerger, le bébé naquit. Ils avaient opté pour la solution la plus moderne et s'étaient organisés pour que l'accouchement ait lieu dans la clinique du docteur Živa Jelínek qui avait appris la méthode du sommeil sous hypnose sous la tutelle de Gustav Gauss à Fribourg. C'était l'idée d'Hana. « Ma chérie, tu peux me dire pourquoi un petit tour dans les bras de Morphée serait un problème ? » avait-elle demandé. La douleur de l'enfantement fut amoindrie par la morphine et le souvenir de l'événement effacé par la scopolamine, une drogue présente dans la jusquiame et la belladone, et qui a, entre autres, la propriété d'effacer la mémoire ; Ottilie vit donc le jour au milieu de cette amnésie chimique.

Construction

Rainer von Abt sur le chantier : nous sommes fin avril et il tombe une horrible pluie fine. La boue est encore l'élément dominant des lieux, une sorte de malédiction qui se colle à vos jambes et tente de vous faire chuter dans la fosse. Von Abt, en chaussures de marche toutes souillées, se tient sur un chemin de planches. Vêtu d'un costume gris foncé et d'un pardessus noir agrémentés d'un feutre gris clair, il serait facile de le confondre avec le propriétaire. À ses côtés, en bottes de caoutchouc, se tient le contremaître, couvert de boue, épuisé et le cheveu en bataille. Pour l'instant, le bâtiment en construction n'a pas de forme concrète. Au mieux, c'est une esquisse à grands traits dessinée dans l'esprit de von Abt, reportée sur du papier puis révisée, reconsidérée, discutée jusque dans le moindre détail, et qui s'élève en grandes verticales et horizontales dans un acier rougi, un labyrinthe en trois dimensions érigé dans la brume. Par le passé, les maisons poussaient de manière organique, comme des plantes, en partant de la terre. Mais

celle-ci n'est pas ordinaire : elle pousse de la charpente vers l'extérieur, comme une idée qui se développe jusqu'à devenir une œuvre d'art, partant du
noyau central qu'est l'inspiration vers la réalisation
matérielle. Les bétonnières tournent et vomissent.
Les hommes vont et viennent à pas lourds, des
hottes sur les épaules. Les échelles tirent des dia-
gonales strictes sur le squelette rectiligne de la
charpente.

Le contremaître déplie un plan et lève une main
vers l'étage supérieur où un ouvrier marche en
équilibre sur une poutrelle avec autant d'aisance
qu'un enfant sur le bord d'un trottoir.

« Il vous faut de vrais murs porteurs, dit-il, pour
que ce fichu bâtiment soit stable.

— Il n'y aura rien de la sorte, répond von Abt
avec une bonne humeur remarquable. La stabilité
est le contraire de ce que je recherche. Cette maison
doit flotter dans la lumière. Elle doit scintiller et
briller. Elle ne doit pas être stable ! »

L'homme renifle.

« Ça ressemble plus à une machine qu'à une
maison.

— C'est exactement cela, une machine à habiter. »

Le contremaître secoue la tête à l'idée d'un tel
engin. Il veut quatre murs autour de lui, en pierre.
Pas de cette structure grotesque en poutrelles
d'acier. Ce genre de charpente convient aux immeubles de bureaux – et justement, ils en construisent un sur Jánská, mais, bon Dieu ! ça sera un
grand magasin, pas la maison d'un particulier.

« Le Corbusier, dit von Abt.

— Quoi ?

— Ce que j'ai dit n'a rien d'original. Tout le mérite revient au Corbusier. Il a été le premier à développer l'idée. *La machine à habiter.*

— Qu'est-ce que c'est ?

— Français.

— On n'a pas besoin des Français ! On a déjà bien assez à faire avec les Allemands et les Tchèques. Vous savez qu'il y a eu une rixe l'autre jour ? Sur le chantier, juste là. À cause de la politique, un qui parlait tchèque, l'autre allemand, et le comble, c'est que le Tchèque s'appelle Mlynář et l'Allemand Müller.

— Mlynarsch ? »

Le contremaître rit de la prononciation maladroite de von Abt. « Ça veut dire "meunier". Ces deux abrutis ont le même nom. Je vous leur ai donné un bon coup à l'oreille, à ces deux-là, voilà ce que j'ai fait. C'est vrai, quoi, on peut pas laisser ces affaires empêcher le travail d'avancer, j'ai pas raison ? Surtout quand les choses ont l'air d'aller aussi mal que maintenant. »

On appelle de l'étage, du sommet de l'escalier de planches qui descend depuis la rue. Les deux hommes lèvent les yeux. La silhouette d'une femme se découpe sur le ciel.

« Frau Liesel ? lance von Abt. Est-ce vous, Frau Liesel Landauer ? » Il gravit les marches inégales jusqu'à elle. Les retrouvailles sont prudentes. Lors de leur première rencontre, elle était une jeune fille sur le point de devenir femme ; à présent, la femme était devenue mère. Le point d'appui de sa vie s'était déplacé.

« Je dois vous féliciter pour votre formidable réussite, dit von Abt en se penchant au-dessus de sa main.

— Il faudra que vous veniez la voir.

— Ce serait avec grand plaisir.

— Elle est belle, tellement belle. Parfaite… » Qu'avait-elle de parfait ? Quelle partie de son corps pourrait-elle choisir ? « Les doigts, les mains. Vous ne pouvez imaginer leur perfection. Empreintes, ongles miniatures, tout est parfait. » Elle tend sa propre main comme si cela pouvait fournir une explication. « Elle dort, elle mange, et parfois elle vous regarde mais vous ne savez pas ce qu'elle voit exactement. Elle fronce les sourcils, à croire que vous n'êtes pas tout à fait à la hauteur et, comme vous ignorez ses critères d'évaluation, vous vous sentez toujours incompétent. » Elle rit. On l'avait prévenue que certaines mères traversaient une période de dépression post-partum, mais elle n'éprouve que de l'exultation. « Mais pour l'instant, je suis venue voir la maison. Comment vont les choses ? Combien de temps les travaux vont-ils durer ? Je voudrais emmener Ottilie. »

Ils se tiennent au bord du chantier et regardent la charpente. Quelque part en contrebas, à l'intérieur de la cage d'acier, se trouve sa maison – les chambres, l'espace, les meubles, les sols, tout est là sous forme conceptuelle telle une sculpture qui préexiste dans l'esprit du sculpteur. Des hommes grimpent à des échelles et avancent sur la pointe des pieds sur des poutres comme s'ils étaient en quête d'une espèce de Graal mystérieux. L'ingénieur du chantier, un petit homme à lunettes avec des bras énergiques, discute avec le contremaître. « Tous veulent des murs, explique Rainer, alors j'insiste sur le fait que Frau Liesel n'en veut pas. Elle veut de l'espace et de la lumière pour son nouveau-né. C'est ce que je leur dis. »

Il lui sourit et elle est envahie d'une joie iridescente, comme si les lumières avaient été allumées, des lumières multicolores qui brillent, vacillent et se réfractent sur des miroirs mouvants. Cet homme a une vision qu'il concrétise pour elle seule, pour elle, pour Viktor et leur enfant. Cela semble fantastique.

« Viendrez-vous la voir ? » demande-t-elle. Il paraît soudain important de lui présenter Ottilie. « Puis-je vous arracher à votre travail quelques minutes ?

— Bien entendu. »

La voiture attend et le chauffeur, Laník, est au volant. Ils contournent la future maison pour rejoindre l'autre, le bastion à tourelles dans le quartier Masaryk, celle aux fenêtres minuscules, aux murs épais et aux tours. La nourrice va chercher Ottilie tandis que Liesel reste avec von Abt dans le salon. Une domestique apporte du café et des gâteaux. Ils s'enthousiasment pour des meubles, la décoration intérieure, l'espace où elle pourra élever sa famille et qui ne ressemblera pas à cette pièce avec ses lourdes tentures, ses meubles comme des cercueils et ses bancs d'église, ses lustres et ses grands lais de papier peint. « Un nouveau mode de vie, déclare von Abt à l'instant où la nourrice entre avec Ottilie, un paquet emmailloté dans un châle. Voilà ce que vous aurez. C'en est fini de toute cette futaine. »

Liesel prend son enfant. « Elle dort. Dans un instant, elle va se réveiller et voudra manger. C'est tout. Dormir et manger. » Elle rit à l'absurdité d'une telle vie et tient le bébé pour que von Abt puisse le voir. Il tend la main et caresse une joue du bout d'un doigt, puis lève les yeux vers Liesel et caresse sa main qui tient le châle écarté.

« Quel bonheur de vous voir si heureuse.

— C'est vrai que je suis heureuse, renchérit-elle comme si on avait pu suggérer le contraire.

— Viktor a de la chance.

— Nous avons tous les deux beaucoup de chance. »

Le bébé se réveille, ses yeux surgissant tels des joyaux au milieu de ses traits fripés. Elle ouvre une bouche édentée.

« Vous voyez ? Elle a faim. Ses capacités intellectuelles ne vont pas plus loin, pour l'instant. Cela vous dérange-t-il que je lui donne le sein ?

— Bien sûr que non… »

Il s'apprête à sortir mais elle le retient.

« Non, je vous en prie, ne vous donnez pas cette peine. Si cela ne vous gêne pas… Et ne détournez pas le regard. Vous pouvez regarder, Rainer. J'aimerais que vous regardiez. »

Et là, consciente de l'immense pouvoir qu'elle possède, elle déboutonne le devant de sa robe et libère un sein. Autrefois maigre, sa poitrine est devenue un organe tournant à plein régime, aussi lourd et gros qu'un fruit. Tandis qu'elle maintient le téton pour le bébé, le regard de Rainer posé sur elle lui fait l'effet d'une caresse frissonnante. Quand Ottilie prend le sein entre ses gencives dures, elle ressent ce plaisir particulier de la succion. Liesel regarde alors Rainer droit dans les yeux.

« Voilà », dit-elle et elle se demande pourquoi il est si important que Rainer von Abt la regarde.

« Pure superstition, dit Viktor quand la question du baptême d'Ottilie est soulevée. Nous prétendons ne pas être croyants, alors pourquoi devrions-nous faire ce genre de chose pour notre enfant ?

— Pour contenter ma mère.

— Elle a d'abord tenu à ce que l'on se marie à l'église, et, maintenant, elle exige que sa petite-fille soit baptisée. Elle est sans pitié.

— Et je voudrais qu'Hana soit sa marraine, ajouta Liesel.

— Cette femme !

— Elle n'est pas ce *genre* de femme. C'est mon amie la plus chère. Tu m'as empêchée de prénommer le bébé Hana, alors tu me dois bien ça.

— Ce n'est pas elle qui va pouvoir inspirer fidélité et modestie à notre fille.

— Elle sera tout à fait consciente de ses responsabilités.

— Du moment qu'elle a aussi conscience de son irresponsabilité. »

La cérémonie – un événement discret réservé à la famille ainsi qu'au parrain et à la marraine – se tint dans l'église des Minorités sur Jánská, avec Ottilie toute de blanc et de soie vêtue et sa marraine Hana Hanáková tout en noir. Elles formaient une jolie paire devant l'assemblée, l'une minuscule, ronde, innocente et douce, l'autre grande, angulaire, dure et rompue à l'exercice de la vie. Viktor resta à l'arrière avec le mari d'Hana. « Elle est belle, n'est-ce pas ? » lui murmura Oskar à l'oreille, mais Viktor ne sut déterminer s'il parlait du bébé ou de sa propre épouse. Le prêtre marmonna des formules latines et se pencha sur le bébé comme s'il voulait mordre dans sa poitrine. Oskar lui dit que le prêtre lui soufflait dessus pour expulser le diable. Hana lui avait expliqué toute la cérémonie.

« C'est donc que le diable est en elle ? Cela semble ridicule. Ce n'est qu'un bébé. Elle est à peine capable de voir qui que ce soit, alors abriter le diable… » Cette cérémonie grotesque rappela son enfance à Viktor, quand on le traînait à la synagogue pour la Pâque et Yom Kippour, le rituel mystérieux, la langue absconse. Son père avait toujours regardé tout cela de loin, à l'inverse de sa mère qui avait été la force motrice derrière la religiosité de la famille. « C'est totalement absurde, murmura-t-il à Oskar. Je suis sûr qu'intrinsèquement, l'humanité est bonne et non mauvaise. »

Oskar put à peine étouffer un rire. « L'humanité, intrinsèquement bonne ? Où étais-tu durant la guerre, Viktor ? »

Après la cérémonie, il y eut une petite réception dans un hôtel non loin. Les femmes s'agglutinèrent autour du bébé. Les cousines et les tantes s'exclamèrent face au miracle de la petite enfance, à la ressemblance avec Liesel, dirent combien le bébé était sage, et, pendant ce temps, Viktor et Oskar discutèrent des sujets qui occupaient l'esprit des hommes, le marché des changes, l'économie, les affaires. Hana les rejoignit, brièvement libérée de ses obligations de marraine.

« Je dois vous féliciter pour ma jolie filleule, Viktor, dit-elle. Il n'y a jamais eu de plus beau bébé.

— Ma contribution fut minimale.

— Mais vitale. »

Elle prit le bras de son mari et se pencha pour embrasser son crâne chauve. « S'il te plaît, mon amour, pourrais-tu aller chercher mes cigarettes ? demanda-t-elle. J'ai laissé mon sac quelque part… »

Obéissant, il s'éloigna, laissant Viktor et Hana seuls.

« Je sais que vous ne m'aimez pas, Viktor, dit-elle.

— Ne soyez pas ridicule. D'où tenez-vous une idée pareille ? »

Elle rejeta ses protestations d'un éclat de rire. Peut-être le champagne lui avait-il délié la langue. « Allons, c'est vous qui ne devriez pas être ridicule. Je sais que vous ne m'aimez pas. Vous avez même empêché Liesel de donner mon nom au bébé. En vérité, je ne vous aime guère non plus. Mais laissez-moi vous rassurer : il y a deux personnes que j'aime plus que tout au monde. L'une est votre femme, l'autre est votre fille. Je ferai tout ce qui est en mon pouvoir pour les chérir et les protéger toutes les deux. »

Viktor sirota son champagne. La patience d'Otti-lie, déjà entamée par l'huile et l'eau versées, ainsi que par le prêtre qui lui avait soufflé dessus, finit par réagir violemment aux attentions injustifiées du photographe. Elle fondit en larmes. Les femmes réunies autour d'elle gazouillèrent et gloussèrent de plus belle. « Chérir me convient très bien, dit Viktor à Hana. J'espère qu'il ne sera pas nécessaire de les protéger. »

Onyx

La maison grandissait, le bébé aussi. Pour ce dernier, la métamorphose était étrange et rapide, ponctuée de moments décisifs : attraper ses mains, fixer son regard, premier sourire, premier rire, reconnaître Liesel, puis Viktor, se redresser sur les mains. L'avancée des travaux était, elle, plus mesurée : pose des poutres d'acier, chape de béton coulée, délimitation de l'espace. Il y eut des retards, des problèmes de matériaux et avec les ouvriers, les discussions et la frustration se prolongèrent de l'été à l'automne avant d'être résolues.

« Ça arrive, dit Viktor dans une démonstration rare de fatalisme. Ces choses-là arrivent. »

Il n'y eut pas de cérémonie pour célébrer le moment où la coquille de la maison fut finalement achevée cet hiver-là, pas de baptême ni de nom à donner, mais une certaine inquiétude à l'instant de descendre de voiture pour observer le bâtiment. On aurait dit un simple hangar, un entrepôt pour machines agricoles et matériaux de construction perché sur la colline. Ils suivirent von Abt à l'intérieur et avancèrent sur le béton nu. Les espaces vides empestaient le ciment frais et le plâtre. Le sol était rugueux, sale, les murs en plâtre blanc ordinaire. Les chambres étaient éclairées par une ampoule de cent watts tombant du plafond.

« Qu'en pensez-vous ? »

Qu'en pensaient-ils ? Difficile à dire. Autant regarder un squelette et tenter d'imaginer à quoi ressemblait la personne à qui il appartenait. Viktor aida Liesel quand elle s'avança sur une planche et ils sortirent sur la terrasse ensoleillée, balayée par le vent. Par-delà les toits de la ville, la forteresse de Špilas semblait surfer sur la crête d'une vague. Au-dessus d'eux, un ciel changeant était encombré de cumulus. « J'imagine bien Ottilie jouer ici », dit-elle. Le bac à sable, qui faisait partie intégrante de la structure, était déjà en place. Tout comme les bancs et les petits bassins qu'avait demandés Liesel.

Viktor remarqua une flaque d'eau de pluie contre le mur du parapet. « Il y a un problème avec le toit plat, non ? » Il revenait souvent à la charge sur ce point, comme la langue qui passe sans cesse sur l'irrégularité d'une dent.

« La strate inférieure est parfaitement isolée, le rassura von Abt. Grâce aux matériaux modernes. Le XIXe siècle est derrière nous. Par ailleurs, le sol sera posé avec une légère pente, inutile de vous inquiéter à ce sujet.

— Mais tout de même… »

Ils firent le tour des autres pièces, les futures salles de bains et chambres. Leurs voix résonnaient dans les escaliers et le salon, le vaste espace vide juste en dessous. On avait tendu des bâches en attendant l'installation des baies vitrées, ce qui plongeait la pièce dans l'obscurité. Une planche traînait par terre. Il y avait un seau avec un fond de ciment dedans, une feuille de papier journal où l'en-tête du *Lidové Noviny* était encore lisible. Tous trois évoluèrent dans la pénombre en essayant de se représenter les lieux une fois terminés, la nouvelle vie qu'ils y mèneraient. Pour l'instant, il n'y avait que cet espace grand comme un garage.

« La cloison sera là, dit von Abt en se tenant au centre de la pièce et en tendant les bras. Elle séparera le salon de la bibliothèque. »

Cette cloison était une pomme de discorde. En quoi serait-elle ? « En onyx », avait insisté von Abt lorsqu'ils avaient abordé la question à Vienne quelques jours plus tôt. L'onyx semblait absurde, excessif. C'était une pierre précieuse, un matériau ostentatoire, bon pour les camées et les boîtes décoratives. Mais von Abt pouvait se montrer immodéré, parfois, avec ses fioritures spectaculaires, ses discours sur l'espace et la lumière, les volumes et les poussées. « J'ai pensé à l'albâtre et au travertin, mais j'ai fini par arrêter mon choix sur l'onyx. Ce sera la *pièce de résistance*. »

Debout au milieu des ombres, il vantait les vertus de son idée, décrivait les marbrures complexes de la pierre, sa transparence, ses reflets délicats entre le miel et l'or. « Comme les cheveux d'une petite fille, dit-il en coulant un regard vers Liesel. Comme ceux de la vôtre. »

Viktor observa Liesel et von Abt, reconnut ce subtil courant érotique qui passait entre eux, pareil à une étincelle. C'était assez flagrant, les yeux écarquillés de sa femme derrière les lunettes, ses lèvres à peine entrouvertes comme avant une révélation honteuse. Il se posa la question sans jalousie, et réfléchit calmement à la fidélité et à la trahison.

« Combien coûterait tout cet onyx ? »

Von Abt fut stoppé dans son élan.

« Ah ! J'ai bien peur que le coût ne soit assez considérable.

— Dites-moi.

— Environ quinze mille dollars. Ce qui fait…

— Une petite fortune ! Mon Dieu ! Presque un demi-million de couronnes. Assez pour construire toute une maison. »

Von Abt acquiesça.

« Mais imaginez quel effet remarquable cela aura, Herr Viktor.

— Sans aucun doute. Beaucoup de gens ont des cendriers en onyx. Je ne connais personne qui en ait un mur entier. »

Ces mots marquèrent la fin de la visite, une note amère à propos d'argent, introduite durant l'exercice d'imagination requis pour envisager la maison telle qu'elle serait et non telle qu'elle était – un espace de lumière, de reflets, et non cette boîte grise en béton gris. Ils raccompagnèrent von Abt à la gare et regagnèrent en silence leur villa à tourelles.

« Les propositions de Rainer te mettent en colère », dit Liesel lorsqu'ils s'installèrent au salon après le dîner.

Il haussa les épaules.

« Elles me paraissent très dispendieuses, parfois. C'est notre argent qu'il dépense, pas le sien.

— Tu parles du mur d'onyx ? Viktor, est-ce que tu sais ce que signifie "onyx" ? C'est le mot grec pour "ongle". L'ongle de Vénus. Tu ne trouves pas cela merveilleux ? L'ongle de la déesse de l'amour.

— C'est von Abt qui te l'a dit ?

— Oui.

— Cet ongle coûte une somme faramineuse.

— Que tu es borné, Viktor. Si nous nous lançons dans quelque chose de grand, alors il faut faire des sacrifices. »

Ne comprenait-elle pas ? Elle vivait dans son monde protégé, avec Hana Hanáková et leurs amis, et ils parlaient de leurs peintres, de leurs musiciens, de leurs acteurs et actrices, et, pendant ce temps, le reste de la population faisait face à la récession et à l'agitation politique. Quand viendrait le moment où l'un de ces deux mondes empiéterait sur l'autre ? Quel genre de choc éprouveraient-ils ?

Il se leva et posa son livre.

« Je vais me coucher.

— Chéri, je t'ai fâché ?

— Bien sûr que non. »

Mais c'était faux. Quand elle monta se coucher, plus tard, il resta allongé dans le noir à l'écouter pendant qu'elle allait à la salle de bains faire sa toilette, puis traversait le couloir vers sa chambre. Le bébé poussa un petit cri et ce fut le silence. Elle était sans doute en train de donner le sein à Ottilie. Même s'il lui arrivait de le faire ouvertement devant lui, le processus lui semblait toujours étranger, un événement intime que partageaient la mère et son enfant. Ses seins larges et gorgés de lait avaient beaucoup changé depuis les petits mamelons qu'il avait autrefois caressés, embrassés ; à vrai dire, c'était tout son corps qui s'était transformé et paraissait désormais plus adapté à la maternité qu'au sexe. Le bébé émettait d'étranges petits grognements pendant qu'elle le nourrissait, comme un cochon en train de téter. Était-ce si différent, d'ailleurs ? Une truie qui nourrit sa portée, une femme son bébé. Toutes deux sont des animaux ; avec des besoins et des contraintes. Il était allongé dans le noir, pensait à Liesel, à la maternité et à la nouvelle maison. C'était dans cette demeure aussi sombre qu'un utérus – il l'appelait le Château – que Liesel avait conçu leur enfant. Que concevraient-ils dans la nouvelle maison ? D'autres enfants ? Et quoi d'autre ?

Son esprit erra entre deux phases de sommeil. Le mur d'onyx, il pensa au mur d'onyx. L'ongle de Vénus. Il pensa à ceux de Liesel, longs et vernis de rouge, et à d'autres, à vif, sans artifice, rongés jusqu'au sang, qui tenaient entre eux une cigarette.

« Vous avez du feu ? »
Naïvement, il s'était arrêté pour lui répondre.

« Du feu, répéta-t-elle. Vous avez du feu. » Il y avait une certaine impatience dans ses manières, comme si elle se dépêchait pour un rendez-vous. Le vacarme du champ de foire du Prater l'enveloppait, les rires d'enfants, les appels des forains ; devant lui, la Nordbahnhof et le train qu'il prendrait pour rentrer ; devant lui, cette femme – plus petite que Liesel, un air vif, intelligent, un certain éclat dans le teint –, une cigarette entre les doigts. Ses yeux bleus étaient si pâles qu'ils paraissaient bizarrement transparents, comme si on pouvait voir le ciel à travers.

Il fouilla ses poches pour trouver son briquet et la regarda se pencher vers la flamme. Elle portait un chapeau cloche gris sur des cheveux foncés coupés court, pas aussi sévèrement que Liesel et ses amies, mais assez pour signifier qu'elle était une femme moderne. Slave, se dit-il. Il n'y avait qu'une trace de rouge sur ses joues mais ses lèvres étaient une arabesque rouge sang. Certes, elle était jolie – d'une beauté soignée et précise – mais elle n'était pas remarquable. Peut-être était-elle une femme de chambre sortie faire une promenade dans le parc, habillée comme pour un jour de congé, jupe étroite descendant aux genoux et chemisier blanc sous une petite veste soignée. Elle avait mis une broche à son revers, un éclat d'ambre pareil à un bonbon de sucre cuit.

Elle se redressa et recracha la fumée. « Je peux faire quelque chose pour vous ? »

Il hésita. Là dans le parc, avec la Riesenrad, la grande roue qui montait au-dessus d'eux, il réfléchit à ce qu'elle venait de dire, tandis qu'elle regardait la foule autour d'elle, comme pour voir si quelque chose de plus intéressant se présentait. Elle tira sur sa cigarette par petites bouffées brusques comme si elle n'avait pas vraiment l'habitude de fumer. Peut-être avait-elle voulu partir. Peut-être avait-elle repéré un autre client potentiel.

« Oui, peut-être bien.

— D'accord. Vous voulez aller où ? »

Pourquoi ne s'était-il pas contenté de la repousser et d'aller à la gare prendre son train pour Město ? Il y avait sans aucun doute de la curiosité, mais ce n'était pas tout ; il y avait aussi cette jeunesse qu'il avait remarquée, et, bizarrement, de l'innocence. Beaucoup d'autres choses, aussi. Une sexualité affichée, bien sûr. Le mystère de l'inconnu. Et des détails intangibles : son visage, le bombement précis des joues et des sourcils, la douceur de son expression et l'amusement discret qui transperçait derrière son regard inquiet. « Et si nous faisions un tour sur la grande roue ? »

Elle sembla décontenancée.

« Ce truc, là ? Vous n'arriverez jamais à m'y faire monter.

— Vous avez peur ? Pourquoi les femmes ont-elles toujours peur de ce genre de choses ? »

La référence à son sexe la fit réagir. Au lieu de hausser les épaules et de s'éloigner, elle se mit à l'observer avec attention, la tête penchée sur le côté. « C'est faux. Les femmes n'ont pas peur. C'est juste que nous avons de vraies peurs à gérer, pas les petites frayeurs idiotes que les hommes inventent. »

L'intelligence incisive de sa réponse étonna Viktor qui ne s'attendait pas à une telle repartie.

« Alors prouvez-le-moi. »

L'idée semblait l'amuser. « Très bien. »

Ils rejoignirent la petite file qui s'était formée. Ils se trouvaient derrière quelques familles ainsi qu'un jeune couple, puis ce fut leur tour. La grande roue, qui les dominait de ses soixante mètres, tourna, une cabine arriva à leur niveau et le préposé leur tint la porte. Un instant, le groupe qui les suivait, deux femmes accompagnées d'une demi-douzaine d'enfants, faillit bien se faufiler à l'intérieur avec eux, mais le préposé s'interposa. Viktor et la jeune femme montèrent seuls dans la cabine.

La cabine oscilla légèrement, comme un bateau à quai. Elle se heurta à lui, entraînant un contact fugace et inconsidéré ; les bras de Viktor la retinrent et il sentit ses cheveux sur son visage. Elle lâcha une excuse et agrippa la rampe pour regarder par la fenêtre tandis que la cabine commençait à prendre de l'altitude.

« Vous savez, la dernière fois que je suis montée dans la grande roue, j'avais dix ans.

— Quand était-ce ?

— Il y a quinze ans ?

— Vous ne faites pas votre âge. »

Elle sourit timidement. « Et vous, quel âge vous avez ? »

Le parc rapetissait en contrebas et la silhouette de la ville commençait à se dessiner. Les collines, au loin. Il pensa à la vue sur Město depuis la nouvelle maison ; et il pensa à Liesel.

« Cela ne vous regarde pas.

— Comme vous voulez. »

La cabine tangua doucement dans la brise. Regardant la vue côte à côte, tous deux semblaient réfléchir aux options qui s'offraient à eux.

« Comment vous appelez-vous ? demanda-t-il.

— Kata. Et vous ?

— Viktor. »

Aurait-il dû donner un faux nom ? Kata était-il son vrai nom ? De quoi était-il le diminutif ? Katarina, sans doute ? Elle expliqua qu'elle était hongroise et non slave, même si elle venait de Slo-vaquie, mais qu'il y avait beaucoup de Hongrois qui vivaient de l'autre côté de la frontière, dans le nou-veau pays. Encore une autre population coupée de ses racines par des politiciens qui traçaient des lignes sur des cartes.

« Comme pour vous, dit-elle.

— Moi ?

— Vous n'êtes pas tchèque ?

— Comment le savez-vous ? »

Elle afficha de nouveau ce sourire entendu. « On finit par apprendre certaines choses. »

La cabine atteignit le sommet de la roue et amorça la descente. Elle haleta et se cramponna à la rampe un instant, puis elle se tourna vers lui et éclata de rire. C'était un rire délicieux, une bulle d'innocence, comme si elle n'avait jamais racolé au Prater.

« Et maintenant, où est-ce que vous voulez aller ? demanda-t-elle. Vous avez un hôtel ? J'en connais un, sinon.

« — D'accord. Mais avant, je dois envoyer un télégramme.

— À votre femme ? »

Il haussa les épaules, les yeux rivés sur le monde qui venait à leur rencontre, la Hauptallee avec ses couples en promenade, ses cyclistes, ses enfants courant en tous sens et ses chiens.

« Ne vous inquiétez pas, la plupart des hommes sont comme ça, dit-elle comme si elle parlait de victimes d'une maladie débilitante mais pas mortelle. C'est la vie. »

L'hôtel était vieillot et plutôt délabré, une relique d'avant-guerre, une époque où les gens étaient plus riches et où les besoins de se déplacer étaient plus grands, un temps où Vienne était à la tête d'un empire plutôt que la capitale obèse d'un État en ruine. Le concierge les conduisit à une chambre miteuse dans les étages, qui sentait fort les besognes temporaires. Une fois enfermée dans la pièce avec Viktor, la fille ne fit rien de spécial. Il n'y eut aucun artifice, pas de séduction, pas d'effeuillage ridicule. Viktor s'assit sur le lit et la regarda retirer simplement ses vêtements, les plier avec précaution avant de les déposer sur une chaise. Puis, comme si elle ne voulait pas qu'il en voie trop, elle se tourna rapidement et se glissa sous les draps.

« Vous faites ça souvent ? demanda-t-il.

— Aller avec un inconnu ? » Elle grimaça, une petite *moue* de mécontentement. « Quelquefois. Je ne suis pas une *poule*, vous savez. Je travaille dans la mode. C'est seulement quand j'ai besoin de mettre du beurre dans les épinards.

— Qu'est-ce que vous faites, vous êtes mannequin ? »

Elle hésita, prête à mentir.

« Couturière, en fait. Modiste pour le moment, je travaille sur des chapeaux.

— Le vôtre ?

— Oui, c'est moi qui l'ai confectionné. » Elle rit. Il aimait l'entendre rire. « Il est chic, non ?

— Très. Et en ce moment vous avez besoin d'un petit plus ?

— Bien sûr. Le loyer à payer, ce genre de chose. Vous savez comment c'est. Pas facile de s'en sortir avec mes émoluments, surtout par les temps qui courent. Bon, vous venez ? Ce n'est pas ce que vous voulez ? »

Il ne savait trop quoi répondre. Lui qui ne doutait jamais de rien était soudain déstabilisé par la moquerie qu'il lisait sur le visage de la fille. Il tendit la main, prit la sienne. Elle possédait quelque chose d'innocent, d'inachevé et de naïf, les ongles rongés à vif comme ceux d'un enfant.

« Je ne sais pas ce que je veux.

— Oh ! que si. Vous voulez le faire sans vous sentir coupable. Moi, je ne me sens pas coupable, alors pourquoi ça vous prendrait ? »

Il rit.

« Vous êtes philosophe ?

— Je suis réaliste. Si je ne l'étais pas, je vous ferais les poches ou quelque chose dans le genre. »

Il se déshabilla, se glissa dans le lit à son tour, et elle fit ce qu'il demanda, des choses dont il aurait eu honte avec Liesel mais qui, avec cette fille, semblaient tout à fait naturelles. Après, il n'éprouva aucune culpabilité, seulement un sentiment de tristesse. Quelle était l'expression latine ? *Post coitum omne animal triste*. « Après le coït, tous les animaux sont tristes. » Mais comment l'expliquer, cette tristesse ? Par la fin d'un moment d'innocence pur et éhonté, peut-être.

« Bon, je vais y aller », dit-elle en s'écartant.

Il posa une main sur elle pour l'arrêter.

« Attendez, dit-il. Ne partez pas tout de suite. Je veux parler un peu. Je vous donnerai un supplément, si vous voulez.

— Vous allez me payer pour *discuter* ?

— Pourquoi pas ? »

Donc ils discutèrent. Ce fut une étrange conversation. Il lui arrivait parfois, en général à l'usine, de rencontrer des femmes de sa condition. Il échangeait des plaisanteries avec elles sans avoir de vraies conversations. Mais voilà qu'il discutait avec cette fille vive, sagace, drôle, et qui, allongée à ses côtés dans le lit, fumait une cigarette tout en lui racontant à quoi ressemblait la vie dans son monde, sur la planète des pauvres où votre nom pesait moins que vos actes, et encore. Un monde où vous vous trouviez un homme quand vous aviez besoin de mettre un peu de beurre dans les épinards.

« Écoutez, il faut vraiment que j'y aille. J'ai des choses à faire.

— Vous ne pouvez pas rester pour la nuit ?

— Non, impossible. »

S'il le lui avait dit dès le début, alors elle aurait pu s'organiser. La prochaine fois peut-être, mais pas aujourd'hui. Il la regarda quitter le lit et ramasser ses vêtements. Nue, sans les accoutrements de la mode, elle semblait beaucoup plus jeune. Il la regarda s'habiller et inverser la transformation, redevenir la femme qu'il avait rencontrée au Prater : intelligente, soignée et amusée, avec un fin vernis de sophistication qui le faisait presque rire de plaisir.

« Combien vous dois-je ?

— Vous ne me *devez* rien. Disons que c'était un cadeau. »

Il trouva son portefeuille et compta tant d'argent qu'elle écarquilla les yeux. « Quand pourrai-je vous revoir ? » Cette question était imprévue et absurde, une suggestion qui vint sur un coup de tête à l'instant où Kata se mettait sur la pointe des pieds pour l'embrasser chastement sur la joue.

« Quand vous voudrez. » Elle trouva un crayon et gribouilla un numéro sur un morceau de papier. « Vous pouvez me contacter ici. Enfin, si vous le souhaitez. Et je relève mon courrier au bureau de poste de la Nordbahnhof si vous voulez me laisser un mot. Adressez-le à Kata Kalman. »

Puis elle ouvrit la porte et sortit dans le couloir, l'abandonnant dans cette chambre minable, sans rien de plus que son parfum sur les draps et son odeur sur les doigts.

« J'ai décidé, dit-il à Liesel le lendemain matin, que tu auras finalement ton mur d'onyx. »

Elle poussa un petit cri de plaisir.

« Qu'est-ce qui t'a fait changer d'avis ?

— Les ongles, répondit-il. Les ongles de Vénus. »

Intérieur

Cet été-là, ils se rendirent à Marienbad pour faire une cure thermale. Ils prirent une suite au palace-hôtel Fürstenhof où Viktor passait ses étés avec ses parents quand il était enfant. Les employés le saluèrent par un « Herr Viktor », affichèrent des sourires bienveillants à la *gnädige Frau* et roucoulèrent au-dessus du couffin d'Ottilie. La suite surplombait les jardins des thermes où, le matin, la brume flottait au milieu des arbres, insufflant aux lieux une atmosphère orientale mystérieuse. L'après-midi, l'orchestre jouait devant le Kolonada tandis que les gens se baguenaudaient d'une source à l'autre et vidaient leur flasque en porcelaine à petites gorgées, persuadés, sans plus de preuves, qu'on les guérissait d'autre chose que du simple ennui. Dans la soirée, il y avait des concerts – un récital de Chopin, du Dvořák et le *mélange* inévitable de Strauss.

Des affiches en ville annonçaient le lancement de la nouvelle Landauer Popular. Le slogan promettait une Landauer Luxury vendue comme une Popular, et, en dessous, une image représentait des familles souriantes roulant vers les lacs de montagne pour leurs vacances, les enfants agitant la main gaiement depuis l'arrière de la nouvelle voiture. Ils durent subir les attentions envahissantes de deux journalistes, l'un d'un magazine féminin qui voulait interroger Liesel sur la maternité en ce début de décennie et l'autre, envoyé par le *Lidové Noviny*, qui voulait savoir ce que pensait Viktor du climat économique et de la nouvelle voiture, mais ils purent rester en tête à tête pendant la majeure partie de leur séjour. La nourrice prenait soin d'Ottilie quand Viktor et Liesel partaient se promener dans les bois au-dessus de la ville. Liesel, les jambes nues en short et chaussures de randonnée, ne semblait pas avoir vieilli depuis leur première rencontre. Viktor, lui, portait une culotte de peau qui lui donnait un air de fermier de Bohême. C'est ce que lui dit Liesel en riant. « Un très beau fermier de Bohême », insista-t-elle. Le plus grand accomplissement fut de gravir le Podhorn pour rejoindre le monastère de Teplá dont l'entrée de la bibliothèque et du musée fut refusée à Liesel parce qu'elle était une femme. Elle dut patienter assise sur un banc à l'extérieur, honteuse de ses genoux dénudés, pendant que Viktor faisait la visite. Ils choisirent de rire de la situation et se sentirent supérieurs face à ce préjudice absurde. Cette courte séparation ridicule resserra encore leur lien – dans les bois au-dessus du monastère, ils s'embrassèrent comme des amants, évoquant même, tout en riant de leur impudeur, la possibilité de faire l'amour là, en pleine nature.

Peut-être l'auraient-ils fait malgré les protestations de Liesel, mais des voix les prévinrent qu'un groupe de marcheurs approchait. Ils se séparèrent, reprenant aussitôt leur composition, alors qu'une douzaine de randonneurs Sokol passaient bruyamment.

De retour à l'hôtel, ils se déshabillèrent en toute hâte, leur corps sentant fort la sueur après leur randonnée, et firent l'amour sous la fenêtre ouverte de leur chambre, au milieu du bruit des coches qui leur parvenait de la rue.

« Je t'aime, Viktor, murmura Liesel lorsqu'ils eurent fini et qu'ils étaient allongés côte à côte, baignés par l'air frais.

— Moi aussi je t'aime », répondit-il.

Elle se redressa sur un coude et l'observa pensivement.

« Est-ce que tu serais capable de me tromper ?

— Qu'est-ce qui peut bien te faire penser à une chose pareille ?

— Hana dit que tous les hommes sont capables d'infidélité. C'est dans leurs gènes, d'après elle. »

Il rit avec mépris.

Extérieur

« Regarde ça », lança Oskar un jour. Ils étaient dans la salle de lecture de la Deutsche Haus, entourés de lourdes colonnades et de cuir lustré. Il tendit le *Frankfurter Zeitung* à Viktor, ouvert à la page où un article décrivait les succès politiques du Nationalsozialistische Deutsche Arbeiterpartai aux récentes élections en Allemagne. Il avait récolté 18 % des votes, d'après le journal. Plus de cent sièges au Reichstag.

« Des pogroms ! dit-il. Voilà ce qui nous attend, Viktor. Des pogroms. »

Viktor posa le journal.

« Comment pourrait-il y avoir des pogroms en Allemagne ? Si l'économie du pays est encore debout, c'est uniquement grâce aux juifs.

— Voilà qui est parlé comme un juif, dit Oskar en riant. Mais tu vas voir si je n'ai pas raison. L'Allemagne est une nation chimérique. On ne sait si elle est lion, serpent ou chèvre. Les Allemands eux-mêmes l'ignorent. Et comme avec n'importe quel monstre, on peut s'en moquer à condition de rester à bonne distance – mieux vaut ne pas trop s'approcher. » Il tira sur son cigare et contempla Viktor pensivement. « Où en est la nouvelle maison ? Hana me dit qu'elle sera ultramoderne, comme celles de cet architecte, Fuchs.

— Le sol sera posé demain. Tu devrais venir voir le chantier.

— Je suis débordé, malheureusement. Mais, d'après Hana, cette maison va faire sensation.

— Ce n'est pas le but. Notre projet est d'en faire un foyer pour notre famille.

— Bien sûr, c'est ce que tout le monde recherche, de nos jours. Construire une maison de style moderne. Regarde les Spiassy et leur maison sur pilotis. Très beau si on aime ce genre de chose, mais cela n'est pas très artistique. La faute à ce Loos, non ? "L'ornement est un crime", n'est-ce pas sa devise ? Si seulement. Si c'était vrai, nous autres, avocats, ne manquerions jamais de travail. Personnellement, je ne déteste pas m'entourer d'un peu de décoration. Hana me reproche toujours d'être vieux jeu, mais c'est ainsi. J'aime l'art et le beau dessin.

— L'idée du projet est d'être universel, ni juif ni allemand. Ni tchèque, d'ailleurs. International.

— Et tout en verre, c'est cela ? Je préfère la solidité des murs de brique, comme ici. »

Cet endroit, la Deutsche Haus, était un bâtiment néogothique en brique rouge, un compromis entre une cathédrale et un château, une autre chimère.

Le serveur leur apporta le café et le brandy.

« Sais-tu en quoi les Japonais bâtissent leurs maisons ? demanda Viktor.

— Aucune idée, mon bon ami. En quoi sont-elles ?

— En papier. En cas de tremblement de terre, si elles s'effondrent, personne n'est blessé. »

Oskar lança un regard circulaire à la pièce imposante, aux piliers en flûtes, drapés de plâtre, et au plafond à moulures dorées à la feuille d'où pendaient d'énormes lustres.

« J'imagine qu'il y aurait plus de victimes ici même ?

— Les gens mourraient écrasés. Y compris nous. »

La conversation n'était rien, un simple détail dans le flux des rapports sociaux. Mais elle lui resta à l'esprit comme une poussière dans l'œil. Sous la surface calme de son nouveau pays, les frissons de l'incertitude parcouraient Viktor.

Avançant sur la pointe des pieds comme sur des œufs, les ouvriers posèrent le dallage de l'étage – des carreaux de travertin italien pareils à un rang de perles de nacre serties dans la maison qui servait de coquillage. Quelques jours plus tard, ce fut au tour des baies vitrées dans le salon, les vitriers manipulant les grandes plaques transparentes avec toute la précaution d'ouvriers tenant de la nitroglycérine dans une usine d'armement sur le fleuve Svratka. Lorsque les panneaux furent mis en place, l'espace vide entre deux étages de béton se transforma en Pièce de verre.

Liesel et Viktor, qui étaient présents, s'émerveillèrent. La pièce s'était muée en palais de lumière où cette dernière rebondissait sur les piliers chromés, réfractée par les murs, scintillant sur la rosée dans le jardin, réverbérée par le verre. Ils avaient l'impression de se tenir à l'intérieur d'un cristal de sel. « N'est-ce pas fantastique ! s'exclama-t-elle en regardant autour d'elle, fascinée. On se sent si libre, débarrassé de toute contrainte. Cette sensation d'espace, que tout est possible. Elle est merveilleuse, non ? Tu ne penses pas que Rainer nous a créé un chef-d'œuvre, Viktor ? »

À l'automne, ils se rendirent à Vienne pour mettre au point les derniers détails concernant l'intérieur. Viktor n'y était pas retourné depuis plusieurs mois. À leur arrivée à la Nordbahnhof, il se demanda s'il y croiserait Kata qui serait venue relever son courrier, peut-être ; dans ce cas, que se passerait-il ? Le reconnaîtrait-elle et afficherait-elle un sourire énigmatique en le voyant passer ? Que ressentirait-il en la voyant ? De la gêne, de la culpabilité ? Ou du dégoût, peut-être, d'avoir pu succomber aux atours d'une telle femme ? Mais son inquiétude paraissait déplacée. Vienne était une ville de deux millions d'habitants et il ne faisait que passer dans ce quartier de Leopoldstadt ; mais pendant que le taxi s'éloignait de la gare, il observa la grande roue, la Riesenrad, qui tournait au-dessus d'eux de manière lente et inéluctable dans l'air frais automnal.

L'architecte avait aménagé son studio dans les combles d'un vieil immeuble situé dans l'arrondissement du Landstrasse. La décoration était moderne, espace agrémenté d'un minimum de meubles et tout en murs blancs, une idée de ce à quoi ressemblerait leur maison. Ils discutèrent tous ensemble avec von Abt et son assistante des questions de revêtement des sols, des peintures et des menus détails concernant la décoration d'intérieur. Ils parlèrent des meubles – le fauteuil « Venise » qui avait été dessiné pour le pavillon de la Biennale, ainsi qu'un autre, le fauteuil « Landauer », créé spécialement pour ce joyau que serait la maison de Mĕsto et dont la construction était presque achevée. Mais il y avait autre chose, une création spéciale qu'il proposait d'appeler le fauteuil « Liesel » en l'honneur de Frau Liesel Landauer si elle voulait bien avoir la gentillesse d'accepter cet hommage.

« Que c'est merveilleux ! » s'exclama-t-elle, le rouge aux joues pendant qu'elle prenait place dans le fauteuil qui portait son nom – forme en porte à faux tout en acier chromé et cuir noir. Viktor s'assit dans le prototype Landauer et regarda autour de lui.

« Voici la disposition des fauteuils dans le salon », expliqua von Abt en montrant les dessins qu'il avait préparés. Il indiqua la partie salon le long du mur d'onyx et la partie salle à manger fermée par la cloison en demi-cercle en bois de Macassar. « La table à manger sera ronde et pourra servir six couverts. Mais elle aura des rallonges pour aller jusqu'à vingt-quatre convives. »

Cela fit rire Liesel – « Quand Dieu aurons-nous autant d'invités ? » – tandis que Viktor imaginait une horde de parents envahissant la maison, chacun ayant son idée sur la façon dont il devrait gérer l'usine, son foyer et sa vie. Ils abordèrent d'autres sujets, discutèrent textiles et tissus d'ameublement, rideaux, tapis. L'assistante de von Abt avait déjà des idées, des échantillons. Elle les exposa comme une vendeuse ses marchandises, discours fluide et convaincant. « Ce sera une révolution, dit-elle, un rejet du passé. Une nouvelle façon de vivre. »

L'œil de Liesel brillait de plaisir.

Alors que la réunion touchait à sa fin – c'était le milieu de l'après-midi, leur train pour Město étant prévu pour le soir même –, il y eut un appel téléphonique pour Herr Landauer en provenance du bureau viennois de l'entreprise Landauer. Il y avait un problème et il fallait en discuter. Herr Landauer était-il disponible le lendemain matin ? Sa présence était impérative, quelque chose en rapport avec les quotas d'importation, une question de fonctionnaires malléables, une contribution financière pouvant peut-être accomplir des miracles.

Impuissant, il se tourna vers Liesel. Il comprendrait qu'elle rechigne à rester une nuit de plus alors qu'ils n'étaient censés rester qu'un jour. Il était normal qu'elle souhaite retrouver Ottilie qui à l'heure actuelle faisait ses premiers pas. Ils étaient obligés de bouleverser leurs projets : Liesel rentrerait comme prévu – Laník, le chauffeur, irait l'attendre à la gare – pendant que Viktor prendrait une chambre au Bristol ou au Sacher et réglerait cette maudite affaire le lendemain matin.

« Mais tu n'as rien pris avec toi.

— J'achèterai ce dont j'ai besoin. Et je peux donner ma chemise à la blanchisserie de l'hôtel. »

Ce n'était pas un problème. C'était ça, le monde d'aujourd'hui, la façon dont les choses fonctionnaient dans l'industrie et le commerce. Si vous n'étiez pas capable de vous adapter, vous mouriez, comme disait Darwin. L'adaptation ou la mort. Il accompagna Liesel à la gare, la regarda prendre le train du soir pour Město puis remonta le quai, seul.

La foule compacte avançait en le poussant, des travailleurs pressés d'attraper des trains locaux pour rentrer dans les quartiers ouvriers au nord de la ville. De la vapeur jaillit vers le toit en verrière. Des portes claquèrent, les sifflets retentirent et les trains quittèrent la gare à une vitesse mesurée, les bielles s'activant comme pour s'agripper aux rails d'acier et tirer le train vers l'arrière. Seul Viktor Landauer restait immobile. Il possédait un numéro de téléphone, griffonné sur un bout de papier plié dans la poche de son agenda. Il avait conscience de sa présence à l'intérieur de sa veste, l'avait été tout l'été tandis que son agenda était posé sur la coiffeuse la nuit, le sentait dès qu'il ouvrait le carnet pour noter quelque chose ou en vérifier une autre. Un simple numéro. Quatre chiffres, écrits au crayon. Il aurait tout aussi bien pu l'effacer. Alors pourquoi ne l'avait-il pas fait ?

Il arriva au niveau des grilles, au bout du quai, et pénétra dans le hall avec ses guichets et ses salles d'attente. Il sentit monter l'excitation en poussant les portes de la cabine téléphonique. Il composa le numéro et, pendant que ça sonnait, il se prit à espérer que personne ne réponde. Mais la sonnerie fut interrompue et une voix d'homme lui parvint.

« Die Goldene Kugel », dit la voix.

Viktor ne s'était pas attendu à ce que ce soit elle qui décroche. La façon dont elle l'avait dit – « Vous pouvez me contacter à ce numéro » – avait semblé écarter l'éventualité qu'elle soit en mesure de prendre l'appel. « Enfin, si vous le souhaitez », avait-elle ajouté.

« Je souhaiterais parler à Fräulein Kata. Kata Kalman.

— Un instant. » Il y eut du bruit, le combiné qu'on reposait, une voix, puis quelqu'un reprit le combiné et il entendit une autre voix, toujours masculine : « Qui est à l'appareil ?

— Je souhaiterais parler à Fräulein Kata.

— De la part de qui ? Elle vous connaît ?

— Je suis un ami.

— Comment vous appelez-vous ? »

Son cœur se serra.

« Viktor. Herr Viktor.

— Un instant. »

Il entendit plus de bruit. La cabine téléphonique en bois était beaucoup plus exiguë que celle de la Riesenrad, une boîte fermée où l'on étouffait de chaleur, qui amortissait les sons de l'extérieur, isolée de la réalité de la gare. Elle gardait l'odeur fétide des utilisateurs précédents, ces itinérants qui traînaient dans les gares, les indigents et les vagabonds.

Il y avait quelques mots gravés dans le bois au niveau du regard : *Mon petit crocodile, je t'aime.* L'excitation de Viktor s'évanouit et fut remplacée par une bouffée de honte et de gêne.

« Allô ?

— Oui.

— Elle n'est pas là. Est-ce que je peux prendre un message ?

— J'aurais voulu la voir ce soir.

— Je ne sais pas si elle sera là. Passez et peut-être qu'elle viendra voir si elle aime ce qu'elle a sous les yeux.

— Ce soir. Dites-lui que je viendrai ce soir. Quelle est votre adresse ?

— Praterstrasse 47. »

La personne raccrocha et il sortit dans l'air plus froid de la poste et le vacarme de la gare qui franchissait les voûtes de l'entrée sur la rue.

Devant la gare, il observa la ville. Le fracas métallique des trams glissant sur leurs rails vers le Praterstern. Les voitures qui klaxonnaient et faisaient du gymkhana entre les coches, l'avenir prenant le pas sur le passé. La foule jouait des coudes autour de lui, sûre de sa destination. Il pouvait encore faire machine arrière. Il était face à une mer de possibilités et il avait encore le choix.

Die Goldene Kugel, le Globe d'or, était une brasserie au milieu de Praterstrasse. Viktor descendit du tram, contourna les tables installées à l'extérieur pour pénétrer dans un intérieur aussi somptueux que chaleureux. Il s'installa sur une banquette près de l'entrée et demanda le menu. Il régnait l'agitation typique du début de soirée, les serveurs qui se faufilaient entre les tables, les clients qui commandaient déjà à dîner et les discussions qui allaient bon train bien qu'alourdies par l'accent viennois. Il commanda un quart de vin blanc et quelque chose à manger puis attendit, sans savoir comment faire connaître sa présence, sans savoir s'il devait même se trouver là et, à vrai dire, pourquoi il était là. Dans l'éventualité où ce serait elle qui le trouverait.

« Herr Viktor, c'est bien vous ? » La voix lui parvint de derrière. Impossible de se tromper, même après tous ces mois, c'était bien sa voix. Il y avait une inflexion rauque, un rire embusqué dans les ombres. Il se retourna. Elle venait d'entrer par la porte principale et se tenait à côté du portemanteau sur lequel il avait remisé son manteau et son chapeau. « Kata », dit-il. Il se leva, soudain confus, ne contrôlant plus rien. Ils se serrèrent la main, de façon ridicule, ils se serrèrent la main comme des connaissances se croisant par hasard. « Comment allez-vous ? Asseyez-vous. Comment allez-vous ? » Il tira une chaise. Elle s'installa face à lui, une petite – plus petite que dans son souvenir – femme aux jolis traits. Il était tout bonnement content de la voir, voilà ce qui était ridicule, il en étouffait presque de joie, même. Il ne comprenait pas pourquoi : pourquoi la simple présence de cette femme quasi inconnue le rendait heureux ? Pourtant, il l'était. Comme un enfant.

Elle accepta la cigarette qu'il lui proposa et, en la voyant se pencher vers lui pour l'allumer, il se souvint du goût du tabac sur sa langue. Pas désagréable. Aussi sec que sa voix.

« On m'a prévenue que vous étiez là. Et de fait ! Comment vous portez-vous ?

— Bien, je vais bien. Vous avez très bonne mine. »

Elle rit. « Moi ? Oh ! je fais ce que je peux. » Un des serveurs s'approcha et elle demanda un verre. « J'ai déjà dîné. Je vous tiendrai compagnie jusqu'à ce que vous soyez prêt à y aller. »

Pourquoi cette idée lui plaisait-elle autant ? Pourquoi le fait que cette fille lui tienne compagnie lui procurait-il tant de plaisir ? Il lui versa du vin qu'elle sirota et elle le regarda en souriant, comme si elle savait quelque chose que lui ignorait. Peut-être était-ce vrai, peut-être que, comme ces autres femmes, elle possédait un savoir mystérieux. « Eh bien, un peu plus et je pensais ne jamais vous revoir. Mais vous voilà. »

Il acquiesça. Il était là. C'était une évidence. Il était là, dans un café sur Praterstrasse avec une femme qui n'était pas son épouse mais avec qui il allait faire l'amour. Était-ce la bonne expression ? Coucher. Forniquer. Les mots se bousculaient dans son esprit et tous étaient balayés par la vue de cette femme assise là, la forme particulière de son visage, la courbe de sa joue et de son front qu'il se rappelait si nettement. En forme de cœur. Elle avait des yeux très bleus. Cela, il l'avait un peu oublié. Un bleu qui les rendait presque transparents, comme si on pouvait y voir l'horizon. Et ses mains enfantines aux ongles rongés. Il repoussa son assiette sur le côté

– « À vrai dire, je n'ai pas si faim » –, et elle sourit comme si elle comprenait ce genre de choses, les liens entre émotion et physiologie.

Ils se rendirent au même hôtel que la première fois. Peut-être y avait-elle ses habitudes, même si personne ne sembla la reconnaître. Le même homme tenait la réception et le même portier les accompagna avec la même indifférence jusqu'à ce qui pouvait être la même chambre. Cette fois, en revanche, ils s'embrassèrent quasiment comme des amants ordinaires, les lèvres de Kata se pressant simplement contre les siennes, douces et fragiles.

« Vous êtes marié, n'est-ce pas ? Vous avez des enfants ? » Cette langue acérée, cet accent viennois modéré par d'autres inflexions – les bruits de la Slovaquie, une pointe de magyar. Il l'avait oublié et cette redécouverte lui plaisait.

« Une fille.

— Une jolie petite, j'imagine.

— Très jolie. Elle s'appelle Ottilie. »

Elle déboutonna son chemisier qu'elle posa sur le dossier d'une chaise. Il s'assit sur le lit et la regarda enlever sa jupe, la personne publique cédant la place à la personne privée : les sous-vêtements malpratiques, les lanières et les clips, les hanches qui semblaient un peu plus larges que quand elle était vêtue, la courbe de ses cuisses et l'étroitesse de ses genoux, aussi vulnérables que ceux d'un enfant. Sa peau était blanche, presque lumineuse dans la pénombre de la chambre.

« Quel âge a-t-elle ?

— Ce n'est qu'un bébé. Sept mois.

— J'adore les bébés. »

Cette conversation paraissait absurde, le genre d'échange qu'auraient des connaissances à peu près n'importe où, y compris dans un lieu public. Pourtant, ils l'avaient là, dans cette pièce exiguë, entre ces fenêtres, avec cette vue obscurcie par des rideaux de mousseline sur une rue viennoise anonyme, et le lit dans lequel ils allaient avoir un rapport sexuel hors mariage, le genre de rapport qui aurait fait honte à Viktor si cela se passait avec Liesel. « Et comment va le travail ? » demanda-t-il.

Elle fit une pause pour le regarder, les mains sur les agrafes de son soutien-gorge.

« Ça va.

— Les chapeaux.

— Oui, les chapeaux. J'ai changé de travail, en fait. Je gagne un peu moins mais je suis libre, ou presque.

— Cela paraît idéal. »

Elle retira son soutien-gorge. Elle avait une poitrine plantureuse et tombante, plus plantureuse que celle de Liesel.

« En fait, les affaires ne marchent pas trop mal. J'ai commencé à avoir des commandes, pour des robes. Par mes contacts, vous voyez ce que je veux dire ? C'est toujours comme ça que ça marche, n'est-ce pas ?

— Les contacts ? Exactement. »

Il tendit le bras, lui prit les mains et l'attira vers lui pour qu'elle se tienne devant lui. Il sentait la chaleur de son corps. Il portait son odeur, un parfum fleuri avec, en dessous, quelque chose d'autre, de

sombre, d'intime et d'animal. « Ma petite couturière, l'appela-t-il. Vous êtes très jolie. »

Mais elle secoua la tête.

« Je ne suis que ce que vous voyez. Rien de
spécial. Une petite garce, parfois.

— Pas avec moi.

— Mais vous me payez pour être gentille avec
vous, non ?

— Seriez-vous méchante si je ne le faisais pas ?
Vous comportez-vous mal avec votre compagnon ?

— Je n'en ai pas. Pas en ce moment. J'ai arrêté
les hommes, en fait. »

Il prit un de ses seins au creux de sa main, surpris
par sa lourdeur. « Et moi ? »

Elle baissa les yeux vers lui avec une expression
qu'il prit pour du regret. « Vous, c'est différent. Je
ne peux pas être avec quelqu'un comme vous. Sauf
de cette manière. Est-ce que vous voulez que je
reste toute la nuit, cette fois ? Je suis libre, si c'est
ce que vous voulez. Je me suis arrangée. »

Bien sûr qu'il le voulait. Il voulait se réveiller le
lendemain matin et la trouver à ses côtés. Si ce n'est
l'amour lui-même, il voulait le simulacre de
l'amour.

Achèvement

Les travaux se poursuivirent durant tout l'automne – les installations électriques, l'ameublement, tout ce qui transforme une coquille vide en maison et une maison en foyer. Les camions gravissaient la Route du champ noir et des hommes en salopette grise portaient des paquets sur leur dos jusque dans le bâtiment tandis que les voisins observaient ce ballet depuis les jardins environnants. La rumeur se répandit. On monta les portes, on installa les salles de bains carrelées de blanc du sol au plafond, ce qui leur donnait l'air stérilisé de laboratoires, on posa les sols. On éleva le mur d'onyx dans la Pièce de verre. Les blocs étaient marbrés d'ambre et de miel comme les contours d'un paysage préhistorique lointain. Ils furent polis jusqu'à obtenir le lustre d'un miroir et, une fois en place, la pierre sembla prendre possession de la lumière pour la bloquer, la renvoyer, la réchauffer d'une main douce et féminine, et puis, à l'heure où le soleil se couchait sur la forteresse de Špilas et où il dardait ses rayons directement sur la pierre, le mur se mettait à flamboyer.

« Qui aurait pu imaginer que ce bloc de pierre inerte renfermait tant de passion ? » dit Hana la première fois qu'elle assista au phénomène.

On posa le lino couleur ivoire, aussi clair qu'une flaque de lait. Dans la journée, la lumière qui se déversait des fenêtres le rendait presque translucide, comme si un petit bassin s'étendait entre l'entrée et les baies vitrées ; la nuit tombée, les plafonniers – des fleurs en verre dépoli – faisaient ressortir les reflets de ses profondeurs. À l'étage se trouvaient les chambres, *Zimmer*, des boîtes avec des murs et des portes ; mais en bas il n'y avait qu'une pièce, *Raum*, de l'espace.

Von Abt se déplaçait à l'intérieur tel le sculpteur travaillant avec une série d'assistants, mais à une différence près : la maison était à la fois l'œuvre d'art et l'atelier dans lequel elle était créée, la fin et les moyens réunis en un. « C'est comme une mère et son enfant, expliqua-t-il à Liesel, la fusion des deux. »

Des rideaux de soie noire, d'autres de soie naturelle de Shantung et des tentures de velours beige coulissaient sur leur glissière, délimitant la Pièce de verre aussi silencieusement et discrètement que serait murmuré un aparté. Les tapis – en laine, tissés à la main – avaient été déroulés à leur emplacement précis et géométrique. Enfin, on livra les meubles, les éléments sur mesure d'abord : étagères, placards pour la chambre, buffets pour la salle à manger, pièces de la bibliothèque. Les hommes en blouse blanche allaient et venaient pareils à des aides-soignants dans une clinique. Les ébénistes

assemblèrent la table ronde. Puis les fauteuils arrivèrent, les fauteuils Landauer pour la table, les
fauteuils Liesel pour le salon, leur cadre en acier
reflétant la lumière et leurs tissus renvoyant aux
tapis, chaque élément trouvant sa place dans un
motif qui était à la fois complexe et logique.

La mère de Liesel examina la maison avec l'œil
désapprobateur du XIXe siècle.

« On dirait un bureau, dit-elle. Comme un laboratoire, un hôpital. Cela ne ressemble pas du tout à
un foyer.

— Mère, c'est l'avenir.

— L'avenir ! » s'exclama la vieille femme
comme si elle lâchait un juron.

Mais Viktor et Liesel regardèrent leur futur environnement grandir autour d'eux et ils lui trouvaient
une sorte de perfection, l'instrument le plus précis
pour vivre.

Ils réceptionnèrent les travaux et s'installèrent
début décembre dans un temps froid, la neige
fondue projetée contre les vitres ; la chaudière du
sous-sol faisait monter l'air à travers les conduits
d'aération situés au pied des fenêtres, qui se répan-
dait ensuite doucement à travers le volume de la
Pièce de verre pour y instaurer une atmosphère
chaude, à la fois douce et sèche, qui rappelait
vaguement une journée de printemps. Liesel portait
une robe de soie légère et observa les premiers
flocons tomber, plus doucement que des plumes,
sur le jardin. Le jardin lui-même et la vue qu'il
offrait semblaient être intégrés à l'espace intérieur,

la forteresse de Špilas au loin jouant un rôle aussi important dans la pièce qu'un tableau accroché à un mur. Pourtant, la pièce elle-même était dépourvue d'objets de décoration – l'ornement est un crime –, à l'exception d'un torse de femme à taille humaine sculpté par l'artiste français Maillol, le ventre légèrement gonflé comme si elle était en début de grossesse, les seins lourds, les hanches larges, le visage dégageant le même air fécond qu'un nu de Renoir.

« C'est ce dont tu as besoin, avait dit Hana de la sculpture après l'avoir vue dans la galerie à Prague. Une touche féminine. »

À la grande surprise de Liesel, von Abt était d'accord. Si bien que Viktor et elle se rendirent à Prague pour acheter la sculpture qui était désormais posée sur un socle près du mur d'onyx et regardait par-dessus son épaule gauche vers les fauteuils du salon.

« C'est magnifique, dit-elle à Viktor, englobant dans ces quelques mots la sculpture, la pièce et toute la maison. Parfait. »

Elle n'aurait pu le dire autrement : perfection. Proportions, luminosité, humeur et attitude parfaites. La beauté faite manifeste.

Crémaillère

Viktor et Liesel organisent une pendaison de crémaillère. Ce qui a débuté comme une soirée informelle se transforme en un événement qui rappelle le vernissage d'une exposition, exacerbé par la présence de l'artiste – Rainer von Abt. Il arrive par avion de Berlin et le chauffeur va le chercher à l'aérodrome. Les invités se réjouissent de cette manifestation de l'âge moderne, cet architecte qui descend des cieux pour un événement aussi éphémère qu'une fête. Liesel l'accueille à son arrivée en voiture. « Tout le monde meurt d'envie de vous rencontrer », le prévient-elle en le conduisant à l'intérieur par les escaliers.

Ils sont tous là, effectivement, au moment où l'hôtesse et l'architecte pénètrent dans la Pièce de verre : l'intelligentsia de Město, les musiciens, les compositeurs, les artistes et les architectes, les critiques et les écrivains, les hommes d'affaires et les patrons d'industrie, tous attendant l'apparition du grand homme, en même temps que les journalistes des journaux locaux en charge du carnet mondain et accompagnés d'un photographe. Les architectes Fuchs et Wiesner sont présents, tous deux y allant de leurs reproches déguisés en éloge du travail de von Abt; Filla, le cubiste qui trouve des échos de Van Doesburg dans la géométrie épurée de la maison ; le compositeur Václav Kaprál avec sa jolie fille Vítězslava. Von Abt fait le baisemain aux femmes, offre une poignée de main aux hommes et se déclare ravi de tout, mais surtout de cette maison formidable qui est une création originale. « Une œuvre d'art telle que celle-ci exige que l'existence qu'on y mène soit elle aussi une œuvre d'art, dit-il aux journalistes. Je suis certain que Viktor Landauer et sa merveilleuse épouse rendront justice à cette maison. »

Viktor fait un petit discours. Il accueille les invités, d'abord en tchèque puis en allemand, demande à ce que l'on applaudisse l'architecte, et, quand le silence revient, il reprend la parole pour évoquer le nouveau roman d'André Breton, *Nadja*, qu'une des invitées – il acquiesce en direction d'Hana Hanáková – lui a prêté. « Dans ce roman, l'auteur a écrit à peu près les mots suivants, leur dit-il avant de réciter par cœur le passage qu'il prétend intelligemment ne pas avoir répété : "Pour moi, je continuerai à habiter ma maison de verre, où l'on peut voir à toute heure qui vient me rendre visite, où tout ce qui est suspendu aux plafonds et aux murs tient comme par enchantement, où je repose la nuit sur un lit de verre aux draps de verre, où *qui je suis* m'apparaîtra tôt ou tard gravé au diamant." » Les gens rient du détournement habile de cette citation. Ont-ils lu Breton ? Si ce n'est pas le cas, ils feignent de le connaître. « Eh bien, cette maison raconte qui nous sommes, Liesel et moi, leur dit Viktor, en prenant sa femme par la main. Dans notre merveilleuse maison de verre, tout est visible. C'est dans cet esprit d'ouverture, sans préparation ni préavis, que le maestro Němec a accepté de jouer pour nous. »

Un murmure d'exaltation tombe lorsque Němec s'installe au piano. « Je crois, dit-il, que cet instrument n'a encore jamais été joué devant un public. » On lui demande de parler plus fort, ceux qui sont à l'arrière ne l'entendent pas. Il hausse la voix d'un demi-ton. « Cela me ravit au plus haut point de caresser – il passe une main experte sur le Bösendorfer – une telle jeune femme sans expérience au milieu de cette merveilleuse maison de verre et qui, jusqu'à aujourd'hui, était donc encore vierge. »

Il y a un regain de rires et d'applaudissements, puis le maestro se met à jouer – tout d'abord hésitant, comme s'il n'était pas sûr de l'instrument et qu'il cherchait à entendre sa voix, puis avec une assurance grandissante et un léger acquiescement d'approbation – un morceau de Leoš Janáček, son mentor et celui de Kaprál, l'homme dans l'ombre duquel tous les musiciens de Město évoluent. À la fin, l'auditoire réclame un bis, mais il se lève, salue et tend la main vers la fille de Kaprál. « Permettez-moi de céder la place à la nouvelle génération », dit-il, et un petit frisson de plaisir parcourt l'assemblée. Vítězslava Kaprálová est un petit prodige. À quinze ans à peine, elle est déjà au Conservatoire et étudie la composition. Elle rougit sous le regard collectif mais semble toutefois remarquablement confiante en prenant place au piano. Pas de Janáček pour elle, mais une partition de Ravel qu'elle prépare pour l'examen de sortie du Conservatoire, un des mouvements pour piano de *Gaspard de la nuit* intitulé « Ondine ». C'est un morceau délicat et tout en oscillations qui semble fait pour cet espace, cette pièce, la lumière d'hiver qui se déverse par les baies vitrées, les gens qui déambulent à l'intérieur, leur silhouette qui se reflète vaguement sur le sol et avec plus de précision bien que compressée sur les fins piliers chromés. Lorsque les notes – subtiles, sans cesse rejouées mais jamais répétitives – s'évanouissent avec la mort de la nymphe Ondine, la pianiste reste immobile un instant, les mains en suspens au-dessus du clavier, avant de lever les yeux vers les spectateurs et d'afficher un sourire rapide qui la fait ressembler à une nymphe.

Les applaudissements reboublent, ainsi que les rires et le tintement des verres, plus intenses encore que pour Němec. « Bravo, s'écrient-ils, *výborně* ! » Quel émerveillement de voir cette jeune fille si jolie jouer avec une telle assurance. Němec se penche vers elle, lui prend la main – fragile, aussi légère qu'un oiseau – et la porte à ses lèvres.

« Vous avez devant vous la relève artistique de notre pays, annonce-t-il. Vitulka et tous ceux de sa génération. Dans un pays jeune qui déborde d'énergie et de talent. »

Pendant ce temps, Hana est passée de l'autre côté du mur d'onyx, et regarde le jardin figé dans le froid et les arbres en habits d'hiver.

« Qu'en penses-tu ? demande Liesel qui l'avait rejointe.

— Je me demande bien pourquoi il flirte avec elle comme ça alors qu'elle n'a que quinze ans.

— Je parlais de la maison. »

Hana se tourne.

« Tu sais ce que je pense de la maison, ma chérie. Je la trouve fascinante.

— Je ne sais pas ce que j'ai fait pour la mériter, lui dit Liesel.

— Tu as épousé un homme riche, ma chérie. Profites-en tant que tu peux.

— Que veux-tu dire par là ? »

Hana hausse les épaules et se tourne une fois de plus vers la vue, l'extérieur froid. Derrière elles, on continue d'applaudir et de rire alors que Němec prend la place de la jeune fille au piano et se lance dans un morceau différent de ce qui a été joué jusque-là, de la musique à la mode, américaine, de la musique nègre. Honky-tonk, explique-t-il. Certains se mettent même à applaudir en rythme. Cela semble si moderne, si plein d'espoir et d'insouciance.

« Tout cela est bien trop beau pour durer, tu ne crois pas ? demande Hana.

— Quoi donc ?

— Tout.

— Je ne comprends pas.

— Les bons moments. Tout ceci. Le monde dans lequel nous vivons. »

Elle a raison, bien entendu. Ils se pressent dans la Pièce de verre comme les passagers sur le pont d'un paquebot de luxe. Peut-être certains d'entre eux regardent-ils par la fenêtre la surface sombre de la ville, mais, dans le brouhaha où se mêlent le tchèque et l'allemand, quasiment personne ne sent le froid à l'extérieur, ne voit s'amasser les nuages, apparaître les signes avant-coureurs de l'orage qui ne tardera pas à éclater. Ils se disputeront, débattront de sujets futiles, et, jusqu'à ce qu'il soit trop tard, ils refuseront de voir la tempête qui se prépare à l'horizon. De tous les gens présents à la fête, parmi tous ceux qui applaudissent les pianistes, boivent du champagne, dégustent le saumon fumé et les cuisses de poulet, seule Hana Hanáková sent ce souffle d'air froid en regardant la ville paisible et le soleil couchant.

Familles heureuses

La maison Landauer est-elle habitable ? se demande l'un des journalistes présents à la fête dans un article du nouveau numéro de *Die Form*, la revue d'architecture du Deutscher Werkbund. Un débat s'ensuit dans les colonnes du journal. Des correspondants affirment que, d'un point de vue politique, l'ensemble du bâtiment est une faute de goût, un exercice de l'excès bourgeois, et que le devoir de l'architecture moderne est de loger la classe ouvrière dans des habitations décentes et bien pensées comme les cités ouvrières de Weissenhofsiedlung à Stuttgart, le Karl-Marx-Hof à Vienne ou encore celles de l'entreprise Bata à Zlin, plutôt que de créer des palais destinés aux ploutocrates. D'autres condamnent la virulence de ces critiques et louent la pureté de la ligne, l'austérité du dessin, la perfection du goût, la sensation qu'ils ont éprouvée (ceux parmi eux qui ont eu la chance d'avoir été invités) de se trouver *à l'intérieur* d'une œuvre d'art. D'autres encore discutent du principe de combiner les espaces de repas avec le salon, le bureau et la bibliothèque. Un commentateur s'inquiète même des odeurs de nourriture qui pourraient envahir le salon. « Et si la maîtresse de maison désire réarranger l'ameublement ? demande un autre. Pourra-t-elle déranger la symétrie parfaite de l'intérieur, l'équilibre précis, les proportions ? Comment peut-on vivre dans un tel endroit au quotidien ? »

« Tu as vu ça ? » demande Liesel à Viktor en lui montrant la revue.

Il la parcourt d'une expression méprisante et la rejette.

« Absurde.

— Mais cela mérite un droit de réponse.

— Pourquoi diable se donner cette peine ? Qu'ils s'écharpent. On dirait des enfants qui se battent pour quelque chose qu'ils auraient vu dans la vitrine d'un magasin. Aucun d'eux ne peut l'avoir, alors pourquoi se battre ? »

C'est donc elle qui, assise au bureau de la bibliothèque derrière le mur d'onyx, rédige avec zèle une lettre au rédacteur en chef de *Die Form*. Elle reproche à leur correspondant de parler de ce qu'il ne connaît pas personnellement et d'avoir introduit des considérations politiques dans ce qui n'est en fait qu'une maison de famille. Son mari et elle ne sont pas victimes du goût de Rainer von Abt, mais ont collaboré à toutes les étapes de ce projet stimulant. Dans le salon, les rideaux, séparant les différents espaces à l'envi, permettent très facilement de créer des lieux d'une parfaite intimité. Liesel assure également aux lecteurs de la revue qu'aucune odeur de nourriture ne gagne le salon par la salle à manger ! Vivre dans une œuvre d'art est une expérience qui offre un plaisir suprême – la tranquillité du vaste salon combinée à l'intimité des plus petites pièces à l'étage offre à sa famille l'expérience remarquable du confort moderne.

Une fois la lettre terminée, elle la tend à Viktor pour avoir son aval. Il repose son numéro du *Lidové Noviny*, lit la missive puis adresse à Liesel un sourire qui contient plus qu'une simple approbation.

« Allez, dit-il en tendant la main, prouve-le.

— Quoi donc ?

— Ce que tu dis, sur le fait de créer des lieux où l'intimité est parfaitement respectée. »

Elle paraît scandalisée.

« Pas ici. Quelqu'un pourrait venir.

— Alors ta thèse est fausse. »

La main toujours tendue, il l'attire vers le canapé où il est assis. Son autre main, posée sur sa jambe, glisse sur l'arrière de sa cuisse, sous sa robe.

« Viktor ! »

Ainsi, les rideaux résolument fermés pour s'assurer, si improbable cela soit-il, qu'un intrus qui traverserait le bosquet dense en bas de la pente juste à la lisière du jardin d'hiver ne puisse les espionner, la porte de l'étage délibérément fermée à clé au cas où la nourrice (qui était toujours couchée à cette heure) choisirait cet instant précis pour faire son apparition, et la porte de la cuisine elle aussi fermée au cas où Laníková, la sœur du chauffeur qui leur fait la cuisine, surgirait sans raison, barricadés de la sorte, enfermés dans un espace qui semble nier la possibilité même de la barricade ou de l'enfermement,

Liesel consent à ce que sa jupe soit relevée jusqu'à sa taille et sa culotte – en soie française, d'une largeur disgracieuse (un cadeau d'Hana, bien sûr) – descendue sur ses chevilles.

« Tu n'as pas de Mackintosh », murmure-t-elle à l'oreille de Viktor. Le Mackintosh, l'imperméable, le *Regenmantel*, est leur nom de code pour « préservatif ».

« Est-ce que c'est important ? Ça ne représente qu'un jour ou deux, non ? »

Ils rient sottement puis, emportés par l'excitation, ou peut-être par le rire, ils ne relâchent pas leur étreinte. Liesel pense à l'amour profond qu'elle éprouve pour cet homme solennel, couronné de succès, qui montre encore assez d'audace pour lui construire une telle maison, qui l'aime assez pour désirer la prendre ainsi, sur le canapé, avec hardiesse malgré l'inconfort, un homme dont la fibre paternelle lui fait adorer leur fille, l'être le plus précieux au monde à ses yeux après elle-même, ainsi qu'il le lui murmure à l'oreille.

Après quoi, ils passent une soirée calme à écouter la radio et à lire, et, assise là, Liesel prend plaisir à imaginer qu'elle sent la semence de Viktor couler en elle jusque dans son utérus à la recherche de l'ovule difficile à atteindre et finir, peut-être, par le trouver.

Naissance

Sur le circuit d'essai Landauerovka, la Landauer Popular, cette voiture tout en courbes pareille à un scarabée, additionne les tours de piste en pétaradant. Les délégations venues d'Autriche, de Pologne et d'Allemagne regardent avec approbation. La nouvelle affiche pour la réclame montre les mêmes familles que sur celle de l'été, si ce n'est que, à présent, elles se dirigent vers des monts enneigés, avec le même bonheur qu'à l'été précédent puisque la Popular possède un moteur équipé d'un refroidissement à air construit par Oberusal et qui était initialement pensé pour les avions. « Avec le refroidissement à air, l'hiver n'est plus un souci », lance le nouveau slogan. « Voici l'avenir, explique Viktor à ses futurs clients, en prenant sa voix posée mais intense. La libération de l'ouvrier et de sa famille. » Il se déplace à Berlin, Paris, Vienne. Partout où il va, il proclame son nouveau credo avec l'enthousiasme d'un prophète. « Voilà où nous mène le commerce, explique-t-il. Dans un monde de paix et d'échange où les seuls combats livrés sont ceux pour l'obtention de parts de marché. »

Pendant ce temps, dans la maison claire et lumineuse sur la Route du champ noir, Liesel entame sa deuxième grossesse. Elle s'est mise à porter du blanc – chemisiers blancs, longues robes blanches – et fait le tour de la maison pieds nus. Maîtresse de son nouveau domaine, elle flotte à travers la maison éthérée tout comme la maison elle-même, soutenue par l'acier et l'artifice, flotte au-dessus de la ville.

« Tu ne mesures pas ta chance, ma chérie, lui dit Hana, de vivre dans cet endroit merveilleux quand je suis condamnée à vivre dans un musée. Mais Oskar refuse de déménager. Il dit qu'il aime avoir quatre murs solides autour de lui. » Elle dévisage Liesel avec ce regard équivoque entre envie et désir. « Et de nouveau enceinte ! J'essaie d'avoir un enfant depuis des années… »

— Vraiment ?

— Malgré tous mes efforts, rien ne se passe. J'ai même – Hana murmure comme si quelqu'un pouvait entendre alors qu'elles sont seules dans les espaces blancs et libérateurs de la Pièce de verre – essayé de me faire mettre enceinte par Němec.

— Hana ! »

Elle grimace en faisant retomber les commissures de ses lèvres, cette moue qui effraie les hommes autant qu'elle les fascine. « Mais rien n'y fait. Je suis aussi stérile qu'une *babka*. »

Liesel rapporte la conversation à Viktor avec une note d'émerveillement dans la voix. « Tu imagines, essayer de se faire mettre enceinte par un homme pour en contenter un autre ? Elle est incroyable ! »

Mais aux yeux de Viktor, c'est Liesel qui est incroyable, une créature brillante et resplendissante dont le ventre gonflé semble la faire décoller du sol de la Pièce de verre comme si elle ne traversait pas la pièce pieds nus mais qu'elle flottait à quelques centimètres au-dessus du lino scintillant. Dans son esprit, cette grossesse, née d'un rapport érotique et physique, la hausse au-dessus du simple rapport charnel. Qu'elle est étrange, cette transformation de la chair en esprit, aidée par la Pièce de verre censée être si littérale et précise et qui est pourtant devenue sublime. Par contraste, le compartiment du train pour Vienne est sombre, clos et bruyant alors que le train traverse les mornes terres frontalières dans un vacarme métallique. Il se plonge dans la lecture du journal et essaie de penser à des choses plus neutres – les marchés, les investissements, la récession – au moment où le train enjambe le ruban marron et luisant du Danube, passe avec précaution devant des immeubles et des centres de triage pour se glisser, enfin, dans la Nordbahnhof. La gare est un véritable capharnaüm, pareil à l'intérieur d'un gigantesque tambour. Les gens le bousculent sans manière alors qu'il avance vers les barrières de sortie et la poste avec ses petites cabines téléphoniques fétides. L'inscription gravée dans le bois lui est désormais familière : *Mon petit crocodile, je t'aime.* Elle lui murmure à l'oreille comme si elle lui confiait un grand secret.

« J'ai reçu votre mot.

— J'avais peur que vous ne décrochiez pas.

— Je suis quelqu'un de fiable.

— Êtes-vous libre ?

— Bien sûr. »

Elle attend au Goldene Kugel, au milieu de l'agitation anonyme du café, des allées et venues des clients, des serveurs en tablier qui zigzaguent entre les tables avec des plateaux en équilibre sur la paume de la main comme des artistes circassiens effectuant un numéro complexe. Il s'assoit à sa table et la regarde qui joue avec le bord de son verre de vin. Elle ne semble jamais nerveuse et, pourtant, elle a les ongles rongés.

« Comment allez-vous ? demande-t-elle et elle sourit comme si elle était sincère.

— Je vais bien. Les affaires marchent et nous arrivons à garder la tête hors de l'eau. Et vous ? »

Elle hausse les épaules. « Ça va. Enfin, vous savez, quoi. »

Mais il ne sait pas. Elle vient de ce monde anonyme de la ville, d'un mélange d'allemand, de slave et de magyar, et s'il sait certaines choses sur elle, il en ignore d'autres. Il sait qu'elle aime les chocolats, le café et le vin, qu'elle adore la musique populaire et l'opérette – ils sont allés au Carl-Theater où ils ont vu un spectacle de Lehár –, et il connaît ses opinions politiques. Mais il ne connaît personne de son entourage, ni son lieu de travail, ni ce qu'elle fait quand elle n'est pas avec lui, ni où elle habite. Elle est toujours là, quel que soit le moment où il l'appelle, mais d'où elle vient et où elle retourne, il n'en a aucune idée. Il devine seulement qu'elle a d'autres

« amis » comme lui, mais il ne connaît ni leur nom ni la régularité avec laquelle elle les voit. La seule fois où il n'a pas laissé de mot à l'avance, elle n'était pas libre. Il avait donc passé la nuit seul, rongé par la colère et la jalousie. Mais quand il la revit, il ne posa aucune question et elle ne lui raconta rien. Elle ne l'interrogeait jamais sur sa vie à lui, alors pourquoi devrait-il savoir quoi que ce soit sur elle ? Leur relation, mi-vénale, mi-affectueuse, n'existait que dans les brefs moments où ils étaient ensemble.

« Qu'est-ce que vous voulez faire ? demande-t-elle.

— Être avec vous, c'est tout. Vous trouvez ça idiot ? »

Elle penche la tête sur le côté. Elle porte un de ses chapeaux, une petite chose en velours noir avec une plume rouge. « Pourquoi ? Ça me fait plaisir. J'aime être avec vous. »

Ils vont dans un nouvel hôtel, du genre qui prolifère autour des gares mais où les dorures sont un peu moins ternies et les tapis un peu moins élimés que l'autre. Comme d'habitude, ils se font inscrire sous le nom de Richter, un patronyme choisi au hasard la première fois mais qui, désormais, avec son vernis de bienséance et de rectitude semble à Viktor avoir acquis une certaine ironie. Ils font l'amour avec une intensité particulière, une passion qui frôle la rage. Elle s'endort dans ses bras, avec une innocence qui ne pourrait pas être feinte.

Suite à des problèmes durant l'accouchement, Martin vit le jour à l'aide de forceps. Liesel ne quitta pas son lit d'hôpital pendant plusieurs jours, prise d'accès de délire à cause de la fièvre qui lui laissait trop peu de répit pour qu'elle veuille voir son enfant, son mari ou Hana, mais qui la maintenait la plupart du temps dans cet état mystérieux entre le sommeil et l'inconscience. Le personnel infirmier et les médecins parlaient à voix basse comme s'ils étaient déjà en présence d'une morte. À l'initiative de sa mère, un prêtre catholique fut même mandé pour prier à son chevet et peut-être administrer – ce ne fut jamais très clair – d'éventuels derniers sacrements. Viktor lui rendait visite aussi souvent qu'il le pouvait mais ce fut Hana qui se dévoua à Liesel pendant la période où la maladie était la plus dangereuse, prouvant, contre les attentes de Viktor, qu'elle était beaucoup plus qu'une amie des beaux jours. « J'ai presque l'impression qu'elle fait partie de la famille, confia-t-il à Liesel lorsqu'elle se fut rétablie, encore alitée mais en état de recevoir de la visite. Je ne sais pas comment j'aurais pu m'en sortir sans elle. »

Liesel, enfoncée dans ses oreillers, observa son mari. La maladie qui perdait du terrain avait néanmoins donné à son visage des contours angulaires pour le moins intimidants. Le bébé, pelotonné avec espoir sur son sein, essayait de sucer le lait qui ne s'y trouvait pas. « J'espère qu'elle ne te séduit pas, Viktor. »

Il fut horrifié. « Crois-tu vraiment qu'elle tenterait une chose pareille ? À un tel moment ? Je croyais qu'elle était ta plus proche amie. »

Elle haussa les épaules.

« Elle voit les choses de manière très différente de nous. Tu ne l'as pas encore compris ? Et elle me raconterait sans doute les détails sous prétexte de vouloir tout partager avec moi.

— Et comment te sentirais-tu dans pareille situation ?

— Est-ce qu'elle t'intéresse ?

— Ne sois pas ridicule. »

Elle tourna la tête et regarda par la fenêtre, vers les arbres et le fragment de ciel anonyme. « Alors pourquoi me poser la question ? »

Affamé, le bébé se mit à pleurer. Une infirmière l'emmena. Viktor ne ressentit pas le besoin d'expliquer, de justifier ce qu'il éprouvait.

« Désormais, je considère Hana comme une sœur, c'est tout », dit-il.

Liesel sourit. « Ne crois pas que l'amour fraternel te protège. Cela ne la dérangerait pas le moins du monde de coucher avec son frère. »

Affaiblie par la fièvre, grande et maigre comme une prisonnière de guerre après la libération, Liesel rentra chez elle. Une infirmière vint s'occuper d'elle à domicile pendant sa convalescence. On transforma le dressing de Viktor en chambre pour que l'infirmière puisse être près d'elle à tout moment et pour que Liesel puisse retrouver des forces en paix. Le jour, elle déambulait tel un fantôme froid et blanc dans les espaces ouverts de la Pièce de verre ; la nuit, elle restait étendue, seule, sans bouger sous un drap. Les gens la traitaient comme si elle était revenue d'entre les morts, un Lazare qui n'aurait pas recouvré le droit de fouler la terre. Le bébé dans un couffin à ses côtés, elle s'asseyait devant la grande baie vitrée et regardait la ville avec l'expression distraite de quelqu'un qui ne sait pas très bien où elle se trouve. Sa voix avait changé avec la maladie. Elle était devenue douce et mélodieuse, presque éthérée.

« J'ai bien failli te quitter, Viktor. Qu'aurais-tu fait sans moi ?

— Je n'en ai aucune idée.

— Je crois que tu te serais très vite retrouvé une femme. J'espère seulement que tu l'aurais choisie avec sagesse.

— Pourquoi dis-tu des choses pareilles ?

— Tu ne crois pas que frôler la mort transforme une personne ? C'est ce que Benno m'a dit dans ses lettres et je viens de le découvrir à mon tour. Tu réfléchis à des choses qui te paraissaient impensables auparavant. Je crois que tu te serais mis avec Hana.

— C'est grotesque.

— Oh ! du moment qu'elle ne quitte pas Oskar, vous vous entendriez à merveille. Vous partagez les mêmes goûts – l'art contemporain, la musique, la littérature, tout cela. Et Hana t'aurait empêché d'être victime de la première jolie femme qui t'aurait offert un sourire plein de piété. Elle aurait été idéale.

— C'est toi mon idéal. »

Cela la fit rire. Il avait du mal à déchiffrer son rire, ces jours-ci. Il y décelait de l'ironie, une certaine amertume. « Mais oui. Bien sûr. »

Au printemps, Liesel et Viktor se rendirent de nouveau à Venise. C'étaient leurs premières vacances seuls depuis la naissance d'Ottilie et ils séjournèrent dans le même hôtel que lors de leur lune de miel, dans la même suite pour essayer – même si le sujet ne fut jamais abordé ouvertement – de faire revivre le passé. Mais depuis peu, sous la surface calme de leur affection, ils s'éloignaient l'un de l'autre. Peut-être cela était-il lié aux difficultés de l'accouchement et à la maladie qui s'était ensuivie. Peut-être était-ce dû à son comportement à lui, une distance d'esprit alors même qu'il n'y avait aucune distance du corps. Ces choses-là sont subtiles. Quelle qu'en soit la cause, l'effet était clair : Liesel, qui, autrefois, dans cette même chambre et dans ce même hôtel vénitien, avait cambré le dos au moment surprenant de l'orgasme et crié d'extase et de douleur, semblait désormais à peine remarquer le déroulement de l'acte sexuel. Peut-être ne devait-on pas attendre autre chose d'une relation qui avait mûri : l'amour s'était traduit en affection, et la luxure en une espèce de contentement placide.

Un jour dans la vie

Un jour dans la vie de la maison Landauer. Les parents se réveillent tôt, à 6 heures, les fenêtres de leurs chambres respectives sont noires de nuit ou inondées de lumière selon la saison. Prenons le printemps. L'aube se lève. Une fois les rideaux tirés et les volets remontés (un moteur électrique ronronne doucement), chacun observe la terrasse et les ombres qui s'étirent sur le bac à sable des enfants. L'un d'eux – en général Viktor – fait un crochet par la chambre de l'autre. Ils parlent un moment. Il se penche pour l'embrasser. Autrefois, ce rapide baiser du matin se traduisait en quelque chose d'autre, une excitation de la chair, une union rapide et affectueuse. Mais ces jours-ci, ce genre d'événement se fait rare. Bientôt, on entend du mouvement ailleurs à l'étage : Liba, la nourrice, a réveillé les enfants et les pousse, en dépit de leurs grommellements, vers leur salle de bains.

Celle que partagent Liesel et Viktor est aussi froide et dépouillée qu'une journée ensoleillée à la fin de l'automne. Leurs voix résonnent contre les hauts murs carrelés pendant qu'ils se lavent. Liesel prend un bain dans la soirée, tandis que Viktor prend une douche le matin. Le temps qu'ils terminent leurs ablutions, le domestique muet est monté de la cuisine leur apporter un plateau avec du café. Viktor sirote le sien en s'habillant et parle du programme du jour, les réunions, le tour de l'usine prévu pour l'après-midi, l'entretien téléphonique avec la France pour discuter des possibilités d'un projet commun – quelque chose en rapport avec les avions, une de ses passions. Un monoplan léger doté d'une petite cabine, idéal pour les hommes d'affaires. Le partenariat a été monté avec Dornier quelques mois plus tôt et il est désormais en pourparlers avec la Société des avions Marcel Bloch.

Une fois prête, Liesel va voir les enfants, déjà debout et habillés sous la supervision dévouée de Liba. Martin apprend à boutonner sa chemise. Ottilie est assise par terre pour lui montrer comment lacer ses chaussures – une connaissance acquise récemment et qu'elle a décidé d'enseigner aux plus faibles avec tout l'enthousiasme d'une prophétesse. Elle est légère et maigrichonne, une beauté en devenir dont les traits ne seront pas définis avant des années, si bien qu'elle se trouvera laide durant toute son enfance, et, en effet, les autres la considéreront ordinaire mais intéressante jusqu'à l'âge de dix-huit ans, où la structure solennelle du visage de Liesel et l'austérité de celui de Viktor se mêleront pour lui donner des traits qui emprunteront à chacun tout en gagnant une grâce indéfinissable et une douceur bien à elle. Mais pour l'instant, elle n'est encore qu'une enfant pâle à la voix insistante, au corps en pleine transformation et aux jambes encombrantes.

« Ce n'est pas une façon très élégante de s'asseoir, remarque sa mère alors que la petite fait ses lacets.

— Liba m'a donné une culotte propre.

— Ce n'est pas la question, ma chérie. »

Liesel parle allemand à ses enfants alors que la nourrice, Liba – Libena, Libenka, la langue ne manque pas de diminutifs –, leur parle tchèque. En conséquence de quoi, les deux enfants, surtout Ottilie, passent facilement d'une langue à l'autre. « Je refuse qu'ils soient étiquetés, a toujours insisté Viktor, que ce soit par la langue, la culture, la famille, ou quoi que ce soit d'autre. Ils doivent être élevés comme des citoyens du monde. »

Une fois les enfants habillés, Liba et Liesel les font descendre à l'étage inférieur où le petit déjeuner est déjà servi sur la table de la salle à manger. Viktor les salue depuis la bibliothèque où il boit une autre tasse de café en feuilletant le journal. Avec lui, les enfants sont bruyants et pleins d'énergie, alors qu'il est silencieux et pensif, sans doute à cause de ce qu'il lit dans *Lidové Noviny*.

« Laissez Tatínka tranquille », lance Liba en les poussant vers leur petit déjeuner.

Liesel regarde l'article qui occupe Viktor – en Allemagne, les médecins juifs n'ont apparemment plus le droit de soigner des patients non juifs – et secoue la tête. Ces événements se déroulent là-bas, pas ici. De l'autre côté de la frontière, dans un autre pays, un autre monde, un autre univers. « Les choses vont se calmer, forcément. »

Il ne répond pas. Que cela se calme ou non n'est pas le problème. Le problème est que cela arrive en ce moment même, à des citoyens juifs. Ces dernières années, depuis qu'il a fait construire la maison, pour être exact, Viktor commence à prendre conscience de sa judaïté. Il ne s'agit pas de la redécouverte atavique de ses racines mais de l'acceptation d'un simple héritage, comme la transmission d'un défaut physique, une lèvre de Habsbourg, peut-être. Aux yeux de certains, notamment parmi les membres de la Deutsche Haus, par exemple, cet héritage le distingue. Il est juif, *ein Jude*, *žid*, youpin. Et voilà que, en Allemagne, cette identité est inscrite dans la loi. S'il était en Allemagne, il devrait réorganiser l'entreprise pour que seuls des Aryens apparaissent aux postes de direction et au comité de Landauerovy Závody. S'il était en Allemagne, il devrait trouver un autre médecin parce que celui de sa famille n'est pas juif. S'il était en Allemagne, son mariage avec Liesel, bien qu'encore valide, serait considéré comme une anomalie parce que tout mariage entre Aryens et non-Aryens est désormais illégal. S'ils étaient en Allemagne, Ottilie et Martin seraient officiellement relégués dans la catégorie des *Mischlinge*, des sang-mêlé, des êtres inférieurs.

C'est absurde ; mais c'est bien ce qui se passe.

« Oh ! j'ai oublié de te le dire hier. On m'a proposé de rejoindre le comité de la Ligue des droits de l'homme.

— Tu vas accepter ?

— Je crois. » Il revient à son journal. Il y a un autre article sur l'afflux récent de réfugiés allemands, des juifs surtout. « Le président de la Ligue m'a demandé de lever des fonds. C'est pour ça qu'ils sont venus me trouver, j'imagine. La Landauerovka donnera quelque chose, bien sûr. Et je pensais qu'on pourrait utiliser la maison.

— La *maison* ?

— Organiser quelque chose comme une soirée caritative. Un récital, pourquoi pas ? Tu sais bien que tout le monde meurt d'envie de visiter la maison. Si on demandait à Němec ? Un petit récital, soixante personnes qui paieraient un droit d'entrée ridiculement élevé. Ça pourrait peut-être aider.

— Tu veux vraiment ouvrir la maison au public ? »

Liesel n'avait pas du tout apprécié les retombées de leur pendaison de crémaillère, les spéculations des journalistes, l'intrusion dans leur vie de famille. Face à tant d'attention, elle avait l'impression que leur présence en ces lieux était incertaine, comme s'ils n'étaient que des créatures évanescentes entre les murs de verre transparents, de ces éphémères aux ailes arachnéennes, au corps délicat, qui naissent avec l'été et ne connaissent qu'une vie fugace.

« Pas vraiment. D'un autre côté… »

Il retourne à sa lecture. C'est une habitude qu'il a, de lancer une discussion sans apporter de contre-argument ensuite. Elle l'imagine agissant de la sorte avec ses administrateurs, insinuer quelque chose avec ce même sourire exaspérant avant de les laisser résoudre le problème si bien que, lorsqu'ils trouvent la solution, ils ont l'impression d'en avoir eu l'idée seuls.

« D'un autre côté, quoi ?

— D'un autre côté, ma chère Liesel, il nous faut agir. Bon, je dois y aller. » Il replie son journal et traverse la salle à manger où les enfants, Liesel et la nourrice prennent leur petit déjeuner. « Je vais faire attendre Laník. »

Il dit cela tous les matins, comme si c'était l'apparition régulière du chauffeur avec la voiture à l'extérieur qui déterminait sa routine, alors que, en vérité, c'est le contraire : sa propre routine est ce qui détermine tout à l'intérieur de ce qu'il appelle, pour rire, *die Landauerwelt*, le monde Landauer.

Il se penche pour embrasser Ottilie – elle se dresse sur sa chaise et le serre dans ses bras –, puis Martin, qui fait à peine attention à lui tant il se concentre pour mettre un petit morceau de pain dans sa bouche, et enfin Liesel. À l'instant où il lui dépose un baiser sur le front, il est assailli par la pensée de Kata. Cette référence mentale à Kata est devenue un tic. Peut-être cela a-t-il un rapport avec la culpabilité, après tout, même s'il n'éprouve rien de particulier à ce sujet. Ou bien il ne s'agit que d'une réaction irrationnelle de l'esprit, une association d'idées qui intriguerait cet autre juif moraviano-allemand, Sigmund Freud, qui rédige en ce moment à Vienne le premier jet de ce qui sera son dernier livre, *Moïse et le monothéisme*. Peut-être Viktor a-t-il besoin d'être analysé pour remonter l'enchaînement des procédés mentaux qui ont conduit à l'évocation fugace de cette femme. Mais cela supposerait qu'il veuille se débarrasser de l'image de cette femme alors que la réalité est bien simple : il est très heureux de penser à elle. En effet, il y a des moments où il fait revivre délibérément les souvenirs qu'il garde d'elle, les retourne dans son esprit avec précaution et attention, écoute sa voix, la touche, la respire, la goûte, la regarde le goûter. C'est quelque chose que Liesel ne saura jamais. Personne ne le saura jamais. La seule personne qui pourrait le savoir est Kata elle-même. Et cette idée provoque un petit pincement de douleur. Qu'est-elle en train de faire à cet instant ? Pense-t-elle à lui comme lui pense à elle, ou est-elle en train de se réveiller dans le lit d'un autre homme pour qui elle déploie exactement la même affection feinte que pour lui ? Les questions s'accumulent pendant qu'il dit au revoir à sa famille et charrient avec elles plus qu'une simple angoisse – le désir intense de la revoir.

Après un petit signe joyeux de la main à Liesel, il monte à l'étage. Dehors, la voiture est forcément déjà là à attendre, une Landauer Prezident, une limousine noire lustrée aux courbes caractéristiques produites par le bureau d'études de l'entreprise Landauer. Laník est là, il tient la portière ouverte. Liesel n'aime pas Laník, il le sait.

« Il est sournois, se plaint-elle. Et il me regarde.

— Un chat peut bien regarder une reine. Il est peut-être amoureux de toi.

151

— Il utilise sans cesse des mots d'argot et, après, il sourit de voir que je ne comprends pas. Et il n'arrête pas d'embêter Liba. »

Viktor se glisse dans l'intérieur en cuir sombre de l'automobile. « Au bureau », dit-il à travers la petite vitre qui le sépare du chauffeur. Puis il s'assoit et réfléchit à l'idée qui a grandi en lui comme une perle dans le coquillage fermé de son esprit : Kata.

Viktor part au travail et les femmes de la maison se livrent à leurs tâches respectives – Liba emmène les enfants se brosser les dents à l'étage, Liesel consulte Laníková au sujet du programme du jour. Aujourd'hui, il est prévu que Paní Hanáková vienne déjeuner ; ce soir, un dîner est organisé, un groupe d'affaires, quelque chose dans ce goût. Laníková lâche une exclamation désapprobatrice, les lèvres serrées à la perspective de tout cet affairement et cette confusion.

Pendant que la discussion se poursuit et que Martin joue par terre avec ses petites voitures – des répliques en fer-blanc de Landauer –, Liba emmène Ottilie à l'école. Il faut marcher un quart d'heure pour arriver à l'école Montessori qui occupe un étage dans une villa fin XIXe sur Parkstrasse. À son retour, Liba prend le relais pour surveiller Martin, et Liesel va dans le jardin. Le jardin est son plaisir personnel. Viktor se charge du conservatoire, le soi-disant jardin d'hiver qui occupe le mur est de la Pièce de verre, et Liesel prend soin du jardin avec le jardinier, un vieux Tchèque perclus d'arthrite qui l'appelle *milostivá paní*, comme si n'importe quelle germanophone à la tête d'une propriété devait être Madame de quoi que ce soit. Ensuite, elle se met au piano, comme tous les jours, selon les indications strictes de son professeur qui vient une fois par semaine pour une leçon de deux heures. Des exercices – gammes et arpèges accompagnés du métronome qui bat la mesure – précèdent une étude de Chopin, suivie, pour le plaisir, du morceau sur lequel elle travaille, les notes liquides et les silences douloureux de Janáček, *Sur un sentier broussailleux*. Elle est étonnée de voir combien les silences ont de l'importance dans la musique. Le morceau semble parfaitement adapté à l'espace et à l'élégance de la Pièce de verre, à sa lumière, ses ombres et ses reflets subtils.

Dîner

Ce soir, l'un des invités au dîner porte un petit badge au revers gauche de sa veste. L'homme est à la tête d'un consortium de Stuttgart qui cherche à assembler la Landauer Popular en Allemagne sous licence et donc à rivaliser avec la KdF-Wagen qu'a développée Porsche. L'homme s'appelle Schreiber. Il est grand, élégant, tiré à quatre épingles dans son costume croisé impeccable. Il se penche au-dessus de la main de Liesel, fait claquer ses talons, murmure : « *Küss die Hand, gnädige Frau* », tandis que ses lèvres lui effleurent la peau, ajoute un « *zum Entzücken* », charmant, en la regardant droit dans les yeux. Mais le badge en émail accroché au revers de sa veste et qui le marque tel un sceau d'authenticité est une svastika noire sur fond blanc, entourée d'un anneau rouge sang et accompagnée des mots « National-Sozialistische-DAP ».

Herr Schreiber déambule dans la Pièce de verre comme un visiteur dans une exposition, il tourne la tête de-ci, de-là, touche les surfaces comme s'il caressait le visage d'un enfant chéri. Il reconnaît le Maillol dès qu'il le voit, connaît les travaux de Loos à Vienne ; et il aime la Pièce de verre, l'envisage comme un sommet de la culture allemande.

« Vous avez fait appel à un architecte allemand, bien sûr.

— Cela n'a rien d'une évidence, le reprend Liesel. Cette ville compte d'excellents architectes. Fuchs, Wiesner et d'autres. »

Schreiber sourit. « Quoi qu'il en soit, vous avez choisi un Allemand. Et de toute façon, leurs noms sonnent allemand à mes oreilles. » Cela l'amuse-t-il ? De toute évidence, quelque chose l'amuse alors qu'ils prennent place autour de la table – qui a été rallongée pour servir dix couverts. Peut-être est-ce la découverte de ce petit îlot de culture allemande au milieu d'un lac slave. Ils boivent du vin de Moravie qu'il qualifie de « prometteur », et il lève son verre à Liesel et Viktor. « À la culture allemande et aux affaires allemandes, où qu'elles puissent se faire », dit-il. La domestique apporte la soupe. *Bramboracka*, de la soupe aux pommes de terre, bien sûr. Il l'avale avec appréciation.

« Mais dites-moi, Herr Landauer, comment trouvez-vous de travailler dans cette langue étrangère, cette langue slave ? Et les Slaves eux-mêmes ? Parce que, enfin, si vous étiez à Pilsen, tous vos ouvriers seraient allemands. Mais vous avez des deux. Vous n'avez pas de problèmes, de conflits ?

— Aucun qui ne trouve de solution.

— Ce n'est pas ce que disent les Allemands à Pilsen. Bien sûr, ils demandent l'autonomie – quand ce n'est pas l'absorption totale dans le Reich.

— Ils sont victimes de l'agitation politique, voilà tout.

— Vraiment ? Ou peut-être exigent-ils simplement qu'on respecte leurs droits ?

— Dans une démocratie, des droits impliquent des devoirs. »

Schreiber soupire.

« Ah, la démocratie ! La démocratie, évidemment. C'est un concept plutôt retors, vous ne trouvez pas ? Je veux dire que la démocratie pure et simple n'aurait jamais toléré que vous construisiez cette maison, si ? Imaginez de soumettre une telle proposition au vote populaire ! Vos voisins seraient jaloux et voteraient contre ! Pourtant, votre sensibilité allemande vous a conduits à ne pas prêter attention à de telles réserves démocratiques et à concrétiser votre vision. N'est-ce pas ? Bien au-delà de la démocratie, le peuple allemand où qu'il se trouve n'a-t-il pas de comptes à rendre à son sang allemand ? C'est cela que signifie le national-socialisme.

— Seriez-vous en train de suggérer qu'un tel devoir m'échoit également ? » demande Viktor.

Schreiber hausse les épaules. Les autres invités ont l'air gêné. « N'échoit-il pas à tous les Allemands ? Un Tchèque allemand a-t-il moins de devoirs envers sa culture nationale ? »

Viktor tente de rendre son sourire à l'homme, un sourire plein de supériorité détachée, mais dénué d'humour. « C'est-à-dire que je ne suis pas allemand, Herr Schreiber. Je suis juif. »

Souvenirs

« Cette femme a un cerveau de moineau. » Hana, le visage défait à cause des larmes, va et vient dans la Pièce de verre en parlant de la femme de Němec. « Mais ça ne l'empêche pas d'avoir de l'emprise sur lui. Elle le fait chanter, je t'assure. Il a peur d'elle. Dieu sait pourquoi mais il a peur. »

Il y a un arbre de Noël dans l'angle sud-est de la pièce où les baies vitrées s'ouvrent sur le jardin d'hiver, un arbre de Noël avec des guirlandes, des bougies et dont le pied est déjà encombré de cadeaux. Hana va de l'arbre au vaste espace derrière le Maillol tandis que Liesel est assise dans un des fauteuils, fume et suit son amie du regard, impuissante. « Je l'aime ! s'écrie Hana en pleurs. Tu ne comprends pas ? Je l'aime. Je le veux avec moi à chaque instant de ma vie. Qu'est-ce qu'il m'offre ? Une nuit de temps en temps. Quelques jours quand sa femme part pour une de ses excursions shopping. Elle est au courant et c'est ça qui fout la merde. » Elle utilise le mot tchèque *posraný*. Lorsqu'elle parle allemand à Liesel, elle recourt souvent au tchèque pour la vulgarité, comme si cette langue lui donnait plus de choix. La Pièce de verre produit toujours cet effet, elle déshinibe les gens, les libère des conventions ordinaires, les rend transparents.

« Elle a toujours su et, jusqu'à présent, elle s'en est moquée. Mais voilà que, tout à coup, elle lui pose un ultimatum et lui ordonne de choisir entre elle et moi. Et il l'a choisie, *elle*. Il a couru retrouver sa *kunda*.

— Hana ! Ottilie pourrait t'entendre. »

Elle s'arrête et porte une main à sa bouche. Elle écarquille ses yeux rougis par les larmes et soudain ils pétillent. Une bulle de rire remonte à la surface.

« Oh, mon Dieu, tu crois ? Tantine Hana apprend à sa filleule de vilains mots ? Mais elle est à l'étage, non ? Elle n'a pas pu m'entendre. J'espère que non.

— Je suis sûre que non. Mais fais un peu attention. Et il y a quand même la sœur de Laník. Elle est souvent dans la cuisine.

— Et tu crois qu'*elle* ne sait pas ce qu'est une *kunda* ? »

Elles éclatent de rire. Bien sûr qu'elle le sait. C'est sûrement comme ça que Laník l'appelle. Le rire semble restaurer un peu de normalité, mais très vite elles reviennent au problème d'Hana. Liesel ne sait pas quoi faire. Sa propre vie – la constance de Viktor, ses deux beaux enfants, la merveilleuse maison – est presque un affront à Hana. Elle semble tout avoir, alors qu'Hana, qui s'est remise à faire les cent pas devant la paroi en onyx tandis que la neige fondue tombe sur les vitres, a l'impression de ne rien avoir. « Tu sais, j'ai tout raconté à Oskar ! Pour

Němec, j'entends. Et tu sais ce qu'il a dit ? Il a dit :
"Si c'est vraiment ce que tu veux, alors je te laisse
partir." Tu imagines ? "Si c'est ce que tu veux, je te
laisse partir." Ensuite, il a plus ou moins haussé les
épaules et a levé les mains, comme ça. Et il a ajouté :
"Je serai toujours là pour recoller les morceaux."
C'est ce qu'il m'a dit. » Elle se remet à pleurer, non
pas pour elle-même, cette fois, ni pour Němec, mais
pour son mari, Oskar, cet homme trapu, laid et riche
qui l'aime plus que quiconque à l'exception de
Liesel elle-même.

Plus tard ce soir-là, une fois les enfants couchés,
Liesel et Hana s'assoient sur le canapé de la bibliothèque et écoutent la radio. Viktor est en déplacement à Vienne et ne rentre que dans deux jours. Les
deux femmes sont donc seules, Hana a la tête sur les
genoux de Liesel pendant que son amie lui caresse
les tempes afin de lui apporter un peu d'apaisement.
La radio leur annonce ce qui était attendu et inévitable, à savoir que le président de la République,
Tomáš Garrigue Masaryk – « *Garrigue*, ce n'est pas
un type de végétation ? » demande Hana –, a démis-
sionné pour céder la place à un homme plus jeune.
Masaryk a quatre-vingt-cinq ans. Son successeur
n'en a que cinquante et un. Les temps changent.
« Le vieux va me manquer, dit Hana pour essayer de
penser à autre chose. Je l'ai vu une fois à Prague, tu
le savais ? À un concert. Nous avons été présentés
par un ami commun. On s'est serré la main, il m'a
regardée et soudain j'ai eu honte. Tu imagines ?
Comme s'il était capable de lire en moi, mais
qu'il me pardonnait. » La tentative de diversion a

échoué : elle se remet à pleurer, les larmes roulent de ses yeux à vif et Liesel la console comme une mère avec son bébé, comme elle l'a fait avec Ottilie et Martin en produisant un son doux et chuintant qui accompagne le bruit de la neige collée aux vitres.

« Je suis désolée, Liesel, je suis une loque humaine, en ce moment.

— Mais non, voyons. »

Liesel se penche et l'embrasse sur le front, puis sur la joue où la peau est moite et rougie, et, après une seconde d'hésitation, parce que c'est étrange et plutôt miraculeux, sur la pulpe chaude de ses lèvres. Pelotonnées dans le seul recoin privé de la Pièce de verre, sans rien pour les freiner dans cet environnement, les deux amies se parlent à voix basse.

Récital

Tous les billets pour le concert de charité – soixante-cinq au total – sont partis quelques jours après l'ouverture de la vente. Les fauteuils sont installés en arc de cercle de part et d'autre du mur d'onyx et le piano a été déplacé afin de changer le point focal de la pièce, détournant les spectateurs des baies vitrées vers l'intérieur. Les gens entrent dans la pièce en lâchant une petite exclamation d'admiration ou de surprise. Beaucoup sont venus autant pour la maison que pour Němec. Hana, grave, les traits tirés, est assise au fond, dans la bibliothèque, tandis que la femme du pianiste, Milada Němecová, prend place, triomphante, au premier rang. Viktor fait un discours rapide pour accueillir ses invités et réaffirmer l'importance de leur soutien à la Ligue des droits de l'homme, et les avertit que, de tous les peuples européens, les citoyens de leur jeune démocratie sont ceux qui doivent prêter le plus d'attention à ce qui se passe chez leurs voisins, derrière leurs frontières. « Pour l'instant, ce sont les autres que l'on opprime, insiste-t-il, mais si nous restons les bras croisés, nous pourrions bien être les prochains sur la liste. » Puis Němec descend les escaliers pour apparaître tel Méphistophélès au seuil de la Pièce de verre, salue au milieu des applaudissements et prend place au piano en rejetant théâtralement sa queue-de-pie comme s'il était sur la scène du Stadttheater plutôt que dans le salon d'un particulier. Il reste voûté comme un diable au-dessus du clavier pendant un instant terrifiant. Puis il entame le récital, son jeu tout en douceur et mélodie, ses doigts caressant l'instrument comme Hana prétend qu'il l'a caressée une fois, et propose un intermède de Brahms censé adoucir les âmes agitées de ceux qui ont entendu les mots d'introduction de Viktor. Vient ensuite la sonate pour piano de Janáček intitulée *Dans la rue*, et il termine, après un entracte, par une sonate de Schubert jouée avec tout ce qu'il possède d'entrain et d'attaque, la silhouette courbée en deux comme un oiseau de proie – « un vautour », murmure Hana à l'oreille de Liesel – griffant les notes sur le corps de l'instrument. Les trois morceaux sont interprétés avec toute la précision et la sensibilité qu'y met Němec, si bien que le critique du *Moravské Noviny* écrira dans son article que Němec est l'un des plus grands interprètes actuels. L'événement méritera même une mention dans les pages culture du *Prager Tagblatt* sous le titre « Les droits de l'homme apportent un supplément culturel ». La soirée a été, ainsi que le président de la Ligue l'affirme dans son discours de clôture, un franc succès artistique autant qu'une marque de solidarité envers les peuples opprimés du monde.

La Pièce de verre y était bien sûr tout à fait indifférente. Sobre, équilibrée, parfaite ; indifférente. L'architecture ne devrait pas être politique, disait Rainer von Abt. Un bâtiment se contente d'être. En contrebas, le ressac violent de ces années politiques venait lécher le bord du jardin tandis que la maison Landauer s'élevait sur le rivage au-dessus du niveau de montée des eaux tel le reliquat d'un âge d'or plus parfait. Cet été-là, il y eut des graffitis sur les murs de Marienbad où les Landauer allèrent passer leurs vacances comme à l'accoutumée. Le slogan était *SdP*, peint en lettres rouges bavant comme du sang. Partout ailleurs, il y avait des croix gammées, noires comme la mort. Malgré les plaintes, les graffitis furent visibles pendant plusieurs jours avant que des ouvriers viennent les effacer. Cet été-là, au cinéma, Viktor et Liesel virent aux actualités un homme en gris pâle vociférant devant un parterre de dix mille soldats brandissant des flambeaux. Peut-être fut-ce cette année-là, durant l'automne, que Viktor se mit, en cachette de sa femme, à transférer certains fonds gérés à Prague et Vienne sur un nouveau compte en Suisse.

Amour

Elle l'attend à l'ombre de la grande roue, une petite silhouette pimpante dans des vêtements bon marché, une flamme sur les charbons gris de la foule. Elle rit quand il l'embrasse, un rire qui ressemble presque au bonheur.

« Tu as eu mon message ?

— Bien sûr. Autrement, je ne serais pas là.

— De quoi as-tu envie ?

— Allons faire un tour dans la grande roue. » Elle le prend par la main et l'entraîne vers la queue malgré ses protestations. « Tu te souviens de la première fois ? »

Comment ne pas s'en souvenir ? Pour lui, la Riesenrad est son talisman. Lorsqu'il aperçoit sa courbe au-dessus de la ville, il pense à Kata. La roue du destin. La métaphore est évidente.

« Tu avais un air tellement sévère, j'ai cru que j'avais fait quelque chose de mal.

— C'était moi qui faisais quelque chose de mal.

— Tu le regrettes ?

— Non. Pas du tout. »

Ils atteignent le début de la queue. Cette fois, leur cabine est bondée. Une grosse *Hausfrau* et ses quatre enfants les poussent et les bousculent ; ils se chamaillent, la femme s'excuse à leur place. Kata regarde Viktor et fait une petite grimace, mais c'est un bon prétexte pour se tenir tout près l'un de l'autre. Kata, face à la vitre, regarde dehors, et Viktor la serre par-derrière. La cabine qui s'élève dans les airs tangue à cause des enfants qui courent dans tous les sens. « Restez tranquilles, petits monstres ! crie la femme avant de réitérer ses excuses. Ah, les enfants d'aujourd'hui ! » À soixante mètres de hauteur, la foule qui se presse sur Hauptallee ressemble à des poux sur le dos d'un animal poussiéreux. Kata indique le Danube et, au loin, les collines derrière Pressburg où elle vivait avant de venir à Vienne. Il se penche pour embrasser les petites mèches folles sur sa nuque qui dégage ce parfum de mammifère, étrange et chaud. Les enfants gloussent et pointent du doigt cette démonstration publique d'affection. « C'est votre bonne amie, monsieur ? » demande l'un d'eux. Il a dû faire un pari. La mère lui donne une taloche derrière l'oreille – « Ne sois pas insolent ! » – pendant que les autres observent leur victime en retenant leur souffle dans l'espoir d'une réaction.

« Oui, répond Viktor, c'est ma bonne amie. Je l'aime beaucoup.

— Il est amoureux ! » s'exclament les enfants comme si c'était un mot choquant. Leur mère tente de les faire taire. « Oh, les amoureux ! » crient-ils, riant de joie.

Après la grande roue, ils se promènent dans le Prater et boivent une bière dans un des cafés des jardins. Kata semble distraite. Elle regarde les moineaux surexcités qui volettent à leurs pieds, picorant les miettes qu'elle leur lance. Un oiseau est assez audacieux pour venir sur la table et les regarde tous les deux avec des yeux curieux et brillants, presque comme s'il comprenait ce qui se jouait là.

« Ce que tu as dit à ce gamin.

— Sur la roue ? Je plaisantais.

— Bien sûr. » Elle regarde en direction du carré d'herbe vers la Riesenrad qui tourne lentement dans l'air du soir. « Mais c'était une plaisanterie cruelle.

— Ne sois pas ridicule. Cela ne veut pas dire que je ne t'apprécie pas.

— M'*apprécier* ? En voilà, une consolation. » Ses doigts tambourinent sur la table et le moineau s'approche en sautillant, croyant obtenir de la nourriture. « Tu sais, je pense souvent à toi, Viktor. C'est stupide, mais c'est comme ça. Je pense à toi et je me demande à quoi ressemble ta vie, ta femme et tes enfants, ce genre de chose. » Elle hausse légèrement les épaules, les yeux rivés sur les moineaux, rechignant à croiser son regard. Quand enfin elle lève la tête, ses yeux bleus brillent d'une lumière glaciale. « Je ne connais même pas ton vrai nom, tu te rends compte ? Je me contente d'attendre que tu me laisses un mot ou que tu m'appelles. Regarde. »

Elle ouvre son sac et sort un papier plié. C'est le message qu'il lui a écrit trois jours plus tôt, poste restante à la Nordbahnhof, un mot comme tant d'autres – la date et quelques lignes griffonnées : *Ma chérie, je serai en ville le 23. Pouvons-nous nous voir ? La grande roue à 16 h 30 ? Ton V.*

« Tu vois ?

— Quoi donc ? » Un sentiment proche de la colère monte en lui. Elle est concentrée sur cette femme devant lui, avec ce joli petit minois et ses ongles rongés, son corps libre. « Qu'essaies-tu de me dire, Kata ?

— Ces mots, que tu écris. Je les garde parce que je sais que je ne t'entendrai jamais les prononcer.

— Mais de quoi parles-tu ? » Il lui prend la main et l'attire à lui. « Tu veux m'entendre dire "chérie" ? C'est cela ? » Il lui embrasse le bout de ses doigts qui sont comme ceux d'une enfant, ordinaires mais qui recèlent bien du talent et de l'inventivité. « Kata, ma chérie. Voilà, je l'ai dit. »

Elle retire sa main vivement.

« Ne te moque pas de moi. Je ne parlais pas de ça, mais de "Ton Viktor".

— "Ton Viktor" ? » Il rit. « Ce n'est qu'une formule qu'on utilise à la fin d'une lettre. *Immer der Ihrige.* Une formule banale. »

Mais la plaisanterie ne la fait pas rire. Sa tête penchée, sa façon de se tenir lui donne un air inconsolable. Soudain, il comprend mieux ce qu'il ressent, cette émotion pareille à de la colère qui prend le pas sur son esprit et son corps, les oblige à obéir à des ordres qui ne semblent pas venir de lui.

« Tu vas tout gâcher. Nous allons dire des choses que nous regretterons.

— Lesquelles ?

— Je te répète qu'il vaut mieux ne pas les dire. Tu ne vois pas ? Il y a des choses que les couples ne doivent pas se dire.

— Nous sommes un couple ? Ou un arrangement bien commode ? »

Il passe un bras autour d'elle, espérant réchauffer l'atmosphère et remettre leur rendez-vous sur la bonne voie. « Où allons-nous ? » demande-t-il tandis qu'il la conduit vers la sortie, entre les promeneurs, évitant les vélos, les enfants et les chiens. Qu'arriverait-il si quelqu'un le reconnaissait, quelqu'un de Město ou du bureau viennois de l'entreprise Landauer ? Mais les gens qu'ils croisent sont anonymes et indifférents, les regardent à peine, ignorant tout du petit affrontement qui a semé le désordre et la confusion.

« Où va-t-on ? demande-t-elle.

— Où veux-tu aller ?

— Pourquoi pas chez moi ? Ce n'est pas loin. Qu'en dis-tu ? » Elle hausse les épaules nerveusement face à son silence, comme si elle n'aurait jamais dû lui faire cette proposition. « Il n'y a que deux pièces, mais c'est correct. Confortable.

— D'accord. Je te suis. »

C'est la première fois qu'elle fait une suggestion.

Son appartement se trouve dans un immeuble non loin, dans une rue perpendiculaire à Praterstrasse. Ils ont déjà dû passer devant mais elle n'a jamais mentionné qu'elle habitait là. Même s'il était évident qu'elle vivait dans les parages, leurs deux mondes, celui de Kata et celui qu'ils partagent, ne se sont jamais croisés avant. Dans ce quartier d'immeubles surpeuplés vivent des juifs qui ont leurs commerces dans ces mêmes rues étroites. À côté de son immeuble se trouve une boucherie casher avec une *menora* peinte sur la vitrine et une *mezouza* clouée à l'encadrement de la porte. Un vieil homme arborant calotte et papillotes les regarde passer depuis le pas de la porte. Peut-être est-il le *shochet* du quartier, celui qui sait parfaitement aiguiser son couteau jusqu'à ce que la lame soit parfaite pour que l'entaille soit parfaite et que le sang s'écoule lui aussi de manière parfaite.

Kata ouvre une porte et entraîne Viktor à l'intérieur, loin de la lumière et des regards vides d'inconnus. La cage d'escalier sent le chou bouilli et l'humidité. Elle grimpe les escaliers vers les combles, bavarde tout du long, un bavardage léger, nerveux ; Frau Unetelle vit ici, un vieux couple qui travaillait au théâtre vivait là, personne ne lave les escaliers alors que les locataires sont censés s'en occuper à tour de rôle, si bien que c'est elle qui s'en charge quand elle en a le temps. Une fois tous les quinze jours pour que l'immeuble ne devienne pas invivable. C'est fou ces traces de boue qu'ils laissent, persuadés qu'on nettoiera derrière eux ! Il ne doit pas y prêter trop attention.

« C'est bien comme ça, la rassure Viktor. C'est très bien. »

Au sommet de l'escalier principal, elle frappe à une porte et lance : « C'est moi, je suis rentrée », à travers le panneau de bois. Ils reprennent leur ascension, par un escalier plus étroit jusqu'en haut vers un palier minuscule avec une faîtière qui donne sur les toits ainsi qu'une porte elle aussi très étroite qui s'ouvre sur sa chambre. À l'intérieur, sous un plafond qui suit la pente du toit, se niche un petit monde compact, organisé et intime, surchargé des signes mystérieux indiquant la présence de Kata – ses vêtements, ses bibelots, ses bricoles, tous les objets de son existence cachée. Il y a un lit contre un mur, un canapé ainsi qu'un fauteuil de part et d'autre d'un appareil de chauffage à gaz, des meubles bon marché faits en série avec un appuie-tête et tapissés de velours sur lesquels ses autres clients reposent sans doute leur tête aux cheveux gras. Des lucarnes offrent une vue sur le Prater et jusqu'au fleuve ; à cet instant, la Riesenrad est piquetée de lumières électriques, comme un soleil de feux d'artifice, la roue du destin qui tournoie dans le ciel qui s'assombrit.

Elle s'approche pour admirer la vue avec lui.

« Tu te rends compte de ce que je vois chaque jour ? Je pense toujours te retrouver là. Jusqu'à notre rencontre, personne ne m'avait jamais proposé de monter dans la roue.

— J'étais nerveux. J'avais besoin de réfléchir à ce que je faisais. »

Elle lui prend la main. Le geste semble naturel, sans le stratagème de la première fois.

« Tu n'es jamais nerveux.

— Je l'étais à ce moment-là.

— Et maintenant ? Que ressens-tu ? »

Il se retourne pour la contempler, serre ses mains dans les siennes. Il éprouve le besoin de s'expliquer,

170

même si l'explication n'est pas claire, y compris pour lui-même. La transaction commerciale s'est muée en autre chose, le simple désir physique devenant la base de ce qui ressemble aujourd'hui à un vœu exaucé.

« Satisfait. Je suis satisfait. »

Elle est sur le point de dire quelque chose – quoi donc ? – mais avant qu'elle puisse prononcer un mot la porte s'ouvre. Ils se tournent. Viktor s'attend à une intrusion du monde adulte mais c'est une enfant qui se tient dans l'entrée, une petite fille d'environ six ans – plus jeune qu'Ottilie en tout cas, une petite créature solennelle en chemise de nuit et avec des couettes.

Kata se dégage de Viktor.

« Mais, bon sang, qu'est-ce que tu fais là ? Tu sais que tu dois rester dans ta chambre.

— J'arrive pas à dormir.

— Retourne te coucher et essaie. »

L'enfant ne quitte pas Viktor des yeux. « Est-ce que vous êtes un ami de Mutti ? » demande-t-elle.

Il ne sait pas comment répondre. L'interrogation de cette enfant le réduit au silence.

Kata la prend dans ses bras. « Mais oui. C'est un vieil ami. Herr Viktor. » Et elle se tourne vers Viktor pour lui présenter sa fille : « Voici Marika. Maintenant, demoiselle, il faut que tu ailles te coucher. »

La gamine reste accrochée à sa mère, ses jambes pâles enroulées autour de la taille de Kata, le regard inquisiteur. Il y a quelque chose de simiesque en elle, de vif et de rusé.

« Si c'est un vieil ami, pourquoi je ne l'ai jamais vu avant ?

— Tu ne connais pas tous les amis de Mutti. Pourquoi veux-tu connaître tous mes amis ? Allez, je t'emmène. »

La porte se referme derrière elles et l'incident, la visite impromptue, est terminé.

Laissé seul, Viktor fait les cent pas dans la pièce, indécis, observe la pendule en Bakélite au-dessus de la cheminée, les images au mur, des gravures de mode trouvées dans des magazines montrant des femmes en chapeaux cloches et robes moulantes. Sur une des photos, on voit une voiture en arrière-plan – une Landauer. Sur la commode contre le mur est posé un plateau avec les affaires de Kata – un rang de petites perles inégales, des bâtons de rouge à lèvres, une boîte en émail avec un dessin vaguement oriental, un désordre de barrettes. Il pioche dans ces articles comme s'il pouvait en sortir un de valeur. Une bouteille en verre à la forme étrange et organique contient une fraction inadéquate de son odeur. Qu'ignore-t-il d'autre au sujet de Kata ? Quelle autre découverte va débarquer dans sa vie ?

« Tu ne m'avais jamais dit que tu avais une fille, dit-il d'un ton accusateur quand elle revient.

— C'est important ?

— Bien sûr.

— C'est pour ça que je ne te l'ai jamais dit. » Elle se tient devant lui avec un air de défi puéril. « Je voulais t'en parler, mais j'avais peur que cela ne t'effraie.

— Alors pourquoi maintenant ?

— Je ne sais pas. » Elle hausse les épaules. « Je me suis dit qu'il fallait que tu la voies. Pourquoi devrais-je me cacher ? Il le fallait.

— Mais tu fais venir d'autres hommes ici.

— Quelques-uns, parfois. Et ça n'a pas l'air de les déranger. Ils aiment lui donner des bonbons, des petits cadeaux, faire comme s'ils étaient de la famille, à vrai dire. Oncle Hans et oncle Josef. C'est agréable, pour elle.

— Comment peux-tu la laisser seule ?

— Je ne la laisse pas seule. Il y a une femme en bas. Elle la garde quand je ne suis pas là.

— Qui est le père ?

— Quel rapport avec toi ?

— Aucun. Absolument aucun. » Il cherche ses mots, assis sur le lit l'air abattu, les mains entre les jambes et la tête baissée. « Écoute, peut-être que je ferais mieux de partir.

— Si c'est ce que tu veux. » Elle se tourne à la recherche d'une distraction. Il y a un évier dans le coin et une gazinière. Elle met de l'eau à chauffer. « J'aimerais que tu me donnes quelque chose pour le temps que j'ai passé avec toi, mais c'est à toi de voir. »

Ils ne se sont jamais parlé en ces termes et ne se sont même jamais disputés. Ce qu'il voulait, elle le faisait. Et quand ils discutaient, c'étaient de généralités, de la vie, de leurs goûts, de ses rêves absurdes. Jamais de la réalité de leurs existences respectives.

« Je ne veux pas partir. Je veux rester avec toi. »

Elle ne le regarde pas. « D'accord, je vais faire un brin de toilette. Tu m'excuses, la salle de bains est à l'étage en dessous. Ici, il y a une bassine, si tu veux. » Elle enlève sa robe et se penche sur la bassine, et il rit presque à l'émotion qu'il ressent de la voir, ses seins qui pendent dans sa combinaison, le satin qui se colle à ses fesses, le désir inouï qu'il a de la toucher.

« Je vais devoir nettoyer ma chemise, dit-il. Est-ce qu'on peut le faire et la laisser sécher pendant la nuit ?

— Je vais m'en occuper. On va la mettre devant le feu. »

Il est assis sur le lit en maillot de corps et l'observe pendant qu'elle effectue cette petite tâche domestique. La scène a quelque chose de touchant, la lumière lui rappelle un tableau d'un peintre français que Liesel admire. Pas Degas. Un artiste plus moderne, mais pas si différent. Bonnard. Ici, aucune ligne épurée telle que les aiment von Abt et Viktor lui-même, mais plutôt des formes de lumières et de couleurs brisées et réfractées, les courbes impudiques d'une femme qui ne se sait pas observée. Mais Kata, elle, le sait. Il la regarde de près, contemple le moindre mouvement ou geste, comme s'il était un connaisseur et elle une œuvre d'art.

Elle lui lance un petit coup d'œil, sourit, et à cet instant il envisage de lui dévoiler ses sentiments. Ce serait ridicule bien évidemment, mais il y songe tout de même : je pourrais t'aimer. Le recours au conditionnel précautionneux, jusque dans ses pensées.

Quand elle a terminé, elle remplit d'eau un bidet en fer et s'accroupit pour se laver. Alors qu'elle se sèche avec sa serviette, il enlève son pantalon, le sexe dressé sans honte, et entreprend de se laver dans la même eau savonneuse comme un nuage qui l'a lavée, elle. La scène la fait rire. « Notre saleté mélangée », dit-elle, en lui caressant l'épaule. Il l'attire vers lui et lui embrasse l'oreille, la petite volute compacte. Les choses ont changé. Le temps de la dispute est passé et, bizarrement, ils s'en sont sortis transformés. Ce soir-là, le sexe est doux et singulier, proche de l'amour, un rituel attentionné au cours duquel ils se parlent et se sourient, se regardent avec minutie, s'embrassent goulûment, et ces baisers paraissent plus intimes que le reste, leurs corps à corps éhontés. Dans le fond, le gaz siffle comme une inspiration continue et Viktor est envahi d'une joie étrange, une sensation de complétude, d'être vraiment en vie. « Je pourrais t'aimer », lui murmure-t-il à l'oreille.

Elle répond dans un souffle doux contre sa joue.

« Les hommes disent toujours ça. Mais en général, ils n'ont aucun doute.

— Peut-être que c'est le doute qui les rend dangereux. »

Ils s'endorment, Kata, dos contre lui, la courbe de son corps moulée contre le sien, les bras autour d'elle.

Viktor rêve. Vienne est la ville des rêves, mais pas de ceux qui réconfortent. C'est la ville des incubes et des succubes, des créatures cauchemardesques. Il rêve de Liesel et de Kata. Il est nu devant elles, mais elles ne remarquent ni sa nudité ni l'in-congruité d'être ainsi réunis. En fait, personne ne remarque rien, ni les témoins, ni le juge, ni le jury, ni les gens dans les galeries ouvertes au public qui se moquent de lui, non pas à cause de sa nudité mais de l'absurdité de sa situation.

Il se réveille en pleine nuit. Kata se lève et va à la porte. Il attend qu'elle revienne et la serre dans ses bras.

« Elle va bien ?

— Elle dort à poings fermés. »

Son esprit flotte au bord d'un territoire entre le sommeil et la veille. Allongé dans l'obscurité avec Kata, il a la sensation vive que cette minuscule chambre de bonne est l'axe d'une grande roue, une Riesenrad qui constitue l'ensemble de son monde. Tout le reste tourne lentement autour de lui – l'usine, la maison sur la Route du champ noir, Liesel, Ottilie, l'intégralité de son existence, qui est l'intégralité de l'existence, le monde entier qui tourne autour de Kata et lui, allongés là, sous des draps chauds.

Quand il se réveille le lendemain matin, la lumière laiteuse qui inonde la pièce depuis la lucarne lave tous les souvenirs de rêve et de fantasme pour laisser place à une sensation de désordre. Il se redresse, se frotte les yeux. Kata est déjà debout près de la petite bassine dans le coin et repasse sa chemise. Elle porte un peignoir en coton. Elle verse de l'eau sur le tissu et prend le fer sur le gaz. L'eau frémit quand elle presse l'instrument sur le tissu. De la vapeur s'élève autour d'elle.

« Tu vas devoir t'habiller rapidement, prévient-elle en voyant qu'il est réveillé. Marika va bientôt se lever. »

Il repousse le drap.

« Je dois partir.

— Il n'y a pas de problème, tant que tu es habillé.

— Non, je ne dois pas t'encombrer. »

Il se lave dans la bassine et enfile ses vêtements. Elle lui tend sa chemise.

« Tu es encore en colère, dit-elle mais il secoue la tête. Alors quoi ?

— Je suis perplexe, confus.

— Désolée.

— Tu n'y es pour rien, c'est ma faute. » Il s'évertue à nouer sa cravate. « Il faut que je me rase.

— Il y a un barbier au coin de la rue. »

Il sort son chéquier. « Je veux te donner quelque chose. Pour toi, pour la petite. Je veux… » Que veut-il ? Elle le regarde avec inquiétude, comme s'il venait de faire quelque chose d'étrange. « Est-ce que tu as un compte en banque ? Tu peux encaisser un chèque ? » L'idée semble simple à présent, claire comme de l'eau de roche.

Elle hausse les épaules. « Oui. »

Il sort son stylo, écrit, vite, quasiment sans réfléchir, terriblement content de son idée : *Katalin Kalman*. Et la somme : *quinze mille schillings*. « Ça vient de ma banque à Vienne. La Wiener Bankverein. Ça ira ? » Il regarde l'encre perdre son aspect brillant et sécher, puis arrache le chèque et le lui donne.

« C'est une fortune, dit-elle en regardant le bout de papier. Je ne peux pas accepter. C'est plus que ce que je gagne en deux ans.

— C'est à toi, Kata. Pour toi et ta fille.

— Ils vont penser que je l'ai volé.

— Impossible puisqu'il est à ton nom.

— Je pourrais faire un faux. »

Elle regarde le papier comme pour voir s'il est authentique, le retourne comme elle examinerait un message douteux.

« Ils vérifieront sans doute auprès de ma banque, mais ne t'inquiète pas. »

Elle lève la tête et ses yeux pâles le prennent en embuscade. « Et qu'est-ce que je dois faire pour le mériter ? »

Il rit. Cela semble être la réaction la plus évidente, la plus simple.

« Ne pas fréquenter d'autre homme.

— Et toi ?

— À toi de décider. » Ils se regardent. Il sent cette excitation absurde pareille à celle d'un enfant qui trouve une idée et qui meurt d'envie de la partager. « Cette décision n'appartient qu'à toi. »

Elle secoue la tête comme si elle le refusait, mais glisse le chèque sous un petit vase posé sur la table.

« On verra.

— Je vais revenir bientôt.

— Bien sûr. »

Elle tend la main pour ajuster sa cravate. Il l'observe de près, presque comme s'il consignait ses traits dans sa mémoire, la forme de ses yeux et de ses lèvres, les petites fossettes aux coins de sa bouche, ses pommettes et le dôme de son front. La racine des cheveux qui n'est pas clairement dessinée, mais brouillée par un trait de duvet qui se mêle à la masse de sa chevelure. Il trouve cela charmant; et le fait de ne pas l'avoir remarqué avant le rend soudain nerveux, comme s'il y avait d'autres choses qu'il n'avait pas relevées et que, donc, il oublierait. Il se penche pour l'embrasser à cet endroit précis, ce petit duvet où elle sent bon le sommeil et qui est totalement dépourvu d'artifice. Le baiser se déplace vers la texture lisse de son front, puis vers son œil gauche dont la paupière bat comme les ailes d'un papillon de nuit pris au piège. Puis vers sa joue et ses lèvres. Sa salive a un goût amer.

« J'apporterai un cadeau pour Marika.

— Ce serait gentil.

— Et un autre pour toi. »

Puis il s'en va et, tandis qu'il descend les escaliers, il pense à ce qui aurait pu être, ce qui pourrait être, il se dit que la vie n'est qu'un pur caprice. Dans le train pour rentrer chez lui, Viktor Landauer, cet homme plein de qualités et de talent, n'éprouve plus ce bonheur exquis mais sombre dans un remords profond et diffus, comme la tristesse qui vous submerge après l'amour, une émotion pour laquelle il existe un mot tchèque qu'il n'arrive pas à traduire précisément en allemand : *litost*. Le repentir, le regret pour un ensemble de choses, la nature irrévocable de la vie d'une personne, le chagrin insupportable d'exister, l'immuabilité des choses, le fait que l'amour, la lumière concentrée de la passion et de la faim, n'éclaire pas la silhouette de sa femme mais le corps et l'âme d'une prostituée à temps partiel et sans éducation.

Extase

« Tu as déjà trompé Liesel ? »

La question lui porte un coup, mais Hana est comme ça.

« Ce n'est pas ordinaire, de poser des questions pareilles.

— Mais est-ce que tu l'as fait ? »

Ils attendent que Liesel ait terminé de se préparer à l'étage avant l'arrivée des invités. Ils se tiennent devant les fenêtres, regardent le jardin dans la lumière du soir tout en sirotant leur verre – sous la tutelle d'Hana, Viktor a mixé des cocktails – et discutent. Elle lui a raconté les dernières rumeurs au sujet de la fille Kaprálová – Vitulka – qu'elle a croisée dans un café à Montparnasse lors de son récent séjour à Paris.

« Tu sais avec qui elle passe tout son temps ? Tu ne devineras jamais.

— Alors dis-le-moi.

— Martinů. Tu sais bien, Bohuslav Martinů, le compositeur. Les gens racontent qu'ils couchent ensemble.

— Et qu'a-t-elle dit ?

— Je ne lui ai pas demandé directement, Viktor.
Ne sois pas ridicule. Mais elle n'arrête pas de parler
de lui et, en général, c'est un signe. » Puis surgit
cette question tout à fait inattendue : « Tu as déjà
trompé Liesel ? »

Du jazz passe sur le gramophone, un disque
qu'Hana leur a rapporté comme cadeau de Paris :
un nègre qui joue du saxophone. L'instrument parle
à l'auditeur en des tonalités si proches de la voix
humaine que cela donne l'impression d'avoir une
autre personne dans la pièce en train de commenter
leur conversation. Hana sourit, écoute la musique
en buvant son cocktail frappé à petites gorgées et
regarde le soleil passer sous l'horizon. Le verre rend
audacieux, transparent et simplifie tout, ouvre les
esprits et peut-être même les cœurs.

« Ma chère Hana, pourquoi voudrais-tu le
savoir ? Et crois-tu que je te le dirais si c'était
le cas ?

— Tu viens quasiment de te trahir.

— Ne sois pas ridicule.

— Tu es un homme séduisant, alors pourquoi ne
pas avoir une ou deux aventures, des histoires
discrètes menées pendant tes déplacements profes-
sionnels ? Les opportunités se présentent très facilement pour les hommes séduisants. Surtout quand
ils sont riches. »

Elle le taquine, bien sûr. Ainsi va leur amitié :
Hana le titille et lui n'en prend pas ombrage. C'est
la seule façon qu'ils ont de combler le gouffre qui
sépare leurs deux personnalités.

Il tire sur sa cigarette. « Serais-tu satisfaite, si j'avais une maîtresse ? »

Elle hausse les épaules. « Satisfaite, non. Mais au moins, Liesel n'aurait plus l'air d'avoir autant de chance. » Le disque arrive à son terme et le saphir cliquette dans la dernière rainure. Elle va en mettre un autre, tout en lançant un regard de biais à Viktor, les commissures tombantes de ses lèvres se relevant avec l'apparition d'un sourire. Elle est douée pour ces sourires, ces petites expressions pleines de sous-entendus.

« Moi, ça ne me dérangerait pas de te partager.

— C'est plus ou moins ce que m'a dit Liesel. » Pendant un instant, elle paraît décontenancée.

« Vous avez *discuté* du fait que tu pourrais avoir une aventure avec moi ?

— Il y a longtemps. Elle se demandait si tu me faisais des avances.

— Mon Dieu ! Elle était en colère ? Elle est tellement drôle dès qu'on aborde ces sujets. Toute cette colère…

— Elle a dit que tu n'avais pas les mêmes valeurs que nous. J'ai répondu que notre relation tenait plus de celle d'un frère et d'une sœur…

— Comme c'est mignon.

— Elle a ajouté que cela ne serait pas un obstacle pour toi. »

Hana rit. Viktor aperçoit ses gencives roses.

« Chère Liesel, elle me connaît trop bien. Tu n'as pas répondu à ma question.

— Elle n'a pas besoin de réponse. »

Hana est sur le point de le contredire, mais elle est interrompue par le bruit de la sonnette en provenance de l'étage ; la porte s'ouvre et des invités entrent. Elle vide son verre et le tend à Viktor. Puis subitement, elle se penche vers lui et, le temps d'une seconde, leurs visages se touchent, joue contre joue, comme si elle allait l'embrasser. Il sent l'odeur de son parfum mêlée à celle de la cigarette. « Comment s'appelle-t-elle ? » murmure-t-elle.

Viktor a appris à reconnaître les signes quand les visiteurs entrent dans la Pièce de verre pour la première fois. Il y a ces petits halètements d'admiration, ces exclamations de surprise. Ils sont descendus de l'enceinte intime et tranquille de l'étage, et se tiennent en bordure de l'espace sans trop savoir où poser le regard. La maison les subjugue, surtout ceux qui ont l'habitude de voir la richesse exprimée par les objets, les possessions, le bric-à-brac ornemental du riche, alors que, ici, ils découvrent l'opulence ultime dans l'abstraction pure. *Glänzend !* s'exclament-ils, un mot qui veut dire « brillant » au sens propre comme au figuré, et cette remarque exaltée renvoie parfaitement à ce qui frappe le nouveau venu.

« Quelle maison, Herr Landauer, observe cet invité en avançant vers lui. Votre charmante épouse m'en a beaucoup parlé. Maintenant que je la vois de mes yeux, je comprends mieux ce qu'elle me disait. »

Fritz Mandl est un homme d'affaires viennois, le directeur de la société d'armement Hirtenberger

Patronen-Fabrik. Ils se sont déjà rencontrés une ou deux fois pour discuter de s'adjoindre le savoir-faire de Landauerovy Závody pour profiter du marché florissant de l'équipement militaire. L'homme a des suggestions, des projets, des contrats à lui soumettre. «Les Allemands ont faim de ce genre de choses, a-t-il assuré à Viktor. Les Italiens également. Les voitures blindées sont la dernière mode. Nous souhaitons agir rapidement, avant que quelqu'un d'autre s'empare du marché.» Mais ce n'est pas Mandl lui-même qui attire l'attention alors qu'il traverse la pièce pour serrer la main de Viktor : c'est son épouse. Manifestement très jeune, elle a la chance de posséder des traits d'une symétrie parfaite. Une chevelure sombre lui tombe sur les épaules, encadrant un visage en forme de cœur dépourvu du moindre défaut. Ses sourcils dessinent des arcs exquis qui partent d'un nez d'une délicatesse tout aussi exquise. Elle a des yeux vert-de-gris, attentifs et nerveux. Sa bouche trahit une certaine vulnérabilité, comme si elle n'était pas sûre de savoir si elle devait sourire ou pleurer. Elle est tout simplement la plus belle femme que Viktor ait jamais vue. Le pilier de chrome près d'elle renvoie dans la pièce des reflets multiples et déformés de sa beauté qui a l'abandon insouciant d'un enfant. Avec une grande douceur, elle incline la tête en lui serrant la main.

«Votre maison est très belle. Moderne, très moderne.

— J'aime ce qui est moderne.

— Moi aussi.»

Elle se tourne pour saluer Hana. « Je vous en prie, appelez-moi Eva. Le titre de Frau Mandl me fait me sentir vieille. Vous parlez allemand, n'est-ce pas ? Le tchèque est si difficile. Je ne connais pas un mot de cette langue, à vrai dire. *Dobrý den* est ma limite. » D'autres invités arrivent et se présentent : un avocat et sa femme ; un couple venant du monde des courses de voitures et qui a conduit une Landauer en compétition ; un professeur d'université accompagné de sa fille ; et Oskar, bien sûr. Mais Hana semble fascinée par l'apparition d'Eva Mandl.

« Ne nous sommes-nous pas déjà rencontrées ? »

Frau Mandl fronce les sourcils.

« Je ne crois pas.

— Eva sort rarement de Vienne, répond son mari. Nous sommes très occupés.

— Peut-être était-ce donc à Vienne. Je suis sûre de vous avoir déjà vue.

— J'en doute. »

Les boissons sont servies. Les invités s'enthousiasment pour la vue, la sculpture de Maillol, la beauté du mur d'onyx, l'élégance de la Pièce de verre, et, au milieu de tout cela, la voix de Mandl tonne et félicite, comme s'il s'attribuait le mérite des lieux : « J'aime cet endroit. Faisons table rase de toutes ces absurdités passées. Cette ville semble réunir les énergies nécessaires, Landauer. Une bonne culture des affaires et une vision moderne de la vie. Pas comme à Vienne. Vienne est bornée par la tradition et condamnée par le communisme.

Peut-être que je devrais m'installer ici. Vous avez les usines, il ne manque plus que les contrats. »

Puis Hana s'exclame : « Je sais ! », et, à cet instant, il y a une interruption dans les conversations si bien que tout le monde profite de la remarque qui était destinée uniquement à la femme de Mandl. Les gens se tournent pour la regarder. Que sait-elle donc ?

« Je sais où je vous ai vue », explique-t-elle hâtivement. Eva Mandl lance un regard inquiet à son mari. Ses yeux – verts ou gris – sont aussi fixes que ceux d'un animal pris au piège.

« Vous avez joué dans un film, n'est-ce pas ? s'écrie Hana. *Extáze* de Machatý. Oh, mon Dieu, vous êtes Hedy Kiesler ! »

Pour Hana, cela n'est rien. La jeune et sublime épouse de l'invité d'honneur a été vue complètement nue sur un grand nombre d'écrans à travers le monde. Elle a montré ses seins – très jolis, des seins de petite fille, comme l'expliquera Hana à Viktor et Liesel plus tard – au public de tous les pays qui n'ont pas censuré ce film. Ses cuisses et ses fesses généreuses, la virgule fuyante de son pubis ont été montrées à des milliers d'hommes et de femmes au souffle coupé dans des salles pleines de spectateurs stupéfaits de Paris à Berlin. Elle a dévoilé ce visage d'une beauté ineffable à la caméra au moment d'atteindre – en simulant, suppose-t-on, mais beaucoup y ont cru – l'orgasme. Pour Hana, tout cela est parfaitement acceptable. C'est ainsi que les gens font avancer l'art. Pour Mandl et sa jeune épouse, cela représente apparemment une gêne considérable.

« J'étais très jeune à l'époque, dit la femme tout bas. Je ne fais plus de cinéma.

— Elle était jeune et stupide, ajoute son mari. Nous n'aimons pas tellement en parler. »

Il y a un silence inconfortable. Si l'on ne peut pas évoquer la célébration de la nudité de cette femme, alors de quoi peut-on parler ? Hana sourit et touche le bras de la jeune femme pour la rassurer.

« Mais c'est merveilleux, voyons. *Extáze* était un film merveilleux. *Vous* étiez merveilleuse.

— J'ai dit que nous n'aimions pas en parler. »

Viktor voit Mandl s'énerver. C'est une colère sourde, une simple contraction des muscles du visage, un blanchiment autour du nez.

« Mais où est le problème ? lui demande Hana. Votre femme nous a dévoilé une telle beauté, une telle innocence. »

Mandl répond, avec beaucoup de précaution : « *Gnädige Frau*, c'était une erreur de jugement. Ma femme ne souhaite pas discuter de ses erreurs de jeunesse. Est-ce clair ? »

Hana rit. « Mais moi *j'adore* discuter de mes erreurs de jeunesse. J'ai beaucoup couru toute nue, entre autres choses, mais malheureusement jamais devant des caméras. »

Pendant un instant terrible, la soirée semble au bord de l'implosion. Puis Liesel prend Hana par le bras pour l'éloigner, Viktor déclare que tout va bien et entraîne les époux Mandl de l'autre côté du mur d'onyx pour leur montrer un phénomène remarquable : la lumière du soleil qui filtre par les grandes baies vitrées vient frapper le mur à un certain angle et révèle une sorte de flamme élémentaire brûlant au tréfonds de la pierre.

« C'est fantastique ! s'exclame Frau Mandl, les yeux rivés sur la pierre en feu et applaudissant de joie. C'est tout à fait sublime ! » Son enthousiasme a quelque chose de puéril, comme s'il cherchait plus à gagner la faveur de son mari qu'à exprimer ses sentiments véritables. Mais la diversion a fonctionné et la minute de malaise semble être passée. Ils vont à la salle à manger et prennent place autour de la table.

« Cela plairait à Herr Hitler, observe Mandl. Le Führer aime beaucoup les tables rondes, les chevaliers, ce genre de choses. » Il a rencontré Herr Hitler en personne plusieurs fois, ainsi qu'Il Duce. Des hommes remarquables, affirme-t-il. « Nous les connaissons tous, Goebbels, Göring, tout le groupe, n'est-ce pas, Eva ? Tu leur plais beaucoup, d'ailleurs.

— J'apprécie énormément Magda Goebbels », dit-elle. Son sourire n'est pas naturel, à croire que des larmes se cachent derrière le rire. « Magda est très amusante. Les autres… »

Sa voix se perd. Elle lance un coup d'œil à Hana. À cette table circulaire, impossible de se dérober au regard des autres. Plus on est loin, plus on se regarde attentivement.

« Le Führer est un homme étrange, déclare son mari. Quand on le rencontre en privé, c'est un père de famille. Il adore les bébés et les chiens.

— Et son antisémitisme ? demande Liesel. Ne trouvez-vous pas cela un peu difficile à avaler ? »

Le rire de Mandl ressemble à un cri.

« Ils m'ont nommé Aryen honoraire. Qu'en dites-vous ? Aryen honoraire. Sur les ordres de Herr Hitler. Ce sont des pragmatiques, voyez-vous. S'il leur faut faire affaire avec des juifs, ils trouvent un arrangement. J'en suis la preuve vivante. Les juifs peuvent très bien s'entendre avec Hitler et sa clique.

· — Et qu'arrivera-t-il quand ils n'auront plus besoin de vous ? demande Viktor. Que deviendra votre statut d'Aryen honoraire ?

— Mais ils ont besoin des juifs. Ce sont les juifs qui font tourner l'économie.

— Pourtant, les entreprises juives sont mises sous tutelle aryenne.

— Nous devons jouer selon leurs règles pour l'instant. Ça finira par changer. Ils deviendront plus modérés quand ils auront consolidé leur pouvoir.

— Ça s'appelle surtout jouer avec le feu, si vous voulez mon avis. »

L'homme rit de nouveau. Il aime jouer avec le feu. Il n'y a qu'au contact d'Hana qu'il a failli se brûler les ailes.

« Mais, si Oskar et moi vivions en Allemagne, dit Hana, notre mariage serait illégal. Une goy mariée à un juif ? C'est interdit.

— La loi n'est pas rétroactive, ma chère, remarque Oskar. Pardonne-moi mais, dans ces questions-là, il faut s'en tenir aux faits. Les unions anciennes ne peuvent être dissoutes. Les lois raciales sont assez spécifiques sur ce point.

— Voilà qui est caractéristique d'une vision d'avocat. Peu importe le détail, le nouvel État allemand est en train de dire que les gens comme nous sont engagés dans une union illicite. Viktor et Liesel sont dans le même cas. » Hana regarde Mandl à l'autre bout de la table, puis se tourne vers l'épouse. « Dorénavant, c'est bien simple, il est illégal pour les juifs et les gentils de coucher ensemble. »

Les fricatives menaçantes du mot *Geschlechts-verkehr* font le tour de la table. Assise entre Viktor et Oskar, la femme de l'universitaire rougit.

« Toute cette histoire va se tasser, déclare Mandl. En dehors des industriels, Hitler n'a pas que des amis, loin s'en faut. J'ai discuté avec quelqu'un à Brême qui prétend que l'armée est contre lui. Il y aurait même un plan d'urgence pour prendre le pouvoir et réinstaurer le Kaiser.

— Est-ce que cela serait mieux ?

— Qui souhaite retrouver la monarchie ? demande Liesel. Quoi qu'il arrive, cela irait contre le traité. »

Tout le monde comprend qu'elle fait référence au traité de Saint-Germain, résultat du grand conclave des victorieux où présidents et Premiers ministres ont construit des pays sur les ruines des empires.

« Les traités, dit Mandl avec mépris, quelle valeur peuvent bien avoir ces bouts de papier ?

— Ils ont au moins permis la création de notre propre pays, dit Viktor. Une démocratie stable au cœur de l'Europe. »

La conversation se poursuit, de la paille emportée par le courant et attrapée par des mains désespérées. Les convives prennent le café devant le mur d'onyx, leur image reflétée par les baies vitrées, en suspens au-dessus de la pelouse plongée dans l'obscurité. Mandl décrit son travail en Italie où il vend du *matériel* au gouvernement de Mussolini. Il utilise ce mot – *matériel* – et le fait sonner comme s'il s'agissait de couvertures et de dessus-de-lit. Pour la troisième fois, le professeur d'université se verse du brandy de la carafe. « Qu'en pensez-vous, Landauer ? » demande-t-il d'une voix hésitante.

Que pense Viktor ? Il se sent détaché de tous, de Mandl et de ses idées répugnantes, bien sûr, mais aussi des autres invités, d'Hana et même de Liesel. Il croise le regard de sa femme et sourit, distrait. La Pièce de verre génère-t-elle cette sensation d'isolement ? Dans cet endroit, se dit-il, presque tout est possible. Il regarde autour de lui, cette maison de verre où les secrets n'ont pas leur place. Debout à côté du buste de Maillol, Eva Mandl discute à bâtons rompus avec Hana. Il y a une théâtralité étudiée chez la femme de Mandl, comme si elle s'attendait à ce que tous les regards soient posés sur elle. Un verre de brandy à la main, elle traverse la pièce nonchalamment avec Hana jusqu'à la terrasse. Mandl les suit du regard, son image renvoyée à la perfection par les vitres, une image virtuelle flottant dans l'espace jusqu'à ce que Viktor, après s'être levé de sa chaise, appuie sur le bouton dérobé. Dans un murmure léger, la vitre se baisse et les doubles des invités installés dans la pièce disparaissent au profit de la nuit noire. Sur la terrasse, éclairées par la lumière de la Pièce de verre, Hana et Eva sont toujours en pleine discussion.

« Je pense, dit Viktor en réponse à la question qui a presque été oubliée, qu'à jouer avec des chiens enragés vous finirez par vous faire mordre. »

« Quel homme horrible », dit Hana.

La soirée est terminée. L'espace n'est plus encombré d'invités, les lumières sont éteintes. Hana et Liesel sont assises dans les fauteuils Liesel devant le mur d'onyx. Les rideaux sont tirés, si bien que les deux femmes sont enfermées dans leur monde. Elles sont entourées de verre et de tasses de café sales. Les cendriers débordent de mégots de cigarettes. Hana a décidé de passer la nuit chez les Landauer et Oskar est rentré, peut-être reconnaissant de savoir, pour une fois, où va dormir sa femme. Viktor est allé se coucher, laissant les deux femmes seules.

« Quel homme horrible, vraiment, répète Hana. Tu sais ce qu'Eva m'a raconté ? Apparemment, il a acheté toutes les copies qu'il a pu trouver du film, celui dans lequel sa femme a joué. Dès qu'il en découvre une, il l'achète et la détruit. C'est du pur vandalisme. Il est fou de jalousie.

— C'était donc de ça que vous parliez ? Tu l'as accaparée toute la soirée. »

Hana sourit.

« Nous avons discuté d'autres choses, aussi. Son ambition, ses désirs, ses rêves. Est-ce qu'elle n'est pas merveilleuse ? Je ne crois pas avoir déjà vu tant de beauté concentrée chez une seule personne. C'est presque trop. Elle veut refaire du cinéma mais il le lui interdit. Il la fait surveiller vingt-quatre heures sur vingt-quatre si bien que la pauvre petite mène presque une vie de prisonnière. Elle meurt d'envie de s'enfuir. Elle a essayé à Paris, il y a peu, mais ils l'ont ramenée à son hôtel. » Hana croise les jambes et prend une autre cigarette. « Est-ce que tu as vu son film ?

— Viktor pensait que c'était sensationnaliste.

— Mais c'était sublime. Son personnage s'appelait Eva. Et c'est exactement ce qu'elle était, une sorte d'Ève dans le jardin d'Éden. Nue, on aurait dit… » Hana frissonne. « Je ne peux pas t'expliquer. La même impression que de se voir comme on devrait être.

— Elle t'a conquise, on dirait.

— Peut-être bien. » Elle tire sur sa cigarette et regarde Liesel à travers le nuage de fumée. Il y a un long silence méditatif. La boîte froide qu'est la Pièce de verre semble attendre qu'elle termine. « Est-ce que tu pourrais aimer une autre femme, Liesi ? Je veux dire totalement, sexuellement ?

— Ce genre d'amour ? Quelle horreur !

— Pourquoi ? Quand tu vois Eva Kiesler nue dans ce film, tu te dis : *c'est moi*. Mon esprit fait chair, encore plus parfaite. Un homme se dit : "Joli morceau, je me la ferais bien…"

— Hana !

— Une femme, en revanche, se dit : "Elle est une part de moi et je veux l'aimer autant que je m'aime." Je crois qu'il n'y a peut-être rien de plus parfait que l'amour d'une femme pour une autre. C'est une sorte d'absolu. »

Liesel émet un rire gêné, mais se sent pleine d'affection, de chaleur, elle serait presque amusée, et, sous ces émotions contradictoires, elle est parcourue d'un petit frisson de honte. Hana n'a de cesse de lancer des idées absurdes, mais celle-ci est la plus grotesque. Peut-être a-t-elle trop bu – à commencer par ces martinis dry que Viktor a appris à faire avec elle en début de soirée.

« Chérie, on dirait que tu parles d'expérience.

— Mais c'est bien le cas. »

Sur le coup, ces mots bouleversent Liesel, sans vraiment la surprendre. Comme si la Pièce de verre l'y avait préparée, sa transparence contaminant les êtres humains qui se tiennent à l'intérieur pour les rendre aussi translucides que le verre lui-même.

« Quelle remarque incroyable. Serais-tu en train de suggérer que tu es tombée amoureuse d'Eva Mandl ?

— Non, pas du tout. Même si ça ne serait sans doute pas difficile. Mais ce n'est pas elle.

— Qui, alors ? »

Hana porte la cigarette à ses lèvres et avale la fumée. Elle respire plus fort en la recrachant. Elle fronce les sourcils, elle fait une moue qui ressemble à du dégoût.

« Si je te dis la vérité, tu promets de ne pas me détester ?

— Hanička, je ne pourrais jamais te détester. »

Hana hausse les épaules.

« Je me le demande.

— Allez, dis-moi. »

Elle tire sur sa cigarette. Sa main tremble légèrement. Elle ne semble pas amusée. « C'est toi, que j'aime. »

C'est le silence complet. Pas un son ne s'élève dans les espaces sans équivoque de la Pièce de verre. Pas un murmure ne parvient du jardin à travers les tentures de velours. Pas un mouvement ne vient perturber le tissu du bâtiment. La fumée de cigarette monte comme de la soie grise au-dessus de la tête d'Hana. « Je suis surprise que tu ne t'en sois jamais rendu compte, Liesi. Ça te choque ? » Une pause. « Ne reviens pas sur ta promesse. »

Liesel cherche ses mots.

« Bien sûr que non. Mais je ne m'attendais pas à porter une telle responsabilité. Je ne veux pas te faire souffrir, Hanička, vraiment pas.

— Oh ! mais tu ne me feras jamais souffrir, du moment que tu ne me rejettes pas. Ne t'inquiète pas. Nous ne sommes pas comme les hommes. Il est tout à fait concevable pour les femmes de rester simplement amies sans être amantes. Est-ce que cela n'arrive pas tout le temps ?

— Mais, ma chérie…

— J'aurais mieux fait de me taire, je suis désolée.

— Mais non, voyons. »

Hana se lève et va au gramophone. Elle met un des disques qu'elle a rapportés de Paris. Des notes de clarinette. « J'ai deux amours », chante une voix de femme, un son aigu, proche de celui d'une flûte, le son de la France et celui de l'Amérique mêlés.

Les deux amies continuent de parler un moment, mais à voix basse, sans rires ni artifices. Elles parlent d'amour et d'amitié, des hommes et des femmes. Elles parlent d'Oskar, de Viktor. Liesel regarde Hana comme si elle la voyait pour la première fois et s'étonne que l'apparence soit la même mais pas l'essence. Hana l'aime. Le mot « absolu » lui vient à l'esprit, teinté d'un soupçon de culpabilité. *J'ai deux amours.*

« Joue-moi quelque chose, Liesi, dit Hana quand le disque se termine.

— Je ne suis pas assez douée, et puis j'ai trop bu. Je ferais des fautes.

— Je te les pardonnerai. Je te les ai toujours pardonnées. »

Elles vont donc au piano et Liesel joue un des morceaux qu'elle a répétés, le nocturne de Chopin en *fa* dièse majeur, un morceau élégiaque et tendre qui semble exprimer ce qu'elle ressent mieux que les mots. Les notes tombent doucement dans la boîte à sons qu'est la Pièce de verre, aussi doucement et précisément que des feuilles d'automne un jour sans vent, et, quand le morceau touche à sa fin, Hana se baisse et l'embrasse sur la nuque.

Liesel ferme le couvercle du piano avec précaution. « Je crois qu'on ferait mieux d'aller se coucher. »

Abandonnant le désordre pour que la domestique range tout le lendemain matin, elles éteignent les lumières et montent vers les chambres. Les espaces exigus de l'étage sont cliniques et frais, baignés dans cette lumière laiteuse qui est si caractéristique des lieux, qu'elle se déverse des panneaux de verre durant la journée ou des globes fixés au plafond la nuit. Hana et Liesel jettent un coup d'œil aux enfants endormis, écoutent à la porte de la chambre de Viktor et perçoivent le léger murmure de sa respiration, puis s'arrêtent devant la chambre d'amis. Liesel tourne la poignée avant de regarder Hana.

« Nous ne sommes que deux petites idiotes, n'est-ce pas ? » dit-elle.

De petites idiotes, *dumme Dinger.* Cela semble absurde.

Perte

Vienne avait changé. La ville des rêves était devenue celle des cauchemars, une ville de la peur et de l'attente angoissée. Une vague de violence politique avait déferlé sur les bâtiments au baroque chargé et même si une musique joyeuse, valses et polkas, continuait de retentir dans les cafés et les salles de bal, la danse était macabre.

Quand Viktor appela le Goldene Kugel, on lui dit que Kata était partie.

Comment cela ?

Elle avait plié bagage – quitté la région.

Il sentit la panique monter en lui comme un haut-le-cœur. Où était-elle à présent ?

Ils n'en avaient aucune idée, absolument aucune. Que faisait-elle ?

La voix à l'autre bout du fil se mit à rire. « Qu'est-ce qu'une fille de ce genre fait toujours ? »

Il courut jusqu'à la rue de son petit appartement. L'endroit n'était pas difficile à retrouver. Il y avait le boucher casher et les monts-de-piété sur le trottoir d'en face, et la porte lourde avec sa peinture écaillée. La montée de l'escalier vers les combles lui parut très familière. Toujours cette odeur de chou ou d'égouts, d'humidité qui pourrissait tout, et, quand il arriva en haut et regarda par la fenêtre, il vit la Riesenrad au-dessus des toits comme autrefois. Mais rien n'était plus comme avant. Cette fois, la porte de l'appartement était fermée et, quand il frappa, elle renvoya un son creux, comme si l'intérieur était vide et qu'il tapait sur un tambour.

« Il y a quelqu'un ? » lança-t-il, le visage tout près de la porte.

Il y eut un mouvement dans l'escalier plus bas. Il jeta un coup d'œil par-dessus la rampe et vit une vieille femme le dévisager. « J'essaie de trouver Frau Kata », lui dit-il.

La vieille bique inspira entre ses dents et sembla évaluer le goût de ce qu'elle y trouva. Était-ce la femme qui gardait la fille de Kata ?

« Frau Kata, répéta-t-il.

— Elle n'est pas là.

— Savez-vous où je pourrais la trouver ?

— Elle n'est pas là.

— Savez-vous où elle est allée ?

— Elle n'est pas là.

— Mais savez-vous où elle est allée ? »

Le mouvement des lèvres et l'évaluation méditative continuèrent. Le visage de la femme était ratatiné comme une de ces têtes réduites qu'il avait vues au musée d'anthropologie, la peau tendue sur les pommettes, les cheveux tirés en un chignon au sommet de son crâne. « Elle n'est pas là », répéta-t-elle.

Il descendit. Le voyant approcher, la femme recula vers la porte ouverte de son appartement et se glissa à l'intérieur sans quitter Viktor des yeux.

« Gardez vos distances.

— Je veux juste savoir où elle est. Auriez-vous une idée de l'endroit où elle a pu aller ? » Il eut un éclair d'inspiration. « Je suis l'oncle de Marika. Vous la connaissez, n'est-ce pas ? Je suis son oncle. Je suis venu lui apporter un cadeau. »

Mais la vieille continua de mâcher ce qui se trouvait derrière ses lèvres gercées et fixa Viktor depuis sa porte entrouverte en répétant : « Elle est partie. Elle est partie. »

Ayant perdu tout espoir, il descendit les escaliers et sortit dans la rue. L'odeur sulfureuse des pots d'échappement pesait dans l'air. Sur Praterstrasse rugissaient camions et voitures au milieu du fracas métallique des trams. La masse des piétons se concentrait sur l'îlot central et avançait en troupeau, comme si des forces invisibles les poussaient vers leur destin. Où était Kata ? Il tourna au coin pour rejoindre le Goldene Kugel et pensa reconnaître l'un des serveurs. Avait-il la moindre idée d'où pouvait se trouver Fräulein Kata ? Mais l'homme ne l'avait pas vue depuis quelque temps. Des semaines, pensait-il. Aucune idée, vraiment. Il reposa sa question au bar mais obtint la même réponse. « Personne n'appelle jamais pour la demander ? » interrogea Viktor, mais le barman ne fit que hausser les épaules et se tourna pour servir un autre client.

Sur le trottoir, il hésita une seconde puis remonta Praterstrasse vers la gare. La ville disproportionnée s'étendait tout autour de lui, une ville de gloires flétries qui perdait de son rayonnement, une ville qui, derrière ses façades décoratives et frivoles, cachait en son sein de sombres secrets. Le slogan *Juden raus !* était peint sur un mur, accompagné d'un bonhomme pendu à un échafaud esquissé grossièrement. Ailleurs, il y avait une svastika noire peinte par-dessus une affiche représentant un marteau et une faucille. Par-delà les toits, il apercevait le sommet de la Riesenrad qui tournait lentement dans l'air du soir. À la gare, il rédigea un court message qu'il déposa à la poste d'où il avait téléphoné.

Ma chère Kata, je suis passé à ton appartement et j'ai découvert que tu étais partie. Je t'en supplie, contacte-moi. Je t'en supplie, ne m'abandonne pas.

Il fit suivre ces quelques mots de son numéro de téléphone et signa : *Avec tout mon amour, Viktor.*

Coda

« Au Sacher, ma chérie. Ça n'aurait pas pu se passer ailleurs. » Elles étaient au Café Zeman, au milieu des discussions et des bavardages, assises à leur table préférée d'où elles pouvaient voir et être vues.

« Et c'est toi qui as tout organisé ?

— Une intrigue formidable digne d'un roman d'espionnage. Le principal était de l'éloigner de son chaperon. Je t'ai déjà parlé d'elle, non ? Une femme effrayante avec une moustache à la gauloise et une mâchoire faite pour casser des noix. Bref, je l'attendais au café quand elle est entrée suivie du Gaulois, alors je suis allée aux toilettes. Notre plan prévoyait qu'elle m'y retrouve. Mais elle ne venait pas. Je suis restée plantée là dans le couloir pendant près d'une demi-heure à me demander si je devais lancer le plan B.

— Le plan B ?

— Retourner en courant dans la salle, coller une *Sachertorte* dans la figure du Gaulois et emmener Eva. À l'instant où je m'apprête à passer à l'action, la voilà qui arrive, aussi pâle qu'un fantôme mais bien plus belle. Apparemment, elle venait d'avoir une altercation assez violente avec le Gaulois. "Je me fiche des ordres qu'a pu vous donner mon mari, j'irai pisser toute seule !" C'est ce qu'elle lui a dit, devant tout le monde, tu imagines ? La pauvre chérie, elle en était presque paralysée de terreur. Mais elle est tellement courageuse ! Donc je l'ai prise par la main et nous sommes parties, nous avons remonté le couloir jusqu'à la porte de derrière en imaginant que le Gaulois était à nos trousses.

— Hanička, c'est ridicule.

— Tu crois que j'ai tout inventé ?

— Quand est-ce que c'est arrivé ?

— Il y a trois jours. Chérie, tu savais que j'allais à Vienne. Je te l'ai dit.

— Mais tu ne m'as jamais dit que tu allais y retrouver Eva Mandl.

— Maintenant tu sais tout. Tu vois la porte de derrière du Sacher ? Celle qui donne sur Maysedergasse ?

— Je ne l'ai jamais empruntée.

— Je m'en doute. Mais fais-moi confiance, elle existe bel et bien. J'avais prévu qu'un taxi nous attende, moteur et compteur tournants. Bref, un véhicule pour prendre la fuite, comme dans les films.

— Avoue, tu es en train d'inventer cette histoire.

— J'avais laissé des affaires dans le taxi. Un tailleur noir de chez Grünbaum et la plus jolie des toques avec une voilette de chez P. C. Habig. On a tiré les stores et Eva s'est changée dès qu'on a été dans la voiture. Tu imagines ? Eva Mandl à moitié nue dans un taxi ? Je l'ai aidée, bien obligée.

— Hanička, tout ça est absurde !

— C'est pourtant *vrai*, Liesi ! En arrivant à la Nordbahnhof, je l'avais transformée en veuve joyeuse. Personne ne l'aurait reconnue derrière sa voilette. Et j'avais fait en sorte d'avoir un compartiment entier pour nous seules. En toute logique, on irait la chercher à la Westbahnhof, dans un des trains pour Paris. Nous avions encore dix minutes à patienter dans le noir avant que notre train ne parte. J'avais l'impression d'être dans une salle préparée pour une exécution capitale. Le sifflet du départ a fini par retentir et le train s'est mis en marche. Eva a éclaté en sanglots et s'est jetée dans mes bras. »

Il y avait quelque chose d'outrancier chez Hana, comme si ce récit plein d'intrigues et d'excitation n'était qu'un vernis censé recouvrir une fracture plus profonde. « Tu imagines ? Une heure entière à partager un compartiment avec Eva Mandl ! Que possède-t-elle de plus beau, d'après toi ? De ce qu'on peut voir entre gens de bonne compagnie, j'entends. Je ne parle pas de ce qu'elle a montré au cinéma, même si Dieu sait que je pourrais. Sa bouche, ses yeux ? L'une ou l'autre, qu'en penses-tu ? Je n'arrive pas encore à me décider. La plupart des gens parlent de ses yeux, mais je penche plutôt pour sa bouche. La façon dont sa lèvre supérieure dessine une petite courbe descendante et lui fait cette moue délicieuse. Je l'ai touchée avec ma langue et elle a poussé un petit cri, comme si j'avais touché son *piča.* »

Surpris par les termes employés, les gens de la table à côté tournèrent la tête.

« Hana ! Pour l'amour de Dieu, pas ici !

— Où donc alors, ma chérie ? En privé ? Avec toi ? » Son rire était aussi cassant que du verre. « *Dumme Dinger* ?

— Tu es injuste.

— Mais j'ai raison, non ? »

Liesel commença à réunir ses affaires.

« S'il te plaît, arrête un peu ces bêtises. Payons et sortons d'ici.

— Tu sais ce qu'elle m'a dit ?

— Parce que vous avez *parlé* ?

— Ne sois pas méprisante. C'était une confession, en fait. Elle m'a avoué qu'à la fin de ses études à Lucerne elle a été séduite par sa camarade de chambre. Elle avait à peine quinze ans, et cette fille plus âgée s'est glissée dans son lit une nuit et lui a montré comment faire. Elle s'appelait Georgie. Terriblement androgyne, tu n'es pas d'accord ? Elle était très douée, apparemment. Et Eva apprend vite. »

Liesel laissa quelques pièces sur la table avant de se diriger vers la sortie.

« Je t'en prie, Hana. Je ne t'aime pas quand tu es de cette humeur.

— L'humeur, ma chérie, quelle plaie. »

Elles allèrent au parc, Hana tenant Liesel par le bras. D'autres couples se promenaient au soleil. Une nourrice poussait deux nourrissons dans un landau.

« Tu es vraiment impossible, par moments, Hanička. Pourquoi ne pouvons-nous pas être bonnes amies, comme nous l'avons toujours été ?

— Nous le sommes encore. Tu le sais. Mais tu sais également que nous sommes plus que ça.

— Très bien, des amies spéciales. Des amies particulières. Mais j'ai des obligations envers mes enfants, mon mari.

— Les obligations, c'est d'un ennui… Et qu'en est-il de l'amour, Liesi ?

— J'en ai aussi envers l'amour.

— Tu n'as pas l'air très sûre. »

Liesel éclata de rire. Par le passé, elle s'était sentie puérile et naïve en compagnie d'Hana, mais les choses avaient changé. Depuis, Hana était devenue une sorte de suppliante.

« Quand tu es mère de deux enfants, rien n'est plus pareil. Il y a différentes sortes d'amour.

— Et celui que tu éprouves pour moi ? Tu m'aimes, n'est-ce pas ? Dis-le-moi.

— Bien sûr que oui.

— Alors pourquoi n'y trouves-tu pas de joie ? Dis-le à Viktor. Sois honnête avec lui.

— Il ne comprendrait pas.

— Il comprendrait plus que tu ne le crois. Regarde Oskar.

— Oskar est au courant pour moi ? Mon Dieu, Hana !

— Bien sûr que non, ma chérie. Il sait beaucoup de choses, mais pas pour toi. Tu es mon seul et unique secret. »

Elles se dirigèrent vers la Künstlerhaus. Il y avait une exposition de photos qu'elles devaient absolument voir – d'un groupe appelé Fotoskupina pěti, Photogroup 5. Pourquoi 5 ? Peut-être étaient-ils cinq. Des surréalistes. Ils changeaient votre façon de regarder le monde : une main devenait un mystère insondable, un miroir se transformait en manifeste philosophique, un œuf représentait la naissance du monde. C'était ce qu'Hana expliquait. Elle serra le bras de Liesel.

« Comment réagirais-tu si tu découvrais que Viktor a une maîtresse, Liesi ? Quand je dis "maîtresse", pas quelqu'un qui représente une menace. Juste une femme qu'il verrait à l'occasion…

— Par pitié, Hana, faut-il vraiment que nous abordions des sujets pareils ?

— Mais comment te sentirais-tu ?

— Ce genre de chose ne m'effleure même pas l'esprit. Et pourquoi devrais-je y penser, d'ailleurs ? J'ai ma famille et mes amis, et tout ce dont j'ai besoin. Je ne suis pas en quête d'émotions fortes.

— Tu n'as pas répondu à la question.

— Et je ne vais pas le faire. Sais-tu qu'une fois j'ai demandé à Viktor s'il avait couché avec toi ? » Pourquoi mentionnait-elle cet épisode ? Pourquoi ne laissait-elle pas la conversation s'épuiser d'elle-même ? « C'était à l'époque où j'étais malade, peu après la naissance de Martin. Lui et toi passiez tellement de temps ensemble. »

Hana rit.

« Et est-ce qu'il a couché avec moi ?

— Il a dit que non.

— C'est aussi ce dont je me souviens. Mais est-ce que tu nous haïrais si nous l'avions fait ?

— Je ne crois pas. Je n'éprouverais pas de haine. Mais j'en serais malheureuse.

— Tu me fais penser à une – ah, quel est le mot ? – *neupřímná. Doppelsinnig*, quelque chose comme ça. Tu vois ce que je veux dire. »

Liesel ne comprenait pas. Le tchèque lui échappait comme l'allemand échappait à Hana. Soudain, le mot « hypocrite » était prononcé et elles ne se comprenaient plus.

« S'il te plaît, ne parle pas comme ça, Hanička. Je t'en prie. Je vois ce que tu veux dire et je sais que ça semble insensé, mais ça n'a rien à voir. Pourquoi les sentiments devraient-ils toujours être logiques ou rationnels ?

— Viktor dirait qu'il ne peut en être autrement.

— Mais je ne suis pas Viktor. Je l'aime mais je ne lui appartiens pas. Je l'aime et je t'aime, toi, mais je ne suis à aucun de vous. Et je ne t'aime pas quand tu t'exprimes de la sorte. »

Près de la galerie se trouvait un vétéran de la guerre qui faisait la manche en tendant un gobelet en fer-blanc et attendait en silence qu'on lui donne de l'argent. La jambe droite de son pantalon était épinglée à la taille et le vide laissé par le membre amputé était saisissant, comme s'il avait joué une espèce de tour de passe-passe avec un miroir, peut-être. Un instant, la jambe était là et, une seconde plus tard, elle avait disparu. Liesel trouva une couronne dans son sac et la laissa tomber dans le gobelet. L'homme ne réagit pas, aucun acquiescement en signe de remerciement, pas de regard vers sa bien-faitrice, rien. Et si Benno était revenu de la guerre dans cet état, vivant, mais détruit physiquement et mentalement ? Cette vie n'était-elle pas pire que la mort ?

Elles arrivèrent devant la galerie d'art. Le bâtiment était un pur produit de la Sécession viennoise, les fenêtres tout en vitraux sinueux et les murs pleins d'épigraphes incitatives. *Dům umění*, annonçait un panneau d'affichage, mais la frise au-dessus du portail disait encore : *Künstlerhaus*, et continuait de célébrer le jubilé de l'empereur François-Joseph. Elles payèrent leur billet d'entrée et pénétrèrent à l'intérieur. Les photos exposées étaient étranges, déstabilisantes. L'une représentait l'œil d'une femme pris en gros plan. Il vous suivait partout où vous alliez. Dans une autre photo, abstraite, celle-ci, l'artiste s'était apparemment servi du processus photographique pour créer un motif tourbillonnant d'ombres et de formes. Une autre image montrait une poupée comme celles avec lesquelles Ottilie avait l'habitude de jouer. Mais celle-ci était nue, éclairée de manière crue, elle avait le crâne fêlé et une espèce de machine lui sortait du cou, un mécanisme qui faisait penser à de l'horlogerie, avec des roues dentées et des ressorts.

« Je ne t'ai pas raconté la fin de mon aventure avec Eva Mandl, dit Hana alors qu'elles se tenaient devant cette dernière photo.

— Je ne suis pas sûre de vouloir la connaître.

— Oh ! mais si, ma chérie. Elle a passé la nuit dans mon lit – c'était ma récompense.

— Pourquoi me racontes-tu cela ?

— Pour essayer de te rendre jalouse. Et le lendemain matin – c'était donc hier. Mais ça me paraît déjà si loin. Bref, je l'ai mise dans un train pour Prague. En fait, elle voulait aller à Paris. J'ai proposé de l'accompagner mais elle a refusé. Elle va m'écrire, elle m'a promis qu'elle écrirait.

— Qu'est-ce qu'elle a l'intention de faire ? »

Hana rit avec amertume. « Elle veut devenir une star de cinéma. »

Anschluss

La radio est allumée dans tous les bars, dans tous les cafés et dans tous les salons de la ville. La rumeur se propage plus vite que les informations, portée par son éther mystérieux – l'armée autrichienne s'est défendue contre l'invasion, on rapporte qu'il y a eu des centaines de morts, des émeutes à Vienne où les communistes ont érigé des barricades. Des affrontements dans les rues entre les partisans du national-socialisme et la police. Les démentis sont tombés presque aussi rapidement que les nouvelles : aucune agitation, le chancelier autrichien Schuschnigg a ordonné à l'armée de ne pas résister, pas une goutte de sang allemand ne doit être versée.

Le lendemain, les journaux impriment des photos de troupes qui traversent la frontière et d'un régiment de policiers allemands défilant dans une bourgade pittoresque du Tyrol, entourés d'habitants le bras levé pour faire le salut hitlérien. Sur une des photos, on voit une paysanne en larmes. Les journaux allemands affirment que ce sont des larmes de joie ; les journaux tchèques optent pour des larmes de désespoir.

Ce matin-là, ils règlent le poste sur la radio autrichienne et entendent ce bruit formidable qui rappelle la mer, celui de la foule réunie sur la Heldenplatz à Vienne, le roulement des tambours, les fanfares qui retentissent et la voix d'Hitler qui crépite jusque dans le calme et le silence de la Pièce de verre pour annoncer l'*Anschluss*, l'union. L'Autriche n'est plus une république indépendante : en une nuit, elle est devenue une province orientale du grand Reich allemand, l'Österreich devient Ostmark.

Viktor se demande où peut bien se trouver Kata à présent ?

« C'est tout bonnement illégal », dit-il. Il a l'air d'un idiot en disant cela, un idiot et un impotent. Et il *sait* qu'il a l'air idiot, à faire les cent pas dans la Pièce de verre en agitant la dernière édition du *Lidové Noviny* et en invoquant les traités de Versailles et de Saint-Germain. Ces traités paraissent tout droit sortis des livres d'histoire, tout comme la Grande Charte et l'édit de Worms : des accords qui se sont appliqués à différents peuples dans différents lieux il y a de cela bien longtemps. « S'il a le droit de faire ça, je me demande bien ce qui va se passer ensuite ? »

La conséquence : comme une pluie torrentielle après le premier grondement de tonnerre, l'arrivée en masse de réfugiés. Ils passent la frontière sud, en provenance de Vienne et d'ailleurs, des groupes hétéroclites d'hommes, de femmes et d'enfants avec les rares possessions qu'ils ont pu prendre avec eux. Ils se déversent dans le pays et la ville, en train, en voiture, à pied par les routes, poussant des charrettes et traînant des valises. Ce flot humain s'écoule à travers leurs rues entre les maisons, au goutte-à-goutte dans les allées, formant des étangs de misère et de peur. On ne peut pas se rendre en ville sans voir ces débris humains échoués contre les portes, au coin des rues, les laissés-pour-compte de la nouvelle Europe.

« Il nous faut faire quelque chose pour les aider », dit Viktor. Le vaste espace de la Pièce de verre est un reproche, un lieu où les déplacés ne pourront pas s'installer, ni trouver refuge ni même dérouler leurs couvertures et dormir.

« Que pouvons-nous faire ? C'est au gouvernement de régler ce problème, pas aux individus. Comment pourrions-nous aider ?

— C'est aux individus de pousser leur gouvernement à agir. »

Dans le jardin, très loin de ces préoccupations, les enfants sont en train de jouer. Ottilie dirige Martin dans un jeu complexe. Leurs voix parviennent à Viktor comme un chant d'hirondelle. De toute évidence, Ottilie est l'épouse de la petite famille et montre à Martin quoi faire et comment. Ils ont emporté leur landau miniature et la voiture à pédales de Martin. Mais la voiture ne roule pas bien dans l'herbe mouillée.

Il se tourne vers Liesel. Elle lit un magazine de mode, une de ces horreurs qu'elle emprunte à Hana, un catalogue de femmes amaigries et sans poitrine à l'expression morne. « Tu sais, je crois qu'il va nous falloir envisager de partir nous aussi. »

Elle lève les yeux. C'est étrange, il ne s'est jamais habitué à son apparence, ses traits, la structure osseuse allongée, le grand nez et les lèvres pincées. Chaque fois qu'il la regarde, il pense à leur toute première rencontre, au premier regard, le premier frisson d'attirance.

« Partir ? Où donc ?

— Je sais, dit comme ça, ça ressemble à une fuite. Mais j'ai du mal à me convaincre que la situation ne va pas empirer. Je veux dire que si tu regardes bien ce qui se passe… »

Ouvert sur les genoux de Liesel, le magazine montre des photos de femmes en peignoirs et négligés. « Viktor chéri, de quoi parles-tu ? Où veux-tu aller exactement ? »

Elle n'a pas saisi. Il s'attend toujours à ce qu'elle comprenne ce qu'il dit et, en général, c'est le cas. En général, elle suit la trajectoire de sa pensée. « Je parle de quitter la maison, la ville, le pays, Liesel. Je parle de tout abandonner comme tous ces pauvres hères qui ont dû partir de chez eux. » Il regarde autour de lui comme pour souligner ce qu'il vient de dire : tout ceci, la Pièce de verre, le calme et le raisonnable, l'équilibre ineffable et la rationalité de ces lieux. « Je te parle d'émigrer. Il se peut que nous y soyons contraints. »

Après ces mots, elle a forcément compris, mais elle n'a pas encore ouvert la bouche. Le magazine est toujours sur ses genoux, exhibant ses femmes langoureuses.

« Au moins jusqu'à ce que tout cela se calme.

— Se calme ? »

Il hausse les épaules. « Qui sait ? Quelqu'un pourrait lui tirer dessus. Il pourrait avoir une attaque cardiaque – c'est vrai, il a l'air au bord de la crise d'apoplexie quand on l'entend déblatérer et vociférer comme il le fait. Mais on ne peut pas compter sur ce genre de probabilité, tu es bien d'accord ? Nous devrions au moins nous organiser. Au cas où. »

Elle baisse les yeux, et, pendant un moment, elle donne l'impression qu'elle va reprendre sa lecture, puis elle relève la tête.

« Au cas où quoi ?

— Au cas où il y aurait la guerre, ma chérie. Une invasion. Au train où vont les choses, notre pays sera la prochaine cible. Regarde tout ce qui vient d'arriver dans les territoires frontaliers.

— Tu es sérieux, Viktor ?

— Est-ce que je plaisanterais sur un sujet pareil ? »

Elle referme son magazine. Le papier glacé crépite. « Mais comment pourrions-nous partir ? Nous sommes ici chez nous. C'est notre maison. Nous ne connaissons pas d'autre endroit que celui-ci. Oh ! je sais bien ce que tu vas dire. Tu vas me citer un proverbe ou quelque chose dans le genre : "Où se trouve le cœur, là est la maison", ou je ne sais quoi d'autre. Mais notre foyer, c'est aussi cette maison, cette ville, notre famille et nos amis. Et tes affaires, qu'en fais-tu ? Est-ce que tu suggères de tout abandonner ? »

Il hausse de nouveau les épaules.

« Je suis juif, Liesel, que cela me plaise ou non. Ottilie et Martin aussi – métisses ou quel que soit le nom qu'ils leur donnent aujourd'hui. Ce n'est pas par choix. C'est un fait. On peut choisir de ne pas être bolchevique, homosexuel ou la plupart des choses qu'ils détestent, mais on ne peut pas choisir de ne pas être juif. Ils décident pour nous. Les juifs ne peuvent pas exercer leur profession, ne peuvent pas être patrons, ils payent des impôts en plus, ont l'interdiction d'épouser des gentils, ils ne peuvent même pas rendre visite à des gentils chez eux. Tout prétexte est bon pour les arrêter et les jeter en prison. Quelle est la prochaine étape ? Le divorce obligatoire pour les époux qui ont fait un mariage mixte ? Et si ça arrivait vraiment ? Les enfants juifs expulsés des écoles ? Les juifs expropriés ? Dieu sait quoi encore.

— Mais tout cela se passe en Allemagne, pas ici.

— Ne sois pas naïve, Liesel. L'Autriche aussi est concernée, maintenant. Les nazis ne sont pas à plus de cinquante kilomètres d'ici, de cette belle maison où nous sommes en sécurité, et la seule chose qui nous sépare, ce sont les territoires frontaliers qui sont déjà sous le contrôle de l'Allemagne. » Il se tourne et se remet à regarder par la grande fenêtre, comme s'il cherchait les premiers signes de leur arrivée. Mais rien n'a changé. Les enfants continuent de jouer, la ville est toujours là, l'air est encore taché de la fumée de mille cheminées. Rien n'a changé et pourtant tout est différent. « Je ne veux pas me retrouver à devoir partir dans la panique comme tous ces pauvres gens qui arrivent d'Autriche. Je ne veux pas avoir à fourrer nos affaires à la va-vite dans une valise. Je ne veux pas que les choses se passent ainsi pour ma famille.

— Alors où prévois-tu d'aller ? Pour l'amour de Dieu, pas en Palestine.

— Bien sûr que non, pas en Palestine. En Suisse. J'ai transféré des fonds…

— Tu as *quoi* ? »

Il regarde par la fenêtre droit devant lui. Qu'est-il arrivé à Kata ? Il se pose souvent la question. Tout ce qu'il sait, c'est que quinze mille schillings ont été débités de son compte à Vienne. Rien de plus. Elle a simplement disparu. « Je prévois, dit-il à Liesel. Il ne faut jamais se laisser prendre par surprise, il faut toujours agir avant le marché. J'ai tout organisé. Il m'a semblé préférable d'attendre pour t'en parler. »

Rencontre

« Je suppose que ce n'est pas inhabituel par chez nous, dit Oskar. Les empires se font et se défont, les pays se créent et disparaissent, les peuples de même. » Sa tête chauve brille dans la lumière pâle de la Pièce de verre. Il est assis au premier rang entre Hana et Liesel d'un côté et Viktor de l'autre. Les gens prennent place autour d'eux, le comité de coordination pour les réfugiés, un comité de comité, une assemblée pour ceux qui se sentent concernés et pour les satisfaits, les bons Samaritains et les inquiets, les altruistes et les égoïstes.

« Regardez notre propre petit État, poursuit Oskar, sculpté dans l'Europe centrale comme une œuvre d'art populaire compliquée. Il existe, et hop ! il n'existe plus. Ici une seconde – il claque des doigts –, envolé la suivante.

— Pour l'amour de Dieu, Oskar, dit Hana. Tu ne pourrais pas faire preuve d'un peu plus de tact ?

— Ah, le tact ! Comme cet homme, Herr Hitler ? Lui aussi a beaucoup de tact. »

Les hommes d'affaires, les avocats, les universitaires s'installent. Les hommes d'Église toutes confessions confondues acquiescent avec précaution lorsqu'ils croisent, comme d'anciens ennemis, le regard des autres par-dessus des barricades qui viendraient juste de tomber. Le silence se fait et le président du comité se lève pour entamer son discours.

« Alors quel tour allez-vous nous présenter ? » demande Oskar tout haut.

Hana essaie de le faire taire.

« Ils ont fait venir des réfugiés types pour nous parler de leur situation.

— Qu'est-ce qu'un réfugié type, vous voulez bien m'expliquer ?

— Pour l'amour de Dieu, tais-toi et écoute. »

Triturant son pince-nez, réorganisant ses papiers avec nervosité, jetant des coups d'œil anxieux à l'homme chauve au premier rang, le président se lance dans sa présentation : il y a pénurie de lieux d'accueil, de nourriture, il faut scolariser les enfants déplacés, soigner les malades, prendre en charge les personnes âgées et, bien sûr, le besoin le plus pressant est l'argent. « Mais le but de cette réunion est surtout de vous faire comprendre à quel point la situation des réfugiés est critique, et que cette tragédie humaine et personnelle nous concerne tous. Nous avons décidé de vous présenter quelques témoins de ces terribles événements, des gens qui pourront nous raconter avec leurs propres mots ce qui leur est arrivé, partager avec nous la réalité de ce qui se déroule en Autriche. Peut-être qu'ainsi nous pourrons sortir ces tragédies des récits qu'en font la presse écrite et les actualités filmées afin de les comprendre avec notre cœur. »

Les gens s'agitent autour de la table. La secrétaire, une femme d'une cinquantaine d'années aux manières d'institutrice, murmure quelques mots à l'oreille du président.

« J'ai peur qu'ils n'aient pris un peu de retard, explique le président. Mais ils vont arriver d'un instant à l'autre.

— Insensé, dit Oskar. Un réfugié, c'est vous et moi. Il n'y a rien à voir.

— Leur histoire, dit Liesel. Ils veulent raconter leur histoire.

— C'est l'histoire de tout un chacun. Ce n'est pas ça qui compte. L'important est qu'ils sont là et le gouvernement doit agir pour les aider. »

Enfin, les réfugiés font leur apparition. Ils arrivent par la salle à manger – sans doute les a-t-on fait passer par les cuisines : il y a des adultes et trois enfants qui font le tour en traînant des pieds, menés par la secrétaire du comité. À leur entrée, la Pièce de verre s'est transformée en théâtre, un théâtre de poche comme ceux qui sont à la mode et où sont présentées les productions d'avant-garde, où les spectateurs pourraient presque toucher les acteurs tant les uns et les autres sont proches. Pas de scène surélevée, pas d'arc de scène, mais la tragédie sur le point de se jouer dans l'espace compris entre la salle à manger et la porte des escaliers. « Mettez-vous là, leur dit la secrétaire. Et vous, vous, oui, vous, allez là-bas. »

Les réfugiés obéissent bêtement, déboussolés par leur apparition devant des spectateurs. Il y a un couple d'âge moyen encadrant un garçon de dix ans et une fille à lunettes de quinze ans. Leurs vêtements sont froissés, comme s'ils avaient passé la nuit dans le compartiment d'un train en troisième classe. Peut-être est-ce le cas. Un des verres de lunettes de l'adolescente est fêlé si bien qu'elle donne l'impression de loucher. En plus de cette famille se trouve une femme seule avec sa fille. La petite a autour de huit ans, elle est très blonde et porte une robe à fleurs en mauvais état. Elle rougit face à tous ces gens qui la regardent. La mère doit avoir une trentaine d'années. Elle est petite et bien mise, avec un joli visage fin. Les hommes l'observent avec beaucoup d'intérêt. Mais alors qu'elle lève les yeux, elle arbore une expression légèrement dédaigneuse. Elle a les yeux aussi pâles que le ciel à l'horizon.

Kata.

La Pièce de verre n'est que raison. C'est du moins ce que pense Viktor. Pour lui, elle incarne la rationalité pure d'un temple grec classique, la beauté austère d'une composition parfaite, la grâce et l'équilibre d'une peinture de Mondrian. Il n'y a pas de courbe qui vienne mettre à mal l'austérité linéaire de l'espace. Il n'y a rien d'alambiqué, d'involu, de maladroit ou de complexe. Ici, tout peut être compris comme une question de proportion et de dimension. Pourtant là, à quelques mètres seulement de lui, se tient Kata.

Ses yeux, ses yeux transparents se posent sur chaque visage du public. En s'arrêtant sur lui, son expression change d'un coup. Y voit-il un éclair de peur ? Il s'agite sur sa chaise, gêné. La secrétaire présente ses invités : M. et Mme Adolf Neumann et leurs deux enfants, Frederick et Sophi; Mme Kalman et sa fille Marika. M. Neumann possède un commerce dans le deuxième district. Mme Kalman est veuve et vient également du deuxième district. Elle travaille dans l'industrie de la mode.

« Couturière », précise Kata. Sa voix est calme et claire, la timidité ne l'entrave pas. « Quand j'arrive à trouver du travail », ajoute-t-elle en regardant directement Viktor. On ne l'a jamais regardé aussi franchement, avec cet air entre la supplique et l'excuse, à croire qu'elle vient de lui ouvrir son âme comme elle lui avait donné son corps. La même vulnérabilité étincelante et extraordinaire.

« J'avais un peu d'argent de côté à la banque, mais j'imagine que tout m'a été pris...

— Mon magasin a été pillé », l'interrompt Herr Neumann.

Viktor a l'impression que les mots de Kata ont été repoussés sur le côté. Il regarde autour de lui pour voir si les autres pensent comme lui, mais les gens se contentent d'observer le petit drame qui se joue sur scène, un acte pour le théâtre de l'absurde, un dialogue de dépossédés.

« Vitrines brisées, les marchandises jetées dans la rue. Ils nous ont beaucoup volés – bijoux, argenterie, tout ce sur quoi ils pouvaient mettre la main. C'étaient des SS, des chemises noires. Ils nous ont fait nous agenouiller pour ramasser tout le bazar à mains nues. Et ensuite, on a dû nettoyer le trottoir. » Pendant qu'il raconte, sa femme se met à pleurer en silence. L'homme s'arrête pour lui dire quelque chose. Ce ne sont pas des mots de réconfort mais des ordres. « Ne pleure pas devant tous ces gens ! Tiens-toi correctement, femme. »

Kata profite de ce moment pour prendre la parole. Elle raconte comment l'atelier où elle travaillait – « C'était un atelier juif, vous voyez ? » – a été envahi un matin par des hommes en uniforme. Ils étaient clairement autrichiens. Des uniformes avec des brassards estampillés de la *Hakenkreuz*, mais il ne faisait aucun doute qu'ils étaient autrichiens. *Raus, raus !* hurlaient-ils. Dehors, dehors ! Les femmes ont été battues – « Il n'y avait que des femmes, dans cet atelier » – et les machines ont été détruites. Elle a pu s'enfuir sans être blessée. Elle a couru récupérer sa fille à l'école, a sorti de force Marika de sa classe, et, ensemble, elles sont retournées chez elles. Les nazis fouillaient déjà le rez-de-chaussée de l'immeuble. Ils avaient brisé la vitrine de la boucherie et tout envoyé valser sur le trottoir, les carcasses et le reste. « Un des hommes pissait sur le tas de viande », dit-elle.

Son langage surprend les gens présents. Pisser. Le mot choque le public plus que tout le reste, plus que les femmes battues ou que le boucher allongé dans le caniveau, égorgé avec un de ses propres couteaux. Pisser sur le tas de viande.

« Nous avons réussi à contourner les soldats et à entrer. Ils riaient, je m'en souviens. Ils riaient et nous appelaient pendant qu'on attrapait ce qu'on pouvait et qu'on fourrait le tout dans deux valises. Puis nous sommes redescendues dans la rue. Un des hommes en uniforme nous a crié dessus. "Vous êtes des youpins vous aussi?", quelque chose comme ça. Mais il n'a pas essayé de nous arrêter. Je me suis contentée de prendre la main de ma fille et on s'est précipitées vers la gare. »

C'était une décision qui n'en était pas une. Un caprice. Les trains allaient tous vers le nord, vers la frontière. Ils étaient bondés, et Kata et Marika ont dû faire la queue six heures avant d'obtenir un billet.

Après la rencontre, les gens tournent autour des six témoins. Liesel parle à Kata, se penchant au-dessus de la femme plus petite, comme la royauté qui s'adresserait à un manant dans la foule, exprimerait une sympathie gracieuse et offrirait une oreille compatissante. Pour Viktor, la conjonction semble impossible – Liesel parlant à Kata, ces deux femmes qui viennent de mondes séparés par un gouffre sans fond et qui se retrouvent sous le plafond blanc de la Pièce de verre.

Kata lève les yeux et voit Viktor. Liesel suit la direction de son regard. « Viktor, viens, que je te présente Frau Kalman. »

Il marche vers elle lentement. La situation suit la logique absurde d'un cauchemar, quand nous commettons des actes indignes sans que personne le remarque. Il est indigne de prendre la petite main de Kata dans la sienne. Il la porte à un centimètre à peine de ses lèvres. N'est-il pas flagrant qu'il la tient une fraction de seconde de trop que ce qu'exige la politesse ? Les gens doivent bien voir que Kata et lui échangent un regard qui n'est que le leur et qui exclut tous les autres. Mais personne ne relève rien. Elle retire sa main. Le contact a été fugace. Il ne veut pas la lâcher. Il voudrait – dans le monde des rêves, ce serait possible – l'attirer à lui et la prendre dans ses bras sans que personne remarque rien.

« Frau Kalman et sa fille ont été installées dans un gymnase, explique Liesel à Viktor. J'ai proposé qu'on fasse quelque chose pour elles.

— Faire quoi exactement ?

— Les aider d'une manière ou d'une autre. »

Il hésite. Ce devrait être à lui de gérer la situation, c'est lui le maître de cette maison, lui qui a toujours un coup d'avance. Mais ce n'est plus le cas. Il est décontenancé, gêné, inquiet que les choses échappent à son contrôle. Le contrôle est toujours ce qu'il recherche.

Kata le regarde droit dans les yeux.

« Madame vient de m'expliquer qu'il s'agit de votre maison. Je n'aurais jamais imaginé… » Ses mots vacillent le long du gouffre de la révélation. Qu'est-ce donc qu'elle n'aurait jamais imaginé ? Quand n'a-t-elle jamais imaginé ? « … qu'il puisse exister un si bel endroit.

— Je suis heureux qu'elle vous plaise.

— C'est moderne, non ? Très moderne. J'aime les choses modernes. C'est l'avenir. » Elle regarde autour d'elle en cherchant sa fille des yeux. « Viens ici, Mari. Viens dire bonjour à ces gens si aimables. »

Viktor est de nouveau plongé dans un rêve, un parmi beaucoup d'autres. Marika va-t-elle le reconnaître ? Mais c'est une créature bien différente de la petite fille qu'il a aperçue la dernière fois, quand elle a ouvert la porte de la chambre de sa mère. L'enfant est devenue une petite fille embarrassée par l'attention que lui portent les adultes. Elle garde les yeux baissés, traîne des pieds et dit quelque chose qui pourrait être un bonjour. Liesel s'accroupit devant elle et lui relève le menton.

« Tu es une bien jolie petite fille, Marika. Est-ce que tu es heureuse ici ? Est-ce que les gens s'occupent correctement de toi et de ta maman ? » Elle lève les yeux vers Kata. « Elle vous ressemble beaucoup. Mais elle n'a pas vos yeux.

— Elle les tient de son père.

— Son père ?

— Il est mort.

— Vous n'avez pas d'autre famille ? »

Kata hausse les épaules. « Je ne les ai pas vus depuis des années. Je suis la brebis galeuse qui a fui pour la grande ville. »

Liesel se tourne vers Viktor. « J'ai pensé à la *chata*. Qu'est-ce que tu en dis ? »

Pris par surprise, il la dévisage.

« La *chata* ? C'est-à-dire ?

— Ce n'est qu'une cabane, à vrai dire, explique-t-elle à Kata. Enfants, nous l'utilisions comme une sorte de cachette mais, quand j'ai attrapé la scarlatine, on m'y a installée avec une infirmière. Pour que Benno ne l'attrape pas.

— Qui est Benno ?

— C'était mon frère. » Elle se redresse et prend Viktor par le bras. « Pourquoi pas la *chata* ? Il y a même une cuisinière ou, du moins, il y en avait une. Ainsi qu'une salle d'eau, même s'il n'y a qu'une douche. L'endroit est grand comme un mouchoir de poche, mais, pour l'instant, vous pourriez vous en arranger. »

Le rêve absurde continue : et c'est Liesel qui le suggère. Elle semble apprécier cette femme aux vêtements démodés, la réfugiée qui n'a pas encore acquis les manières d'une réfugiée, la mollesse et le fatalisme qui semblent contaminer la plupart d'entre eux. Liesel déborde d'enthousiasme, cherche Hana du regard pour tout lui raconter, et elle prend Kata et Marika par la main, comme si, par ce geste, elle saisissait une opportunité d'agir concrètement pour aider ces gens.

« Vous aurez votre indépendance le temps de vous refaire. Et je suis sûre que je peux vous trouver du travail. On a toujours besoin d'une couturière. Qu'en penses-tu, Viktor ?

— Je ne sais pas quoi dire. »

Les yeux transparents de Kata sont braqués sur lui, faisant entrer le ciel dans la pièce aussi facilement que les baies vitrées elles-mêmes.

« Ça me paraît beaucoup trop. Nous ne sommes que deux sur des milliers. Pourquoi devrions-nous recevoir un traitement de faveur ?

— Qu'en penses-tu, Viktor ? »

Insensible au destin de milliers de gens, Viktor regarde vers le jardin. Le bouleau argenté est encore nu après l'hiver, mais un infime duvet vert clair recouvre le bout de ses branches : un pollen de bourgeon. Au-delà, la pelouse s'étend jusqu'aux rhododendrons. Au-delà encore, cachée dans les fourrés, se trouve la *chata*. Il essaie d'inspirer. Il se sent oppressé comme si quelque chose bloquait l'arrivée de l'air.

« Il faudra demander l'autorisation à tes parents.

— Je leur téléphone tout de suite. On peut aussi descendre et voir par nous-mêmes. Attendez-moi ici. »

Emportée par un projet plus excitant que de régler les affaires quotidiennes, Liesel appelle ses parents. Viktor se retrouve seul avec Kata et sa fille.

« Qu'en penses-tu ?

— Tu veux que je parte, n'est-ce pas ?

— Non. Non, pas du tout. »

Quelqu'un s'approche pour le saluer. La foule s'éparpille.

« Viktor, lui lance Hana, il faut absolument que tu parles à cette personne.

— Je suis occupé », répond-il. Il revient à Kata. « Laisse-moi te faire faire un tour du jardin. Cela te donnera une petite idée des lieux. La *chata* est très petite. Tout juste un pavillon d'été. »

Hana tend la main et lui touche le bras quand ils passent.

« Il y a un problème que tu pourras peut-être résoudre.

— Je vais faire visiter le jardin à Frau Kalman et à sa fille. Nous n'en avons pas pour longtemps. »

Ils traversent la salle à manger jusqu'à la terrasse. C'est une sorte de fuite, une ruée soudaine vers la liberté. Comme de se réveiller de la claustrophobie d'un rêve dans un monde régi par la normalité et la logique : la fraîcheur de l'air, la dureté des marches en béton qui mènent à la pelouse sous leurs pas. Marika se met à courir comme si, pour elle aussi, une espèce de restriction avait été levée.

« Elle ne m'a pas reconnu, dit Viktor.

— Je ne sais pas. C'est une petite fille secrète. Elle garde ses idées pour elle. »

La brise agite les branches du bouleau, un souffle frais et printanier après la chaleur de la Pièce de verre. Viktor voudrait lui dire tant de choses, prononcer des mots dangereux, de ceux qui exposent et rendent vulnérable. Mais il se contente de banalités.

« Je ne savais pas que tu étais juive.

— Je ne savais pas que tu fabriquais des voitures. Nous ne savons pas grand-chose l'un de l'autre, à vrai dire. Landauer, mon Dieu ! » Elle lui jette un coup d'œil, ce regard si singulier, et, pour la première fois, elle esquisse un sourire. « En revanche, moi je savais que tu étais juif. »

Ses mots et son coup d'œil laissent deviner une petite montée d'excitation. Avant qu'il puisse répondre, Marika s'exclame : « Regarde, Mutti, une cachette ! » Elle s'est enfoncée dans les buissons et a trouvé des traces de la présence d'Ottilie au milieu des rhododendrons, des objets qu'elle a réunis pour sa maison imaginaire : deux vieilles casseroles, un landau sans poupée à l'intérieur, un seau.

« Ce sont les enfants, explique Viktor.

« — Où sont-ils ?

— Avec leur nourrice. Où étais-tu ? Je suis passé à ton appartement mais il était vide et personne ne semblait savoir quoi que ce soit te concernant. Bon sang, mais où étais-tu ?

— Avec tes quinze mille schillings, tu veux dire ?

— Pas du tout.

— Il y a un chemin à travers les buissons ! » s'écrie Marika.

Elle est là, au milieu des branches, dans la pénombre, tel un petit elfe aux membres pâles.

« Reviens, Mari ! Tu vas te salir.

— Tu ne m'as pas dit ce qui s'était passé. »

Kata se penche entre les rhododendrons à la recherche de Marika. « Mais où est-ce qu'elle a pu aller ? »

Il suit sa silhouette voûtée. « Elle ne risque rien. On voit la *chata* d'ici. Le toit. »

Kata regarde, accroupie dans la végétation. Il lui caresse la taille, y laisse sa main un moment. Cette taille ferme, ces hanches qui semblaient étonnamment larges quand elle était nue. Elle se dégage de son emprise. « S'il te plaît. »

Puis il se confesse, fait un sacrifice en choisissant de lui montrer sa faiblesse. « J'ai pensé à toi à chaque instant de chaque jour depuis notre dernière rencontre. Je sais que c'est idiot, mais c'est vrai. Et à présent tu es là… » Il se retourne. Liesel est apparue sur la terrasse et regarde en direction du jardin, elle l'appelle. Elle ne peut pas les voir, pas sans ses lunettes.

« Marika, viens ici tout de suite ! » dit brusquement Kata. La fillette s'arrête net, stoppée par le ton de sa mère. « Viens ici. On n'a pas le temps pour ça. Il faut y aller. » Elle tend la main pour prendre celle de sa fille. L'instant est passé. Elles quittent l'ombre, s'avancent dans le soleil pâle de l'après-midi et clignent des yeux en regardant la maison.

« Nous sommes ici ! lance-t-il. On essaie de repérer la *chata*. »

Liesel descend les escaliers en courant. On la dirait redevenue jeune fille, excitée par sa nouvelle idée ; une grande fille maladroite qui court sur la pelouse vers son mari et la femme ordinaire avec sa petite fille. « C'est bon. Mutti est d'accord. Elle le prend comme un acte de charité chrétienne. »

Chata

Elle est là. Il ne la voit pas, mais il sait qu'elle est là. En bas au fond du jardin, à l'ombre des rhododendrons, en suivant le sentier sinueux qu'Ottilie a déblayé jusqu'à la clôture et qui délimite leur jardin de celui des parents de Liesel. Elle est là.

Il ne la voit pas mais il sent sa présence, il peut presque respirer son odeur, son parfum porté par l'air comme l'odeur du printemps, quelque chose de tonifiant et de frais mêlé à la fragrance de la mousse humide et des feuilles en décomposition. Debout face aux baies vitrées de la Pièce de verre, il tire sur sa cigarette en regardant la vue et se demande si, en remontant la pente derrière la *chata*, elle ne serait pas capable de l'apercevoir, et si elle le voyait, à quoi penserait-elle ? Et même dans le cas contraire, la question restait entière : à quoi pensait-elle ?

« Je vais voir comment elle s'installe, suggère Liesel. Tu veux venir avec moi ? »

Il recrache un petit filet de fumée.

« Ça va aller. C'est ton invitée.

— Je crois que je vais peut-être emmener Ottilie pour qu'elle joue avec la petite. Comment s'appelle-t-elle déjà ?

— Je ne m'en souviens pas.

— Maria, non ?

— Marika ?

— Voilà, Marika. Je crois que ça ferait du bien à Ottilie de voir comment vivent ceux qui ont moins de chance qu'elle. Qu'en dis-tu ?

— D'accord. Mais par pitié ne le présente pas comme un exercice d'éducation sociale. Qu'elles deviennent simplement amies.

— Évidemment. »

Elle appelle Ottilie et, ensemble, elles sortent dans le jardin en passant par la terrasse.

En les regardant traverser la pelouse, Viktor réfléchit au hasard. Il ne s'agit pas d'autre chose. La coïncidence pourrait ressembler à une sorte de prédestination mais il sait que ce n'est pas le cas – ce n'est qu'un caprice. Que l'on pourrait qualifier de malicieux alors qu'il est neutre. Les choses arrivent, un point c'est tout. Un pays en occupe un autre ; les gens prennent la fuite, s'éparpillent ici ou là, comme un dé qu'on lance. Un événement inattendu. Une personne surgit parmi des milliers d'autres à la gare de Město ; des gens tentent de l'aider ; de bons Samaritains font le bien, et voilà. Ce qui ne représentait qu'une chance sur un million devient une certitude. Un fait avéré.

La vie continue. Voilà le plus étonnant. Normalement. Recourir à la métaphore des courants tombe sous le sens – courants, turbulences, des profondeurs ténébreuses sous la surface agitée de vaguelettes, des corps immergés, invisibles, dans la vase et les algues. Les métaphores sont presque illimitées.

« Il y a un récital de piano demain soir », lui dit Liesel quelques jours plus tard alors qu'il est assis à la bibliothèque en train de lire le journal. La radio est branchée et diffuse un programme sur le jardinage. Quel est le meilleur moment pour bouturer des fuchsias ? Il paraît absurde de parler de fuchsias alors que le monde tombe en ruine.

« Ah bon ?

— Hana nous a eu des billets. La fille Kaprálová, tu te souviens ? Kundera donne la première d'une nouvelle création. Des variations sur je ne sais plus trop quoi.

— Ce sont toujours des variations de quelque chose. Doit-on vraiment y aller ? J'imagine que oui.

— Hana me dit que la petite Kaprálová cherche à obtenir une autre bourse pour retourner à Paris.

— C'est Hana qui te l'a dit ?

— Tu ne m'écoutes pas. Kaprálová. Vitulka. Tu sais bien qu'elle avait obtenu une bourse pour étudier à Paris. Tu te souviens ? Eh bien, elle va essayer de la faire renouveler. »

Il plie son journal et le met de côté.

« Elle a probablement vu l'inscription sur le mur. Je vais dire un mot à ton père.

— Papi ? À quel sujet ?

— Les affaires, l'entreprise. Je veux juste discuter. Je crois que nous devrions transférer la propriété de Landauerovka. S'ils viennent…

— Viktor. Encore cette histoire ! Tu es tellement pessimiste.

— Je suis réaliste. Regarde ce qui se passe. Le soi-disant Parti allemand des Sudètes fait des demandes ridicules, incité par le gouvernement d'Hitler. Les troupes germaniques se massent à la frontière. Une guerre pourrait éclater dans quelques jours, Liesel. Lis les journaux, bon Dieu !

— C'est ce que je fais.

— Tu lis le cahier consacré à la mode. »

Il descend jusqu'à la maison de son beau-père. L'exercice le calmera. Il pourrait traverser le jardin, emprunter le sentier qui passe devant la *chata*, mais choisit plutôt de faire le tour par les rues, le long de Schwarzfeldgasse, Černopolní, la Route du champ noir, vers les marches qui conduisent au parc Lužánky ainsi qu'on l'appelle aujourd'hui ; l'Augarten comme on l'appelait autrefois et comme on l'appellera sans doute de nouveau quand le désastre aura eu lieu. Dans le parc, il croise un groupe d'enfants avec leur maître. Peut-être sont-ils dans la même école qu'Ottilie. Il se tient à la rampe un instant pour tenter de voir si elle est là. Les enfants sont un merveilleux concentré d'esprit. Il les regarde rire et se courir après. Il y en a trois sur des balançoires et d'autres qui attendent leur tour. « Soyez patients », leur intime le maître mais ils se poussent et se bousculent comme s'ils n'avaient rien entendu. Il ne voit Ottilie nulle part. Peut-être n'est-ce même pas sa classe. Ni même son école. Ces enfants bavardent comme jasent les hirondelles, pense-t-il, puis il se retourne pour traverser Parkstrasse et remonter l'allée vers la porte de la grosse bâtisse où une domestique le dirige vers le bureau où le vieil homme fume en lisant le journal.

Le père de Liesel est toujours accueillant. Il n'a rien de l'étrange réserve de sa femme, aucun regard de biais à son endroit comme pour se rassurer que la judaïté n'est pas une marque visible que l'on porte, à l'instar d'une tache de naissance sur le visage. « Viktor, quelle *bonne surprise* de vous voir », a-t-elle l'habitude de dire quand ils se voient, mais toujours avec cet air étonné que la surprise ne soit pas plus mauvaise. « Viktor, quel *plaisir* de vous voir », dit toujours son mari sur un ton apparemment sincère. Le vieil homme l'invite à s'asseoir dans un des fauteuils de cuir, lui présente un cigare et demande du café. « Que me vaut cette visite, cher ami ? Racontez-moi tout. Cette affaire... – il agite son exemplaire du *Prager Tagblatt*... – ne paraît rien indiquer de bon, vous ne trouvez pas ? »

Viktor refuse de s'asseoir. Malgré la marche, il est encore impatient, agité, même. Il voudrait pouvoir arpenter la pièce, de la bibliothèque aux fenêtres, faire les cent pas comme le long des baies vitrées de la Pièce de verre ; mais il sent qu'il devrait donner l'apparence du calme et de la sérénité :

« Je réfléchis à l'avenir.

— L'avenir ? »

Viktor s'immobilise un instant, regarde par la fenêtre en direction de la belle pelouse en pente qui mène à sa maison, la sienne et celle de Liesel, cachée par les arbres. « Un *possible* avenir. » La *chata* est nichée au milieu des haies si bien que l'on n'aperçoit que son toit. « Comme vous le savez, au jour d'aujourd'hui, les intérêts des deux familles sont représentés dans l'entreprise. Je crois que vous devriez en prendre l'entier contrôle. »

Le vieil homme est pris d'une quinte de toux et recrache la fumée de son cigare. De toute évidence, il est surpris.

« Mais comment cela ?

— J'ai parlé à mon père et il est d'accord. Mon avocat est également au courant. Je continuerai de diriger l'entreprise, mais vous en serez le propriétaire. D'un point de vue légal. Je ne serai qu'un employé. Étant donné la situation, je crains…

— Nous le craignons tous, n'est-ce pas, mon bon ami ? Nous le craignons tous.

— Mais cette peur n'est pas irrationnelle. Si les Allemands arrivent…

— Arrivent ? »

Viktor s'arrête et se tourne vers le vieil homme.

« S'ils nous envahissent. S'il y a une guerre. Dans ce cas, je serai sans doute obligé de partir. Parce que je suis juif. Liesel sera dans une position différente, évidemment.

— Est-ce que ce n'est pas un peu pessimiste ?

— Vous trouvez ? Regardez l'Autriche. Bientôt ce sera au tour des territoires frontaliers. Quelle différence entre une frontière et un pays entier ? Aux yeux des nazis, j'entends.

— En avez-vous discuté avec Liesel ?

— En passant. Elle aussi pense que je suis pessimiste, mais je crois qu'à cet instant précis il faut l'être. Et avoir un plan. Une solution de repli.

— Qui est… ?

— Je viens de vous l'exposer. Je vais demander à mon avocat de préparer les papiers pour vous transmettre la propriété… »

La conversation se poursuit. C'est une de ces conversations qui reviennent souvent ces jours-ci, mi-apocalyptiques, mi-optimistes et lourdes de mauvais pressentiments. « On s'en sortira », conclut son beau-père, et Viktor se résout à abonder dans son sens.

« J'en suis sûr. Mais qui sait où nous serons à ce moment-là ? » Il se tient toujours à la fenêtre et observe le jardin. Sans se retourner, il demande : « Comment se porte la femme installée dans la *chata* ?

— La Viennoise ? C'est une des vôtres, non ? *Žid*. » Le vieil homme emploie le mot slave mais sa maîtrise de la langue est incertaine. *Židovka*, devrait-il dire. Juive. « Je la remarque à peine. Elle me semble un peu revêche. La petite est un enchantement, à l'inverse. Elle m'appelle Opa. » Il rit. « Teresa s'est indignée de cette familiarité, mais je lui ai dit de la laisser faire. La petite n'a sans doute jamais connu ses grands-parents, alors… C'est une bâtarde, vous le saviez ? Peut-être que non.

— Non, je l'ignorais.

— Teresa a posé la question à sa mère de but en blanc – "Où est le père ? pourquoi ne s'occupe-t-il pas de vous ?" – et la femme a dû se mettre en colère parce qu'elle a répliqué qu'il n'y avait pas de père, qu'ils ne s'étaient pas mariés et qu'elle ignorait où il pouvait bien se trouver. Sans parler que cela ne regardait qu'elle. Je peux vous dire que Teresa en a eu les larmes aux yeux. »

Viktor l'observe.

« Je pensais qu'elle était veuve.

— C'est ce qu'elles disent toutes, non ?

— Vraiment ?

— À ce qu'il paraît. »

Le vieil homme sourit sous sa moustache. Il est une figure du passé, des jours de la monarchie – un barbu au col raide. Les femmes sont tout juste bonnes à être achetées ou méprisées ; il n'y a pas grand-chose entre les deux.

« À ce qu'il paraît ?

— Vous voyez ce que je veux dire. »

Mais Viktor ne voit pas. Il ne comprend rien à tout cela, l'échange jovial de confidences, les blagues sournoises et scabreuses.

« Peut-être que je vais rentrer par le jardin et prendre de ses nouvelles, et tenir Liesel au courant.

— Elle sera sans doute absente. Elle semble partir tôt et ne revient pas avant le déjeuner, quand sa fille rentre de l'école.

— Vous la surveillez ?

— Je le sais par Teresa. » Il rit d'un ton bourru, soufflant la fumée de son cigare. « Elle me raconte tout. Y compris ce que je fais.

— Je vais aller voir. »

Il ressort par les portes-fenêtres qui s'ouvrent sur la pelouse. Qui, se demande-t-il, observe son avancée à travers le jardin ? Mais quand il se retourne vers la maison, les fenêtres reflètent à peine la blancheur simple du jour. Une fenêtre est ouverte, en haut sous les tourelles. Une chambre de bonne, peut-être. Il s'en va vers les grandes haies qui cachent la *chata*. Liesel et lui avaient l'habitude de s'y retrouver quand il lui faisait la cour. Ils entraient dans la maison d'été, s'embrassaient et échangeaient quelques caresses quand il espérait, en vain, obtenir un peu plus. « Pas ici, pas maintenant », murmurait-elle en repoussant sa main.

Il fait le tour de la haie et la maison est là. C'est une construction du type que l'on voit à la campagne, une de ces cabanes de vacances si populaires ces temps-ci. Des fondations de briques, du bois sombre injecté de créosote et un toit constitué d'une bâche goudronnée. Dans l'air du matin, l'endroit est silencieux, presque menaçant, comme s'il avait surgi d'un conte de fées, d'un rêve à moitié oublié, un cottage habité par une sorcière mangeuse d'enfants. Il s'approche de la porte et frappe.

« Il y a quelqu'un ? »

Pas de réponse. Il regarde autour de lui. Les haies le dérobent à la vue des fenêtres du bas de la maison. Il n'aperçoit que l'étage et le toit gris avec ses coupoles jumelles. Une domestique a fait pendre les couvertures par une fenêtre ouverte.

Il toque une fois de plus – « Est-ce qu'il y a quelqu'un ? » – et puis, hésitant, il appuie sur la poignée. La porte s'ouvre. À l'intérieur, l'atmo-

sphère est chaude et résineuse, emplie par la touf-
feur de lointaines journées estivales.

« Frau Kalman ? » Mais il n'y a personne, seulement deux lits bas, bordés, et sur un côté, à l'opposé
d'une petite cuisinière à gaz, une table en canne
avec deux chaises.

Le plancher craque sous ses pas. Il est entouré
des affaires de Kata – des robes pliées sur les
chaises, des chaussures par terre. Une longueur de
fil à linge a été fixée en travers de la pièce. Deux
culottes y sont étendues, un maillot avec de la dentelle bon marché et un soutien-gorge. Il tire une
culotte vers lui et presse le gousset contre son
nez, mais il ne respire que l'odeur du coton propre.
En revanche, l'oreiller d'un des lits porte son odeur,
un parfum chaud et complexe qu'il reconnaît tout
de suite. Il se redresse et reste planté là, moitié
intrus, moitié complice, totalement fasciné par les
signes discrets de sa présence.

À cet instant, des bruits de pas lui parviennent de
l'extérieur. Il se tourne et trouve Kata à la porte. Il y
a un silence, un instant de temps suspendu tandis
qu'ils se regardent.

« Je me demandais quand tu viendrais, dit-elle.
Fais comme chez toi, je t'en prie. Ne fais pas attention à moi. Après tout…

— Je suis désolé. La porte était ouverte…

— C'est sans importance. »

Il est gêné, comme un enfant pris à fouiner dans
la chambre de ses parents.

« Je voulais juste voir comment tu t'en sortais.

— Je m'en doute. »

Elle referme la porte derrière elle. Elle porte un manteau simple, celui qu'elle portait le jour où elle est apparue dans la Pièce de verre et les mêmes chaussures lacées. Elle a les cheveux attachés n'importe comment, des mèches folles lui encadrent le visage. La délicate ligne de la mâchoire et l'ornement impudent de ses oreilles lui prodiguent une beauté qui fait mentir ses vêtements sans chic. L'ornement est un crime, pense-t-il.

« J'ai cru comprendre qu'Ottilie est venue jouer avec Marika.

— Une ou deux fois. Elles s'entendent bien. » Elle pose un sac de courses sur la table et se met à le vider. Un pot et quelques conserves vont dans le placard. Il y a une miche de pain, des pommes de terre, des légumes. Elle retire son manteau et le suspend sur une patère derrière la porte, puis s'avance vers la corde à linge. « Désolée du désordre. Ce n'est pas si facile de garder les choses en ordre dans un si petit endroit. »

Il regarde le mouvement de ses bras, les doigts rapides et efficaces. « Tu ne te ronges plus les ongles », observe-t-il.

Elle les regarde, presque comme si elle le découvrait.

« Tu m'as dit d'arrêter.

— Je suis surpris que tu m'aies écouté. Comment t'en sors-tu, financièrement ?

— Ça va.

— Je peux te donner de l'argent, si tu veux… »

Elle se retourne. « Je vais bien, merci. Le comité m'a versé une petite somme d'argent, mais j'en gagne aussi un peu de mon côté. Ta femme m'a bien aidée. Elle m'a donné des choses à faire, ajuster des robes, des choses comme ça. Elle m'a recommandée à certaines de ses amies. Elle a été très gentille. »

Il prend une des chaises et s'assoit. Un air de domesticité imprègne la scène : s'asseoir pour la regarder pendant qu'elle s'occupe du linge. Chez lui, il ne voit jamais son linge être lavé. C'est le domaine de la sœur de Laník, dans le sous-sol. Ils se croisent à l'occasion quand il sort de la chambre noire. Laníková rougit et s'excuse d'être là, Viktor se sent maladroit et a l'impression d'empiéter sur son territoire. Aucune maladresse en cet instant, mais une sorte d'hésitation comme les acteurs qui ne savent pas bien leur texte ou ne comprennent pas le développement de l'intrigue.

« Elle sait que tu es ici ? demande-t-elle.

— Ma femme ? Je lui ai dit que j'allais voir son père.

— Fais attention à tes alibis.

— Ce n'est pas un alibi, c'est la vérité. »

Elle termine de plier les vêtements et cherche un endroit où les mettre.

« Tu n'as pas eu mes lettres ? demande-t-il.

— Si.

— Mais tu n'as pas essayé d'entrer en contact.

— Non. »

Un chat, pense-t-il. Le même égoïsme, les mêmes mouvements précis et rapides déguisés en langueur.

« Tu m'as manqué plus que je ne saurais le dire… »

Elle se tourne. Elle tient quelque chose dans la main, une robe noire, une des robes de Liesel qu'elle ajuste, un vêtement simple en soie avec une étiquette de chez Schiaparelli. Hana l'a rapportée de Paris en insistant sur le fait que c'était parfait pour Liesel.

« Est-ce que tout ça n'est pas fini ? Nous avons fait affaire, tu as été très généreux avec moi en me permettant de partir, et maintenant c'est terminé.

— Ce n'est pas aussi simple.

— Oh ! que si, ça l'est, Herr Viktor. Tu peux bien faire comme si ce n'était pas le cas, mais moi je sais. Écoute, je n'ai pas beaucoup de temps. Marika revient de l'école bientôt et j'ai le déjeuner à préparer. Et puis ils vont se poser des questions s'ils te voient venir ici. Je ne peux pas prendre ce risque. La vieille est comme un faucon et me surveille sans cesse. Je pense qu'elle se méfie de son mari. Et elle a raison.

— Son mari ?

— Tu sembles surpris. Il est passé lui aussi. Voulait voir comment je me portais, comme toi. Il m'a appelée sa "petite chérie", et m'a dit qu'il prendrait soin de moi.

— Et toi ?

— J'ai répondu qu'il pouvait garder ses mains pour lui ou j'en parlerais à sa femme.

— Tu penses que je suis pareil que lui ? » Elle le regarde d'un œil vide.

« Tu es plus jeune.

— C'est tout ? »

Elle réfléchit un instant puis ajoute : « Non, ce n'est pas tout », et se détourne, trouve à s'occuper, des légumes à laver dans une cuvette, une conserve de viande à ouvrir.

« Quoi d'autre ?

— Ne t'inquiète pas.

— Mais si ça m'inquiète. Ça m'inquiète beaucoup. Pourquoi n'as-tu pas répondu à mes lettres ? Pourquoi m'as-tu abandonné ? »

Elle s'arrête, penchée au-dessus de la bassine, les mains dans l'eau et la tête baissée.

« Écoute, tout ce que j'ai fait était pour Marika. Aller avec des hommes, avec toi. Tu le sais, non ?

— Oui.

— Il n'y a rien à ajouter. J'avais besoin d'un peu d'argent, et la meilleure façon d'en avoir…

— Je sais tout ça. Mais tu n'as toujours pas répondu à ma question.

— J'ai fait ce que tu m'as demandé. J'ai arrêté de fréquenter des hommes. Toi compris. Ce n'était pas dans le contrat ? Tu m'as dit… "C'est comme tu veux", tu as dit.

— Bien sûr, tu avais le droit, mais… » Il cherche les bons mots. « Cela semblait différent entre nous. » Il rit doucement. « Je dois te paraître très naïf. »

Elle se tait pendant un moment, puis reprend la parole très lentement, toujours sans lever les yeux. Sa voix est lasse, comme si elle avait lutté contre cette affirmation sans avoir réussi à l'effacer.

« D'accord, tu m'as manqué. Je ne le voulais pas, pourtant. Tu m'as manqué. Il ne pouvait rien arriver de pire. Tu dois garder tes distances. Sinon…

— Quoi ? »

Elle se tourne et le regarde. Ces yeux pâles, la couleur du ciel au-dessus de l'horizon. « Autrement tu perdras le peu de pouvoir qui te reste. »

Il acquiesce, lui qui contrôle toujours tout, qui a toujours un coup d'avance, cet homme aux qualités singulières – raison, capacité à prendre des décisions, pouvoir – se sent désemparé. Il sort son boîtier à cigarettes de sa poche.

« Tu en veux une ?

— S'il te plaît. »

Il est maladroit et doit appuyer sur son briquet trois ou quatre fois pour avoir une flamme. Il allume la cigarette et la lui glisse avec délicatesse entre les lèvres. « Est-ce que tu te sens vulnérable, à présent ? »

Elle parle à travers la fumée de la cigarette.

« Bien sûr que oui. Je suis une réfugiée qui dépend de la charité des autres. Je suis vulnérable.

— Tu semblais tout contrôler à la réunion. Et maintenant encore. »

Elle s'essuie les mains et retire la cigarette de ses lèvres, recrache un filet de fumée vers l'évier et la fenêtre ouverte. « J'imagine qu'on apprend à cacher ses sentiments. Comment survivre, autrement ? » Il y a un peu de tabac sur sa lèvre qu'elle récupère en passant la langue dessus rapidement, puis elle recrache un autre panache de fumée vers l'évier. Kata le chat, pense-t-il, le souvenir lui revenant à l'esprit. Elle n'a pourtant pas une langue de chat. Celle qui le lèche n'est pas râpeuse, mais lisse. Il a du mal à respirer. Il éprouve une sorte de douleur, un point de douleur qui le lance quelque part derrière le sternum, une masse qui menace de le priver d'air. Mais la sensation physique est associée à la perception du bonheur le plus sublime. La suffocation et la joie, l'union étrange de sensations contradictoires. D'une main maladroite, il lui prend sa cigarette et la pose sur le bord de l'évier. Puis il se penche en avant et l'embrasse. La texture de ses lèvres est aussi familière que la sienne. Ils restent un moment dans cette position, leurs lèvres se touchant. Puis elle détourne la tête.

« S'il te plaît, dit-elle, et elle va ranger ses affaires pour s'obliger à penser à autre chose.

— Je suis désolé. Je me sens juste… Je ne sais pas. Sans défense. Je me sens sans défense.

— Toi, sans défense !

— Et un peu idiot.

— Écoute, tu dois partir. Marika va rentrer d'un instant à l'autre. Tu dois y aller. »

Pour une fois, il ne sait quoi dire, il n'a pas de plan à mettre à exécution. Il a toujours été fier de sa capacité à gérer n'importe quelle situation, sa force dans les négociations. « Tu pourrais t'en sortir dans un champ de mines, Viktor », lui avait un jour dit Oskar alors qu'ils étaient aux prises avec une discussion particulièrement épineuse concernant les quotas d'importation ou quelque chose dans le genre. Se sortir d'un champ de mines, peut-être, mais peut-être pas de sa liaison avec cette créature de chair et de sang, une petite chose dont il connaît les membres et le corps mieux que quiconque, mais dont l'identité profonde lui a toujours échappé.

Il se tourne vers la porte, puis s'arrête et la regarde.

« J'ai cru que je pourrais passer à autre chose, dit-il. Quand j'ai découvert que tu étais partie et que personne ne semblait savoir où tu étais, j'ai cru que je t'oublierais. Cela aurait été un soulagement. Je pouvais redevenir celui que j'étais avant, un mari fidèle, un père. Mais mon esprit n'a jamais pu se défaire de toi. Ces lettres. Tu dis que tu les as eues.

— Oui.

— Alors tu sais. Il n'y a rien à ajouter. » Il a la main posée sur la poignée et essaie de se concentrer. « Écoute, tu n'es pas en sécurité ici.

— Comment ça ? » Elle regarde l'intérieur de la petite cabane, le désordre innocent de ses affaires et de celles de Marika. « Qu'est-ce que tu veux dire, "pas en sécurité" ?

— Dans ce pays, j'entends. Tu te crois en sécurité ici mais tu as tort. Personne n'est en sécurité. Je prévois d'emmener ma famille en Suisse. Il va y avoir une invasion.

— Une invasion ?

— Tu n'écoutes pas les nouvelles ? » Voilà bien une chose qu'il sait gérer, les questions de faits et d'opinions, de jugement et de décision. « Heinlein a signé un pacte secret avec Hitler. Tu ne sais pas qui est Heinlein ? C'est le leader des Allemands des Sudètes. Il a l'armée allemande derrière lui et il exige l'autonomie des régions frontalières. Si le gouvernement est d'accord, alors Heinlein fera entrer les Allemands; dans le cas contraire, les Allemands se serviront de la soi-disant oppression des Allemands des Sudètes comme prétexte pour l'invasion. Je ne vois pas d'autre issue. Dans un sens comme dans l'autre, les Allemands seront ici aussi sûrement qu'ils sont en Autriche.

— Et tu vas partir ?

— Pas tout de suite, mais je suis en train de m'organiser. Pour que nous soyons prêts le moment venu.

— Est-ce que la Suisse sera en sécurité ?

— Qui sait ? Nous pourrions avoir à partir plus loin. Rejoindre les États-Unis, qui sait ?

— Et que va-t-il nous arriver, à Marika et à moi ?

— Je trouverai une solution. Je ne vous laisserai pas ici.

— Nous n'avons pas de papiers. Marika a son certificat de naissance mais je n'ai rien.

— Il faut que nous étudiions les possibilités qui s'offrent à nous. Il existe un bureau pour les réfugiés. Ils font des papiers à ceux qui n'en ont plus. On va trouver quelque chose. »

Dehors, l'air est frais. C'est apaisant. Depuis combien de temps est-il là ? Dans la *chata*, en compagnie de Kata, il a perdu toute notion du temps. Les fenêtres à l'étage de la grande maison sont fermées, à présent. Le jardin, les haies et les arbres sont vides. Même Marika n'a pas encore fait son apparition. Il jette un coup d'œil à sa montre et s'aperçoit qu'à peine quelques minutes se sont écoulées. Quinze, tout au plus. Une partie de sa personne, celle qui a toujours un plan, qui prévoit et calcule, lui dit que son passage n'a pas causé de dégâts. Il est venu s'informer, voir comment Mme Kalman s'adapte à sa vie d'exilée, si elle s'en sort. Il a une obligation envers elle, comme il en a une envers ses ouvriers. Mais c'est une voix mal assurée, à peine audible au milieu de l'orage, qui se déchaîne dans sa tête. Il gravit la pente vers les arbres qui le séparent du bas de sa propriété, ces arbres et ces arbustes qui le coupent de Kata. Il sait qu'il existe un chemin à travers les broussailles touffues, la jungle des branches qui s'accrochent à lui et des feuilles qui font écran.

Robots

Les fuchsias sont en fleur, ainsi que l'annonce le programme à la radio. « Nous devrions avoir des fuchsias », suggère Viktor en sachant que c'était une erreur. Les fuchsias sont un ornement et l'ornement est un crime. « J'aime les fuchsias. Les Berchtold, près d'Austerlitz, ils cultivent des fuchsias, non ? On devrait leur rendre visite et leur en acheter.

— Les Berchtold sont d'un ennui mortel.

— Qui raconte une chose pareille ? Hana ?

— Tu as lu les nouvelles ?

— Bien sûr. Je les lis tous les jours. »

Les nouvelles racontent que les troupes allemandes sont massées à la frontière. L'armée tchécoslovaque a été mobilisée, les sabres font un bruit de ferraille, les cœurs battent à tout rompre, les moteurs grondent, les talons des bottes claquent, et ainsi de suite. Il garde le souvenir de la dernière fois, la guerre précédente où il avait occupé un poste bureaucratique derrière la ligne de front – dans des quartiers généraux militaires à Graz, tout près de la frontière italienne – et avait vu des milliers d'hommes marcher vers leur mort. L'un d'eux était le frère de Liesel. Ils s'étaient rencontrés – par le plus grand des hasards, un caprice de la guerre – au bord d'un terrain de parade où l'unité de Benno se mettait en ordre.

« Mon Dieu ! s'exclamèrent-ils à l'unisson en se voyant. Je n'arrive pas à y croire ! »

C'est toujours ce que l'on dit, alors même qu'on y croit. Les coïncidences font partie de la vie. Les chemins se croisent, les parcours se rejoignent, les vies se mêlent, pareils aux trajectoires d'animaux intelligents mais qui fonctionnent en automatique, comme les fourmis, par exemple, qui zigzaguent sur une table et se déplacent sans plus de raison que des robots. « Robot » est un mot de Čapek, un cadeau linguistique du tchèque au reste du monde, une déclinaison de *robota*. Le travail à marche forcée, la corvée, l'esclavage des serfs. Ils avaient un peu parlé, ces robots prénommés Benno et Viktor, ils avaient évoqué leur foyer, leurs parents et leur famille, Liesel qui était une toute jeune fille à cette époque – quatorze ou quinze ans – et qui, ainsi que le disait Benno, s'était amourachée de Viktor. Ce dernier en avait été bouleversé. Il n'avait jamais envisagé que la sœur de Benno puisse l'admirer, encore moins l'aimer. Être aimé était une nouvelle expérience. Puis Benno dut partir rejoindre son unité, et Viktor le regarda monter à bord d'un camion et se tourner pour lui faire signe de la main. Les moteurs grondèrent et ils s'éloignèrent, les robots gravissant la colline qui les couperait du camp militaire. Ce fut la dernière fois qu'on le vit.

À présent, Viktor se met à entendre les mêmes bruits, les mêmes préparatifs qui précèdent la guerre comme la brise venant de l'autre côté de la colline les avait autrefois portés vers lui. Mais le plus étrange, en cette saison de danger et de dissolution, est qu'il s'en moque presque. À vrai dire, il s'intéresse surtout à ce qui se passe dans la *chata* dont il aperçoit le toit en bâche goudronnée quand il se rend sur la terrasse de l'étage. Ou à ce qui se déroule en contrebas sur la pelouse, quand deux jours plus tard, sous le soleil du soir, il regarde Liesel et Kata jouer avec les enfants.

Il se lève, fume et observe. Elles sont toutes deux vêtues de blanc, Liesel, grande et mince, légèrement voûtée, et Kata, plus petite et vive, qui court avec les deux filles avant de se retourner et de s'accroupir pour encourager Martin qui suit avec toute la résolution maladroite d'un gamin de cinq ans. Le petit garçon court se jeter dans ses bras ; elle se redresse et le soulève au-dessus de sa tête. Des hurlements de rire montent jusqu'à Viktor.

Le voient-ils debout, devant les baies vitrées de la Pièce de verre ? Tout dépend de la lumière et de l'angle de vue. Parfois depuis le jardin, on peut lever les yeux et apercevoir ceux qui se trouvent derrière les portes-fenêtres aussi clairement qu'en plein jour ; parfois, les silhouettes sont plus laiteuses, vues à travers le reflet pâle du jour, et, à d'autres moments, elles sont invisibles et cèdent la place au ciel et aux nuages qui ont investi toute la surface de verre, donnant l'impression que l'on regarde à travers le bâtiment, comme si la maison elle-même était transparente.

Les deux femmes remontent la pelouse en direction de la terrasse. Ce n'est qu'à cet instant que Liesel remarque son mari. « Je n'avais pas vu que tu étais là, Viktor. Tu es rentré plus tôt. Katalin et moi jouions avec les enfants. »

Kata a l'air fringante et heureuse. Son visage a pris des couleurs, les joues légèrement rouges, le teint lisse et hâlé par le soleil estival. « Bonjour, Herr Landauer », dit-elle et il lui répond par un signe de tête, regardant le ciel dans ses yeux. « Frau Kalman », ajoute-t-il. Il voudrait pouvoir l'appeler Kata. Il voudrait crier son nom.

Les enfants sont assis à la table, Martin déterminé à imiter les filles et à se comporter comme un grand. Ottilie et Marika le sermonnent, lui disent de s'asseoir correctement, de ne pas parler la bouche pleine. Marika est une enfant très belle, beaucoup plus belle qu'Ottilie, un reflet génétique sublime de sa mère, à l'exception de ses yeux sombres. Elle lance un coup d'œil à Viktor avec toute l'indifférence d'une enfant qui perçoit que l'adulte ne joue aucun rôle prépondérant dans son monde. Elle n'a de toute évidence gardé aucun souvenir de cet homme debout dans la chambre de sa mère, aucun souvenir de s'être accrochée comme un petit singe à sa mère et de l'avoir regardé en disant : « Est-ce que vous êtes un ami de Mutti ? »

« Mesdames, je vous laisse », dit-il et il se retire dans la bibliothèque où il peut lire les journaux tout en écoutant les bruits des enfants, et une fois seulement il lui est donné d'entendre la voix de Kata s'élever pour arrêter les filles qui sont en train d'embêter Martin. Il veut Kata. Il la veut plus que tout au monde.

Le lendemain, il se présente de nouveau à la *chata*, mais, cette fois, elle est absente. Il déniche du papier ainsi qu'un crayon et griffonne un petit mot. Il se demande s'il doit rester neutre et s'éviter des ennuis, ou s'il doit tout risquer et s'exprimer ouvertement. *Je veux te voir*, écrit-il, *mais je ne trouve pas le moyen de le faire.*
Les mots ambigus d'un lâche.

Commérages

« C'est une question de point de vue », dit Oskar. Ils ont fini de dîner et sont assis devant le mur d'onyx. Ces jours-ci, ils se réunissent pour se rassurer. La maison est devenue leur refuge, la Pièce de verre, cette construction qui n'a pourtant rien d'une forteresse, leur apporte la consolation de la raison et du calme, tandis que dehors, aux confins de leur existence, le monde s'écroule. Il y a des émeutes aux frontières, des groupes germanophones exigent l'autonomie, les troupes allemandes s'amassent le long de la frontière autrichienne, ces appels qui réclament des droits réclament l'indépendance, réclament la partition.

« Qu'entends-tu par "point de vue" ? » demande Viktor. Il est rentré tard d'une visite à Prague où règne une atmosphère de panique et de trahison.

« Un point de vue historique. » Les lumières du plafond font luire le crâne chauve d'Oskar. Il tend les mains comme pour mimer une perspective, une idée abstraite entre ses paumes. « Après la guerre, nous – c'est-à-dire les pauvres habitants ignorants de ce pays –, nous pensions avoir atteint le sommet d'un processus historique. Mais nous avions tort. En fait, nous nous trouvons actuellement au milieu de ce processus sans la moindre idée de la façon dont les choses vont tourner.

— Quel processus ? demande Hana. Sois plus clair, chéri.

— Je parle de la dissolution de l'empire, bien sûr. Nous pensions – nous étions assez naïfs pour penser – que tout cela était fini. L'empereur est parti, Woodrow Wilson a parlé, l'autodétermination a été instaurée et voilà. Au revoir la double monarchie et tout ce qui l'accompagnait ; bonjour Tchécoslovaquie, Hongrie, Autriche et je ne sais combien d'autres mini-États. Mais nous avions tort. Nous n'étions pas au bout du processus, nous étions au milieu du gué. Voilà ce que je suis en train d'expliquer. Prenons un couple heureux qui se promène dans la campagne. Ils pensent se trouver dans un joli petit bosquet et que le chemin finira par déboucher sur un champ ensoleillé. En réalité, ils s'enfoncent dans une forêt dense qui s'étend sur des centaines de kilomètres. Et ils ignorent totalement où elle se termine. » Il porte son verre de brandy à ses lèvres. « Ou si même elle se termine. »

Liesel se lève et s'approche des baies vitrées. « Une fin à l'histoire ? Bien sûr que non. » Elle presse le bouton et attend que le panneau central s'abaisse avec grâce dans le sous-sol et fasse entrer l'air frais du soir dans la pièce. « Changeons de sujet, un peu. Il n'y en a que pour la politique.

Politique, politique, politique. Parlons des gens, plutôt.

— Mais nous parlons de gens, insiste Oskar. La politique est faite par des gens.

— Comment va ta réfugiée ? demande Hana, sans prêter attention à son mari.

— Katalin ?

— C'est donc Katalin, maintenant ? Est-ce que je devrais être jalouse ?

— Ne sois pas bête, ma chérie. C'est une petite très ordinaire, mais vraiment intelligente. Et forte. Quand on pense à tout ce qu'elle a dû traverser. Elle m'a fait du très bon travail. Figure-toi qu'elle était employée chez Habig ! Comme modiste. Elle faisait aussi des robes, pour Grünbaum, je crois. Ou une autre de ces maisons. Tout ça pour dire qu'elle a beaucoup de talent. Puis est arrivé ce qui est arrivé, et elle a dû s'en remettre à la générosité des autres… »

Changeant de cap, la conversation dérive des épreuves de Katalin vers, au plus grand soulagement de Viktor, le pétrin dans lequel s'est fourrée une autre jolie petite : Vitulka Kaprálová.

« Vous êtes au courant ? » demande Hana. Bien sûr, ils ne savent rien. Ils comptent sur Hana pour les tenir informés des derniers commérages, les distraire, leur apporter de délicieux morceaux de scandale. « Vous savez pour sa liaison avec Martinů, au moins ?

— Uniquement parce que tu nous en as parlé.

— Voyons, ma chérie. Tout le monde est au courant. Mais bref, elle est à Paris, dans les bras du Martinů qui la gâte après avoir abandonné sa femme toute seule dans leur maison de campagne, et puis il se passe quelque chose – on ne sait pas quoi, peut-être que l'épouse s'est mise en colère pour de bon – et voilà notre jeune fille qui part en vacances longue durée avec un nouvel amant.

— Un *autre* ?

— Elle aurait rencontré un étudiant en école d'ingénieur. Il s'appelle Kopec, apparemment. De Prague. Donc, elle part en Italie puis dans le sud de la France et laisse ce pauvre vieux Martinů à sa femme.

— Comment sais-tu tout ça ? demande Liesel.

— Un petit oiseau parisien me l'a dit. Quelque temps plus tard, elle revient de ses vacances et retombe directement dans les bras de Martinů. De là, notre petite *kotatka* repart, avec Martinů dans ses valises, direction Londres pour ce congrès de musique. Tu l'as entendu de la bouche même de Kaprál, non ? Tout le monde était là. Hindemith, Britten, Bartók, l'Américain Aaron Copland, ils y étaient tous. Figure-toi que notre jeune espiègle a ouvert le congrès avec la "Sinfonietta militaire", le morceau qu'elle avait dirigé à Prague l'hiver dernier. Tu imagines un peu ? Emporter le monde de la musique dans un tel tourbillon et prendre Bohuslav Martinů à ce point par les couilles.

— Hana !

— Mais je ne sais pas comment le dire autrement. Le pauvre homme est fou d'elle. On raconte que tout ce qu'il écrit à présent est truffé de références codées à Vitulka. »

L'échange de cancans se poursuit, les allusions et les indices, leur jeune pays sur le point de trépasser. Les gens et la politique sont disséqués, discutés dans les espaces frais de la Pièce de verre, tandis que, dehors, l'orage gronde.

« Au fait, nous avons un problème avec Liba », dit Liesel plus tard, après le départ d'Oskar et Hana, alors que Viktor et elle sont à l'étage. Ils sont dans la chambre de Liesel, cette boîte calme, simple et blanche qui renferme les secrets les plus intimes de leur mariage, les joies et les déceptions, les révélations silencieuses qu'ils partagent mais dont ils ne parlent jamais.

« Tu détournes la conversation, dit Viktor. Le vrai problème est ce qui arrive à ce pays. Cela va tous nous affecter, Liesel. Nous devons discuter sérieusement d'un éventuel départ tant que nous en avons encore l'opportunité. »

Il est en pyjama, assis dans un fauteuil en train de fumer. Elle est à la porte de la salle de bains, une serviette enroulée autour de la tête. Elle est nue. Il y a quelque chose de maladroit dans sa nudité, les hanches larges, la barbe drue de poils brun foncé entre ses cuisses, ses seins comme des yeux rétifs. Il fut une époque où elle était gênée qu'il la voie dans le plus simple appareil. À présent, elle n'y fait même plus attention.

« Je ne détourne rien du tout. Écoute-moi, plutôt : Liba est sur le point de se marier. Elle me l'a dit l'autre jour. C'est un peu rapide, mais je crois qu'elle est enceinte même si elle s'est empressée de le nier. Dans ces conditions, elle ne pourrait pas venir avec nous pour s'occuper des enfants si nous partions. Elle vient de donner sa démission. Elle était dans tous ses états en me l'annonçant, elle m'a dit combien elle aime les enfants, mais Jan – c'est le nom de son compagnon – travaille à Prague. Enfin, pour être exacte, il y est stationné avec son régiment. Mais il vit à Prague, et, d'après elle, il est de son devoir d'être à ses côtés. » Elle se sèche, frotte avec brusquerie sa chevelure frisée et trempée qui lui encadre le visage. « Je me suis donc dit : et pourquoi pas Frau Kalman ? »

Viktor est stupéfait. Qu'est-ce que sa femme est en train de suggérer ?

« Ottilie et Marika s'entendent à merveille et Katalin est une mère formidable malgré toutes les difficultés qu'elle doit affronter. Martin l'adore. Qu'en penses-tu ? »

Ce qu'il en pense ? Les premières pensées qui le traversent sont celles d'un menteur : réagir avec à-propos, rendre naturel ce qui ne l'est pas, un processus qui porte en lui les germes de sa propre destruction, l'acte prémédité qui expose son artificialité justement parce qu'il est prémédité. Une énigme.

« Mon idée ne te plaît pas ?

— Je n'ai rien dit.

— Je le vois à ton expression. Ça ne t'impressionne pas beaucoup.

— Mais est-ce que cette femme a de l'expérience ? » Il n'a pas l'habitude de recourir à la dissimulation mais se découvre très doué. « On parle bien d'une bonne d'enfants ? Sait-elle tout ce que ça implique ? Quel était son métier ? Couturière ? Ce n'est pas vraiment la même chose. Est-ce qu'elle a des références ?

— On dirait que tu fais passer un entretien d'embauche.

— C'est exactement ça. »

Il s'agit précisément de quelque chose d'imprécis, d'un univers de possibilités. Des possibilités qui le déconcertent. D'un simple haussement d'épaules, sa femme passe une chemise de nuit en soie. Le tissu – d'un ivoire pâle – s'accroche à ses hanches, ses seins et son ventre. Il sent, comme si le désir opérait indépendamment de son esprit, de l'extérieur, venir une érection. Il trouve curieux d'être plus excité de voir Liesel habillée que nue.

« Il y a aussi la question de ce qui arrivera à Katalin et à sa fille si nous partons.

— Avons-nous la moindre obligation envers elles ? »

Elle regarde son mari avec une expression proche de l'indignation.

« Des fois, je me demande si tu n'as pas un cœur de pierre, Viktor. Bien sûr que nous avons une obligation. De manière générale, nous avons une obligation envers tous les réfugiés et nous tentons de nous en décharger en soutenant diverses organisations caritatives. Mais nous avons aussi des obligations personnelles et précises envers ceux que nous connaissons et que nous respectons.

— Tu parles comme une moraliste.

— Tu parles comme un sans-cœur.

— Donc tu respectes Frau Kalman ?

— Pas toi ? Pourtant, je pense que si.

— Qu'est-ce que tu sous-entends ?

— C'est une belle femme. Les hommes aiment les belles femmes. J'ai remarqué la façon dont tu la regardais. »

Il rit.

« Je voudrais donc que Frau Kalman devienne la bonne des enfants ? Ne sois pas ridicule. Liesel, je n'en sais pas assez sur elle pour la juger d'une façon ou d'une autre. Je sais qu'elle vit dans la *chata* depuis quelques mois et je sais que ta mère ne l'aime pas. Mais que toi si, apparemment.

— Ma mère ne t'aimait pas non plus, au début. Vous êtes dans le même bateau. De toute façon, que proposes-tu de faire pour elle et sa fille ? Ça te plaît, l'idée de les abandonner ? Avec tout ce qui arrive aux juifs – c'est bien pour ça que tu veux partir, non ? Tu voudrais laisser ces deux personnes ici et qu'il leur arrive malheur à elles aussi ? Comment le vivrais-tu, après ? Écoute, pourquoi est-ce que tu n'irais pas lui en toucher un mot ? Discute un peu avec elle. Fais-toi ton idée. »

Il considère cette possibilité parmi la galaxie de possibilités, cet univers de possibilités plus vaste que tout ce qu'il pourrait imaginer.

« Est-ce que tu lui en as parlé ?

— Pas précisément. On a discuté vaguement de ce qu'elle pourrait faire, où elle pourrait aller. J'ai suggéré la Palestine. Elle dit qu'elle y a pensé. Il paraît que les sionistes recrutent des partisans parmi les réfugiés – ils ont même le soutien des Allemands et des Autrichiens, tu le savais ? Ils auraient un bureau pour l'immigration juive à Vienne. Mais elle dit que les Britanniques ont des quotas et que ce n'est pas facile d'émigrer…

— Je vais aller lui parler.

— Mais sois gentil avec elle. Ce n'est pas un entretien d'embauche pour ton entreprise. Cette personne pourrait bien devenir un nouveau membre de la famille. »

Proposition

La *chata* est nichée dans son écrin de verdure. De l'autre côté des haies s'étendent les jardins de la grande maison et la maison elle-même, ouvrant un œil aveugle sur le matin calme. Derrière lui, en provenance des hauteurs du jardin, vient le bruit distant des enfants qui jouent – Ottilie et Marika, et la voix aiguë de Martin qui tente de protester contre les filles.

Elle sursaute quand elle voit qui est à la porte.

« Qu'est-ce que tu fais là ? demande-t-elle et la panique affleure dans sa voix comme s'il pouvait se montrer violent avec elle.

— Liesel a suggéré que je passe te voir. Je suis donc ici de droit. Elle a une proposition à te faire.

— Une proposition ? »

Elle s'écarte sur le côté pour qu'il puisse entrer. Il y a cette fraction de seconde gênante où ils se croisent dans l'espace exigu, un frôlement de mains et Kata qui lève le visage vers Viktor comme si elle allait l'embrasser. Puis elle s'éloigne pour s'asseoir à la table, tranquille et affectée, mains posées sur les genoux tandis que lui reste debout. Si quelqu'un venait à entrer, il ne devinerait jamais quel courant a pu passer entre eux. On dirait plutôt un maître venu interroger une domestique. « Quel message voulait-elle que tu me transmettes ? »

Elle refuse la cigarette qu'il lui offre et c'est donc lui qui la fume. Il n'est pas mécontent de constater que ses mains ne tremblent presque pas, la flamme du briquet ne vacille pas quand il la porte à ses lèvres.

« Comment l'appelles-tu ? demande-t-il à travers la fumée. Frau Landauer ? Ou Frau Liesel ?

— Frau Landauer, j'imagine. Je ne sais pas trop.

— Eh bien, Frau Landauer veut t'emmener avec nous.

— Avec vous ? Explique-toi. » Elle fronce les sourcils. « Où ça ? Où partez-vous ?

— Je te l'ai déjà dit. En Suisse. Nous venons d'apprendre que Liba va se marier et Liesel s'est dit que tu pourrais prendre sa place comme nurse d'enfants. » Il s'assoit en face d'elle. « Qu'en penses-tu ? Tu quitterais le pays avec nous. Enfin, Marika et toi. Est-ce que tu serais d'accord ? »

Perplexité, doute et bien d'autres émotions confuses passent sur son visage.

« C'est son idée à elle ? Ou est-ce que ça vient de toi ?

— C'est elle qui y a pensé. Je n'ai rien à voir là-dedans. Je te le promets. C'est sa proposition. »

Elle détourne le regard et se concentre sur ce qu'elle aperçoit par la fenêtre, un carré de pelouse, la haie de buis qui sépare la *chata* du jardin principal. Il n'a jamais vraiment su la déchiffrer. Que veut-elle ? Qu'est-ce qui la rendra heureuse ?

« Je t'ai expliqué que nous n'avons aucun papier.

— Je suis sûr que nous trouverons une solution. Ils peuvent te délivrer ce qu'on appelle un passeport Nansen. J'ai posé quelques questions à plusieurs personnes à Prague. La Ligue des droits de l'homme a certaines prérogatives.

— Tu as déjà tout prévu ?

— Dans les grandes lignes, pour voir si c'était possible. Écoute, Kata, je veux que tu viennes avec nous. Je veux t'aider.

— C'est vraiment tout ?

— Tu sais bien que non.

— Alors quoi ?

— Tu le sais très bien. Tu sais ce qui existe entre nous. Tu ne peux pas prétendre qu'il ne s'est rien passé.

— Et tu veux que ça recommence ? Un petit à-côté dès que ta femme ne sera pas à la maison ?

— Ne parle pas comme ça.

— C'est la vérité, non ?

— Il y a plus que ça. Il y a… »

Soudain, son aisance à s'exprimer lui échappe. Il cherche ses mots.

« Qu'y a-t-il ? De l'amour ? C'est ça que tu essaies de dire ?

— Oui, peut-être que c'est exactement ce que j'essaie de dire. »

Elle rit. Elle est intelligente et vive, c'est ce qu'il aime chez elle. Son esprit aussi rapide et sain que son corps, une union comme il n'en a jamais rencontré auparavant.

« Si c'est de l'amour, alors quitte ta femme et pars avec moi.

— Tu sais que je ne peux pas faire ça. »

Elle émet un rire amer.

« Je sais que tu ne le feras pas. Je suis donc prise au piège. J'ai essayé de m'enfuir, mais ça n'a pas marché.

— Tu n'es pas piégée. Tu es libre comme l'air. Je te le promets. Quoi que tu décides, je paierai. J'ai payé une fois pour que tu sortes de ma vie. Je ferai la même chose de nouveau si c'est ce que tu veux. Mais je te demande de venir avec nous. » Il s'arrête et se reprend.

« Je t'en supplie. Je t'en supplie. »

Bateau

Viktor est debout dans la Pièce de verre et observe la vue qui, autrefois, avait été un panorama au sommet d'une colline en friche et qui, depuis, est devenue un paysage encadré par des vitres, et donc docile, à l'instar de l'océan qui paraît docile vu du pont d'un bateau. Il a toujours aimé cette analogie maritime. Il a beau être le citoyen d'un pays dépourvu de côtes, il se sent des affinités avec la mer. La Pièce de verre constitue le pont, et l'étage supérieur sert de promenade qui conduit aux cabines des passagers. Le vent qui agite les arbres est le bruit de la mer et la maison elle-même est le navire qui s'avance vers les flots agités de la ville, le vent soufflant sur les étais et les cloisons. Au loin, l'orage se profile.

Il se détourne, passe la porte et monte l'escalier qui mène aux cabines, du vaste espace du salon vers ceux, confinés, de l'étage. Dans le couloir, il s'arrête et tend l'oreille. Tout est silencieux, baigné dans la lumière calme et amniotique des panneaux de verre. Au bout du couloir, au-delà des chambres de Martin et d'Ottilie, il se poste devant la dernière porte et s'arrête une fois de plus pour écouter, s'imaginant qu'il entend l'intérieur calme soupirer d'impatience. « Entre », dit-elle quand il frappe.

Elle se tient à la fenêtre et regarde la pente raide vers la jungle des arbres et des buissons. La pièce elle-même est nue, à l'exception de l'éclat brillant d'un tableau abstrait de Frantisek Kupka accroché au mur. Il n'y a que peu d'affaires à Kata, celles qu'elle a pu emporter avec elle en fuyant Vienne, celles qu'elle pouvait fourrer dans une unique valise, et celles qu'elle a réussi à acheter depuis son arrivée ici. Sur la commode, il y a une photo d'elle et de Marika au parc, peut-être l'Augarten à Vienne ou bien le Prater. Mère et fille sourient et clignent des yeux à cause de la lumière, et Viktor se demande – avec un petit pincement de jalousie – qui a pris la photo.

« Je suis venu voir comment tu te sentais. »

Elle se tourne et accepte son baiser maladroit. Elle porte un chemisier blanc simple et une jupe noire, l'uniforme d'une gouvernante ou d'une dame de compagnie, peut-être.

« Je vais bien.

— Tu es heureuse ?

— Je suis perdue. Il s'est passé tant de choses. Je sens que tout va mal se passer.

— Mais non. Rien n'ira mal. »

Il n'y a pas grand-chose à dire, en fait. Que cela se passe mal ou non ne dépend pas d'eux. Le bien ou le mal qui leur sera réservé n'est qu'une question de probabilité. Viktor s'est appuyé sur l'idée que l'avenir peut être géré, manipulé, plié et tordu selon ses désirs mais à présent il sait à quel point cela est faux. L'avenir se contente d'arriver. Il arrive à cet instant même où tout le pays est au bord du chaos, il arrive à présent tandis que Viktor fait face à Kata.

Par la fenêtre, entre les branches du feuillage dense, il aperçoit le ciel, des fragments de ciel comme ceux d'une mosaïque. Bleu turquoise, bleu hivernal, un bleu plus profond que celui des yeux de Kata. Il se demande ce qui se cache derrière l'horizon de son regard. « Je t'aime », pense-t-il et il trouve l'affirmation plus saisissante que tout ce qu'il a jamais su, aussi exaltante, peut-être, que de savoir voler. Il éprouve cette élévation soudaine, cette légèreté inattendue de l'esprit, la sensation que l'intégralité de votre existence matérielle ne se fonde que sur un simple coup de tête. Mais il n'ose pas le dire à voix haute.

« Tout le monde semble être sorti.

— Oui. »

Elle le sait bien. Elle s'est arrangée pour qu'il en soit ainsi ; elle a accompagné les enfants à l'école Montessori au pied de la colline près de l'hôpital, où Martin vient d'entrer en maternelle. Liesel et Hana participent à un comité qui doit organiser un concert de charité pour venir en aide aux réfugiés. Elles y seront toute la matinée.

« Dans ce cas… » dit-il, et il y a un moment d'indécision, comme si, bien qu'ils sachent ce qu'ils sont sur le point de faire, il y avait encore une incertitude quant à la façon de procéder. Quelles sont les décisions à prendre pour résoudre ce nouveau casse-tête ? Puis elle déboutonne son chemisier et tout redevient familier : les gestes simples quand elle pose son chemisier, se débarrasse de son soutien-gorge comme on se débarrasse d'un élément gênant.

« Il va nous falloir faire vite », dit-elle.

Le souffle coupé, il la regarde enlever sa culotte et se redresser, nue au milieu de la petite chambre dépouillée. Il s'aperçoit peu à peu qu'elle a exactement le même corps que la sculpture du Maillol, en bas, dans la Pièce de verre, les mêmes seins tombants, les mêmes rondeurs au niveau du ventre, les mêmes cuisses fermes et les épaules charnues. « Un de mes visiteurs ne voulait que regarder, lui avait-elle dit une fois. Tout ce qu'il voulait, c'était que je me déshabille et m'allonge pour qu'il puisse m'observer. Il ne m'a jamais touchée. Il me demandait de prendre différentes positions – écarter les jambes, me pencher, ce genre de choses ; il ne faisait que regarder. Je crois qu'il était myope. Il m'examinait de si près que je sentais le souffle de sa respiration sur moi. Mais il ne m'a jamais touchée. Est-ce que ce n'est pas étrange ? »

Mais Viktor comprend les désirs lointains de cet anonyme *Freund*. Il a l'impression qu'il pourrait passer des jours à contempler le corps de Kata, d'une blancheur de marbre, les courbes et les pliures, la chair adroitement repliée et les poils bouclés. Qu'y a-t-il de plus parfait que l'observation ? Pourtant, ce regard n'est pas suffisant : alors que le buste de Maillol se tient, pour toujours immobile et détaché, dans l'espace froid et rationnel de la Pièce de verre, Viktor, dans la petite chambre juste au-dessus, se met à genoux devant Kata. Il n'éprouve ni peur ni honte : il n'y a que ce désir qui envahit son corps si bien que, durant ces quelques instants, il se sent d'une vulnérabilité absolue. Après, après les convulsions de l'esprit et du corps, vient l'angoisse, la peur d'être découvert, la panique comme une lame de rasoir. Ils se rhabillent, se recoiffent, ajustent la jupe, le col et la cravate, se préparent à retourner au monde ordinaire des conventions et du décorum. « Ensuite, quoi ? » demande-t-elle.

Il n'a pas de réponse à lui offrir. Il n'avait encore jamais commis de trahison dans la maison de verre. Il ne sait pas comment s'y prendre. « Je crois que nous devrions tous vivre dans des maisons de verre », avait-il dit des années plus tôt. C'était à la pendaison de crémaillère qu'ils avaient organisée après leur installation. Hana était là, et Oskar, sans doute, et Liesel, bien sûr. Mais d'autres personnes l'avaient écouté. À commencer par Rainer von Abt. Le professeur Kundera et le compositeur Václav Kaprál. Ce journaliste qui était arrivé avec un des convives alors qu'il n'était pas invité. Et le pianiste Němec. Ils étaient des dizaines à l'avoir admiré, à avoir bu ses belles paroles. « Si nous avions tous ce mode de vie, il n'y aurait plus de secrets, plus de trahison. Nous pourrions tous vivre dans la transparence et l'honnêteté. »

Le petit discours avait amusé Hana. « Quel rabat-joie tu fais, Viktor, lui avait-elle reproché. J'aime la trahison. Tout le monde l'aime. Sans elle, l'art n'existerait pas. »

Laissant Kata dans sa chambre, Viktor se dirige – il se sent léger et pourtant repu – vers la Pièce de verre. Il n'éprouve aucune honte. Il a de nouveaux souvenirs à chérir, de nouvelles pensées et de nouvelles sensations pour approvisionner la réserve misérable qu'il garde des fois précédentes avec Kata. Il a assez d'amour – sexuel, spirituel, absolu – pour avancer en dépit de la force de la culpabilité qui tente de le tirer vers le bas, tel un oiseau qui s'élève dans les airs malgré l'attraction terrestre. Il se sent immensément heureux et ce contre toute logique car tout cela est menacé, cette maison et la vie qui l'habite, leur présence dans cette ville, dans ce pays. Le monde s'effondre autour d'eux, entraîné par la tournure que prennent les événements, et, pourtant, il n'éprouve que de l'exaltation.

Il passe la porte et trouve Laník au milieu de la Pièce de verre.

« Que faites-vous ici ? demande-t-il avec brusquerie.

— Je vous cherchais, Herr Viktor. »

N'y a-t-il pas un peu d'insolence sourde dans l'expression du jeune homme ? Liesel prétend que si, et Viktor la voit enfin.

« Pourquoi ? Pourquoi me cherchiez-vous ?

— Je voulais savoir si vous aviez besoin de moi cet après-midi. Parce que autrement j'allais rendre visite à mon cousin à Šlapanice.

— Faites donc, répond Viktor. Prenez votre après-midi. Si besoin, je prendrai la voiture tout seul.

— À moins que… »

Laník fait une pause. Est-ce un sourire ? Il semble choisir ses mots avec attention.

« À moins que quoi ?

— À moins que Fräulein Kalman n'ait besoin d'aller quelque part.

— *Frau* Kalman, le reprend Viktor. Et je ne pense pas que ce sera le cas.

— Mais dans le cas contraire, vous pourriez l'emmener, Herr Viktor, n'est-ce pas ? »

La dernière année à Marienbad

Cet été-là, l'armée tchécoslovaque devint le plus gros client de Landauer Motors. Des contrats furent passés pour des véhicules militaires – les voitures Popular adaptées à un usage militaire et une des lignes de production fut reconvertie afin de fabriquer des camions. Cet été-là, comme toujours, la famille partit en vacances à Marienbad et s'installa à l'hôtel Fürstenhof. Ils avaient réservé deux suites, une pour Katalin et les enfants, l'autre pour Viktor et Liesel. Ils eurent beau temps toute la semaine, la foule inondait le Kolonada, les orchestres jouaient Strauss, et ils eurent l'impression d'être projetés dans le passé, à l'époque où tout était stable et l'avenir semblait assuré, où le roi Édouard VII résidait à Weimar et où l'empereur François-Joseph était chez Klinger, bref, où tout allait pour le mieux dans le meilleur des mondes. Mais les façades pareilles à des pâtisseries cachaient bien des ombres : des graffitis sur les murs réclamaient l'*Anschluss*, l'union, et les drapeaux qui flottaient au-dessus des jardins des thermes portaient le rouge et le noir des Sudètes. Sur la route menant au monastère de Teplá, les Landauer croisèrent une colonne de camions de l'armée qui avançait vers la frontière.

« Est-ce qu'ils vont se battre ? demanda Martin à son père.

— Ce ne sont que des manœuvres », lui répondit Viktor.

Ce soir-là, une parade de jeunes – des hommes en culotte de peau et chaussettes qui leur montaient aux genoux, et des femmes portant de larges jupes froncées – défila sous les fenêtres de leur chambre. La foule les observa en applaudissant. *Ein Volk, ein Reich, ein Führer*, proclamait une bannière. Une fanfare les accompagnait et les voix des marcheurs s'élevaient en chantant. *Die Fahne hoch !* chantaient-ils, *Die Reihen fest geschlossen !* Plus loin sur la route, il y eut une altercation avec la police, des cris et une agitation qui se termina par la destruction de la bannière. Cela n'empêcha pas le défilé de se poursuivre. « Le drapeau est haut ! les rangs sont serrés ! » chantaient-ils, et les gens sur les bas-côtés les acclamaient et leur faisaient signe.

« Que va-t-il se passer ? demanda Liesel.

— Comment est-ce que je pourrais le savoir ? » dit brutalement Viktor.

Le lendemain matin au réveil, la ville découvrit des croix gammées peintes sur tous ses murs.

Petit problème

« Demain, dit la voix à la radio, le parlement se rassemblera et je ferai un point complet sur les événements qui ont mené à la situation critique actuelle… » La voix est faible, mais claire, la voix d'un homme d'Église exposant des points de détail théologiques. Il s'exprime en anglais et Oskar, qui maîtrise assez mal cette langue, fronce les sourcils.

« Chut ! dit Hana alors qu'il commence à se plaindre. Écoutons. »

Ils sont réunis dans la bibliothèque derrière le mur d'onyx, Oskar, Hana, Liesel et Viktor. Dehors, la nuit est tombée, c'est une fraîche soirée d'automne, les arbres dans le jardin sont éclairés par les étoiles.

« Une déclaration aurait été prématurée, poursuit la voix, alors que je sillonnais l'Europe et que les positions changeaient d'heure en heure, mais, aujourd'hui, je profite d'une accalmie pour m'adresser à vous, hommes et femmes de Grande-Bretagne, de l'Empire, et d'ailleurs également. »

Viktor se tient dos aux autres, fume et regarde le jardin d'hiver où les cactus et les caoutchoucs prennent des poses étudiées. Hana et Liesel sont assises sur le canapé et se tiennent par la main. Oskar est dans un fauteuil, il fume un cigare et fronce les sourcils en s'efforçant de comprendre ce que dit la voix. La Pièce de verre est immensément calme, un espace de tranquillité et de paix les entoure, une barricade contre l'émotion.

« Mais d'abord, laissez-moi dire quelques mots à ceux qui nous ont écrit à ma femme et moi au cours de ces dernières semaines…

— Sa femme ! s'exclame Hana.

— … pour nous exprimer leur gratitude face aux efforts que j'ai mis en œuvre et pour me souhaiter, par leurs prières, la réussite de cette entreprise. La plupart de ces lettres venaient de femmes, de mères et de sœurs de notre pays, mais nous en avons reçu un nombre plus important encore de citoyens français, belges, italiens, et même allemands, et j'ai eu le cœur brisé de lire l'angoisse grandissante qui y était exprimée et le soulagement intense quand tous ces gens ont pensé, trop tôt, que le risque d'une guerre appartenait au passé.

— Le danger est passé ? demande Liesel qui n'avait pas bien compris la tournure alambiquée de la phrase.

— Chut !

— Si j'étais déjà conscient du poids de mes responsabilités auparavant, la lecture de ces lettres n'a fait que le rendre plus grand encore, écrasant, presque. » La voix fait une pause et, quand elle reprend, elle est troublée par un hoquet inattendu d'émotion, proche du dégoût : « Il semble *horrible*, fantastique, incroyable que nous devions creuser des tranchées et tester ici même nos masques à gaz à cause d'une querelle dans un pays lointain entre des gens dont nous ne savons rien… »

Hana pousse un cri d'incrédulité, et Oskar demande : « Qu'a-t-il dit ? », mais la voix n'attend pas, ne s'arrête pas pour que ses auditeurs absorbent la signification de ces mots. Elle continue, faible, précise et pusillanime : « Il semble encore plus impossible qu'une querelle, qui, dans le principe, est déjà réglée, entraîne une guerre. Je peux comprendre pourquoi le gouvernement tchèque a refusé les termes du mémorandum allemand. Je crois toutefois, et ce après en avoir discuté avec Herr Hitler, que si nous en avions le temps, il devrait être envisageable que l'accord signé par le gouvernement tchèque de transférer ledit territoire à l'Allemagne puisse se faire dans des conditions assurant un traitement équitable de la population concernée. Vous savez déjà que j'ai fait tout mon possible pour trouver une issue à cette querelle. Suite à mes visites en Allemagne, je comprends parfaitement le désir de Herr Hitler de représenter tous les Allemands, y compris hors de ses frontières…

— Éteins-moi ça », dit Hana.

Mais Liesel ne bouge pas et la voix continue, fendant les ondes. « Il me l'a dit en privé et la nuit dernière l'a répété en public : une fois que la question des Sudètes sera réglée, les Allemands ne revendiqueront plus aucun territoire en Europe. »

Viktor réagit enfin. Il rit. « Les choses sont claires, non ? C'est donc la fin. » Il traverse la pièce et tend la main vers la radio pour l'éteindre.

« Attends, crie Hana.

— Pourquoi ? Pour continuer à entendre ces balivernes ? »

Une dispute éclate entre eux, une discussion ridicule pour savoir s'ils devraient prolonger l'agonie, si cet homme indécis qui tient l'avenir de leur pays entre ses mains devrait être autorisé à continuer de parler. « Tu es si puéril ! » crie Hana de frustration et de peur. Viktor s'arrête juste à temps pour entendre la voix exprimer son angoisse prudente au sujet de la mort d'une nation entière :

« Quel que soit le degré de sympathie que nous puissions avoir pour une petite nation confrontée à un voisin grand et puissant, nous ne pouvons, en aucune circonstance, nous permettre d'impliquer l'intégralité de l'Empire britannique dans une guerre afin de la défendre. S'il nous faut nous battre, nous devons le faire pour des problèmes de plus grande échelle… »

Viktor éteint la radio.

« Il s'agit de nous, dit Hana. Tu le comprends ? Nous. Un petit problème. Des gens dont ils ne savent rien. »

Elle a fondu en larmes. Oskar lui caresse l'épaule dans une vaine tentative de réconfort. Mais rien n'arrête ses pleurs.

Comment démembre-t-on un corps ? Il existe deux approches fondamentales – celle du chirurgien et celle du fou à la hache. L'un est froid, calculateur et agit par étapes, travaille avec la scie à os, le scalpel et les cisailles. L'autre découpe et déchire avec frénésie, fait couler le sang et a le goût du fer dans la bouche. Mais quelle que soit la méthode, le résultat est le même – le démembrement. Cet automne-là, les Grandes Puissances aidèrent au démembrement du pays. Elles observèrent ces membres qu'on déchiquetait, ces artères qu'on sectionnait, les ligaments, les tendons qu'on rompait, les os qu'on sciait. Cet automne-là, l'armée tchécoslovaque se retira et se contenta de regarder quand des hommes en gris de bataille entrèrent dans Eger et Baden-Baden, puis dans Teplice et Liberec. Au nord, tel un vautour arrachant un œil à un mourant, l'armée polonaise arracha une partie de la Silésie tchèque. À l'est, la Hongrie prit des morceaux de la Slovaquie. Partout les réfugiés fuyaient des soldats et avançaient comme des troupeaux d'herbivores face à une meute de prédateurs. Sur les routes et à travers champs, ils marchaient d'un pas las en poussant des charrettes à bras contenant leurs affaires, portant sur le dos de maigres baluchons. Les trains étaient bondés, les routes encombrées. C'étaient les conséquences de la guerre sans combats, une sorte de répétition pour ce qui allait venir.

À la fin de l'automne, du pays ainsi démantelé ne restait que le tronc, lui aussi bien entamé. La république de Tchécoslovaquie avait cessé d'exister pour être remplacée par un hybride handicapé, tronqué, la Tchécoslovaquie qui allait connaître une des destinées des plus brèves jamais connues.

« Le moment est tout choisi pour que le prince Václav se réveille et vienne à la rescousse. » Oskar fait référence à la vieille légende populaire du bon roi Wenceslas qui vit en compagnie de ses chevaliers sous la colline de Blaník près de Prague et attend qu'on l'appelle pour sauver la patrie.

« Je ne compterais pas trop dessus, répond Viktor. Le XXe siècle n'est pas généreux en matière de miracles. »

Oskar et lui sont revenus sur certains points concernant le transfert de propriété de Landauer Motors. Ils sont à l'abri du mur d'onyx tandis que, de l'autre côté, les enfants, Liesel, Hana et Katalin décorent l'arbre de Noël. C'est le premier de Marika. Elle a déjà vu des arbres de Noël, mais ils n'ont jamais fait partie de sa vie. Ces arbres n'étaient entrés dans la vie de Viktor qu'au moment de son mariage. Auparavant, en hiver, sa famille célébrait Hanoukka, organisait un festin commémorant ce qu'il déteste : un miracle.

Oskar réunit ses papiers et les fourre dans sa mallette. Il lève les yeux ; son expression est difficile à déchiffrer, entre peur et regret. Viktor a connu la peur durant la guerre, quand les hommes allaient au front, mais il lui semble étrange de voir une peur irraisonnée sur le visage d'un homme. Pourtant, c'est ce que l'on voit tous les jours, la peur dans les rues paisibles. « Crois-tu qu'ils vont nous envahir ? » demande Oskar.

Viktor rit. « Envahir ? Ils n'en ont pas besoin. Ils entreront quand ça les arrangera. Sois réaliste, Oskar. Nos gouvernants sont des marionnettes, nous sommes vulnérables et, quand cela aurait pu être utile, on a ordonné à notre armée de ne pas se battre. Nous n'avons pas plus de chances de survivre qu'une prune trop mûre de rester accrochée à sa branche. Même *Lidové Noviny* plaide pour un accord avec les Allemands. Ils attendront le printemps, c'est tout. »

Les enfants rient et se disputent. Au sujet de l'étoile sur la cime de l'arbre. Hana dit qu'il devrait y avoir une fée, mais l'idée paraît absurde.

« Elle tomberait, dit Martin.

— Mais les fées peuvent voler », remarque Hana.

Leurs rires contournent le mur d'onyx, la joie des enfants qui découvrent la stupidité des adultes.

« Non, c'est pas vrai. Tante Hana, t'es bête. Les fées, elles existent même pas !

— Est-ce que tu vas vraiment partir ? » demande Oskar. La conversation a dévié vers le tchèque. Ils abordent les questions légales en allemand, mais, pour le reste, ils parlent tchèque.

« Je ne crois pas qu'on ait le choix, mais Liesel est persuadée du contraire. Nous sommes encore en négociations.

— C'est le contraire chez nous. Hana pense que nous devrions partir, mais je te demande bien ce que je vais aller poireauter au Venezuela ou Dieu sait où ? Là-bas, je ne pourrai pas travailler. Alors qu'ici ils auront toujours besoin d'avocats, même s'ils sont juifs, tu ne crois pas ?

— Je ne sais pas quoi penser.

— Que vas-tu faire de la maison ?

— Nous n'allons pas la vendre, si c'est ce que tu es en train de suggérer. Jamais. La famille de Liesel s'en occupera. Ils nous croient fous, évidemment. Ils parlent de fuite. La région va se germaniser de nouveau, et alors ? Voilà comment ils réagissent. Cette ville a toujours été allemande, de toute façon.

— Peut-être qu'ils ont raison. » Oskar hésite, sa mallette pleine à craquer, leurs affaires réglées, quelque chose le retient. Sa voix se fait plus basse encore pour s'assurer de ne pas être entendu de l'autre côté du mur d'onyx. « Tu sais, autrefois, je croyais qu'Hana et toi…

— Hana et moi ?

— Baisse la voix, mon vieux. Tu vois ce que je veux dire. Je pensais que tu étais l'un de ses amants. »

Viktor sourit face à la confusion de son ami. Il n'a pas l'habitude de voir un avocat gêné.

« Ne sois pas ridicule.

— Cela ne me dérange pas qu'elle ait des amitiés masculines, mais je préfère ne pas les connaître, tu comprends. Les choses ont été plutôt compliquées quand elle s'est entichée de ce pianiste. Bref, tout est plus simple maintenant que je sais que tu n'es pas l'un d'eux. » Il sourit comme s'il était heureux d'avoir réglé cette question. « On les rejoint ? »

Ils font donc le tour du mur pour retrouver les femmes et les enfants qui sont en train d'admirer l'arbre de Noël. « Regarde, Tatínku ! crie Ottilie quand ils font leur apparition. C'est beau, pas vrai ? »

Viktor se tient à côté du Maillol, et observe l'arbre décoré et les trois enfants en compagnie des trois femmes. Dehors, la neige s'est mise à tomber. Elle est en train de recouvrir toute la ville dans un ciel chargé de nuages noirs pareils au dais d'un cercueil. La neige tombe sur les soldats qui prennent possession des Sudètes, elle tombe sur les soldats qui, du côté tchèque, tentent de consolider la frontière improvisée. Elle tombe sur les vainqueurs et les vaincus, sur ceux qui ont et ceux qui n'ont rien. Elle tombe sur le Hrad à Prague et la forteresse de Špilas à Město, sur les collines et les forêts de la Bohême et de la Moravie, elle tombe légèrement à travers l'espace mais, vue depuis la Pièce de verre de la villa Landauer, donne l'impression que ses flocons sont immobiles et que c'est la villa qui s'envole, que c'est la Pièce de verre qui s'élève lentement dans les airs, portée par la lumière et l'espace.

Y aura-t-il une invasion ?

Pas s'ils n'en ont pas besoin. Ils se contenteront d'entrer quand ils en auront envie. Ils attendront le printemps, c'est tout.

Le lendemain, le soleil brille et les enfants font de la luge sur la pente du jardin. Leurs cris de joie montent jusqu'à la maison. Katalin s'y essaie elle aussi et hurle de joie jusqu'à ce que la luge dévie de son cours et la projette dans la neige. Elle remonte la pente là où Liesel et Viktor observent la scène, le visage rouge, les cheveux mouillés, les doigts anesthésiés par le froid. Viktor veut les prendre dans ses mains pour les réchauffer, c'est ce qu'il désire le plus au monde. Il veut la serrer contre lui. Il veut presser son visage contre ses joues froides et humides. Il veut prendre chacun de ces doigts à vif et glacés, et les mettre dans sa bouche jusqu'à les réchauffer. Mais il ne bouge pas. C'est Liesel qui saisit les mains de Katalin dans les siennes et les frotte pour les ramener à la vie.

« Mars, dernier délai, dit Liesel. Si nous reportons davantage, il sera trop tard. »

Orage en mars

« Vous avez entendu ? » dit la voix d'Hana au téléphone. Le téléphone n'a pas cessé de sonner de la matinée – les amis, les connaissances, les gens de la Ligue des droits de l'homme. Dehors, c'est le blizzard jusqu'à ce que le soleil tente de faire une percée qui est suivie d'une nouvelle giboulée de neige. Le temps est aussi instable que l'humeur de la ville.

« Qu'est-ce que je devrais avoir entendu ?

— Les nouvelles.

— Bien sûr. La radio est allumée depuis ce matin.

— Est-ce que je peux passer ? Vous êtes occupés ? Je peux venir te voir ?

— Tu sais ce que nous faisons. Nous plions bagage.

— Mais est-ce que je peux passer quand même ?

— Évidemment. »

Il y a quelque chose de défait en elle, d'incertain. Comme si une blessure qui ne se voyait pas encore s'était ouverte à l'intérieur, une blessure dont elle n'avait peut-être pas conscience elle-même. Alcool, drogue, quoi d'autre ? Il n'est que 11 heures du matin et elle semble en état d'ébriété, intoxiquée, abattue par la douleur et les médicaments. Elle titube dans les escaliers puis traverse la Pièce de verre comme la victime d'un accident de voiture s'éloignant à pas hésitants de l'épave. Si ce n'est qu'elle vient en fait d'*entrer* dans l'épave car c'est le chaos partout autour d'elle tandis qu'elle avance jusqu'au milieu de la pièce : les cartons, les caisses à thé, toutes les saletés laissées par les déménageurs. Les copeaux de bois et la sciure qui jonchent le sol. Les rouleaux de papier à emballer. Les deux déménageurs mettent un fauteuil dans une caisse.

« Mon Dieu ! Hanička, mais que se passe-t-il ?

— J'ai tenté de noyer ma peine, ma chérie. Tu as vu ? Ils sont partout, partout. Comme un fléau de rats. Ils sont entrés du jour au lendemain et la ville en est submergée. Et cet idiot d'Oskar Judex qui a pris la mairie d'assaut avec sa clique. En tout cas, c'est ce qu'ils disent.

— Est-ce qu'il y a eu des affrontements ?

— Pas un coup de feu n'a été tiré de colère d'après ce que j'ai entendu. Tout le pays s'est couché bien sagement. »

Liesel la regarde. Son amour est tempéré par quelque chose : l'impatience, la peur, peut-être, et la panique qu'elle a essayé d'étouffer, mais qui a resurgi le jour où Viktor, assis calmement à la table du petit déjeuner, a déclaré en posant le journal : « J'ai pris les billets d'avion. Le 17. »

À présent, il est peut-être trop tard.

« Est-ce que Katalin est ici ? demande Hana.

— Elle est sortie faire des achats de dernière minute. Écoute, ma chérie, nous sommes très occupés, tu le vois…

— Tu vas pouvoir partir ?

— Dieu seul le sait. Même la météo est contre nous. Mais nous ne pouvons plus faire machine arrière. Viktor est allé appeler l'aéroport pour voir si le vol est toujours prévu. Tu crois qu'ils peuvent annuler un vol international ? J'imagine que oui. J'imagine qu'ils peuvent faire tout ce qu'ils veulent. »

Le déménageur qui dirige les opérations vient vers elles. « Est-ce que le piano part aussi, m'dame ? »

Elle pose la main sur le flanc froid de la caisse. Elle a joué son dernier morceau sur cet instrument. Où qu'ils aillent s'ils partent, si ce satané temps et l'armée allemande le leur permettent, ils devront en louer un.

« Vous savez bien que non. Nous en avons déjà parlé.

— D'accord, d'accord ! »

Sa jovialité n'est pas naturelle. Comment être jovial en des temps pareils ? Les troupes allemandes sont en ville, des fanatiques ont pris possession de la mairie et cet imbécile lance des « d'accord, d'accord » et des « OK, OK » comme si le monde tournait rond.

« Hana, si nous allions à l'étage. Ils n'ont pas encore vidé ma chambre. »

Elles vont donc s'enfermer dans la chambre de Liesel.

« Qu'est-ce que tu as bu ?

— Comment sais-tu que j'ai bu ?

— Ton haleine. Bon sang, Hanička ! Il est 11 heures du matin. »

La terrasse porte les traces du passage des enfants – ballon de football de Martin, sa voiture à pédales, le landau d'Ottilie. Ces jouets devraient être à l'intérieur par ce temps. N'est-ce pas le travail de Katalin de s'en occuper ? Alors qu'elle se tient près de la baie, elle sent Hana qui s'approche par-derrière, lui passe les bras autour de la taille et pose son menton sur son épaule.

« À quoi penses-tu ? En dehors de mon penchant pour la boisson ? Est-ce que tu te demandes comment tu vas te débarrasser de moi ?

— Je me demandais pourquoi Katalin n'a pas dit aux enfants de rentrer leurs jouets.

— Ah, Katalin ! C'est à elle que tu penses maintenant ?

— Ne sois pas bête.

— Tu l'aimes ?

— C'est ridicule, voyons.

— Et Viktor ? Est-ce qu'il l'aime, lui ? » Elle se presse contre le cou de Liesel. Son filet de voix paraît fort à l'oreille de Liesel. « Mmm, tu sens bon. Un parfum de mère, j'imagine. Tu sens comme ma mère autrefois. Une odeur chaude qui sent le levain, comme du pain frais. Tu crois que Viktor aime Katalin ? est-ce que… – elle s'arrête, pour trouver du courage, peut-être – est-ce qu'il la baise ?

— Hana ! » Liesel se dégage. « Si c'est pour dire ce genre de bêtises, tu peux aussi bien partir tout de suite. Vraiment, il y a des fois où tu es impossible.

— Je suis désolée. C'était une plaisanterie. Une des plaisanteries choquantes d'Hanička. Tu me connais. »

Elles se font face. Elles ne se tiennent pas la main ni le bras, rien.

« Tu pars vraiment, n'est-ce pas ?

— Si nous y arrivons.

— Comment peux-tu supporter de partir, Liesi ? Ta famille, tes amis, ton monde. Cette maison merveilleuse… comment peux-tu supporter de te séparer de tout cela ? De moi ? Et moi, alors ? »

Liesel hausse les épaules.

« Tu vois bien ce qui se passe. Viktor l'avait prédit il y a des mois. Si je l'avais écouté, nous serions déjà en sécurité en Suisse.

— Et si tout le pays faisait comme vous ?

— Tout le pays n'est pas juif.

— Oskar ne fait rien.

— C'est son choix.

— Vous emmenez Katalin avec vous ?

— Bien sûr que oui. Elle fait partie de la maison maintenant. Écoute, Hanička, j'ai des tonnes de choses à terminer…

— Et moi ? »

Quoi, elle ? C'est une question à laquelle Liesel ne peut pas ni n'a jamais vraiment pu répondre. Que devient Hana ? Qu'elle aime, mais qu'il lui arrive de détester, à qui elle confie ses secrets et qui, à son tour, lui confie les siens ; qu'adviendra-t-il d'elle ? « Je t'écrirai. Nous resterons en contact. Tu pourras peut-être nous rejoindre dans quelque temps. Peut-être qu'Oskar verra que c'est une folie de rester et que tu pourras partir. Nous pourrions passer de merveilleux moments tous ensemble… »

Hana rit. Elle est assise sur le lit et regarde Liesel avec ce scepticisme si caractéristique. « Tu sais ce que c'est, pour moi, passer des moments merveilleux ? Être avec toi. C'est peut-être bête, mais c'est vrai. Tous les hommes, toutes les femmes, tous les plaisirs ridicules de la vie ne valent rien à côté de toi. Voilà, je l'ai dit. C'est pour te le dire que je suis venue, c'est fait. »

Liesel la regarde, submergée par des émotions confuses trop complexes pour être démêlées. Affection, chagrin, impatience, un léger dégoût. Et de l'amour. Bien sûr. Comment peut-on être attirée et dégoûtée par quelqu'un ? Elle trouve ses cigarettes sur la commode, en allume une et se tourne pour regarder par la fenêtre. La neige continue de tourbillonner. Le printemps essaie de percer malgré la neige, malgré l'armée allemande qui vient d'envahir le pays, malgré le fait que leur patrie est en train de mourir noyée à l'instant où elles parlent. Les nuages sont bas au-dessus de la ville, ils touchent presque les clochers des églises dont Hana dit toujours qu'ils ressemblent à des seringues hypodermiques. Dehors, des hommes en gris sont en train de mettre en pièces tout son monde. « Il est 11 h 30 », remarque-t-elle pour rien.

Hana rit.

« Je t'ai dit une fois que les choses ne pouvaient pas durer. Tu t'en souviens ?

— Tu dis toujours des choses comme ça.

— Cela vient d'arriver. »

La fuite

La Pièce de verre est presque vide. Le piano se trouve où il a toujours été, derrière le mur d'onyx, mais, en dehors de lui et d'une ou deux chaises, tout le reste est parti. D'une certaine façon, cela renvoie la pièce au jour de sa naissance, alors que les constructeurs et les décorateurs avaient vidé les lieux et qu'elle n'attendait plus que l'arrivée des meubles. Espace, lumière, blancheur. Le lustre des piliers de chrome. Le mur d'onyx et la cloison en arc de cercle taillée dans du bois de Macassar. Une rationalité neuve, silencieuse qui n'avait pas encore été bousculée par l'irrationalité que les êtres humains chercheraient à lui imposer. Ils s'arrêtent un instant et regardent.

Est-ce rationnel d'éprouver ce genre de sentiments pour un lieu ? Un endroit, une pièce n'est qu'un espace fermé, des volumes enfermés dans du béton et du verre. « Ça ne te brise pas le cœur ? » demande-t-elle en lui jetant un coup d'œil alors qu'ils se tiennent là, main dans la main.

Il ne répond pas tout de suite.

« Elle est encore à nous. Nous ne l'avons pas vendue, nous ne l'avons pas donnée. Tes parents veilleront sur elle. Il reste Laník et sa sœur.

— La question n'est pas vraiment là, si ?

— Nous reviendrons.

— Vraiment ? Quand ? »

Il lui serre la main, se penche et l'embrasse sur la joue. « Viens, ils attendent. » Sa mallette contient tous les papiers importants – certificats de naissance, de mariage, les documents concernant la maison, toutes ces choses qui disent qui vous êtes et qui vous pourriez être, ces bouts de papier qui vous donnent une existence. Là où ces papiers les emmènent, ils suivent.

« Tu n'as pas répondu à ma question.

— Et je ne le ferai pas parce que j'en suis incapable. Je te l'ai dit, je ne peux pas prédire l'avenir. Je ne suis même pas sûr que le vol va être maintenu.

— Ils t'ont dit que si.

— Ils *espèrent*. Mais qui peut en être certain ? Allez, viens. »

Mais elle reste là encore un instant, un dernier, pour contempler la Pièce de verre. La pluie roule sur les vitres comme les larmes sur ses joues. La lumière est diffuse, réfractée, brouillée par l'eau ; comme les souvenirs déformés par le temps et l'humeur. Il n'y a pas de place pour les sentiments. Il n'y a de place que pour la raison seule. Pourtant, ce sont bien des émotions qui la traversent, l'angoisse du départ, la douleur exquise du souvenir, la fragilité de l'être. Quand reviendra-t-elle ici ?

Dix minutes plus tard, un petit convoi de voitures quitte la maison et descend la Route du champ noir. Viktor et Liesel sont dans la voiture de devant avec les enfants. Katalin suit dans la deuxième avec Marika et les bagages. Oskar et Hana sont derrière. Ils prennent à droite – les nouvelles régulations sont entrées en vigueur, un nouveau code de la route, une nouvelle façon de conduire. Le convoi descend la colline par l'hôpital des enfants en direction de la route principale, puis tourne à gauche vers Ringstrasse. Il n'y a pas de circulation et les piétons sont rares. Cela ressemble à un dimanche matin. Et pourtant, c'est un vendredi, le 17.

« Que se passe-t-il, Laník ? demande Viktor par la vitre qui sépare les passagers du chauffeur. Où sont-ils tous ? » Laník jette un coup d'œil derrière. « Aucune idée, monsieur. En ce moment tout est possible. »

Il s'engage dans Ringstrasse, traverse les lignes du tramway. L'un d'eux est arrêté à un feu et prend les quelques passagers qui attendent sur la chaussée. Un second arrive dans l'autre sens, en direction du nord de la ville, mais il n'y a pas autant de circulation ni de monde que d'habitude. En arrivant au Grand Hôtel, ils découvrent des véhicules militaires garés sur la grande avenue qui bloquent l'accès à la gare. Les soldats font signe aux voitures de s'arrêter avec des drapeaux. Des civils sont amassés dans la rue pour regarder.

Laník baisse sa vitre en voyant un des soldats avancer vers eux. L'homme a l'air perplexe comme s'il se disait qu'il devrait reconnaître ces gens et ces voitures. Il porte cet uniforme dont ils ont entendu parler mais qu'ils n'ont vu pour la première fois que deux jours plus tôt, gris perle avec une pointe de vert. Un plastron d'argent lui couvre la poitrine. *Feldgendarmerie*, y lit-on. « Au moins, il est allemand, dit Viktor. Cela vaut sans doute mieux que les fanatiques locaux. »

Les enfants dévisagent l'homme avec cette curiosité non feinte typique, comme si rien ne pouvait affecter le cours tranquille de leur vie. Liesel prend la main de Viktor pour se rassurer.

Le soldat regarde à l'intérieur du véhicule et exige de voir leurs papiers.

« Nous allons à l'aéroport, sergent, explique Viktor. Nous avons un avion à prendre. »

L'homme hausse les épaules.

« Eh bien, vous ne pouvez pas passer ici. La route est bloquée.

— Pourquoi ? Nous allons manquer notre vol.

— Les ordres, monsieur. Un convoi important. Il va vous falloir attendre. »

La panique monte. L'avion n'attendra pas, le monde n'attendra pas. Ils seront coincés là pour toujours, retenus par un escadron de soldats. Viktor ouvre sa mallette et tend les documents. « Il y a aussi la gouvernante des enfants et sa fille qui sont dans la voiture de derrière, explique-t-il. Leurs papiers sont là aussi. »

Le soldat les examine avec un mélange d'indifférence et d'incompréhension. Derrière lui, la foule s'agite. Les gens pointent du doigt, tordent le cou pour voir le Bahnstrasse en direction du bâtiment orné de la gare. Un père a monté son enfant sur ses épaules. Il y a foule à l'entrée de la gare où les soldats sont déployés, une bannière flotte et les véhicules attendent.

« Pourquoi ces gens sont-ils là, sergent ? Que sont-ils venus voir ?

— Je ne peux pas vous le dire, monsieur. Les ordres. »

Il rend les papiers.

« Mais ces gens le savent.

— Peut-être. Ou peut-être pas. »

Au loin, un moteur gronde. Tout à coup, le soldat s'éloigne et se concentre sur sa mission. Un de ses collègues salue, bras tendu dans ce geste hystérique absurde. Viktor descend de voiture pour regarder. Liesel l'appelle mais il ne lui prête pas attention. Derrière eux, Oskar et Hana sont eux aussi descendus de voiture. Les gens dehors tendent le cou pour voir, certains avec excitation, d'autres avec indifférence. Soudain, l'objet de tout cet affairement apparaît dans une voiture décapotable à six roues qui surgit de la cour de la gare, il est debout sur le siège passager à l'avant, une silhouette des plus ordinaires qui est devenue célèbre à travers tout le continent, le visage cireux à la petite moustache en brosse, ces yeux qui sont partout dans les journaux et aux actualités, qui contemplent une histoire qui semble déjà écrite et prédéfinie. Le petit défilé de véhicules passe en grondant et emprunte la route de la gare puis la rue Masaryk vers le centre-ville. Autour d'eux, les gens pleurent, mais impossible de dire si ce sont des larmes de joie ou de désespoir.

« Tu as vu ? » demande Hana. Elle s'est glissée aux côtés de Liesel. « Tu as vu qui c'était ?

— C'était qui ? demande Martin. Moi, je l'ai pas vu. C'était qui le monsieur ?

— Tais-toi, Martin », dit Ottilie.

Hana est surexcitée, comme si elle était venue là pour applaudir et crier.

« Comment a-t-il fait ? On raconte qu'il était à Prague hier. Ici aujourd'hui. Comment fait-il ?

— Ce n'est pas de la magie.

— Qu'est-ce qui n'est pas magique ? demande Martin. Pourquoi on veut pas m'expliquer ? Dis-moi, Maminko, dis-moi. »

Les soldats se détendent. La foule se disperse. « Peut-on avancer, sergent ? » demande Viktor. Sa voix est calme, comme s'il faisait une confidence au soldat. « Nous tournons à gauche devant la gare. Nous risquons de manquer notre avion. »

L'homme hésite.

« Vous tournez juste là, c'est compris ?

— Bien sûr, sergent.

— Monte, dit Liesel à Hana en ouvrant la portière. On doit se dépêcher. »

Hana monte en voiture à côté d'elle, lui saisit la main, et leur petit convoi repart, se faufile entre les véhicules de l'armée puis prend à gauche dans le tunnel qui passe sous la voie de chemin de fer et les conduit loin du centre-ville, vers Černovice et l'aérodrome.

« Comment savais-tu qu'il était sergent ? » demande Liesel.

Viktor a l'air tendu, comme si le plus difficile était à venir. « Il n'était pas sergent, il était caporal. Mais je promeus toujours un soldat. Ça les flatte. »

Hana rit et les enfants rient avec elle, Martin parce qu'il imite toujours Ottilie. Liesel se joint à leurs éclats de rire excessifs, un acte de survie auquel ils se rattrapent pour oublier leur angoisse. La route ne semble être fréquentée que par les militaires. Le pays est assiégé.

« Tu as entendu ? dit Hana pour tenter de préserver la bonne humeur. Apparemment, ils ont collé des affiches pour le couvre-feu à Olomouc hier – tu sais, comme celles qu'on a ici en allemand et en tchèque. Seulement ils se sont trompés. Celles d'Olomouc sont en allemand et en roumain. »

Nouveaux éclats de rire, mais très vite le silence retombe. Après tout, ce n'est pas si drôle.

« Pourquoi en roumain ? demande Ottilie. Est-ce que les soldats allemands sont aussi en Roumanie ?

— Non, la rassure Liesel. Mais si l'histoire de tante Hana est vraie, il se pourrait que ça soit bientôt le cas. »

Le ciel au-dessus de l'aérodrome est typique d'un mois de mars, venteux. Des véhicules gris qui portent des croix de fer sont garés le long du périmètre et des soldats patrouillent, armes au poing. Ils laissent entrer les voitures à contrecœur, seulement après avoir vu les billets, entendu les explications de Viktor et après en avoir discuté entre eux.

Sur la piste se trouvent des avions de la Luft-waffe, des engins gris pareils à des cercueils. À l'intérieur du terminal en béton, une foule de gens menace les comptoirs de la ligne aérienne. Les policiers, de simples policiers tchèques, tentent de faire régner l'ordre. On hausse le ton, on se dispute. Les soldats montent la garde, des Allemands comme il y en a partout. Viktor se fraie un chemin en agitant ses billets bien haut. Une voix s'élève par les haut-parleurs pour annoncer que le vol Air France en provenance de Paris a été annulé. L'annonce est faite en allemand et en tchèque, mais d'abord en allemand.

À travers les fenêtres du terminal, ils aperçoivent leur avion sur l'aire de stationnement en béton, ses ailes, son nez relevé, sa queue ornée d'un drapeau suisse flottant dans le vent. La lumière fait reluire le métal ondulé du fuselage. Les autres avions sont d'un gris éteint et portent une croix gammée sur la queue. Les deux symboles paraissent étrangement contradictoires : la croix suisse droite et celle, courbée, des Allemands.

« Est-ce que notre avion va partir ? » demande Liesel à un officier qui passe, mais il se contente de hausser les épaules. Personne ne semble savoir quoi que ce soit. Elle se raccroche à Hana pour se rassurer, sa chère Hana qui paraît si forte à présent, contrairement à la créature fragile et brisée de l'autre jour. « Hanička, peut-être que nous ne partirons pas. Peut-être que nous serons obligés de rester. » Une part d'elle-même, étouffée, supprimée, espère qu'il en ira ainsi, que les autorités aéroportuaires refuseront au pilote l'autorisation de décoller, qu'ils devront reprendre leurs voitures et faire demi-tour, recharger les bagages, repartir vers Město, et regagner le confort apaisant de la Pièce de verre.

Viktor arrive, le visage sombre mais satisfait. Elle connaît cette expression. Il n'aime pas mettre en avant ses grandes réussites. Dehors, quelqu'un charge les valises sur un chariot qu'il pousse ensuite vers l'avion. « Je vais dire à Laník qu'il peut partir, dit Viktor. On ferait mieux d'y aller avant qu'ils ne changent d'avis. » Une autre annonce confirme que le vol Swissair vers Zurich va partir dans quinze minutes.

Liesel pousse les enfants vers la porte d'embarquement. « Nous allons voler ! lance Martin. Nous allons voler ! »

Viktor est derrière, avec Katalin et Marika. Hana et Oskar suivent, comme un couple à un enterrement – les mêmes traits tirés, la même difficulté à parler, le même échec à trouver les mots. À la porte d'embarquement, un douanier vérifie les documents. Les passeports Nansen de Katalin et Marika, à peine examinés, sont rendus avec un haussement d'épaules. Il demande le sien à Hana. Elle secoue la tête. « Nous ne sommes que des amis, explique-t-elle. Nous sommes les abandonnés. »

Ils font leurs adieux, échangent des baisers et des embrassades. Hana s'agrippe à Liesel et lui murmure à l'oreille : « *Miluji tě* », « Je t'aime », la relâche et reste là, démunie. Ils sortent dans le froid d'un jour incertain, Viktor à la tête du petit groupe sur le tarmac. « Nous allons voler ! » annonce Martin à l'hôtesse qui se tient au pied des marches. Tenant son chapeau pour éviter qu'il ne s'envole, elle se penche vers lui : « Tu es un petit garçon très chanceux », dit-elle.

Ils montent les marches et passent la porte. La cabine est étroite, un tunnel qui descend avec des rangées de sièges de chaque côté et une lumière crépusculaire qui entre par les hublots. On dirait l'antithèse de la Pièce de verre, aucun sens de la ligne, mais une fonctionnalité dure et factuelle. Au-dessus des sièges, il y a un filet pour les bagages à main et un sac à vomi est mis à disposition devant chaque passager. À l'autre bout du tunnel, à travers une porte entrouverte, on aperçoit la lueur du jour qui baigne l'espace où les pilotes sont au travail.

Les dix autres passagers sont déjà installés. Les Landauer attachent leur ceinture, Viktor et Liesel répartis de chaque côté de l'allée, Ottilie et Martin derrière eux, Katalin et Marika juste devant. Le pilote apparaît à la porte du cockpit.

« Excusez-nous du retard, Mesdames et Messieurs, mais, comme vous le savez, nous ne vivons pas des temps ordinaires. » Il parle sur le ton jovial d'un capitaine au long cours sur le point de partir en croisière. D'ailleurs, c'est aussi ce mot qu'il emploie juste après : « Notre altitude de croisière sera de trois mille mètres. Le temps de vol est estimé à trois heures et demie. Le temps semble se dégager légèrement, mais nous risquons de traverser quelques zones de turbulences. » Il dit *böig* pour « turbulences ». Martin et Ottilie gloussent et regardent Marika. « *Böig* », murmurent-ils et ils imitent un cheval qui se cabre.

« Combien de personnes parmi vous n'ont jamais pris l'avion ? demande le capitaine. Ne vous inquiétez pas. Regardez les oiseaux, ils font la même chose. Voler est une chose naturelle. Si vous ne vous sentez pas bien, vous avez un sac dans la poche devant vous. Il y aura une petite détonation au moment du démarrage des moteurs, mais il ne faudra pas vous en faire, c'est normal. » Il retourne dans le cockpit et ferme la porte derrière lui.

« Est-ce qu'on va être malades ? » demande Katalin. Elle se tourne vers Viktor. C'est lui l'expert, le seul à avoir déjà volé.

« Certaines personnes sont malades, d'autres non. C'est un peu comme un manège de fête foraine.

— Je suis montée sur la Riesenrad une fois, dit Liesel, avec Benno.

— C'est légèrement plus violent que la grande roue. Imagine quelque chose comme les montagnes russes, plutôt. »

Les passagers attendent avec impatience. Malgré les avertissements, ils sursautent à l'allumage des moteurs. Le bruit envahit la cabine, ils se croiraient à l'intérieur d'un tambour en plein roulement dans un défilé militaire. Katalin regarde autour d'elle, essaie de sourire. Liesel tire le rideau de son hublot et observe les ailes d'aluminium ainsi que le disque brillant de l'hélice. Elle ne paraît pas concrète et ressemble plus à un fantôme qu'à quelque chose capable de les propulser dans les airs. Vont-ils vraiment partir ?

« Nous partons pour de bon », dit-elle moins à elle-même et à Viktor qu'à la silhouette des petites collines qui se découpe au-delà des limites de l'aérodrome.

Le bruit du moteur monte dans les aigus et l'avion se met à rouler, la queue oscillant de droite et à gauche, tout l'appareil cahotant sur l'herbe. « *Böig !* hurle Martin par-dessus le vacarme. *Böig !* »

Liesel essaie de le faire taire, en vain. Le ronflement des moteurs noie tout, y compris la voix de l'enfant. Elle tend la main et prend celle de Viktor de l'autre côté de l'allée, et se demande si c'est normal, ce bruit monstrueux, la cabine qui tremble, l'avion qui n'avance pas tout à fait droit, la poussée, les cahots.

« Tout va bien, lui dit-il en voyant son expression. Tout cela est normal. »

Arrivé au bout de la piste, l'avion tourne et ne bouge plus pendant un instant, la cabine toujours parcourue de vibrations. Les vibrations se transforment en frisson, les moteurs hurlent contre les freins, et, d'un coup, les passagers se retrouvent cloués à leur siège pendant que l'appareil accélère, les roues grondant juste en dessous, l'herbe qui file, les bâtiments de l'aéroport, les citernes de fuel, les avions militaires d'un gris morne filent eux aussi à toute vitesse, et, au milieu de la petite foule qui s'est approchée des fenêtres du terminal, Liesel devine la présence d'Hana et Oskar. Puis il se passe quelque chose de magique, une légèreté soudaine, un dernier baiser à la terre et ils sont libres, détachés, flottant dans le *Raum*, le sol s'effondre en contrebas, l'avion tangue et les moteurs poussent un cri de triomphe. Liesel baisse les yeux vers les immeubles, les rues et la ligne sinueuse de la rivière, la Svitava, comme un serpent à travers les sousbois. Elle voit de plus en plus de maisons, une usine, l'usine Landauer, probablement, des zones densément construites, comme des pierres décoratives incrustées dans du béton, le tout passant sous les ailes de l'avion avant de disparaître derrière elle. « Viktor, c'est merveilleux ! s'écrie-t-elle, submergée pendant un instant par la pureté de ces sensations. Oh, regarde ! Regarde ! »

Il y a une rangée de bâtiments, une rue qu'elle arrive à reconnaître malgré cet angle de vue inhabituel : le corps massif de l'hôpital, un terrain pentu avec de la pelouse et des arbres, et, posée sur la lèvre de la colline, la forme basse et longue de la maison, la sienne, la leur, les dimensions pures nées de la vision de von Abt tirées à la règle sur la terre, le mur aveugle en verre, la Pièce de verre, *der Glasraum*. Elle fond en larmes à l'idée qu'elle pourrait ne jamais revoir la maison, que tout cela appartienne au passé et que l'avenir ne soit plus marqué que par la peur et l'incertitude.

Laník

Laník contemple l'espace qui l'entoure debout au milieu de la Pièce de verre, les fauteuils qui n'ont pas encore été emballés pour le garde-meubles, le sol luisant, la cloison en bois de la salle à manger et le mur d'onyx couleur de miel, les piliers de chrome, les lumières laiteuses et les baies vitrées. Il éprouve un immense soulagement. Ils sont partis. Il est son propre maître. Non pas qu'il ait des vues sur la maison. Il la hait. Combien de fois a-t-il répété à sa sœur : « J'comprends pas ce qu'ils lui trouvent, à cette baraque. Ça ressemble plus à un aquarium qu'à une maison. Et si c'est une maison, c'est sûrement pas un foyer. » Mais qu'il l'aime ou pas, il préfère la voir rester dans sa sphère d'influence.

Il fait le tour de la pièce et touche ce qui s'y trouve encore, passe une main – il a remarqué qu'ils faisaient tous ça – sur la surface du mur d'onyx. « Je pense qu'il serait bien de le cacher sous un coffrage », lui avait dit Herr Viktor pendant qu'ils se préparaient à partir. C'était le dernier ordre qu'il lui avait donné avant d'aller à l'aéroport.

« Recouvrez-le de placoplâtre, transformez-le en cloison ordinaire. Vous pourrez vous en occuper ? »

Mais cela pourrait bien attendre un peu. La maison lui appartient, désormais. Cela ne lui procure aucune satisfaction particulière : il se sent comme une personne du public invitée à monter sur scène pour découvrir que le plateau a été abandonné et que les acteurs sont partis en ne laissant que le décor derrière eux. Ce qui n'empêche pas les lieux d'être encore imprégnés de la magie du spectacle. De faibles échos. Le souvenir de ces fois où il avait écouté derrière la porte de la cuisine, où il s'était faufilé à l'intérieur et où il avait entendu et même – parfois – vu des choses qui l'avaient beaucoup fait réfléchir.

Il s'offre un whisky (les verres ont été empaquetés et envoyés à l'étranger, mais la bouteille est restée dans la bibliothèque) et va s'asseoir dans un des fauteuils devant le mur d'onyx. Le fauteuil Liesel, d'après ce qu'il a compris. Il n'aime pas ce genre de fauteuil – préfère ceux avec de vrais bras rembourrés où on peut faire une petite sieste ou écouter la radio – mais cela l'amuse de s'asseoir là où elle s'asseyait, posait ses fesses rondes sur ce même cuir. Il est parcouru d'un petit frisson de plaisir. Paní Landauer. Paní Liesel. Il s'allume une cigarette en observant la vue de l'autre côté des fenêtres et il prononce son nom à voix haute, le savoure. « Liesel. »

Quelqu'un approche derrière lui. Il se tourne et voit sa sœur arriver des cuisines, s'essuyant les mains sur son tablier.

« Je savais bien que j'avais entendu du bruit. Qu'est-ce que tu fais ?

— Je m'assois, c'est tout. Je me disais que je l'avais mérité.

— Ce n'est pas un endroit pour toi.

— Ah bon ? Parce que tu crois que tout ça leur appartient encore ?

— C'est le cas, non ?

— Tu crois qu'ils vont revenir ? Ils vont s'y installer pour de bon, en Suisse, non ? Les gens comme eux, ils sont nulle part chez eux, non ?

— Qu'est-ce que tu entends par "des gens comme eux" ? »

Il grogne et se tourne vers la vue.

« Les youpins.

— *Elle* ne l'était pas. » Elle parle déjà au passé. « Elle va me manquer, tu sais ? C'est sûr, elle va me manquer.

— Pas lui ?

— Tu sais que je ne l'aimais pas. C'était un homme tellement froid. Tu l'as dit toi-même.

— Je t'ai dit, c'est un youpin. C'est ça le problème.

— Tu étais bien content de prendre son argent.

— Il en a assez, non ? Regarde-moi cette baraque. » Elle lui fait face, debout entre les fenêtres et lui, la masse de son corps bloquant la lumière. « Le dîner va bientôt être prêt. Tu ferais mieux d'aller te laver. »

Il la regarde avec un sourire sournois.

« Tu sais que je l'ai vue une fois ? Dans sa chambre.

— De quoi tu parles ?

— La nuit était presque tombée. Je travaillais sur la terrasse pour déboucher un tuyau ou un truc dans le genre. Et je l'ai vue dans sa chambre. Pas un vêtement sur le corps. »

Elle rit.

« Espèce de vieux pervers.

— J'ai pas pu faire autrement que de la voir. Les rideaux étaient pas complètement tirés et c'était juste un coup d'œil, et elle était là, nue comme un ver. Elle se regardait dans la glace. Elle a des petits seins. » Il sourit. « Mais un beau buisson.

— Tu inventes.

— Non, pas du tout. Et elle s'est caressée, figure-toi. Elle s'est touchée en bas. Par Dieu, je te le jure.

— Depuis quand tu fais attention à Dieu ?

— Ça m'a drôlement remué. La gaule que je me suis chopée ! »

Elle se tourne pour partir.

« J'ai autre chose à faire que de rester là à t'écouter débiter des horreurs. Je dois préparer le dîner.

— Mangeons à leur table. Pourquoi qu'on le ferait pas si on en a envie. »

« Y a pas que ça, déclare-t-il vingt minutes plus tard, une fois installés à table.

— C'est-à-dire ?

— J'ai découvert d'autres choses sur eux. » Il porte la nourriture à sa bouche et parle tout en mâchant. Elle avait tenté de lui apprendre les bonnes manières quand il était enfant, mais, à

présent, c'était un adulte, il faisait ce qu'il voulait.
« Tu sais la réfugiée ? Kalman. Tu vois ?

— Frau Katalin, tu veux dire ?

— Tu l'appelles comme tu veux… je l'ai vue se faire baiser par lui. Je parie que tu le savais pas, hein ?

— Tu ne dis que des cochonneries. Tout ce que tu racontes est dégoûtant. »

Il rit, la bouche pleine de viande de porc et de croquette de pomme de terre.

« C'est peut-être dégoûtant mais c'est vrai. Je les ai surpris. Un matin quand y avait personne à la maison. Les gamins étaient à l'école, Frau Liesel était partie je sais pas où et lui, je suis allé le chercher. Je voulais avoir mon après-midi de libre. Bref, je suis monté à l'étage…

— Tu n'es pas censé faire ça.

— Ben, j'l'ai fait quand même. Et je les ai surpris dans sa chambre à elle. J'ai écouté à la porte et ils y allaient, je te le dis. Comme s'il étranglait un porc à mains nues.

— Tu mens. »

Il rit de nouveau. « Qu'est-ce que tu crois ? Qu'ils sont tous comme toi ? Ils aiment ça, je te le dis. Ils jouent les gens respectables mais, en fait, ils adorent se baiser. C'est ce qu'y font. »

Exil

La villa ressemblait à un petit château, avec ses tourelles, ses créneaux et sa porte d'entrée fermée qui paraissait faite pour résister à une armée de siège. Viktor la qualifia de monstruosité au style wagnérien. Ils s'installèrent au milieu des lourdes tentures et des meubles plus lourds encore, et se sentirent comme des pilleurs campant dans les ruines abandonnées par l'ennemi.

« C'est provisoire, se disait Liesel. Bientôt, tout sera fini et nous pourrons rentrer. »

Au début, elle essaya de s'imaginer la situation en ces termes, comme des vacances, de ces vacances d'été où ils louaient une villa sur un lac et passaient le temps dans un simulacre paresseux de normalité domestique : ils faisaient du tourisme dans les environs, prenaient le voilier, nourrissaient les canards, se promenaient dans les collines. Mais les vacances sont circonscrites par leur fin inéluctable. Vous savez que vous allez rentrer chez vous et reprendre le cours d'une vie à peine interrompue. Leur situation était différente. La vie n'a pas été interrompue, mais détruite et une nouvelle devait être construite à partir d'éléments qu'ils n'avaient pas choisis : cette villa, ce jardin, cette vue sur le lac et les montagnes, trois adultes et trois enfants. Six personnages en quête d'un foyer.

Elle écrivait assise au bureau dans sa chambre avec la vue sur le lac. Elle écrivait dans l'abstraction étrange de l'exil, s'adressant à des gens qui n'existaient plus que dans son souvenir : sa mère, une tante adorée, une vieille camarade d'école de Benno qui lui écrivait pour dire sa tristesse d'apprendre qu'ils aient trouvé nécessaire de partir alors que les choses n'allaient pas si mal et que, au moins, le meilleur de la culture allemande était préservé. Et Hana.

> *Ma chère Hana,*
> *Comment allez-vous, Oskar et toi ? Comment vont nos amis ? Et de quoi a l'air notre chère maison sans nous ? Tu dois me promettre d'aller y jeter un coup d'œil de temps en temps. J'ai déjà prévenu Laník, donc ne te laisse pas abuser par ce qu'il pourrait te dire. Cela me fait tout drôle de t'imaginer là-bas sans nous, mais, d'une certaine manière, tu fais partie de moi, donc toi ou moi, cela revient presque au même, non ? Tu es ma mandataire. Tu me manques, Hanička. Ce qui n'a rien d'étonnant. Mais je crois vraiment que cette situation ne va pas durer. Cette horreur ne peut pas continuer.*

Mais il ne fallut pas attendre longtemps pour que l'idée du retour paraisse absurde. On inscrivit les enfants dans une école non loin, ils s'intégrèrent très vite et Viktor se mit à faire des projets. Le dernier en date visait à produire des machines tant pour les voitures que les avions. Il associerait l'expertise traditionnelle suisse en matière d'horlogerie à sa connaissance de l'industrie automobile. La journée, il était souvent à Zurich, parfois à Genève, et rencontrait des gens. Il y avait des investisseurs potentiels à persuader, des partenaires à contraindre, des contacts à établir.

Liesel attendait patiemment qu'il rentre de ces excursions en ville. Il n'y avait pas grand-chose à faire en dehors d'attendre ; Katalin entreprenait des travaux d'aiguille, Liesel écrivait des lettres et pratiquait le piano. L'une de ses premières décisions en arrivant avait été de louer un piano à queue – un Bösendorfer identique à celui de la Pièce de verre – et trouver un professeur. Les professeurs de musique, des réfugiés juifs pour la plupart, vivaient dans la pauvreté et proposaient leurs services pour une bouchée de pain.

Très vite, elle avait invité Katalin à quitter sa chambre pour se joindre à elle dans le salon. Il paraissait ridicule de continuer à la traiter comme une domestique, une employée de la famille. « Autant nous tenir compagnie », avait-elle suggéré.

Katalin avait semblé hésiter, mais peut-être était-ce une réaction normale. Elle venait d'un autre monde et devait s'habituer à cette situation inédite.

Elles discutaient des lieux qu'elles avaient quittés, du rêve du retour, de toutes ces vagues aspirations qui sont les symptômes de l'ennui et de l'exil. Dehors, une pluie légère brouillait la vue sur le lac.

« Peut-être rentrerons-nous avant Noël », suggéra Liesel. C'était toujours elle qui avançait la possibilité du retour. « Peut-être que tout va se calmer.

— Mais il est impossible de revenir en arrière, n'est-ce pas ? On ne peut qu'aller de l'avant. »

Liesel lâcha un éclat de rire sans joie.

« Seigneur ! je nous fais penser à des personnages de Tchekhov.

— Qu'est-ce que c'est ?

— Vous ne connaissez pas Tchekhov ? »

Elle ne voulait pas paraître surprise, mais, malheureusement, les manières de Katalin trahissaient parfois son ignorance. Il était facile d'oublier qu'elle n'avait pas les mêmes *qualités* que leurs autres amis. Liesel aimait utiliser ce mot : qualités, *Eigenschaften*. Viktor était une personne d'*Eigenschaften*, tout comme Hana, bien sûr. Les qualités se situaient davantage dans le sous-entendu : un degré de compréhension intellectuelle, une grande culture, une ouverture d'esprit, un amour pour ce qui était moderne et une détestation de ce qui appartenait au passé. *Mais Katalin est une charmante compagne malgré ses limites*, avait-elle écrit à Hana, *et nous nous entendons très bien*. Car elles avaient bien des choses à partager et, réunies par le destin, elles appréciaient la compagnie l'une de l'autre, se rendaient ensemble au marché à Zurich,

317

traversaient le lac en bateau à vapeur avec les enfants ou nageaient depuis le ponton au bout du jardin. Katalin se révéla être une excellente nageuse. La première fois qu'elle s'aventura dans l'eau, elle les surprit tous en plongeant avec une grâce fluide qui troubla à peine la surface du lac : tout juste un petit plop ! Elle nagea sous l'eau avec puissance et en silence pour rejoindre le rivage. Les enfants avaient applaudi quand elle était réapparue, comme si le plongeon était un acte inattendu et remarquable ; Liesel releva cette qualité chez Katalin, ce corps aux lignes pures, comme une otarie.

L'été s'envola, le premier été de l'exil, et, quand arrivèrent les premières chutes de neige, ils emmenèrent les enfants faire de la luge dans les collines derrière la maison. Plus tard, avant Noël, il y eut le premier voyage vers les pentes de ski où Ottilie put faire la démonstration de son habileté dans ce sport qu'elle avait déjà exercé dans les montagnes de Tatras. Marika et elle étaient devenues presque inséparables, une paire de jeunes filles précoces à la poitrine naissante, aux sourires entendus. Marika avait pris l'habitude d'appeler Viktor *Onkel*. Il semblait trouver cela amusant. « Apprends-moi à skier, Onkel Viktor, criait-elle. S'il te plaît, apprends-moi. » Ou : « Quand est-ce que tu nous emmènes faire de la luge, Onkel ? » Ou : « Je vais faire du patin à glace, Onkel Viktor, s'il te plaît, viens me regarder faire du patin. »

« Il est devenu comme un père pour elle », confia Katalin à Liesel. Elle avait le visage rouge et les yeux brillants, la joie et le froid conspirant pour la rajeunir davantage. « Vous ne savez pas combien nous lui sommes redevables. »

Mais Liesel savait. Elle avait vu les signes, car il y en avait, des indices discrets, comme les premiers signes de vieillissement sur le visage d'une personne, des changements que l'on ne remarque pas quand on vit ensemble jusqu'au jour où l'on se réveille et, tout à coup, ils sont évidents : les cheveux qui grisonnent, les pattes-d'oie au coin des yeux, les petites rides d'expression autour de la bouche. Avec le recul, elle s'aperçoit qu'elle les avait remarqués avant même leur départ de Město. Ce n'était pas la façon dont Katalin et Viktor se regardaient, mais plutôt la façon dont ils ne se regardaient pas. Ce n'étaient pas les notes, c'étaient les silences entre les notes. Un certain type de musique est l'ennemi du silence : celle qui joue en permanence pour ne pas donner à celui qui écoute le temps de réfléchir. Mais celle qu'elle se joue est bien différente. Dans la sienne – telle que la compose Janáček, par exemple –, les silences sont importants. Il y a des silences qui en disent long et se font l'écho des sons à venir.

Viktor acheta un voilier et apprit par lui-même à naviguer sur le lac. Liesel l'accompagna une ou deux fois, mais elle n'aimait pas ça. Cela paraissait absurde – étant donné la taille minuscule de l'embarcation –, mais, à bord, elle était toujours malade. Katalin prit donc sa place comme équipière et, en général, ils emmenaient un des enfants avec eux. Ils ne pouvaient embarquer plus d'un passager. Il leur arrivait de partir seuls et c'était alors Liesel qui gardait les enfants. Elle n'était pas idiote. Elle voyait le rire dans les yeux de Katalin quand ils rentraient, et quelque chose d'autre aussi, un soupçon de honte.

Puis une nuit, alors qu'elle ne parvenait pas à dormir à cause de la migraine, Liesel ouvrit la porte de la chambre de Viktor. Elle cherchait de l'aspirine, n'en avait pas trouvé dans la salle de bains et savait qu'il en avait un flacon sur sa table de nuit, si bien qu'elle se glissa dans la chambre comme une ombre, déterminée à ne pas le réveiller. Mais elle ne courait pas grand risque puisqu'il n'était pas dans son lit.

Elle murmura son nom, une idée ridicule. « Viktor ? Viktor ? » Qui espérait-elle ne pas déranger ? De toute façon, il n'y eut pas de réponse. Le lit avait été occupé, mais pas depuis un moment. Les draps étaient froids. Elle attendit mais il ne revint pas. Alors elle sortit de la chambre et monta l'escalier jusqu'au dernier étage, le souffle court et aussi effrayée qu'une gamine. Le couloir était silencieux, éclairé par une veilleuse au bout du couloir où se trouvaient les chambres des enfants. La première porte était celle de Katalin. Liesel y colla l'oreille un long moment. Ce qu'elle entendit était la respiration et les mots murmurés dans le sommeil, le gémissement d'un cauchemar, puis une voix poussant un cri de désespoir ou de douleur, Katalin qui criait : *oh, oh, oh*, une série de petits staccatos comme si on lui arrachait la vie. S'ensuivit un calme qui renfermait un long soupir de contentement.

Liesel fila se recoucher. Elle passa le reste de la nuit à dormir par à-coups, le sommeil perturbé par des rêves où toute la famille était de retour dans leur maison sur la Route du champ noir ; elle-même se tenait sur la terrasse et regardait par la vitre à l'intérieur de la Pièce de verre où elle voyait Viktor en train de faire l'amour. L'objet de cette étreinte était Katalin, Hana ainsi qu'elle-même, les trois femmes se succédant jusqu'à ne faire qu'une, une chimère, puis Viktor devint Hana, Hana avec un pénis, Viktor avec une vulve, l'acte transformé en une performance scénique, une foule se bousculant entre le mur d'onyx et les baies vitrées, un public qui riait et applaudissait tandis que les protagonistes jouaient leur spectacle, donnaient et recevaient du sperme comme du riz qu'on jette à un mariage.

Elle se réveilla dans une aube pâle au-dessus du lac gris au fond du jardin, prise d'un malaise qui demeura vague jusqu'à ce qu'elle se remémore l'incident de la nuit. Elle resta assise, tendant l'oreille aux sons familiers – les bruits de pas à l'étage tandis que Katalin réveillait les enfants, le bain qui coule dans sa salle de bains qu'elle partage avec Viktor, la domestique qui arrive par la porte d'entrée, toute cette familiarité domestique qui ressort violemment sur le silence de la nuit et les zones d'ombre de la suspicion.

Pendant le petit déjeuner, elle observa Viktor et Katalin à la recherche de signes. N'en releva aucun. Ils n'échangèrent aucun regard complice, il n'y eut pas de contact discret. La vie, la vie domestique suivait son cours normal.

Viktor leva les yeux de son journal.

« Tu te sens bien, ma chérie ?

— Ça va, répondit-elle. Je n'ai pas très bien dormi, c'est tout. »

Il sourit, acquiesça et reprit sa lecture. Le *Neue Zürcher Zeitung* et son catalogue habituel de désastres – des réfugiés juifs retenus à la frontière, les questions posées durant l'assemblée de la Société des Nations, les arrestations à Prague, les forces allemandes qui se massaient à présent à la frontière polonaise, personne qui ne fasse quoi que ce soit d'efficace. Le petit déjeuner se poursuivit, le cuisinier leur tourna autour pour savoir ce qu'ils voulaient pour le déjeuner, Viktor lisait, Katalin s'adressait aux enfants, expliquait à Martin qu'il fallait bien manger le matin, que ça le mettrait en route pour le reste de la journée. « Pourquoi "en route" ? » demanda le garçon à la manière des enfants qui posent des questions dont ils connaissent déjà la réponse.

« Je peux te parler, Viktor ? » demanda Liesel. Elle avait l'impression de le supplier, d'être dépouillée de l'autorité naturelle qu'elle devrait avoir dans sa propre maison. Qu'aurait fait Hana dans une telle situation ? Comment se serait-elle comportée ?

Il la regarda par-dessus son journal.

« Tout de suite ?

— Si ça ne te dérange pas. Dans le bureau, peut-être. »

L'idée de quitter la pièce du petit déjeuner pour une discussion en privé semblait aussi surprenante qu'amusante. Il plia son journal à la page où il s'était arrêté et se leva de son fauteuil.

« Comme tu veux. Je dois attraper mon train dans vingt minutes. J'ai un rendez-vous à Lausanne.

— Ça ne devrait pas nous prendre beaucoup de temps. »

Katalin les regarda sortir de la pièce. Les enfants se disputaient au sujet de la signification de « se mettre en route ». Ils savaient qu'ils « se mettaient en route » quand ils partaient quelque part, mais quel rapport avec le petit déjeuner ? Ottilie parlait sur le ton de l'expert.

« Dis-moi », dit Viktor en refermant la porte du bureau. Le bureau était devenu son territoire depuis qu'ils avaient emménagé dans la villa. Quand Liesel voulait rédiger son courrier, elle restait dans sa chambre qui donnait sur le lac. Ici, à l'autre bout de la maison, cette pièce avec sa vue sur le jardin et la route était un refuge masculin tout en lambris de chêne lourd, meublée de fauteuils en cuir et d'un grand bureau avec un sous-main lui aussi en cuir.

« C'est au sujet de Katalin.

— Comment cela ? »

Par précaution, elle fit une pause. « Est-elle heureuse ? »

Cette question de bonheur sembla le surprendre.

« Heureuse ? Je ne sais pas vraiment. Je crois. Tu parles plus avec elle que moi. Qu'en penses-tu ? Elle a toutes les raisons de se sentir chanceuse, il me semble. Que lui serait-il arrivé si elle était restée là-bas ?

— Tu as raison, mais quel avenir a-t-elle ici ?

— Avec nous, tu veux dire ?

— Par exemple. Elle n'a pas d'autre famille, je crois ? Et aucun moyen de subsistance. »

Il avait l'air perplexe. « Où veux-tu en venir, Liesel ? »

Elle haussa les épaules. Elle ne savait pas vraiment quoi répondre. Où voulait-elle en venir ? L'expression impliquait une intention, une cible, un but et, en vérité, elle n'en avait pas. Seules résonnaient les notes mornes de l'accusation.

« Que penses-tu d'elle ? Tu la trouves attirante ?

— Bien sûr. » Impossible de déchiffrer son expression. Tout juste un léger sourire, comme si la question en disait plus long sur elle que sur lui. « Eliška, il semblerait bien que tu sois jalouse. »

Il ne l'appelait jamais Eliška, pas ces jours-ci.

« J'ai des raisons de l'être ?

— Évidemment que non. » Il réfléchit un instant. Il ne montrait rien, ni culpabilité ni honte. À tel point qu'une petite partie d'elle se demanda si elle n'avait pas imaginé ce qu'elle avait vu la nuit précédente, si cela ne faisait pas partie de son rêve. « Nous pouvons bien être honnêtes l'un envers l'autre, non ? demanda-t-il.

— Tu crois ?

— Oui. Je crois qu'il le faut, même. » Il semblait peser les mots qu'il allait employer, tel un joueur d'échecs qui réfléchit à la façon dont son jeu pourrait affecter son adversaire, tel choix entraînant telle réaction, le premier coup influant sur tout le cours de la partie. Mais ici, il n'était pourtant pas question de jeu. Il n'y avait ni frontières ni règles. « La présence de Kata ne compromet en rien ce qui t'est dû. Tout ce qui m'appartient t'appartient aussi, tu le sais. Et si tu me disais que Kata doit partir, alors il lui faudrait partir. C'est ce que tu veux ? C'est ça ?

— Je ne sais pas ce que je veux. »

Elle se détourna et regarda par la fenêtre. Elle avait besoin d'une cigarette. Elle fumait rarement si tôt dans la matinée mais en éprouvait le besoin à présent. Ses mains tremblèrent quand elle prit son paquet de cigarettes et son briquet. Elle tira sur la cigarette et sentit la fumée dans ses poumons, une consolation. Dehors, au-delà des limites du jardin et des frontières de ce pays, c'était là que tout se passait : les politiciens fulminaient, les armées s'amassaient aux frontières, des gens étaient déportés dans des camps, le monde entier se disloquait. Et ici, il y avait ce conflit larvé qui ne disait pas son nom.

Elle l'entendit derrière elle. « Dis-moi qu'elle doit partir et il n'y aura plus que toi et moi. Si c'est ce que tu veux. Écoute, je vais manquer mon train. Nous en reparlerons à mon retour. Tu es d'accord ? D'ici là, je te suggère de ne rien lui dire. Tu ferais ça pour moi ? »

Elle acquiesça, toujours à la fenêtre. Peut-être était-ce un acquiescement. Elle eut l'impression d'avoir hoché la tête et puis il était parti, la porte s'était ouverte et il était sorti. Elle entendit les enfants et Katalin qui les incitait à se dépêcher de se préparer pour l'école. Bientôt, elle le vit qui remontait l'allée, sa mallette à la main. Qu'est-ce qu'Hana aurait dit ? Qu'aurait-elle fait ? Elle éprouvait cet étrange désir pour le familier et l'inattendu, ces choses excitantes qu'elle avait connues avec Hana. Il n'y avait rien de plus parfait. L'union du corps et de l'âme.

Ma chère et tendre Hana, écrivit-elle, *je n'ai personne d'autre à qui me confier ici, et bien sûr tu es la seule personne à qui j'en parlerais si nous étions encore chez nous...*

C'était inutile, bien sûr. La lettre ne lui parviendrait pas avant une semaine au moins, et il faudrait encore plusieurs jours avant qu'une réponse n'arrive. Mais elle pouvait parler à la page, et parler permettrait d'envisager les choses plus clairement. *Je sais ce que tu vas dire. Tu vas me dire : je te l'avais bien dit. Tu vas dire, les hommes sont tous pareils. Tu vas dire toutes ces choses contre lesquelles tu m'avais mise en garde. « Comme on fait son lit, on se couche. » Littéralement, dans ce cas. Et maintenant, je dois me coucher sans que mon Hanička soit à mes côtés...*

Elle ne quitta pas sa chambre avant le milieu de la matinée. Dehors, le jardin était balayé par une brise fraîche venant du lac, il régnait une impression que tout était plus aéré, le ciel plus vaste. Le soleil étincelait. Il y avait les voiliers sur l'eau, une petite régate qui rappelait un tableau de Raoul Dufy, tout en couleurs vives et en gaieté. Elle descendit au bord du lac, et retrouva Katalin qui se tenait sur le ponton où était amarré le petit dinghy de Viktor.

« Je crois qu'il faut que nous parlions », dit-elle.

La jeune fille ne se tourna pas. Était-ce absurde de la voir comme une jeune fille. La jeune femme, plutôt. Elle regardait les bateaux et Liesel voyait son profil, le nez courbé, le front enfantin, les lèvres charnues. Adorable, bien sûr. Attirante. Et ces yeux, ce bleu pâle surprenant, bien plus pâle que le ciel. Elle parlait au lac.

« Vous savez, n'est-ce pas ?

— Oui.

— Est-ce que ce n'est pas idiot ? Après tout ce que vous avez fait pour moi, laisser cette chose arriver.

— Mais c'est arrivé et à présent il nous faut décider de ce que nous allons faire. Il vaut mieux que nous arrangions les choses entre nous, vous ne pensez pas ? Nous sommes les plus vulnérables. Viktor s'en sortira de toute façon, la question n'est donc pas ce que *lui* va faire, mais ce que, *nous*, nous allons faire. »

Katalin secoua la tête.

« Vous voulez dire : qui de nous deux va gagner ? Je vais perdre. Comment en serait-il autrement ?

— Je ne parle pas de gagner ou de perdre. Je voudrais trouver une solution. Viktor a toujours un plan. Peut-être en a-t-il un à présent. Mais moi aussi j'ai réfléchi. J'ai écrit des lettres, j'ai réfléchi à toutes les possibilités. Par exemple, je pourrais simplement partir, rentrer chez nous. Je ne suis pas juive. Ma famille n'est pas menacée.

— Les enfants ?

— Je pourrais les emmener avec moi. » Elle fit une pause. Les canards avaient fait leur apparition, trois couples de colverts. Ils vivaient dans la roselière le long du rivage et, quand quelqu'un venait, ils se regroupaient dans l'espoir d'être nourris. Ils cancanaient doucement comme si les humains qu'ils avaient en face d'eux étaient les personnages d'une sorte de comédie de l'absurde. Elle regretta de ne pas avoir apporté de pain à leur jeter. Les mâles étaient très dévoués à leur femelle, pensa-t-elle, ils formaient des couples épanouis. « Ou je pourrais vous les confier, à Viktor et à vous.

— Mais ce n'est pas ce que vous allez faire, n'est-ce pas ?

— C'est tentant. Même avec tout ce qui se passe chez nous, c'est tentant. Mais je pense que vous avez raison. Je ne crois pas que je m'enfuirai.

— Et moi dans tout ça ? »

Les canards caquetaient toujours. « J'aurais dû apporter quelque chose à leur donner », dit-elle en allumant une cigarette. Elle fumait trop. Ses doigts étaient teintés de jaune. « Quand avez-vous rencontré Viktor pour la première fois ? »

La jeune femme se détourna.

« Dans votre maison, voyons. À cette réunion. C'était vraiment horrible. J'avais l'impression d'être un animal dans un zoo avec tous ces gens qui nous regardaient.

— Vous ne me dites pas la vérité. Ce n'était pas la première fois. Je commence enfin à comprendre. Je pense qu'il vous a reconnue au moment où vous êtes apparue dans la Pièce de verre. »

Katalin hésita, cherchant un moyen d'esquiver cette confrontation sans trouver de solution.

« C'était à Vienne, admit-elle. Autrefois, j'avais l'habitude… d'aller me promener au Prater. Vous le connaissez ? Les jardins, les cafés, la grande roue, tout ça…

— Bien sûr que je connais le Prater. » Liesel tira sur sa cigarette. Le choc était autant physique qu'émotionnel : un vertige, une sensation de nausée, presque identique à celle qu'elle avait éprouvée dans l'avion en décollant de Město. Comme il était étrange de voir à quel point les émotions se manifestent si clairement dans le corps. Ce lien entre l'esprit et la matière. Mais elle allait garder son calme. Elle incarnerait la raison et l'équilibre. « Donc vous vous promeniez au Prater et Viktor vous a, quoi, ramassée ? C'est ça ? Ou est-ce le contraire ? Est-ce qu'il vous a payée ? »

Katalin haussa les épaules. « Il m'aidait de temps en temps. Ce n'était pas toujours facile de s'en sortir. » Puis elle leva les yeux, soudain provocante. « Vous voulez m'entendre dire que j'ai honte de lui avoir pris de l'argent ? Eh bien, non. Vous n'avez jamais eu à vous préoccuper de savoir où vous alliez passer la nuit, si ? Ou si vous alliez pouvoir vous nourrir. Ou comment vous alliez habiller votre bébé. Mais quand on ne trouve pas de travail et qu'on ne peut plus payer son loyer, alors vous voyez les choses d'un œil différent.

— Et quand était-ce ?

— Il y a quelques années. »

La jeune femme semblait sur le point de pleurer, un comble. Sa petite silhouette faisait de là peine à voir, là, qui regardait les canards, ce visage pâle, ces yeux brillants, ses lèvres dessinant une moue d'enfant penaude. Elle ressemblait à Ottilie lorsqu'elle était sur le point d'éclater en sanglots, Ottilie à l'âge de six ans. Alors qu'elle n'était encore qu'une enfant.

« Je suis désolée, Frau Liesel, mais je ne veux pas vous mentir.

— Vous l'avez déjà plus ou moins fait. Est-ce que tout cela était prévu ? Venir à Město, je veux dire. Vous pensiez pouvoir le retrouver et vous immiscer dans cette famille ? »

Katalin secoua la tête vigoureusement.

« J'ignorais où il vivait. Je ne connaissais même pas son nom de famille. Seulement Viktor. Et nous ne nous étions pas vus depuis un certain temps. C'est que je commençais à avoir peur.

— Je ne comprends pas.

— J'avais peur de ce que je ressentais pour lui. Les autres, les occasionnels étaient faciles à oublier. Mais pas lui. » Elle ravala ses larmes d'un clignement de paupières. « J'ai déménagé, j'ai trouvé une place et je ne m'attendais pas à le revoir. Il m'avait donné un peu d'argent, pour Marika, et j'ai pensé qu'avec ça, nous pourrions repartir de zéro. Écoutez, je suis désolée, Frau Liesel, ce n'est pas ce que je voulais dire mais vous m'avez prise par surprise avec cette question. J'imagine que vous allez me jeter dehors, maintenant. Qu'est-ce que je vais devenir ? Je ne peux pas travailler ici. Il va me falloir rentrer… »

Elle s'était mise à pleurer comme une enfant face à une demande impossible. Liesel l'observa, saisissant à peine ce qu'elle venait d'entendre.

« Mais pas du tout, Kati. En fait, je ne sais pas très bien ce que je dis. Ni même ce que je pense de tout cela. » Mais elle pensait bien à quelque chose : une image, une simple image filant sur l'écran de la mémoire : des gens assemblés dans la Pièce de verre. Le bruit, la discussion, les rires, elle entendait tout ; un son métallique – un couteau – contre le verre, et Viktor monté sur une chaise qui demandait le silence, l'arrivée d'un calme relatif pour que cette voix puisse s'élever au-dessus du bavardage résiduel et parler de transparence, de clarté et des qualités qu'il attendait de sa maison – transparente et lumineuse. Et pendant tout ce temps, il se rendait à Vienne en voyage d'affaires, et baisait Katalin dans l'espace sombre et sordide d'une chambre d'hôtel.

Elle tira sur sa cigarette. Mais elle avait su, non ? Depuis l'instant où Katalin s'était tenue sur la scène dans la Pièce de verre et où il l'avait regardée, stupéfait, terrifié, même, elle avait su.

Elle jeta un coup d'œil autour d'elle. « Vous aimez Viktor ? »

Il y eut une longue pause. « Oui, je crois. »

Liesel réfléchit une minute. Il semblait très important de bien comprendre la situation, d'utiliser les bons mots, de dire ce qu'il convenait de dire. Non pas que ces choses soient convenables. Au contraire, elles étaient des plus inconvenantes. Il n'y avait qu'à Hana qu'elle aurait osé les dire.

« Vous ne parlez pas tchèque, n'est-ce pas ? Non, bien sûr que non. En tchèque, il existe une expression, *propadnout láske*, *tomber* amoureuse. Il n'y a pas d'équivalent en allemand, si je ne me trompe.

En allemand, on vient à l'amour. Mais en tchèque, on tombe dedans. Je ne suis pas très claire. Cela ne m'est jamais arrivé. Je ne suis jamais tombée amoureuse de Viktor. J'en suis venue à l'aimer, peut-être, mais je ne suis jamais tombée. Et quand Martin est arrivé… » Elle tira sur sa cigarette une fois de plus et retint la fumée dans ses poumons avant de la recracher en un mince filet. « L'accouchement a été très difficile. J'ai perdu beaucoup de sang et j'ai été très malade après. Une fois remise sur pied, tout avait changé.

— Dans quel sens ?

— Entre nous. J'ai du mal à l'expliquer. Je n'avais plus besoin de lui. N'est-ce pas étrange ? Je l'ai trouvé… intrusif. Physiquement, j'entends. Est-ce que vous comprenez, Kati ? » Elle jeta un autre coup d'œil autour d'elle. « Je ne sais même pas si je peux vous appeler comme ça. Kati ? Kata ? Lequel ? Comment vous appelle Viktor ?

— Kata, c'est bien. Ou Kati. » La jeune femme ne quitte pas l'eau des yeux, fronce légèrement les sourcils comme si elle essayait de comprendre quel devait être son nom. « L'un comme l'autre me conviennent, Frau Liesel, vraiment. »

Fascinant, pensa Liesel. Elle savait exactement ce que Viktor voyait en elle : la souplesse du corps, le parfum de sa peau et de ses cheveux, la jolie symétrie de son visage, sa poitrine généreuse, bien plus que la sienne. Mais il y avait autre chose, la sexualité flagrante sous l'innocence lisse, l'expérience qu'elle avait des hommes. « J'aime bien Kati. Et cette étrange tonalité magyare que vous lui donnez. Kati. Peut-être que vous devriez m'appeler Liesel, quand nous sommes seules toutes les deux. » Et puis : « Je suis désolée, je ne devrais pas me confier à vous de cette manière. Pourtant, je n'ai personne d'autre. Je me sens si seule, ici, je n'ai personne à qui parler. » Étonnamment, autant pour elle-même que pour Katalin, elle fondit en larmes qui roulèrent sur ses joues, menaçant de dissoudre le tissu fragile de son visage, des larmes qui mettaient son corps au supplice. « Veuillez m'excuser, dit-elle entre deux sanglots, je ne l'ai jamais raconté à personne, Kati, et le faire rend tout plus réel. » Alors Katalin la prit dans ses bras, la plus petite réconfortant la grande. C'était ridicule, pensa Liesel. La taille devrait être une sorte de protection, vous rendre moins vulnérable, vous permettre de contrôler votre vie, votre amour et votre destin; mais ce n'était pas le cas. Une personne de grande taille en pleurs a l'air ridicule et se sent ridicule.

En surface, les choses ne paraissaient qu'à peine avoir changé, mais, ce soir-là, Katalin se joignit à Liesel et Viktor pour le dîner alors que, avant, elle mangeait toujours plus tôt avec les enfants. Viktor ne fit aucun commentaire. L'avait-il seulement remarqué ? Il ne parlait que de son déjeuner d'affaires avec Fritz Mandl à Zurich. Mandl partait s'installer en Amérique du Sud pour faire fortune – sa troisième ou quatrième fortune, Viktor ne savait plus trop – et peut-être que c'était là-bas qu'eux aussi devraient aller, au Venezuela, en

Argentine ou ailleurs. Mandl cherchait des partenaires.

« Tu sais ce qui est arrivé à sa femme ? Apparemment, elle l'a quitté ; elle aurait fait carrière à Hollywood.

— C'est moi qui te l'ai dit, Viktor. Hana l'a aidée, tu ne te souviens pas ?

— Vraiment ? C'est étrange… »

La conversation retomba. On aurait cru un repas familial après l'annonce d'un décès, les anecdotes laissées en suspens, les commentaires mort-nés. « Comment se débrouillent les enfants à l'école ? » demanda-t-il, ce qui n'était pas dans son habitude. Mais la question fut traitée comme une enquête sérieuse, le progrès de chaque enfant fut analysé, les enseignants évoqués, les avancées disséquées. Katalin pensait que Marika avait besoin d'un soutien en latin – elle ne l'avait jamais étudié avant – et Viktor dit que cela pouvait s'arranger. Des cours particuliers, peut-être. Le coût ? Ce n'était pas un problème.

Après le repas, Katalin les laissa seuls. « Peut-être que nous devrions discuter, dit-il. De cette histoire de ce matin. » Elle devina qu'il avait parlé à Katalin. Son expression le trahissait : l'angoisse, l'inattention, la prise de conscience qu'une existence transformée par les circonstances pouvait être réduite à néant. Les rôles avaient été proprement inversés, comprit-elle.

« Pourquoi n'as-tu pas fait ce que je t'ai demandé ? Pourquoi lui as-tu parlé ?

— Pourquoi devrais-je t'obéir ? Parce que tu es mon mari ? Cette liaison dure depuis des années. Je t'ai partagé avec une autre femme pendant presque toute notre vie de couple. » Elle alluma une cigarette. « Tous ces voyages à Vienne quand tu aurais pu rentrer à la maison. Je sais tout. Ou, du moins, je peux me les imaginer. J'ai cru qu'il s'agissait de simples filles, des prostituées, ce genre de chose. Ce que font les hommes. Mais je me trompais. C'était elle. Elle ne m'a rien dit mais il ne m'a pas fallu grand-chose pour comprendre. J'ai essayé de te contacter au Sacher un jour et ils se sont excusés, m'ont expliqué que tu n'y séjournais pas. Comme s'ils y étaient pour quelque chose. Tu n'étais pas non plus au Bristol. Tu n'étais dans aucun hôtel que je connaisse. » Elle eut un rire amer, alluma une autre cigarette sur laquelle elle tira longuement. « J'imagine que cela arrive tout le temps. J'imagine que le personnel a l'habitude.

— Tu n'as jamais rien dit.

— Je ne voulais pas y croire. Nous passons la majeure partie de notre vie à nous aveugler. Quand est-ce que tout a commencé ? »

Il haussa les épaules, mais ne répondit pas. Elle fit tomber la cendre de sa cigarette dans son assiette, ce qu'il détestait.

« Des années, dit-elle. Avant Martin ? J'imagine. Est-ce que tu l'aimais autant que tu m'aimais ? À moins que tu ne m'aies jamais aimée. C'est peut-être ça, l'explication. J'imagine qu'elle fait des choses que je ne fais pas. C'est ça ? Que fait-elle ? Elle te suce, c'est ça ?

— Ne sois pas vulgaire. »

Elle rit, mais son rire n'était pas crédible. On aurait plutôt dit un cri de désespoir ou de douleur.

« Tu sais ce que dit toujours Hana ? Que le cœur d'un homme est dans sa queue. Tu ne trouves pas qu'elle a raison ?

— Non, pas du tout.

— Quoi qu'il en soit, je ne veux plus en parler, Viktor. Je ne veux jamais que ce soit mentionné, et je ne veux pas que cela me mette dans l'embarras. Et il va sans dire que les enfants ne doivent jamais, sous aucun prétexte, le découvrir. Maintenant, si ça ne te dérange pas, je dois aller me coucher. Je n'ai presque pas dormi la nuit dernière et je me sens très fatiguée. »

Dépossession

L'homme du service de l'urbanisme examine le couloir avec méfiance, puis jette un coup d'œil aux plans qu'il vient juste de sortir de sa mallette. Il fronce les sourcils comme s'il s'attendait à trouver des écarts entre la réalité et les documents officiels. « Cinq chambres ? » dit-il en martelant le papier du doigt. Il n'attend pas la réponse, emprunte le couloir et ouvre les portes les unes après les autres. En dehors de quelques meubles – une tête de lit ici, un placard là –, les pièces sont vides.

« Ce sont les chambres des enfants, explique Laník en se précipitant derrière l'homme.

— *Étaient*, rectifie l'homme. C'étaient les chambres des enfants.

— Étaient. La chambre de leur bonne est au bout. Ils avaient une bonne d'enfants. »

L'homme griffonne quelque chose dans son carnet.

« La chambre des parents ?

— Deux chambres, une de chaque côté de la salle de bains principale. Derrière. »

Ils examinent ces espaces vides de surface égale.

« Voici la chambre de madame », dit Laník en la montrant. Il parle sur un ton doux et affectueux. « C'était quelqu'un de bien. Une femme charmante, même. Mais lui, c'était une ordure. Arrogant, vous voyez ce que je veux dire ?

— Un juif », dit l'homme qui sous-entend : comment peut-il en être autrement ?

Il ouvre la porte de la terrasse. Dehors règne une ambiance désordonnée digne d'une maison d'été en bord de mer – la pergola nue et rouillée, le banc en demi-lune qui aurait besoin d'une couche de peinture, le bac à sable vide. Il y a même des mauvaises herbes qui poussent sur le pourtour du bac, de pauvres plantes souffreteuses qui trouvent le moyen de se développer dans ce sol peu prometteur.

« C'est là que jouent les gamins l'été, explique Laník.

— Jouaient.

— Jouaient. C'est ce que je voulais dire. Écoutez, s'ils ne reviennent pas…

— Je vous l'ai dit : ils ne sont plus propriétaires de la maison. Donc même s'ils revenaient, ça ne serait pas ici. Pas sans devoir passer devant un tribunal. Et ils sont juifs. Les juifs ne gagneront plus aucun procès désormais.

— Mais et moi et ma sœur ? C'était ce que je voulais savoir. Nous vivons ici nous aussi.

— Cela reste à voir. Tout va dépendre de ce que nous ferons du bâtiment. Mais pour le moment…

— Mais il faut bien qu'on vive quelque part. On a besoin d'un toit au-dessus de notre tête. »

L'homme l'ignore. « Passons à l'étage inférieur. »

Laník lui montre le chemin, par l'intérieur et les escaliers. À l'entrée de la Pièce de verre, l'expert fait une pause et jette un nouveau coup d'œil aux plans.

« Salon et salle à manger ouverts, donc ? Très chic.

— C'étaient des gens chics.

— Mais pas très pratique. » Il avance à grands pas dans la Pièce de verre, en émettant des bruits de bouche désapprobateurs. C'est un tic, chez lui. Le bruit d'une désapprobation bureaucratique. En passant devant le piano, il soulève le couvercle et joue une note. La note n'a aucun impact sur les lieux, et meurt au milieu du chrome et du verre. L'homme renifle, contemple l'espace vide. « Où sont partis les meubles ? Au bureau, on m'a dit qu'ils avaient été faits spécialement pour la maison au moment de la construction. Où sont-ils ?

— Quoi donc ?

— Les meubles.

— Oh ! ça. Ils les ont emportés. Presque tous. Ça fait des sous, vous comprenez. Donc ils ont tout déménagé. Sauf le piano comme vous pouvez voir. »

L'homme va voir la cuisine.

« Et en bas, il y a quoi ?

— Le sous-sol. Des pièces comme des trous – la buanderie, un cellier, la chaufferie, ce genre de chose. Vous voulez voir ? Ça en vaut pas trop le coup. »

L'homme déplie les plans sur le piano. Il pointe du doigt.

« C'est le garage ?

— Exact. Vide, bien sûr. Il y avait deux Landauer, mais elles aussi sont parties. Et ça – il désigne un espace au-delà de l'épaule de l'homme pour indiquer les pièces derrière le garage –, c'est là où ma sœur et moi on habite. »

L'homme n'est pas vraiment intéressé. Il observe les plans d'un œil professionnel.

« Quelle surface ? Seize par trente-deux, quelque chose comme ça. Plus de cinq cents mètres carrés par étage quasi inutilisables. » Il secoue la tête, replie les plans et les range dans sa mallette. « On peut à peine installer des gens ici, si ? On dirait plus une salle d'école qu'un salon. Quel gâchis.

— Alors vous croyez qu'il va se passer quoi ?

— Aucune idée. Ils vont sans doute vouloir démolir.

— Et nous ? Ma sœur et moi, on devient quoi ? »

L'expert hausse les épaules. « Entre-temps, il faut quelqu'un sur place. J'en toucherai un mot au bureau, voir si je peux vous désigner comme gardien. »

La lettre des avocats de Město atterrit sur la table du petit déjeuner des Landauer plusieurs jours plus tard. Le courrier – déposé à 7 heures précises par le fameux service postal suisse – était toujours placé à côté de l'assiette de Viktor. Il y avait les factures habituelles, les lettres concernant diverses questions de travail, parfois une lettre du pays adressée à Liesel – de sa mère, de son père, beaucoup plus rarement et parfois (comme ce matin) d'Hana. Mais cette fois, il y en avait aussi une des avocats de la famille, une lettre qui se distinguait des autres par une certaine solennité, comme si les tarifs qu'ils pratiquaient se sentaient dans le poids et la texture du papier. Viktor la parcourut et regarda Liesel d'une expression sombre qu'elle ne reconnut pas. Mais ces derniers temps, Viktor devenait méconnaissable. « Ça vient de Procházka. » Procházka était le partenaire qui s'était toujours occupé des affaires personnelles de la famille.

« Qu'est-ce que c'est ? Mon Dieu, quelqu'un est mort ? »

Il produisit un petit bruit qui aurait pu indiquer une désapprobation, mais qui aurait tout aussi bien pu être un rire moqueur.

« Pas exactement une mort. » Il lui passa la lettre. « Il semblerait que nous ne soyons plus propriétaires de la maison.

— Mais qu'est-ce que tu racontes ? »

Elle parcourut la page à son tour. Sans ses lunettes, les mots étaient flous.

« Procházka nous informe qu'elle a été confisquée par le gouvernement. On nous la prend, on nous exproprie, choisis la version que tu préfères. On nous la vole.

— Pourquoi ?

— Pourquoi ? » Il eut l'air étonné. « Parce que je suis juif, Liesel.

— Ils nous l'ont prise ? Mais ils n'ont pas le droit de faire ça. Elle nous appartient. Nous l'avons construite, nous la possédons. Elle est à toi et moi, et à Ottilie et Martin quand nous ne serons plus de ce monde.

— Tu seras d'où, alors ? demanda Martin.

— Ne t'inquiète pas, mon chéri.

— Qu'est-ce qui est arrivé à la maison ? » demanda Ottilie.

Elle parlait sur un ton dur qui exigeait une réponse, le ton de sa mère quand elle disait aux enfants de se taire.

Viktor s'adressait rarement aux enfants à table le matin mais il se tourna vers elle et s'expliqua.

« J'ai peur qu'elle ne soit plus à nous, Ottilie. Maintenant elle est à eux, c'est la propriété du soi-disant protectorat. Le décret a été signé au nom du Reichsprotektor de Bohême et de Moravie lui-même.

— Est-ce que c'est Hitler ?

— Non, ce n'est pas Hitler, mais un de ses représentants. » La petite était en colère.

« Mais c'est notre maison. La nôtre !

— Otti, dit Katalin doucement, ne crie pas.

— N'y a-t-il pas de réparation possible ? demanda Liesel.

— Réparation ? rit Viktor. Comme c'est mignon. Bien sûr que non, Liesel. Ces gens rédigent les lois qui les arrangent.

— Que vont-ils en faire ?

— Dieu seul le sait. Sans doute la démolir.

— *La démolir* ? »

À ces mots qui suggéraient la possible disparition de la maison, Liesel fondit en larmes et pensa à cette magnifique maison sur la colline à Město, à sa vie ainsi qu'à son amour perdus, à ce monde de l'exil où la réalité est ailleurs et où la vie que l'on mène semble arriver à quelqu'un d'autre que soi, un monde rêvé qui hésite à sombrer dans le cauchemar. Les enfants n'avaient jamais vu leur mère pleurer. Ils portèrent un regard étonné sur cet étalage d'émotions tandis que, au bout de la table, Viktor paraissait impatient et impuissant, comme si elle avait fait une bêtise mais qu'il ne savait pas comment expliquer la bonne façon d'agir. Ce fut Katalin qui se leva de sa chaise, fit le tour de la table et prit Liesel dans ses bras pour la réconforter.

2

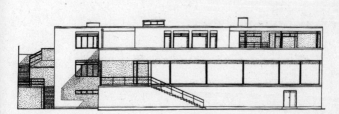

Occupation

Stahl fait stopper le véhicule.

« Je vais marcher, dit-il au chauffeur. Continuez et attendez-moi là-haut. »

Il descend de voiture et la laisse remonter la colline. Il est déconseillé d'agir de la sorte, de marcher seul dans les rues en uniforme, mais sur cette route calme, déserte et au goudron chauffé par le soleil, il est prêt à déroger quelques instants aux précautions d'usage. Il aime marcher – pratiquer la randonnée dans le Kaisergebirge ou marcher le long des dunes de l'île d'Usedom sur la côte baltique – et il n'a eu que trop peu d'occasions de se dégourdir les jambes au cours de ces dernières semaines. Il remonte la colline à grands pas, enthousiaste. La pente est raide. Il fait chaud au soleil. Il est entouré d'arbres, du chant des oiseaux, de ces choses prosaïques de la vie de banlieue. Les habitations se cachent derrière une végétation bien entretenue. Un chien aboie dans un jardin non loin. Puis la route atteint le sommet de la colline, s'élargit et elle apparaît, à gauche avec la vue sur la ville – la maison Landauer.

La réalité est surprenante, même s'il savait à quoi s'attendre grâce aux photos et aux plans qu'il avait vus dans une revue d'architecture des années plus tôt : un pavillon tout en longueur, bas, presque informe, un endroit qui pourrait servir d'entrepôt pour des équipements sportifs ou des meubles. Une sorte d'anonymat stylisé. Il se souvient également de l'architecte : Abt. Une anecdote raconte que Speer a essayé de persuader Abt de travailler avec le Parti sur leur nouvelle vision, leur nouvelle esthétique, mais quand on voit ce genre de travail on se demande ce qu'il aurait pu apporter. La vision du Parti est tout en triomphe et en grandeur, pas dans le sous-entendu. Qu'est-il arrivé à cet homme ? Il a sans doute été mis aux arrêts. Il n'est pas bon d'émettre des doutes au sujet du régime. « Celui qui n'est pas avec moi est contre moi », voilà le mot d'ordre.

Quand il arrive au portail, le chauffeur est déjà là et paraît engagé dans une discussion houleuse. « Un problème ? » demande Stahl.

Le chauffeur se tourne et salue. « Herr Hauptsturmführer, cet homme refuse de nous ouvrir. Il dit que la maison est la propriété de la municipalité. Je ne suis pas sûr qu'il comprenne bien la situation. »

Stahl sourit. Il se tourne vers les maisons de l'autre côté de la rue. Elles semblent abandonnées, indifférentes à sa présence dans la cour de la maison Landauer. Un rideau se serait-il soulevé légèrement ? Il revient au problème immédiat. Le gardien en question est un Slave revêche aux traits grossiers typiques de sa race, le nez large et les yeux bleus.

Jeune. Il ne doit pas avoir plus de trente ans. Pas totalement idiot. Les Slaves ne sont pas des idiots, bien sûr, mais ils sont instables émotionnellement, capables de chef-d'œuvre comme d'actes d'une grande bassesse. C'est la science qui le dit. Regardez Tchaïkovski. Regardez Dostoïevski.

« Il comprend très bien. » Il sourit de manière pacifique à l'homme et essaie de l'amadouer afin qu'il accepte ce qui est un fait accompli. « Allons, mon bon, nous ne voulons pas nous embarquer dans de vaines discussions. Tout est en règle. D'un point de vue légal. » Il énonce le mot précisément, au cas où il ne serait pas compris. *Rechtlich.* « Nous prenons possession des lieux pour des affaires en lien avec l'effort de guerre. Tout est écrit ici noir sur blanc. » Il pointe du doigt le bas du document que le chauffeur essaie de fourrer entre les mains de l'homme. L'ordre de réquisition – le transfert de propriété de la municipalité de Město – est en allemand mais il n'imagine pas qu'il puisse y avoir de doute dans l'esprit de cet homme. Les anciens propriétaires étant germanophones, il doit plus ou moins maîtriser cette langue. « Signé par le secrétaire d'État du protectorat du Reich. Vous voyez ? Les timbres, la signature – Karl Harmann Frank –, tout est là. Je m'appelle Stahl, au fait. Hauptsturmführer Stahl. Et vous êtes Laník, j'imagine. N'est-ce pas ? Écoutez, Pane Laník, pourquoi ne pas me faire faire le tour du propriétaire – comme si j'étais un visiteur, si vous préférez – pendant que vous réfléchissez à tout ça ? » Il est important de comprendre comment traiter ces gens. Quel intérêt de se montrer arrogant quand on peut tout obtenir avec un peu d'amabilité ? « Quoi qu'il arrive, nous allons nous installer. Alors pourquoi ne pas le faire avec civilité ? »

Laník renifle, regarde tour à tour l'officier et le chauffeur. Finalement, il hausse les épaules et le conduit vers le bâtiment. Stahl lui emboîte le pas. Le gardien ouvre la porte et se tient sur le côté. D'un mouvement de tête approbateur, Stahl s'avance dans le vestibule qui ressemble à la salle d'attente d'un cabinet médical, blanc stérile, chrome luisant et lambris de bois sombre. Parfait pour ce qu'il envisage d'y faire. Le sol a la couleur d'un calcaire clair. Il y a une table où un dentiste aurait pu déposer une pile de magazines, des numéros de l'*Illustrierter Beobachter* ou de *Frauen-Warte*. Sur la gauche, une cage d'escalier conduit vers l'étage du bas.

« Les chambres ? »

Laník ouvre des portes intégrées aux lambris. On croirait un tour de passe-passe, un simple panneau de bois – on s'attend à un placard – qui s'ouvre sur plusieurs pièces. Elles sont vides, dépouillées de leur mobilier, sauf une qui a encore une tête de lit et des étagères. Deux salles de bains en carrelage blanc. L'une d'elles doit être celle des enfants si l'on en juge par la rangée de petits tapis en caoutchouc représentant une famille de canards qui avance vers la mare depuis la porte : la mère et le père suivis de quatre canetons.

« Où sont les anciens propriétaires ? demande Stahl.

— Partis.

— Je le vois bien. Où ça ? »

Laník hausse les épaules.

« À l'étranger.

— Et vous n'allez pas me dire où ?

— Je le sais pas.

— Vous n'êtes pas en contact avec eux ?

— Non. »

Stahl contemple le Slave pensivement. « Ils étaient juifs, n'est-ce pas ? »

Nouveau haussement d'épaules. Cela frôle l'insolence et reflète bien l'état d'esprit de ce maudit pays : une indifférence au bord de l'insolence. Le haussement d'épaules universel. Dans l'ensemble, les Allemands sont plutôt enthousiastes, comme des convertis à une nouvelle religion. Mais les Slaves posent problème. Il regarde l'homme droit dans les yeux et se demande ce qui se passe derrière. Ils sont d'un bleu aryen, mais il est bien connu que cette couleur n'est pas une preuve infaillible.

« Et vous, vous êtes juif ?

— Je suis catholique.

— Cela ne veut rien dire.

— Je n'aime pas les juifs.

— Ni ça non plus. Vous n'aimiez pas vos patrons ?

— Ils étaient corrects.

— Ah ! Les juifs sont mauvais en général et bons en particulier, c'est ça ? La rengaine habituelle. Montrez-moi l'étage inférieur. »

Ils descendent, Laník en premier. Douze marches jusqu'au palier intermédiaire, puis neuf autres et une porte s'ouvre sur le salon. Laník s'écarte pour le laisser passer.

Glänzend ! Encore plus impressionnant que sur les photos : un grand espace ouvert qui couvre presque toute la surface du bâtiment. Un plan ouvert. Cela plaît à Stahl. Idéal pour un laboratoire. Propre et lumineux avec de grandes baies vitrées qui laissent entrer la lumière froide de la raison dans la salle. Le *Gemütlichkeit* bohème n'a pas sa place ici, Dieu merci ! Il comprend mal l'obsession du Parti pour le passé, tout ce folklore mystique, au moment même où l'avenir s'ouvre à eux.

« Qu'est-il arrivé au mobilier ?

— Ils l'ont emmené.

— Tout ? J'ai vu des photos. Il y avait de belles pièces, modernes.

— Tout sauf le piano.

— Quel dommage. » Il fait le tour des lieux comme quelqu'un qui chercherait à louer une maison, passe un doigt sur les différentes surfaces, tapote la cloison en bois, caresse le mur de pierre froide qui sépare les espaces de vie. De quel genre de pierre s'agit-il ? De l'albâtre ou quelque chose dans ce goût. Les veines tortueuses font penser aux frontières naturelles de paysages lointains, des chaînes de collines compliquées, et, soudain, des gorges surprenantes. « Remarquable.

— C'est Paní Landauer qui l'a choisie elle-même.

— D'où vient la pierre ?

— D'Afrique, d'après eux. Moi, je ne sais pas. »

Il soulève le couvercle du piano et reste dans l'ombre du mur.

« Un Bösendorfer. Qui en jouait ?

— Paní Landauer, un peu. Mais il leur arrivait d'organiser des récitals. En public, quoi. Pour des organisations caritatives et tout.

— Une sorte de mécénat, c'est cela ? » Il s'assoit à l'instrument et joue quelques notes, écoute les sons avec une oreille de professionnel. « Il a besoin d'être accordé.

— Paní Landauer le faisait faire. »

Puis Stahl commence à jouer le thème principal de la *Moldau* de Smetana. Les trilles, les fioritures s'élèvent par couches successives dans la Pièce de verre. « Vous reconnaissez ? »

Laník hausse les épaules.

« C'est un de vos compositeurs slaves. Smetana. *"Ma Vlast"* ou *"Mein Vaterland"*. Lequel choisiriez-vous ?

— J'en sais rien. Je m'occupe pas de politique. »

Stahl baisse le couvercle du piano et se lève. « Tout le monde s'occupe de politique de nos jours, Laník. Être apolitique est un acte politique. » Il contourne la cloison de pierre et passe dans le salon où les baies vitrées donnent sur la pelouse en pente et, plus loin, sur les toits de la ville. La forteresse de Špilas se dresse tout au fond.

« Où se trouve-t-elle à présent, votre Paní Landauer ?

— Je vous ai dit, je sais pas. »

Stahl rit. « Pourquoi vous méfiez-vous tant de moi, Laník ? Je ne souhaite pas la prendre en chasse.

Je suis ici pour faire de la recherche scientifique. Anthropologie. Biométrie. Le mesurage de l'homme. Vous, Herr Laník. Nous vous mesurerons. Et nous vous dirons si vous êtes juif. »

Le lendemain, des camions gravissent la colline vers la maison des Landauer et des hommes commencent à décharger – des chaises, des étagères, des bureaux, des cabinets de rangement. Un poste de garde en bois est construit devant le portail et deux soldats installent un avis, une plaque métallique surmontée d'une croix gammée ornementée.

Rasse – und Siedlungshauptamt
Forschungsstätte für Biologie
Biometrik Abteilung

Les voisins observent tout ce manège cachés derrière leurs rideaux en dentelle. Un groupe d'enfants se réunissant devant l'une des barricades avant d'en être chassés. Les deux maisons de l'autre côté de la rue sont réquisitionnées, l'une devant servir de pension pour le personnel. Il y a beaucoup de travaux à faire, des chambres à installer, des cuisines à équiper. Les panneaux interdisant l'entrée fleurissent tout autour.

Une semaine plus tard, le personnel technique composé de douze personnes arrive, trois femmes et neuf hommes, jeunes, en habits civils, les femmes vêtues simplement et cheveux relevés sévèrement, ce qui accentue la structure de leurs traits, les hommes en veste ou en costume, cheveux en brosse. Ils s'arrêtent d'abord à la pension, puis traversent la rue en direction de la maison Landauer.

Ils sont pris d'un rire nerveux en découvrant leur nouveau lieu de travail. Cela ressemble à une rentrée des classes, la même anxiété, la découverte de nouvelles têtes.

« Quel endroit ! s'exclame l'un d'eux. On dirait une clinique.

— La maison appartenait à des juifs ? demande un autre.

— J'aurais dit une galerie d'art, plutôt. »

Une voix pleine d'ironie déclare : « L'art dégénéré », et les autres s'esclaffent, plus confiants à présent qu'ils commencent à évaluer les idées de chacun. Stahl se réjouit de les voir. Des exemples parfaits de ce qu'il y a de plus raffiné dans la race teutonne. Ils sont ses enfants, pense-t-il, alors qu'ils sont à peine moins âgés que lui ; son troupeau. Deux d'entre eux, un homme appelé Weber et une femme appelée Elfriede Lange, ont travaillé sous les ordres de Fischer à l'institut du Kaiser-Wilhelm à Berlin où Lange était l'élève de la redoutable Agnes Bluhm. Lothar Scherer et Ewald Amsel sont originaires de Iéna, de l'institut Karl-Astel pour la recherche en génétique humaine et politique raciale. Il y a un représentant du groupe Fritz Lenz de Berlin et un autre de l'institut Reche qui s'intéresse à la race et l'ethnologie à l'université de Leipzig. Les trois autres viennent du tout nouvel institut dédié à la biologie raciale à l'université Charles de Prague et ont l'avantage de parler tchèque. « Dans cette grande aventure, nous devons nous considérer comme des pionniers, leur dit Stahl. Souvenez-vous, souvenez-vous toujours que nous sommes des scientifiques de tout premier ordre. Nous devons aborder ce travail délicat en scientifiques. » Il leur parle en termes stimulants, de science, de découverte, de frontières de la connaissance que l'on repousse plus loin alors que les armées du peuple allemand élargissent les frontières du Troisième Reich. « Nous vivons des temps historiques. »

La maison a subi des transformations. Les chambres de l'étage sont devenues des bureaux et les cuisines ont été reconverties en laboratoire. Dans le sous-sol, une pièce s'apprête à recevoir une machine à rayons X. Une autre est une chambre noire qu'avaient installée les anciens propriétaires. Des rideaux ont été posés de sorte à diviser la Pièce de verre en deux. Des machines anthropométriques sont disposées devant le mur d'onyx, ainsi que des balances, une station de mesure, un fauteuil qui ressemble à celui d'un dentiste mais doté de règles en acier placées au-dessus du repose-tête, des tables avec des compas prêts à l'emploi. Des tentures ont été suspendues devant la cloison en bois de Macassar ainsi que des lampes pour éclairer le centre du demi-cercle, convertissant l'espace de la salle à manger en studio. Un appareil photo – un reflex muni d'une double focale Rolleiflex – est vissé sur un trépied. Le piano est la seule trace incongrue du passé. Stahl a demandé à un accordeur, un juif, de restaurer les tonalités parfaites du Bösendorfer.

Après les meubles arrive l'équipement nécessaire à l'archivage. Un camion se gare devant l'entrée et de lourdes machines sont installées dans le garage. Les livreurs ouvrent les caisses et font un pas de recul pour examiner ce qu'ils transportaient : de grandes machines noires tout en acier et Bakélite arborant le nom du fabricant sur des plaques en cuivre, Deutsche Hollerith Maschinen Gesellschaft mbH. L'une d'elles ressemble à une essoreuse. Une autre possède un clavier de machine à écrire mais son coffre, aussi large qu'un piano droit, est sans commune mesure ; une sorte d'imprimante, peut-être. L'espace qui avait autrefois abrité les deux Landauer prenait l'aspect d'une imprimerie. Le même vrombissement des machines, la même odeur d'encre et d'ozone. Les soldats apportent une série de cartons remplis de dossiers dans le bâtiment principal ; ces derniers contiennent les preuves déjà collectées à Vienne et qui constituent la base du catalogue le plus important au monde sur la variation des types humains.

Enfin, les sujets commencent à affluer.

Un bus les dépose au portail, pas plus d'une douzaine à la fois. Les groupes sont généralement homogènes – que des hommes ou que des femmes tous à peu près du même âge. Les soldats en faction les observent tandis que les visiteurs sont conduits à travers la cour jusqu'à la porte d'entrée. Personne ne crie ni ne recourt à la force, mais on se contente d'indiquer dans le calme et avec politesse où les gens doivent aller et ce qu'ils doivent faire. Tout est expliqué en tchèque ainsi qu'en allemand comme il se doit. « Nous sommes des scientifiques, a rappelé Stahl. Les zoologues traitent les animaux avec respect. Les anthropologues traitent leurs sujets humains avec respect. »

La réceptionniste conduit les sujets dans la Pièce de verre. Un premier formulaire est rempli : date et lieu de naissance, langue maternelle, deuxième langue, autres langues, religion, race, nationalité. Il y a d'autres questions – maladies, historique des maladies congénitales : mongolisme, alcoolisme, criminalité, arriération mentale. Toutes ces informations sont confidentielles. Elles sont recueillies dans le seul intérêt de la science.

S'accrochant à leur dossier, les sujets avancent vers la bibliothèque. Là, ils ont une série de tests à passer – des formes à reconnaître, des séries à compléter, des motifs à identifier. Puis ils se dirigent vers l'une des alcôves où ils enfilent une blouse médicale. De là, ils vont dans un bureau où la pointe d'une aiguille – provoquant une inspiration brutale, parfois un petit cri – révèle le groupe sanguin, et où l'on prend la tension artérielle.

Stahl surveille.

Dans la section où s'effectuent les mesures, le personnel travaille par paires, l'un exécute, l'autre enregistre, l'un installe au niveau de la station de mesure – jambes à peine écartées, talons, fesses et omoplates en contact avec la planche, tête droite, menton parallèle au sol – tandis que l'autre attend, stylo à la main. Celui qui examine s'agenouille, pousse, tire, ajuste et amadoue. Le calcul doit être précis, standardisé, exact. Les mesures sont prises :

taille, tour de hanches, de poitrine. Puis, en position assise : mesure des jambes, des bras. Sur la chaise de dentiste : dimensions du crâne entre les mâchoires froides des compas. Les filles douces, les hommes qui ronchonnent, les matrones et les maris. On détermine la couleur de la peau en comparant l'intérieur de l'avant-bras à la charte chromatique de von Luschan. On enregistre la couleur des yeux grâce à des rangées de globes oculaires qui renvoient au scientifique son regard pendant qu'il cherche le double parfait des yeux écarquillés et angoissés du sujet. « Tout va bien, assure-t-on, inutile de s'inquiéter. Ce n'est ni douloureux ni désagréable. »

Stahl surveille.

La précision, le regard froid de l'objectivité scientifique. La mesure est aussi parfaite que les dimensions de la Pièce de verre elle-même.

« Nous allons maintenant prendre des photos et puis ce sera terminé. Veuillez retirer la blouse que vous remettrez à l'assistant. C'est un examen scientifique. Il n'y a que des scientifiques, ici. Et ces données sont strictement confidentielles. »

Stahl surveille.

Après avoir rendu la blouse, les sujets se tiennent nus sous les projecteurs, face au regard évaluateur de l'appareil photographique. Parfois, ils sont blancs et purs comme l'albâtre, certains ont des grains de beauté, des touffes de poils, d'autres ont des rides là où la peau s'affaisse comme un vieux tissu, mais elle peut également être ferme et jeune, il y a des ventres gonflés, d'autres comme des coussins, certains ont les côtes saillantes, ou des seins qui tombent comme des vessies, d'autres qui sont gros et ronds comme des fruits, il y a des pénis flasques qui paraissent bizarrement sans âge, les appendices d'animaux aveugles, hirsutes. Toute la gamme des différences humaines.

Stahl observe, fasciné par le mesurage systématique qui sépare l'humain du sous-humain, le *Herrenvolk* du *Untermensch*.

Rainer

La Suisse était une île au milieu du désastre. Tout autour se dressaient les flots déchaînés de la guerre, fétides et dangereux, portant avec eux la destruction des hommes et des lieux. Ils écoutaient les nouvelles à la radio, lisaient le journal, les armées en marche, les morts, les colonnes de réfugiés et Paris sous les eaux.

Sais-tu ce qui est arrivé à la Kaprálová ? écrivait Hana. Ces jours-ci, les lettres arboraient toujours des timbres officiels – l'aigle et la croix gammée entre les serres – ainsi qu'un autocollant sur le rabat de l'enveloppe où était écrit *Geöffnet*, « ouverte ». Liesel imaginait des hommes qui s'ennuyaient à mourir et des femmes qui échangeaient des clins d'œil à la lecture de ces banalités, inconscientes des codes personnels, parcourant avec lassitude la vie privée des autres, sachant tout et ne comprenant rien.

Tu sais qu'elle a quitté le Martinů pour épouser cet homme sur le retour ? Mais tu n'es peut-être pas au courant, après tout. Jiří Mucha, le fils

d'Alfons Mucha, le crois-tu ? Bref, elle est tom-
bée malade et se trouvait à l'hôpital quand les
Allemands étaient aux portes de Paris. Tu peux
imaginer la panique. Apparemment – je l'ai su
par Kundera qui l'a entendu du vieux Kaprál lui-
même –, son mari a réussi à lui faire quitter la
ville juste à temps. Ils ont fui vers le sud, vers
Montpellier, je crois. Cela ne l'a pas sauvée pour
autant : la pauvre petite est morte à l'hôpital
deux jours après la chute de Paris. Dieu sait
de quoi elle souffrait. Une grossesse extra-uté-
rine ? Voilà, la jolie petite créature est donc
morte et ses parents sont éperdus de chagrin.

Liesel leva les yeux de la lettre. Kaprálová est
morte ! Une autre partie du passé vient de disparaître. Les jeunes qui disparaissent au même rythme
que les plus vieux. Dehors, le lac scintille sous le
soleil, mais elle ne voit que toutes ces vies détruites
autour d'elle alors qu'elle-même est en sécurité,
échouée sur cette île. Combien de temps cela
durera-t-il ? se demanda-t-elle.

Nous sommes aussi pauvres que des souris
d'église, expliquait Hana. Ce passage était en
tchèque – *chudy jako kostlení myš*. Elle avait pris
l'habitude de mélanger le tchèque et l'allemand,
peut-être pour rendre la tâche plus difficile aux
censeurs. *Tous les avoirs d'O. ont été gelés – encore*
des décisions visant à affaiblir ses gens – et nous
tirons le diable par la queue. Ma chérie, tu n'ima-
gines pas combien la situation est désespérée…

Ainsi que Liesel l'avait compris quelques mois plus tôt, « ses gens » était un code. Elle parlait des juifs.

Je crois qu'il va me falloir trouver du travail, tu te rends compte ? ! Dieu seul sait ce que je vais bien pouvoir faire – arpenter les trottoirs, sans doute !

Le ton grandiloquent d'Hana la fit sourire, puis elle glissa la lettre dans son enveloppe, la rangea dans un tiroir et se précipita en bas. Sa réponse devrait attendre. Il était presque midi et ils avaient un invité pour le déjeuner. « Les enfants sont-ils prêts ? demanda-t-elle à Katalin. Je voudrais qu'ils aient l'air présentables. »

Elle s'affaira, remit tout en ordre dans le salon, se rendit à la cuisine pour s'assurer que tout était prêt. Ils recevaient si peu de monde ces jours-ci et cet invité-là comptait tout particulièrement, il était un lien avec leur passé, avec la maison. Le temps de quelques heures, il déploierait cette confiance intimidante qui permettrait de voir les choses avec un peu de recul.

« Voilà la voiture ! Il faut sortir l'accueillir. Allez, vite, vite. »

Ils se postèrent à l'entrée tandis que le taxi remontait l'allée de gravier, Martin, Ottilie et Marika en rang d'oignons, sages et vêtus de leurs habits du dimanche, Katalin derrière eux, et Viktor à côté de Liesel. Leur invité joua son rôle à la perfection, à croire qu'il passait en revue une haie d'honneur, se penchant avec solennité devant Marika et sa mère, échangeait une poignée de main avec Martin, tendant la joue pour qu'Ottilie l'embrasse. «Je me souviens de t'avoir vue alors que tu n'étais qu'un tout petit bébé», lui dit-il ; et Liesel s'en souvenait aussi. Elle se souvenait d'avoir dénudé son sein pour que le bébé le tète, et de Rainer qui observait, les joues rouges, peut-être gêné, peut-être avec désir, peut-être les deux. Liesel éprouvait quelque chose d'approchant, une rougeur qui n'était pas que de l'embarras.

«Je vois que vous avez trahi la cause, Landauer, dit-il en levant les yeux vers la façade de la villa et les fenêtres en ogives, les créneaux, la tour et sa tourelle proéminente. Si l'ornement est un crime, alors cette maison mérite la peine capitale.»

Viktor sourit.

«"Nécessité fait loi", ces temps-ci, von Abt. Nous n'avons pas le droit de nous montrer difficiles.

— Mais même un vagabond peut choisir le pont sous lequel il dort.

— Laissez-moi vous montrer le jardin, suggéra Liesel. Vous détestez peut-être la maison mais le jardin va vous plaire. Viktor, tu nous accompagnes ?»

Mais Viktor devait s'occuper du vin. Il avait trouvé un montrachet très prometteur que Rainer apprécierait sans doute. Ils n'étaient donc pas si nécessiteux. Liesel et Rainer descendirent la pelouse vers le lac, Liesel au bras de Rainer, les enfants qui couraient devant eux. Elle ne pensait pas se réjouir autant de sa visite. Il lui rappelait l'excitation de ces premiers jours, ces temps optimistes où ils faisaient des plans pour la construction de la maison, cette époque pleine d'espoir et de confiance où l'orage paraissait si loin qu'il semblait possible de ne pas y prêter attention. « Comment vivez-vous votre situation de réfugié ? demanda-t-elle. Craignez-vous de mourir en exil, comme moi ? »

Mais il insista pour dire qu'il n'était pas réfugié. Il avait un projet à Zurich, une banque qui voulait de nouveaux bureaux. Et le gouvernement allemand voulait qu'il rentre pour dessiner des villes entières. « Ce Speer me supplie. Il n'est pas aussi bête que les autres. »

L'idée était choquante. « Mais vous n'allez pas accepter ? »

Ce rire puissant.

« Certainement pas. Ils peuvent bien faire leur sale boulot tout seuls. Dès que j'en aurai terminé ici, je pars en Amérique.

— L'Amérique !

— On m'a proposé un poste dans une de ces universités absurdes dont personne n'a entendu parler. Le Michigan Institute for Science and Technology. Plus connu sous le nom de MIST[1]. Qu'en pensez-vous ? Je quitte le capharnaüm européen pour patauger dans la boue américaine. »

Elle rit de la plaisanterie et serra son bras contre elle. Rainer lui donnait de l'espoir, l'impression que tout était encore possible. Il parlait d'acier et de verre, de lumière et de volume, d'immeubles si hauts que les nuages en assombrissaient le sommet. L'Amérique ! Apparemment, cet institut du futur

1. En allemand, *Mist* signifie «boue» ou «fumier».

souhaitait qu'il dessine l'intégralité de son campus. Cela paraissait incroyable : en Europe, on détruisait alors qu'en Amérique on construisait.

« Vous savez que la maison ne nous appartient plus ? lui dit-elle. Ils nous l'ont prise, volée. Parce que Viktor est juif.

— Cela ne veut rien dire. Après la guerre…

— Mais finira-t-elle un jour ? J'aimerais bien le savoir. Est-ce que ce sera un jour terminé ? Le départ a été terrible, vous savez. Notre maison bien-aimée. Celle de Viktor, la mienne, et la vôtre, aussi. J'ai eu l'impression d'être amputée d'un membre. Nous étions si heureux là-bas. Vous savez que je me la représente, parfois. Comme si je la recréais en rêve. Je fais le tour de la terrasse et je ramasse les jouets des enfants. Je vais à l'intérieur, je parcours les pièces, la chambre d'Ottilie, celle de Martin, leur salle de bains avec les canards – vous seriez effaré de les voir, Rainer, des silhouettes de canetons qui suivent leur mère jusqu'à la baignoire. Ensuite, je descends dans la Pièce de verre – les douze marches, le palier, puis je tourne et encore neuf marches, et l'espace qui s'ouvre devant moi comme avant. Je suis là où nous étions si heureux.

— Vous n'êtes pas heureuse à présent ? »

Elle voulait tout lui raconter. Elle voulait lui parler de Viktor et Katalin, de la peine terrible que lui causaient la solitude et l'indifférence. Rainer comprendrait sûrement.

« Je n'ai pas l'impression d'appartenir à ce lieu. Viktor dit qu'il est chez lui partout. Il prétend être un citoyen du monde, mais la maison et mes amis me manquent. Tout est si incertain. Il parle toujours de partir aux États-Unis, mais ce n'est pas si simple pour des gens comme nous, sans travail ni famille là-bas. Ils ont des quotas. D'après lui, la solution serait de passer par Cuba, mais qui voudrait aller à Cuba ?

— Pourquoi ne pas venir avec moi ? suggéra-t-il. Quittez Viktor et enfuyez-vous avec moi en Amérique. »

Le temps d'un instant, son ton paraît sérieux, et l'idée semble même envisageable, que cet homme l'arrache à la précarité pour lui offrir l'assurance. Puis elle rit – « Ce serait de la folie » – et il rit à son tour pendant qu'ils se promenaient le long du lac et sur le ponton, riant à l'idée de s'enfuir en Amérique comme si c'était la plus vaste plaisanterie jamais énoncée. Elle n'avait pas tant ri depuis des années.

Ils déjeunèrent sur la terrasse derrière la maison, sous un soleil pâle, les trois adultes à un bout de la table, Katalin et les enfants à l'autre. La conversation aborda les souvenirs du passé parce que c'était ce dont parlaient des exilés, ce qui avait été et ne serait plus jamais : la maison de Město, la lumière, l'équilibre et la beauté ; les gens qui l'avaient habitée, des créatures de lumière et de beauté elles aussi.

« Parfois, j'en viens à croire que cet endroit n'a en fait jamais existé, dit Liesel. Que ce n'est qu'une création de mon imagination. A-t-on pu être si heureux là-bas ?

— C'est pour ça que je l'ai construite, dit Rainer. Pour vous rendre heureux.

— Mais qui rendez-vous heureux, à présent ? Les banques de Zurich et les universités d'Amérique ? Pourquoi ne pas rester ici ? Nous détruirons cette horreur, et vous pourrez construire une autre maison de verre et nous rendre de nouveau heureux ! »

Rainer rit et prit la main de Liesel par-dessus la table. « Viktor, vous ne savez pas la chance que vous avez d'avoir une telle épouse. »

Viktor affichait un amusement détaché, comme un adulte face à un enfant trop enthousiaste. « Qu'est-ce qui vous fait croire qu'il s'agit de chance ? Tout était prévu. »

En regardant Katalin à l'autre bout de la table qui parlait aux enfants et ne se mêlait que rarement à la discussion, Liesel pensa que oui, c'était un plan, tout cela faisait partie d'un plan. Pendant que le monde était malmené par l'orage, Viktor avait réussi à planifier l'organisation de sa famille jusque dans le moindre détail. Quand Rainer dut partir après le déjeuner, elle s'étonna d'en avoir les larmes aux yeux. D'une certaine façon, il représentait la véritable incertitude, le caprice et le danger. Il n'y avait d'espoir que dans l'inconnu.

« Peut-être nous verrons-nous aux États-Unis, dit-elle quand le taxi arriva.

— Et je vous dessinerai une autre maison », lui assura-t-il.

Elle dut se pencher pour l'embrasser. Elle avait oublié qu'elle était plus grande que lui. Passer du temps avec cet homme vous faisait oublier un simple détail physique comme celui-ci.

Rencontre

Au café, il est assis à la table près de la fenêtre et observe. L'endroit bourdonne de discussions et de rires, un son chaotique qui lui rappelle le bruit d'une colonie animale. Hommes et femmes, corneilles et perruches chapeautées, comme si la frontière entre les espèces n'existait plus – les corneilles et les perruches opérant des croisements contre nature. Il se souvient des heures, des jours passés dans une cachette sur la côte baltique près de Peenemünde à observer les hirondelles de mer faire leur nid – le jacassement, les appels bruyants, les manœuvres pour trouver un partenaire, un territoire. Plus tard, dans le département d'ornithologie de l'institut du Kaiser-Wilhelm, il avait chloroformé ses échantillons et les avait confiés au taxidermiste pour qu'il les dépouille et les conserve. Les peaux étaient dans des tiroirs, les plumes aussi effilées et brillantes que si l'animal était encore en vie si ce n'est que chacun avait une petite fleur de coton qui lui sortait des orbites. Comme les femmes de ce café et l'odeur discrète de naphtaline qui s'accroche à leur plumage.

« Puis-je me joindre à vous, Herr Oberst ? Apparemment, il n'y a plus de place nulle part. »

Stahl lève les yeux. Une femme d'une trentaine d'années, sans doute, certainement plus âgée que lui. Elle a des yeux bleus qui semblent pétiller d'amusement. Ou est-ce de la moquerie. Ses cheveux sont châtain clair. Elle est vêtue de noir et un chapeau pareil à un petit nid d'oiseau est perché sur sa tête. Il se lève à moitié et lui offre une chaise : « *Bitte.* »

Elle s'assoit et commande quelque chose appelé *turecká* ainsi qu'une petite part de *Sachertorte*. Son allemand a beau être parfait, elle est manifestement slave. Il l'examine pendant qu'elle s'adresse au serveur, se concentre sur sa bouche, observe les courbes, les commissures et se demande si elles recèlent des indices. La partie de ses oreilles visible sous sa coiffure soignée : le dessin en volutes, le cartilage qui se fond dans la ligne du cou. Lobes inexistants.

« Alors dites-moi, Herr Oberst, lance-t-elle en tournant son regard vers lui. À quoi devons-nous l'honneur de votre présence dans notre bonne ville ? »

Il sourit, gêné de son intérêt.

« J'ai bien peur de vous décevoir en vous avouant que je ne suis pas un Oberst, *gnädige Frau*. Je ne suis qu'un simple Hauptsturmführer.

— Un *simple* Hauptsturmführer ? Ce titre paraît terriblement important. Mais tous les Allemands sont terriblement importants, n'est-ce pas ? Quoi qu'il en soit, je promeus toujours un soldat. Cela le flatte. »

Elle retire ses gants, les plie pour les ranger dans son sac dont elle sort ensuite un étui à cigarettes. Il refuse d'en prendre une, mais lui tend néanmoins son briquet allumé par-dessus la table.

« Votre mari n'est-il pas avec vous ? » demande-t-il en remarquant son alliance.

Elle recrache la fumée vers la fenêtre comme si elle rejetait du même coup son mari. « Je l'abandonne sans cesse. Je retrouve mes amis dans ce café et il est rare que j'inclue mon mari dans le nombre de mes amis. Mes amis dépensent de l'argent ; mon mari en gagne. Il y aurait conflit d'intérêt. »

Sa commande arrive. Elle boit et mange avec précaution, faisant tout son possible pour que ni son café ni le gâteau ne touchent ses lèvres d'un brillant rouge écarlate. « Et vous ? Y a-t-il une Frau Hauptsturmführer quelque part dans le décor ? »

Il hésite, se demande s'il doit mentir.

« Il y avait. Elle est décédée.

— Oh ! je suis désolée. » Elle ne semble pas l'être. Elle paraît plutôt pensive, comme si elle essayait d'intégrer l'honnêteté de cette réponse. « Vous ne m'avez pas dit ce que vous faisiez ici. Ou peut-être que vous ne pouvez pas. Peut-être que c'est un secret.

— Aucun secret. Je suis ici au nom de la science. Sous mon uniforme bat le cœur d'un scientifique.

— Vous m'en direz tant. J'ai toujours cru que les scientifiques étaient sans cœur. Quel genre de scientifique êtes-vous ?

— Zoologue, anthropologue et généticien. Je dirige le centre de recherche de la maison Landauer. »

C'est à cet instant que leur discussion à bâtons rompus, mi-sexuelle, mi-mondaine, l'une prenant le pas sur l'autre, s'arrête. Elle lève une fourchette de *Sachertorte* qu'elle laisse en suspens, les lèvres entrouvertes.

« La maison Landauer ?

— Vous la connaissez ?

— Très bien. » Le gâteau au chocolat disparaît dans sa bouche. Elle se tamponne les lèvres avec sa serviette pour en retirer les miettes. « Liesel Landauer était une très bonne amie à moi.

— Que lui est-il arrivé ?

— Elle est partie. Vous le savez sûrement sinon pourquoi s'installer dans sa maison ?

— Et vous n'êtes pas en contact avec elle ? »

Elle le regarde pensivement.

« C'est un interrogatoire, Herr Hauptsturmführer ?

— Juste une question sur l'une de vos amies.

— Pour quelle raison souhaiteriez-vous le savoir ?

— Parce que cette maison et les personnes qui en sont à l'origine m'intéressent. Les Landauer devaient être des gens à part pour faire construire un tel endroit. »

Elle hausse les épaules.

« Ils avaient de l'imagination et de la culture. Ils voulaient inventer une nouvelle existence, un mode de vie moderne. C'est tout. Et ils en ont profité pendant dix ans, jusqu'à ce qu'on les oblige à tout abandonner.

— Pourquoi ?

— Je suis certaine que vous le savez, Herr Hauptsturmführer. Viktor Landauer est juif. D'ailleurs, ce n'est pas tout à fait exact. Tout comme son épouse qui n'a de chrétien que le nom, il est en fait athée ; mais il a ce que vous appelleriez du sang juif.

— Je n'aime pas ce terme, "sang". Il n'y a pas d'identité raciale dans le sang. Dans les gènes, peut-être. Des gènes juifs.

— Les mots n'ont pas d'importance. Le concept, lui, en a. C'est pour cela qu'ils sont partis. »

La conversation s'interrompt un court instant, fait une pause pendant que tous deux intègrent ce qui vient d'être dit et ce qui n'a été que sous-entendu.

« Peut-être devrions-nous nous présenter, suggère-t-elle avec précaution. Je sais que les choses ne se passent normalement pas ainsi dans la bonne société, mais, après tout, ce ne sont pas des temps normaux, vous n'êtes pas d'accord ? Ou peut-être ne sommes-nous pas de la bonne société. Je m'appelle Hana Hanáková.

— Werner Stahl », dit-il.

Ils se serrent la main avec solennité par-dessus la table.

« Alors que faites-vous exactement dans la maison des Landauer ?

— Aimeriez-vous voir les travaux que nous menons ?

— Serait-ce une invitation ?

— Certainement. Peut-être pourriez-vous participer à notre enquête sur l'espèce humaine ? »

Elle réfléchit à la proposition.

« Seulement si vous m'offrez à dîner après, lance-t-elle.

— Cela ne posera pas de problème à votre mari ?

— Mon mari, explique-t-elle, me laisse libre d'agir à ma guise. Dites-moi ce que je dois faire pour faire partie de votre enquête.

— Cela comprend des tests, des photos, des mesures. Des choses très simples, en fait. »

Elle le regarde, directement, avec ces yeux fixes et frappants. « Mais les êtres humains ne sont pas simples, Herr Stahl. Ils sont très complexes, au contraire. »

Nage

Ma très chère et belle Liesel, lit-elle, *j'espère que cette lettre te parviendra rapidement. Comme la poste semble lente, ces temps-ci. Quand je pense que tu n'es qu'à une journée de train et que ta dernière lettre a mis trois semaines pour arriver ! J'imagine qu'ils doivent lire nos bavardages, mais comment cela peut-il leur prendre tant de temps ?*

Ils avaient installé les fauteuils en osier sur la pelouse, tournés vers le lac, et s'abritaient sous de grands parasols rouge, blanc et bleu, comme un drapeau national. Ainsi passait le temps – non pas le temps vif et rapide de leur foyer, mais le temps de plomb de l'exil, qui ne se mesurait pas en heures mais par les changements à la surface du lac, du reflet calme à l'aube, où la rive lointaine se renversait dans les profondeurs de l'eau, à la brise qui vient la troubler durant la journée, du bleu vif et métallique au violet du soir et au noir de la nuit. Parfois, la pluie donnait l'impression que la surface était en argent martelé, mais le soleil venait plus ou moins de faire son apparition, et l'eau était d'un azur froissé. Leur troisième été passé dans ces limbes qui n'étaient ni le paradis ni l'enfer.

Bref, j'ai fait la connaissance du nouvel occupant de votre maison. Ça va t'intéresser ! Ils l'utilisent pour des recherches officielles et le responsable des lieux est « une bombe », si tu vois ce que je veux dire. Fesák, comme on disait. Jeune, beau et mystérieux : plutôt réservé, timide et mutique, bien sûr. Il se prétend scientifique et j'imagine qu'il l'est, d'une certaine manière – un anthropologue ou quelque chose comme ça.

Mutique, *němy*, est la racine de *Němec*, Allemand. Liesel pouvait imaginer la joie d'Hana face à la petite plaisanterie contenue dans ce mot codé. Elle leva les yeux de la lettre. Les trois enfants étaient déjà dans l'eau avec Katalin. Viktor lisait le journal. D'autres journaux étaient étalés sur l'herbe autour de lui. La brise soulevait le coin d'une page, révélant une carte de l'Europe de l'Est transpercée de flèches noires. « Invasion », hurlaient les gros titres. Le nom de Barbarossa mangeait la page comme un monstre barbu prêt à tout saccager.

Le croiras-tu, il était assis à notre place devant la fenêtre au Café Zeman ! Je suis donc allée à sa rencontre, me suis assise et me suis présentée (c'était la seule place libre de tout le

café – je le jure !). Je l'ai trouvé assez charmant,
nous avons commencé à discuter et, bien sûr,
quand il a mentionné la maison, j'ai expliqué
que je la connaissais. Si bien qu'il m'a invitée
à visiter les lieux et m'a proposé de prendre part
à l'enquête qu'ils y mènent – quelque chose en
rapport avec l'anthropologie (je ne suis même
pas sûre d'épeler le mot correctement), rien à
voir avec la situation actuelle et je me suis dit :
pourquoi pas ? Je pourrai te raconter tout ce qui
s'y fait.

Comment vas-tu et comment va le Coucou ?
Écris-moi vite. Mes amitiés à Viktor (le démon !),
embrasse les enfants et encore plus ma filleule de
la part de leur tante Hana. Et je t'embrasse toi
aussi, cela va sans dire. Je t'envoie des baisers
par brassées, ma douce. Donne-moi de vos nou-
velles à tous. Tu me sembles si loin.

« Tu viens ? » appela Ottilie.

Liesel leva les yeux.

« Dès qu'il fera un peu plus chaud. Demande à
ton père.

— Tatínek, c'est pas la peine. Il sait même pas
nager. »

Viktor baissa son journal et regarda sa fille.
« Frau Katalin est une excellente nageuse. Pourquoi
as-tu besoin de moi ? » Puis il rejeta son journal et se
leva de la chaise. « Je vais écouter les nouvelles.
Voir où en sont les choses. »

Liesel chaussa ses lunettes. La lumière était si
vive qu'elle devait cligner des yeux pour regarder

Katalin dans l'eau avec les enfants qui jouaient autour d'elle. Les cheveux de la jeune femme étaient lissés en arrière et gouttaient, encadrant l'oval parfait de son visage. À quoi pensait-elle en observant Viktor qui remontait le jardin ? Peut-être au fait qu'il ne la regarde presque jamais, reconnaisse à peine sa présence. Il l'appelait Frau Kalman et recourait au *Sie*, jamais au *du*.

« Elles sont mauvaises, n'est-ce pas ? demanda Katalin en voyant que Liesel la regardait.

— Quoi donc ?

— Les nouvelles ?

— Oui, ce qui n'est pas surprenant. »

La prise de Paris l'été dernier perdait de son tragique face aux derniers événements – les troupes allemandes s'enfonçaient en Union soviétique, trois millions d'hommes, d'après les articles, des milliers de tanks, un front qui s'étirait sur plus de trois mille kilomètres. Cela semblait incroyable. Armageddon, la fin du monde. Le lobe du cerveau assigné aux choses prosaïques était seul à pouvoir assimiler une idée pareille, pas celui dévoué à l'imagination. L'imagination ne pouvait qu'embrasser les faits plus personnels – Vitulka Kaprálová mourant dans un hôpital à Montpellier ; Hana prise au piège à Město avec Oskar ; la maison sur la Route du champ noir abandonnée à son sort ; et eux six ici même, dans ce lieu paisible et incongru où des bateaux naviguaient sur l'eau, où le soleil brillait la journée et où les lumières scintillaient dans la nuit, où les gens vaquaient à leurs occupations comme si de rien n'était et où seuls les journaux et la radio leur expliquaient que le reste du monde touchait à sa fin.

Katalin émergea de l'eau et vint chercher sa serviette. Elle avait la chair de poule.

« Est-ce que l'on craint quelque chose ? demanda-t-elle tout bas pour ne pas être entendue par les enfants.

— Peut-être que oui. » Liesel leva les yeux et lui toucha la cuisse. « Vous allez attraper la mort. Vous voulez que je vous sèche ? »

Katalin sourit et se tint sagement debout, comme une enfant, comme Ottilie, pendant que Liesel lui frottait les jambes ; puis elle s'agenouilla sur l'herbe pour que Liesel lui passe la serviette dans les cheveux. Cet instant de proximité partagée semblait un peu ridicule, comme si l'intimité avec Viktor les liait. « Ma mère faisait la même chose, dit Katalin. Nous prenions un bain dans la cuisine puis on s'asseyait devant elle et elle me séchait les cheveux exactement de cette manière. » Elle fronça les sourcils, à croire que les circonstances la déroutaient. « Je ne l'ai pas vue depuis des années, je vous l'ai déjà dit ? Pas depuis que j'ai quitté la maison pour Vienne. Je… » Elle fit une pause. « … je ne sais même pas si elle est encore en vie. »

Les enfants se mirent à hurler, les filles se liguant contre Martin. Liesel les appela :

« Ne vous battez pas. Sinon, on rentre tout de suite et fini la baignade.

— Mais c'est Ottilie, insista Martin se tenant avec défi dans l'eau entre les deux filles. Elle dit que je ne peux pas nager alors que c'est même pas vrai.

— Il fait semblant, dit Marika. Il touche le fond avec les mains.

— Maminko, est-ce qu'on peut aller là où il n'aura pas pied ? Pour qu'on voie.

— Non, Ottilie. Certainement pas. Vous restez où vous avez pied. » Elle se tourna vers Katalin, toujours à genoux, les cheveux plaqués contre son crâne, les joues blêmes de froid et les yeux couleur de glace. Le temps d'un instant, elle eut l'air d'une jeune fille qui s'était enfuie vers la grande ville et avait coupé tous les ponts avec sa famille. Liesel enveloppa la serviette autour d'elle et lui frotta les épaules. « Vous voulez rentrer chez vous ? C'est ça ?

— Non.

— Quel est le problème, alors ? Écoutez, vous devriez enlever ce maillot, vous allez attraper froid. Je vais vous tenir la serviette. »

Katalin hésita. Puis, alors que Liesel faisait écran avec la serviette, elle baissa le maillot sur ses genoux. « Voilà », dit-elle et pendant une seconde elle se tint nue entre les bras tendus de Liesel. Cette dernière observa la chute de ses reins, les courbes de ses seins, le dôme de son ventre et le delta de poils sombres qui reposaient là entre les cuisses grasses et enfantines. Sa peau était marbrée de bleu. « Il ne faut pas que vous attrapiez froid », répéta Liesel en l'enveloppant dans la serviette et en la serrant fort. Elle sentit les cheveux glacés de Katalin se coller à sa joue, et autre chose aussi, sous la surface de son inquiétude maternelle, un désir animal et vorace.

« Martin nage ! dit Ottilie. Il nage vraiment. Maminko, viens voir. On lui a appris à nager.

— C'est bien, cria-t-elle en relâchant Katalin. Encore cinq minutes et vous sortez. »

Katalin s'accroupit.

« Est-ce que c'est vrai, ce que dit Herr Viktor ? Que nous allons aller en Amérique ?

— Vous en avez discuté ? »

La jeune femme eut l'air gêné. Ne jamais en parler, ne rien mentionner, même de manière détournée, cela faisait partie de l'accord tacite qu'elles avaient passé.

« Il a abordé le sujet.

— D'après lui, l'Europe court à sa perte et il n'y a plus d'espoir qu'en Amérique. Vous savez comment il est. »

Cette dernière phrase en forme d'aveu admettait que Katalin pouvait connaître Viktor aussi bien que Liesel elle-même. Les choses évoluaient en cette journée d'été venteuse, alors que les voiliers faisaient des ronds sur le lac et que les enfants jouaient à s'éclabousser au bord de la plage.

Katalin remonta la serviette sur ses seins et se leva.

« Je n'aurais jamais cru que cela finirait par arriver. Enfin, je pensais que nous attendrions ici le temps que tout s'arrange. Jamais je n'aurais imaginé que nous pourrions partir nous installer à l'autre bout du monde.

— Vous préféreriez rester ici ? »

Elle haussa les épaules. « Je n'ai pas vraiment le choix, n'est-ce pas ? Je ne peux pas rester ici toute seule. »

Au loin, de l'autre côté du lac, les triangles blancs et rouges des voiliers allaient et venaient. La rive opposée était bordée de maisons et, derrière, il y avait une chaîne de collines noircies d'arbres.

« Alors la solution est simple.

— Et vous ? Est-ce que vous voulez que je vienne ? »

Liesel détourna le regard. « Bien sûr que oui. Allez, faisons rentrer les enfants et rangeons un peu tout ça. Il est presque l'heure de déjeuner. »

Examen

Elle arrive à la maison à l'heure pile. Quelqu'un de la réception la conduit dans son bureau et, quand il lève les yeux de son travail, elle est là, sur le seuil, vêtue d'un tailleur gris à épaulettes avec une jupe courte bien dessinée, le genre de modèle que l'on pourrait trouver dans un magazine de mode. Son chapeau est un petit pilulier gris, porté de biais.

Il n'a pas l'habitude. Il a l'habitude des filles de fermiers du pays de cocagne où il a grandi, des femmes d'une simplicité franche – et dont beaucoup ont de lointaines origines juives – qu'il a rencontrées à l'université. Et Hedda, qu'il aimait et qui l'aimait en retour jusqu'à ce que l'amour soit assassiné par les circonstances. Mais il ne connaît pas cette urbanité, cette élégance. Il se lève de sa chaise, contourne le bureau pour prendre sa main et la porter à ses lèvres.

« *Küss die Hand, gnädige Frau* », dit-il.

Elle regarde autour d'elle, son expression est difficile à déchiffrer. Du regret, peut-être. Un soupçon de tristesse. « Cette pièce servait de chambre d'amis. J'y ai dormi quelques fois, vous imaginez ? Il y avait un tableau au mur, juste là, une peinture abstraite de Frantisek Kupka. Vous connaissez Kupka ? Des couleurs pastel vives. »

Il ne connaît pas Kupka. Il ne connaît pas grand-chose à la peinture abstraite. Tout ce qu'il sait, c'est que, à présent, une photo colorisée du Führer, regard perdu sur l'horizon, est accrochée à l'endroit qu'elle pointe du doigt.

« Donc vous connaissiez bien la famille.

— Très bien. Liesel Landauer était mon amie la plus chère. » Elle se détourne et regarde par la fenêtre vers la terrasse déserte. Son visage est plus large que dans le souvenir qu'il garde de leur rencontre au café, ses zygomatiques sont plus accentués. « Les enfants jouaient à cet endroit. Des poupées, des voitures, ce genre de choses.

— Combien d'enfants avaient-ils ?

— Deux. Un garçon et une fille.

— Frau Landauer est-elle juive comme son mari ? »

Elle sourit avec méfiance.

« Elle est allemande, mon cher Hauptsturmführer. Une Allemande aussi grande et belle que vous-même.

— Alors les enfants sont des *Mischlinge*.

— Ils étaient merveilleux. Ils le sont toujours.

— Les croisements ne sont pas une bonne chose. C'est une terrible malédiction pour notre espèce. L'hybridation entre races est contre nature.

— Ottilie et Martin ne sont pas des êtres contre nature. Ce sont des enfants normaux, en pleine santé. »

Il rejette son affirmation d'un haussement d'épaules.

« Nous réunissons des preuves. Nous travaillons dur pour trouver quelles sont les caractéristiques qui définissent chaque race humaine afin que leur pureté soit préservée.

— Et à quelle race est-ce que j'appartiens ?

— Vous ? » Il réfléchit sérieusement à la question. Peut-être voulait-elle faire une plaisanterie, mais cela ne l'intéresse pas. Ce qui l'intéresse est la vérité scientifique. Il tend la main et lui prend le menton pour tourner sa tête de-ci, de-là afin d'en examiner toutes les courbes et tous les angles. « Vous possédez la plupart des caractéristiques du sous-groupe racial dit des Slaves occidentaux. Mais il faudrait une analyse plus poussée pour en être certain. La couleur des yeux et celle des cheveux sont des indices évidents. Et à vue de nez, je dirais que votre arche zygomatique est fortement slave.

— Je ne savais même pas que j'avais une arche zygomatique.

— Tout le monde en a une. Le rapport de l'orbite à l'arche zygomatique est une mesure que j'ai développée quand j'étais à l'institut du Kaiser-Wilhelm à Munich. Elle recèle une force corrélative considérable.

— Je veux bien vous croire ! Cela vous dégoûte-t-il que je sois slave ?

— Certainement pas. Je suis un scientifique et je dois être objectif. Objectivement, les Slaves peuvent montrer beaucoup de talent ainsi qu'une grande… – il s'arrête – … beauté.

— Seriez-vous en train de me flatter ?

— Je ne fais que dire la vérité. Allons voir le travail qui est effectué en bas, voulez-vous ? Vous pourriez devenir une de nos patientes. Je dois vous prévenir que vous serez obligée de vous dévêtir. Pour le dossier photographique.

— Me déshabiller ? » La moquerie est toujours là, dans son sourire et ses manières, comme si elle était au-dessus de tout cela. « Est-ce le prix à payer pour un dîner ? Vous allez bien m'emmener dîner, n'est-ce pas ? N'était-ce pas notre accord ?

— Le dîner n'a pas de prix, c'est un plaisir. La photo, quant à elle, n'a qu'un but purement scientifique. S'il arrivait que nous la publiions, les yeux seraient noircis pour qu'on ne vous reconnaisse pas.

— Et qu'en est-il de l'utilisation privée ?

— Qu'entendez-vous par là ? Les chercheurs…

— Je veux dire *vous*, Herr Hauptsturmführer. » Elle n'est pas facile à comprendre. En général, il cerne les gens rapidement. En général, ils s'en remettent à la médecine, sans doute animés par une certaine angoisse, comme des patients à qui l'on apprend qu'ils ont une maladie mortelle et qui se soumettent à un traitement sans réfléchir, confiant leur vie à la médecine. Mais cette femme est différente, méfiante et sardonique. Intelligente, aussi.

« Je suis un chercheur comme les autres. Laissez-moi vous assurer de mon entière discrétion.

— La discrétion n'est pas forcément ce que j'attends. »

Ils descendent dans la salle des mesures. Elle fait une pause sur le seuil un instant, manifestement fascinée par les changements effectués. Les gens s'activent autour d'elle. Trois femmes attendent pour mesurer sa taille. Deux autres hommes font des tests à une table. Il règne une atmosphère de concentration et de découverte, la sensation que l'on repousse les frontières de la connaissance.

« Je me demande ce que Liesel Landauer pense-rait de tout ça, remarque la Hanáková. La seule chose qu'elle reconnaîtrait est le piano.

— Cela vous paraît-il déplacé ?

— Est-ce la seule chose qui soit à sa place ? Sert-il simplement d'élément de décoration ou quel-qu'un en joue-t-il ?

— J'ai étudié au conservatoire de Munich avant de ressentir l'appel de la science. Mais j'essaie de ne pas perdre la main. »

Elle lui adressa un regard surpris. « Il faudra que vous jouiez pour moi, un jour, Herr Hauptsturm-führer. »

L'une des assistantes, la fille à la peau laiteuse nommée Elfriede Lange, lui tend un formulaire à remplir, puis la conduit vers une cabine d'où Hana émerge en blouse verte et, dépouillée de tout arti-fice, semble plus petite et vulnérable.

« Je me sens comme l'agneau que l'on mène à l'abattoir, dit-elle tandis qu'Elfriede se prépare à lui faire une prise de sang.

— Vous ne sentirez qu'une petite piqûre, la rassure Stahl. Un léger inconfort, sans plus.

— Mais je n'ai pas l'habitude de l'inconfort, léger ou pas. »

Pourtant, quand l'aiguille est enfoncée, elle ne bronche pas, ne bouge pas, ne montre rien, se contente de regarder Stahl pendant que le sang forme une perle de rubis au bout de son doigt. Elfriede lui approche la main d'une rangée de tubes à essai où elle verse ensuite une solution, lève à la lumière chaque tube rempli d'un liquide rouge trouble et observe la coagulation.

« AB, annonce-t-elle. MP négatif.

— Quelle conclusion en tirez-vous, Herr Hauptsturmführer ? Suis-je *Mensch* ou pas ? »

Der Mensch – un être humain ; *das Mensch* – une prostituée. À quoi fait-elle référence ? Puis ils lui indiquent la station de mesure, la balance, et enfin le fauteuil de dentiste pour prendre la longueur des bras et des jambes. Stahl s'en charge lui-même, approche le compas, lui touchant le talon et le genou ; le genou et la fosse iliaque. Il inspire une petite bouffée de son parfum. Si seulement il était possible de mesurer les odeurs, pense-t-il ; on pourrait sans doute les classer : l'odeur juive, l'odeur slave, l'odeur teutonne. L'odeur de cette femme, à peine déguisée par celle d'un parfum parisien, lui fait se représenter la steppe en été, des champs de blé à perte de vue, l'odeur du foin, de l'herbe fauchée. Coumarine. Vanille. Et quelque chose de plus sombre derrière tout cela.

« Suis-je en forme ?

— En bonne forme. En très belle forme, même. À présent, le crâne. » Ses yeux le suivent pendant qu'il se penche au-dessus d'elle, les mains sur les tempes pour que le compas soit bien placé. Son sourire révèle des dents égales et parfaites. Son souffle est chaud. Il déplace le compas pour mesurer l'espace entre le front et l'os occipital puis celui entre le sommet de la tête et le menton. Vient ensuite la longueur du nez, sa largeur à la base. L'orbite, la pointe du compas s'approchant du blanc immaculé de son œil et du joyau bleu de son iris. « Ne bougez pas. »

Elle cligne des paupières. « Comment vous êtes-vous lancé dans ce genre de recherches ? »

Il mesure la courbe de sa joue, l'arche zygomatique. La racine de ses cheveux dessine un V très visible. Il l'inscrit au dossier.

« Je travaillais sur les oiseaux, lui explique-t-il. Je capturais les hirondelles de mer sur la côte baltique et je les mesurais. Il existe cinq espèces du même genre, *Sternus*, et la question de l'hybridation m'intéressait.

— Et que faisiez-vous de vos pauvres captives lorsque vous en aviez fini avec elles ? »

Il sourit face à son inquiétude. « Nous relâchions la plupart des oiseaux, mais certains spécimens ont été chloroformés et naturalisés. Il faut garder des preuves, voyez-vous, pour l'avenir. »

Il y a des grains de beauté : un sur la joue gauche, un autre près de la narine droite. Il note que les oreilles sont finement sculptées, la partie inférieure fondant dans le cou, sans lobes. Enfin, la couleur de la peau, l'intérieur du bras comparé à la charte de von Luschan.

« Puis j'ai été transféré dans l'équipe d'Ernst Rüdin à l'institut du Kaiser-Wilhelm à Munich, au département de généalogie et démographie qui se spécialise dans l'hybridation humaine, et j'ai donc commencé ces recherches. »

Il revient à ses yeux pour trouver l'échantillon de la bonne couleur parmi ceux qui étaient alignés comme des œufs durs sur un plateau. Son regard passe de l'un à l'autre, de la réalité au simulacre jusqu'à s'éclairer lorsqu'il trouve la bonne couleur. Il griffonne sur le formulaire puis referme le dossier. Les yeux bien vivants d'Hana suivent le moindre de ses gestes. Son regard est troublant.

« Allez-vous me rendre ma liberté quand vous en aurez fini avec moi, Herr Hauptsturmführer ? Ou allez-vous me chloroformer avant de me naturaliser ?

— Vous n'êtes pas captive, Frau Hanáková.

— Oh ! mais si. Je suis captive tout comme ce maudit pays est captif. La question est : serons-nous libres un jour ? Ou allons-nous tous finir naturalisés ? »

Elfriede Lange semble choquée. Stahl rit.

« Nous ne faisons rien de ce genre ici. Nous avons fini avec les mesures. Passons aux photos.

— Ah ! les photos. Vous allez regarder ?

— Pas si vous ne le voulez pas. Les sujets peuvent demander des médecins du même sexe qu'eux. Mais j'insiste : je suis un scientifique.

— Tout comme le Docteur Mabuse.

— Je vous promets que je ne suis pas un génie criminel.

— C'est ce qu'il dirait. »

Ils se dirigent vers le studio. Stahl tient les rideaux ouverts pour la laisser passer puis les tire d'un coup sec et attache les nœuds qui les tiennent fermés. Dans cet espace clos, l'air est chaud et brillant. Vêtue de la blouse verte, elle se tient au milieu du demi-cercle et regarde autour d'elle, apparemment indifférente aux lumières et au photographe qui l'observe dans le viseur du Rolleiflex.

« C'est ici que nous dînions. Il y avait une table ronde à cet endroit précis. » Le ton est presque accusateur, comme s'il était responsable d'une sorte de vandalisme.

« Elle gênait, nous l'avons donc descendue au sous-sol.

— Les fêtes – Noël, la nouvelle année. Nous nous amusions beaucoup.

— Les juifs ne fêtent pas Noël.

— Je vous l'ai dit, Viktor Landauer n'est pas pratiquant. Ce sont des gens modernes, des agnostiques, des libres-penseurs. Je suis plus croyante qu'eux.

— Et en quoi croyez-vous ? »

Elle sourit, de ce sourire oblique, ironique. « Je ne crois pas au Dieu plein de compassion des chrétiens. Mais en une certaine force de vie maligne, j'imagine. Une entité toujours prête à vous faire trébucher lorsque vous pensez que tout va bien. »

Le photographe signale qu'il est prêt et Stahl tend une main pour récupérer la blouse. Elle le regarde droit dans les yeux. « Je m'attendais à faire cela dans des conditions moins cliniques », dit-elle en tirant sur les Velcro. Elle retire la blouse et la lui donne sans plus de gêne que si elle tendait un manteau à un domestique.

Il évite son regard, son sourire et contemple son corps. C'est un spécimen, un type, peut-être même exemplaire. Il a des cases à cocher dans le formulaire. Couleur de la peau : ivoire. Seins : pendants mais dressés au niveau des tétons. Sein gauche plus gros que le droit. Aréole : ovale, brune, tétons roses et pointus. Petits grains de beauté sur le buste, dont un sous le sein gauche. Ventre à peine renflé, nombril creux, hanches larges, cuisses étroites, les genoux ne se touchent pas. Il a remarqué que, une fois nus, les hommes et les femmes se transforment. L'athlète peut devenir une sybarite dodue, une bonne femme mal fagotée avoir la silhouette sensuelle de la fertilité, la sylphide devenir un épouvantail ratatiné. Hana Hanáková elle aussi s'est métamorphosée, passant d'une élégance stérile à quelque chose d'érotique et inégal. Le mot *Scham*, les « parties génitales », mais aussi la « honte », résonne dans son esprit, un lapsus dont a parlé le juif Sigmund Freud en dévoilant à tous le sexe de chacun. Elle écarte à peine les jambes, les yeux rivés sur ceux de Stahl qui l'observe. La plupart des femmes gardent les jambes serrées et, comme Ève, essaient de couvrir leur *Scham* avec leurs mains. Mais pas cette femme. Ses poils pubiens forment une masse de boucles, plus sombres que ses cheveux, une flèche qui s'estompe légèrement entre ses cuisses ; et à la pointe de la flèche, l'apparition discrète de lèvres roses.

« Jambes serrées, s'il vous plaît. Tenez-vous aussi droite que possible, les bras le long du corps. » L'appareil émet un petit déclic décisif.

« S'il vous plaît, tournez-vous vers la droite. »

L'arabesque sinueuse de son dos et de ses seins se présente. Encore un déclic.

« Face au mur, s'il vous plaît. »

À présent, il voit les plans complexes de ses épaules et de son dos, la ceinture scapulaire qui se devine sous la peau, la dentelure de la colonne vertébrale qui se cambre entre les ondulations de ses côtes vers la raie des fesses.

« Merci. »

Elle se tourne pour faire face une fois de plus à l'appareil photo et observe Stahl des pieds à la tête comme si c'était lui le spécimen, et non elle.

« C'est terminé », lui dit-il.

Encore ce sourire. « J'en doute fort », rétorque-t-elle.

Il est assis à son bureau, passe en revue de la paperasserie. Les chiffres des groupes appartenant à des minorités ethniques dans la zone carpato-ruthe-rienne sont arrivés, ainsi que l'indique un rapport du service de Bratislava travaillant sous l'égide du gouvernement slovaque. Le temps d'un instant, un instant seulement, il l'oublie. L'équipe de Bra-tislava a enregistré cent quatre-vingt-treize gitans, âgés de treize à quatre-vingt-sept ans. Apparem-ment, l'équipe va être félicitée.

Le soleil de l'après-midi baigne la terrasse. La lumière filtre par les baies vitrées où s'était tenue Hana Hanáková. Il change de position dans son fauteuil, mal à l'aise, croise et décroise les jambes, pense aux chiffres du mois d'avril : six cent soixante-douze personnes évaluées, dont trois cent seize Slaves, deux cent trente-neuf Aryens, cent douze *Mischlinge* à divers degrés. Les Roms et les juifs sont comptabilisés à part, dans l'addendum. L'étude de ces données ne retient pas son attention très longtemps. Fébrile, il se lève et remonte le couloir vers l'administration. « Le dossier Hanáková, demande-t-il au préposé au classement. Je souhaiterais le consulter dès qu'il sera prêt. » Puis il retourne à son travail, signe les résultats du mois et espère ne pas s'être trompé. Les dernières cartes trouées sont toutes dupliquées, entassées dans des boîtes qui seront envoyées à Prague. De Prague elles partiront pour Berlin. Là, elles seront classées dans ces grosses machines noires grondant à travers la nuit, classées, assemblées, analysées pour constituer des dossiers au rythme de cent cinquante cartes par minute. Elles relèveront les motifs et feront des corrélations. Découvriront les clés de la race humaine et de l'identité.

Il dépose les fiches dans le casier des sorties et s'attelle à sa tâche finale, la plus simple, une lettre provenant de la compagnie qui manufacture et entretient les machines, DEHOMG, le Deutsche Hollerith Maschinen Gesellschaft. Ils voudraient changer de jour pour leur entretien hebdomadaire. Le mercredi au lieu du jeudi.

On frappe à la porte et une assistante apparaît avec le dossier que Stahl a demandé : un simple dossier couleur chamois avec l'aigle sur la couverture, une croix gammée entre les serres. *Rasse– und Siedlungshauptamt, Forschungsstätte für Biologie, Biometrik Abteilung.* Et le nom du sujet écrit à l'encre : *Hanáková, Hana.*

« Est-ce qu'il est déjà passé par la Hollerith ?

— Pas encore, Herr Hauptsturmführer.

— Très bien. »

La fille s'en va. Il pose le dossier sur son bureau et l'ouvre. Il contient les détails d'Hanáková, les centimètres, les kilos, l'index du crâne, du visage, les nuances dans la couleur des yeux, la couleur des cheveux, l'insignifiant et l'essentiel. Poils de mi-phalange : présents ; lobes d'oreilles : attachés ; racine des cheveux en V : présente. Tous ces traits et ces bizarreries seront comparés à un catalogue, comptés, ordonnés, et elle ne sera plus qu'une parmi des milliers d'autres, un code sans nom dans le catalogue des races, une goutte d'eau dans le grand océan de la statistique.

Rien dans ce dossier n'évoque l'essence de cette femme.

Il tourne la page des photographies. De l'émulsion brillante, Hana Hanáková lui renvoie son regard avec un léger sourire, comme si elle savait, durant cette fraction de seconde d'exposition, sous les lumières, qu'il contemplerait son image, assis à son bureau.

Elle est si différente de Hedda, à croire qu'elle n'est pas de la même espèce. Hedda avait les traits délicats d'une enfant ; cette femme semble suprêmement adulte. Le visage de Hedda avait l'ovale presque parfait des Nordiques ; cette femme a la mâchoire carrée et la pommette haute d'une Slave. Quel détail subtil de l'esprit ou du corps fait qu'Hana Hanáková est slave et que Hedda était nordique ? Est-ce une simple question de mesure ? Un index crânien de 88.3 ainsi qu'un index facial de 83.5 sont-ils suffisants ? Il se rappelle l'odeur de la Hanáková – ce mélange d'éléments artificiels et naturels, d'odeurs et de parfums. Ce parfum est-il slave ? Il essaie de se rappeler l'odeur de Hedda, mais elle lui échappe autant qu'un rêve. Pourtant, si les différences entre les races sont chimiques autant que structurelles, et si chaque trait d'un organisme vivant se résume à sa composition chimique, alors il doit forcément y avoir une façon de distinguer une Slave d'une Nordique ou d'une juive par la simple chimie.

Il se tourne vers les photos, la vue latérale, la vue de dos, ses hanches en forme de cœur, douces et blanches, avec une fossette de chaque côté. Il se trémousse dans son fauteuil. Il revient au cliché de face. Ses seins comme des larmes. Quelles lois physiques déterminent la lourdeur de la chair, de la graisse, du muscle, des ligaments et des tissus adipeux ? Elle a les tétons pointus, asymétriques, comme une personne atteinte d'un strabisme aussi léger qu'amusant. Il baisse les yeux vers les jambes. Le petit dôme de son ventre, la touffe de poils et l'ombre qu'elle porte vers l'intérieur des cuisses. Devinerait-on… il prend une loupe et la tient au-dessus de la photo… oui, il voit affleurer une petite lèvre, *labia minora*, la membrane souple repoussée vers l'extérieur de la bouche sexuelle.

Il finit par se lever et retourne le dossier au registre.

Ils se retrouvent le soir même au café du Grand Hôtel, en face de la gare. Le choix est celui de Stahl, mais cela convient à Hana – un lieu où les gens vont et viennent, où il n'y a pas de clients réguliers, où personne ne la connaît. Ils prennent place dans le jardin d'hiver au milieu des palmiers en pot et des caoutchoucs tandis qu'un quatuor joue des morceaux de Strauss et de Lehár, et que des couples virevoltent sur l'exquise piste de danse. Tout cela est inédit pour lui – cette femme avec son humour et son intelligence, ce rendez-vous informel pour un dîner, les possibilités tacites. Elle lui parle d'elle, des musiciens et des artistes qu'elle a connus, de Paris et de Vienne, d'une société culturelle et intellectuelle qui existait dans cette ville mais est en train de disparaître. Puis elle l'interroge sur sa famille et il se met à lui parler de Hedda.

« Elle était violoniste. Au conservatoire de Munich. Nous avions l'habitude de jouer ensemble.

— Vous étiez musicien ?

— Je jouais du piano. Mais je n'étais pas particulièrement doué, contrairement à Hedda. Elle avait un talent formidable. Nous… » Il hésite. « Nous nous connaissions depuis toujours, nous jouions ensemble enfants.

— Un amour d'enfance ? Comme c'est touchant. Était-elle belle ? Je vous imagine avec une très belle femme.

— Je la trouvais belle. Elle était blonde aux yeux bleus, typiquement nordique.

— Étiez-vous heureux ensemble ? »

Il joue avec sa nourriture en se demandant comment se sortir de l'interrogatoire dans lequel il vient de se fourrer.

« Très heureux. Nous nous connaissions si bien, vous comprenez. Depuis toutes ces années, d'aussi loin que nous puissions nous en souvenir. Nous avons toujours été… très proches. Mais le mariage a posé problème. Nous avons subi beaucoup de pressions.

— De qui ?

— Notre famille. »

Le singulier est là. L'a-t-elle remarqué ?

« Racontez-moi. »

Il baisse les yeux vers son assiette et les reliefs du repas, les miettes éparpillées, le bol taché de traces de fruit et de fausse crème. Pourquoi devrait-il lui en parler ? Pourquoi quelqu'un qu'il vient à peine de rencontrer devrait-il savoir toute cette histoire ? Une personne avec qui, en toute logique, il allait bientôt coucher ? Mais il est plus facile de se confesser à des étrangers.

« Hedda et moi étions cousins.

— Cousins ? Est-ce si terrible ?

— Nous étions cousins germains. Quatrième degré de parenté. Certaines personnes disaient que notre amour n'était pas naturel. Inceste, ils disaient que c'était un inceste.

— Et ce n'était pas le cas.

— Pas d'un point de vue légal, non. Mais ma famille est catholique – la Bavière, vous voyez – donc il nous a fallu obtenir une dérogation de l'évêque pour nous marier. Ce qui n'a pas empêché d'en scandaliser plus d'un. Ensuite… » Il se tourne et jette un regard aux autres tables comme s'il cherchait un moyen de s'enfuir. « Et puis elle est morte. C'était un accident…

— C'est terrible. Aviez-vous des enfants ?

— Non. Nous n'avons pas eu d'enfants. Écoutez, je ne veux pas en parler. »

Heureusement, à cet instant même, quelque chose vient détourner leur attention. Une chanteuse apparaît devant l'orchestre, une réfugiée des cabarets de Vienne, crinière cuivrée et lèvres écarlates. Elle se met à murmurer dans le micro, une chanson de Mimi Thoma intitulée « Märchen und Liebe », « Contes de fées et amour ». Stahl laisse Hana le conduire sur la piste de danse. Elle est presque aussi grande que lui et il se sent pataud quand ils se rapprochent, comme un petit garçon dans un cours de danse. Mais il s'aperçoit que son contact lui fait l'effet d'un palliatif, que les souvenirs de Hedda refluent, et qu'Hana Hanáková n'est pas troublée, juste amusée – il l'entend rire tout près – par son érection grandissante.

« Je crois que nous devrions monter, non ? murmure-t-elle. Avant que cela ne devienne embarrassant. »

Ils abandonnent donc leur table et gagnent l'une des chambres anonymes du premier étage qui coûte, ainsi que le réceptionniste le leur dit en prenant leur nom, quatre-vingts couronnes. La chambre est prévue à cet effet, un espace minable aux tentures de velours lourd et aux meubles vieillots. Quelques lampes éclairent faiblement la pièce. Cela accentue les ombres, sculpte les courbes et les déclivités du corps d'Hana Hanáková tandis qu'elle se déshabille pour lui et s'allonge sur le lit indulgent et chargé d'ornements.

« Que voulez-vous faire ? » demande-t-elle. Il y a un soupçon d'impatience dans sa voix, comme s'il aurait déjà dû se décider et qu'elle n'avait pas beaucoup de temps. Mais que veut-il vraiment ? Il se penche au-dessus d'elle. Il y a cette odeur slave, fugace mais si évocatrice, l'odeur de la steppe et de la forêt, de la terre et de la mousse. Elle attire sa tête vers ses seins. « Là », dit-elle comme si elle avait deviné quelque chose. Son esprit vacille. Ce qu'il sait de la vérité scientifique lui échappe. Elle le conduit le long des contours de son corps, vers le léger renflement de son abdomen et son nombril, vers l'écume de poils entre ses jambes. Il n'a jamais fait ça auparavant. Jamais avec Hedda, jamais avec personne. C'est un mystère au-delà de son expérience, qui dépasse presque son imagination, une tentation autant qu'une menace. Elle écarte les jambes. La fragrance l'entraîne au bord de la suffocation, un mélange de choses qu'il reconnaît et d'autres qui lui sont inconnues. D'aspérule et de vanille. Le parfum chaud du musc. Un soupçon de fruit. Un souffle à peine perceptible d'ammoniaque. Avec hésitation, il goûte ces saveurs étranges, le sombre mystère du *Scham* slave, la honte, elle, est toujours là, cette bouche barbue qui semble, alors même qu'il l'embrasse, lui tirer la langue avec insolence. Il se sent faible, le parfum, le goût et le contact lui donnent des vertiges. Il essaie de s'écarter, mais elle a les mains sur sa tête, le retient, presse son visage dans cette obscurité.

Des bruits de pas et des conversations leur parviennent du couloir, une voix de femme prise d'un rire aigu. Des portes s'ouvrent et claquent en se fermant. Dans la chambre, Hana Hanáková se tient devant le miroir de la penderie, elle a remis sa jupe et son soutien-gorge, se recoiffe. Stahl observe. Des mèches de cheveux lui tombent près des aisselles. Ses doigts travaillent aussi rapidement et efficacement que sa bouche lorsqu'elle l'ouvre pour parler.

« Vous prenez combien ? » demande-t-il.

Elle fait une pause, regardant son reflet. « Mon Dieu ! vous n'allez pas me payer. Ce serait bien trop sordide. Disons que vous m'offrez un cadeau. Un présent. Une marque de votre gratitude et de votre admiration. »

Il extirpe des billets de son portefeuille et les dépose sur la table. Quatre-vingts couronnes.

« Je crois que l'admiration vaut un peu plus que ça, *mein Schatz* », dit-elle en le regardant dans le miroir.

Mein Schatz. Mon trésor. Il y a du sarcasme dans ce mot. Il l'aime et la déteste, éprouve une étrange émotion contradictoire, l'une équilibrant l'autre. Qu'en serait-il si la balance venait à pencher d'un côté plus que de l'autre ? Se sentant comme un enfant qui ne connaît pas la valeur des affaires d'adultes, il prend quelques billets supplémentaires et les ajoute à la pile. Elle se détourne du miroir, prend l'argent et le glisse dans son sac. « Vous n'aviez jamais goûté une femme de la sorte, n'est-ce pas ? » demande-t-elle.

Le souvenir est encore vif dans son esprit. Cela va bien au-delà du goût. Il y a le parfum, le toucher, et l'impression de transgresser un interdit, un mélange de sensations qu'il n'aurait jamais pu imaginer. Elle referme son sac d'un coup. « C'est bien ce que je pensais. C'est très spécial, n'est-ce pas ? Unique. »

Hedy

Ma Liesel chérie,

Votre maison, votre si jolie maison. La Pièce de verre. Je suis allée la voir comme promis. La maison a été transformée en une sorte de clinique ou de laboratoire, quelque chose dans le genre. Ne t'inquiète pas, rien n'a été endommagé. À l'étage, vos chambres ont été converties en bureaux, et dans le garage se trouve une espèce d'énorme machine à calculer. Ils se servent de la Pièce de verre pour mesurer des gens. C'est tout. Apparemment, il s'agit d'un recensement ethnique – ils mesurent tout, ma chère, y compris l'intérieur de tes oreilles, tu imagines ? –, ensuite ils prennent des photos, d'abord le visage de face, puis de profil, puis en pied de face et de profil, zadek *comprise. Oui, ma chère Liesel, tout cela en* costume d'Adam. *Avec ce jeune scientifique qui me regardait prendre la pose toute nue, cela m'a rappelé le temps où je posais pour Drtikol. Mais d'une certaine manière, c'était amusant, tellement médical et sérieux. « Je suis chercheur », m'a-t-il dit, comme si cela devait me rassurer. Bref, je lui ai donc dévoilé mes plus beaux atours et j'ai bien vu qu'il appréciait, si tu vois ce que je veux dire. C'était l'évidence même – et quand je pense à tous ses discours sur son statut de chercheur !*

Tu vas sans doute trouver terrible tout ce que je te raconte, à moins que tu ne te dises : « Voilà ma bonne vieille Hana ! Tout n'a donc pas changé ! » Après la séance de mesures, mon médecin et moi sommes sortis dîner, et il s'est montré assez sévère et brusque, à croire qu'il ne savait pas comment gérer la situation. Il est assez étrange. Il m'a dit qu'il avait eu une petite femme chérie mais que la famille n'approuvait pas leur union parce qu'ils étaient cousins. Mais Jaromil et Frederica n'étaient-ils pas cousins ? Je ne me souviens pas qu'ils aient eu le moindre problème. Après... enfin, tu imagines. Un jour, je te raconterai tout.

Quant au Coucou – quand nous te rejoindrons, tu pourras la laisser s'envoler avec lui et je te réconforterai ! Ma chérie, ne montre surtout pas cette lettre à Viktor. Il ne m'adresserait plus jamais la parole. J'espère vous voir très bientôt. Surtout toi, ma Liesel. À toi toujours.

Hana.

Elle plia la lettre et la glissa dans le tiroir de son bureau. Elle datait déjà de plus d'un mois et venait seulement d'arriver. La *liaison* d'Hana avec ce soldat avait donc pris un tour bien concret. À moins qu'elle ne soit déjà terminée. Comment savoir ? C'était l'ironie de l'exil – la disparité du temps. Ce qui arrivait maintenant ne lui parviendrait que dans le futur. Par la fenêtre, elle regarda le soleil jouer sur le lac. Il lui était difficile d'imaginer la maison sur la Route du champ noir. Trois ans, presque. Le détachement de l'exil, les souvenirs de certaines scènes aux contours flous au point de perdre leur contexte, la mémoire métamorphosée en imagination. Elle se souvenait de Viktor lui montrant comment créer un flou artistique sur une photo. « C'est comme ça qu'ils s'y prennent pour les stars de cinéma », avait-il expliqué en déposant une fine couche de vaseline sur la lentille. Et c'était ainsi qu'un fait se métamorphosait en souvenir et se brouillait.

Elle prit du papier et un stylo pour répondre. Dehors, sur la pelouse, les enfants s'amusaient ; Ottilie et Marika jouaient des tours pendables à Martin, comme à l'accoutumée. Parfois, Liesel perdait patience et leur criait dessus, et s'en prenait aussi à Katalin de ne pas mieux s'occuper d'eux. Après tout, n'était-ce pas son travail de surveiller les enfants ? Et puis il y avait des larmes – Katalin protestait, montait la voir dans sa chambre et lui disait qu'elle ne tenait pas à être ici, qu'elle ne l'avait pas choisi, que Herr Viktor – toujours « Herr » Viktor – avait décidé qu'elle viendrait avec eux, qu'elle était coincée dans cet endroit qui ne valait pas mieux qu'une prison. Ce genre de choses. Et puis elles se rabibochaient. Il y avait des baisers, des embrassades et des excuses murmurées.

La fatigue de l'exil est insupportable, écrivit-elle.

Nous jouons aux cartes, aux échecs ainsi qu'à un jeu découvert par Ottilie appelé Lexicon. Tu as des cartes portant une lettre et tu dois faire des mots, comme dans des mots croisés. Nous y jouons souvent. En anglais, parce que c'est la langue que les enfants doivent apprendre au cas où nous partirions en Amérique. Les enfants nagent, aussi, et, sous la houlette de Viktor, Martin est devenu un sacré petit matelot. J'ai l'impression de décrire des vacances, mais ce n'en sont pas. Město et nos amis, la famille me manquent tant. Viktor s'absente souvent, travaille à divers projets, mais il est bien décidé à nous faire partir pour l'Amérique. D'après lui, ce sera pour bientôt.

J'ai pensé à toi. Tout me fait penser à toi, *mais un événement en particulier t'a rappelée à mon souvenir. Nous sommes allés voir un film en ville. Nous avions hâte, c'était un nouveau film américain. Après quelques minutes d'une histoire somme toute assez ennuyeuse censée se dérouler dans la Kasbah (l'orthographe est-elle correcte ?) d'Alger, la voilà qui apparaît à l'écran. Eva Kiesler ! Si, je t'assure. Elle a changé de nom, mais impossible de ne pas la reconnaître, elle est toujours aussi belle. Et j'ai pensé à ma méchante Hana qui s'est si mal comportée juste*

pour me rendre jalouse. Aujourd'hui, je souhai-
terais tout recommencer et ne pas te donner de
raison de te tourner vers quelqu'un d'autre. Oh !
Hanička, si seulement tu étais ici, je me jetterais
dans tes bras et ne te laisserais plus jamais
repartir. Voilà, je l'ai dit.

Elle s'enfonça dans son fauteuil, relut sa lettre et
se demanda si elle allait l'envoyer.

Concert

Le théâtre est plein, une foule compacte qui avance dans le foyer sous les chandeliers en cristal. Bien qu'il soit tôt, une majorité d'hommes est en queue-de-pie et cravate blanche, les femmes sont en robes longues. Hana Hanáková l'aperçoit aux marges de tout ce monde qu'il observe, vêtu plus modestement d'un costume gris et d'une chemise à col raide. Elle lui prend le bras et l'entraîne dans la bousculade, acquiesce et sourit à diverses connaissances, adresse un signe de la main aux amis, interpelle certains en tchèque. « Dieu merci ! je ne vous ai pas raté, dit-elle. Je ne veux pas qu'on me voie vous parler en allemand. Cette langue n'est plus trop à la mode, ces temps-ci. »

Ils montent les escaliers, s'éloignent de la cohue. Le foyer du premier étage est décoré avec luxe dans des teintes aussi rouges que l'intérieur d'un vaisseau sanguin. Un ouvreur fait une courbette obséquieuse et salue Hana par son nom. Il les conduit le long d'un couloir arrondi jusqu'à une porte numérotée qu'il ouvre, révélant, plongés dans l'ombre, six fauteuils recouverts de velours rouge surplombant le parterre. « Notre loge », explique Hana en fermant la porte, avant d'ajouter, au cas où cela ne serait pas clair : « La mienne et celle de mon mari. Ne vous inquiétez pas, il est absent. Nous ne serons pas dérangés. »

Toujours debout dans le noir, Stahl baisse les yeux. Des caryatides en plâtre encadrent la scène où l'orchestre est en train de s'installer de cette manière décontractée qu'arborent les musiciens, certains faisant des détours pour arriver à leur place, d'autres tripotant leur instrument ou leur pupitre, produisant quelques notes, se préparant à l'arrivée du chef tel un maître d'école qui entre dans sa classe et y remet de l'ordre.

Elle sort son boîtier à cigarettes de son sac. « Ça vous dérange si je fume ? »

Évidemment, cela ne le dérange pas. Fumer est contre les enseignements du Parti, mais c'est un homme tolérant. Il prend l'une des chaises et s'assoit loin d'elle, peut-être pour prendre ses distances, ne pas respirer la fumée, ou peut-être pour mieux la voir. Elle est vêtue de noir, une robe de soirée qui lui descend jusqu'aux mollets et ornée de franges en perles de jais. Elle porte également des collants noirs qui rendent ses jambes aussi luisantes que du pétrole. Il observe son profil pendant qu'elle fume et étudie le parterre. Dans cet espace fermé, malgré le panache de fumée qui sort de sa bouche, il sent encore son parfum.

À quoi pense-t-elle ?

Et qu'aurait pensé Hedda ?

En contrebas, l'orchestre est au complet et tous les spectateurs sont assis. Les instrumentistes s'échauffent, une cacophonie aiguë et discordante précède l'ordre et la certitude. Puis le chef émerge des coulisses pour prendre place sur le podium, et le silence se fait. Les musiciens semblent suspendus à ses bras levés, comme des marionnettes au bout d'un fil. Il bouge et ils bougent, les roulades liquides des bois introduisant le premier morceau du programme, les eaux tourbillonnantes de la Moldau, la Vltava, les vaguelettes et les remous du jeune fleuve qui gagne en puissance avec l'arrivée des cordes, et se fait vieux et pompeux quand il traverse Prague avant de perdre son identité en se jetant dans l'Elbe. Cet îlot de Slaves au milieu de cette mer germanique doit sans aucun doute y trouver une morale, se dit Stahl : la germanisation est leur seul espoir, l'intégration de ceux qui sont assez proches de la race allemande et, à l'inverse, l'exclusion de ceux qui ne remplissent pas les conditions.

À la fin du morceau, un tonnerre d'applaudissements retentit, comme si les musiciens avaient accompli un acte extraordinaire, héroïque, un fait d'armes. Les gens tapent du pied par terre si bien que toute la salle résonne comme une timbale. Les applaudissements n'en finissent plus, l'assistance est transportée par une vague d'émotion jusqu'à ce que finalement, pareille à une épave, elle échoue sur la rive de la catharsis.

Hana écrase sa cigarette dans une gerbe d'étincelles.

« Que pensez-vous des mouvements de protestation tchèques ?

— Ils semblent assez inoffensifs.

— Inoffensifs ! C'est pathétique. Notre ennemi entre chez nous avec des soldats et nous protestons par de la musique.

— Me voyez-vous comme un ennemi ? »

Elle n'offre pas de réponse. Il y a de l'agitation en contrebas. Un homme – Miroslav Němec, lui explique Hana – est monté sur scène. Il se tient à côté du piano pareil à un cercueil noir sous le feu des projecteurs comme lors d'un interrogatoire. « *Dámy a pánové !* » lance-t-il. Mesdames et Messieurs ! S'ensuit un bouquet d'explosives et de fricatives tchèques parmi lesquelles Stahl ne reconnaît qu'un nom : Pavel Haas.

« Que se passe-t-il ? demande-t-il une fois le discours terminé.

— Il dit que son nom lui fait honte.

— Pourquoi cela ?

— Il signifie "allemand". Il s'appelle Miroslav Allemand. Il a ajouté qu'il regrettait l'absence d'un ami cher, le compositeur Pavel Haas. Il nous a demandé d'avoir une pensée pour lui.

— Et pourquoi Haas n'est-il pas ici ? »

Elle se rassoit dans son fauteuil tandis que Němec s'installe au piano. Le silence est total. « Il est juif », dit-elle.

Le concert terminé, ils s'esquivent avant la fin des applaudissements. Le foyer est désert. Dehors, dans la lumière du soir, ils regardent en clignant des

411

yeux les rangées de policiers en faction sur la place. Des camions remplis de soldats sont garés dans une rue perpendiculaire. Ils traversent la place pour rejoindre la voiture de Stahl. « Où allons-nous à présent ? » demande-t-il.

Sur le trottoir, ils hésitent, chacun incapable de deviner les motivations de l'autre. Derrière eux, le flot des spectateurs commence à se déverser dans le soir, préoccupé par des idées de rédemption nationale et de honte collective. Elle allume une cigarette et tire âprement dessus.

« Décidez, Herr Hauptsturmführer. Tout ce que je veux, c'est être normale pendant un moment. Alors même que je fréquente un Allemand qui me paie, je veux être autre chose qu'une pute.

— Vous n'êtes pas une pute. »

Elle jette un regard à la foule qui se disperse et aux rangées de policiers. « Oh ! que si. Ici, tout le monde joue la pute d'une façon ou d'une autre. Le pays entier est réduit à l'état de prostituée. » Elle jette sa cigarette et l'écrase. « Allons à la maison. Le soleil va bientôt se coucher. Laissez-moi vous montrer quelque chose. »

La maison Landauer est calme et tranquille. Stahl sort ses clés, ouvre la porte et s'écarte pour la laisser passer.

« Ce n'est pas une bonne idée, dit-il. Les gens vont parler. Les gardes feront un rapport.

— De quoi avez-vous peur ? Une simple femme, tchèque, en plus ?

— Je n'ai peur de rien.

— Mais si vous avez peur. Les gens redoutent tous quelque chose. »

Ils descendent dans la Pièce de verre. L'endroit est aussi vide qu'une scène après le départ des acteurs, lumières éteintes, rideau tombé, accessoires prêts pour la prochaine représentation. « Maintenant regardez », dit-elle en appuyant sur un bouton au mur. Dans un léger murmure, un petit moteur caché ouvre les rideaux sur toute la longueur des baies vitrées. Tables, chaises et tous les appareils de mesure sont inondés par la lumière du soir.

Elle pointe du doigt. « Là. »

Un phénomène remarquable se produit dans le mur d'onyx : les rayons du soleil couchant filtrant par les fenêtres se concentrent dans les profondeurs de la pierre, brûlent comme des flammes, l'emplissent d'or et de rouge. Ce croisement de la pierre et du soleil est une manifestation fondamentale comme une éclipse ou l'apparition d'une comète, une sorte de prodige. À moins qu'il ne s'agisse d'une vision de l'enfer. Des feux de l'enfer.

« Ils ne l'avaient pas prévu, explique-t-elle. Personne ne s'en doutait jusqu'à ce qu'ils le voient pour la première fois. On dirait une fournaise. » Ils l'observent un moment. La bibliothèque est baignée de rouge ; même leur visage en est teinté. Elle s'avance vers le piano et soulève le couvercle. « Qu'allez-vous me jouer ? Vous m'avez bien dit que vous pratiquiez le piano, autrefois ?

— Je suis complètement rouillé.

— Aucune importance. Faites comme si vous étiez seul. N'est-ce pas ce que vous faites, docteur Mabuse ? Vous venez jouer pour vous tout seul en prétendant que rien de tout ça n'arrive.

— Quoi donc ?

— La guerre, l'Occupation, les déportations. Comme si nous vivions en temps de paix. Une époque sans peur. »

Il s'assoit au piano à contrecœur, joint les mains, plie les doigts pour s'échauffer. Puis il commence à jouer, doucement, avec hésitation, un morceau qu'il jouait autrefois avec Hedda. Les notes viennent ponctuer la tranquillité des lieux, intenses, des phrases mélodramatiques, des passages méditatifs, des échos solennels – et pendant qu'il joue, pendant que le feu qui brûle dans le mur d'onyx meurt peu à peu, il entend les notes de la partie manquante de violon, comme un jumeau endeuillé pourrait sentir la présence de son frère.

« Vous êtes très doué », dit Hana quand il a terminé.

Il hausse les épaules.

« Je suis assez doué pour savoir que mon jeu est passable.

— Et votre femme – était-elle une bonne musicienne ?

— Avez-vous reconnu le morceau ?

— C'était la "Sonate à Kreutzer", non ? Vous la jouiez avec Hedda ?

— Oui.

— Que lui est-il arrivé ? Comment votre jolie violoniste est-elle morte ? »

Doucement, comme s'il abaissait le couvercle d'un cercueil, il referme celui du piano. La Pièce de verre est silencieuse.

« Elle s'est suicidée.

— Pourquoi ? Était-ce parce que vous étiez cousins ? Quelles étaient ses raisons ? »

La lumière avait peut-être disparu du mur d'onyx, mais, à travers les baies vitrées, le soleil s'accrochait encore à la lèvre du monde, rouge sang et sinistre. La silhouette d'Hana Hanáková se découpe sur cette lumière, une forme anonyme comme celle d'un confesseur derrière sa grille. S'il lui raconte, elle saura tout de lui. Il n'a que cela. Pas d'ennemis qui avancent, pas de coups de fusil qui retentissent, pas de bombes qui explosent, pas de gens à l'agonie. Il n'y a que ça, son désastre personnel.

« Je vous ai dit que nous n'avions pas eu d'enfants, mais ce n'est pas vrai. Nous avons eu une fille. Elle s'appelait Erika. J'imagine que vous ne connaissez pas grand-chose aux bébés…

— J'ai connu ceux de Liesel Landauer. Je les ai vus grandir et je les aime encore.

— Alors imaginez un bébé comme ceux-là. Beau, parfait, le plus beau dont on puisse rêver. Hedda semblait avoir trouvé quelque chose en plus de la musique, un épanouissement qu'elle n'avait pas cru possible. Notre bébé parfait, né de l'amour dont certains disaient qu'il avait outrepassé les limites…

— Et ?

— Et puis son état s'est dégradé – petit à petit. Ce piano, par exemple – j'appuie sur plusieurs touches en même temps et il joue un accord. Les correspondances sont exactes. » Il soulève le couvercle, joue, et l'accord en *do* dièse mineur, clair et harmonieux, remplit l'espace de la Pièce de verre. « Eh bien, pendant six mois, Erika a ressemblé à cet accord : elle était parfaite. Elle a grandi et s'est développée, souriait et riait. Nous reconnaissait, tendait la main quand on se penchait au-dessus de son berceau. Et comme un piano qui se désaccorde, elle a commencé à régresser. Elle souriait, et puis elle n'en a plus été capable. Elle nous regardait, et puis elle ne le faisait plus. Elle saisissait ses jouets, ses hochets, des choses comme ça et puis plus rien. »

Hana attend, près des baies vitrées. Il désire plus que tout lui dire ce qu'il n'a jamais raconté à personne. Il ne sait pas pourquoi. Il ne comprend pas comment son armure a pu être ébréchée par cette femme qu'il a payée pour qu'elle couche avec lui. Cela semble absurde. Et pourtant, c'est bien du réconfort qu'il trouve entre ses bras et ses jambes.

« Cette anomalie s'appelle "idiotie amaurotique infantile". C'est le terme médical. "Amaurotique" signifie aveuglement. C'est un des symptômes.

— Elle est devenue aveugle ?

— Il y avait des marques sur sa rétine. On parle de taches rouge cerise. Petit à petit, elle n'a plus su tenir sa tête – elle dodelinait. Elle n'entendait pas, ne répondait à rien. Elle avait appris à attraper des objets, commençait tout juste à ramper et puis fini.

Elle est passée d'une enfant heureuse, souriante et drôle à une enfant qui ne réagissait à rien. Ensuite, il y a eu les spasmes et les convulsions. » Il fait un geste comme pour faire apparaître l'ensemble des symptômes, toutes les astuces grâce auxquelles une seule mutation peut ravager le corps humain. « On avait l'impression de remonter une montre à l'envers, qu'elle désapprenait tout ce qu'elle avait appris. On nous a expliqué qu'elle finirait par perdre ses fonctions physiologiques et qu'elle mourrait. Ces enfants ont une durée de vie de quatre ou cinq ans. Impossible de s'en sortir, de guérir. Le miracle est exclu.

— Quelle en est la cause ? »

Il est assis dans la Pièce de verre, au milieu des machines de mesure scientifiques, dans ce lieu aux proportions pures et il parle d'irrationalité et d'absurdité.

« Cela est dû à un composant chimique, une sorte de graisse que le corps ne devrait normalement pas produire. Elle s'accumule dans le cerveau et pour faire court, d'après ce qu'en disent les spécialistes, débranche les cellules nerveuses. C'est ce qu'on appelle un problème de métabolisme congénital. Je porte cette mutation génétique en chaque cellule de mon corps. Mais elle n'est pas activée. Il faut deux parents porteurs du gène pour que la maladie se développe.

— Hedda l'avait donc aussi.

— Bien sûr. Cette mutation est dans notre famille et, par notre union, nous l'avons rendue maligne. » Il se tait. « C'est une de ces maladies juives.

« — Une maladie juive ? Ça existe, une chose pareille ?

— Les juifs sont plus atteints par cette maladie que les autres, et ils souffrent d'un certain nombre d'autres maladies de ce type. C'est une affection dégénérative. Ce peuple est dégénéré.

— Le fait de porter ce gène vous rend-il juif ?

— Non, mais un juif a introduit ce gène dans la famille il y a quatre générations. Un arrière-arrière-grand-père. C'est ce que je crois. »

Elle s'éloigne des baies vitrées et s'approche du piano.

« Et le bébé ? Quand était-ce ? Je veux dire, le bébé est-il toujours…

— Savez-vous comment meurent ces enfants ? Ils finissent par ne plus pouvoir avaler. On a beau essayer de les nourrir, ils s'étouffent. Soit ils meurent de faim, soit ils meurent de pneumonie. Il n'y a rien à faire. Rien.

— C'est ce qui est arrivé ?

— Non, pas dans notre cas. »

Il hésite, lève les yeux vers elle. Son expression est pleine de compassion, de la compassion teintée d'horreur. L'horreur ne le dérange pas ; c'est la compassion qu'il n'apprécie pas, la pitié qu'il déteste. Il contemple la Pièce de verre autour de lui, tout juste illuminée à cet instant par un rayon du soleil couchant, et il lui parle du château.

Le château était situé sur les hauteurs, aux abords d'un village calme et pacifique de la Haute-Autriche. C'était un vaste lieu, renfermé sur lui-même et très secret, avec de grands murs et des fenêtres comme des petits yeux surpris. Il était hérissé de tourelles, les toits faisaient comme des flèches, il y avait une tour d'horloge dotée d'un bulbe et d'un toit très pentu en tuile grise. C'est là qu'ils emmenèrent Erika.

« Elle avait quatre ans à l'époque. On a roulé depuis Munich. Ce n'était pas loin mais c'était l'hiver et les routes n'étaient pas bonnes. Lorsque nous sommes arrivés, l'endroit était couvert de neige. On a garé la voiture devant l'entrée principale et on a transporté Erika à l'intérieur. Une aide-soignante est apparue presque à l'instant où nous avons sonné, comme s'ils nous attendaient. J'imagine que c'était le cas. Ils savaient que nous venions.

— Une clinique ?

— Une sorte de clinique. Tout s'est fait très vite et de manière efficace. Bien sûr, il y a eu quelques formulaires à signer mais tout avait déjà été organisé, ce n'était donc qu'une formalité pour confirmer notre identité. On nous a fait entrer dans une salle d'attente où l'on pouvait faire ce qu'on voulait – dire une prière ou autre chose. On a tenté de dire au revoir à Erika, mais cela ne servait à rien. Pour moi, cela faisait des mois que nous avions dit adieu à notre enfant. Au bout de cinq minutes, une infirmière est arrivée et l'a emmenée. »

Dehors, le soleil s'est couché sous l'horizon, la poche rouge sang explosant soudain dans le ciel dans un grand désordre cramoisi. Hana est totalement immobile.

« Pour lui faire quoi ?

— Ils l'ont emmenée pour la tuer. Rapidement, sans douleur, une injection de morphine et de scopolamine pour l'achever une bonne fois pour toutes. Je pense… » À quoi pense-t-il ? Il pense que la science est la clé de tout, que la science finira par donner des réponses à tout et résoudre tous les problèmes. « Je pense que c'était pour le mieux.

— Je ne sais pas quoi dire, réplique Hana dans la foulée.

— Qui le sait ? Il n'existe pas de réponse facile. Hedda n'en a pas trouvé. Quelques jours plus tard, elle est rentrée du conservatoire plus tôt que d'habitude, elle s'est fait couler un bain et s'est ouvert les veines avec un de mes rasoirs. »

Pourquoi a-t-il fait cela ? Pourquoi lui a-t-il raconté ? Celui qui a la connaissance détient le pouvoir, et Hana possède désormais l'avantage sur son corps et son esprit. Elle sait tout de lui, connaît les zones d'ombre et de lumière, les moindres particules de peur et ce qui lui donne du plaisir. Elle sait comment faire revivre les souvenirs et comment, le temps d'un instant, les lui faire oublier. « Ça suffit », dit-il, mais ces mots n'ont aucun effet sur elle. Il est étendu là, vulnérable, sur le sol ingrat de la Pièce de verre pendant qu'elle s'assoit sur lui à califourchon. Elle lui met les mains autour de la gorge. Au-dessus de lui, la gueule obscure de son sexe menace de le faire sombrer dans l'extase.

« Je vous en supplie, dit-il. Je vous en supplie. »

Elle abaisse les hanches. Il n'y a pas de monde au-delà d'elle. Il n'y a pas de lumière, pas d'odeur, pas de goût, pas de toucher qui ne soit pas elle. La Pièce de verre n'est pas là. L'équilibre et la raison ont disparu. Il n'y a que son sexe honteux qui l'enferme, l'oppresse, l'enveloppe, ses doigts étouffants qui lui apportent sensation et oubli à mesure égale.

« Quelqu'un aurait pu venir, dit-il quand tout est fini en tirant sur ses vêtements, essayant de regagner un semblant de contenance, un reste d'autorité. Ne revenez jamais ici, vous avez compris ? Jamais. »

Elle sourit. Son sourire est particulier. Il commence par un mouvement par le bas qui ressemble à une expression de mépris, et il se termine plein de chaleur et de promesse. Elle se penche au-dessus de son visage et lui passe la langue sur la bouche, goûtant son propre parfum. « "Jamais" est un terme qui ne m'est pas très familier, répond-elle. Si nous l'avions écouté, ce mot "jamais", jamais nous n'aurions fait ce que nous venons de faire. Vous ne trouvez pas ça dommage ? »

Partir

Ils étaient sur la terrasse à l'arrière de la maison, les filles jouaient à un jeu de société et Katalin aidait Martin à dessiner une maison. Tous levèrent les yeux quand Liesel arriva avec le courrier. « Il y a une lettre d'Oma pour vous deux, dit-elle. Et une de tante Hana pour moi. »

La lecture du courrier s'était transformée en rituel, un fil fragile qui les reliait à leur pays. Ottilie ouvrit la lettre de sa grand-mère et se prépara à la lire à Martin. Liesel ouvrit celle d'Hana.

Que la vie est dure, ici, lut-elle. *On n'a quasiment plus le droit de faire quoi que ce soit. Tu sais combien il a toujours aimé porter une fleur – rose ou œillet – à sa boutonnière ? Tout a tellement changé qu'aujourd'hui il est impossible de trouver la moindre fleur à l'exception de l'étoile de Bethléem qui, même là, n'en est que la pâle imitation taillée dans du tissu jaune. Il refuse donc de sortir. S'il ne peut pas s'habiller décemment, hors de question de mettre un pied dehors, voilà ce qu'il répète. En conséquence de quoi, je dois me charger de tout à sa place.*

Liesel fit une pause et leva la tête.

« L'étoile jaune, dit-elle sans s'adresser à quiconque en particulier. C'était dans les journaux il y a quelques jours. Une étoile jaune. Et maintenant, Oskar doit en porter une.

— Est-ce que Tatínek devrait en porter une si on était encore chez nous ? demanda Ottilie.

— Oui.

— Et nous ?

— Je n'en ai aucune idée. Cette histoire paraît… » Incrédule, elle secoua la tête. « … Absurde. Incroyable. Comme de marquer le bétail. La pauvre Hana est la seule à pouvoir sortir de chez elle.

— Elle ne porte pas l'étoile ? demanda Martin.

— Non, elle n'est pas juive. »

Ainsi que je te l'ai déjà expliqué, le problème est de trouver de l'argent. Je ne peux pas vraiment entrer dans les détails ici, mais disons que mon scientifique consolide mes finances et que, en échange, je contribue à son bien-être. Une ou deux fois par semaine au Grand Hôtel. Et une fois – je l'avoue –, juste une, dans la Pièce de verre. Il a même joué pour moi, et pas trop mal. Il a été marié et elle était violoniste, il n'y a donc pas que dans les sciences qu'il a du talent. Et comme un petit garçon, il a un faible pour les prunes. Elles coûtent une fortune de nos jours

– quatre-vingts couronnes le kilo. Mais tu le verrais les engloutir !

Une fois de plus, sous le choc, elle cessa de lire pour lever les yeux et regarder la lumière du jour miroiter sur le lac. Des prunes. *Pflaumen.* Elle se sentit rougir en se remémorant les rires dans le noir, un rire réduit au silence, des cuisses puissantes écartées, des mains sur sa tête et l'union complexe du toucher, du goût et des fragrances, là, au centre de tout. L'intense mélange d'extase et de honte.

Devrais-je te raconter cela ? Tu vas penser que je me suis couverte de honte, mais tu n'imagines pas la situation dans laquelle nous sommes ici, Liesel. Vraiment. Les habitants de Město s'en sortent en vendant tout ce qu'ils possèdent. Ils n'ont pas d'autre choix. Je fais la même chose. Rien de plus. Raconte-moi une histoire qui se termine bien. Parle-moi de toi, des enfants, et même de Viktor, ce vieux bouc, et aussi du Coucou dont je comprends aujourd'hui mieux les réactions.
Brûle cette lettre sur-le-champ !
Hana qui t'aime.

Elle se leva. « Je dois répondre à cette lettre, dit-elle. Je n'en ai pas pour longtemps. »

Elle essaya d'écrire une réponse installée dans sa chambre quand elle entendit la voiture de Viktor approcher. La portière claqua, on ouvrit la porte d'entrée, on la referma, puis il y eut des bruits de pas montant les escaliers. Elle prit la précaution de couvrir ce qu'elle était en train d'écrire. On toqua à la porte et Viktor apparut à l'entrée de la chambre avec une grosse enveloppe en papier bulle.

« Les billets sont arrivés », déclara-t-il.

Devait-elle s'en réjouir ou s'en attrister ? Un frisson d'angoisse la parcourut, une sensation physique sous le sternum, comme si son cœur avait cessé de battre.

« Tu les as ?

— Le bateau s'appelle *Magellanes*. Magellan, j'imagine. La compagnie maritime est espagnole. » Il jeta un coup d'œil à la lettre et tenta une prononciation espagnole. « Compañía transatlántica. Billets aller-retour…

— Retour ?

— Je te l'ai dit, c'est ce que réclament les autorités cubaines. Deux cent cinquante dollars par demande de visa, une lettre de crédit de deux mille dollars, cinq cents pour éviter que le nouvel arrivant quitte le pays, cent cinquante dollars pour s'assurer un billet vers le pays de destination finale ainsi qu'un billet de retour pour qu'ils puissent te remettre sur le bateau si tu ne peux aller nulle part ailleurs. » Il sortit les billets rangés dans un carnet orné d'une ligne rejoignant un soleil couchant de couleur vive. « Sept cents dollars juste pour ça. Le marché est favorable aux vendeurs.

— Et Katalin et Marika ? Leurs visas ?

— Tout est prévu. »

Elle se retourna vers la fenêtre. Le passé s'enfuyait, la côte de Bohême était loin derrière elle, Hana debout sur le rivage qui lui faisait signe, tout comme elle-même s'était tenue sur le tarmac à l'aérodrome ce jour-là.

« Nous ferions mieux de commencer à préparer nos bagages, dans ce cas.

— Je suggère que nous partions immédiatement. Nous devons être prêts à partir aussitôt les billets de train confirmés. Je pensais réserver des chambres dans un hôtel près de Genève, tu es d'accord ? »

Elle ne pouvait qu'être d'accord. C'était lui l'organisateur, la force motrice. Où serait-elle sans lui ? À Město, très certainement. Il semblait enthousiaste, comme si le départ pour le Nouveau Monde était une chose positive plutôt qu'un désastre. « "Tu as plus de chance, Amérique / que n'en a le Vieux Continent", dit-il. Nous laissons derrière nous les souvenirs inutiles de l'Europe et ses conflits qui ne riment à rien. » Les premiers mots étaient extraits d'un poème de Goethe. Viktor avait toujours une citation de prête, ces derniers temps. Elle se souvint de la première fois où il lui avait cité Goethe, lors de leur lune de miel en Italie et alors que tout paraissait clair. Elle se détourna de la fenêtre, des voiliers sur le lac et des collines au loin pour observer son mari.

« Les souvenirs sont-ils à ce point inutiles ? Pourtant, c'est bien tout ce qui nous reste. Nous n'avons rien d'autre.

— Il y a l'avenir.

— Je ne suis pas sûre de croire en l'avenir. Ce qu'ils font dans notre ancienne maison, ces recherches en anthropologie, sur la race ou je ne sais quoi d'autre dont parle Hana. Cela aussi, c'est l'avenir.

— Cela ne durera pas, et au moins ils ne l'ont pas démolie.

— J'étais tellement heureuse là-bas. Même si c'était une illusion.

— Le bonheur n'est-il pas toujours qu'une illusion ?

— Comme tu es cynique. »

Il entra dans la pièce et lui posa une main sur l'épaule. Elle aimait ce contact, une chose étrange. Était-ce absurde de vouloir ce contact et de se sentir trahie malgré tout ? « Tu étais heureuse. Nous étions heureux tous les deux. Est-ce que ça ne suffit pas ? »

Elle secoua la tête. « Je ne te comprends pas, Viktor, vraiment pas. Après toutes ces années. »

Il sourit de ce même sourire qui l'avait captivée, elle et des dizaines d'autres femmes. Il était si ouvert, si honnête. « Comment peux-tu attendre une chose pareille ? Personne ne se comprend vraiment. Je ne te comprends pas non plus. Pour Hana et toi, par exemple. »

Elle leva les yeux, surprise, le sang lui montant aux joues. « Comment ça, Hana et moi ? »

Il se pencha pour l'embrasser sur le front. « C'est exactement la question que je me pose. Qu'y a-t-il donc entre Hana et toi ? » Il laissa tomber l'enveloppe avec les billets sur le bureau devant elle. « Tiens, range-les dans un endroit sûr. »

Protektor

Un mouvement de panique gagne la Pièce de verre. Le Reichsprotektor vient en visite à Město. Non pas le vieux von Neurath, l'adorable vieil homme apprécié de tous, mais le nouveau, l'intraitable Obergruppenführer Reinhard Tristan Eugen Heydrich. Des télégrammes et des appels téléphoniques affluent de toutes parts. On fait des projets abandonnés sur-le-champ. Les rumeurs prennent allègrement le pas sur les conjectures. Le Reichsprotektor visitera le centre biométrique; il ne le visitera pas. Il viendra le matin; il viendra l'après-midi. Il voudra rencontrer les employés; il voudra avoir les lieux pour lui tout seul. Le programme du séjour finit par arriver, accompagné du sceau du bureau du Reichsprotektor installé au château de Prague, mettant fin aux interrogations; le centre biométrique lui ouvrira ses portes à 11 heures afin qu'il passe tout en revue, y compris les employés.

Le convoi arrive pile à l'heure. On entend le grondement lointain des motos qui se transforme en rugissement à mesure qu'ils approchent et, soudain, les véhicules, qui arrivent de l'hôpital des enfants, font leur apparition. Les motos sont suivies de la voiture des officiels et d'une Mercedes décapotable vert foncé, un drapeau à croix gammée flottant sur le garde-boue avant et le SS-3 inscrit sur la plaque minéralogique. Inutile d'être un génie pour comprendre à quel niveau de la hiérarchie se situe cet homme. Le Führer est SS-1; le Reichsführer-SS Heinrich Himmler est SS-2; cet homme-ci est SS-3. Le Père, le Fils et le Saint-Esprit. Une trinité. La capote est baissée pour que les gens puissent le voir assis dans toute sa splendeur à l'arrière de la voiture et, de fait, il a quelque chose de fantomatique, une pâleur solennelle; il se lève une fois le véhicule arrêté. Ses médailles et ses insignes luisent au soleil : l'aigle au bras gauche, ses insignes de pilote sur la poitrine à gauche, ainsi que celui, en or, du Parti, le ruban de la croix de fer. Il a un visage allongé et des traits figés, des yeux pâles ainsi qu'un grand nez fier qui rappellent à Stahl un masque aztèque qu'il avait vu à l'institut du Kaiser-Wilhelm. Qu'est-ce que cela indique de la généalogie ? se demande-t-il. Il possède des lobes d'oreilles très dessinés, des cheveux blonds, une bouche lippue et sensuelle qui, à cet instant, s'étire en un sourire grave. Il a des hanches larges, presque féminines.

Debout, entouré de son personnel, Stahl lève le bras droit et lance l'appel de clairon : « *Heil* Hitler ! » Le Reichsprotektor met pied à terre et retourne le salut d'un geste simple et vif de la main, comme s'il avait une connaissance privilégiée de l'homme ainsi évoqué et qu'il peut donc se permettre de traiter la question avec une certaine familiarité. « Stahl, dit-il en tendant la main. J'ai beaucoup entendu parler de vous et de votre travail. »

Stahl reste un instant tétanisé. « Herr Obergruppenführer Heydrich, vous êtes… » Qu'est-il ? Bienvenu ? Craint ? Impressionnant ? « … très aimable d'honorer de votre présence notre modeste avant-poste dédié aux avancées de la recherche scientifique. Tels d'humbles guerriers lancés dans le combat pour la vérité et la compréhension, nous… »

Le Reichsprotektor l'interrompt :

« Je suis sûr que tout ce que vous me dites là est très louable, mais j'ai peur de ne pas avoir de temps pour ce genre de chose. Je souhaiterais voir ce que vous faites, pas ce que vous pensez ou pas de ma visite.

— Bien sûr, Herr Reichsprotektor. » Stahl se tourne vers le personnel en attente. « Je vous présente mes collègues chercheurs… »

Le Reichsprotektor acquiesce en direction de la brochette de scientifiques. « Bien. Je ne doute pas un seul instant qu'ils font un travail remarquable. Voudriez-vous avoir l'obligeance de me montrer le chemin ? »

Ils entrent avec dix minutes d'avance sur le programme, les gens s'effaçant sur leur passage.

« Quel genre de bâtiment est-ce ? demande Heydrich alors qu'ils descendent vers la Pièce de verre.

— Une ancienne maison.

— Comment ces gens pouvaient-ils vivre dans un endroit pareil ? Ils étaient juifs ?

— Je crois. »

Heydrich fait une pause dans les escaliers. Les paupières tombantes sont un piège.

« Le travail que vous effectuez… Permet-il d'identifier les juifs ?

— Nous avons fait des découvertes importantes dans ce domaine. Par exemple, la couleur de leurs cheveux…

— J'ai entendu dire qu'il existait des maladies juives.

— C'est une race dégénérée et, en ce sens, elle porte en elle des maladies génétiques, ce qu'on appelle "des erreurs de métabolisme congénitales". L'idiotie amaurotique familiale de Tay-Sachs, par exemple, ou la dégénérescence spongieuse du névraxe identifiée par Canavan. Nous avons également la maladie de Gaucher, et une ou deux autres. Les liens ont été établis dans la base de données de l'héritage mendélien. »

Il y a un instant de silence dans l'espace exigu.

« Est-ce vraiment ce que nous cherchons ?

— Les choses ne sont pas si simples, Herr Reichsprotektor. Tous les juifs ne sont pas atteints par ces maladies et, par ailleurs, les personnes souffrant de ces affections ne sont pas toutes juives. » Stahl ouvre la porte et recule pour laisser passer Heydrich. « Ici, nous avons adopté une approche différente. Dans ce laboratoire, nous nous efforçons de mesurer les plus infimes variations du phénotype, puis nous cherchons à savoir s'il existe des *combinaisons* de caractéristiques permettant d'établir un diagnostic racial. C'est à cela que servent les machines Hollerith, elles organisent les données que nous accumulons. Vous les verrez plus tard, Herr Reichsprotektor. »

Dans la Pièce de verre, le personnel attend, nerveux. Le visiteur observe le demi-cercle de scientifiques qui lui fait face, le mur d'onyx et l'espace ouvert, les baies vitrées et la vue sur la ville.

« Et ces propriétaires juifs, ils *vivaient* ici ? On dirait plus une salle d'escrime qu'un salon.

— C'étaient des gens modernes, Herr Reichsprotektor.

— Que sont-ils devenus ?

— Ils ont émigré.

— Excellent. » Il fait un signe de tête en direction des chercheurs, comme si le mérite du départ des Landauer leur revenait. Puis il aperçoit le piano. « Et qu'est-ce que cela fait ici ?

— Les propriétaires l'ont laissé. Nous avons choisi de ne pas l'enlever.

— Pourquoi ? Pourquoi le garder ? Vous jouez ? »

Existe-t-il un arrêté du Parti interdisant ce genre de chose ?

« Je joue un peu, Herr Reichsprotektor. Je pensais qu'un soupçon de culture allemande ne serait pas déplacé.

— Il est donc accordé ?

— Oui. »

Il y a une pause. Les gens présents les observent, les hommes en uniforme qui accompagnent le Reichsprotektor, les scientifiques en blouse blanche, tous se demandent ce qui va arriver. Heydrich lève le couvercle de l'instrument et fait courir habilement ses doigts sur le clavier. Quelques notes s'élèvent dans le silence, les premiers accords de l'une des *Romances sans paroles* de Mendelssohn. La bouche du Reichsprotektor s'étire dans ce qui pourrait être un sourire.

« Vous ne jouez pas Mendelssohn, j'espère ?

— Liszt. Beethoven, dit Stahl. Pas Mendelssohn. Mendelssohn était juif.

— Sa judaïté aggrave-t-elle sa musique ? Dommage que je n'aie pas mon violon avec moi. Nous aurions pu jouer ensemble, du Mendelssohn, pourquoi pas, pour le mettre à l'épreuve. Maintenant, montrez-moi vos appareils de mesure. »

La vague de soulagement qui submerge Stahl est presque palpable. « Peut-être le Obergruppenführer consentirait-il à être mesuré. Cela lui donnera une idée concrète de nos méthodes ? »

Le Reichsprotektor hésite. Cet homme connaît rarement l'hésitation, même s'il la détecte souvent chez les autres. Cela ressemble à une faiblesse, le premier symptôme d'une maladie dégénérative, comme celles dont souffrent les juifs. On doit bien pouvoir se débarrasser de ses faiblesses, non ?

« Pourquoi pas ? dit-il finalement. Je suis sûr que nous avons quelques minutes. Pourquoi pas ? » Il tend sa casquette à un sous-fifre et consent à être conduit vers l'espace de mesurage. Le rouge aux joues, Elfriede Lange lui indique où se tenir, où il doit s'asseoir, s'allonger. Le corps de l'homme paraît long et langoureux sur le canapé. Ses bottes brillent sous les lumières. Ses médailles aussi. Il sourit à Elfriede qui rougit davantage. « Vos origines nordiques sont remarquables, lui dit-il.

— Merci, Herr Reichsprotektor.

— Ce n'est pas moi que vous devriez remercier, mais vos parents. »

Elle donne les mesures et Stahl les inscrit lui-même dans un dossier vierge.

« Vous m'avez donc dit que vous n'aviez trouvé aucune caractéristique qui distingue un juif d'une personne d'origine nordique ? demande Heydrich.

— Pas de caractéristique unique.

— Mais une combinaison ?

— C'est plus probable, Herr Obergruppenführer. C'est ce sur quoi nous travaillons.

— Et les Slaves ? Les Slaves nous intéressent aussi. Il nous faut savoir s'ils peuvent être racialement assimilés aux Allemands ou pas. Vous comprenez ?

— Nous travaillons sur ces deux questions, Herr Obergruppenführer.

— Alors je vous suggère de vous dépêcher. Ce travail est vital. »

Elfriede s'affaire pour effectuer les dernières mesures, celles du crâne. Pendant qu'elle ajuste la machine, Heydrich lui saisit le poignet avec la rapidité et la précision d'un escrimeur. Elle reste calme, comme un lapin blanc pris dans un piège.

« Quand vous aurez terminé, j'emporterai le dossier avec moi. En souvenir.

— Bien sûr, Herr Obergruppenführer.

— Et vous ne garderez aucune trace de mes mesures.

— Bien sûr que non, Herr Obergruppenführer. »

Les yeux écarquillés de peur, elle achève son travail. Le Reichsprotektor se lève, lisse sa veste et ajuste sa cravate.

« Fascinant, dit-il à Stahl. Mais je regrette que vous n'ayez pas encore trouvé un trait juif caractéristique indéniable. Vous devez travailler là-dessus. Il me semble que c'est la priorité. Même chose concernant les Slaves. Certains Slaves ne sont pas moins dégénérés que les juifs.

— Bien sûr, Herr Obergruppenführer. »

La visite se poursuit, rapide et professionnelle, les gens qui courent partout, Heydrich qui regarde de-ci, de-là, pose des questions, sourit, fronce les sourcils. Son sourire est pire que son froncement de sourcils. On dirait qu'il est plaqué sur le visage d'un cadavre.

Les membres de l'équipe remettent tout en ordre. « Comment ça s'est passé ? » se demandent-ils avec angoisse tout en travaillant. Stahl se tient près des fenêtres et regarde la vue, le soleil de l'après-midi qui descend vers l'horizon, se prépare à percer le mur d'onyx avec sa lance de feu. Les autres seront partis quand cela se produira. Il sera le seul témoin de ce phénomène merveilleux.

Il réfléchit à tout ce qui arrive dans la Pièce de verre : la précision de la science, les variations folles de la luxure, le soulagement de la confession et la peur de l'échec.

« Ai-je fait les choses comme il fallait ? » demande Elfriede.

Son front lisse est ridé d'inquiétude.

« Bien sûr que oui.

— A-t-il apprécié notre travail ?

— Comment savoir ? » Elle lui rappelle Hedda, voilà le problème. Hana Hanáková est tellement différente qu'elle semble appartenir à une autre espèce, mais Elfriede Lange appartient à la même race que Hedda. « Dites aux autres qu'ils peuvent partir. Je vais fermer.

— Vous êtes sûr ? »

Elle a ce regard préoccupé, comme si elle était responsable de son bien-être. Hedda affichait la même expression.

« Mais oui. C'est un ordre. Faites ce que je vous dis. » Quand il n'y a plus personne, il retourne se poster devant les baies vitrées et regarde la ville en s'interrogeant sur Hana Hanáková. Depuis ce point de vue privilégié, son regard embrasse toute la ville. Elle est quelque part là-bas, qui attend. Il pense à elle, à ce qu'elle sait, se demande à quoi elle pense. Elle semble représenter un danger pour lui, un attentat à son existence même. Il désire l'oubli qu'elle lui procure, mais, d'un autre côté, il serait heureux de ne jamais la revoir. Peut-être dépend-il d'elle comme d'autres sont dépendants d'une drogue. Il a connu des gens qui avaient ce rapport à la morphine, qui la désiraient tout en la haïssant.

Ce n'est pas de l'amour, c'est tout le contraire de l'amour : de la haine rendue manifeste.

Léman

Très chère Hana, écrivit Liesel, *j'ai reçu ta lettre numéro 18 juste avant que nous quittions la maison de Zurich. Il semblerait donc que seule la numéro 15 soit manquante. Comment s'en étonner, ces temps-ci ? S'il te plaît, note notre nouvelle adresse, du moins pour le moment. Je n'ai aucune idée d'où nous serons d'ici une semaine. J'ai donné des instructions aux gens de l'hôtel afin qu'ils fassent suivre tout ce qui arrivera entre-temps, mais je te tiendrai informée dès que possible.*

Après la parenthèse de Zurich, ils ont donc enfin entamé leur voyage vers l'ouest, les enfants sont inquiets à l'idée d'abandonner leurs nouveaux amis et les adultes se veulent pleins d'espoir. Cette fois, les choses seront moins permanentes : ils séjournent dans un hôtel plutôt que dans une maison, un palace dans le style du Biedermeier, le Grand Hôtel Vevey, avec des auvents rayés que vient soulever la brise ainsi qu'une vaste terrasse où les familles suisses se réunissent pour le déjeuner afin de se féliciter de n'être ni allemandes ni françaises, et donc ni conquérantes ni conquises. Ici aussi, Liesel loge dans une chambre dotée d'une vue sur le lac, même s'il ne s'agit pas du même lac, que celui-ci est plus grand, plus sombre et que la rive d'en face appartient à un autre pays. Les montagnes du côté français sont noires de forêts ; sur les sommets, on aperçoit la neige au-dessus d'une brume qui ressemble à un banc de nuages. Cette rive n'a beau se trouver qu'à quelques kilomètres à vol d'oiseau, ils n'entreprendront pas de traverser le lac à la voile, la belle saison venue. Ils prendront un train de Genève à Bilbao en passant par la France. C'est de Bilbao que partent les transatlantiques. Plus loin que tout ce qu'elle connaissait.

La bureaucratie ne cesse de nous retarder et rien n'est moins sûr que la date de notre départ. Nous nous rendrons à Lyon en train dans cinq jours. En fait, je vois la France depuis ma chambre. Cette partie de la Suisse me paraît si française après Zurich – tu sais, des hommes d'un certain âge en béret qui boivent du vin rouge au petit déjeuner, ce genre de choses ! Viktor pense que c'est mieux d'être ici. Il dit qu'il veut faire table rase du passé, se débarrasser de toutes ces absurdités germaniques.

Nous continuons de mener cette vie étrange, comme une sorte de danse dont les pas seraient plus le fruit de l'instinct que de l'apprentissage – une de ces danses folkloriques moraviennes qui nous faisaient rire autrefois ! D'une certaine façon, Kata et moi partageons certaines choses dont nous ne pouvons même pas discuter. Devrais-je lui en vouloir ? Je n'éprouve aucune colère à son égard. À vrai dire, j'ai plutôt de l'affection pour elle. Peut-être que nous sommes toutes les deux des victimes. Inutile de te dire que les enfants grandissent, même si leurs amis leur manquent. Les filles mènent ce pauvre Martin par le bout du nez. Ils embrassent leur tante Hana bien fort et Ottilie te dit d'être sage. Elle ne sait pas trop ce que cela veut dire, mais moi si ! J'ai ri en t'imaginant prendre ce brave scientifique au piège, puis j'ai été choquée, et enfin jalouse. Comment va O. ? Tu ne le mentionnes qu'en passant – j'espère qu'il se porte bien.

Ta bien-aimée
Liesel

Elle plia la lettre, la glissa dans l'enveloppe et la porta à la réception. Alors qu'elle s'éloignait vers la terrasse ensoleillée, une voix la rappela. « Madame Landauer ! »

C'était le concierge, resplendissant dans son uniforme – Viktor l'avait décrit comme un caporal de Ruritanie –, qui faisait le tour du comptoir avec une lettre sur un plateau d'argent. « Ceci vient juste d'arriver, madame. »

L'enveloppe tamponnée et cachetée portait le mot familier de *Geöffnet* sur le rabat, et Liesel reconnut immédiatement l'écriture sur le recto. « C'est la personne à qui je viens d'écrire, dit-elle.

Peut-être puis-je récupérer ma lettre pour lui répondre ? »

Mais impossible de commettre un acte aussi contraire aux règles. La boîte était la propriété de la poste suisse et ne pouvait être ouverte que par une personne autorisée. Par ailleurs, les lettres se trouvant dans ladite boîte étaient la propriété du destinataire et non de l'expéditeur. Il semblait contrarié de voir qu'elle ignorait cet état de fait.

« Telle est la loi de ce pays, madame.

— Bien sûr. »

Elle emporta la lettre sur la terrasse. C'était une belle matinée venteuse. Ottilie dessinait sur son carnet de croquis. Le vent soulevait les coins de la page et Ottilie s'adressa durement à elle comme si elle avait affaire à un enfant récalcitrant. Martin était plongé dans sa lecture et Katalin brodait des initiales sur un coin de mouchoir en lin. MK. Sa fille était assise à ses côtés et la regardait créer ce petit hommage à sa personne.

Liesel prit la chaise qu'on lui avait laissée.

« Une lettre de tante Hana, dit-elle.

— Lis-la-nous, dit Ottilie. S'il te plaît. Tante Hana me manque tellement. »

Elle déchira l'enveloppe, en sortit la lettre et la déplia.

« Chère Liesel », lut-elle à voix haute. Elle s'arrêta. *Je ne sais vraiment pas comment t'annoncer cela, mais je vais essayer...*

Orage

On l'appelle au portail d'entrée. Une femme le demande, insiste pour le voir, cela ne prendra pas longtemps, il lui faut une réponse. Elle prétend le connaître, ce qui explique qu'ils ne l'aient pas renvoyée d'office.

C'est elle, bien sûr. Elle porte un vieux manteau gris et de simples chaussures de marche qui la font ressembler à une réfugiée, elle se tient sous la pluie battante et lui fait penser à l'une de ces milliers de déplacés qui envahissent la ville. C'est peut-être intentionnel, une sorte de déguisement. Il se précipite, dos voûté pour se protéger du vent, loin du regard curieux des soldats.

« Qu'est-ce que vous faites ici, bon sang ?

— Je veux vous parler.

— Pas ici, bon Dieu !

— Où, alors ? Où d'autre puis-je vous voir ? »

Il ne l'a pas vue depuis plus d'une semaine. Elle n'était pas au café où ils s'étaient connus, elle n'a pas répondu au numéro de téléphone qu'elle lui avait donné, elle n'était pas au Grand Hôtel quand il y allait pour boire un verre. Et la voilà qui apparaît soudain dans l'orage, sans prévenir. Il lui fait descendre les escaliers jusqu'au centre de biométrie. Heureusement, les lieux sont déserts. Elle retire ses chaussures et va vers les baies vitrées. Elle paraît instable dans ses déplacements, comme si une pièce de son mécanisme était cassée. De l'autre côté de la vitre, c'est une soirée d'automne, les nuages filent dans le ciel au-dessus du château, des trombes de pluie battent le verre comme des poignées de cailloux, un rayon de soleil occasionnel parvient à s'extraire de la masse nuageuse.

« Mais, bon sang, où étiez-vous passée ? demande-t-il. J'ai essayé de vous joindre mais vous ne répondiez pas au téléphone au numéro que vous m'avez donné.

— J'étais occupée.

— À quoi donc ?

— Cela ne vous regarde pas.

— Et maintenant ? Je fais de nouveau partie de vos priorités ? Je vous ai déjà dit que nous ne devions pas nous rencontrer ici. Une fois suffit. Les gens vont vous voir. Ils vont se poser des questions. Je ne peux pas accepter que votre présence compromette mon travail. Vous ne devez jamais recommencer. Si vous le faites…

— Que ferez-vous, Herr Hauptsturmführer ?

— Je vous ferai arrêter. »

Elle rit. Peut-être est-elle soûle. Elle semble rétive et dangereuse, prête à tout. Dehors, le vent cogne aux fenêtres.

« Comment se portait votre visiteur ? demande-
t-elle.

— Mon visiteur ?

— Votre maître et protecteur. Comment l'avez-
vous trouvé ? Est-il le monstre dont tout le monde
parle ?

— Qui dit cela ?

— Tout le monde. Même les journaux le sug-
gèrent. Des arrestations, des disparitions, des
déportations. Des milliers de juifs ont été ras-
semblés à Prague et envoyés en Pologne. Cinq
mille, paraît-il. Vous devez le savoir. Il y a une
rumeur…

— Il y a toujours des rumeurs.

— On dit que la forteresse de Theresienstadt est
transformée en ghetto. Les juifs sont concentrés
là-bas, d'après ce qu'on raconte. »

Il hausse les épaules. « Peut-être que c'est vrai.
Qui sait ? Ce serait une solution pratique. »

Elle déambule dans la pièce, touche des objets
comme pour s'assurer de leur réalité – la table
d'examen, l'étrier, les bureaux et la chaise – et
parle d'un air pensif, à croire qu'elle essaie d'éclaircir les choses pour elle-même. Serait-elle juive ?
Cette idée le fait frissonner de dégoût, qu'il ait
pu faire ce qu'il a fait avec une juive. Mais les
mesures le nient. Elle est slave, une Slave typique,
émotive et instable, qui passe sans cesse du coq à
l'âne, son esprit aussi variable que l'orage qui
gronde dehors.

« On leur interdit tout, non ? dit-elle. Aux juifs,
je veux dire. Ils ne peuvent plus faire leurs courses

à des horaires normaux. Ils ne peuvent plus prendre le tram. Ils ne peuvent pas se rendre dans un café ni dans un hôtel, ils ne peuvent même pas se promener dans un parc public. Ils ne peuvent pas posséder d'animal domestique ni de téléphone. Ils ne peuvent pas exercer de métier décent. Ils doivent porter une étoile, comme s'ils avaient la peste ou je ne sais quoi. Et maintenant, on les arrête pour les déporter. Vous devez forcément savoir quelque chose. J'imagine que tout ça – elle fait un geste vers la pièce, les appareils, les dispositifs – veut dire que vous savez ce qui se passe. »

Il prend quelques dossiers, les met en ordre et les range dans un tiroir. Il est en colère après elle, en colère à cause de ses questions insistantes, de ce qu'elle sait sur lui, parce qu'il l'a autorisée à regarder dans les profondeurs de son passé. Il claque la porte du cabinet de rangement, le ferme à clé et se tourne.

« C'est un fléau qui nous affecte tous. Mon Dieu ! il a même affecté ma famille. Vous le savez bien. À présent, plus nous prenons de kilomètres à la Russie, plus nous contrôlons ces gens. On ne peut pas rester là les bras croisés. Il nous faut trouver une solution.

— Et cette solution est la persécution ?

— L'isolement, oui. Pourquoi vous sentez-vous si concernée ? »

Elle le regarde droit dans les yeux. « Parce que mon mari est juif. »

Il se met à observer la Pièce de verre, sa beauté et son équilibre, sa rationalité. Puis il revient vers elle. Elle se moque de lui. C'est le rire qui est troublant. On dirait le rire d'une idiote.

« Cela vous dégoûte-t-il, l'idée de me partager avec un juif ? L'idée qu'il y ait eu une bite juive dans le con que vous aimez tant lécher ?

— Vous feriez mieux de partir, dit-il. Vous feriez mieux de partir tout de suite. »

Mais elle le contemple, les traits du visage tendus comme si elle se protégeait contre des bourrasques de vent.

« Il y a autre chose, dit-elle. En rapport avec votre maudite dégénérescence. Quelque chose que vous devriez savoir.

— Quoi ? Quoi encore ? » Elle est folle ou soûle, ou peut-être est-elle sous l'influence d'une drogue quelconque. Il a entendu dire que les femmes de son espèce consommaient ce genre de substances. Morphine, jouer avec la morphine, cette morphine qu'on utilise au front pour atténuer la vraie douleur, mais qu'elles utilisent pour traiter leurs souffrances imaginaires. Comment se débarrasser d'elle, la faire sortir de cet endroit et l'emmener dans un autre où rien n'a d'importance, l'hôtel où ils se retrouvaient, la chambre anonyme à la lumière tamisée et, dehors, le vacarme des trams, loin de cette pièce de mesure objective et froide. Devrait-il appeler un des gardes en faction ? Cela ne ferait que compliquer l'affaire, entraînerait davantage de problèmes, de questions. « Écoutez, laissez-moi éclaircir la situation et nous pourrons partir. Je n'en ai que pour quelques minutes. »

Mais elle se tient devant lui sans bouger. « Je suis enceinte », dit-elle.

Derrière elle, de l'autre côté des vitres, les arbres envoient des avertissements au vent. Les vitres tremblent. Toute la pièce semble prévue pour faire résonner les bourrasques, une chambre d'écho pour le monde extérieur. D'où le vent souffle-t-il ? De l'océan Atlantique, par la France et la Suisse, à travers les Alpes, ignorant les frontières et les territoires, les guerres et les occupations, aveugle à tout ce qui se rapporte aux humains.

« Vous êtes quoi ? »

Elle acquiesce.

« Vous avez très bien entendu. J'ai fait le test de la lapine. Trois, même. J'ai eu les résultats hier et c'est positif. Je suis enceinte.

— Pourquoi me dites-vous ça ?

— Parce que l'enfant est de vous.

— Le mien ? Et votre mari juif ? Pourquoi serais-je le père ?

— Ce n'est pas le sien, croyez-moi. Je vous l'ai dit, il est beaucoup plus vieux que moi. Notre relation est différente.

— Et les autres hommes avec qui vous avez été ?

— Il n'y en a pas, cher Hauptsturmführer. Il n'y a que vous et c'est votre enfant.

— Et vous voulez que je vous donne de l'argent pour vous en débarrasser ? C'est l'idée ?

— Vous ne devriez pas avoir de scrupules à ce sujet. Tuer des bébés est dans votre nature. »

Il la frappe. Le coup, une grosse gifle sur le côté du visage, est soudain et brutal, surprenant pour lui autant que pour elle. L'indignation et la colère lui coupent le souffle et elle recule, mais il l'attrape par les poignets et l'attire à lui.

« Que voulez-vous dire par là ?

— Lâchez-moi ! crie-t-elle en se débattant.

— Comment ça, tuer des bébés est dans ma nature ?

— Werner, lâchez-moi ! » Elle l'appelle par son prénom. Elle a toujours eu recours à Stahl, à son rang, ou à un surnom moqueur comme Docteur Mabuse ; mais voilà qu'elle lui donne du Werner. « Werner, vous me faites mal ! Werner ! »

Mais il resserre son emprise, colle Hana contre lui, se demande s'il sent l'alcool dans son haleine, se demande si elle ment ou si tout cela est bien vrai. Elle tourne la tête. Une zébrure lui parcourt la joue, sa lèvre supérieure est gonflée et il y a une trace de sang là où elle s'est mordu l'intérieur de la bouche.

« Vous êtes soûle. Vous empestez. Vous êtes soûle et vous mentez.

— C'est faux. Je le jure. L'enfant est de vous. »

Elle essaie de dégager son bras mais il ne le lâche pas et elle tombe par terre comme une enfant. Elle est assise à ses pieds, les jambes écartées. Il aperçoit le haut de ses bas et la blancheur de ses cuisses, cette chair marbrée dont il connaît si bien la texture et le parfum.

« Vous essayez de me faire chanter.

— Non.

— Avouez. Vous essayez de me faire chanter avec votre bâtard.

— Non, je jure que non. Je voulais en parler avec vous. Je voulais voir ce que vous pouviez faire. Maintenant, laissez-moi partir. » Elle porte la main à sa bouche et, quand elle la retire, ses doigts sont couverts de sang et de salive. « Vous m'avez fait mal.

— Ce n'est rien. »

Il relâche son poignet mais reste penché au-dessus d'elle et pense au fœtus qui flotte peut-être dans l'océan amniotique de son utérus. Curieusement, cela l'excite. Il l'a engrossée. Son sperme impur, ces millions de cellules dont la moitié porte le gène qui a tué Erika, nageant à la rencontre de l'ovule slave de cette femme. Peut-être son sperme n'est-il bon que pour quelqu'un comme elle, une Untermensch. Une pute.

Il va pour l'aider à se relever, mais elle a un mouvement de recul, comme une chienne battue. Elle va vers les baies vitrées et il la suit. Il est saisi d'une pulsion entre désir et dégoût. Elle est sans défense, par terre, acculée contre le mur de verre. Elle n'est plus la femme intelligente et sarcastique qui sait comment se vendre, et, pire, sait le satisfaire. Soudain, elle n'est plus qu'une victime, inconstante et impure. Il se penche et pose les mains sur ses genoux. Elle bat des jambes, tente de s'arracher à son emprise, mais il tient bon, rit de la voir ainsi prisonnière comme un mammifère pris au piège.

« Lâchez-moi », crie-t-elle. Ses mots ne pèsent rien. Il lui tord une jambe, l'oblige à se retourner et il est surpris de constater combien elle est légère, comme il lui est facile de la manipuler. Elle a le visage et les mains pressés contre la vitre et il la prend par le cou pour la maintenir en place. De son autre main, il lui relève sa jupe, baisse sa culotte et soudain elle est nue, humble, la rondeur pâle de ses fesses offerte à lui.

« Werner, qu'est-ce que vous faites ? »

C'est une question intéressante. Que va-t-il faire ? Qu'est-ce que mérite cette créature à qui il a confié ses plus grands secrets ? Qu'est-ce que mérite cette *Mensch* qui prétend porter son enfant ? Il s'agenouille et déboutonne son pantalon, puis lui écarte les fesses pour bien exposer à son regard la vallée sombre, la petite bouche fermée de son anus, le pli de son sexe honteux. Que mérite-t-elle ?

« Werner, je vous en prie. Quelqu'un pourrait venir. »

Mais il n'y a aucun risque. Les portes sont verrouillées, les employés rentrés chez eux, la Pièce de verre se montre silencieuse et discrète, elle observe, impassible, ce qui va peut-être arriver. Dehors, la pluie s'abat contre la vitre, coule en petits ruisseaux sur le reflet de son propre visage qui flotte au-dessus d'Hana. En s'aidant de la main, il approche son pénis et s'enfonce en elle.

C'est un acte soudain, la résistance vaincue et, au-delà, le vide, le vide noir de son humiliation. En un instant, tout est terminé. Elle pousse un cri d'indignation et de douleur, et il connaît une seconde d'extase irrationnelle, plus intense que tout ce qu'il a jamais vécu. Tout est fini et elle est agenouillée contre les vitres, tire sur ses vêtements pour tenter de retrouver un semblant de décence. Sa lèvre gonflée est aussi épaisse qu'un doigt.

« Vous m'avez fait mal, dit-elle, les mots assourdis par la contusion.

— Vous vous remettrez. »

Il tend la main et la relève, n'éprouvant plus aucune colère contre elle, pas même de la peur. À vrai dire, il est davantage troublé par le changement dans ses émotions. Il a même pitié, cette émotion que l'on apprend justement à étouffer quand on travaille sur des animaux qui sont ensuite chloroformés ou dépecés. Ou lorsque l'on doit conduire son enfant au château de Hartheim. Il effleure la lèvre enflée d'Hana. Elle reste à distance, toujours effrayée, reculant au moindre de ses mouvements. À présent, il la voit telle qu'elle est – une Slave dégénérée, une belle mais étrange créature jetée sur le rivage du monde aryen, une chose d'origine inconnue et d'une nature incertaine, salie par ses gènes et son mode de vie. Derrière elle, le verre a changé, perdu sa transparence, a rejeté le monde pour ne plus refléter que l'intérieur de la pièce, dont eux, pareils à des personnages sur une scène de théâtre. La vitre garde la trace de ses mains, les doigts ouverts comme des pétales de fleurs, une traînée de sang.

« Venez, dit-il soudain triste pour elle. Faites un brin de toilette et, ensuite, partez. »

Elle tremble, se touche la lèvre et frémit comme si elle avait de la fièvre.

« Vous m'avez fait mal.

— Vous vous en remettrez.

— Pourquoi n'avez-vous pas demandé ? Pourquoi deviez-vous me frapper ? Si vous m'aviez demandé, je vous aurais laissé faire.

— C'est sans importance. C'est fini, maintenant. »

Il sait qu'il la tient. Qu'il n'est plus sa victime. Elle a quelque chose de presque sympathique, de petit et d'apeuré. Il l'emmène à la salle de bains, fait couler de l'eau sur sa lèvre. Puis il se penche et l'embrasse, sent sa chaleur, le goût métallique de son sang.

« Il y a le couvre-feu, dit-elle en détournant la tête. Je ne peux pas rentrer chez moi seule. Vous devez m'accompagner.

— Très bien. Ne vous inquiétez pas. Je vais le faire. »

Ils sortent de la maison, passent devant le cabanon du gardien et courent sous la pluie. Dans la voiture, ses mains se mettent à trembler quand elle prend une cigarette, casse trois ou quatre allumettes avant de parvenir à en craquer une. Elle fume maladroitement, là où sa bouche est à peu près intacte. « Et pour le bébé ? » demande-t-elle.

Il conduit avec les seuls phares autorisés et qui font de faibles pinceaux de lumière. Sur le trajet, les lignes électriques des trams dessinent une sorte de système nerveux. Les voitures sont rares dans les rues plongées dans les ténèbres, à peine un camion de l'armée qui gronde en les croisant, ses vitesses grinçant tandis qu'il amorce un virage avant que le moteur n'accélère dans une sorte de blasphème lancé à la nuit humide et froide.

« Est-ce que vous me disiez la vérité ?

— Bien sûr que oui. »

Au bout de Franz-Josef-Strasse, ils arrivent à un barrage où de jeunes recrues qui n'ont pas encore été transférées vers le front de l'Est leur signalent d'arrêter la voiture. Ils envoient le faisceau de leurs torches dans les yeux de Stahl avant de dévisager Hana Hanáková assise sur le siège passager. « Papiers », ordonnent-ils en claquant des doigts. Hana regarde droit devant elle, ne leur prête aucune attention sans pour autant cacher son visage tuméfié.

« Ça va, madame ? » demande une voix. Mais en voyant la carte d'identité de Stahl avec la double rune Sieg et l'aigle portant la croix gammée, ils abaissent la lampe, font un salut brusque et déplacent la barrière pour leur permettre de poursuivre leur route. Ils traversent la vieille ville, Staré Město, l'Altstadt, roulent sur les rails des trams et les pavés, passent devant une église, un couvent et la pente de Krautmarkt, la place du marché au chou, où les étals sont fermés.

En haut de la place se trouve un immeuble doté d'une façade à colonnade. « Vous pouvez vous arrêter là », lui dit-elle. Des filets de lumière filtrent par les fenêtres assombries. Les pavés brillent sous le ciel nocturne. Une ombre se précipite vers une allée, sans doute quelqu'un qui a défié le couvre-feu et tente de trouver un abri.

« Je veux garder le bébé », dit-elle sans bouger.

La croit-il ou est-ce une autre manigance pour lui soutirer davantage d'argent ?

« Alors gardez-le. C'est le vôtre. Gardez-le.

— Mais j'aurai besoin d'aide. Nous n'avons pas d'argent, vous le savez. Je vous l'ai dit, mon mari est juif. Ils ont gelé tous ses comptes en banque, tout.

— Vous voulez que je paie ? Je ne sais pas si vous êtes vraiment enceinte et encore moins si je suis le père.

— Je ne mens pas.

— Comment puis-je en être sûr ?

— Parce que », répond-elle comme le ferait une enfant qui s'accroche à un argument dont elle sait qu'il est intenable. Puis elle hausse les épaules. « Vous devez me faire confiance. »

Il rit. « Combien voulez-vous ? Qu'attendez-vous ? Un chèque en blanc ? »

Elle ne sait pas. Elle sait tout, mais pas ça. Il trouve des billets dans sa poche et les lui donne. « C'est tout ce que j'ai pour l'instant. »

Elle regarde l'argent qu'elle finit par fourrer dans son manteau avant de sortir dans la nuit froide et humide.

« Je suis désolé », lui lance-t-il mais sans trop savoir de quoi il s'excuse.

Elle se tourne et jette un coup d'œil dans la voiture. Il est étonné de voir combien les choses peuvent changer, combien cette femme a changé depuis celle qu'il avait rencontrée au café, celle qui connaissait des choses au-delà de tout ce qu'il avait pu imaginer, et qui s'était soudain transformée en créature fragile mendiant de l'argent. « Je veux garder le bébé, Werner, dit-elle. Il est mon seul avenir. »

Départ

Elle lut la lettre pour la quatrième ou cinquième fois. Elle n'avait pas vraiment compté. Six ? Sept ? Elle se rappela sa propre grossesse, les attentions d'Hana, sa présence, son émerveillement, et cette fois où elles avaient deviné avec succès le sexe d'Ottilie en utilisant le pendule. Hana agenouillée devant elle comme devant un autel, les mains posées sur le ventre gonflé, fascinée, le souffle court. Et à présent, ceci.

Je croyais que je ne pouvais pas avoir d'enfants. Le médecin me l'avait dit. Stérile. Quel mot terrible, tu ne trouves pas ? Mais maintenant je sais que je ne le suis pas. Le plus terrible, c'est que je veux avoir cet enfant, Liesi. Je le veux, lui ou elle.

On frappa à la porte. Rapidement, elle plia la lettre et lança : « *Hereinkommen !* », et se retourna vers un des portiers qui se tenaient à l'entrée de sa chambre. « Je suis venu chercher les bagages, madame. Monsieur m'a dit de vous prévenir que les voitures sont prêtes à partir. »

Ses valises étaient bouclées et attendaient au milieu de la chambre. Ses autres affaires, ses malles, ses boîtes avaient été marquées et étaient déjà parties. « J'arrive, dites-lui que j'arrive. »

Que pouvait-elle faire ? Hana était ici, loin de l'autre côté de cette frontière invisible qui les séparait, et elle allait s'éloigner davantage. Un voyage en train à travers le continent. Liesel verrait l'océan pour la toute première fois. Puis elle traverserait cet océan vers un autre monde.

Elle se remit à son bureau et prit son stylo. Elle n'avait pas le temps d'écrire plus qu'une carte postale. L'image représentait l'hôtel avec ses auvents et ses drapeaux comme ceux d'un paquebot. Il y avait très peu de place pour écrire.

Chère Hana,

Nous partons enfin. J'ai reçu ta lettre numéro 19. Mon Dieu ! que je voudrais être avec toi, mais cela est impossible. Je n'ai que le temps de rédiger ces quelques lignes et de prier pour que tout se passe bien. Fais ce que bon te semble, n'hésite pas. Je t'écrirai dès que possible. De Bilbao, peut-être.

Elle signa et se précipita dehors. Deux voitures se trouvaient dans la cour, des Citroën où s'entassaient bagages et passagers, Katalin avec deux des enfants dans la voiture de queue, Ottilie dans celle de tête et Viktor qui attendait impatiemment à la portière.

« Où étais-tu ? Nous avons un train à prendre.

— J'avais une carte à écrire. Je dois la déposer à la réception.

— Bon sang ! monte et allons-y. On la postera à la gare. »

La gare de Genève était un capharnaüm où le vacarme était digne d'une grosse caisse. Le monde grouillait sur les quais autour des trains, la vapeur qui s'élevait de leurs articulations grondait comme de grands dragons endormis. L'air empestait le carbone et le sulfure. Il piquait les yeux et la gorge, et semblait imprégner toutes les couches de leurs vêtements. Les plaques vissées aux wagons de leur train portaient le sigle de la SNCF, et des gens se penchaient déjà aux fenêtres des compartiments de troisième classe et criaient en agitant les mains. Ceux qui étaient restés sur les quais leur passaient leurs valises par les vitres baissées. Le bruit et la panique régnaient, les passagers se querellaient avec les contrôleurs, les papiers étaient examinés sous toutes les coutures, les billets étudiés, les passeports et les visas brandis comme des armes.

Viktor menait sa troupe, jouant des coudes à travers la foule, suivi par un porteur qui poussait un trolley débordant de bagages. Liesel pensa à la gare de Město, le jour où ils avaient été chercher Rainer qui arrivait de Vienne pour voir le terrain où ils souhaitaient construire leur maison. Désormais, cette maison ne leur appartenait plus, Rainer était en Amérique, l'Europe mourait sous le fardeau de la guerre et Hana était enceinte ; elle-même suivait Viktor d'un pas rapide, en route pour l'exil.

« C'est le prochain wagon, cria-t-il en se tournant pour permettre au groupe de le rattraper. Bon sang, dépêchez-vous ! »

Ils montèrent à bord, l'un des porteurs passa devant avec les bagages.

« Est-ce qu'on aura un lit ? demanda Martin pendant qu'ils avançaient dans le couloir.

— Évidemment, répondit Ottilie. Comment on dormirait, sinon ? »

Certains compartiments étaient pleins et des gens encombraient le couloir, discutaient, se chamaillaient. Quelqu'un avait trouvé sa place occupée et une altercation s'était ensuivie dans un mélange d'allemand et de français, deux personnes qui se battaient pour le même espace exigu. Heureusement, leur compartiment à eux était vide, six lits repliés, leurs valises par terre. « Pas vraiment ce à quoi on est habitués », dit Viktor alors qu'ils s'engouffraient à l'intérieur. Mais de toute façon, tout était nouveau. Ils n'étaient pas habitués à la guerre ni à l'exil. Le contrôleur prit leurs papiers – billets, passeports, visas de transit pour *l'État français*, visas d'entrée pour *el Estado español* — et s'excusa de l'absence de wagon-restaurant dans ce train. Viktor haussa les épaules, impuissant. Pas de wagons-lits, pas de restaurant, mais à quoi pouvait-on s'attendre ? Rien n'était comme ça devait l'être.

« Est-ce que nous allons tous rester ici ? demanda Ottilie.

— Bien sûr. C'est comme ça qu'on voyage en train s'il n'y a pas de wagons-lits.

— Je veux aller en haut, dit Martin. C'est comme le camping, hein, Tatínku ? »

Katalin s'occupa des enfants. Ottilie prendrait l'autre lit du haut. Elle n'avait pas peur de tomber. Viktor et Liesel auraient ceux d'en bas. Katalin dormirait au-dessus de Liesel – l'alternative était trop embarrassante à imaginer – et Marika serait au-dessus de Viktor.

Liesel était assise sur sa couchette et regardait la gare crasseuse par la fenêtre. Des portes claquèrent et un coup de sifflet retentit. La motrice gronda, il y eut une explosion de vapeur, et lentement, comme les aiguilles d'une horloge, le train se mit à avancer.

« On part, dit-elle. On part enfin.

— Est-ce qu'on va dormir ? demanda Marika. Maman, est-ce qu'on va pouvoir dormir ?

— Pas si vous ne vous taisez pas. »

À la frontière française, les douaniers passèrent dans le couloir et ouvrirent les compartiments. Ils agitaient les mains avec insolence. « Documents ! criaient-ils. Passeports, visas. »

Et soudain Liesel se rappela qu'elle n'avait pas posté la carte à Hana. Le train se faufilait entre les voies de triage, tanguait au passage des aiguillages, roulait lourdement vers la frontière et la carte était toujours dans son sac.

« C'est trop tard à présent, dit Viktor.

— On ne va pas s'arrêter à la frontière ? »

Il indiqua les douaniers dans le couloir, *les gendarmes* et leurs képis absurdes.

« C'est ça la frontière. Tu devras la poster à Bayonne ou ailleurs.

— Mais elle a des timbres suisses dessus. »

Cette question de timbres sembla l'inquiéter.

« On trouvera d'autres timbres à Bayonne. Ou en Espagne. On peut toujours avoir des timbres. »

Le wagon brinquebalait. Les contrôleurs se tenaient à l'entrée du compartiment et vérifiaient leurs papiers, les passeports, les billets. Ils rendirent le tout et avancèrent vers le compartiment suivant. Le train dépassait des maisons proprettes, des champs suisses. Puis ils aperçurent un fleuve sur leur gauche, le Rhône. Liesel était en larmes. Ils partaient vers Lyon, Montpellier, Toulouse, Bayonne et Biarritz ; puis l'Espagne et Bilbao où ils prendraient leur bateau. Ils étaient sans cesse sur le départ.

« Mais comment lui parviendra-t-elle ? Comment arrivera-t-elle jusqu'à Hana ? »

Město disparaissait derrière eux, très loin derrière. L'océan les attendait. Et l'Amérique. Elle pleurait à chaudes larmes, la carte entre les mains. « Elle ne lui arrivera jamais, dit-elle entre deux sanglots. Elle ne saura jamais. »

Décision

Il réfléchit au problème, debout au milieu de la Pièce de verre tandis que les mesures se poursuivent autour de lui : des Slaves, des Allemands, des juifs, tous subissent les mêmes examens. Trouver des juifs n'est pas simple, ces jours-ci. Ses équipes doivent parcourir les rues de la ville durant les deux heures dans l'après-midi où les juifs sont autorisés à faire leurs courses, et comment trouver assez de sujets quand ils se terrent chez eux et prennent sans cesse la fuite, rasant les murs et s'assurant qu'aucun véhicule officiel ne les suit ?

Elfriede Lange s'approche de lui, en rougissant de manière charmante.

« Nous avons un nouveau groupe qui arrive de Trebitsch cet après-midi, monsieur.

— Un groupe ?

— De juifs. Et quelques résidents de la vieille ville viennent à l'instant d'arriver. »

Dehors, tout est calme après l'orage de la nuit précédente, un paysage serein d'arbres et de pelouses, de toits et de clochers d'églises et, au loin, le bloc de la forteresse de Špilas. Il réfléchit au problème des juifs. Si au moins ils possédaient des caractéristiques claires, des marqueurs comme le nez épaté et les grosses lèvres des nègres, les yeux bridés des Mongols. Alors ce serait simple. Un instant, son regard quitte le paysage pour se concentrer sur la baie vitrée elle-même : là, juste au niveau de ses genoux, comme si elles avaient été gravées dans le verre, les traces de ses mains, ses mains étroites et féminines, les doigts ouverts, la traînée brun-roux. Il trouve le bon angle et la bonne lumière pour les voir, mais elles sont bien là. Elles rappellent ces peintures du paléolithique découvertes dans des grottes en Espagne, des pigments dessinant l'empreinte d'une main humaine sur le mur. Mais celles-ci sont éphémères, évanescentes et témoignent d'un moment qui n'a pas duré. Un coup de chiffon et elles disparaîtront. Il demande à l'un de ses employés de régler le problème – « Faites-moi nettoyer ça » – et, en un passage, les marques sont effacées.

On fait entrer les juifs peu après. Il y a deux hommes et une femme avec un petit garçon de quatre ans. Ils regardent autour d'eux comme s'ils n'avaient confiance en rien. La méfiance est-elle dans la nature juive ? Peut-on la mesurer ? La femme n'arrête pas de se plaindre parce qu'elle doit téléphoner à son mari pour le prévenir : l'un des hommes proteste contre cette détention illégale, d'après lui, et qui équivaudrait donc à un enlève-ment. Il est âgé d'une soixantaine d'années, est bien habillé et porte une chemise au col amidonné sous un costume défraîchi; le genre d'homme qui devait autrefois porter une fleur à sa boutonnière, mais qui n'arbore plus que l'étoile jaune. Stahl s'avance vers le bureau pendant qu'ils remplissent les formulaires. L'homme écrit avec un stylo à plume qui, de toute évidence, lui est précieux. Il a une écriture à l'ancienne, élégante, le genre que l'on inculquait de force aux enfants autrefois, avant la Grande Guerre. *Oskar Hanák*, écrit-il.

L'étonnement de la reconnaissance. Ce nom n'est-il qu'une coïncidence? « Connaissez-vous cet endroit? » demande Stahl et l'homme lève les yeux, surpris qu'on lui parle de la sorte. « Mettez-vous là, asseyez-vous, faites ci, faites ça », lui ordonnent les gens et voilà que cet officier apparemment en charge vient vers lui et pose une question civilisée.

« Bien sûr que je le connais, répond-il. C'est la maison de Viktor Landauer.

— Était-ce un de vos amis?

— Un associé et un ami, oui. Pourquoi voulez-vous le savoir? Les connaissez-vous? »

L'homme a un visage rond, aux traits lourds. Un teint cireux typiquement juif. La sympathie momentanée cède le pas au dégoût.

« Ils m'intéressent.

— Ils sont partis à l'étranger. »

Stahl acquiesce. Il regarde pendant qu'on s'occupe d'Hanák, lui fait une prise de sang, le mesure, inscrit les chiffres dans son dossier. Dans le coin destiné aux photographies, Stahl l'observe avec l'œil détaché d'un scientifique. Il voit la panse, les mamelons disgracieux, les touffes de poils noirs et gris sur la poitrine et le ventre, le phallus sombre qui pend comme un champignon entre ses cuisses, et il essaie de comprendre, réfléchit à l'attirance et la répulsion, le réflexe d'hybridation, le désir de pureté et d'abaissement. Nu, l'homme le dégoûte. Peut-être que tous les juifs le dégoûtent, mais comment le mesurer ?

Il se rend ensuite dans son bureau et contacte le registre pour obtenir le dossier qu'on lui avait mis de côté. *Hanáková, Hana.* Le dossier arrive quelques minutes plus tard, remis par Elfriede Lange. Il la dévisage un moment alors qu'elle lui tend la chemise. Elle rougit. C'est un spécimen parfait, les proportions faciales exactes du peuple teuton. Comme Hedda. Quand elle s'est retirée, il ferme la porte à clé, s'assoit à son bureau et sort les photos. Il les met sur son bureau et les examine pendant un temps. Si elle ne ment pas, cette femme porte son enfant. Cela paraît extraordinaire. Mais comment mesure-t-on l'extraordinaire ? Comment mesurer des choses telles que l'attirance et le dégoût ? Il se rappelle les oiseaux sur la côte baltique, les cinq espèces d'hirondelles de mer. De beaux animaux aux plumes lustrées, faits pour la rapidité. Blanc et gris, avec une crête noire, palpitant au creux de sa main. Fragiles, des êtres sans substance qui le regardaient d'un œil terrifié pendant qu'il les plongeait dans le chloroforme. Il fallait s'armer de courage pour commettre un tel acte.

Il soulève le combiné du téléphone et contacte un service à la forteresse de Špilas. Amt IV. Il y connaît quelqu'un, un Bavarois comme lui, pas vraiment un ami, une connaissance. « C'est Stahl au centre de biométrie, dit-il. Oui, Werner Stahl. Comment vas-tu ? » Puis il explique le problème. « C'est un élément subversif, sans aucun doute. Elle a posé des questions. Et elle a des affinités avec les juifs. » *Judenfreundlich*. « Hana Hanáková. » Il répète le nom, l'épelle au cas où l'homme à l'autre bout du fil ferait une erreur. L'adresse ? Oui, il a son adresse.

Il se sent beaucoup mieux à présent, comme si on lui avait retiré quelque chose qui lui obstruait la trachée. Il se lève et s'approche de la fenêtre. Dehors, les enfants avaient l'habitude de jouer sur cette terrasse. Des poupées, des voitures, ce genre d'objets, c'est ce qu'elle lui a dit. Deux enfants, un garçon et une fille. *Mischlinge*. Où sont-ils à présent ? se demande-t-il. Plus tard, il retourne le dossier à l'administration et en sort un autre. *Lange, Elfriede*, indique la couverture. Il l'ouvre et étale les photos sur le bureau. Pâle et parfaite, son image rougit joliment vers un point à la droite de l'appareil photo, là où il s'était tenu. Il s'interroge sur cette ombre de poils clairs entre ses cuisses, sa texture, son odeur.

Océan

Leur conscience finit par intégrer les rythmes du wagon. Au moindre changement, ils étaient dérangés – il y eut une demi-heure durant la nuit quand le train s'arrêta au sud de Lyon, suivie d'une autre pause dans une gare anonyme où ils regardèrent un homme attacher des tuyaux d'arrosage au train, et encore une autre près d'Avignon où le contrôleur remonta le couloir en soufflant dans son sifflet. Une annonce de raid aérien. Viktor descendit de sa couchette et souleva les stores, mais il n'y avait rien à voir, juste l'obscurité de la nuit et, dans la faible lumière renvoyée par le ciel, un portique à signaux. L'air frais leur arriva par la vitre baissée, mais ils n'entendirent aucun avion ni aucune bombe exploser au loin, à peine le murmure de la nuit et celui des passagers du compartiment voisin. Dans les couchettes d'en haut, les enfants dormaient.

« Quelle heure est-il ? demanda Liesel.

— Deux heures et demie. »

Ils somnolèrent jusqu'à ce que retentisse un autre sifflet pour indiquer aux passagers de s'éloigner des portes, puis le train s'ébranla et les rythmes reprirent. Ils dormirent jusqu'à l'aube et se réveillèrent dans un matin frais et lumineux, le train avançant lourdement dans la campagne française – de petites collines broussailleuses, des fermes isolées, de rares villages. Viktor se tenait à la fenêtre en bras de chemise, encore bouffi de sommeil. Une barbe de trois jours lui mangeait le menton. Cela faisait des années qu'elle ne l'avait pas vu si négligé. Le train crissait à chaque passage d'aiguillage. Il traversait une autre gare et cette fois ils aperçurent un panneau : MONTPELLIER.

« C'est là qu'est morte Vitulka, dit Liesel. Tu te souviens de la fille de Kaprál. Elle a épousé le fils de Mucha. C'est Hana qui me l'a dit dans une de ses lettres. J'imagine que Mucha a eu la même idée que nous. La faire passer en Espagne. »

Ce lien ténu avec Vitulka Kaprálová semblait important. Une sorte de fil qui s'étirait à travers un continent hostile et les reliait à leur pays. Réduite à ce petit compartiment qui obligeait à l'intimité, elle s'accrochait à ces associations d'idées à travers les années, revenait à ces voies qu'avait prises leur vie, jusqu'à ce jour, dans la Pièce de verre, où Němec avait laissé le piano à Vitulka pour qu'elle puisse jouer.

« Quel morceau avait-elle joué ? "Ondine", non ?
— Je ne m'en souviens pas.
— Mais si. Ravel. »

Le train poursuivit son chemin, s'éloigna de la mer, s'enfonça dans les terres pour passer de l'autre côté, vers l'Atlantique. Pendant que Viktor se rasait à l'eau froide dans les toilettes, Katalin et Liesel replièrent les couchettes. Le petit déjeuner se composait de petits pains et de lait pour les enfants.

« Il a tourné, protesta Ottilie.

— Mais non, lui dit Liesel. Il est très bien. De toute façon, on n'a que ça. Il y a beaucoup de gens qui n'ont rien du tout. »

Quand ils eurent terminé, Katalin organisa une sorte de jeu pour occuper les enfants. Il fallait repérer certaines choses dans le paysage – moutons, rivières, villages – et l'on marquait des points si l'on devinait correctement ce qui arriverait ensuite. Un peu plus tard, ils firent une nouvelle découverte : « Un château ! un château ! » cria Martin, et, en se penchant vers la fenêtre, ils virent les murs d'enceinte et les tourelles pointues d'une ville médiévale que connaissait Viktor. « Carcassonne », déclara-t-il. Ensuite, ils traversèrent Toulouse au pas ; un cordon de police était aligné sur le quai. Les gens se bousculaient dans le couloir pour voir. Des rumeurs se propageaient. Ils allaient changer de train à Biarritz. Ils iraient directement en Espagne. Ils devraient descendre à la frontière espagnole et marcher jusqu'à un autre train. Les papiers seraient vérifiés. Les papiers ne seraient pas vérifiés parce que les portes du train étaient fermées : c'était comme s'ils étaient déjà en Espagne. Il y avait autant de théories que de passagers, mais, en fait, personne ne savait rien. Dans l'après-midi, le train s'arrêta dans une nouvelle gare. « Des soldats ! » cria Liesel en regardant par la fenêtre. Le mot les fit frissonner.

Katalin jeta un coup d'œil par-dessus son épaule.

« Des Allemands, murmura-t-elle comme si elle craignait d'être entendue malgré le grincement strident des freins. Je croyais qu'ils contrôlaient le Nord et les Français le Sud. »

Mais il s'agissait bien d'Allemands, des soldats d'âges divers, des chanceux qui avaient échappé au front de l'Est et se tenaient debout, l'air grave, dans leur uniforme gris.

BAYONNE, indiquait un panneau. Le train s'arrêta. Il y eut des cris, les portes qui s'ouvraient violemment.

« *Raus ! Raus !* » Quelqu'un martela une vitre avec une canne. « *Raus ! Alle raus !* »

Liesel et Katalin réunirent leurs affaires. « Est-ce qu'on prend nos valises ? Est-ce qu'on prend tout ? »

Les gens poussaient dans le couloir, certains avec des sacs, d'autres sans. Des passagers descendirent sur le quai, clignant des yeux comme des animaux émergeant d'une étable. Il fallut aider une vieille femme à descendre les marches pendant que ceux qui la suivaient l'incitaient à se dépêcher, hurlant comme si c'était sa faute.

Sur le quai, Liesel serra Ottilie et Martin contre elle. « Qu'est-ce qui se passe ? demanda Viktor. Qu'est-ce qu'ils font ? Pourquoi y a-t-il des Allemands ? » Soudain, elle fut terrorisée à l'idée qu'ils soient séparés, les femmes et les enfants d'un côté, les hommes de l'autre. « Reste avec nous, Viktor », supplia-t-elle comme s'il avait le moindre pouvoir dans cette question.

« En ligne ! lança un officier en français et en allemand. En ligne ! Papiers ! Préparez vos papiers ! »

Certains passagers remontèrent dans le train pour récupérer les documents. On cria et se bouscula de plus belle. Les Allemands lançaient des injures. Finalement, des queues se formèrent, maladroites, fluctuantes, comme des moutons à l'entrée de l'enclos. Au début de chaque file se trouvait un bureau derrière lequel étaient assis deux officiers. Ils étaient en uniforme et des hausse-cols en argent leur pendaient autour du cou pareils aux symboles d'une ancienne prêtrise occulte.

« Silence ! »

La foule en attente dégageait une odeur particulière, l'odeur de la transpiration rance, des corps sales. « Ils puent, les gens ! » s'exclama Ottilie. Ces mots finirent dans un murmure. Le ciel au-dessus de leurs têtes avait changé, de grands oiseaux blancs y tournoyaient et hurlaient, un son moqueur et criard qui rappelait à Liesel les étés passés à Nice. « Des mouettes », dit-elle aux enfants.

Ils avancèrent, les enfants coincés entre Viktor, devant, et Liesel et Katalin derrière. Katalin tremblait. Liesel lui prit la main pour la rassurer. Pendant ce temps, des soldats montaient dans le train. On entendait leur vacarme, ouvrant les portes, faisant tomber les bagages au sol. Ça s'agita dans un des wagons. Un homme hurla et il y eut une bagarre quand la silhouette fut emmenée. À l'extérieur de la gare, un moteur démarra. L'histoire se répandit comme une traînée de poudre parmi les passagers, les gens parlant tout bas, hors de portée de voix des soldats. Un téléphone arabe. Il y avait à bord des gens sans papiers. Des clandestins. Les Allemands les avaient emmenés.

Les files avancèrent. Les passeports furent tamponnés. Les passagers remontaient à bord. Après le passage devant le bureau, ils remontaient à bord ! Mais certains étaient emmenés, à l'écart du quai dans un bâtiment de la gare. Des problèmes avec les papiers, des questions d'identité, ce genre de chose. Ils emmenaient certaines personnes mais laissaient passer la plupart. Le soulagement qui se répandit dans la foule était presque palpable, une sorte de joie, d'extase ; mais ce soulagement était aussi mêlé de la peur de ne pas réussir le test une fois son tour venu.

« Documents », réclama l'homme en claquant des doigts sous le nez de Viktor. Il était d'âge moyen, trapu, une mauvaise peau et un crâne très dégarni, les quelques cheveux qui lui restaient bien lissés. La race supérieure. Qu'était-il avant la guerre ? Un petit fonctionnaire à Darmstadt ou quelque chose dans le genre. À présent, il arborait un uniforme et une plaque en argent sur la poitrine avec un aigle aux ailes déployées et le titre *Feldgendarmerie*.

Viktor posa les papiers sur le bureau en petits tas précis. « Ma famille, ma femme, nos deux enfants et moi. Ainsi que la bonne d'enfants et sa fille. »

L'homme tourna les pages, levant les yeux de temps en temps. Passeports, visas de transit français, visas espagnols. Il pinça les lèvres et acquiesça face à toute cette documentation, puis claqua des doigts. « Billets. » Les billets furent étalés devant lui, comme un joueur montrant une main gagnante au poker. Mais les enjeux étaient élevés et la victoire incertaine.

« Juif ? » demanda l'homme en levant la tête.

Viktor demeura impassible. Il avait cette capacité, celle de l'homme d'affaires doué en négociations et qui sait cacher son jeu.

« Tchécoslovaque, répondit-il.

— La Tchécoslovaquie n'existe plus, dit le fonctionnaire. Maintenant, c'est le protectorat de Bohême et de Moravie.

— Morave, dans ce cas. »

Et l'homme renifla. « Et celle-ci ? » Il tapota le passeport temporaire de Katalin, son passeport Nansen, un triste document non domicilié. Liesel sentait les doigts de Katalin serrer les siens.

« C'est notre bonne d'enfants. Et sa fille. »

L'homme réfléchit. Il était de ces gens qui ont été élevés dans l'idée de l'importance des bouts de papier. Les tampons officiels étaient alignés devant lui comme les membres d'une troupe d'assaut victorieuse face à la bureaucratie. « Avancez, femme », lança-t-il.

Katalin se présenta, tremblante. Il l'examina des pieds à la tête, comme si ce qu'il voyait pouvait se retrouver dans un élément de ses papiers suspects.

« Qu'est-ce que c'est que ce document ? demanda-t-il.

— C'est écrit dessus, répondit Viktor. Elle n'a pas de passeport. La Société des Nations nous a délivré ceci…

— Je ne vous ai pas demandé. »

Katalin haussa les épaules.

« C'est tout ce que j'ai.

— Elle travaille pour nous, intervint Viktor.

— Je ne vous ai pas autorisé à parler, monsieur », répéta le soldat avec une politesse élaborée.

Il leva la main pour appeler un autre fonctionnaire. Ils discutèrent un moment. Ils étudièrent le passeport et les divers visas tandis que Katalin avait toujours l'air aussi tétanisée qu'un animal. La suite des événements se déroula avec une rapidité déroutante. Une silhouette en uniforme prit Katalin par le coude et l'entraîna vers une cabane non loin.

« Maman ! s'écria Marika et Liesel la retint près d'elle.

— Tout va bien, dit-elle, tout va bien.

— C'est l'enfant de la femme ?

— Ne vous inquiétez pas, répondit Liesel. Elle est avec nous. Nous nous occuperons d'elle.

— Elle doit suivre sa mère.

— Mais par tous les diables, quel est le problème ? » s'énerva Viktor.

Le fonctionnaire rassembla les papiers et les lui tendit. « Simple question de procédure. Vous autres, vous pouvez y aller. »

Le soldat emmena Marika, la poussa vers sa mère. Alors qu'elles entraient dans la cabane, Katalin lança un regard désespéré par-dessus son épaule. « Viktor ! » cria-t-elle.

Viktor criait lui aussi. Son visage déformé par la peur et la colère.

« Ses papiers sont en règle ! Elle voyage avec un passeport de réfugiée, un passeport Nansen.

— Je vous suggère de retourner à votre train, dit l'homme. À moins que vous ne vouliez qu'on vous arrête.

— Nous avons quitté la Tchécoslovaquie de cette manière. Elle a tout ce qu'il faut ! Nous n'avons eu aucun souci à l'entrée en France. Ces papiers conviennent pour l'Espagne. »

Derrière, les gens s'impatientaient. La foule s'agitait comme une sorte de prédateur, animée du désir de survivre, de ne pas être parmi les malchanceux qu'on emmenait, de voir le petit incident oublié.

« Avancez, Herr Landauer, l'enjoignit l'Allemand calmement. Pour votre propre sécurité, avancez. Peut-être que la détention ne sera que temporaire. Que tout s'arrangera. Soyez patient. » Le fonctionnaire observait la famille suivante, tendait la main pour avoir leurs papiers, il voulait faire son travail. Un soldat qui, d'après Liesel, n'était encore qu'un enfant les poussa vers le wagon comme on mènerait du bétail. Il monta avec eux et emporta les valises de Katalin et Marika.

« Qu'est-ce que vous faites ? demanda Viktor. Elles vont revenir. Elles viennent avec nous. » Mais le jeune soldat haussa les épaules en tirant les bagages dans le couloir.

Dans le compartiment, Martin se mit à pleurer et demanda ce qui était arrivé. Ottilie lui dit de ne pas s'inquiéter. Une simple question de procédure, dit-elle, séduite par la musique de ces mots dont elle ignorait le sens. Au-dessus d'eux, les cris des mouettes paraissaient moqueurs et malveillants.

Ils s'installèrent et attendirent comme une famille aux pompes funèbres, murmuraient, interrompaient leurs phrases pour regarder par la fenêtre. Dehors sur le quai, les queues avançaient inexorablement vers les bureaux comme des âmes s'apprêtant à traverser le Styx. Viktor sortit dans le couloir pour voir ce qui se passait tandis que Liesel restait assise, Ottilie et Martin dans ses bras, comme si elle réconfortait des endeuillés. Sur le quai, Viktor parlait à quelqu'un en uniforme. Ferait-il quelque chose de stupide ? aurait-il une parole déplacée, lui qui était toujours si prévoyant, qui pensait à tout, qui avait toujours un plan ? Il gesticulait et s'énervait tandis que l'officier secouait la tête et levait les mains pour montrer son impuissance.

« Tout va bien se passer, dit Liesel pour rassurer les enfants alors qu'elle-même n'était sûre de rien. Vous savez comment c'est avec les papiers. On se mélange, on se trompe. Tatínek va résoudre tout ça. »

Puis deux silhouettes sur le quai se déplacèrent. Viktor fit un geste et l'officier hurla. Un soldat se précipita, saisissant le fusil qu'il portait en bandoulière. Il y eut un moment tendu puis le soldat frappa Viktor avec la crosse de son fusil. Viktor tituba en arrière. Liesel poussa un cri. Ottilie hurla. Le soldat avança encore, bousculant Viktor avec son fusil pour le repousser vers les marches du train.

« Mais qu'est-ce que tu faisais ? lui hurla Liesel. Mais, bon sang, à quoi jouais-tu ? »

Il s'affala sur son siège, secoua la tête. Répondre à ces questions paraissait aussi difficile que de comprendre les raisons de l'arrestation de Katalin. Il se contenta de secouer la tête et, du bout des doigts, il tâta sa joue gonflée là où on l'avait frappé. « C'est envers nous que tu as des responsabilités ! s'écria-t-elle. Tu as un devoir envers ta famille ! Que nous serait-il arrivé s'ils t'avaient emmené ? »

Il restait assis à secouer la tête et à regarder le sang sur ses mains, comme s'il avait oublié sa femme debout au-dessus de lui et qui vociférait. « Espèce de salaud ! Cette pute est plus importante pour toi que ta femme et tes enfants ! Pauvre bâtard ! »

Après l'orage, ils restèrent assis et attendirent dans un silence étrange. Ottilie sanglota dans son coin. Martin se détourna pour feuilleter un livre. Liesel et Viktor, installés côte à côte, tentaient de rester le plus loin possible l'un de l'autre, plus éloignés que jamais auparavant pendant que les soldats allaient et venaient sur le quai, de ce pas irréfléchi si caractéristique, ces allées et venues qui ne les menaient nulle part. Par les fenêtres du couloir, on en apercevait d'autres sur les voies qui observaient les fenêtres du train bondé, comme s'ils jetaient un coup d'œil sur un autre monde, un monde civil qu'ils ne pouvaient ni ne voulaient comprendre.

Puis la locomotive lâcha un panache de fumée et le train fut projeté vers l'avant.

« On part ! »

Liesel lâcha un petit cri, de surprise et de peur. « Où est Marika ? cria Ottilie. Mutti, où est partie

Marika ? » Mais elle n'avait aucune réponse à lui fournir. Les wagons s'entrechoquèrent, frémirent et se mirent à avancer avec moins d'à-coups, sortirent de la gare pour passer dans un petit tunnel, longèrent des bâtiments à moitié en ruine puis s'engagèrent sur un pont. Ils enjambèrent une étendue d'eau brune avant de retrouver des maisons et des champs.

« Nous partons », dit Viktor. Il parlait sur un ton incrédule. Il regarda sa femme. Le sang avait séché sur son visage, faisant comme des traces de rouille sur son front et ses joues. « Que pouvais-je faire ? lui demanda-t-il. Que pouvais-je faire d'autre ? »

Liesel haussa les épaules et détourna le regard. Soudain, elle se sentit étouffer dans le compartiment. Elle se leva et passa la tête par la fenêtre pour respirer. Malgré l'âcreté de la vapeur recrachée par la locomotive, l'air était imprégné d'une odeur nouvelle amenée par la brise. « Vous le sentez ? demanda Liesel en se tournant vers les enfants. Vous le sentez vous aussi ? »

La brise venait de l'ouest et portait avec elle le parfum de l'océan.

Plus tard, ils parlèrent, chuchotèrent pour ne pas réveiller les enfants, discutèrent par allusion au cas où les enfants se réveilleraient et écouteraient. Le train avançait dans l'obscurité. Ils étaient en Espagne à présent et ils n'étaient plus obligés de garder les stores tirés. Par la fenêtre, ils apercevaient les lumières des autres compartiments projetées sur le remblai, animant le temps d'une fraction de seconde l'herbe grise et les arbres défraîchis, comme les images d'un vieux film.

Viktor était assis sur le lit du bas dans le noir, le dos voûté, et elle savait qu'il pleurait. Elle savait, de par la façon dont il se tenait, sa respiration, les hésitations dans ses paroles, même si elle ne l'avait jamais vu pleurer avant. Cela la mit en colère.

« Pour l'amour de Dieu, tiens-toi un peu. Tu ne seras d'aucune utilité dans cet état. Fais un effort et réfléchis à ce qu'on pourrait faire quand on sera à Bilbao. Ton attitude ne nous avance à rien.

— J'ai pensé… dit-il. J'ai cru…

— Tu ne sais pas ce que tu crois. Ça fait des lustres que tu ne sais plus quoi penser.

— J'ai cru que tout… irait bien. Ses papiers, ce voyage, tout.

— Et nous ? Est-ce que tout allait bien aller pour nous ?

— Qu'est-ce que tu insinues par là ?

— Tu sais très bien ce que je veux dire. »

Un des enfants remua. C'était Ottilie, sur le lit du dessus.

« Quelle heure il est ? demanda-t-elle.

— Il est tard. Une longue journée nous attend demain. Rendors-toi.

— Vous parlez de quoi, Papi et toi ? C'est à propos de Katalin ? C'est ça ?

— Oui, c'est ça, maintenant dors. »

Le train poursuivit son lent chemin à travers la nuit espagnole, et l'amère dispute qui les opposait continua dans un flot rapide d'accusations et de récriminations alimenté par de sombres courants.

« Pourquoi m'as-tu fait ça, Viktor ? Est-ce que tu me détestes à ce point ?

— Je ne te déteste pas, Liesel. Ne sois pas sotte.

— Tu dois me haïr pour avoir commis un tel acte.

— Je l'aimais. C'est différent. Aimer quelqu'un ne signifie pas en détester une autre.

— Est-ce que tu m'as aimée un jour ?

— Bien sûr.

— Et aujourd'hui ? »

Le train grinça, avança sans heurt sur les tranchées et les ponts, traversant des gares sombres, filant dans la nuit noire, transportant son cargo de secrets, de mensonges et de silences.

« Est-ce que tu pleurerais pour *moi* ? » demanda-t-elle.

3

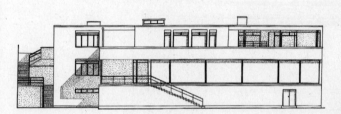

Dissolution

La nouvelle arrive par le bureau du Reichsprotektor : le centre de biométrie va fermer et le personnel être renvoyé à ses anciennes occupations.
Apparemment – un appel téléphonique passé au
quartier général à Berlin le confirme –, le Reichsprotektor considère que rien ne justifie la poursuite
de ces recherches. Si le centre ne parvient pas à
distinguer un type nordique d'un type slave ou
sémite, c'est qu'il y a un défaut de méthode. Car
la différence est patente. Toute personne douée d'un
peu de bon sens est capable de la détecter. Mais
voilà le problème des scientifiques : ils ne savent
pas quantifier le bon sens.

Le personnel au grand complet plie donc bagage,
retire des billets de train pour Berlin, Iéna, Leipzig
et se fait conduire à la gare. Les instruments de
mesure ainsi que les meubles sont mis en caisse,
les dossiers entassés dans des cartons et transférés
à Berlin, les meubles envoyés dans des bureaux
de Město, Prague et Varsovie. Des techniciens
viennent débrancher les machines Hollerith du sol

du garage avant de les charger dans des camions et de les réinstaller dans une institution qui en fera meilleur usage, le nouveau camp établi en Silésie près de la ville d'Oświęcim.

Elle rêve. Ses rêves sont subtils, insaisissables, faits de chair, de poils, de verre et de chrome, d'étranges rêves chimériques peuplés de bâtiments et bâtis de gens. Quand elle se réveille, ces images s'estompent aussi vite que les ombres de la nuit avalées par une chaude journée sous les tropiques. Dehors, les cigales se mettent à chanter très tôt, par pulsations rapides comme un moteur qui démarre. À midi, le son devient constant, un cri mécanique sans heurt provenant de la végétation qui longe le cours d'eau asséché près du jardin.

Chère Hana, écrit-elle. *Ici, la chaleur est d'un ordre bien différent de ce que nous connaissons chez nous. Une chaleur mortelle, à croire qu'elle voudrait t'étouffer...*

Mais les lettres ne vont nulle part. Elles s'accumulent dans un tiroir de son bureau. La guerre rend le continent européen inaccessible, isolé du monde extérieur, un territoire pestiféré. « À ton avis, qu'est-il arrivé ? » demande-t-elle à Viktor. Mais il ne peut que hausser les épaules en retour.

Elle rêve. Elle rêve de froid. De verre et de lumière, la Pièce de verre envahie par la réverbération, la vue froide sur les toits de la ville, la vue froide à travers les arbres, le crissement de la neige sous les bottes. Elle rêve d'un endroit qui n'a ni forme ni substance, qui existe comme seuls les rêves existent, changeants et abstraits, diffus, variés :

espace

verre, murs de verre

un quintette de fauteuils, placés avec une précision géométrique

un sol brillant – du linoléum ivoire du noir et du blanc

le lustre du chrome

Ces éléments bougent, évoluent, se transforment comme souvent dans les rêves, changeant de forme et d'aspect tout en restant ce qu'ils ont toujours été pour celui qui rêve : *der Glasraum*, *der Glastraum*, l'ajout d'une seule lettre suffit à provoquer la métamorphose : la pièce de verre devient le rêve de verre.

Ma chère Liesel, lui écrit sa mère. D'après le timbre et le cachet de la poste, la lettre a été portée en Suisse et envoyée de là-bas. *Je prie pour que cette lettre t'arrive. Je ne peux même pas révéler qui s'est chargé de l'envoyer, au cas où elle se perdrait. Ton père et moi avons emménagé à Vienne pour être parmi les nôtres...*

« Les nôtres ! s'écrie Liesel. Que veut-elle dire par là ? »

Ta tante et ton oncle, qui ont décidé de rester, t'embrassent bien fort, tout comme tes cousins.

Ferdinand, lui, est parti combattre et nous ne savons pas très bien ce qu'il est advenu de lui...

« À la guerre ? Ferdinand ? Avec qui combat-il ? Seigneur, dans quel camp est-il donc ? Quel camp ? »

J'ai des nouvelles de la Hanáková et de son mari. Il semblerait – l'histoire a circulé dans toute la ville et le récit que j'en ai doit avoir quatre ou cinq intermédiaires – qu'ils ont été arrêtés. Lui était žid, *bien sûr. On raconte qu'il a été déporté à Theresienstadt, là où ils regroupent les juifs. Concernant sa femme, il n'y a que des rumeurs. Certains disent qu'elle a été envoyée en Allemagne, d'autres qu'elle est en Autriche, dans une sorte de camp de travail. Je ne peux pas donner plus de détails. Je suis désolée de ne pas pouvoir être plus précise mais les temps sont difficiles. Quant à la maison, elle aurait plus ou moins servi de laboratoire de recherches – te rends-tu compte ? – mais elle est vide, à présent. Elle appartient aux autorités, mais Laník et sa sœur continuent de la garder. Avant de partir, nous avons tenté d'y entrer, mais l'accès nous a été refusé. Ton père a tout de même réussi à discuter avec Laník qui lui a dit qu'il n'y avait pas de souci à se faire.*

Je prie et espère de tout mon cœur que vous allez bien, Viktor, les enfants et toi...

Viktor passe beaucoup de temps en ville, loin de sa famille. Il fait le tour des services et des consulats, s'assoit à des bureaux pour exiger que des lettres soient écrites, des télégrammes envoyés. Il cherche Katalin Kalman et sa fille, vues pour la dernière fois à Bayonne sur la côte française occupée par les Allemands. Elles sont peut-être en Espagne, à moins qu'elles ne soient encore en France ou ailleurs, n'importe où. Il l'ignore. Mais il veut les retrouver. Et il échoue. Le soir, quand il rentre, il affiche ce regard désespéré du réfugié. Liesel rassure les enfants avec des mensonges.

Elle rêve. Dans la nuit brûlante, seule dans son lit sous la lourde main d'une moustiquaire, elle rêve. Elle rêve de Katalin, rêve d'Hana. Et quand la chaleur la réveille le matin, le bonheur et l'extase de la nuit s'envolent aussi vite que les chauves-souris qui volettent autour de la maison à la recherche d'une proie. Le jour, il n'y a que des mouches, des lézards, et cette chambre comme une boîte avec ses murs blancs et sa porte-fenêtre qui ouvre sur la véranda et ses fauteuils en rotin, un dessus-de-lit bariolé orné d'une espèce de motif aztèque. Les geckos se cramponnent au plafond aussi férocement qu'elle s'accroche à ses souvenirs. Mais les souvenirs sont inconstants, comme les rêves, ils sont instables, fluctuants et versatiles, se métamorphosent puis disparaissent. Les mouches tourbillonnent autour du plafonnier au centre de la pièce – un objet d'une grande laideur dont le propriétaire prétend qu'il s'agit de verre de Murano – pendant que, dehors, le vent agite les palmiers. Les ventilateurs bourdonnent derrière leur cage de métal comme quelque chose d'aéronautique, les moteurs de l'hydravion qui les emmènera – Viktor le lui promet – loin d'ici. Et partout ailleurs, une constante : le bruit de l'océan. Comme il était étrange que l'océan, qui n'avait joué aucun rôle dans sa vie jusque-là, qui était une chose imaginée, étrangère, extérieure, domine à présent son existence.

Viktor enseigne les échecs à Martin. Ottilie, le corps doré par le soleil, trouve des animaux dans le jardin et, à la manière de ces enfants insouciants, oublie complètement son amie Marika. Liesel lit. Dans un recoin de la villa, elle a découvert des thrillers en poche et en anglais – Dashiell Hammett, Raymond Chandler – qu'elle lit à l'aide d'un dictionnaire. « Tu vas finir par parler comme un gangster », l'avertit Viktor. Il vient dans sa chambre et demande s'il peut passer la nuit avec elle. Elle accepte, mais ils ont oublié les gestes, ceux qu'ils font et ceux qu'ils ne font pas. Elle sait qu'il pense à Katalin.

Des orages dansent à l'horizon ou se fracassent sur la côte et déversent leurs torrents de pluie. Tout se gonfle d'humidité. Au cours d'un de ces déluges, le toit cède et une tache se forme à un coin de sa chambre si bien qu'ils doivent mettre un seau pour recueillir l'eau. Ce goutte-à-goutte rythmique étaye la nuit. Reviennent ensuite le soleil et la chaleur, le hurlement des insectes dans la végétation et la musique braillarde crachée par une radio dans une pièce non loin, les syncopes étranges du monde latino, les maracas qui crépitent, le grattement des guitares, et les voix qui pleurent l'amour et la perte.

La maison Landauer est vide. Il n'est pas aisé d'y créer des logements, alors même que, en temps de guerre, les habitations manquent, et il est question de la démolir. Le sursis arrive grâce aux dessinateurs de Messerschmitt AG. Messerschmitt qui se sont en partie installés sur l'aérodrome situé à proximité pour être le plus loin possible des bombardements alliés. Ils testent de nouveaux prototypes, dont un avion de chasse doté d'un système de propulsion inédit, une machine qui aspire l'air plutôt que de le hacher avec des hélices. Ils parlent de « turbo ». Tout l'été, le son étrange et brut de cet avion est entendu dans les cieux au-dessus de la ville, qui gronde comme un tonnerre lointain et qui, à l'approche, produit un bruit qui semble déchirer l'air même qui le porte. Tandis que les ingénieurs se creusent la cervelle sur leurs planches à dessin, jouant avec les détails du train d'atterrissage et le capot du moteur, les fenêtres de la Pièce de verre vibrent à chaque passage de l'avion.

Le projet achevé, ces intrus temporaires ramassent leurs affaires, les chargent dans un camion et la maison est de nouveau vide.

Ils posent pour un photographe sur la véranda devant les portes-fenêtres et les bougainvillées pourpres : Viktor et Liesel sont assis dans des fauteuils en rotin, Martin est jambes croisées par terre entre ses parents et Ottilie se tient à droite aux côtés de Liesel. L'appareil, un Leica équipé d'un retardateur, est monté sur un trépied face à eux. Le mécanisme du retardateur donne à l'appareil une personnalité propre : il vrombit pour avoir leur attention.

« Souriez », leur ordonne Viktor et ils sourient sans naturel alors qu'Ottilie rechigne : « On peut pas sourire sur commande », et l'appareil émet un bruit sec à la manière d'un instructeur de mauvais poil disant : « Je vous l'avais bien dit. »

Viktor se lève pour relancer le retardateur.

« Une autre. Et cette fois, essayons de ne pas bouger et d'avoir l'air naturel.

— Prendre un air naturel n'est pas naturel », insiste Ottilie.

Martin éclate de rire. L'appareil se met à vrombir et Viktor s'installe dans son fauteuil. « Maintenant », dit-il.

Ce que voit l'appareil, ce qu'il garde pour la postérité, est Viktor en costume léger et panama sur la tête pour se protéger du soleil, et Liesel en robe à fleurs et chapeau de paille. Elle paraît plutôt sérieuse, comme si elle réfléchissait à sa position sur cette photo. Les enfants arborent de grands chapeaux de paille de style mexicain. Ottilie regarde l'appareil et se retient de rire, alors que Martin tourne la tête pour suivre un lézard filant sur le sol de la véranda.

« Voilà, déclare Viktor lorsque l'épreuve est terminée et qu'il dévisse l'appareil du trépied, ce sera le dernier souvenir de notre paradis tropical. »

Garée devant la villa, la voiture attend de les conduire au port, vers l'hydravion qui les emmènera vers la Terre promise, vers l'avenir.

Une maison inhabitée perd toute dimension. Elle *est*, simplement. Un espace fermé, une boîte. Le vent gronde autour des volets du bâtiment. La pluie s'abat sur la terrasse et gifle les murs. La neige tombe, tient, fond. L'eau, qui vient à bout de toute structure, la destructrice de montagnes, le dissolvant des cavernes et des grottes de la Moravský Kras au nord de la ville, s'insinue dans les murs. Elle gèle et se dilate, fond et se contracte, déchire chaque matériau. La peinture s'écaille. Le carrelage se disjoint. L'acier se couvre d'une rouille automnale. La poussière se dépose dans les espaces froids et les courants d'air murmurent entre les lambris, offrant des indices de ce qui est arrivé et de ce qui pourrait se reproduire. Les gens qui longent à pied la Route du champ noir regardent avec indifférence le bâtiment bas tout en longueur. Certains se demandent ce qui est arrivé aux propriétaires. La Suisse, disent-ils ; d'autres disent la Grande-Bretagne ; d'autres encore, les États-Unis. Mais ces jours-ci, ils s'en moquent un peu parce qu'ils n'ont pas beaucoup le loisir de s'intéresser à autre chose qu'à leur simple survie. Où vont-ils trouver de quoi se nourrir ? Comment ce manteau pourra-t-il passer un autre hiver ? Comment ces chaussures, avec leurs semelles de bois, déjà recousues, raccommodées, résisteront-elles

encore à une autre sortie ? Quand la guerre se ter-
minera-t-elle ?

Les grandes baies vitrées de la Pièce de verre
tremblent et vibrent sous l'assaut des bourrasques.
Au cours d'une de ces tempêtes, par un craquement
soudain que personne ne perçoit, le coin de la vitre
près du jardin d'hiver se lézarde, créant une ligne
diagonale pareille à une cataracte sur une cornée.

Laník

Laník et sa sœur occupent une partie de la maison comme des plantes parasites s'accrochent à un arbre, pas totalement intégrés à leur environnement mais dépendants de lui pour s'abriter. Il leur arrive de faire le tour de la pièce principale, la Pièce de verre, juste pour voir. Il leur arrive de monter à l'étage pour vérifier que les volets sont fermés et les portes verrouillées. Eux évoluent dans un monde qui leur est propre, en marge du bâtiment, dans les deux pièces situées à l'arrière du garage, dans les cuisines où la sœur prépare leurs repas et où ils mangent, ainsi que dans le sous-sol. Ce dernier ressemble à un terrier, un complexe souterrain qui pourrait rappeler les grottes de Punkva au nord de la ville. L'antithèse de la Pièce de verre. Si dans cette dernière, tout n'est qu'espace et lumière, dans le sous-sol, les plafonds sont bas et les portes étroites. Il y a des dizaines de pièces, les unes débouchant sur les autres, allant de sous la terrasse quasiment jusqu'à la rue : la buanderie, les celliers, la chauf-ferie avec sa chaudière qui régule le système de chauffage de la maison et le compresseur qui produit de l'air frais. L'endroit ronronne et gronde dans l'obscurité, pareil à la salle des machines d'un navire. On s'y déplace courbé pour éviter les gaines d'alimentation électrique et les canalisations d'eau. Il y a des cuves d'eau et de mazout, et, contre le mur de façade, les moteurs électriques qui permettent d'actionner les baies vitrées de la Pièce de verre, juste au-dessus, et les rainures dans lesquelles s'abaissent les panneaux de verre. C'est dans ce labyrinthe souterrain que Laník amasse ses provisions.

« Faut penser à l'avenir, dit-il à sa sœur. Faut qu'on réfléchisse à ce qu'on fera quand tout sera terminé.

— Qu'est-ce que tu veux dire ? Ce sera comme avant, non ? Ils reviendront, nous, on sera là et tout reprendra comme avant.

— À croire que t'es bête à manger du foin. Je te l'ai dit, ils reviendront jamais. Pour le moment, cet endroit est à nous et faut qu'on en profite au maximum. Rien ne sera plus jamais comme avant. »

Sa sœur est lente et butée, une paysanne transposée à la ville et confite dans ses certitudes de paysanne. Ces certitudes l'avaient d'ailleurs poussée, contre l'avis de leurs oncles et tantes, à élever son petit frère lorsque leurs parents étaient morts à deux ans d'intervalle.

« Je m'en occuperai », leur avait-elle dit et c'est ce qu'elle avait fait. Elle éprouve toujours une dévotion maternelle à son égard, désormais mêlée à un autre sentiment : de la fierté. Il est intelligent, son frère. Il ira loin. « Alors tu proposes qu'on fasse quoi ? »

Il se tapote l'arête du nez.

« Ce que je propose de faire ? Mais je suis déjà en train de le faire. J'amasse. Je stocke pour l'avenir. Je nous fais un joli petit capital.

— Qu'est-ce que tu entends par "capital" ?

— Ben, des trucs, voilà ce que je veux dire. Des trucs. »

Ce dernier mot, *věci*, fait surgir tout ce dont on pourrait rêver. Nourriture, couvertures, paraffine, cigarettes, brandy, bière, chocolat, et toutes les autres choses qui comptent dans la vie et qui sont devenues impossibles à obtenir. Des trucs de riches. On les amasse en période d'abondance et, en temps de pénurie, on les vend. Voilà comment ça marche.

La guerre semble s'enraciner loin dans la mémoire et se projeter tout aussi loin dans un avenir incertain. Peut-être ne finira-t-elle jamais. Les habitants de Město se débrouillent comme ils peuvent, se contentent de pommes de terre, de navets et de betteraves, de ce qu'ils peuvent arracher à la terre et qui a un goût de terre. Ils sont revenus à un mode de vie digne de leurs ancêtres de l'âge de pierre, les silhouettes voûtées pillant leur nourriture, les habitants d'une ville entière réduits à l'état de chasseurs-cueilleurs. Les troupes allemandes vont et viennent, poursuivent leur route vers l'est, toujours plus loin vers l'est. Ceux qui réapparaissent sont les perdants, les blessés, les débris humains évacués pour faire de la place.

C'est au U Dobrého Vojáka, Au bon soldat, le bar situé au pied de la colline, après l'hôpital des enfants, que Laník apprend la nouvelle : l'armée rouge arrive. Un petit groupe – surtout composé d'ouvriers de l'usine d'armement près du fleuve – s'y retrouve après leur poste du matin. Nouvelles et rumeurs se disputent l'attention des uns et des autres. L'armée rouge va arriver. Mais quand ? À quelle distance est-elle ? La géographie ne veut plus dire grand-chose : les Carpates, l'Ukraine, la Biélorussie, le Don, le Caucase, la Moldavie. Les distances sont vastes, les chiffres faramineux – tanks, avions, soldats, civils, morts et mourants. Les Russes arrivent, l'apocalypse aussi, mais quand ? Les hommes se regroupent autour de Novotný qui évoque chaque avancée de l'armée soviétique comme un triomphe personnel. Il parle de l'opération Bagration et peut même montrer une carte du front soviétique gonflant vers eux comme une vessie pleine de peinture prête à se répandre sur toute l'Europe centrale. Il appelle ça « la grande guerre patriotique ».

De retour chez lui, Laník réfléchit à leur conversation. Lui aussi attend les Soviétiques, mais ne se fait guère d'illusion. Le mur d'onyx a beaucoup de valeur et il ne voudrait pas qu'il soit volé. Il finit donc par exécuter les derniers ordres de Viktor Landauer et le recouvre d'un coffrage de bois et de plâtre. Ce qu'il fera du mur une fois la guerre terminée, il n'en sait trop rien. Des cendriers, peut-être. Des centaines, des milliers de cendriers.

Novembre. Un matin froid de novembre, les coins de rue salis par la neige, un brouillard épais qui pèse au-dessus de la ville, des allées qui régressent d'un siècle, les piétons qui ressemblent à des fantômes, les véhicules à des monstres, les immeubles à des donjons. Les bruits sont étouffés, les mouvements limités. Le froid imprègne les vêtements de chaque habitant, s'infiltre par les portes et les fenêtres jusque dans les foyers où le feu chauffe à peine et où les vivres sont maigres.

Alors qu'il est encore très tôt, la sirène de l'alerte aérienne lance son appel aux morts. La population avance à tâtons dans le brouillard jusqu'aux abris et dans les sous-sols. Ils se blottissent les uns contre les autres comme des âmes perdues au purgatoire, murmurent des prières ou des imprécations jusqu'à ce que tout soit terminé. Encore une fausse alerte. Ils émergent alors des abris avec précaution, reprennent leurs activités, les queues interminables pour trouver de quoi manger, les tâches répétitives dans les usines. La ville semble être tout en bas de l'échelle du monde, invisible, affamée, anémique.

Puis les bombes se mettent à pleuvoir. Elles tombent à travers le brouillard, de nulle part, sans prévenir, sans le bruit des aéromoteurs, sans alerte, sans un signe. Après la toute première déflagration, les gens croient à une explosion due au gaz – un sabotage, peut-être. Mais d'autres suivent, piétinent la ville comme un enfant tombé du ciel renverserait une fourmilière. Les gens hurlent, fous de rage. Si Dieu existe, c'est un enfant irascible. Les routes sont déchiquetées, les pavés volent en tous sens, les immeubles sont éventrés – églises, maisons, magasins, une partie de la gare. Le shrapnel crépite sur le tarmac. La poussière et la fumée se mêlent au brouillard, rendant l'obscurité d'autant plus dense. Une bombe tombe à côté de la maison Landauer alors que Laník et sa sœur sont terrés au fond du sous-sol ; la sœur prie, récite la litanie des saints, égrène son rosaire, tout ce qui peut l'aider à survivre ; Laník, lui, hurle à sa sœur de la fermer. Ils n'entendent pas tomber leur bombe à eux parce qu'elle file plus vite que le son. Mais ils entendent l'explosion, la sentent, l'absorbent jusque dans leur moelle épinière. Le bâtiment, lui, vibre jusque dans les fondations. Le plâtre et le ciment se lézardent. Les vitres, ces murs en liquide figé avec quoi Rainer von Abt (qui, à cet instant, dessine le bâtiment du MIST, le Michigan Institute for Science and Technology) a créé la Pièce de verre, plient avant d'éclater.

Alors que les débris retombent, le frère et la sœur relâchent leur étreinte. « Bordel de merde ! c'est pas passé loin », marmonne Laník. Il a les oreilles qui bourdonnent. Sa sœur sanglote. « Tu devrais plutôt rire, dit-il. Tu devrais être contente qu'on soit encore en vie. »

Prudemment, il va à la porte et jette un coup d'œil dans le brouillard. Une trajectoire parabolique à peine différente et c'en était fini d'eux. La bombe aurait pu toucher la terrasse du haut. Aurait pu défoncer le béton armé, l'espace blanc de la Pièce de verre et les atteindre dans le sous-sol. Deux cent trente kilos d'explosifs auraient pu réduire à néant cette architecture parfaite en même temps que Laník et sa sœur. Au lieu de quoi, elle était tombée dans le jardin, avait creusé profondément la terre humide. Où se tenait le squelette du bouleau argenté se trouve un cratère boueux d'où s'élèvent vapeur, fumée et la puanteur sulfureuse des enfers.

Sa sœur sort et se poste à ses côtés. « On a eu une sacrée veine », déclare-t-il.

Elle le regarde et secoue la tête. « J'entends pas », dit-elle d'une voix anormalement forte. Elle secoue la tête comme si, par ce geste, elle voulait se débarrasser du problème. « Il y a ce bruit. Comme un train. J'entends rien. »

Plus tard dans la journée, Laník s'aventure un peu plus loin. Il grimpe les marches vers la terrasse et jette un coup d'œil à l'intérieur de la maison. Des cimeterres de verre jonchent le sol. Le lino est craquelé par endroits. Le coffrage qui cache le mur d'onyx est couvert de saleté. Les jours qui suivent, il tend des bâches là où se trouvaient les baies vitrées. Ce n'est plus un lieu de lumière ; à présent, la Pièce de verre baigne dans une obscurité crépusculaire. Le soleil, quand il fait son apparition, se faufile par les fentes entre les bâches et dessine des lames de verre. Au bistrot, ils disent que c'étaient les Américains, la machine de guerre capitaliste qui détruit au hasard et s'attaque aux ouvriers de Město, mais qui sait ? Ce ne sont que des bombes. Tombées au hasard.

Les Soviétiques

Le printemps apporte des rumeurs lointaines de combats, comme un orage à l'horizon. Pour la maison, cela se résume à la fonte de la neige, la dilatation des joints durcis par le froid, la coquille de béton qui se voile. Les gens viennent faire des affaires avec Laník, descendent les escaliers extérieurs jusqu'au sous-sol, se présentent avec des récits de déveine et de destitution. Il écoute avec empathie. On ne veut pas fâcher le client. Il fait crédit quand il peut, accepte d'être payé en nature. Il fait de son mieux. Les cigarettes, la paraffine, les œufs et le lait en poudre, tout est là dans le labyrinthe de petites salles, amassé consciencieusement, non pas comme l'avare avec son or, mais comme un banquier avec un investissement. « Il faut savoir saisir sa chance », crie-t-il à sa sœur. IL FAUT SAVOIR SAISIR SA CHANCE !

La ville est en pleine ébullition – des troupes arrivent et repartent, des civils cherchent un refuge. Les Soviétiques ont traversé la Hongrie et ont pris Budapest après deux mois de siège ; Vienne est également tombée et l'armée rouge se dirige à présent vers le nord, vers Město. Plus de trois cent mille troupes, explique Novotný à son auditoire au bistrot. Ils sont pris dans la brume de la fumée de cigarette, boivent de la bière délayée à l'eau et discutent de la situation. Les infirmières passent après leur service à l'hôpital. Elles racontent des histoires de corps en ruine en provenance du front, d'amputations, de brûlures, de jeunes hommes au visage à moitié arraché ou dont les intestins leur tombent sur les genoux. Et elles recueillent des informations, aussi, l'avancée des combats, où se situe la ligne de front, etc. L'armée rouge a tenté de franchir la Morava au sud de la ville mais n'y est pas parvenue parce que la vallée était inondée. Les cosaques sont morts par centaines.

Le mot « cosaques » les électrise. Taras Boulba renaît de ses cendres. Le lendemain, l'approche des Soviétiques se transforme en présence : une formation de bombardiers bimoteurs, des étoiles rouges peintes sur les ailes, fait son apparition dans le ciel de la ville. C'est un beau dimanche de printemps, les gens se promènent dans les parcs et vont prier à l'église, sans doute pour demander que l'horreur prenne fin rapidement. Depuis la terrasse de la maison Landauer, Laník et sa sœur regardent les avions tournoyer au-dessus de la ville. Ils font un bruit qui paraît lointain et laissent derrière eux des traînées blanches dans le bleu parfait du ciel. Une riposte antiaérienne envoie des nuages de poussière noire dans leur direction, les déflagrations de la DCA n'arrivent qu'après, comme détachées de l'événement. Épargnés, indifférents, les avions opèrent un virage et disparaissent vers l'est ; de la fumée monte de la gare.

« Va falloir rester discrets, hurle-t-il à sa sœur.

— C'est pas ce que t'as toujours fait ?

— En tout cas, c'est la meilleure solution. Faudrait pas faire sauter notre couverture. »

Le lendemain, les civils allemands commencent à évacuer la ville. Un camion doté d'un haut-parleur parcourt les rues, une voix métallique les appelant à se réunir à la gare ou au poste de police le plus proche, ou simplement de partir, partir vers le nord, vers la campagne. Les Allemands se déplacent comme ils peuvent, en voiture, en charrette, à pied, en camion, pendant que les Tchèques les observent d'un air renfrogné.

Cette nuit-là, les habitants de Město sont réveillés par un phénomène nouveau, le vrombissement persistant d'un petit avion au-dessus du centre-ville. Il ensemence le ciel noir de fusées éclairantes qui découpent la nuit comme des arcs électriques. La lumière expose la forteresse de Špilas, les clochers des églises et les toits de la vieille ville à une vue sans pitié. Le feu décousu d'une mitrailleuse part de la colline du château mais l'avion poursuit sa route sans être dérangé, va et vient, tourne sans cesse, lâchant toujours plus de fusées dont certaines provoquent des explosions au sol. Les autres dérivent dans le vent suivies de nuages d'une fumée pâle.

La scène se répète la nuit suivante et celle d'après encore, le même avion qui vrombit dans le noir, qui va et vient librement, déversant cette même lumière lunaire sur les bâtiments assombris, causant des explosions où bon lui semble. Ivánek, petit Ivan, c'est ainsi que la population l'appelle. Sa présence a quelque chose d'impudent et de décalé, comme si l'armée qui arrivait avait le sens de l'humour en plus d'un don pyrotechnique.

Novotný est au courant pour l'avion, comme il semble être au courant de tout. « "Les sorcières de la nuit", qu'ils les appellent, les Boches. Ces engins sont pilotés par des femmes. »

Dans le bistrot, les hommes le dévisagent, stupéfaits.

« Des femmes ?

— Tu l'as dit. Les chattes volantes.

— Tu déconnes.

— Tu me crois pas ? Je te jure, les pilotes sont des femmes, les mécaniciens sont des mécaniciennes, un escadron 100 % féminin. Ce qui montre la nature héroïque de la femme soviétique dans son combat pour la liberté. Ça montre aussi qu'en Union soviétique, l'égalité des sexes existe.

— Égalité des sexes ? Dis pas ça à ma bourgeoise. »

Les rires cachent autre chose – de l'admiration et de la peur. Dans cette bataille, les Soviétiques ont tout donné : dix mille tanks, des milliers d'avions, des millions d'hommes ; et maintenant, ils envoient même leurs femmes.

Ce soir-là, Laník et sa sœur descendent toutes leurs affaires au sous-sol. Auparavant, il fallait se protéger des raids, mais il semble désormais nécessaire d'avoir un abri permanent. Dans les rues de la ville, les forces allemandes creusent des tranchées, construisent des pièges à chars d'assaut, balaient autour des lignes de tir. Les tanks et les half-tracks passent les voies de trams dans un bruit de ferraille. Des canons de quatre-vingt-huit millimètres sont installés aux croisements et semblent pointer du doigt la direction d'où vont surgir les hordes slaves. Les renforts arrivent du nord, d'Ostrava et de la frontière polonaise, des camions entiers de jeunes qui regardent de sous leur casque sans comprendre pendant qu'ils défilent devant les bâtiments gris. La rumeur et les annonces les suivent : l'armée rouge est aux abords de Berlin, se bat maison après maison, rue après rue pour gagner le cœur de la ville ; la coalition anglo-américaine a franchi le Rhin et a atteint l'Elbe. Hitler est mort.

En dehors des machines de guerre, les rues de Město sont désertes. Les gens mènent une existence troglodytique, sortant de leur grenier et de leur sous-sol quand ils le peuvent. Ils se mettent alors en quête du strict minimum – bougies, pommes de terre, pain, paraffine de cuisine, barre de savon, boîte d'allumettes, paquets de cigarettes. L'argent ne vaut plus rien : la ville est revenue mille ans en arrière et le troc a été réinstauré.

Laník a une connaissance innée du coût des choses. Il sait instinctivement quelle quantité de pain il faut pour tant de cigarettes, quelle quantité de gâteau pour une bougie. Lorsqu'une jeune femme vivant non loin vient chercher du lait en poudre pour son bébé, le calcul est simple. Il l'emmène dans le sous-sol. Elle s'appelle Jana. Jana Kubecová. Il aime le dessin de sa mâchoire, la forme inégale de sa bouche quand elle sourit. Mais elle ne sourit pas souvent ces jours-ci et le renoncement se lit dans ses yeux gris fatigués ; six mois plus tôt, son mari était déporté en Allemagne pour travailler dans une usine près de Hambourg et elle n'a pas de nouvelles depuis deux mois. Il est peut-être mort. Peut-être est-il l'une des victimes anonymes des bombardements. Alors que le pays semble être tout proche de la libération, Jana donne l'impression d'avoir baissé les bras. « Je ne peux pas rester longtemps, dit-elle. Le bébé dort, mais je l'ai laissé tout seul. »

Laník acquiesce, compréhensif. « On va faire vite, alors. Et je vais rajouter un paquet de cigarettes, qu'est-ce que tu en penses ? »

Elle affiche son petit sourire triste, les lèvres tordues par la résignation. « Merci », dit-elle, cherchant un endroit où poser ses vêtements.

La fin, quand elle arrive, dure à peine plus d'un jour. Il y a une fusillade dans les quartiers sud et ouest de la ville, de la fumée qui se répand sur la silhouette de la ville. Les obus hurlent dans le ciel pour exploser quelque part derrière eux dans les banlieues au nord. Les avions volent bas, tous portent des étoiles rouges sur les ailes, le rugissement de leurs moteurs étouffe celui de la fusillade. Lors d'une accalmie, on entend le bruit de la circulation en contrebas de la maison, le fracas et le grondement des véhicules qui foncent vers le nord.

« Ils s'en vont », lance Laník à sa sœur. Il est monté sur une chaise pour jeter un coup d'œil par une des fenêtres en hauteur du sous-sol. De la fumée s'échappe de la forteresse de Špilas, mais rien d'autre n'est visible. Le combat pour la ville se joue presque uniquement au bruit, une cacophonie de percussion, des timbales au tambour à timbre. Les obus continuent de pleuvoir, déchirent l'air et s'écrasent plus loin. Le sol tremble. Le plâtre tombe du plafond. Il y a un échange de tirs de mitraillettes tout près suivi d'une explosion. Peut-être combattait-on à l'hôpital. Coincés dans le bunker sous la maison Landauer, coupés du reste de l'humanité, c'est impossible à dire.

« On ferait mieux de s'enfoncer à l'intérieur, là où c'est le plus sûr », suggère Laník. Il avance dans le sous-sol, éclairé par une bougie. Il n'y a plus d'électricité et la bougie ne donne qu'un aperçu de la pièce où sont gardés les meubles, deux chaises du salon, un cabinet vitré, une armoire. Le bruit des combats semble s'être éloigné, à présent, les déflagrations provoquées par les obus occasionnels réduites à l'état de sensations viscérales.

« Qu'est-ce qui est arrivé au reste des meubles ? » demande sa sœur alors qu'elle prend ses aises dans un des fauteuils. Il s'agit d'un de ceux qui portent le nom de Frau Landauer : le fauteuil Liesel.

« J'les ai vendus, dit-il.

— Tu n'avais pas le droit. Qu'est-ce qu'ils diront quand ils reviendront ?

— Y vont pas revenir. Je te l'ai dit. Cette maison n'est plus à eux.

« — Où tu penses qu'ils sont ?

— Les Landauer ? Comment je le saurais, bordel ?

— Je me demande, quand même. Je me demande vraiment où ils ont atterri, les pauvres.

— Les pauvres, mon cul. Ils sont riches. Assez pour s'enfuir, pour se mettre à l'abri. Pourquoi on devrait se biler pour eux ?

— C'est leur maison après tout. »

Tout le bâtiment est secoué par une nouvelle explosion, plus proche, cette fois. « Ils arrivent sur nous ! crie-t-elle, oubliant aussitôt la famille Landauer. Jésus, Marie, Joseph ! ils viennent vers nous. »

Soudain, ils entendent des bruits de pas au-dessus d'eux, des gens qui courent, le claquement vif d'une fusillade. « Tais-toi ! » ordonne Laník. Dans la lumière vacillante de la bougie, ses traits sont ramollis par la peur. On se met à tirer une fois de plus, et des cris leur parviennent, bien qu'étouffés par le béton de leur cachette. Ils sont accroupis dans le noir comme des hommes des cavernes et écoutent la bataille qui fait rage plus haut. Elle prend la main de son frère pour se rassurer. « Jaska », dit-elle. Elle emploie le diminutif qu'elle utilisait chez eux, celui qu'elle employait quand elle le berçait pour l'endormir. Dehors, le combat ne faiblit pas, les mitraillettes crépitent, le mortier pilonne, les hommes courent dans tous les sens sur les pavés. Puis le silence se fait. Les bruits semblent très loin, une rumeur guerrière sur laquelle s'écrit un nouveau récit.

« Que se passe-t-il ?

— Chut !

— Il y a encore quelqu'un là-haut. Qu'est-ce que tu crois que c'est ?

— Comment je pourrais savoir ? »

Cela est suivi de quelque chose qui n'est pas humain – des pas de géant, des pas d'acier qui résonnent sur le pavage de la cour, et jusque dans les espaces bétonnés et sombres où se tapissent Laník et sa sœur.

« Le golem ? murmure Laníková, les yeux écarquillés par la peur.

— Le golem, mon cul. C'est un cheval ! »

Dans ce monde de guerre mécanisée, la présence d'un cheval paraît insensée. Pourtant, le son est soudain démultiplié – une demi-douzaine d'animaux qui se déplacent, la syncope étrange de leurs sabots qui claquent dans la cour. Vient ensuite un martèlement à la porte, deux étages plus haut.

« C'est les Russes, dit Laník. Obligé. Ça peut être qu'eux. »

Il prend la bougie et s'éloigne.

« Où tu vas ?

— Je veux voir. Viens.

— Je ne vais nulle part. Je reste ici. Laisse-moi la bougie.

— Fais pas ton idiote. Ce sont nos libérateurs.

— Ce sont des soldats, c'est tout. Des violeurs.

— T'inquiète, ils seraient pas assez bêtes pour te violer. »

Dans la pièce principale du sous-sol, Laník fouille dans une caisse dont il sort une bouteille remplie d'un liquide clair. La brandissant comme une arme, il monte l'escalier en colimaçon qui mène aux cuisines.

Tout est calme. La lumière du jour est aveuglante après l'obscurité sépulcrale du sous-sol. Avec précaution, il ouvre la porte du salon, sur ce qui n'est plus la Pièce de verre. Le soleil de l'après-midi est bas sur la colline du château, les rayons tombent de biais, comme des lames à travers les trous dans les bâches qu'il avait installées. Il avance sur le lino à pas feutrés, monte à l'étage. Dans la lumière laiteuse de l'entrée, il tend l'oreille. Le bruit des combats a reculé. Les coups de feu qui retentissent dans l'air de l'après-midi sont devenus sporadiques, mais il y a une présence de l'autre côté de la paroi de verre, le grattage incongru de sabots ainsi qu'un ébrouement reconnaissable. Il pense à des cow-boys, ce qu'il a pu voir dans les films ou ce qu'il a lu dans les livres de Karl May, des hommes faisant cuire des haricots autour d'un feu de camp. Avec précaution, il ouvre la porte.

Il y a une femme. Cela semble encore plus incroyable que les chevaux ou d'éventuels golems. Une femme. Elle se tient juste devant la porte et le regarde droit dans les yeux. Elle a des traits de Mongole et porte un calot doté d'une étoile rouge brillant comme un rubis. Ses épaules – aussi puissantes que celles d'un homme – arborent des épaulettes assez larges pour servir du café et des biscuits. Encore des étoiles rouges. Et des médailles sur sa chemise kaki que Laník essaie de ne pas fixer car regarder la poitrine d'un officier, aussi important et

brillamment décoré que celui-ci, doit être irrespectueux. Et il ne veut pas se montrer irrespectueux,
encore moins quand l'officier le menace d'un pis-
tolet.

« *Kamarád* », dit-il. Puis il ajoute *soudruh*, pour
parer à toute éventualité. Et puis *tovarish*. « Un
cadeau pour l'armée rouge victorieuse, dit-il en
lui tendant la bouteille. Pour vous. »

La femme plisse les yeux. Elle hésite. Sans lâcher
Laník du regard, elle demande quelque chose à
l'un de ses compagnons. Une demi-douzaine de
soldats entrent dans le champ de vision de Laník.
Ainsi que des chevaux. Il y en a au moins trois attachés au portail devant la maison, qui mâchonnent
impassiblement du foin jeté par terre. L'un d'eux
se laisse aller et, avec une générosité incontinente,
déverse un tas de merde fumante sur les pavés en
travertin.

« *Slivovice*, explique-t-il. *Dobrá. Slivovice.*

— *Slíva ?* »

Elle sourit. Son visage s'illumine. Ses traits,
quasi grenouillesques, deviennent presque beaux.

« C'est ça. *Slíva ! Dobrá slivovice. Slíva !* »

Malgré le brouillard d'incompréhension qui les
sépare, ils partagent quelques mots reconnaissables.
« *Dobrá* », s'écrie-t-elle, « bien », et elle se jette sur
Laník pour le prendre dans ses bras et lui coller un
baiser sur chaque joue, puis un troisième pour
confirmer les deux premiers. Elle sent fort le cheval,
la sueur et l'ordure. L'odeur n'est pas totalement
répugnante. Elle rappelle à Laník son enfance cam-
pagnarde. La peau de la femme est étrangement

lisse, comme de la vieille soie. « *Tovarish !* crie-t-elle. *Tovarish !* » Et d'un coup, elle l'embrasse sur la bouche.

Les Russes s'installent. Ils sont fatigués et abîmés par les combats, une douzaine de jeunes hommes et trois femmes, tous ont des traits asiatiques. D'où viennent-ils, combien de milliers de kilomètres ont-ils parcourus pour arriver ici, au cœur de l'Europe ? Ils montent la garde près de leurs chevaux et déposent leur équipement dans la Pièce de verre. Il y a deux mitrailleuses, un mortier, trois ou quatre lance-grenades et plusieurs fusils. Ils se déshabillent et se lavent. De l'huile tache le lino. La sœur de Laník – elle a fini par trouver le courage de quitter le sous-sol – les houspille et ses remontrances les font hurler de rire.

« Votre femme ? demande leur commandant à Laník.

— Ma sœur. »

Pas d'ambiguïté. Les mots sont les mêmes dans les deux langues : *žhena*, femme ; *sestra*, sœur. L'officier acquiesce pensivement. Qu'a-t-elle en tête ? Elle est trapue, a le visage ridé, la peau burinée à force d'être exposée au soleil et au vent pendant des mois. On l'imagine sur le seuil d'une yourte dans une plaine désertique de Mongolie, ou montant son cheval à cru dans la bataille. Il est difficile de lui donner un âge. La quarantaine ? Est-elle si vieille ? « *Starshyna* », dit-elle quand Laník montre ses insignes du doigt. Encore un mot qu'il comprend. *Staršina*, sergent-major. Elle sent le cheval et la saleté, l'odeur de celle qui a voyagé sur des milliers de kilomètres et qui a vécu avec ses animaux, dans des étables, des tranchées, mené une vie de gitane. « Rostov, dit-elle, Odessa, Jassy, Chisinau, Bucarest, Budapest, Bratislava. Et encore, encore, encore. » Elle agite la main au souvenir de tous ces lieux. « Toujours hommes et femmes mourir, mais toujours plus arrivent. Devoir patrie », dit-elle et Laník acquiesce. À vrai dire, il n'a pas tellement le choix, car elle le tient par la main, le regarde droit dans les yeux et opine du chef comme si elle s'était déjà fait son idée du devoir patriotique.

« Tu lui plais, déclare Laníková quand il réussit à s'échapper quelques instants. Je ferais attention, si j'étais toi.

— Il faut qu'on les fasse partir d'ici.

— Je ne vois pas comment.

— Surveille le sous-sol. S'ils voient ce qu'on a en bas, ils prendront tout. Qu'est-ce que tu vas leur donner à souper ?

— À ton avis ? Des boulettes de pâte et du ragoût.

— Vas-y doucement sur la viande. Sinon ils vont se douter de quelque chose.

— On n'a pas beaucoup de viande, de toute façon.

— Mais fais couler le *slivovice*. Ça va les détourner du reste. »

Dans la Pièce de verre, les Russes qui ont fini leur travail se reposent en fumant et en riant. Les deux jeunes femmes sont de grosses Ludmila, une patate en guise de visage et des mains grosses comme des jambons. Et puis il y a le sergent-major, son visage en forme de pomme bien mûre et ses regards concupiscents. Elle est allée faire un brin de toilette dans la salle de bains de l'étage. Ses cheveux – aussi noirs que de la graisse à essieux – ont été peignés. On dirait même qu'elle a mis quelque chose ressemblant à du rouge sur ses lèvres. Quand le repas est prêt, elle fait signe à Laník de venir s'asseoir à côté d'elle. La grande table ronde est éclairée aux bougies. C'est un festin de l'absurde, Laník et ces joyeux gaillards se reflétant dans l'une des parois de verre restantes. Ils portent des toasts en mangeant, au camarade Staline, au camarade commandant en chef Malinovski, au camarade Churchill, au tout nouveau camarade Truman, au récemment décédé camarade Roosevelt. Après le repas, ils nettoient leur équipement dans un coin de la Pièce de verre pendant qu'un des soldats joue de l'accordéon. Certains se mettent à danser mais la réalité est bien éloignée des folles danses cosaques où l'on tape du pied et où l'on saute dans tous les sens. « Yes, Sir, That's my Baby », joue l'accordéoniste et deux couples, deux hommes et deux Ludmila maladroites, commencent à tournoyer autour de la Pièce de verre, comme le ferait n'importe quel couple dans un bar de Londres ou de Paris. Quand ils changent de partenaire pour que les hommes aient dansé avec au moins l'une des filles, il y a des hurlements un rien lascifs et des coups d'œil lancés vers le sergent. « Dansez, hurlent-ils, dansez ! » Le mot étant le même dans les deux langues, Laník sait ce qui l'attend avant même qu'elle hausse les épaules et le fasse se lever, provoquant davantage d'hilarité.

« Yevgeniya », dit-elle d'une voix puissante à son oreille en le prenant par la taille. Ils tournent autour de la pièce sous un tonnerre d'applaudissements. « Toi m'appeler Yevgeniya.

— Yevgeniya, répète-t-il consciencieusement.

— Et toi ?

— Laník. »

Elle s'entraîne, son souffle chaud chargé d'alcool lui effleurant la joue. « Lyanik, dit-elle. Lyanik. » Le bal continue, le *slivovice* coule à flots, le sergent-major Yevgeniya se détend tandis que la musique retombe et elle resserre son emprise sur Laník.

« Vous être riche, Lyanik ? murmure-t-elle. Cette grande maison à vous ? Vous être *kulak* ?

— Non, je suis pauvre, insiste-t-il. Le gardien, c'est tout. *Proletář*.

— Ah ! *Proletarij*. » Elle le serre plus fort. « *Proletarij* est bon. Vous être enfant de la révolution. » Au bout d'un moment, elle finit par le relâcher et frappe dans ses mains. « Il est tard, lance-t-elle comme une mère à ses enfants. Il y a du travail à faire demain. »

Laník tente de s'éloigner mais elle est trop rapide pour lui. Elle le rattrape par le poignet. Les hommes disposent de la paille sur le sol de la Pièce de verre et, soudain, le sergent-major Yevgeniya se transforme en fillette, attirant Laník à elle et lui souriant timidement. Son cœur se serre.

« Tu viens ?

— Où ça ?

514

— Avec moi ? Dans chambre. »

Les hommes les observent en affichant un large sourire. Les deux Ludmila attendent, le sac sur l'épaule, le visage sans expression. À contrecœur, Laník les conduit à l'étage où tout est calme et tranquille ; la bougie que tient Yevgeniya lance des ombres instables sur le mur, là où évoluent les fantômes de la famille Landauer. « Ici, dit-il en ouvrant la porte d'une des chambres. Vous pouvez dormir ici. »

Les Ludmila posent leur sac et ferment la porte. Laník reste seul dans le couloir avec le sergent-major Yevgeniya. « Ici », suggère-t-il, en ouvrant la seconde porte. C'est la chambre de Frau Landauer, ou plutôt *était* la chambre de Frau Landauer, l'espace où se trouvaient autrefois une coiffeuse et une penderie, ses vêtements, son maquillage et ses bijoux, les traces de son existence ; mais où il n'y a désormais plus que les murs nus et le cadre d'un lit sans matelas.

Yevgeniya le pousse à l'intérieur et referme la porte. Elle l'observe des pieds à la tête, ses petits yeux brillant sous la chair bridée de leurs paupières. « Lyanik, j'ai tué beaucoup d'hommes, mais toi, je ne te tuerai pas. »

Il rit. Ça n'a rien de drôle mais il rit quand même. En bas, dans la Pièce de verre, les soldats s'installent pour la nuit. Plus bas encore, dans le sous-sol, la sœur de Laník grimpe dans son lit. Tout en haut, dans l'ancienne chambre de Liesel Landauer, Laník est entouré d'une odeur de cheval et du parfum de l'ordure, pris au piège d'aisselles et d'un sexe, enveloppé dans des lèvres et des jambes. Il a l'impression d'étouffer, qu'il pourrait exploser, mourir. Pour l'instant, il paraît clair que la guerre est enfin finie, mais il ne sait pas trop ce qui l'a remplacée.

4

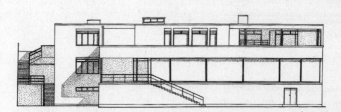

Tomáš

Debout devant les baies vitrées, Tomáš fume et regarde la vue. Derrière lui, les enfants font leurs exercices. Une douzaine de tapis sont installés par terre le long du mur d'onyx et Zdenka pousse les enfants à lui montrer ce dont ils sont capables, même si cela ne va pas bien loin – lever les jambes, les plier, s'étirer, tourner d'un côté puis de l'autre avec autant de difficultés que des personnes âgées. À la fin de la séance, les parents viendront chercher leurs enfants, et Tomáš et Zdenka pourront discuter un petit moment ensemble.

Ils parleront du passé ou de l'avenir. Tomáš ne souhaite parler ni de l'un ni de l'autre, ni de quoi que ce soit en rapport avec le temps. Pour lui, le temps n'existe pas. Il est médecin (pédiatre à l'hôpital pour enfants en bas de la route), mais, au fond de lui, il est davantage philosophe que médecin. Le philosophe a décidé que le passé et le futur étaient des illusions, qu'il n'y a qu'un présent continu, cette vue sur la ville, par exemple, cette cigarette, le reflet laiteux et flou de Zdenka qui va et vient derrière lui en encourageant les enfants : « Allez, Milos ! Tu peux y arriver. C'est bien, Zdenka (une autre Zdenka, ce nom n'est pas si rare). Montre-nous de quoi tu es capable. Ta mère sera tellement contente de voir les progrès que tu as faits. »

Les enfants sont des approximations délabrées de ce qu'ils devraient être, des victimes de la polio, des créatures avec des branches et des brindilles en guise de membres ainsi qu'un visage d'une pâleur maladive. Ceux qui sont soignés dans l'hôpital un peu plus bas sur la route sont dans un état plus grave encore, l'une d'eux vit dans un poumon d'acier et doit envisager un avenir où la machine respirera à sa place, où des gens devront la nourrir et où elle ne verra le monde qu'à l'envers dans un miroir. Elle s'appelle Alenka. Tomáš n'a pas manqué de relever l'ironie contenue dans ce nom, l'équivalent d'Alice ; celle-ci ne pourra plus vivre que par l'intermédiaire d'un miroir.

S'il n'y a pas d'avenir, pense Tomáš, alors la vie d'Alenka devrait être plus supportable.

Il fume et regarde. Il a ouvert l'une des baies vitrées pour pouvoir recracher la fumée vers le jardin. Autrement, Zdenka ne l'autoriserait pas à fumer. « Tu ne devrais pas fumer ici, avait-elle dit quand il avait allumé une cigarette pour la première fois. C'est interdit par le règlement. »

Les règlements. La ville, le pays, et sans doute le monde entier (même si Tomáš n'en est pas sûr car il n'a que très peu voyagé), étouffent sous les règlements. D'après lui, ces règles visent à contrôler l'avenir et si nous vivions tous dans un présent éternel, alors ces règles seraient, par définition, inopérantes. Dès qu'il explique cela à Zdenka, elle soupire avec impatience comme une mère face à un enfant récalcitrant et lui répond qu'il va finir par avoir des ennuis. Il semble grotesque que Zdenka le materne. Elle mesure à peine un mètre soixante et est aussi frêle qu'une fillette. Un corps de danseuse. Pourtant, Tomáš l'imagine en train de lui donner naissance. Parfois, quand il la caresse, dans l'intimité, c'est ce qu'il se représente : Zdenka à la fois comme mère (sa propre mère est morte durant la guerre) et comme amante, *matka* et *milenka*.

Tomáš fume et regarde. Il voudrait vivre dans l'ignorance autant du passé que de l'avenir pour surfer sur la vague du temps, connaître le présent éternel, cet instant dans lequel s'inscrivent la Pièce de verre, cette cigarette et la vue sur la ville.

« Allez, encore une fois, lance Zdenka à ses élèves. Vous êtes prêts ? »

Il a rencontré Zdenka dans ces mêmes lieux, le gymnase qu'il appelle toujours la Pièce de verre. Cela remonte à deux ans : alors qu'il rendait visite au service de physiothérapie pour suivre les progrès d'un de ses patients, il fit la connaissance de ce nouveau membre de l'équipe soignante. Elle lui expliqua que c'était son premier poste depuis qu'elle avait abandonné son rêve d'enfance qui était de devenir danseuse de ballet. Il ne semblait pas y avoir tant de différences entre la danse classique et la physiothérapie récupérative (elle en plaisantait souvent), et son travail était donc d'essayer d'aider les enfants à marcher après qu'elle-même eut tenté de voler.

Il avait ri à sa plaisanterie. Il y avait quelque chose de fascinant chez cette petite jeune femme énergique. Comment était-il possible qu'elle possède tant d'énergie alors que lui-même se sentait presque abruti par le travail ? Elle semblait avoir un optimisme qu'il ne partageait pas, une foi dans l'avenir qui était contraire à la sienne. Ils discutaient de leurs patients puis passaient à autre chose – les rêves de Zdenka, l'absence de rêves de Tomáš ; ses espoirs, son désespoir. Elle venait d'une ville du Nord, près de la frontière polonaise, Hranice, qui signifie « frontière », justement. « La ville marque la lisière entre le nord et le sud du continent, lui expliqua-t-elle fièrement quand il avait demandé. Les courants vont soit vers le nord et la Baltique, soit vers le sud, le Danube et la mer Noire. Je suis donc née à la ligne de partage des eaux du continent. » À la suite de cette discussion, Tomáš n'a eu de cesse d'associer Zdenka à l'eau. *Ma* rusalka*, ma nymphe*, se disait-il. Quelques minutes après l'avoir rencontrée, il l'avait invitée à boire un verre. Peut-être voulait-il en savoir plus sur ses espoirs et ses rêves. Ils se virent plusieurs fois durant les jours qui suivirent. Une semaine plus tard, ils faisaient l'amour.

Ondine

À l'hôpital, une des patientes de Tomáš souffre d'une maladie que personne n'a eu à traiter jusque-là. Cette enfant ne peut pas respirer quand elle dort. En état de veille, tout va bien, elle peut faire bouger ses côtes, son diaphragme, ventiler ses poumons, mais, dès qu'elle s'endort, elle arrête de respirer. La seule solution est de la mettre sous respirateur sans quoi elle risque l'asphyxie. Cette maladie est surnommée « la malédiction d'Ondine ».

Ondine était une nymphe (une immortelle, donc) qui tomba amoureuse du beau, mais mortel Palemon. Alors qu'il était déjà promis à la noble Berta, Palemon accepta de sacrifier son futur mariage pour l'amour d'Ondine. Cela n'allait pas sans problème. Il y a toujours un piège, dans les histoires comme dans la vie. Car du jour où une nymphe met au monde l'enfant d'un mortel, elle doit renoncer à son immortalité. Ondine craignait donc de tomber enceinte, de perdre sa jeunesse et sa beauté éternelles. Mais Palemon la rassura. « Tant que je serai éveillé, je ne respirerai que pour toi et te prouverai ainsi mon amour et ma fidélité », promit-il. Les amoureux se marient donc et, très vite, ils ont un enfant. Au début, Palemon est ravi. Il a un fils héritier, et il est marié à la plus belle des femmes. Mais après l'accouchement, Ondine se met à changer. D'amante, elle devient également mère, et sa jeunesse commence à s'étioler. Elle est mortelle comme n'importe quelle femme, victime du vieillissement et de la décrépitude.

Un jour, Ondine surprend Palemon nu dans les bras de son ancienne fiancée. Trahie, elle s'enfuit et retourne à la rivière pour s'y laisser mourir de chagrin, mais pas avant d'avoir utilisé ses derniers pouvoirs magiques… Elle réveille Palemon et crie : « Tu as juré que tant que tu serais éveillé, tu me prouverais ta fidélité en ne respirant que pour moi. Qu'il en soit ainsi. Tant que tu seras éveillé, tu respireras ; mais si jamais tu sombres dans le sommeil, alors tu cesseras de respirer. »

Voilà la malédiction d'Ondine.

Tomáš connaissait cette histoire à cause de la maladie de sa patiente ; Zdenka connaissait le morceau de piano écrit par Maurice Ravel. « Montremoi comment tu danses », lui avait demandé Tomáš au tout début de leur relation, mais elle avait d'abord refusé. Cette partie de sa vie était derrière elle, lui expliqua-t-elle. Elle s'autorisait seulement à transmettre le goût de la danse (elle donnait des cours deux fois par semaine le soir dans le gymnase). Il insista et un jour, après le travail et alors que ses collègues étaient rentrés chez eux, elle sortit le tourne-disque dont elle se servait pour ses leçons.

Elle choisit de passer « Ondine », le morceau tiré de *Gaspard de la nuit*, la suite pour piano de Ravel. « C'est sur cet air que j'ai donné ma dernière représentation à l'école de danse », expliqua-t-elle.

Elle posa le tourne-disque à côté du mur d'onyx, le brancha et alla se changer. À son retour, elle était transformée. La petite infirmière énergique en blouse et pantalon blancs était devenue une créature mythique et magique – un être gracile, pieds nus, jambes nues, les membres pâles et des cheveux flottant comme des algues. Elle portait une robe droite en soie verte transparente qui laissait deviner l'ombre de son corps et donnait presque l'impression que l'on pouvait voir son âme.

Elle fit la révérence. Le morceau débuta, un trille de notes liquides, pareil à de l'eau coulant sur des pierres. Si Tomáš n'avait jamais vraiment cru qu'elle était une nymphe, cela suffit à lui faire changer d'avis. Zdenka se mouvait, fluide comme les algues agitées par le courant, comme les reflets du soleil sur la surface d'un étang. La pièce dans laquelle elle évoluait, la Pièce de verre avec ses murs translucides, ses piliers chromés, son mur d'onyx et ses flaques de lumière, ressemblait à une sorte d'aquarium dans lequel la nymphe était prise au piège. Elle filait de-ci, de-là comme si elle essayait de trouver une issue, mais revenait au centre de la pièce vers le mur d'onyx et le fauteuil où Tomáš était assis. Il était émerveillé. Il était aussi excité sexuellement. À cet instant, il tomba amoureux d'elle.

Tomáš applaudit quand elle eut terminé et que le silence se fit. Le bruit de cette unique paire de mains aurait pu être ironique, mais il n'y avait pas une once de sarcasme dans l'esprit de Tomáš. Il n'avait rien vu d'aussi sublime de toute sa vie, un tel mélange de beauté abstraite et pure, de joliesse féminine, une représentation à la fois mythique et physique, bien ancrée dans la réalité. Zdenka salua, paumes levées comme pour montrer qu'elle possédait bien peu.

« Viens là », dit-il. Elle s'avança, ses petits pieds dénudés, et se pelotonna sur ses genoux comme un chat. Il sentait son corps à travers le fin tissu de sa robe – les ondulations de ses côtes, les vagues de sa colonne vertébrale, le bout de ses seins qui pointait.

« Est-ce que tu veux faire l'amour ? murmura-t-il à son oreille.

— Pas ici, voyons ! Comment tu veux faire l'amour dans cet endroit ? C'est là que je travaille.

— Où donc, alors ? »

Elle n'en avait aucune idée. Pourtant, elle aussi voulait faire l'amour, mais ils n'avaient nulle part où aller. La pénurie de logements obligeait Tomáš à vivre chez ses parents, tandis que Zdenka n'avait qu'une chambre dans le foyer des infirmières en bas de la colline. Les hommes n'avaient pas le droit d'y entrer. Bref, ils n'avaient donc nulle part où se retirer en toute sécurité pour laisser libre cours à l'amour dont ils débordaient. Si bien que finalement, malgré le risque d'être surpris par le gardien ou des collègues de Zdenka, ils firent l'amour sur le sol de la Pièce de verre.

Tranquillité

Tomáš surnommait toujours le gymnase la Pièce de verre. Il y a un problème de langue, ici. En effet, le mot « pièce », *pokoj*, veut également dire « paix », « tranquillité », « calme ». Si bien que, quand il disait « la Pièce de verre », il disait aussi : « la tranquillité de verre ». C'est ainsi qu'une langue échoue à être vraiment comprise dans une autre. Il aimait la Tranquillité de verre. L'endroit paraissait dépourvu de toute référence à une période ou à un style – restait un lieu de lumière et d'immobilité où, une fois son travail terminé, il pouvait passer du temps avec Zdenka. Il lui arrivait de venir la regarder donner ses cours de danse, le soir. Ces leçons permettaient à Zdenka de gonfler un peu son salaire. Cela n'était pas très légal, mais certains des petits danseurs étaient les enfants d'officiels du Parti si bien que tout le monde fermait les yeux sur le fait qu'un bâtiment appartenant à l'État servait pour des cours privés. Tomáš s'installait dans un fauteuil dans un coin de la pièce et observait les enfants faire leurs exercices et leurs mouvements. Il aimait les regarder déployer tant d'efforts qui parfois ne menaient à rien et, parfois, créaient de la beauté. Cela lui apportait du bien-être après s'être occupé d'enfants malades toute la journée. Il aimait le son de leurs bavardages entre deux exercices. On aurait dit des hirondelles.

Après l'un de ces cours, alors que les enfants étaient tous partis, il persuada Zdenka de danser nue pour lui.

« Je suis timide, protesta-t-elle.

— Mais c'est absurde. Je te vois nue chaque fois que nous faisons l'amour.

— Ce n'est pas pareil. »

Mais il insista. Par ailleurs, ajouta-t-il, la Pièce de verre, la tranquillité de verre, appelait ce dénuement et cette honnêteté totale. Il ouvrit les rideaux pour que la lumière du soir l'éclaire et que les toits de la ville soient témoins du spectacle. « Je veux que tu danses devant toute la ville. Devant la ville et le monde. » Tout cela était symbolique, bien sûr. Même si les gens pouvaient voir la maison, personne n'aurait pu apercevoir la silhouette nue se déplacer derrière les baies vitrées de la Pièce de verre. Mais cela n'enlevait rien à son sentiment de s'exposer entièrement, comme si elle dansait nue sur scène devant des milliers d'inconnus. Cela excitait Tomáš et intimidait Zdenka. Au début, ses mouvements furent maladroits, son corps pâle était à contretemps, puis la danse prit le dessus et Zdenka se transforma sous les yeux de Tomáš. Elle devint – la métamorphose paraissait réelle – une créature marine, ses membres ondulant dans le flot de la musique, les algues de ses cheveux agitées par les vagues. Ses seins étaient des méduses pulsant au rythme de l'océan, ses bras et ses jambes étaient des tentacules, ses yeux des perles. À la fin, elle se coucha devant lui, comme rejetée sur une plage froide et humide ; la masse de poils entre ses cuisses pareille à un organisme marin, une anémone accrochée à la crevasse d'un rocher, prête à ouvrir la bouche et engloutir ce qui passerait.

Ensuite, ils firent l'amour avec plus de passion que jamais, là, sur le sol de la Pièce de verre, devant la ville et le monde aveugles.

« Tu savais que c'était la maison d'un particulier, avant ? » dit Zdenka. Tomáš essaie de la faire taire. Il ne veut pas écouter.

« Elle était célèbre, même. » Elle range l'équipement qu'elle a utilisé avec l'un de ses patients, une machine qui aide à muscler les jambes. « Une femme est passée hier et c'est ce qu'elle m'a raconté. La famille Landauer. Tu en as sûrement entendu parler. Ils fabriquaient des voitures. Avant la guerre. »

Tomáš possède une Trabant. La Trabant, c'est le présent. Les Landauer représentent le passé, une époque mythique de luxe et de liberté, alors que la Trabant, petite, bruyante et peu performante, incarne le présent. Quant au futur, il est inenvisageable.

« Apparemment, cette famille avait un goût très prononcé pour, tu sais, pour l'art, et ils ont donc fait construire cette maison par un grand architecte allemand. Aujourd'hui, il construit des gratte-ciel en Amérique. Reste cette maison qu'il a faite pour eux. C'est ce que m'a dit cette femme. »

Tomáš est troublé d'imaginer que la Pièce de verre possède un passé, qu'elle n'a pas toujours été ce gymnase stérile, cet aquarium où Zdenka danse pour lui, cette pièce de verre et de calme. Une famille a-t-elle vraiment pu vivre ici autrefois ? Les enfants y jouaient-ils – contrairement à ceux qui séjournent ici à présent, leur corps délabré, et qui font des exercices qui ne les aideront jamais à jouer ?

« Elle est intéressante, cette femme avec qui j'ai discuté. Elle fait partie de je ne sais plus trop quel comité. Pour le patrimoine ou quelque chose dans ce goût.

— Je ne veux pas le savoir.

— Tu devrais faire sa connaissance.

— Pourquoi est-ce que je devrais m'intéresser à ce qui s'est passé ? Le passé est une illusion. »

Berta

Zdenka n'est pas la seule femme dans la vie de Tomáš. Il y en a une autre appelée Eve (elle utilise la forme anglaise plutôt que le tchèque Eva ou Iva), journaliste dans un quotidien local.

Il est beaucoup plus facile pour Tomáš de voir Eve que de voir Zdenka, parce que Eve possède son propre appartement en centre-ville. Ce n'est qu'un studio, mais cela ne pose pas de problème car ils font l'amour rapidement et sans passion particulière, Eve expliquant à Tomáš ce qu'elle veut, Tomáš y trouvant son plaisir avec détachement, comme s'il s'agissait d'une sorte de procédure médicale, une intervention qui apporte un soulagement physique à une certaine forme de douleur. Mais chaque fois qu'il passe du temps avec Eve, il se sent coupable envers Zdenka, son Ondine.

« Ça te dérangerait si j'avais une autre maîtresse ? » demanda-t-il un jour alors qu'Eve et lui venaient de faire l'amour et qu'ils étaient dans les bras l'un de l'autre à partager une cigarette.

Elle haussa les épaules.

« Pourquoi demandes-tu ça ? C'est le cas ?

— Non. C'était une question.

— Ça ne me dérangerait pas du tout. En fait, il m'arrive de voir mon Drôle de temps en temps. »

Son Drôle, *podivín*, était le surnom dont elle affublait son rédacteur en chef. Tomáš fut très surpris de l'apprendre. Il avait rencontré l'homme à quelques reprises. D'âge moyen, il ne payait pas trop de mine.

« Vraiment ?

— Une ou deux fois par mois. Le pauvre, son mariage est un échec et il ne manque pas de charme, alors quand il m'a fait des avances, je me suis dit : pourquoi pas ? Il est très attentionné, il ne me causera jamais d'ennuis et, en plus, ça m'aide pour le travail.

— Comment ça ?

— Il me fait travailler sur ce qui me plaît, les histoires qui m'intéressent. Et quand je dois voyager pour un reportage, il me réserve toujours une chambre au meilleur hôtel. »

Tomáš ayant accompagné Eve dans un certain nombre de ces déplacements, il comprit que, en quelque sorte, il participait à cette liaison clandestine avec le Drôle. La pensée l'amusa et le poussa à avouer : « Pour être honnête, il y a bien une autre femme. »

Eve lui prit la cigarette qu'il avait entre les lèvres, tira dessus et recracha la fumée vers le plafond :

« C'est bien ce que je pensais.

— Elle travaille à l'hôpital. Elle est physiothérapeute. Et danseuse.

— Je parie qu'au lit, elle doit être intéressante. »

Il rit. Voilà le genre de femme qu'était Eve. Elle ne montrait aucune jalousie ou envie, comparée à d'autres, n'était en rien sournoise. À présent qu'il savait pour le Drôle et qu'elle était au courant pour Zdenka, il se sentait plus proche d'elle. Pourtant, cela n'amoindrissait en rien sa culpabilité parce que l'important n'était pas de savoir si l'existence d'une autre femme dérangeait Eve. Il n'osait pas poser la question à Zdenka comme il l'avait fait avec Eve parce qu'il connaissait déjà sa réaction – cela la détruirait, comme dans l'histoire d'Ondine, et elle en mourrait.

Dans ce cas, pourquoi trahir Zdenka ? se demandait Tomáš. Peut-être parce que risquer d'être frappé de la malédiction d'Ondine, se disait-il, injectait du sens à sa vie. La perspective de ne plus pouvoir respirer le séduisait. La respiration est si essentielle à la vie, aussi essentielle qu'un cœur qui bat. Les mots qui décrivent ce phénomène : inspiration, respiration, expiration. Naissance, vie et mort. Tomáš voyait donc Zdenka sous les traits d'Ondine, avec toute la beauté ondulante contenue dans ce nom, mais, surtout, c'est la terrible malédiction à laquelle il s'exposait et il craignait que Zdenka ne découvre qu'il la trompait avec Eve.

Paris

Dans la Pièce de verre, Zdenka montre un grand talent pour s'occuper des enfants. N'étant pas mère elle-même, elle considère qu'il est de sa responsabilité de les traiter comme s'ils étaient les siens. Elle vit leurs succès, partage leurs moments de désespoir, leur donne l'élan nécessaire pour les aider à affronter l'adversité.

« Tu devrais t'interdire cette proximité, lui dit Tomáš. C'est le genre de travail où il faut savoir garder ses distances. Sinon, tu ne leur seras d'aucune utilité. »

Mais elle n'y arrive pas. La tragédie de chaque enfant est la sienne. Il lui arrive de fondre en larmes après une journée de travail. Mais seulement une fois qu'ils sont tous partis. Elle n'accepterait pas qu'ils la voient bouleversée. À l'inverse, Tomáš ne pleure jamais. « Mon métier est d'essayer de réparer, pas de pleurer. »

Un jour, en arrivant au gymnase, il trouva Zdenka dans tous ses états. Elle venait d'être choisie pour participer à une conférence sur la polio et

ses traitements à Paris. C'était un congrès d'enver-
gure où se réuniraient les experts du monde entier et
avoir été sélectionnée était un grand honneur.

« Mais c'est ce que *moi* je voulais te dire, déclara
Tomáš.

— Comment ça ? »

Il agita une feuille. « J'ai été pris pour présenter
un article sur la polio à Paris. »

Elle paraissait stupéfaite. « À la même conférence ? »

Sa naïveté l'amusa. Elle était vive et énergique
dans son travail, fragile et gracile quand elle dansait
ou quand elle était dans ses bras, mais crédule dans
les affaires du monde. Elle croyait au progrès. Elle
croyait que le Parti avait l'intérêt du peuple à cœur.
Elle croyait à l'avenir et qu'il serait meilleur que le
présent, que le passé avait existé et qu'il était pire
que le présent. Elle croyait que la vie avait un sens.
Et qu'il pouvait y avoir deux conférences sur la
polio en même temps dans la même ville.

« Je suis sûr que c'est la seule, insista-t-il.

— Quelle merveilleuse coïncidence que nous
ayons été pris tous les deux. »

C'était un autre aspect de sa naïveté : elle suppo-
sait que tout cela était fortuit alors que Tomáš avait
tout arrangé. Sa propre participation s'était faite de
manière quasi automatique : il était le plus grand
spécialiste de la polio de l'hôpital et, comme deux
médecins devaient participer, il ne faisait aucun
doute que le chef du service pédiatrie l'emmènerait.
Albert Sabin, un Américain d'origine polonaise,
évoquerait ses essais sur le vaccin par voie orale.

C'était un vaccin cellulaire qui promettait d'être plus efficace pour développer l'immunité du sujet que le vaccin Salk. Le danger était qu'il entraîne une véritable infection chez certains enfants. C'était une question d'équilibre : sauver le plus grand nombre de vies tout en en mettant le moins possible en danger. C'était ce qui intéressait particulièrement Tomáš. Comment prend-on ce genre de décision ?

« La conférence s'intéresse également de près à la physiothérapie », ajouta le professeur d'un air pensif alors qu'ils discutaient du programme. Il feuilleta la brochure que les organisateurs avaient envoyée.

« La physiothérapie est très importante, renchérit Tomáš.

— Peut-être qu'une personne du service pourrait venir ? »

L'opportunité se présenta donc à Tomáš d'évoquer une certaine Zdenka Vondráková à qui l'on devait une grosse partie des progrès relevés chez les patients et qui pourrait être la candidate idéale. Il sourit en donnant ces explications. C'était un sourire plein de malice qui clarifiait la situation sans donner de détails explicites.

« Ça me paraît une bonne idée, acquiesça le professeur. Elle est membre du Parti, n'est-ce pas ? Cela pourrait aider à lui obtenir une autorisation de sortie du territoire. »

Tomáš ne révéla jamais à Zdenka que c'était grâce à lui qu'elle assistait à la conférence. Il préférait qu'elle continue de croire aux merveilleuses coïncidences que lui réservait la vie, au miracle de la contingence.

C'était la première fois que Zdenka quittait son pays et seulement la deuxième pour Tomáš (la première était à Vienne alors que la ville était encore coupée en deux, et il était dans l'armée). La ville leur apparut scintillante et colorée à côté de la leur et de leur pays, ternes et monochromes. L'hôtel était magnifique. « Chaque chambre a sa propre salle de bains. Il y a également du savon et du dentifrice gratuits », s'écria Zdenka comme si ces salles de bains, le savon et le dentifrice étaient le summum du luxe capitaliste. Ils découvrirent aussi que Zdenka pouvait emménager dans la chambre de Tomáš dotée d'un lit double gigantesque. C'est ainsi qu'ils vécurent cinq jours d'une cohabitation presque maritale, l'expérience de faire l'amour dans un lit où ils pouvaient s'endormir dans les bras l'un de l'autre, se réveiller le lendemain matin et voir que l'autre était toujours là, son corps chaud et chiffonné de sommeil. Zdenka, qui était petite et fragile, le paraissait davantage dans ce grand lit, si légère même qu'elle semblait flotter au-dessus de Tomáš quand il était allongé sur le dos, si mince qu'il avait peur qu'elle ne se brise quand il se couchait sur elle. Malgré sa légèreté, sa présence l'étouffait presque, et il ne désirait rien tant que retourner à sa Tranquillité de verre où ils pourraient faire l'amour comme s'ils n'étaient que de simples connaissances, libérés des liens terribles de l'obligation.

« J'espère que vous allez l'épouser, déclara le professeur au troisième jour de la conférence alors qu'ils étaient assis dans une des salles en attendant que commencent les débats. Elle semble charmante. »

Tomáš était d'accord – « C'est une *rusalka* », dit-il et, pensant tout bas, une ondine – mais ne commenta pas la question du mariage. Le mariage représentait l'avenir et ces cinq jours avec Zdenka – nue devant le lavabo de leur salle de bains, Zdenka émergeant de la douche avec ses cheveux pareils à des algues collées à son dos et à son visage, Zdenka, la peau encore humide, qui se pelotonnait dans ses bras et se laissait porter jusqu'au lit, où ils faisaient l'amour – incarnaient le présent.

À leur retour de Paris, Zdenka était au bord des larmes.

« Nous aurions pu rester, dit-elle. Nous aurions trouvé du travail facilement. Ils ont besoin de médecins, de physiothérapeutes. Nous aurions pu rester, trouver du travail et vivre ensemble, libres.

— Qu'est-il arrivé à ton admiration pour le Parti ?

— Je ne pense pas au Parti, je pense à nous. »

Mais ces cinq jours à Paris font déjà partie du passé et, pour Tomáš, le passé n'existe pas. Il n'y a que le présent, au sommet du temps, le présent éternel, ce moment passé dans la Pièce de verre qu'il surnomme la Tranquillité de verre, avec cette cigarette et cette vue sur la ville.

Il tourne le dos aux baies vitrées. Le dernier des enfants a gravi difficilement les escaliers avec l'aide de sa mère, et il ne reste plus que Zdenka et lui dans la pièce.

« Que va-t-il advenir de nous ? demande-t-elle.

— Maintenant ?

— Oui. »

Comment parler du présent quand il n'existe rien d'autre ? On ne peut expliquer les choses que par comparaison. Comment peindre un sujet s'il ne ressort pas sur ce qui l'entoure ? Ce peintre russe, Malevitch, s'y est essayé et qu'a-t-il obtenu ? Un carré blanc sur un tableau blanc. « Maintenant, nous allons faire l'amour. C'est ce que nous faisons quand nous sommes ici, non ? C'est le lieu parfait pour faire l'amour. Un lieu dépourvu de références, de souvenirs et d'illusions. Qui se contente d'être. » Il jette un regard circulaire à l'espace vide, les piliers chromés, les murs blancs et le sol couleur crème, les panneaux de bois incurvés délimitant l'espace utilisé pour les soins en individuel, et l'étrange cloison en pierre, la seule anomalie de l'endroit. Et pendant cette observation, Zdenka se met à pleurer.

Tomáš est déconcerté par ces larmes. Il s'avance pour réconforter Zdenka mais elle le repousse.

« Tu es si froid, lui reproche-t-elle. À Paris, tu étais chaleureux et aimant, mais, ici, tu es froid. Or, ce que je veux, c'est ton amour et ta chaleur, pas cette indifférence. » Puis elle s'arrête et tourne la tête pour le regarder droit dans les yeux. « Il y a une autre femme, c'est ça ? Tu me maintiens dans cet état d'incertitude parce que tu as quelqu'un d'autre. »

Tomáš sourit.

« C'est ridicule, voyons.

— Pourquoi ça ? À Paris, tu n'avais que moi et tu étais l'homme le plus aimant qu'il soit. Ici, tu es distant et froid, alors ça ne peut vouloir dire qu'une chose. Il doit y avoir une autre femme. »

Il rit. « Voilà bien la logique des femmes. » Il lui prend la main et l'attire à lui. Pendant un moment, elle se montre docile entre ses bras. Puis elle se dégage de son étreinte.

« Non, dit-elle. Non ! »

C'est la première fois qu'ils se disputent. Tomáš ne souhaite pas s'engager sur cette voie, mais n'a pas le choix. Ils se disputent au sujet de leur avenir et quand Tomáš dit qu'une chose pareille n'existe pas, Zdenka s'énerve davantage. « Bien sûr que si, nous avons un avenir. Celui où je serai mère et toi, père. Celui où l'on pourra postuler pour avoir un logement et fonder un foyer. Celui où nous vieillirons ensemble. Mais cela n'a pas grande chance d'aboutir, j'ai raison ? Surtout quand tu te comportes de la sorte ! »

Malgré ses protestations, elle continue. Elle y pense depuis leur retour de Paris. D'après elle, ils ont besoin de passer un peu de temps loin l'un de l'autre. Ils devraient faire une pause, prendre du recul, évaluer leurs besoins respectifs. Ainsi, à peine sortis des délices de la vie parisienne, leurs trajectoires semblent diverger dans la lumière froide de la Pièce de verre. Tomáš n'arrive pas à le croire. Ce n'est pas de cette façon qu'il est censé perdre Ondine, pas à cause d'une discussion banale sur l'engagement et les obligations, il ne peut pas la perdre autrement que par cette malédiction terrifiante.

Les choses évoluent un peu durant les jours suivants. Ils se parlent au téléphone, échangent quelques mots lors d'une réunion à l'hôpital et finissent par se retrouver autour d'un verre. Le passé perd de sa mauvaise influence sur le présent et, peu à peu, Paris se transforme en simple souvenir. Ils en discutent comme s'il s'agissait d'un fantasme sans grand rapport avec la réalité. Ils ne se rappellent pas les mêmes choses; Tomáš se souvient d'une visite au Panthéon dont Zdenka nie l'existence; Zdenka d'un marché sur l'île de la Cité où un étal vendait des animaux; Tomáš est persuadé qu'elle se trompe. Elle insiste. Il y avait des poissons tropicaux, des oiseaux en cage, des souris et même un rat prétentieux au poil lustré, mais il ne se rappelle rien. Ils rient des différences entre leurs souvenirs, mais, pour lui, tout cela est symptomatique de ce en quoi il croit, à savoir que la mémoire et l'imagination sont une seule et même chose. Il a besoin d'imaginer le Panthéon, le temple qui n'a pas été érigé pour les dieux; Zdenka a besoin de se souvenir des poissons aux couleurs bariolées qui tournent en rond dans un aquarium.

Histoire

« Je dois me rendre par chez toi pour un article, annonce Eve un soir.

— À Židenice ? »

Il pense qu'elle fait référence à l'endroit où se trouve la maison de ses parents, mais c'est un quartier de la ville si lugubre et sans intérêt qu'il a du mal à imaginer quel genre d'histoire elle pourrait bien en tirer.

« Non, l'hôpital. Le service de physiothérapie pour être exacte. » Elle s'exprime posément, consciente de ce que ces mots impliquent. « Je me demande si je vais rencontrer ta danseuse. »

Tomáš a parlé de Zdenka à Eve, lui a tout dit sauf son nom. Il lui a raconté les fois où elle dansait pour lui, l'amour dans la Pièce de verre à même le sol, le voyage à Paris et ce qui est arrivé depuis. A-t-il trahi Zdenka ? À ses yeux, ce qu'il a confié à Eve, pour qui il éprouve des sentiments d'amitié bien différents de ceux, plus intenses, d'un amant, n'est pas une trahison à proprement parler. La relation qu'il entretient avec Eve ressort de la même intimité qu'il y a entre un médecin et son patient, où tout ce qui est dit reste confidentiel.

« Comment sauras-tu que c'est elle si tu la rencontres ? » Après tout, ce n'est pas la seule jeune femme à travailler dans ce service. Elles sont cinq en tout, et trois hommes.

« Oh ! je la reconnaîtrai facilement, ta petite danseuse. »

Soudain, Tomáš désire les voir ensemble, voir son Ondine et sa Berta discuter ensemble, l'une sachant tout, l'autre ignorant tout.

« Je serai peut-être là. Je pourrais te faire faire le tour du propriétaire. Si tu dois écrire sur le service de physiothérapie, il ne serait pas mal qu'un médecin t'accompagne.

— À toi de voir. Mais ce n'est pas tant le service qui m'intéresse… que le bâtiment.

— Le bâtiment ?

— D'un point de vue architectural, il est très important. Tu ne le savais pas ? La maison Landauer. Un groupe de personnes voudrait la faire restaurer et la transformer en une sorte de musée. Le comité d'État pour le patrimoine architectural, quelque chose comme ça. Tu n'es pas au courant ? Bref, nous allons sortir un article là-dessus.

— J'en ai plus ou moins entendu parler, mais qui s'intéresse au passé ? À présent, c'est un gymnase qui nous sert en physiothérapie. C'est en cela que le bâtiment est utile. Il est pratique comme gymnase, mais pas du tout comme maison et encore moins comme musée. Les musées ne valent pas mieux que les églises, des monuments dédiés à ce qui est fini

– qu'il s'agisse du passé ou de la religion. L'un comme l'autre ne sont que des fantasmes.

— Avec ce genre d'idées, tu devrais travailler pour le Parti.

— Tu sais bien que jamais je ne rejoindrai le parti. Le Parti croit en l'histoire. »

Quelle absurdité de se disputer pour quelque chose d'aussi abscons et obscur que la doctrine du Parti, et pourtant, c'est bien ce qui arrive, Eve affirmant que le Parti partage les mêmes idées que Tomáš sur l'histoire, une histoire fantasmée où tout n'est qu'un jeu entre imagination et oubli, Tomáš s'exclamant qu'elle a tort, que le Parti pense vraiment que l'histoire est, pour celui qui possède une foi pure, une sorte de laboratoire scientifique où s'organisent les lois du matérialisme dialectique. À la différence de ses disputes avec Zdenka, celles avec Eve se terminent dans le rire et dans son lit étroit ; le sujet qui l'oppose à Zdenka, quant à lui, reste au cœur de leur séparation.

Zdenka

Pour Zdenka, la Pièce de verre est le lieu des rêves, une glacière où l'on peut projeter ses fantasmes, s'asseoir et les regarder. Quand elle était petite, sa mère se moquait d'elle, la traitait de rêveuse, répétait qu'elle avait toujours la tête dans les nuages et que le problème, quand on a la tête dans les nuages, c'est qu'on ne voit plus où on met les pieds. Plus tard, alors que Zdenka montrait un talent grandissant à son école de danse d'Olomouc, sa mère lui serinait qu'une danseuse pouvait bien avoir la tête dans les nuages du moment qu'elle ne tombait pas de scène. Ce qui finit par arriver – elle tomba de scène et se cassa la cheville. La fracture était multiple et mit des mois à guérir, et il fallut encore plus de temps pour qu'elle puisse s'en servir normalement. Mais jamais plus elle ne pourrait faire de pointes. Elle pouvait toujours danser, bien sûr, pratiquer la danse moderne, comme son héroïne Isadora Duncan ou Martha Graham, mais elle devait faire une croix sur son ambition, son rêve d'aller à Prague et peut-être, de là, en Union soviétique pour danser avec le Bolchoï ou le Kirov. D'un haussement d'épaules (ses frêles épaules sculptées comme celles d'un modèle d'anatomie), Zdenka changea de vie. Elle abandonna son rêve de danse, prit des cours de physiothérapie et se mit à rêver d'aider des enfants handicapés à retrouver leur mobilité.

Les rêves sont comme des souvenirs. Zdenka se souvient de Paris. Elle se souvient d'avoir descendu les Champs-Élysées, d'avoir tourné avenue Montaigne. Tomáš savait qui était Montaigne – le premier véritable écrivain moderne, lui avait-il expliqué ; un sceptique et un humaniste – mais n'avait jamais entendu parler d'Isadora Duncan. Zdenka savait qu'Isadora Duncan était immortalisée sur un bas-relief de la façade du Théâtre des Champs-Élysées, mais ignorait qu'un écrivain du nom de Montaigne avait existé. Elle se rappelle l'instant où elle s'est assise en face du théâtre et a vu l'image de son héroïne sur la façade quand Tomáš, lui, se souvient de la conférence où il a évoqué le scepticisme de Montaigne, sa méfiance à l'égard de l'histoire et sa promotion de l'imagination.

Zdenka rêve de Paris. Ses rêves dépassent le simple tourisme. Certains rêves forment un monde idéal dans lequel Tomáš et elle pourraient vivre en harmonie pour le restant de leurs jours.

« J'ai passé un moment formidable à Paris », dit-elle à la femme du comité pour le patrimoine architectural qui est venue jeter un autre coup d'œil au bâtiment. La dernière fois, elle n'avait pas pu voir le gymnase parce que des cours s'y tenaient et, sans l'autorisation préalable des directeurs de l'hôpital, l'entrée lui avait été interdite. Mais cette fois, la voie était libre et la femme est arrivée avec toutes les autorisations possibles et imaginables.

« C'est une ville magnifique, confirme la femme, surtout quand on est jeune. Et amoureuse. Étiez-vous amoureuse ?

— En effet, avoue Zdenka, mais cela n'a pas duré.

— Cela arrive souvent à Paris. »

La représentante du comité pour le patrimoine architectural est une belle femme d'une cinquantaine d'années. C'est l'estimation de Zdenka. Mais elle ne les porte pas comme sa mère – la cinquantaine grosse et informe, cheveux gris et plats, traits fatigués, regard perdu. Cette femme est mince, élégante, vivante. Elle a le visage d'une personne intelligente, taillé dans l'expérience. Zdenka a l'impression qu'elle comprendra, pour Tomáš.

« C'était une merveilleuse coïncidence, explique-t-elle à la femme en descendant les escaliers vers la Pièce de verre. Mon ami participait à la même conférence que moi. Vous imaginez un peu ? Nous avons passé cinq jours formidables ensemble. »

La femme sourit. C'est un sourire plein de sympathie et de compréhension. « Mais ça n'a pas duré. »

Zdenka lui retourne son sourire. Le sien, elle le sait, est dépourvu de joie. Les gens sont habitués à cette expression ; c'est presque une caractéristique nationale.

« Non, ça n'a pas duré. Il est médecin ici, à l'hôpital. C'est pour ça que nous allions à Paris, à cette conférence. Mais maintenant, nous nous sommes éloignés l'un de l'autre. Croyez-vous que ce soit à cause de ce séjour à Paris ? »

Pourquoi lui pose-t-elle cette question ? Pourquoi laisse-t-elle échapper ces bribes de vie privée ? Une fois prononcés, les mots ne peuvent pas être effacés. La femme ne peut pas ignorer ces faits, à présent – que Zdenka s'est séparée de son petit ami, qu'il est médecin à l'hôpital, qu'ils étaient à Paris ensemble. Si elle le voulait, cette femme pourrait facilement identifier Tomáš. Si elle rapporte cette histoire à d'autres, eux aussi pourront l'identifier. Dans ce monde de rumeurs et de demi-vérités, de mensonges et de commérages, l'amour de Zdenka pour Tomáš pourrait atterrir dans un dossier, être évalué par un fonctionnaire, utilisé pour ou contre l'un d'eux.

« Vous connaissez bien Paris ? demande-t-elle, espérant qu'une question banale détournerait son attention.

— J'y allais souvent, avant la guerre. Mais je n'y suis pas retournée depuis. Ce n'est pas si facile ces jours-ci, n'est-ce pas ? Vous avez eu beaucoup de chance. »

Zdenka ouvre la porte vitrée et la conduit dans le gymnase. Les rideaux sont tirés et elles marchent sur une scène éclairée, avec la ville pour public. Derrière elle, la visiteuse lâche un léger soupir, le signe de l'envie, peut-être, ou bien du regret.

« J'avais oublié combien cet endroit est merveilleux, dit-elle. Mais qu'est-il arrivé aux fenêtres ? Il y avait des baies vitrées, avant.

— Je ne sais pas. J'ai toujours connu la salle comme ça. C'est idéal pour ce que nous faisons ici. » Pendant que la femme regarde autour d'elle, Zdenka lui parle des enfants. « Espace et lumière. Leur vie est trop souvent sombre et leur horizon fermé, notamment parce qu'ils ne peuvent pas sortir jouer dehors. Venir ici est une sorte de libération. Pour eux autant que pour moi. Il m'arrive même de danser ici, parfois. »

La femme se dirige vers le mur d'onyx, le touche comme si elle caressait le visage d'un être aimé.

« J'ignorais que vous étiez danseuse.

— Je l'ai été pendant des années et, un jour, j'ai eu un accident. Je ne pouvais plus faire de *pointes*, ce qui m'a empêchée de continuer. Mais je pratique d'autres types de danse. Et je donne aussi des cours ici même. Deux soirs par semaine.

— Accepteriez-vous de danser pour moi ? »

Zdenka rougit. Elle ne sait trop pourquoi, le regard de cette femme la fait rougir, comme si elle lui avait fait une proposition indécente. La femme sourit. Ce sourire-là est intense, n'a rien d'une réaction anodine et instinctive, mais s'apparente à une sorte de communication, comme si elle disait que Zdenka l'a fait sourire, que Zdenka est digne de son sourire, que c'est un sourire à partager.

« C'était un lieu de musique, vous le saviez ? Peut-être en sentez-vous les échos quand vous dansez. Pensez-vous que ce soit possible, qu'un lieu garde en lui l'écho du passé ? Il y avait un piano avant, juste là. » La femme pointe du doigt. « Les Landauer organisaient des récitals.

— Vous les connaissiez ? Que leur est-il arrivé ? »

La femme hausse les épaules. « Lui était juif. »

Au mot « juif », l'esprit de Zdenka s'assombrit. Les juifs sont comme des fantômes, dans ce pays, des êtres oubliés dont les ombres hantent les rues et les ruelles de certaines villes. On croit en apercevoir un dans les maisons exiguës de ce qui était le quartier juif ou dans l'obscurité de la synagogue abandonnée, mais on se trompe toujours. À Hranice, il y avait un vieux cimetière juif où s'aventuraient les enfants, un endroit effrayant de tombes et de spectres, uniquement peuplé de morts. Mais il n'y avait pas de juifs en vie. Puis, à l'âge de dix-sept ans, elle se rendit à Theresienstadt avec l'Union de la jeunesse. C'était peu de temps après la prise du pouvoir par les communistes, à une époque où elle y croyait vraiment. Son groupe avait campé dans les collines et ils avaient visité le musée de la Résistance dans la petite forteresse aux abords de la ville de Theresienstadt. Zdenka et une amie s'étaient éloignées du groupe et avaient remonté une longue route droite qui allait de la forteresse de l'autre côté de la rivière à la ville de garnison qui avait servi, ainsi que le racontaient les livres d'histoire, de ghetto juif. Elle se souvient des douves, des murailles, les baraques désolées à l'intérieur, les mauvaises herbes qui poussaient dans les rues, et la vieille femme qui criait depuis une fenêtre à l'étage d'un immeuble. La vieille femme était-elle juive, l'une des rares encore sur place ? Était-ce possible ? Elles ne comprenaient pas ce qu'elle criait, mais son amie et elle se mirent à courir vers la forteresse et le musée pour rejoindre leur groupe. Elles en parlèrent sur le trajet de retour au campement. Pourquoi la ville était-elle abandonnée de la sorte ? Pourquoi le musée n'évoquait-il que le rôle de la résistance ? Pourquoi laissait-on mourir le souvenir des juifs ?

« Les Landauer ont-ils été tués ?

— Ils ont eu de la chance. De la chance ou de l'intelligence, appelez ça comme vous voudrez. Ils ont fui au moment de l'invasion nazie. En Suisse…

— Et maintenant ?

— J'ai perdu contact avec eux durant la guerre. Lorsque j'ai été déportée.

— Vous avez été déportée ? »

Il y a un moment d'hésitation dans l'expression de la femme, comme si elle essayait de décider quoi dire. « J'ai passé trois ans dans les camps. À mon retour… » Elle hausse les épaules. « Comment retrouver leur trace ? Et puis il y a eu la révolution. Quelle pitié. Leurs enfants doivent avoir votre âge, à présent. »

Zdenka lui donne son âge. Elle sent qu'elle doit le lui dire, donner une information personnelle à cette femme qui n'était qu'une étrangère en entrant dans cette pièce – après tout, ce n'est que sa deuxième visite – mais qui lui apparaît déjà comme une amie.

« C'est ça ! Martin aurait trois ans de plus. » La femme contourne le mur d'onyx et réapparaît de l'autre côté, sa silhouette se découpant sur la lumière de la fenêtre. « J'aimerais vous voir danser, dit-elle. Ici. Dans la *Glasraum*. »

C'est ainsi qu'elle l'appelle : *der Glasraum*, en allemand.

Rencontre

La rencontre avec la journaliste doit se tenir deux jours plus tard, à 11 heures. Elle sera accompagnée d'un photographe. Tomáš en discute avec Zdenka au téléphone.

« Toute cette histoire cache quelque chose, la prévient-il. Apparemment, certaines personnes voudraient reprendre le bâtiment à l'hôpital. Ils voudraient le restaurer pour en faire un musée ou je ne sais quoi. Il faut qu'un représentant de l'hôpital soit présent.

— Tu veux dire qu'on va nous exproprier ?

— Quelque chose comme ça. »

Après cette conversation, la femme du comité pour le patrimoine architectural ne semble plus aussi aimable. D'un autre côté, la perspective de revoir Tomáš procure un petit frisson d'excitation à Zdenka. Elle attend, veut trouver le bon moment pour lui dire de revenir, selon ses propres conditions. « Revoyons-nous comme avant, après le travail, ici quand tous les autres sont rentrés chez eux, ont regagné leur maison, leur appartement, leur famille et leur vie. Nous pouvons vivre la nôtre ici, si tu le veux, dans la Pièce de verre. » *Pokoj*. Tranquillité. C'est tout ce qu'elle désire, la tranquillité de leur amour baigné par la lumière faible du soir.

La femme du comité pour le patrimoine architectural arrive la première, légèrement en avance, en fait. En l'accueillant à l'entrée, Zdenka lui donne du *soudružko*, camarade. Camarade Hanáková. Cela semble fixer le ton du genre de formalité que Zdenka souhaite désormais établir entre elles. Mais la femme se contente de rire. « Allons donc. Je crois que nous pouvons nous dispenser de ce genre de chose. Appelez-moi Hana. Nous sommes amies, n'est-ce pas ? Vous allez danser pour moi. »

À cette perspective, Zdenka éclate de rire, d'un rire qui n'a rien de dédaigneux. Qui serait même plutôt joyeux. Malgré le risque que le service de physiothérapie perde le bâtiment, l'idée de danser pour cette femme au visage grave et au regard amusé procure de la joie à Zdenka. Elle se répète son nom, comme si elle ne l'avait jamais entendu avant. Hana. On dirait le nom de la beauté, à croire que la beauté peut se nicher dans deux petites syllabes qui se font écho comme dans une comptine. Ha-na.

Alors qu'elle accroche le manteau d'Hana, la journaliste et le photographe font leur apparition. Le photographe est grand, en tenue décontractée, parle peu et sort tout de suite son équipement – de vieux appareils noirs, des objectifs et un trépied. Ils sont comme les pièces d'une arme qui claquent et grincent en s'emboîtant. La journaliste fait la conversation. Elle serre la main d'Hana et de Zdenka, sourit très chaleureusement à Zdenka et insiste pour qu'elle l'appelle Eve.

« Nous attendons un responsable du service de pédiatrie de l'hôpital », explique Zdenka.

La journaliste hausse les sourcils.

« Pourquoi cela ?

— Ce sont eux qui dirigent notre service. Nous ne sommes qu'une antenne. »

Le groupe disparate attend dans l'entrée, dans l'étrange lumière liquide qui se déverse des panneaux de verre dépoli. Les employés passent devant eux pour aller d'un bureau à un autre. Eve pose des questions à Hana sur l'endroit, la date de sa construction, le nom de l'architecte. Zdenka jette un coup d'œil à sa montre. Le photographe réalise des clichés du couloir, demande aux gens de s'écarter pour avoir une vue dégagée. Il invite Zdenka à regarder dans le viseur (il doit baisser l'appareil qui se tient sur ses pieds arthropodes pour le mettre à son niveau). À sa grande surprise, elle découvre un monde pareil à un aquarium, les silhouettes déformées d'Hana et Eve flottant sur un côté, la courbe de la paroi de verre, l'escalier comme un vortex, la porte d'entrée qui s'ouvre sur un Tomáš miniature tel un poisson qui apparaîtrait dans le champ de vision. Deux poissons, même, puisqu'il y a quelqu'un derrière Tomáš, un homme corpulent, au crâne dégarni et au gros visage de paysan.

« Je suis en retard ? Toutes mes excuses », dit Tomáš. Mais Zdenka voit bien qu'il n'est pas désolé. Il est ravi de les avoir fait attendre. Elle le regarde serrer la main du photographe, celle d'Hana et accueillir la journaliste par son nom.

« Bonjour, Eve. Ça me fait plaisir de te voir.

— Vous vous connaissez ? demande Zdenka.

— Nous sommes de vieux amis », dit Tomáš.

Zdenka remarque que les vieux amis échangent des regards amusés. Elle voit – ou plutôt devine – autre chose, aussi ; le léger courant qui passe entre les vieux amis comme le petit choc électrique l'été, quand on touche la poignée de portière d'une voiture. Un frémissement d'énergie. Zdenka le devine mais ne le comprend pas tout à fait. « De vieux amis », répète-t-il et Zdenka se demande sur quel mot placer l'emphase – sur *vieux* ou sur *amis* ?

Puis l'homme chauve se présente. Il appelle les autres *soudruzi*, camarades. Il est président du comité de quartier et représente le Parti dans le secteur du Champ-Noir. Apparemment, Hana le connaît.

« Camarade Laník, dit-elle quand ils se serrent la main. Vous semblez avoir fait votre chemin dans le monde.

— C'est tout l'intérêt de la révolution, non ? Le prolétariat est au pouvoir, à présent. »

La visite de la maison dure une heure. Elle est menée non pas par Zdenka, mais par Hana, parfois interrompue par le président du comité de quartier. Il est question d'architecture, pas de physiothérapie, d'art et non de science. Il semble qu'elle sache tout de ces lieux, des détails sur l'architecte jusqu'aux anniversaires des enfants des propriétaires. L'homme appelé Laník sait d'autres choses. Il connaît la date de la construction, les matériaux utilisés. Et ce qui est arrivé après le départ de la famille, durant la guerre. Ensemble, ils racontent l'histoire, déroulent le récit, le passé qui débouche sur le présent, ces six personnes déambulant dans ces espaces, étudiant ses perspectives et ses vues, ses détails et ses délices. La journaliste prend des notes en sténo, tourne les pages d'un carnet à spirale. Le camarade Laník insiste auprès d'Eve pour qu'elle explique à ses lecteurs comment il a défendu la maison face à la contre-attaque menée par les forces bourgeoises du fascisme. Tomáš regarde et sourit, distant, comme s'il pouvait lire une vérité plus profonde sous ce simple récit du passé. Et le rideau de l'appareil du photographe émet ce son mécanique répété, ouvre et ferme les portes de la lumière pour envoyer des instantanés du présent dans le piège de lumière du passé.

Quand tout est terminé, il y a une incertitude sur la façon de se séparer et de se dire au revoir. Puis il se passe les choses suivantes : Laník explique qu'il doit assister à une réunion et dit donc adieu aux camarades ; le photographe met son sac en bandoulière et déclare qu'il doit apporter les pellicules au laboratoire ; la journaliste embrasse Tomáš sur la joue et sort avec le photographe ; Hana leur dit au revoir et promet à Zdenka de lui faire signe. Tomáš et Zdenka sont seuls dans le service de physiothérapie que Zdenka envisage désormais comme la maison Landauer.

Ils parlent. Elle voudrait en savoir plus sur la journaliste – comment ils se sont rencontrés, depuis combien de temps ils se connaissent, s'ils se connaissent bien – mais elle n'ose pas poser de questions. Elle a l'impression que ces informations pourraient être dangereuses, que les illusions peuvent prospérer dans l'ignorance, que cette Eve pourrait être une intruse dans le monde mythique que Tomáš et elle ont créé ici même, dans la Pièce de verre, le monde d'Ondine et Palemon, un monde où l'amour est détaché à jamais des pressions incessantes du passé et de l'avenir. C'était tout le problème de leur séjour à Paris qui les avait jetés dans un monde de contingence et de conséquence, un monde où il faut prendre des décisions. Mieux valait rester dans ces limbes.

« Voudrais-tu qu'on se voie après le travail ? » demande-t-elle. Il y a du mouvement à l'étage. Une collègue passe la tête par la porte et dit : « Ça y est, c'est fini ? Est-ce que les gens ordinaires peuvent se remettre au travail ?

— C'est ce que tu veux ? » demande Tomáš en lui effleurant la joue du bout des doigts comme pour s'assurer de la fragilité de sa peau pâle.

Il sait que sous ce tégument se trouvent un muscle, du tissu conjonctif, du sang et de l'os, l'architecture de cette machine complexe qu'est son visage. Il le lui a déjà expliqué et, bien sûr, elle le sait aussi. Elle a étudié l'anatomie du corps humain, un savoir nécessaire autant pour la danse que la physiothérapie. Mais il ne peut sentir que la surface de sa joue, une interface douce et lisse entre l'extérieur et le monde intérieur.

« Bien sûr que oui », répond-elle.

Un joyau architectural
sert d'annexe à l'hôpital

Personne ne peut douter que notre ville, connue pour ses usines, abrite des trésors architecturaux. N'est-ce pas une chance que l'architecte de notre ville compte parmi les plus grands depuis les jours glorieux de la Libération ? On ne s'étonnera donc pas de croiser quelques constructions qui vaillent la peine de figurer sur papier glacé dans n'importe quel tome consacré à l'architecture du XXe siècle. En revanche, comment expliquer qu'un de ces trésors serve de gymnase pour enfants ? Certes, rien n'est plus important pour l'avenir de notre ville, de notre pays et pour l'avancement même de la cause socialiste que de s'assurer de la robustesse de la jeune génération, et votre correspondante est bien la dernière personne au monde à souhaiter que des enfants malades n'aient pas droit au meilleur environnement possible pour recevoir les traitements qui les aideront à guérir. Toutefois, ces soins doivent-ils forcément être prodigués dans un joyau de l'architecture ? Sur ce point, il y a, nous semble-t-il, matière à débat.

L'endroit en question est la maison Landauer située dans le quartier du Champ-Noir. Peut-être le connaissez-vous ? C'est un agréable quartier résidentiel, bordé de villas bourgeoises (désormais occupées sur une base plus rationnelle que durant les années précédant le socialisme, heureusement), surplombant le parc Lužánky et le centre-ville. Votre correspondante a visité la maison en compagnie d'un membre du comité d'État pour le patrimoine architectural, l'association désignée par la municipalité pour réfléchir à la manière dont nous traitons le passé. La représentante du comité m'a raconté l'histoire de la maison. « La construction a été commanditée par une famille d'éminents capitalistes, les Landauer, m'a-t-elle expliqué. À la fin des années 1920, ils ont loué les services d'un architecte de renom, Rainer von Abt, pour réaliser ce qui s'est avéré être la dernière œuvre européenne de von Abt, qui s'est exilé aux États-Unis en 1938. Dans les cercles architecturaux, la maison Landauer est généralement considérée comme un chef-d'œuvre. »

Si les pièces de l'étage – chambres et salles de bains – sont agréables, c'est le salon qui frappe. Notre photographe n'en revenait pas, exigeant sans cesse que nous nous déplacions pour qu'il puisse trouver le meilleur angle de vue possible. Il n'en finissait plus d'admirer la qualité de la lumière filtrant par les baies vitrées orientées au sud. « Rien ne manque si on a la lumière et l'espace », répétait-il. De fait, ici, tout n'est que lumière et espace. Pensez un peu : une pièce de deux cent trente mètres carrés pour une famille de quatre personnes. Imaginez par ailleurs qu'un mur entier de cette pièce n'est composé que de baies vitrées avec vue sur la ville et la forteresse de Špilas. Apparemment, les meubles, spécialement conçus pour la maison (ces capitalistes n'ont pas eu peur de dépenser leur argent!), ont tous disparu, même s'il est possible d'en voir quelques reproductions au musée de Moravie. Mais la structure du bâtiment, les surprenants piliers de chrome qui la soutiennent, le mur constitué de plaques d'onyx qui séparait le salon de ce qu'ils appelaient la bibliothèque ainsi que le sol recouvert d'un lino couleur crème sobre et fonctionnel sont d'origine. Seules les fenêtres ont été changées, les grandes baies détruites par la déflagration d'une bombe pendant la guerre ont été remplacées par des panneaux de verre plus petits. Autrefois, il suffisait d'appuyer sur un bouton pour que deux de ces baies s'abaissent dans le sous-sol, donnant ainsi un accès direct au jardin. Même si ce procédé unique a cédé la place à des fenêtres plus pratiques, on m'a certifié que le mécanisme fonctionnait toujours.

Si les lieux ont survécu sans plus de dommages, c'est grâce aux soins de l'ancien gardien, Josef Laník, aujourd'hui président du comité de quartier. Il garde un souvenir très net de l'époque Landauer – qui menaient une vie d'un tel luxe qu'elle en était indécente, nous a-t-il précisé – et des jours terribles de la guerre, où il s'évertuait à maintenir les lieux dans un état convenable alors que les bombes pleuvaient tout autour, et de ce moment de la Libération où sa sœur et lui-même ont défendu la maison contre les nazis avant d'en remettre les clés aux forces soviétiques fraternelles. Il espère que, désormais, la maison pourra être ouverte au public afin que le commun des mortels puisse profiter de ce qui avait été le privilège de quelques-uns.

Notre ville compte bon nombre d'éléments étranges. Nous possédons un dragon qui n'est rien d'autre qu'un vieux crocodile empaillé et tout sec. Nous possédons le sommet travaillé de l'ancienne mairie qui nous dit toute la rancune d'un architecte envers les fondateurs de la ville, ainsi qu'une statue sur l'église Saint-Jacques qui incarne une querelle moyen-âgeuse entre la municipalité et les autorités cléricales en dévoilant son postérieur en direction de la cathédrale. Enfin, nous possédons une maison qui est un des joyaux de l'architecture fonctionnaliste – et pourtant, nous n'y prêtons pas la moindre attention.

Confession

« Pouvons-nous nous retrouver quelque part ? » demande la personne au bout du fil. La voix est familière, mais Zdenka a du mal à la reconnaître. « Pour un café peut-être. Est-ce que vous êtes libre demain matin ? Vous connaissez le Zemanova Kavárna ?

— Oui, mais qui est à l'appareil ? »

Son interlocutrice rit. « Excusez-moi. J'aurais dû me présenter. Ici camarade Hanáková. »

Zdenka éprouve un petit pincement d'excitation honteuse. Elle avait regretté qu'Hana soit partie aussi vite lors du passage de la journaliste. Elle aurait voulu lui parler, lui expliquer certaines choses, lui dire que le médecin qui les accompagnait était son amant, celui avec qui elle était allée à Paris, celui pour qui elle danse. Voilà qu'elle va enfin en avoir l'opportunité.

Le lendemain matin, elle demande à une collègue de la remplacer et retire rapidement sa blouse. « Je reviens dans une demi-heure », dit-elle. Cela suffira-t-il ? Une demi-heure paraît générique, comme elle aurait pu dire : « Je m'absente quelques minutes. »

Au café, le rendez-vous avec Hana ressemble aux retrouvailles entre de vieilles amies. Elles se font même la bise, joue contre joue, comme si elles étaient sœurs. C'est ainsi que la voit Zdenka. Une amie, une sœur, mais avec une pointe d'excitation supplémentaire car, après tout, on connaît sa sœur (du moins, c'est ce qu'elle s'imagine, étant elle-même fille unique) et l'on connaît ses amis. Mais cette femme qui travaille pour le comité du patrimoine architectural est une parfaite inconnue.

« Où en êtes-vous avec votre petit ami ? demande Hana.

— Vous savez… ? » Zdenka commence souvent la conversation de cette manière. Cela exaspère Tomáš. « Tu le dis à quelqu'un qui ne sait pas, se plaint-il, alors pourquoi le dire ? » Elle ne parvient pas à perdre cette habitude, mais tente de la contrôler afin de ne pas passer pour une idiote. « Vous savez ce que… ? »

Hana rit et lui prend la main par-dessus la table. « Vous êtes drôle. Si vous ne me le dites pas, comment pourrais-je le savoir ? »

Zdenka rougit.

« Nous sommes de nouveau ensemble.

— C'est une bonne nouvelle.

— En fait, vous l'avez rencontré.

— Je sais.

— Vous avez deviné ?

565

« — Je l'ai vu à la façon dont vous ne le quittiez pas du regard. »

C'est au tour de Zdenka d'éclater de rire. Elle est si heureuse qu'Hana ait rencontré Tomáš, si heureuse qu'elle sache.

« Cela se voyait-il tant ? Que pensez-vous de lui ? Il est beau, n'est-ce pas ? Un peu cynique, mais très aimant.

— C'est un bel homme. C'est là que vous vous retrouvez, dans la Pièce de verre ?

— Oui. Parfois, nous allons dans la *chata* de sa famille, mais, en semaine, c'est là que nous nous voyons. »

La femme sourit. Son sourire est ironique, fripé par l'âge et l'expérience. « La Pièce de verre plaît à ce genre d'hommes. Ils la trouvent rationnelle. Froide, équilibrée, moderne. Mais ne vous y trompez pas. »

Qu'entend-elle par là ? Elle jette un regard circulaire au café, les gens qui vont et viennent, le serveur qui s'approche en s'essuyant les mains sur son tablier.

« C'est ici, dit-elle à Zdenka, que j'ai rencontré un homme qui a failli me détruire.

— Comment cela ?

— Il était assis à cette même table. N'est-ce pas étrange ? » Elle raconte à Zdenka comme il avait belle allure dans son uniforme à l'instant où il s'était levé pour lui offrir la seule chaise encore libre du café. « Un jeune homme tout à fait charmant. Un parfait Aryen.

— Il était nazi ? »

Zdenka parle tout bas comme si fraterniser avec l'ennemi, ces gens qu'on lui avait appris à haïr, était le pire crime qui soit.

« Qui sait ce qu'il était ? Il était scientifique et musicien. Cette combinaison paraît bien étrange, n'est-ce pas ? Il travaillait dans la maison Landauer. À l'époque, c'était une sorte de laboratoire, un centre de biométrie. Nous y avons fait l'amour, comme vous et Tomáš. C'est bien ce que vous y faites, vous aussi ? » Son regard prend Zdenka au piège, la fait rougir. « Bien sûr. Ne vous laissez pas tromper par la Pièce de verre. Cet endroit n'est pas plus rationnel que les gens qui l'habitent.

— Cet homme. Vous étiez amoureuse de lui ? »

L'expression d'Hana est sombre, elle semble avoir honte de ce qu'elle est sur le point de dire.

« Je l'ai fait parce que je voulais aider mon mari.

— Votre mari ? »

Zdenka imagine à présent un homme chez Hana, là où elle imaginait qu'elle était seule, une femme seule et indépendante. Avait-elle une famille ? Des enfants, des petits-enfants, peut-être ? Quel âge a-t-elle ? Cinquante ? Soixante ? Zdenka s'aperçoit qu'elle ne sait quasiment rien de cette femme dont la beauté semble soudain égratignée par le souvenir.

« Mon mari était juif. J'ignore ce que je pensais pouvoir faire pour lui, mais j'étais aux abois, Zdenka. Savez-vous ce que c'est ? »

Mais bien sûr elle ne sait pas. Elle sait ce que c'est d'être triste, malheureuse, mais ces émotions sont presque agréables. Elles font ressortir le bonheur et le rire de manière plus vive. Zdenka profite d'autant plus des moments de joie de Tomáš qu'elle sait à quel point il peut être déprimé.

« Qu'est-il arrivé à votre mari ?

— Je ne sais pas exactement. » Soudain, le visage d'Hana semble laid, ses traits sont tendus comme si elle affrontait un vent froid. « Ils sont venus chez nous. Je ne sais pas pourquoi. Peut-être que mon Allemand nous a dénoncés. Ou peut-être pas. Je n'en sais rien. Lui non plus, je ne sais pas ce qui lui est arrivé. Une nuit, la Gestapo est venue chez nous – elle arrivait toujours en pleine nuit – et nous a emmenés tous les deux. C'est la dernière fois que je l'ai vu. J'ai appris après la guerre qu'ils l'avaient envoyé à Theresienstadt.

— J'y suis allée une fois avec l'Union de la jeunesse, intervient Zdenka. On aurait dit un cimetière.

— Il y est resté près d'un an et puis, en janvier 1943, on l'a mis dans un wagon pour Auschwitz. C'est tout ce que je sais. Pauvre Oskar. C'était son nom. Oskar. Il était beaucoup plus vieux que moi. Mon Dieu ! – elle rit mais sans joie – s'il avait survécu, il aurait plus de quatre-vingts ans, aujourd'hui. Il était plus âgé que moi et je l'ai beaucoup trompé, mais c'est le seul homme que j'aie jamais aimé. Tout cela paraît bien mélodramatique. Mais avec le recul, c'est si vrai. »

Elle tient la main de Zdenka dans la sienne par-dessus la table et tout est calme entre elles pendant qu'elles se regardent.

« Et que vous est-il arrivé à vous ? » demande Zdenka. Hana retire sa main et porte le regard vers le café, ses murs crasseux et sa décoration sordide.

« Seigneur ! que cet endroit s'est dégradé depuis la belle époque. On dirait une cantine d'ouvriers. Je suppose que c'est approprié. Une cantine d'ouvriers au paradis des ouvriers. À présent que nous sommes tous égaux, qui a besoin d'un café chic ? C'est le problème, avec l'égalité : c'est l'égalité du plus petit dénominateur commun.

— Vous ne voulez pas me raconter ?

— Si, si c'est ce que vous voulez. J'ai été envoyée en Allemagne, à Ravensbrück. Vous en avez entendu parler ? C'était le seul camp de concentration où il n'y avait que des femmes. Quelque part au nord de Berlin. Pourquoi ai-je sur-vécu ? La chance, bien sûr. Et l'amour. Cela paraît incroyable, non ? J'ai connu l'amour à Ravens-brück. Il y avait de l'amour, au milieu de la peur et de la crasse. » Elle sourit, soudain lumineuse, repoussant loin les souvenirs. « Danserez-vous pour moi ? demande-t-elle. Est-ce que vous danse-rez pour moi dans la Pièce de verre pour me rappe-ler ce qu'est la beauté ? Le ferez-vous ? »

Sa question se teinte d'un sérieux étonnant, à croire qu'elle la supplie.

« Évidemment », répond Zdenka. Elle prend la main d'Hana dans la sienne. « Je danserai pour vous, bien sûr. »

Les sentiments de Zdenka pour Tomáš sont confus. Il veut revenir au temps où elle était sa nymphe, son Ondine qui dansait pour lui dans les espaces froids de la Pièce de verre. Mais pour cela, il faut bien revenir au passé. Elle éprouve donc des sentiments mitigés lorsqu'ils se retrouvent comme prévu cet après-midi-là dans la Pièce de verre.

« J'ai pris un café avec la femme du comité pour le patrimoine architectural aujourd'hui », dit-elle. Les rayons dorés du soleil passent obliquement sur les toits de la ville, à travers les fenêtres, et font rougeoyer le mur d'onyx de façon étrange et féroce, comme des braises.

« Pourquoi ? Pourquoi faire une chose pareille, bon sang ? Ces gens sont prêts à nous exproprier du bâtiment pour le transformer en musée, je te l'ai déjà dit. Pourquoi encourager cette femme dans ses démarches ? » Puis il est pris d'un doute. « Tu es sûre d'elle ? Que voulait-elle savoir ? Tu es sûre que ce n'est pas une informatrice ? »

Le pays est entièrement infiltré d'informateurs et d'agents de la police secrète. L'un devient l'autre, l'agent recrute un informateur par des menaces ou du chantage, les informateurs recrutent d'autres informateurs, les rumeurs deviennent des faits, un commentaire anodin – « Quels temps nous vivons ! » ; « Qu'est-ce qui va bien nous tomber dessus ensuite ? » ; « Qui aurait pu prédire qu'on en arriverait là ? » – devient prétexte à délation. La camarade Hanáková est-elle une de ces personnes ? On ne sait jamais. Un spécialiste de l'information ou, pire, un agent provocateur sait parfaitement se présenter sous un mauvais jour pour mieux piéger sa victime. Hana Hanáková est-elle une de ces personnes ?

« Elle allait me montrer les photos prises pendant la visite du gymnase, mais elle les avait oubliées. Elle m'a surtout parlé de son mari.

— Elle a un mari ? Incroyable.

— Comment ça ?

— J'aurais plutôt cru qu'elle faisait peur aux hommes.

— Son mari est mort. Il était juif et il est mort dans les camps. Elle-même a été déportée à Ravensbrück.

— Doit-on lui faire confiance pour autant ? Et de toute façon, tu n'es pas obligée d'attendre qu'elle te montre ces photos. Eve m'en a donné un jeu. Je te les apporterai. »

Eve. La mention de son nom est-elle une provocation délibérée ?

« Eve, tu la connais bien ? demande-t-elle. Tu t'es montré assez amical.

— Tu es jalouse ?

— Est-ce que j'ai raison de l'être ? »

Ils se dévisagent. Zdenka a la lumière dans les yeux, si bien que Tomáš est à peine plus qu'une silhouette, ce qui ne l'empêche toutefois pas de deviner clairement son expression. Elle n'a pas besoin de voir ses traits. Son air général, la façon dont il se tient, les petits mouvements de sa tête et de ses mains.

« Nous avons failli nous marier à une époque, finit-il par admettre.

— Vous étiez fiancés ? J'ai du mal à le croire. Tomáš, l'homme qui refuse le moindre projet d'avenir, fiancé !

— C'est moi qui ai tout annulé, mais le sentiment était partagé.

— C'était quand ?

— Il y a des années !

— Et maintenant ? »

Il ne répond pas. Pendant une seconde, une simple fraction du présent éternel dans lequel il évolue, Tomáš garde le silence. Et par ce silence infime, Zdenka comprend tout. « Oh ! c'est terminé, si c'est ce que tu veux dire. Nous nous croisons à l'occasion, c'est tout. »

Mais ce n'est pas tout. Elle n'ose pas le dire, mais elle a bien compris. Eve et Tomáš couchent ensemble.

Ce soir-là, dans la Pièce de verre, rideaux ouverts et la lumière créant des flaques d'or pâle par terre, Zdenka danse pour Hana Hanáková. C'est une danse triste et lente, sur fond de Janáček et non de Ravel, le morceau de piano le plus triste que Zdenka connaisse, écrit alors que le compositeur faisait le deuil de sa fille bien-aimée, Olga. Elle improvise cette danse de mort devant le mur d'onyx, les notes mélancoliques du piano montent du tourne-disque et retentissent dans cette caisse de résonance qu'est la pièce comme le bruit des larmes tombant dans un aquarium où tout est sombre et figé. C'est sa grande représentation, celle qu'elle n'avait jamais pu donner à Prague, Leningrad ou Moscou, celle qu'elle aurait pu danser si le sort n'avait pas décidé qu'elle se casserait une cheville suite à une chute. Elle danse en mémoire de la famille Landauer qui vivait ici ; et elle danse en mémoire du mari d'Hana Haná-ková, mort à Auschwitz ; elle danse en mémoire de son amour pour Tomáš qui appartient désormais au passé, un souvenir qu'elle regrettera autant qu'elle le chérira comme un trésor.

Hana la contemple, extasiée, et à la fin, quand les arpèges terrifiants qui simulent le cri de la chouette s'estompent jusqu'au silence, elle se retient d'applaudir. Peut-être reste-t-elle immobile parce que applaudir est un geste factice, un geste public pour montrer aux autres ce que l'on ressent, alors qu'elle souhaite garder ses sentiments pour elle seule. Zdenka se précipite vers elle, s'agenouille et prend ses mains dans les siennes comme pour la réconforter.

Elles restent ainsi un moment, immobiles comme des pierres, la jeune femme agenouillée aux pieds de son aînée jusqu'à ce qu'Hana rompe le silence. « Regardez ce que je vous ai apporté, dit-elle en se tournant vers sa mallette par terre. Voilà les photos que je vous avais promises. Il y en a même une de moi. C'est tout ce qui a survécu des jours qui ont précédé la guerre. J'ai pensé que cela pouvait vous intéresser. »

La photo montre un homme pensif et une femme souriante portant un bébé dans ses bras. Une petite fille se tient entre les deux adultes. Ils posent dans un endroit que Zdenka reconnaît immédiatement, la terrasse de l'étage, juste au-dessus d'elles. À côté d'eux, le banc arrondi et, derrière eux, le bac à sable. L'homme fait très habillé dans son costume alors que la robe de la femme est plutôt démodée, un vêtement d'une autre génération, la jupe étroite, les épaulettes. La photo dégage quelque chose de vague, pareil à un souvenir tronqué. C'est la lumière, comme si elle venait du présent pour illuminer ce petit moment du passé.

« Voilà les Landauer. Viktor et Liesel, avec Martin et Ottilie. Ottilie était ma filleule, un choix que n'approuvait pas trop ce pauvre Viktor. Ce que je comprends assez. Imaginez un peu : marraine, moi ! »

L'homme semble fixer le regard sur un point à gauche de l'appareil photo tandis que la femme a les yeux rivés sur l'objectif. Du moins, c'est l'impression que donne le cliché : ce n'est pas tant l'objectif qu'elle paraît regarder que le photographe. « Nous étions tellement heureux, dit Hana. Oui, tellement heureux. »

Par contraste, les photos prises dans la maison quelques jours plus tôt sont brillantes et nettes, pensées avec professionnalisme, mais elles n'ont pas le poids des plus anciennes, le poids du temps. Hana les sort de leur enveloppe et les deux femmes les examinent ensemble. Il y en a une du bâtiment prise depuis le jardin, d'autres en intérieur, le gymnase comme il est à présent avec son alignement de tapis d'exercices devant le mur d'onyx qui rappellent des rangées de tombes dans un cimetière. Il y a des vues de l'entrée prises avec un objectif fish-eye, certaines où l'on voit leurs silhouettes qui semblent flotter dans l'aquarium de la lentille. Enfin, il y a une photo de groupe prise dans la Pièce de verre, près des piliers de chrome, Hana et Zdenka d'un côté, Tomáš et Eve de l'autre, le gros président du comité de quartier se tenant à l'écart, comme un intrus.

Tomáš et Eve se tiennent la main.

Cela ne saute pas aux yeux. Ils sont tout près, Eve tient son carnet au niveau de sa poitrine de sa main gauche tandis qu'elle garde son autre main le long du corps. Tomáš est à sa droite, la main droite sur le pilier comme pour se soutenir, l'autre main, la gauche, le long du corps, hors de vue des deux personnes qui se trouvent de l'autre côté du pilier, invisible à tous sauf à l'œil inquisiteur de l'objectif. Tomáš tient Eve par la main. Et même plus que ça, leurs doigts sont entremêlés. Cela n'est pas un geste anodin, mais une chose qui sous-entend la pratique, la connaissance de l'autre, l'intimité.

Zdenka est sous le choc. Ne s'était-elle pas attendue à quelque chose de ce genre ? Elle est surtout bouleversée d'en voir la preuve. Ce n'est ni un souvenir ni de l'imagination : c'est la preuve nue, présentée par l'appareil photo et son œil infaillible. La preuve que Tomáš l'a trompée.

« Je ne savais pas comment vous le dire, déclare Hana en passant un bras autour des épaules frêles de Zdenka. Je ne voulais pas vous faire du mal. Mais je ne voulais pas non plus qu'il continue de vous mentir. »

Zdenka s'autorise à être réconfortée un moment. Puis elle s'excuse et va à la salle de bains pour se laver et se changer. Le visage qui la regarde dans la glace n'est plus celui d'une adulte sophistiquée qui a voyagé à l'Ouest, à Paris, pour une conférence médicale internationale : c'est le visage abîmé, pâle et blême, d'une jeune fille. « Qu'est-ce qu'Hana va penser de toi ? » demande-t-elle à son reflet.

En revenant au gymnase, elle éprouve le besoin de demander pardon. « D'avoir fait porter sur vous le fardeau de ma tristesse », explique-t-elle.

Hana sourit et lui prend la main qu'elle serre fort.

« Mais cela ne me dérange pas. Je préférerais porter le fardeau de votre bonheur, mais si ça doit être votre tristesse, alors je l'accepte aussi. Et qui sait ? peut-être que je peux vous aider. » Elle lâche la main de Zdenka. Il y a de la résolution dans ce mouvement, une détermination dans le geste de séparation. Zdenka la regarde s'avancer vers le mur d'onyx. Elle se poste juste à côté, s'y adosse, comme si elle avait besoin d'être soutenue. « Puis-je vous faire un aveu ? Je ne sais pas si c'est le bon moment, mais, en fait, je ne sais pas trop quand il le sera. Peut-être qu'il n'y a pas de bon moment pour ce genre de chose.

— De quoi parlez-vous ? »

Qu'est-ce qu'essaie de lui dire Hana par ce soudain changement d'humeur ? Elles ont été proches, unies par la danse, puis par la tristesse de Zdenka et le réconfort d'Hana, et les voilà éloignées, Hana s'exprimant sur un ton solennel, comme si elle s'apprêtait à expliquer quelque chose de difficile. Peut-être cela a-t-il à voir avec le gymnase qu'il faut désormais envisager comme la maison Landauer. Peut-être va-t-elle évoquer ce dont lui a parlé Tomáš, expliquer que le comité pour le patrimoine architectural, ou quel que soit son nom, veut exproprier le service de physiothérapie et transformer le bâtiment en musée.

« Le fait est que, depuis quelques semaines, vous rencontrer ici même, vous parler, discuter comme de vieilles amies – vous n'êtes pas d'accord ? N'avez-vous pas l'impression qu'il s'est établi une sorte de solidarité entre nous ? » Hana lâche un petit rire, entre ironie et amertume. « Eh bien, voilà, le fait est que je suis tombée amoureuse de vous. Je ne l'aurais sans doute jamais dit, mais, à présent, j'ai l'impression qu'il le faut. Peut-être que cela vous dégoûte de l'entendre de la bouche d'une autre femme. Une femme qui a presque le double de votre âge et qui pourrait être votre mère, mais c'est ainsi. » Elle hausse les épaules, comme si ce petit discours était sans conséquence, trois fois rien, une remarque que Zdenka pourrait ne pas relever si elle le souhaitait. « J'ai pensé que je me devais d'être claire pour éviter les malentendus. Je suis amoureuse de vous. » Elle ouvre les mains. C'est un geste d'impuissance autant que de dévoilement, le geste de celle qui dit : je n'ai rien d'autre à offrir. « C'est tout. »

La confession est un choc. Elle ne rebute pas Zdenka, mais n'en est pas moins stupéfiante. Zdenka n'est pas totalement étrangère à l'attention que peuvent se porter les femmes entre elles. Il y avait l'exemple d'Isadora Duncan. Et à l'école de danse, une professeure qui avait été danseuse étoile au Kirov lui avait montré beaucoup d'égards, lui prodiguant parfois des caresses déplacées lorsqu'elle ajustait une position des jambes à la barre, lui volant à l'occasion un baiser quand elles étaient seules.

« Vous êtes si charmante », lui murmurait-elle avec son accent russe marqué, l'embrassant très doucement sur la bouche. Mais il y avait eu un problème avec l'une des autres filles et la professeure s'était volatilisée, ne laissant que des rumeurs dans son sillage ainsi qu'un mince dépôt de culpabilité dans l'esprit de Zdenka.

« Je suis désolée, dit Hana, j'aurais dû me taire.

— Non. Non, je vous en prie. » Par sa réaction, Zdenka transforme le négatif en affirmatif. « C'est simplement que je ne peux pas vous répondre. Vous m'avez surprise. Je ne peux pas vous répondre comme ça.

— Vous n'êtes pas dégoûtée ? Par l'idée d'une affection entre deux femmes.

— Non. Cela ne me dégoûte pas. » Elle regarde autour de la pièce comme si elle cherchait une porte de sortie et ne voit qu'Hana qui lui sourit. « C'est juste… étrange. Je vous trouve très belle. Je vous l'ai déjà dit et c'était sincère. Je crois que si vous étiez plus jeune, j'aurais peur de vous. »

Son aînée éclate de rire. « Ma chère Zdenička, je ne vous ferais pas peur. C'est moi qui aurais peur de vous. Mais parlons d'autre chose. Vous connaissez mes sentiments et j'en suis heureuse. Et si nous sortions dîner ? Je vous raccompagnerai ensuite au foyer et vous aurez le temps de réfléchir à ce que je vous ai dit. Nous ne sommes pas comme les hommes. Il est parfaitement possible pour nous de rester amies sans être amantes. Combien de fois cela est-il arrivé entre des femmes ? Je vous laisse décider. »

Zdenka passe les jours suivants dans un état de nervosité extrême, se rend au travail dans un brouillard de confusion et de perplexité. Les enfants sont sa seule distraction. Elle les encourage à poursuivre leurs efforts, pousse les réticents à s'investir à force de cajoleries, essaie de retenir ceux qui en font trop, exhorte les faibles et félicite les forts. Quand Tomáš appelle, elle lui parle sur un ton neutre à tel point qu'il finit par demander si ça va, si elle se sent bien. Elle va bien, lui assure-t-elle, et elle tente de conclure la conversation rapidement au cas où la présence de Tomáš à l'autre bout de la ligne bouleverserait le choix déroutant qui s'offre à elle. Elle ne sait pas comment réagir. Elle n'est plus dans l'histoire d'Ondine. L'histoire d'Ondine ne raconte que l'amour d'une nymphe pour Palemon qui finit par la trahir. Rien d'autre.

Après le travail, elle a un cours de danse, un défilé de fillettes en collant, en justaucorps rose, qui cabriolent, essaient d'exécuter des mouvements encore trop complexes pour elles, de se mouvoir avec fluidité et féminité. Elle leur montre, effectue un *plié* et un *port de bras*, a l'impression que son propre corps lui est étranger, comme si elle se retrouvait avec les membres et le torse d'une autre personne, une personne singulière qui possède pourtant tous les attributs que, normalement, elle considère siens. Les mères qui viennent chercher leur fille à la fin du cours semblent protectrices à l'excès, exigeantes, veulent tout savoir des progrès de leur enfant, insistent sur leur talent et leur potentiel. « Est-elle prête pour Prague ? » demande l'une d'elles, l'épouse d'un officiel du Parti. La question sous-entend que, un jour, la petite sera prête : le tout est de savoir quand. En réalité, la gamine ne sera jamais prête car son talent est limité et ne sort du lot qu'au milieu d'un groupe d'amateurs. Zdenka ne veut pas affronter cette femme, même avec tact et amabilité ; tout ce qu'elle veut, c'est être seule. « Nous verrons, dit-elle. Soyons patients. Il n'y a rien de pire pour une ballerine que de la pousser au-delà de son développement naturel. »

Quand enfin tout le monde est parti, Zdenka reste un long moment sur la scène qu'est la Pièce de verre et contemple le panorama des toits au loin, au-delà du jardin en pente et des bosquets. Ils font comme un public, rangées sur rangées de spectateurs qui tous ne seraient autres que Zdenka elle-même. Elle se retourne et s'accroupit près du tourne-disque. Le saphir crisse en tombant sur la bande étroite de silence au bord du disque, puis émet un déclic léger mais précis, avant de glisser dans le premier sillon. Les notes liquides d'« Ondine » s'écoulent dans la Pièce de verre. Zdenka se relève et, face aux baies vitrées, se met à danser, lentement, avec fluidité, non pas pour un spectateur, mais pour elle seule.

Consolation

« Puis-je venir vous voir ? » demande Hana au téléphone. Elle a appelé sur la ligne directe du gymnase, là où la première personne à passer devant décroche le combiné antédiluvien.

« Physiothérapie. Si vous souhaitez prendre rendez-vous, il vous faut contacter le secrétariat général.

— Zdenka ?

— Oui. Elle-même.

— Puis-je venir vous voir ? »

Sa voix vacille, comme si elle avait peur que Zdenka ne refuse.

« Bien sûr.

— Vous êtes seule ?

— Les autres sont sur le point de partir.

— Je serai là dans une demi-heure. Cela vous convient-il ?

— Oui, très bien. »

Elle raccroche avec précaution. L'une de ses collègues se tourne pour lui dire au revoir.

« Tu as cours, ce soir ?

— Non.

— Alors je rentrerais chez moi, si j'étais toi. »

Mais tu n'es pas moi, pense-t-elle. Personne ne l'est. *Sauf moi.* Tout le monde mène une vie calibrée, équilibrée. Elle va vers les fenêtres. Comme la Pièce de verre semble étrange ! Les murs ont aussi peu de substance qu'elle-même. Les reflets brillent. La lumière se réfracte. Zdenka se déplace sur le sol laiteux et rutilant à pas feutrés, comme si elle marchait sur l'eau en s'attachant à ne pas en déranger la surface et à ne pas sombrer dans les profondeurs. Ondine, pense-t-elle, en respirant à pleins poumons pour tenter d'inhaler le calme qui l'enveloppe.

À son arrivée, Hana paraît anxieuse et légèrement perdue, comme quelqu'un qui vient de se réveiller d'un long sommeil et qui ne sait plus très bien qui il est. Elles se saluent avec précaution, ni l'une ni l'autre ne faisant allusion à leur rencontre précédente. Zdenka va dans la cuisine faire du café, du *turecká*, ce café turc qu'aime Hana. « Comment vous sentez-vous ? » demande-t-elle en apportant le café. À l'entendre, on croirait qu'elle s'adresse à quelqu'un qui vient de perdre un être cher.

Hana se tient à la fenêtre et regarde la vue. Ce paysage attire l'attention de tous. « Je vais bien. » Puis elle ajoute. « Écoutez, il y a autre chose que je tenais à vous dire. Je pense que j'aurais dû le faire la dernière fois. Pour que vous sachiez tout de moi. »

Zdenka est sur le point de répondre, mais Hana lève la main. Elle esquisse un sourire. « Je vous en prie. Je veux que vous sachiez tout avant d'entendre votre réponse. »

Zdenka pose les tasses sur la table. Les grains de café moulu s'enfoncent dans le liquide sombre et épais. « Très bien, allez-y. »

Hana porte la tasse à ses lèvres et souffle doucement sur le liquide brûlant. Elle prend une première gorgée précautionneuse, au cas où il serait trop chaud. Puis elle repose la tasse avec un soin exagéré. « C'est-à-dire que je ne l'ai jamais révélé à personne. Jamais. »

La Pièce de verre est-elle un lieu où confier ses secrets ? Son ouverture et sa transparence ne font aucun doute, en tout cas ; c'est un lieu où l'on ne peut pas mentir.

« J'ai eu un bébé. Dans les camps. Je veux dire, à Ravensbrück. »

Zdenka en a le souffle coupé. Elle s'attendait à autre chose, un retour sur la dernière conversation, l'amour d'Hana avec toutes les incongruités et les difficultés qu'il implique ; et à la place, ceci : « J'ai eu un bébé dans les camps. »

« Un bébé ?

— Je ne l'ai jamais dit à personne.

— Vous avez donné naissance à un enfant dans les camps ?

— C'est ce que je viens de dire. » Ses traits ont cette même rigidité, l'expression d'un parent devant une tombe. Elle détourne les yeux et contemple la vue. Il y a un silence. Zdenka ne peut pas, n'ose pas en demander plus. La présence d'Hana, son existence même, semble tenir à un fil. « Je voulais que vous sachiez, c'est tout », dit-elle, comme si cette information était un cadeau, infime, très fragile et très précieux.

« Qui est le père du bébé ?

— L'Allemand dont je vous ai parlé. Le scientifique. » Elle regarde Zdenka avec un sourire. C'est un sourire curieux, dépourvu d'humour, contaminé par le chagrin. « J'ai toujours cru que j'étais stérile. Je voulais tomber enceinte, mais cela n'est jamais arrivé avec mon mari ni avec aucun des autres hommes que j'ai fréquentés. J'imagine que mon comportement est assez choquant. Que j'aie essayé avec d'autres. Et puis il y a eu cet Allemand… Il n'a rien voulu savoir, bien sûr. Mais j'ai voulu garder cet enfant. »

Cette confession atteint Zdenka avec une force quasi physique, comme une gifle en plein visage. Elle sent la piqûre des larmes. « Hanička », dit-elle. Rien de plus, seulement le diminutif d'Hana. Elle ne trouve rien d'autre à ajouter. Il n'existe pas de mots de réconfort.

« Et puis ils m'ont arrêtée, m'ont envoyée en enfer et alors j'ai désiré cet enfant plus que tout. Est-ce que vous pouvez comprendre une chose pareille ? Ils nous ont d'abord fait passer par l'Autriche, près de Linz, puis nous sommes montées dans un train – ceux destinés au bétail, on nous y a jetées comme des animaux –, nous avons gagné l'Allemagne pour finir quelque part au nord de Berlin. Nous ne le savions pas, à ce moment-là. C'était un lieu d'une grande sauvagerie. Des barbelés et des rangées de baraquements. Les femmes de mon baraquement ont pris soin de moi. Le chaos régnait autour de nous et, pourtant, elles se sont occupées de moi, des femmes qui allaient accoucher. Il s'est passé toutes sortes de choses, là-bas. »

Zdenka garde le silence, respire à peine. Elle a du mal à respirer, comme si quelque chose lui obstruait la gorge. Finalement, elle ose prendre la parole.

« Était-ce une fille ou un garçon ?

— Une petite fille. Une toute petite fille. Elle avait les cheveux sombres, je me souviens. Et un visage fripé comme une grand-mère. Elle pleurait, un cri rapide et aigu comme si elle cherchait son air. C'était peut-être le cas, je n'en sais rien. Je lui ai même donné un nom. Je l'ai appelée Svetla. La lumière dans l'obscurité. Je l'aimais. Au milieu de l'enfer et j'ai trouvé l'amour.

— Que lui est-il arrivé ?

— Ils me l'ont mise au sein quelque temps. Elle a essayé de se nourrir mais bien sûr je n'avais pas de lait. Rien. Alors ils me l'ont prise. » Elle regarde Zdenka et hausse les épaules. « Je ne l'ai jamais revue. C'était leur façon de procéder, à ce moment-là. Plus tard, il y a eu une maternité et les femmes ont eu le droit de garder leur bébé aussi longtemps qu'elles le pouvaient. Tant qu'elles survivaient. Mais quand j'ai eu Svetla, c'était différent. Ils prenaient les bébés. » Hana semble étouffer. À croire que l'air a disparu de la Pièce de verre. « Je me suis imaginé que, je ne sais comment, elle survivrait et que nous nous retrouverions une fois la guerre finie. Si j'étais morte, ce fantasme n'aurait pas pu se réaliser, alors c'est devenu une raison de m'accrocher. D'une certaine façon, Svetla m'a sauvé la vie. » Elle se met à pleurer. Rien de dramatique, pas de convulsions, juste des larmes qui coulent lentement. « Je suis désolée. Je ne l'ai jamais raconté à personne, vous vous rendez compte ? Jamais. Maintenant, vous savez vraiment tout de moi. Il n'y a rien d'autre. »

Comparé à cette histoire, le mythe d'Ondine paraît anodin. Comparée à ce récit, la négation de l'histoire par Tomáš n'est qu'un caprice. L'histoire est devant elle, dans le beau visage austère d'Hana Hanáková. Là, dans la Pièce de verre de la maison Landauer, se sentant aussi impuissante que le témoin d'un accident qui ne sait comment étancher le sang des blessés, Zdenka contourne la table, prend Hana dans ses bras et tente de la réconforter. L'espace tout autour d'elle est imprégné du passé, figé dans une construction de verre, de béton et de chrome, la Pièce de verre avec son mur d'onyx, ses cloisons de bois tropical, ses plafonniers aux pétales de lumière laiteuse, un espace, un *Raum* moderne dessiné par Rainer von Abt, mais qui, à cet instant où pleure Hana Hanáková, est empli par le passé.

5

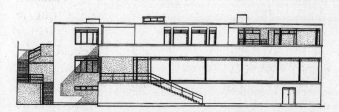

Contact

Veselý avait quitté la ville en voiture dans la matinée et avait déjeuné dans un *diner* à Falmouth. Ils l'avaient suivi, bien sûr. Ils conduisaient une Oldsmobile bicolore et il n'avait pas eu grand mal à les maintenir dans son rétroviseur jusqu'à New Haven, Providence, puis de l'autre côté du pont Bourne. Ils le suivirent même à l'intérieur du *diner* et prirent place à seulement trois tables de lui, deux hommes au visage juvénile et à la coupe en brosse, des Américains typiques, du genre à être dans l'armée s'ils ne faisaient pas ce métier.

On lui avait expliqué clairement la situation. « Faites en sorte de leur faciliter la tâche, lui avait dit l'officier chargé de la sécurité. Ne conduisez pas trop vite, pas d'à-coups, pas de virages trop serrés. Si vous leur compliquez les choses, c'est eux qui vous compliqueront la vie. »

On lui apporta le menu, il commanda du cabillaud et il alla téléphoner à l'ambassade. Il avait ordre de se signaler à intervalles réguliers. Ils voulaient s'assurer que tout allait bien, qu'aucun incident diplomatique n'avait eu lieu, que personne ne l'avait enlevé et que lui n'avait pas décidé de passer à l'Ouest. C'était toute l'ironie de la procédure : ils s'assuraient de sa sécurité autant que de sa loyauté.

Alors qu'il se levait de table, l'un des hommes lui emboîta le pas. Peut-être croyaient-ils qu'il allait s'enfuir par la porte de derrière. Devrait-il montrer à l'homme qu'il avait repéré sa filature ? Devrait-il dire bonjour, lui souhaiter une bonne journée ? Mais quand l'homme le dépassa pour aller aux toilettes, il se contenta de composer le numéro et d'attendre qu'on décroche, le combiné collé à l'oreille.

« Falmouth, dit-il à l'officier de service. Dans un *diner*… Non, je ne connais pas l'adresse. C'est important ? L'endroit s'appelle Chez Betty. Oui, Chez Betty. »

Il raccrocha puis appela les gens chez qui il se rendait, la femme à qui il avait déjà parlé, simplement pour confirmer son rendez-vous de l'après-midi. Elle n'avait pas oublié. Non, bien sûr que cela lui convenait. Elle l'attendait. Au téléphone, elle semblait sur ses gardes, méfiante à l'égard de cet envoyé de l'ambassade. Mais qui ne le serait pas ?

L'homme sortit des toilettes et retourna s'asseoir à sa table quand Veselý raccrochait si bien que, au moment où lui-même retourna à sa place, ses deux agents avaient de nouveau le nez dans leur assiette, avaient repris leurs messes basses et leur observation indiscrète de la plus jolie des deux serveuses. Lui, ils ne le regardaient pas et ne se donnèrent même pas la peine de bouger quand il paya pour partir ; pourtant, l'Oldsmobile était bien derrière lui quand il sortit du parking.

De Falmouth, il suivit la route côtière. C'était une belle journée ensoleillée, la mer scintillait et il longeait la plage sur sa gauche. Puisqu'il était dans les temps, il profita que la route empruntait une langue de terre entre l'océan et un lagon saumâtre pour garer la voiture et jeter un œil au paysage. Il aperçut des cabanes de plage entre les dunes. Les mouettes criaient dans le ciel. Les voiliers allaient et venaient entre le rivage et une île plus au large. L'Oldsmobile attendait pendant qu'il savourait la brise et le goût du sel sur ses lèvres. Ils se demandaient sans doute ce qu'il fabriquait. Peut-être qu'il essayait de repérer des sous-marins. Mais il ne faisait que regarder cet océan qu'il voyait pour la première fois.

Arrivé à Woods Hole, il s'arrêta dans une station-service pour demander sa route. Le pompiste se gratta la tête. « La maison des Landor, vous dites ? Je crois bien que c'est sur Gardiner Road. » Une radio beuglait une chanson des Beatles depuis la baraque de la station. « Lady Madonna. » Ils avaient joué à Prague deux semaines plus tôt juste au moment où Veselý partait. Le pompiste lui indiqua la route et puis regarda Veselý de travers.

« Et vous êtes d'où, sinon ?

— Tchécoslovaquie. » L'homme acquiesça.

« C'est communiste, dans c'coin-là, dit-il comme s'il lui faisait part d'une exclusivité.

— Plus ou moins.

— Je peux pas dire que j'les aime trop, les rouges. Mais maintenant ils disent que tout est différent, du moins par chez vous.

— Pour le moment. On garde les doigts croisés.

— Les Russes. C'est sur eux qu'il faut garder un œil. »

Garder un œil. Veselý était d'accord. Les Russes, mieux vaut les avoir à l'œil.

Il n'eut aucun mal à trouver la maison. Le numéro était clairement indiqué et il y avait même le nom sur une pancarte à côté de la boîte aux lettres : maison Mahren. Le tréma avait disparu, ce qui, dans ce pays, n'était pas étonnant – toujours ce besoin de tout simplifier. Il s'engagea dans l'allée et se gara devant l'entrée. La maison était une de ces demeures en bardeaux qui abondaient dans cette région du monde, une résidence coûteuse entourée de jardins, avec deux voitures dans le garage et un bateau sur une remorque. Alors qu'il descendait de voiture, il remarqua qu'un homme se tenait à l'une des fenêtres du rez-de-chaussée, mais, quand il sonna, ce fut une femme qui ouvrit. Elle était beaucoup trop jeune pour être celle qu'il venait voir. Elle était blonde et ses vêtements, un jean assorti d'un caftan et de sandales, la rajeunissaient encore. On l'imaginait écouter Dylan, les Byrds et s'emporter au sujet du Vietnam. Ou jouant « We Shall Overcome » à la guitare. Ou pratiquant la voile. On l'imaginait en mer, les cheveux ébouriffés par le vent chargé de sel. Un petit garçon, tout aussi blond, les observait du fond du vestibule.

« Oui ? demanda la femme.

— Je suis envoyé par l'ambassade. J'ai appelé plus tôt pour confirmer ma venue. Je viens voir Mme Landor. »

Un sourire nerveux passa sur son visage, un éclair de bienvenue. « Je suis sa fille. Entrez donc. »

L'intérieur de la maison était en bois, des murs au plafond. Comme une *chata* améliorée, pensa-t-il. « Maminko, lança la femme alors qu'elle le faisait entrer dans le salon, c'est l'homme de l'ambassade. »

Le salon s'étendait sur toute la largeur de la maison. La pièce était fraîche et richement décorée de meubles modernes. Les toiles abstraites qui ornaient les murs rappelaient vaguement des scènes maritimes, les coups de pinceaux évoquant la voilure, les coques de bateaux, tandis que des aplats bleus et blancs représentaient le ciel et les nuages. Une fenêtre panoramique donnait sur une pelouse, et, au fond, des fourrés laissaient entrevoir un coin de mer azuréenne. L'air conditionné soufflait comme la brise.

Deux autres personnes étaient présentes dans la pièce, une femme assise dans un fauteuil à côté de la cheminée éteinte ainsi qu'un jeune homme qui se tenait près d'une fenêtre s'ouvrant sur l'allée de devant. La femme devait avoir une soixantaine d'années, devina Veselý. Ses cheveux, coiffés vers l'arrière, découvraient des traits fins et résolus. On retrouvait l'ombre de sa fille dans la forme de son visage. Elle avait une poignée de main ferme, mais son regard, lui, était mobile et hésitant, comme si Veselý n'était pas son seul visiteur et qu'elle essayait de voir s'il n'y avait personne d'autre derrière lui.

« Asseyez-vous, je vous en prie, monsieur Veselý », dit-elle. Elle parlait tchèque mais avec un très fort accent allemand, un amalgame de sons sortis du passé, d'un temps précédant la révolution et la guerre. « Il est plus qu'inhabituel de recevoir la visite d'une personne de l'ambassade. »

Le jeune homme – pas plus âgé que Veselý lui-même – se détourna de la fenêtre.

« Il y a une voiture dehors avec deux personnes à l'intérieur. » Il parlait anglais. « Ils surveillent la maison depuis l'autre côté de la route. Est-ce que cela a un rapport avec vous ?

— Ils suivent nos moindres faits et gestes.

— Qui ça, *ils* ?

— Le FBI. La sécurité intérieure.

— Vous voulez dire que ces types sont dans *notre* camp ? »

Veselý haussa les épaules. L'homme semblait énervé, mais à quel sujet ? La rencontre avait été organisée à l'avance et Mme Landor avait eu l'air satisfaite. Si les autorités américaines le surveillaient, Veselý n'y pouvait rien.

« Je ne pense pas qu'il s'agisse d'un problème de *camps*.

— Vous peut-être. Mais tout le monde n'est pas de cet avis.

— Martin, s'il te plaît ! » La voix de Mme Landor les fit taire. « Mon fils arrive de Boston, monsieur Veselý. Il est contrarié parce qu'il a dû prendre un jour de congé pour être ici. Étant donné la

594

complexité de la situation, j'espère que vous vous montrerez digne de votre nom. »

La plaisanterie fit sourire Veselý.

« Je vais faire de mon mieux.

— Pourrait-on parler anglais, s'il vous plaît ? demanda le jeune homme.

— Bien sûr, si cela convient à monsieur Veselý. Mais quel dommage, j'ai si peu l'opportunité de parler tchèque, ces jours-ci. Et si nous prenions le thé ? Et vous allez tout nous expliquer. »

La jeune femme sortit préparer le thé. Veselý s'assit dans un des fauteuils, sa mallette posée sur les genoux. Ce fut à cet instant qu'il remarqua la canne blanche appuyée contre la chaise de Mme Landor et qu'il comprit pourquoi son regard lui avait semblé perdu. Elle était aveugle. Alors qu'elle essayait de repérer exactement dans quel fauteuil il était installé, sa tête bougeait pour tenter de relever le moindre son provenant de lui. L'écho-location, pensa-t-il. Comme une chauve-souris.

« Je suis venu au sujet de la maison, déclara-t-il, et les yeux de Liesel se fixèrent sur lui.

— Je le sais. Vous me l'avez dit dans votre lettre.

— *Notre* maison, rectifia le fils. Mise sous séquestre par un premier gouvernement illégal, puis par un second. Et inutile de me parler des décrets de Beneš parce que je ne pense pas qu'ils aient force de loi dans un pays véritablement civilisé. De toute façon, même dans la loi tchécoslovaque, ces décrets ne s'appliquent qu'aux Allemands qui ont été des sympathisants nazis. Ils pourraient donc difficilement s'appliquer rétroactivement à des citoyens qui ont été poussés à l'exil par l'invasion nazie. »

Mme Landor sourit.

« Martin est avocat.

— J'ai peur de ne pas avoir d'avis sur la question légale, déclara Veselý. Tout ce que je sais, c'est que la maison est située à Město et que la municipalité considère qu'elle est actuellement mal utilisée…

— Et qu'y fait-on… ? »

Elle parle anglais avec ce même fort accent allemand qu'en tchèque, les sons précis qui sortent de sa bouche font comme des pas de danse.

« Apparemment, elle sert de gymnase à un hôpital pour enfants. Ils y ont installé le service de physiothérapie.

— Comme c'est étrange.

— La ville souhaite désormais la remettre en valeur et l'ouvrir au public. Un musée, ils veulent en faire un musée. Malheureusement, je n'ai pas vu la maison, mais il paraît que c'est un chef-d'œuvre architectural. Nous avons contacté l'architecte…

— Vous avez parlé à Rainer von Abt ?

— Pas moi, mais l'attaché culturel, oui. Il semblerait que von Abt soit assez séduit par l'idée. Il l'appelle sa plus belle réussite en matière d'architecture domestique…

— Je suis surprise qu'il ne m'en ait pas parlé.

— Je crois que c'est grâce à lui que nous avons pu entrer en contact avec vous. Il n'était pas évident de vous retrouver ici. Vous avez changé de nom, il me semble… »

Elle acquiesça.

« Nous ne cherchions pas à nous cacher. Du moins, je ne crois pas. Mon mari a transformé notre nom en Landor pour des questions de travail. Landauer semblait trop compliqué et les Américains aiment ce qui est clair et simple. » Elle sourit en direction de Veselý, un sourire complice. « Alors dites-moi un peu pourquoi vous nous cherchiez.

— La municipalité de Město souhaiterait que vous assistiez à la passation de pouvoir. Vos frais de déplacement seront bien entendu pris en charge par la ville. J'ai une invitation officielle émanant de l'ambassadeur. »

Veselý sortit la lettre de sa mallette et la tendit avec hésitation, se demandant qui s'en saisirait.

« Peut-être que nous devrions attendre Ottilie. »

Mais Martin prit l'enveloppe. Il y eut un silence pendant qu'il lisait le message avec attention, comme s'il y cherchait des failles. Quand il releva la tête, il arborait cet air de l'avocat sur le point de porter un jugement. « Si tu acceptes cette invitation, maman, cela reviendra *de facto* à reconnaître à la ville la propriété de la maison. »

Mme Landor sourit. « Mais la ville la possède déjà *de facto*, Martin. Nous n'y avons pas vécu depuis ton enfance. Trente ans ont passé. Comment pouvons-nous encore prétendre avoir des droits sur elle ? »

Ottilie arriva avec un plateau chargé de tasses en porcelaine et de petits pots décorés à la chinoise.

« Des droits sur la maison ? demanda-t-elle. C'est de ça qu'il s'agit ?

— Ils veulent que maman aille la visiter », expliqua Martin.

Le petit garçon proposa des gâteaux *bábovka* à Veselý.

« Maman et moi, on les a faits exprès pour vous », déclara-t-il. Ottilie s'était arrêtée, théière à la main.

« Une *visite* ? Retourner voir la maison après tout ce temps ? Ça, alors !

— Je lui ai dit de refuser. Ils veulent seulement qu'elle reconnaisse qu'ils en sont propriétaires.

— J'aimerais ajouter quelque chose », intervint Veselý. Il essayait de discerner les courants invisibles qui animaient ce groupe sous la surface lisse. Qui était véritablement chef de famille ? se demandait-il. Qu'était-il arrivé pour que le fils adopte ces positions ? « Notre pays a changé, ces derniers mois. Vous le savez. Le monde entier le sait. Cette invitation est un des signes de cette évolution. Peut-être devriez-vous prendre cela en compte. Nous voulons rétablir des relations saines avec nos voisins. Cette visite serait comme un signe de notre désir d'ouverture vers l'Ouest. Nous souhaitons parler du passé, reconnaître nos erreurs. Le socialisme à visage humain, comme il a été dit. »

Martin se tourna vers lui.

« Donc non seulement vous voulez nous confisquer la maison, mais, en plus, vous voulez vous servir de ma mère pour vos jeux politiques.

— Nos jeux politiques, ainsi que vous les appelez, n'ont rien d'un jeu pour le peuple tchécoslovaque. C'est une question de vie ou de mort. En revenant au pays, votre mère pourrait nous aider. »

Ce fut ce pronom inclusif qui emporta la mise. *Nous*. Martin Landor émit un bruit qu'on pouvait entendre comme un accord résigné.

« Très bien, dit sa mère avec fermeté.

— Il y a aussi ceci, ajouta Veselý en fouillant dans sa mallette. C'est une lettre provenant du comité pour le patrimoine architectural de Město, si je ne me trompe. C'est marqué "personnel". »

Il tendit l'enveloppe. Ce fut Ottilie qui la prit, cette fois. « Tu veux que je l'ouvre, maman ? » demanda-t-elle alors qu'elle venait de le faire. Veselý aperçut des lignes griffonnées à la main. Ottilie fronça les sourcils, parcourant les feuillets jusqu'au dernier. « Mon Dieu ! » Elle leva les yeux d'étonnement. « C'est de la part de tante Hana. »

Il y eut un silence. Mme Landor bougea la tête comme si elle essayait de voir, comme si elle essayait de percer le brouillard qui l'entourait. « Hana ? Hana Hanáková ? Je croyais qu'elle était morte. Je pensais qu'Hana était morte. »

Ottilie contempla la lettre. « *Moc pro mne znalenáš*, c'est écrit. "Tu comptes tellement pour moi." C'est ça ? *Líbám tě*, "je t'embrasse", Hana. Je n'en reviens pas. J'ai même l'impression de reconnaître son écriture. Je me souviens de ces lettres que tu recevais en Suisse… »

Sa mère tendit la main.

« Laisse-moi la toucher.

— Tu ne veux pas que je te la lise ?

— Laisse-moi la toucher », exigea sa mère.

Elle prit la lettre et la tint un moment, puis posa la page sur un genou et passa les doigts sur l'écriture en pattes de mouche, comme si elle pouvait les sentir par ce simple contact. Veselý avait entendu parler de gens qui, en Union soviétique, pouvaient lire du bout des doigts le journal, ce genre de chose. Bêtement, il se demanda, le temps d'un instant, si c'était le cas de Liesel Landor.

« Est-il possible qu'il s'agisse d'Hana ?

— On dirait bien. Attends, laisse-moi lire. »

Mais Mme Landor ne semblait pas prête à lâcher la lettre.

« Je préférerais que nous soyons seules. C'est une affaire privée. »

Son fils eut l'air stupéfait.

« Seules ?

— Je ne veux pas la lire devant tout le monde. Je veux être seule.

— Maman, arrête de jouer les Greta Garbo. Tout ce mélodrame.

— Obéis à Maminka, le coupa Ottilie. Fais visiter la maison à M. Veselý. Et emmène Charlie avec toi. »

Les deux hommes et le garçonnet quittèrent donc la pièce et se réfugièrent, mal à l'aise, dans l'entrée pendant que les deux femmes découvraient le contenu de la lettre. À présent qu'il n'était plus dans le salon, Landor semblait vouloir tomber le masque un instant, comme un avocat qui discute avec la partie adverse devant le tribunal. Il posa des questions sur la situation, sur les événements qui secouaient Prague et le reste du pays, sur les menaces, les espoirs.

« Les Soviétiques ne vont pas laisser les choses continuer comme ça, si ? »

Veselý haussa les épaules.

« Le secrétaire Dubcek n'est pas un imbécile. Nous n'allons pas répéter les mêmes erreurs que la Hongrie.

— Alors que va-t-il se passer ? La capitulation comme en 39 ?

— J'espère que nous n'en arriverons pas là. »

Le jeune homme semblait réfléchir. « C'est étrange, n'est-ce pas, ce qui peut arriver aux gens ? Me voilà 100 % américain, et pourtant je suis né là-bas, j'y ai passé les premières années de ma vie. Aujourd'hui, j'observe tout ce qui se passe en Tchécoslovaquie comme si c'était un rêve, un monde fantasmé qui concerne quelqu'un d'autre que moi. Après tout, c'est vrai, j'étais plus jeune que Charlie quand on est partis. »

Puis on leur demanda de revenir au salon, comme on rappelle des enfants à la compagnie des adultes. Ottilie était sur le canapé, penchée vers sa mère, la lettre à la main. Dans son fauteuil, Mme Landor regardait dans le vide. « Nous avons toujours cru qu'elle était morte, dit-elle sans s'adresser à personne en particulier. Nous avons appris qu'elle avait été arrêtée et déportée. C'était en 42, quand nous étions à Cuba. Et puis… » Ses yeux morts cherchèrent Veselý. « Vous savez comment c'était, après la guerre, monsieur Veselý ? Quoique non, peut-être. Vous êtes trop jeune.

Bref, l'époque était à la confusion, entre les Allemands qui étaient expulsés – l'*odsun*, c'est ainsi qu'ils l'appellent, non ? – et les déplacés qui tentaient de rentrer chez eux, mais ne pouvaient obtenir aucune information. Ma propre famille avait déjà quitté la Moravie et celle de mon mari a été exterminée. Ils étaient juifs, voyez-vous, monsieur Veselý. Ils sont morts dans les camps – Auschwitz, Sobibor, Treblinka. Ensuite, le rideau de fer est tombé et c'était comme si le pays avait disparu. Il n'y avait plus d'espoir de retrouver sa trace et voilà qu'aujourd'hui j'apprends qu'elle est en vie. »

Il y eut un silence. Veselý observa les Landor tenter d'accepter ce fragment de leur passé. Durant la guerre, sa propre famille avait agi comme aurait agi toute famille ordinaire. Ils s'en étaient sortis. Ils s'étaient débrouillés. Son père avait travaillé dans une usine, sa mère avait été infirmière et ils s'en étaient sortis comme ils avaient pu. Mais pour ces gens-là, la situation était différente. Quels qu'aient été leurs privilèges, leur monde avait été mis sens dessus dessous.

« Faire ce voyage ne va pas être facile pour moi », finit par dire Mme Landor. Martin n'en revenait pas.

« Tu ne suggères pas sérieusement…

— Je suis très sérieuse, au contraire.

— Maman, c'est de la folie. Sans même parler de tes difficultés à te déplacer, tu voudrais voyager dans un pays en pleine tourmente politique ? »

Elle regarda dans la direction de son fils.

« Mon cher Martin, tu ne peux même pas imaginer le genre de tourmente que j'ai déjà traversée. Et ton père aurait voulu…

— Ah, tu ne vas pas en plus mêler papa à cette histoire !

— Ottilie pourrait m'accompagner. »

Les yeux d'Ottilie brillaient d'envie.

« J'aimerais tellement retourner au pays. Voir tante Hana. Dans mon souvenir, c'était un sacré personnage. » Elle en appela à Veselý, comme s'il avait le pouvoir de trancher la question. « Si vous saviez, monsieur Veselý, tous les souvenirs que j'ai, mais ce sont ceux d'une enfant. Tout est disproportionné, vous comprenez ce que je veux dire ? Dans mon souvenir, tout est grand, et la maison… est gigantesque. Vous l'avez vue ?

— Non, malheureusement.

— Des hectares d'espace, voilà ce qui me reste en mémoire. Ce serait merveilleux de la revoir.

— Vu les circonstances, je suis sûr que vous serez vous aussi invitée, dit Veselý. Bien entendu, il faudra attendre que la municipalité le confirme. »

Martin s'écarta de la fenêtre où il avait repris son observation de l'Oldsmobile. « En tant qu'avocat, je ne peux que réprouver cette décision. »

Mme Landor sourit. Elle souriait à l'espace qui séparait Veselý de son fils, si bien qu'on ne savait pas à qui elle destinait cette expression. « Mais, Martin, tu n'es pas mon avocat. Mon avocat est M. Feinstein, tu le sais. Et j'imagine que lui suivra mes instructions plutôt que de m'en donner. » Puis, alors qu'elle souriait toujours, son regard sembla se fixer sur Veselý. « Si tout peut être arrangé, nous viendrons. Ma fille et moi. »

Lettre

« Regarde », lance Hana en brandissant les pages dactylographiées. Elle est entrée dans la Pièce de verre hors d'haleine, en plein milieu d'un cours de danse. Des filles (ainsi qu'un unique garçon androgyne) sont éparpillées dans la salle, tenant diverses postures, comme autant de danseuses de Degas.

« Cinq minutes de repos », annonce Zdenka qui se dirige – elle se déplace à pas rapides, comme une danseuse – vers la femme plus âgée. « Qu'y a-t-il, Hanička ? Tu as l'air sous le choc.

— C'est le cas. Lis ça. »

Zdenka parcourt les feuillets et hausse les épaules. « C'est en allemand. Je ne le parle pas. J'arrive à peine à prononcer *auf Wiedersehen*... »

Hana reprend la lettre et la regarde pensivement comme si son contenu pouvait changer si elle l'examinait de plus près. « Elle vient de Liesel Landauer, si ce n'est qu'elle ne s'appelle plus comme ça. Apparemment, le nom était trop compliqué pour les Américains. Ils l'ont transformé en Landor. Elizabeth Landor. »

Les élèves les regardent, pas vraiment intéressés, fléchissent une jambe, la lèvent pour exécuter une arabesque et retomber sur un *plié*, comme un mécanisme en bout de course.

« Elle t'a écrit après tout ce temps ? Tu as dit…

— Je sais ce que j'ai dit, mais j'ai essayé de la chercher en passant par les canaux officiels. Il semblerait que l'ambassade ait retrouvé sa trace et, maintenant, cette lettre. Elle m'est adressée personnellement. Je vais te la lire…

— Ma chérie, la classe… »

Hana se met soudain en colère.

« Pour l'amour de Dieu, donne-leur des exercices à faire, ou je ne sais quoi, ils peuvent bien s'occuper un peu tout seuls, non ?

— Oui, bien sûr que oui. »

Zdenka n'a jamais vu Hana dans un état pareil, n'a jamais vu la colère que pouvait cacher son attitude paisible et réfléchie. Elle donne quelques instructions à ses élèves – comme travailler tel mouvement ou tel autre – puis accompagne Hana de l'autre côté du mur d'onyx. Hana est agitée, pâle, et la main qui tient la lettre tremble légèrement. Elle les montre à Zdenka, comme si cela justifiait l'interruption du cours. Ce qui n'est pas le cas. Zdenka, qui ne lit pas l'allemand, ne peut donc pas remarquer les fautes de frappe, les erreurs, les inversions de lettres, les endroits où, dans une ou deux phrases, une lettre a été remplacée par une de celles qui l'entourent sur le clavier, rendant la lecture quasi incompréhensible.

« Liesel est devenue aveugle. »

Il y a un silence. Le mot *slepý* résonne dans la Pièce de verre, ce lieu qui n'est que lumière et où le reflet et la réfraction sont à leur comble. Il y a un pilier de chrome près d'elles. Leur silhouette se reflète sur la surface métallisée, allongée et courbe.

« *Aveugle* ?

— Ici. » Hana pointe du doigt la page, les mots. *Ich bin blind geworden.* « *Blind, slepý.* » Elle continue de lire, traduisant le texte au fur et à mesure :

Cela te surprend-il ? J'imagine bien que oui. Tout cela paraît si étrange, presque effrayant. J'ai passé des années à aller d'hôpitaux en cliniques, mais personne ne semble comprendre ce qui m'arrive, alors même que les spécialistes d'ici, à Boston, sont censés être les meilleurs du monde ! Ils emploient des mots à rallonge qui veulent dire que, finalement, ils ne savent rien. « Idiopathique » est de ceux-là. Apparemment, la cécité m'aurait atteinte par hasard, mais, à vrai dire, je ne crois pas que cela soit plus fortuit que les autres événements marquants de mon existence. Quoi qu'il en soit, Ottilie est adorable et toujours présente dès que j'ai besoin d'aide.

Hana détourne le regard vers le jardin d'hiver où le ficus et les cycas se dressent face à la lumière avec la même solennité que du temps de Liesel, et les larmes lui montent aux yeux. Cette réaction est inattendue, même pour Hana. À l'ombre du mur d'onyx, au bord des larmes, elle ne bouge pas. Zdenka, elle, se sent impuissante. « Je l'aimais, tu le sais, n'est-ce pas ? Je l'aimais autant que je m'aime. C'était comme si – ce qui est ridicule puisque nous étions si différentes – nous étions jumelles. Amies. Amantes. Elle ne s'y est jamais totalement faite parce qu'elle était mère et parce qu'elle aimait aussi Viktor. Ça te dérange que je te raconte tout ça ? »

Zdenka secoue la tête. L'amour semble être une qualité relative plutôt qu'un sentiment d'un bloc, indépendant de son objet. L'amour *pour*, l'amour *de*, pas juste l'amour. Il y a différents degrés d'amour, des nuances, des odeurs, des goûts. Ce n'est pas comme le bonheur ou le malheur, des qualités qui semblent mornes et limitées. L'amour est sans limites, se dit-elle. On peut aimer deux personnes de deux façons différentes, emmagasiner l'amour, toutes ces sortes d'amour, sans qu'il en soit jamais amoindri. Elle aime Hana. Elle l'aime comme une fille aime sa mère, une élève aime son professeur, comme amie, comme amante, tout cela à la fois. « Ça ne me dérange pas, lui dit-elle. Cela ne me dérange pas si cela ne te dérange pas, toi. »

Hana revient à la lettre, lit avec maladresse, passant de l'allemand au tchèque :

> *Je t'écris cela sans l'aide d'Ottilie afin de pouvoir te dire tout ce que je ne pourrais exprimer autrement. J'espère que cette lettre est à peu près claire et que tu parviens à me lire.*

Hana lève les yeux. « Je l'ai connue ici, dans cette pièce. C'est ici que je la connaissais le mieux. »

Viktor est mort en 1958 dans un accident de bateau. Excuse-moi, je ne devrais pas te révéler pareille nouvelle si abruptement, mais comment faire ? Peut-être le savais-tu déjà. Peut-être que l'ambassade te l'a expliqué. Je t'avais dit qu'il faisait de la voile quand nous étions en Suisse, non ? Il s'y est remis à notre arrivée ici, mais, cette fois, il naviguait sur l'océan et c'est lors d'une de ses sorties en mer qu'il est mort ; son bateau s'est retourné. À présent, il ne me reste plus qu'Ottilie, son mari et Martin qui est devenu avocat et vit à Boston. Tout comme Viktor en son temps, j'ai désormais la citoyenneté américaine. Les enfants eux aussi sont américains, bien sûr. Nous avons obtenu la naturalisation en 1948. Tu imagines bien pourquoi. C'est aussi à ce moment-là que nous avons changé de nom. C'était plus simple comme ça, de l'épeler comme les Américains le prononcent. Viktor a créé une entreprise ici à Falmouth – Landor Marine – et construisait des bateaux, rien de bien gigantesque – des yachts de croisière, des vedettes –, et c'est ici que je vis encore aujourd'hui, avec Ottilie qui est un ange. Elle est la maman d'un petit garçon ; je suis donc grand-mère. Charlie est né après « l'accident », ce qui fait que, malheureusement, Viktor n'a pas pu le connaître. Il aurait été si fier. Il aurait également été fier de Martin dont le travail est très apprécié dans son cabinet de Boston.

Hana s'arrête.

« La lettre n'est pas terminée, loin de là. Peut-être que tu ferais mieux de retourner t'occuper de tes élèves. Peut-être qu'il vaut mieux que je ne te la lise pas.

— Ça va, la rassure Zdenka. Tout va bien. »

Mais qu'est-ce donc, qui va si bien ? Est-ce le passé, toutes ces années perdues, gâchées ? Zdenka se tourne vers sa classe et commence à leur faire faire des exercices. Hana prend un siège et relit le début de la lettre.

Il ne m'est pas facile de te parler de Viktor. D'une certaine façon, je l'ai toujours aimé, mais il a été malhonnête avec moi tout comme je l'ai été, j'imagine, avec lui. Bref, il avait sa vie, j'avais la mienne. Il y a même eu un moment où j'avais un milenec[1]. Tu aurais été fière de moi ! Il s'appelait Piet, il était d'origine hollandaise et travaillait pour Viktor. Il était beaucoup plus jeune que moi et nous avons été très heureux, un peu comme des enfants. Je ne sais pas ce qu'il trouvait à une femme de mon âge (nous étions au début des années 1950 et il avait plus de dix ans de moins que moi !). Il me surnommait sa « Czech mate[2] ». As-tu saisi la plaisanterie ? Notre liaison a pris fin avec l'accident de Viktor.

1. Amant.
2. Jeu de mots sur «compagne tchèque» et «échec et mat».

Toutefois, je n'ai jamais connu un amour comme le tien, Hanička, jamais connu un amour aussi intense ni si profond. Voilà, je l'ai dit. Aujourd'hui, je vis donc dans cette maison avec Ottilie et son mari qui est biologiste marin et passe ses journées à étudier les oursins. Je crois que les oursins eux aussi sont aveugles. J'en ai dit assez, peut-être trop. Je vais accepter l'invitation à retourner au pays, mais tu imagines bien la difficulté que représente un tel voyage pour moi. Et qu'en est-il de la situation politique ? Mais que ne donnerais-je pas pour me trouver une fois de plus dans la maison ! Je suis heureuse qu'elle soit préservée et qu'elle devienne une sorte de musée, même si ce mot ne me plaît guère. Les musées sont les lieux qui abritent des œuvres d'art, or l'œuvre d'art, ici, c'est bien la maison elle-même. Peut-être sera-t-elle un monument en mémoire de Rainer et de Viktor, et pour une petite part de l'ancien « moi » !

Je t'en prie, écris-moi et raconte-moi tout. Ta bien-aimée, Liesel.

Retour

Quelqu'un vient vers elle. Elle devine la silhouette comme si elle la voyait, perçoit le noyau d'ombre se détachant sur la lumière. Elle sait. Comment? La perception d'un mouvement, cette démarche particulière, le balancement des hanches quand elle se déplace. Ou est-ce même la perception de son odeur? Le bruit de sa respiration? D'une façon ou d'une autre, elle sait. Elle prononce le nom avant que quiconque ait eu le temps d'ouvrir la bouche, le prononce à l'affirmative plus qu'à l'interrogative:

« Hana.

— Liesi! Grands dieux, tu m'as reconnue. Par quel miracle? »

Elle sent des bras qui l'entourent, une joue lisse contre la sienne. Les deux sensations sont familières. Elles n'ont pas besoin d'être repêchées du fin fond de la mémoire: elles y sont déjà, flottant à la surface. Des larmes? Peut-être y eut-il des larmes.

« Il y a des choses que l'on n'oublie pas. De ces choses que l'on garde en soi.

— Et là… ? »

Elle se tourne vers la gauche où elle sait que se trouve Ottilie. « Ottilie. »

Hana émet un petit bruit comme une enfant, une sorte de cri de joie. Liesel tend une main pendant que les deux autres femmes s'enlacent. « Laisse-moi te regarder, dit Hana. Laisse-moi te regarder. » Et Liesel les imagine : Hana qui tient Ottilie à bout de bras comme pour créer des lignes de perspective, la jeune femme devenant le point focal d'un passé terriblement lointain. Ces trente ans qui, avec la guerre, lui donnent l'impression d'avoir duré un siècle. *Nous étions si heureux*, pense-t-elle. Et soudain, elle voit. Comme si les rideaux du temps s'étaient soulevés et que tout était redevenu net. Elle voit Martin et Ottilie qui jouent sur la terrasse, Viktor dans la bibliothèque qui réfléchit à un article du journal, et Hana, vibrante de présence et de promesse, debout à ses côtés pendant qu'elle observe le jardin. Une petite silhouette brillante apparaît au fond du jardin et remonte vers la maison, tenant une fillette par la main. Katalin, avec Marika.

« Que penses-tu d'elle ? demande Hana.

— Katalin ? Je l'aime bien.

— Je ferais attention, si j'étais toi.

— Je la trouve merveilleuse. Je ne sais pas ce que je ferais sans elle. »

Des gens, au moins une douzaine, les entourent pour leur serrer la main. Elle les sent, mais ne les voit pas. Elle ne perçoit que la lumière et les ombres, l'espace et la matière. « Ne sois pas bête,

Maminko, dit Ottilie. Tu te débrouilles très bien sans moi. Tu le sais parfaitement. » Encore des poignées de main. Quelqu'un parle, d'elle, de la maison. « Ce trésor qui appartient à la ville, au pays et au monde entier. Un symbole de paix. »

Une salve d'applaudissements retentit en son honneur, comme si elle avait fait quelque chose de remarquable. « Camarade Landauerová », dit quelqu'un. L'inflection de la voix est familière. « Vous vous souvenez de moi ? »

Elle fouille sa mémoire, l'accent vulgaire, ce courant sarcastique sous-jacent.

« Camarade Laník. Josef Laník.

— Mon Dieu, Laník ! Comment allez-vous ? » Elle s'aperçoit, non sans un pincement de honte, qu'elle n'a jamais su son prénom. « Que devenez-vous ? Quelle surprise. »

Il lui parle, à elle, pas *avec* elle. Lui raconte les difficultés, les tribulations. La façon dont il a protégé la maison, les dangers, les combats. La bombe, la libération glorieuse par les forces fraternelles de l'Union soviétique. Parle-t-il du passé ou d'aujourd'hui ?

« Nous avons bien des choses à nous raconter, lui assure-t-elle. Il nous faudra discuter. »

Les gens se pressent autour d'elle. Elle se sent claustrophobe, prise au piège. Elle n'a jamais rien ressenti de tel dans la Pièce de verre : la présence étouffante des autres. « Allons prendre l'air », murmure-t-elle à Hana. Une personne du groupe – leur hôte, le chef du département d'urbanisme – s'est lancée dans un discours sur la maison et sa place dans le canon architectural européen. Hana emmène Liesel vers la terrasse.

« Ça, alors, Laník ! dit Liesel. Il m'a toujours fait peur. Je crois qu'il m'espionnait.

— Cela ne serait pas surprenant. C'est un officiel du Parti à présent. Le brave soldat Chveik a été promu capitaine. C'est un cauchemar, vraiment : ce maudit pays est dirigé par des gens comme lui, une armée de Chveik. Et quand, enfin, les choses bougent un peu, la fraternelle armée soviétique revient nous libérer.

— Que va-t-il se passer, maintenant ? »

Elle sent Hana hausser les épaules. « *Normalizace*, ils appellent ça. La normalisation. Les Chveik finiront par revenir, j'imagine. Ils ne sont jamais vraiment partis. »

Elles sont sur le seuil de la terrasse. Liesel sent l'air frais et la lumière du jour sur son visage. Derrière elles, l'homme est toujours en train de parler. « *Tento klenot domácí architektury* », dit-il. Un joyau de l'architecture domestique moderne.

« C'est malpoli de nous éclipser, tu crois ? Est-ce que nous devrions l'écouter ?

— Laisse-les. Ils adorent s'écouter parler. Liesi, il y a quelqu'un que j'aimerais vraiment te présenter. »

Elle sent la petite ombre qui se tient devant elle et, quand elle tend la main, une autre, très fine, se glisse dans la sienne. « Zdenka, dit une voix avant d'ajouter quelque chose dans un tchèque trop rapide pour Liesel qui n'attrape que les mots "honneur" et "joie". Hana m'a tellement parlé de vous. »

Jusqu'à quel point, se demande-t-elle. La femme est petite et frêle. Liesel le devine. Et belle. Comment peut-on sentir la beauté ? La beauté a-t-elle une odeur ? Est-ce le parfum d'Hana, l'odeur d'herbe et de vanille, l'odeur de la beauté ?

« Zdenka appartient à l'équipe de la clinique, explique Hana.

— Nous travaillons avec les victimes de la polio. C'est à cela que sert le gymnase.

— Le gymnase ?

— Cette pièce. La Pièce de verre. »

Quelqu'un d'autre approche, se présente comme médecin, un représentant de l'hôpital. Tomáš, dit-il en serrant la main tendue. Elle trouve sa poigne ferme et sans compromis. Pas très différente de celle de Viktor. « C'est très courageux d'avoir fait le voyage jusqu'ici. Surtout à la lumière des derniers événements. » Il parle des Russes. Des tanks dans les rues et de la main lourde des politiques soviétiques.

« Je ne l'aurais pas fait sans ma fille.

— Elle n'aurait rien pu faire sans vous. »

Cela la fait rire. Ce médecin ne manque pas de charme, ce Tomáš. Ils sont sur la terrasse – heureusement il a cessé de pleuvoir – pendant que les discours se poursuivent à l'intérieur. Tomáš parle de la clinique et de ses attentes. De l'avenir du pays, aussi. « Il reste encore de l'espoir, non ? » demande Liesel. Elle fait exactement ce qu'on lui avait recommandé de ne pas faire – parler de la situation politique. Mais elle sait qu'elle peut faire confiance à cet homme. C'est ce que lui a apporté la cécité : elle a appris à écouter les voix, à croire et ne pas croire. « Le socialisme à visage humain. C'est fini ? »

À ces mots, Tomáš rit, mais elle en perçoit les accents de gravité. Le même rire que Viktor, se dit-elle.

« Avez-vous entendu parler de l'encéphalite léthargique ? demande-t-il. Excusez-moi, non, pourquoi la connaîtriez-vous ? C'est une maladie rare, une maladie du sommeil sans véritable cause connue. On a recensé des cas un peu partout, mais il y a eu une recrudescence dans les années 1920 en Amérique. Depuis, ces malades sont dans un état d'animation suspendue. Endormis, si vous voulez. Il n'existe aucun traitement ni aucun remède. Notre pays est lui aussi dans cet état depuis deux décennies. Endormi.

— Apparemment, il vient de se réveiller. »

Un rire émerge de nouveau des ténèbres.

« Un nouveau médicament vient d'être découvert. La L-Dopa. Ils l'ont testé sur des sujets atteints d'encéphalite léthargique et miracle, les patients se sont réveillés. Ils dormaient depuis quarante ans et ils se sont réveillés ! Vous imaginez le choc : vous sombrez dans le sommeil à quinze ans, disons, et vous vous réveillez quarante ans plus tard. Où est donc passée votre vie ?

— C'est vrai, ce que vous me racontez ?

— Bien sûr. C'est arrivé l'année dernière. C'est merveilleux, non ? Un remède miracle. Les patients sont un peu déphasés et ont beaucoup de choses à rattraper, mais, au moins, ils ont rejoint le monde des vivants. Le problème avec la L-Dopa, c'est que l'effet finit par s'estomper. Ils essaient d'augmenter la dose, mais ça ne marche pas. Le lendemain, au plus grand désespoir des médecins, les patients ont de nouveau sombré dans le sommeil. Exactement comme ce pays. C'est exactement ce qui se passe ici. Dans six mois, où pensez-vous que je serai ? Ici ? Bien sûr que non. Je serai en train de balayer les rues ou autre chose. Dieu seul sait quand il se réveillera de nouveau. »

« Quel étrange jeune homme, dit Liesel quand il est parti.

— Comment sais-tu qu'il est jeune ?

— À son ton. Et à sa colère. Il n'y a que les jeunes pour être en colère.

— Tu n'es donc pas en colère, Liesi ?

— Moi ? » Elle sourit en direction du jardin. « Non, pas du tout. Je suis heureuse.

— Moi aussi. »

Hana lui prend le bras et la conduit vers les marches qui mènent à la pelouse. Le bruit des conversations, les architectes et les gens du musée, les experts et les journalistes, les politiciens, sont derrière elles.

« Est-ce Zdenka ? demande Liesel.

— Oui. Comment as-tu deviné ? »

Liesel sourit.

« Est-elle très belle ?

— Oui.

— J'en étais sûre. Es-tu heureuse ?

— Je n'ai pas été si heureuse depuis… » Hana se tait un instant. « Depuis l'époque où tu étais encore ici.

— Cela remonte à loin. » Avec hésitation, elles avancent sur la pelouse. « Le bouleau argenté ? demande-t-elle, tendant l'oreille pour tenter de l'entendre, le bruit de la mer, la brise dans ses feuilles.

— Détruit pendant la guerre. La fameuse bombe de Laník. Elle n'est vraiment pas passée loin de la maison. Ils en ont planté un autre. Le but est de retrouver le jardin et la maison exactement comme ils étaient.

— Une chose pareille est impossible.

— C'est sûr. Mais ils veulent remettre la main sur le plus de pièces et de meubles originaux que possible. Pour le reste, ils utiliseront des copies.

— Et peut-être qu'ils installeront nos doublures en cire pour occuper l'espace. »

Hana rit.

« Qu'est-ce que nous ferions, je me le demande ? » Elles arrivent au fond du jardin, s'arrêtent et se retournent pour faire face à la maison.

« J'aimerais pouvoir la voir, dit Liesel. Elle n'a pas changé, n'est-ce pas ?

— Tout change, même les bâtiments. »

Ottilie est sur la terrasse et les appelle. Ils veulent prendre des photos. Les deux femmes entament la remontée.

« Et le Coucou ? demande Hana. Tu n'en as pas parlé dans ta lettre. Que lui est-il arrivé ?

— Katalin ? » Liesel se souvient du petit groupe, bien des mois avant la trahison de Munich mais après d'autres sortes de trahisons : Viktor et elle, Ottilie et Martin, Katalin et Marika. « N'est-ce pas étrange, cette façon qu'ont les gens d'entrer et de sortir de nos vies ?

— Elle a disparu ?

— Elle allait venir avec nous à Cuba, elle et sa fille. Tu te souviens de sa fille ? Mais elles sont restées derrière. Quand nous avons quitté la France. » Elle se tourne vers Hana et a l'impression de la voir, là, dans le brouillard de la mémoire. « C'était sans doute mieux comme ça. Les choses finissent par s'arranger, non ?

— Vraiment ? » demande Hana.

1990

La maison existe, figée dans le temps et l'espace tel un fossile. Les travaux de rénovation sont mal effectués. Certains des meubles originaux ont été repris au Musée morave et réinstallés plus ou moins à leur place dans la maison. Les éléments des salles de bains ont été refaits, mal; mais on a démonté les fenêtres de la Pièce de verre pour y reposer des baies vitrées afin que l'espace retrouve enfin sa splendeur tout en transparence. Les gens viennent la visiter, des petits groupes peu enthousiastes en provenance d'autres États satellites – des membres de syndicats ou des dignitaires de passage pour la plupart –, et, avec le temps, quelques rares visiteurs du monde extérieur se présentent, des touristes aventureux plus ou moins intéressés par l'architecture, ou bien des étudiants en architecture fascinés par la place qu'occupe Rainer von Abt dans l'histoire du mouvement moderniste. Et puis, un jour froid et humide de mars peu après la chute du mur, arrive Marie Delmas. C'est une petite femme quelconque qui passe inaperçue parmi les passagers du premier train qui l'emmène de Paris à Prague, puis dans celui qui relie Prague à Město. Marie a passé la majeure partie de sa vie comme concierge d'un immeuble parisien, son univers se limitant aux rues de son *quartier* dans le 20e arrondissement, l'église, le marché, le parc et le cimetière où elle se rend tous les dimanches, remontant les allées pleines de tombes de gens célèbres jusqu'à celle de son mari. C'est un micro-événement qui a précipité son aventure à l'étranger, une simple coïncidence : un jour qu'elle était à la bibliothèque de la rue Sorbier, elle a feuilleté un livre consacré à l'architecture moderne et est tombée nez à nez avec une photo tout droit sortie de ses souvenirs.

La villa Landauer, disait la légende, *élévation sud*.

Elle resta un moment à la table de la bibliothèque, pétrifiée, se rappelant cette vue comme on se souvient d'un rêve d'enfance, une image coupée de tout contexte et dépourvue de sens, un lieu de souvenir, de confusion et de contentement, en voyant cette image incarnée sur papier glacé, cette chose concrète et soudaine – un objet. Car Mme Delmas a un secret, connu d'elle seule. Son enfance précède les sœurs qui l'ont élevée ; une autre vie, peuplée par des silhouettes étranges qu'elle discerne à moitié et qui s'expriment dans une langue dont elle se souvient encore un peu. Son vocabulaire est limité, sa syntaxe enfantine et atrophiée, mais elle est capable de se débrouiller en allemand. À son arrivée à la gare de Město, c'est donc l'allemand qu'elle utilise pour demander où

elle peut trouver un hôtel pour la nuit, et en allemand toujours qu'elle demande son chemin alors
qu'elle se promène dans la vieille ville.

Město émerge à peine du crépuscule de l'ère
soviétique. Tout est miteux, délabré et bon marché ;
même avec ses revenus modestes, Marie Delmas
peut s'offrir l'hôtel U Jakuba, l'hôtel Jacques, qui
est l'hôtel le plus chic des alentours en plus d'être
situé non loin de l'église, ce qui apporte à Marie du
réconfort. À la maison, l'église est son soutien, sa
consolation quand elle se sent seule, c'est-à-dire
presque tout le temps car Mme Delmas n'a rien et
n'a jamais rien eu. Quelques amis, pas de famille, à
l'exception du mari qu'elle a épousé à l'âge de
trente-cinq ans et qui est mort quand elle en avait
quarante-cinq, la laissant sans enfant ni argent, et
sans plus de sécurité qu'un poste de concierge qui
lui offre un toit et un faible salaire. Elle va donc à
l'église de Město pour réciter son rosaire, demander
que son périple soit béni, dire une prière pour son
mari et une autre pour celle pour qui elle a prié toute
sa vie – sa mère. Elle se dirige vers l'arrêt de bus
situé place Malinovski pour prendre le 77 qui,
d'après le réceptionniste de l'hôtel, s'arrête près
de la villa Landauer.

Le bus l'emmène jusqu'à Drobného, une vaste
rue, presque un boulevard dont les deux voies sont
séparées par une bande d'herbe boueuse. Elle longe
un parc, ce qui rappelle à Marie le parc de son
propre quartier où elle va souvent se promener et
où elle nourrit les moineaux. Ici, pas de moineaux
dans ce glacial mois de mars à Město. L'herbe est en

piteux état après l'assaut de l'hiver, et des plaques de neige couvrent encore le sol ici et là. Au bout du chemin se dresse un kiosque déserté qui évoque une cage pour oiseaux exotiques ; si ce n'est que les oiseaux se sont envolés depuis longtemps et qu'il est encore trop tôt pour espérer leur retour.

Mme Delmas se tient sur le trottoir et regarde autour d'elle. Rien ne lui revient. Quelques voitures et des bus crasseux avec leur plaque indiquant des destinations et des quartiers aux noms imprononçables dans les banlieues du nord de la ville passent devant elle. Est-elle vraiment déjà venue ici ? Toute cette aventure est-elle vaine ? De l'autre côté du boulevard, il y a une petite rue en arc de cercle. Quelques voitures y sont garées – des Trabant, des Wartburg, ces plaisanteries rebattues de l'ère soviétique. De belles maisons mitoyennes menacent de leur ombre ces véhicules comme les observatrices indignées d'un passé plus faste. Elles lui rappellent les beaux immeubles de son *arrondissement* de Paris, dont celui où elle est gardienne et qu'elle a laissé aux soins d'un concierge d'origine algérienne. Mais elle n'a pas traversé la moitié de l'Europe en train pour y retrouver les traces de sa maison. Elle est venue déterrer une petite fraction de son passé. Derrière ces maisons s'élève une colline, et, à gauche du croissant, il y a un espace d'où part une volée de marches. Les maisons qui longent chaque côté de l'escalier sont en piteux état et sales, comme des jouets délaissés depuis longtemps dans un grenier. Schodová. D'après la carte de son guide, c'est là qu'elle doit se rendre.

Les ouvriers fument et l'observent pendant que Marie Delmas grimpe les escaliers. Arrivée au sommet, elle consulte une fois de plus sa carte et tourne dans Černopolní, une rue calme à flanc de colline. Elle est bordée de villas de banlieue, les demeures de la bourgeoisie qui ont fleuri durant la brève période prospère de la première République, avant que ne frappe le désastre. Certaines arborent la date de leur construction sur leur façade : 1923, 1927, 1931. Mme Delmas s'est renseignée sur l'histoire des lieux. Elle connaît les dates, les événements ; à présent, alors qu'elle avance sur le trottoir, elle attend de voir si la grande et la petite histoire vont venir la prendre par surprise. Ce qui est le cas, bien que modestement, au moment où un bâtiment apparaît à sa droite, plus petit que dans son souvenir, frôlant l'ordinaire : un cube en guise de garage dont les portes (fermées) arrivent au bord du trottoir, une grille basse, un portail et, de l'autre côté, une grande cour dont les pavés luisent d'humidité et donnent l'impression de former un petit bassin. La maison en elle-même, qui n'est pas très haute et aussi anonyme qu'un complexe sportif, se reflète dans l'eau comme une aquarelle floue et renversée de ce qui, juste au-dessus, est peint dans un acrylique aux contours nets. Marie sait qu'elle est arrivée. Bien que tordue, déformée, réfractée par le prisme du souvenir, il s'agit bien de la maison qui vit dans sa mémoire. Elle a vécu là.

Debout sous la bruine, elle se demande comment entrer. Sous le toit plat du bâtiment qui forme une sorte de porche entre la maison et l'annexe, elle aperçoit des gens qui se protègent de la pluie et qui semblent attendre quelque chose ou quelqu'un.

Mme Delmas essaie d'ouvrir le portail, mais il est fermé. Les silhouettes se tournent vers elle. Deux personnes en pleine discussion regardent dans sa direction puis se remettent à parler. L'échange paraît vif. Elle tente une fois de plus d'ouvrir le portail, cherche une sonnette. Elle s'attend presque à découvrir un bouton à côté d'une plaque. Landauer. Mais il n'y a rien, alors elle se met à secouer la grille comme un prisonnier les barreaux de sa cellule.

« Attendez une seconde, s'il vous plaît », lui lance l'une des silhouettes. Une dame. L'accent est américain, le ton strident et impérieux qu'elle entend souvent dans son quartier, surtout au cimetière où les gens viennent voir les tombes de morts célèbres. « Vous parlez anglais ? »

Non, elle ne parle pas anglais. Marie Delmas répond en français, puis, sentant qu'elle n'est pas comprise, répète en allemand. « Je croyais que la maison était ouverte au public le mercredi », dit-elle en se sentant idiote, comme si elle aurait dû savoir qu'il fallait se méfier de ces indications.

Contre toute attente, on lui répond en allemand. « Nous avons réservé une visite privée, mais je vais voir s'il est possible que vous vous joigniez à nous. Attendez un instant, je vais voir ce que je peux faire. » La dame se tourne vers la personne à côté d'elle, un petit homme trapu dont Mme Delmas sait qu'il appartient à la même espèce qu'elle, un membre du clan international des concierges et des gardiens. Ils discutent un moment, puis l'homme s'approche en grognant quelque chose en tchèque et ouvre le portail pour permettre à l'intruse d'entrer.

« Vous voyez, c'est que j'avais réservé une visite privée, explique l'Américaine à Mme Delmas qui la rejoint sous l'abri. Bien sûr, ça n'est pas que ça le dérange, mais c'est qu'il a des ordres. Dans son monde, on ne laisse pas entrer n'importe qui à une visite privée. Il y a donc un problème qui n'en est pas vraiment un, mais l'important est que vous soyez entrée. » On voit à ses vêtements et à ses manières que la femme a de l'argent, ses cheveux teints en blond sont bien coupés, sa veste ajustée, mais, bizarrement, elle porte des baskets sous son pantalon. Elle a le visage ridé, la peau brunie par le soleil et légèrement tirée par la chirurgie esthétique. Elle est accompagnée d'un jeune homme d'une trentaine d'années qui reste en retrait, arborant l'expression gênée de celui qui soupçonne qu'on parle de lui mais qui ne comprend pas ce qui est dit. « C'est mon fils. Nous sommes arrivés par avion de Vienne hier et nous avons fait la route jusqu'ici ce matin. Nous attendons une troisième personne, mais, de toute évidence, il a été retardé. »

Marie Delmas essaie d'intégrer les informations que vient de lui fournir la femme. Mais elle réfléchit, imagine, regarde autour d'elle, la cour de la maison qui ne ressemble pas du tout à une maison, déterre le passé de ce coin de mémoire qui semble appartenir à quelqu'un d'autre, à une enfant, si bien que, à présent, tout paraît avoir rétréci, comme si elle observait la maquette de ce qui avait été cette cour pavée, cette vue entre les deux parties du bâtiment – la masse indistincte d'arbres dénudés par l'hiver, les flèches des églises perçant les nuages, la forteresse lointaine – et ce panneau courbe de verre laiteux qui cache la porte d'entrée.

« Je suis désolée, je n'ai pas tout compris…

— J'ai peur que mon allemand ne soit un peu rouillé. Je n'ai pas souvent l'occasion de le parler à la maison. Mais vous êtes entrée, c'est l'essentiel. »

Une autre femme, la guide sans doute, est postée près de la porte d'entrée. « Allons-y, Milada, lui dit l'Américaine. On ne va pas attendre plus longtemps. Pourtant, Dieu seul sait qu'il connaît bien la route. »

Mme Delmas contemple les lieux pour tenter de se souvenir, de faire revivre un fragment de sa mémoire.

« Je vous remercie beaucoup.

— Je vous en prie. Nous autres visiteurs devons nous serrer les coudes si nous voulons jeter un coup d'œil à cet endroit. »

Milada ouvre la porte et prend la tête du groupe. Ils entrent dans le vestibule baigné dans la lumière pâle et amniotique qui filtre par les vitres dépolies. Une lumière sans dimension, une lumière qui vous porte et vous fait flotter comme une créature marine dérivant avec la marée. Marie se souvient, mais ce dont elle se souvient est affaire d'humeur et de moment, la déformation subtile opérée par la mémoire, et non cet endroit concret que Milada décrit dans un anglais approximatif dont Marie ne reconnaît que quelques mots, des éclats brillants de sens : *Family. Nineteen and twenty-nine. Nineteen and thirty-eight*. Milada ouvre des portes familières sur des espaces qui ne le sont pas, dépourvus de référence, vides de tout. *Rooms. Landauer. Lady. Bathroom.*

La salle de bains est haute sous plafond, carrelée de blanc, éclairée par un globe, comme dans un hôpital. Marie s'en souvient. Elle se souvient du grondement provenant des canalisations, la vapeur qui s'échappait de l'eau brûlante. Elle se souvient de l'eau chaude qui coulait sur son corps, d'un petit garçon qui se moquait d'elle.

Ils avancent dans le couloir, étroit et malpratique. La femme américaine s'adresse à son fils en anglais, pointe certaines choses du doigt et secoue la tête, pleine de désapprobation. Dans une des pièces, elle dit en allemand : « Regardez l'état des volets. C'est une honte. » Marie est d'accord, une honte. Qui s'occupe de la maison, à présent ? Qui en est le propriétaire ? Pourquoi le gardien ne résout pas ces problèmes ? La chambre paraît petite, ressemble à une boîte avec son ameublement rudimentaire : une tête de lit, une étagère au mur qui aurait pu être achetée dans un magazine de vente au rabais et montée par le bricoleur de la maison.

« Je suis déjà venue ici, dit-elle.

— Ce n'est pas votre première visite ?

— Non, je…

— Portes, dit Milada en montrant le plafond. Terrasse… enfants. »

Une série de mots aussi décousus que des souvenirs. Cette terrasse rappelle le bord de mer – le béton rongé par le climat, une pergola aux tiges rouillées, une planche abandonnée à l'humidité. Des enfants fantomatiques qui volettent avec hésitation autour d'elle, pareils à des feuilles soufflées par le vent, et dont l'une d'elles serait Marie elle-même.

« Que leur est-il arrivé ? demande-t-elle à la guide, en espérant qu'elle parle allemand. Qu'est-il arrivé à la famille ?

— S'il vous plaît, pas de questions. À présent, nous descendons dans le salon. »

L'Américaine lui lance un regard résigné. « Je vous le raconterai tout à l'heure », dit-elle et ils suivent la guide dans le hall puis dans les escaliers qui mènent à l'étage inférieur. Marie se souvient. Elle se souvient d'avoir couru et ri avec Ottilie qui la suivait, lui courait après, de s'être laissée glisser sur la rampe, rassurée de savoir que Viktor n'était pas là pour les arrêter. Marie compte les marches en les descendant – douze jusqu'au palier, puis neuf autres. Milada ouvre la porte et entre. « Par ici », ordonne-t-elle et les trois autres lui emboîtent le pas.

Marie inspire brutalement, sursaute presque, paraît chercher son air. Son souvenir était différent. Le sol – du linoléum ivoire – sous ses pieds ressemble à la surface calme d'un étang où se reflètent les murs de verre au fond de la pièce. Les piliers de chrome s'enfoncent dans l'eau, leur forme arrondie renvoyant d'autres reflets à travers tout l'espace. Marie entend presque le bruit de clapotis alors qu'elle hésite à s'avancer, alors même que Milada se déplace comme si de rien n'était, marche comme si le sol n'était rien d'autre que du lino. « Ici nous nous trouvons dans le salon, dit-elle. À l'étage, les chambres, ici les pièces à vivre. »

Sa silhouette se découpe sur les fenêtres lumineuses. Derrière les baies vitrées, Marie aperçoit le jardin en pente et, au-delà, les toits de la ville. Le clocher de la cathédrale, au loin, et la colline du château adossée aux nuages, surmontée de la forteresse, tel un casque gris. Marie se souvient du nom. Špilas. Là où l'on garde les prisonniers, où l'on enchaîne les gens méchants.

Sont-ils juifs ?

Pas juifs. Les juifs sont bons. Tatínek est juif.

« Ici, dit Milada, nous avons le célèbre mur d'onyx. Ici la famille se réunissait. »

Y compris sa mère : Marie revoit sa mère, cette silhouette qui la hante, cette présence qui lui ressemble, Marie offrant un reflet partiel de ce à quoi sa mère aurait pu ressembler, la simplicité sans la beauté, sans la lumière et sans les ombres. Et sans les yeux. Marie se rappelle ses yeux, le bleu clair du ciel comme il apparaît à cet instant au-dessus de la colline du château entre deux nuages.

La femme américaine donne une explication compliquée à son fils, une explication qui implique des froncements de sourcils, des hochements de tête et des mains qui s'agitent, désignant ceci, cela. « Tu vois ce que je veux dire ? » demande-t-elle au jeune homme qui doit effectivement voir car il acquiesce en disant : « Bien sûr, maman. »

Marie avance sur la pointe des pieds et regarde de l'autre côté du fameux mur d'onyx au cas où sa mère y serait encore assise, comme une patiente dans une salle d'attente, l'antichambre de l'oubli. Mais il ne reste rien que ce fauteuil où elle aurait pu prendre place, un fauteuil bas avec son coussin en cuir et son cadre en aluminium. Et le souvenir.

« Le mur d'onyx était le choix de l'architecte, un seul morceau d'onyx provenant des sommets de l'Atlas. Observez les motifs. »

Elle obéit, observe les motifs, les veines sinueuses qui serpentent sur la pierre. Les couleurs vont de l'or pâle à l'ambre, entrecoupées de ruisseaux de larmes. Ce sont quasiment les seules couleurs dans cet espace qui, autrement, ne donne à voir que du blanc, de l'ivoire, du chrome reluisant et du verre transparent.

« Qu'est-il arrivé à la famille ? répète-t-elle. Landauer. Qu'est-il arrivé ?

— Famille partie en 1938, répond Milada avec impatience. La maison appartient à la municipalité. Musée. Aujourd'hui, c'est un musée. »

Mais ce n'est pas un musée. C'est un lieu vibrant et vivant, une corde pincée du piano qui se dresse à l'ombre du mur d'onyx, une corde complexe qui miroite et retentit, gagne en volume avec le temps, renvoyant l'écho du bruit des enfants et des cris des adultes.

Marie tend une main pour retrouver son équilibre. Puis soudain, elle se laisse tomber dans un des fauteuils.

« S'il vous plaît, c'est interdit de s'asseoir !

— Que se passe-t-il ? demande l'Américaine en s'approchant. Vous vous sentez bien ? »

Elle secoue la tête. Sa mère est là, dans sa tête. Peut-être essaie-t-elle de s'en débarrasser.

« Je suis déjà venue ici, dit-elle en essuyant les larmes qui lui coulent des yeux. Ma mère et moi, nous avons vécu ici.

— Quand ? demande l'Américaine. Quand ça ?

— S'il vous plaît, demande la guide, pas s'asseoir dans le fauteuil.

— Laissez-la donc tranquille. » L'Américaine s'accroupit, pose une main sur l'épaule de Marie. « Vous ne vous sentez pas bien ? Reposez-vous un instant et ne faites pas attention à elle. Peut-être qu'on pourrait vous apporter un verre d'eau ?

— Ça va. Je vous assure. » Elle essaie de se lever, mais se rassoit aussitôt. « J'ai vécu ici, explique-t-elle à cette femme si compréhensive et qui acceptera peut-être d'écouter son récit de perte et d'oubli. Il y a très longtemps, avec ma mère. C'est pour ça. Les souvenirs.

— Vous avez vécu ici ?

— Avant la guerre, mais pas bien longtemps. Ma mère était bonne d'enfants. Les enfants, il y avait des enfants.

— Ottilie et Martin. »

Marie lève les yeux, stupéfaite. « C'est ça. Comment le savez-vous ? Ottilie et Martin. »

Un trouble absolu bouleverse l'expression de la femme américaine.

« Marika ? demande-t-elle. Vous êtes Marika ?

— Comment connaissez-vous Marika ? »

La femme est à genoux, à présent, et serre les mains de Marie dans les siennes. « Je suis Ottilie », déclare-t-elle, ce qui paraît absurde puisque Ottilie est une enfant d'à peine douze ans, irrémédiablement figée dans un souvenir lointain. Mais cette femme aux traits burinés, à la peau tirée, aux cheveux teints prétend être cette petite fille, rit et pleure en même temps pendant que les deux autres personnes présentes les observent. Milada n'a plus rien à dire au sujet du fauteuil et le jeune homme, quant à lui, semble perdu.

« C'est bien moi, je vous le jure, je suis Ottilie. »

Et tout autour d'eux s'étend la Pièce de verre, ce lieu d'équilibre et de raison, un endroit sans âge enserré dans sa structure rectiligne qui traite la lumière comme une substance, le volume comme un matériau tangible et qui nie l'existence même du temps.

POCKET N° 14342

ROBERT
GOOLRICK

UNE FEMME
SIMPLE ET
HONNÊTE

POCKET

« C'est un récit sombre et sensuel, où la complexité des sentiments féminins et l'incandescence du désir masculin sont évoqués avec une finesse rare. »

Lire

ROBERT GOOLRICK
UNE FEMME SIMPLE
ET HONNÊTE

Wisconsin, 1907. Ralph Truitt, magnat local, attend, fébrile, sur le quai de la gare. Dans sa main, la photo d'une femme. Catherine Land a répondu à son annonce, placée quelques mois auparavant dans un journal de Chicago. Lorsqu'elle descend du train, Truitt découvre qu'elle n'est pas la femme de la photo. Un échange de lettres peut receler bien des secrets : que vaut donc une relation qui commence par un mensonge ?

POCKET N° 14057

« *Un livre à
la fois personnel,
bouleversant
et sensible.
Une fois encore,
Jim Fergus
frappe très fort.* »

François Busnel
L'Express

POCKET

roman

Jim FERGUS
MARIE-BLANCHE

D'un petit village français aux Grands Lacs américains, Jim Fergus nous entraîne dans les pas de sa grand-mère. À travers son destin hors du commun, il voit petit à petit apparaître le visage de sa propre mère, Marie-Blanche. En retraçant son parcours, il pourra, peut-être, renouer avec elle.

Composé par IGS-CP
à L'Isle-d'Espagnac (Charente)

Imprimé en Espagne
Liberduplex
en juillet 2013

POCKET – 12, avenue d'Italie – 75627 Paris Cedex 13

Dépôt légal : août 2013
S23491/01